你应该熟读的中国古词

思履／主编

江西美術出版社

图书在版编目（CIP）数据

你应该熟读的中国古词 / 思履主编 . -- 南昌：江西美术出版社，2019.1

ISBN 978-7-5480-6840-2

Ⅰ . ①你… Ⅱ . ①思… Ⅲ . ①词（文学）—中国—古代—青少年读物 Ⅳ . ① I222.8

中国版本图书馆 CIP 数据核字（2019）第 024035 号

出 品 人：周建森
企　　划：北京江美长风文化传播有限公司
责任编辑：楚天顺　朱鲁巍　　策划编辑：朱鲁巍
责任印刷：谭　勋　　封面设计：施凌云

你应该熟读的中国古词　思履　主编
NI YINGGAI SHUDU DE ZHONGGUO GUCI

出　　版：江西美术出版社
社　　址：南昌市子安路66号　　邮编：330025
网　　址：http：//www.jxfinearts.com
电子信箱：jxms@jxfinearts.com
电　　话：010-82093785　　0791-86566124
发　　行：010-58815874
经　　销：全国新华书店
印　　刷：北京德富泰印务有限公司
版　　次：2019年5月第1版
印　　次：2019年5月第1次印刷
开　　本：889mm × 1194mm　1/32
印　　张：22
I S B N：978-7-5480-6840-2
定　　价：39.80元

前言

词是中国文学宝库中一颗宝贵的明珠，一千多年来，一直高悬于历史的长空，闪耀着夺目光彩。经过这许久的历史沉淀，在今天的社会里，它仍旧扮演着一个不可或缺的角色。在现代社会，物质生活日益繁荣，生活节奏日益加快，人渐渐变成了一只飞速旋转的陀螺。在人们感到疲惫不堪之时，如果能捧起一本宋词，轻轻浅浅读上几首，焦灼的心灵便会渐趋平静，如久旱的大地遇上一场潇潇春雨。

词是比诗的构句更为自由的韵文体式，它来源于配乐的歌词。词起源于民间，大都是反映相思爱情之类的题材，被视为诗余小令。词形成于唐代，经过长期的不断发展，到了宋代进入全盛时期。

那些永远的春花秋月，那些醉人的诗情画意，那些逝去的青春年华，那些曾经的豪情壮志……词中的字字句句饱含着人性的温暖，承载着让人感动的美。让它们缓缓走进你我的心底，开始一次温存的心灵旅行，感受那份流淌于内心深处的真情。红尘纷扰，日复一日的忙碌生活中，倦怠的心灵更需要宁静的港湾。煮上一杯香茗，独坐尘嚣，透过这些最美的字句，与古人神交，遥想当年的风云际会，胸中自有磅礴的云气涌起。

词中有古人的人生和世界，有古人对人生和世界的体验与境界。对每一位读者而言，一阕阕古词犹如一个个亲切的朋友，只要你肯接近他们，他们就会不吝和你分享他们的人生经验与喜怒哀乐，会帮助你建设内心修养和人格意志。

然而历史太长，词作太多，就像繁星满天，让普通读者眼花缭乱，不得其门而入。因此，一本更适合普通读者阅读的词选便应运而生。《你应该熟读的中国古词》收录了唐、五代词起，到清词止的许多脍炙人口的名家名作。那一阕阕或绮丽或雄浑，或冲淡或深挚的词，光华闪耀，穿透历史的烟尘，化身为文字在旅途，在写作业间隙，在上班路上陪伴着每一位阅读者。

目录

朱淑真

386 眼儿媚（迟迟春日弄轻柔）

387 蝶恋花（楼外垂杨千万缕）

388 谒金门（春已半）

张抡

390 踏莎行（秋入云山）

王千秋

392 鹧鸪天（比屋烧灯作好春）

袁去华

394 瑞鹤仙（郊原初过雨）

陆游

396 卜算子（驿外断桥边）

397 秋波媚（秋到边城角声哀）

399 钗头凤（红酥手）

400 鹊桥仙（华灯纵博）

402 谢池春（壮岁从戎）

404 诉衷情（当年万里觅封侯）

唐琬

406 钗头凤（世情薄）

范成大

408 蝶恋花（春涨一篙添水面）

409 忆秦娥（楼阴缺）

411 眼儿媚（酣酣日脚紫烟浮）

杨万里

413 昭君怨（偶听松梢扑鹿）

严蕊

415 卜算子（不是爱风尘）

张孝祥

417 六州歌头（长淮望断）

420 水调歌头（雪洗虏尘静）

423 西江月（满载一船秋色）

赵长卿

425 临江仙（过尽征鸿来尽燕）

王炎

427 南柯子（山冥云阴重）

辛弃疾

429 菩萨蛮（郁孤台下清江水）

虞集

568 风入松（画堂红袖倚清酣）

詹正

570 霓裳中序第一（一规古蟾魄）

571 人月圆（惊回一枕当年梦）

573 小桃红（一江秋水洗寒烟）

萨都剌

574 小阑干（去年人在凤凰池）

575 木兰花慢（古徐州形胜）

577 人月圆（三高祠下天如镜）

陶宗仪

578 南浦（如此好溪山）

张以宁

580 明月生南浦（海角亭前秋草路）

刘基

582 水龙吟（鸡鸣风雨潇潇）

584 瑞龙吟（秋光好）

高启

586 沁园春（木落时来）

杨基

588 蝶恋花（新制罗衣珠络缝）

聂大年

589 卜算子（杨柳小蛮腰）

夏言

590 浣溪沙（庭院沈沈白日斜）

杨慎

591 转应曲（银烛）

王世贞

592 忆江南（歌起处）

魏大中

593 临江仙（埋没钱塘歌吹里）

陈子龙

594 唐多令（碧草带芳林）

595 二郎神（韶光有几）

李　白

701—762，字太白，号青莲居士。祖籍陇西成纪（今甘肃泰安县境内），一说为绵州昌隆（今四川江油）人。二十五岁离蜀漫游各地。天宝初供奉翰林，不久遭谗毁，被赐金放还。安史之乱时，入肃宗弟永王李璘幕府。李璘与肃宗争权事败被杀，李白受牵连入狱，后被流放夜郎（今贵州桐梓县），途中遇赦东还。后投奔族叔当涂（今属安徽）县令李阳冰，不久病逝。其词《菩萨蛮》《忆秦娥》二首，南宋黄升收入《唐宋诸贤绝妙词选》，被誉为“百代词曲之祖”。有《李太白集》。

菩萨蛮

李白

平林漠漠烟如织①，寒山一带伤心碧。

暝色入高楼②，有人楼上愁。

玉阶空伫立③，宿鸟归飞急。

何处是归程？长亭更短亭④。

【注释】

①平林：远望时，树林呈现齐平的样子。②暝（míng）色：暮色。③伫（zhù）立：长时间地站着。④更：连续，连接。

【赏析】

这首词写游子思归之情。作者登高望远，看到苍茫的日暮景色，触景生情，想到自己远离故乡，征途漫漫，归乡之日却遥遥无期，心情愁苦悲凉。也有说表达了作者仕途失意的怅惘。

整首词写景层次井然，镜头感极强：上阕自远而近，首先描写远眺的平林含烟、寒山凝碧，紧接着笔锋一转，视野定格于暮色苍茫之中独倚高楼凭栏远眺的游子；下阕由近及远，由上至下：从远处天空归林的飞鸟，到古道上的长亭短亭。作者巧妙利用视觉的位移和空间的交错，表达出人生的漂泊感，“苍茫高古，一气回旋”（《唐词选释》）。尤其是最后两句，以“长亭更短亭”的画面回答“何处是归程”的提问，由情及景，甚是巧妙。

此外，整首词用字新巧，比如“寒山一带伤心碧”中的“碧”，将山间寒意与人的伤感渲染到极致；“玉阶空伫立”中的“空”字，则表达出游子心中难以言明的失落心境。

忆秦娥

李白

箫声咽[①]，秦娥梦断秦楼月。

秦楼月，年年柳色，灞陵伤别[②]。

乐游原上清秋节[③]，咸阳古道音尘绝[④]。

音尘绝，西风残照，汉家陵阙。

【注释】

① 箫声咽：《列仙传》：“箫史者，秦穆公时人也。善吹箫，能致孔

雀、白鹤于庭。穆公有女字弄玉，好之，公遂以女妻焉。日教弄玉作凤鸣，居数年，吹似凤声，凤凰来止其屋。公为作凤台，夫妇止其上，不下数年，一旦皆随凤凰飞去。”② 灞陵：即“霸陵”，因汉文帝葬于此而得名，为唐人送别之处。③ 乐游原：在今陕西西安市南，唐代的观游胜地。④ 咸阳古道：唐时从长安西去，咸阳为必经之地。音尘绝：音信断绝。

【赏析】

这是一首写伤别的词，抒发了闺中女子长夜难眠的悲怆寂寞与相思之苦。

上阕开首两句，未见其人，先闻其声：箫声如泣如诉，正如思妇牵念之绵长凄凉；后两句今昔对比：秦楼月亏盈如常，杨柳枯荣依旧，心上人却离去多年，杳无音讯。

下阕连写数景：“古道”“西风”“残照”“陵阙”，无一不烘托出秦娥的凄凉孤寂。

整首词行文极富节奏感：“咽”“断”等用字精简老辣，而“秦楼

词的品赏知识

词的起源和发展 词是唐代兴起的一种新的文学形式，实际上就是为乐曲所配的歌词。隋唐时代从西域传入的各民族音乐与中原旧乐渐次融合产生了燕乐，原来整齐的五、七言诗已不适应，于是产生了字句不等、形式更为活泼的“词”。每首词都有一个调名，叫作“词牌”，依调填词叫“依声”。因为音乐上的要求，词的句子有长有短，所以又称“长短句”。由盛唐到中唐，词在民间逐步流行，一些爱好民歌的文人于是开始模仿民间的曲子词进行创作。简短而富于民间气息，便是这一时期文人词的特征。但当时词被认为是一种粗俗的民间艺术，不登大雅之堂，以至于宋朝晏殊在当上宰相之后，对于他以前所填的词都不承认是自己写的。

月”“音尘绝”采用顶真手法重复叙述，寥寥数语完美呈现出女子连绵不绝的愁思、悲痛欲绝的心境。

全篇无一句直接抒情，却处处是情，情景交融至如此境界，难怪《唐宋诸贤绝妙词选》评：“《菩萨蛮》《忆秦娥》二词，为百代词曲之祖。”

秋风清

李白

秋风清，秋月明。

落叶聚还散，寒鸦栖复惊。

相思相见知何日，此时此夜难为情！

【赏析】

《秋风清》一名《秋风辞》，字数与《江南春》同，为汉武帝刘彻作，是根据楚地民歌体制作而成。此类体式的词最初称为三五七言诗。而三五七言诗具有明显的音乐特性，故后来被归入词类。南宋邓深曾依此调式填写词作，名为“秋风清”。

这首词既写欢乐的幽会，又充满着离别情绪。整首词由风清月明下短暂的幽会之喜，转为离别后漫长的思念之悲，悲喜交融。

“秋风清，秋月明”，这两句以白描的手法勾画出两人幽会时的景色。秋风凉爽，秋月皎皎，洁白的月光笼罩着一对喁喁私语的恋人，这景象是多么美好呀！

“落叶聚还散，寒鸦栖复惊”两句，词的氛围突然一变，由静而化动，且含义深远。这两句将情侣幽会时复杂的心理状态刻画得细腻动人。“落叶”“寒鸦”都使用了比喻，“聚还散”“栖复惊”又写出恋人相爱却难以相守、相聚又怕人发觉的凄凉与不安。

“相思相见知何日，此时此夜难为情”，最后两句，一问一答，直诉衷情，明白地说出人物的忧虑，对“惊”做了注解，他们不知何日才能相见，担心情无再续之日，大有“人有悲欢离合，月有阴晴圆缺”的哲思蕴含其中。

几行如话的文字，透着一丝沁心的清寒，让人黯然神伤，同叹这万古惆怅。

张志和

？—744，本名龟龄，字子同，婺州金华（今属浙江）人。肃宗时明经及第，后授左金吾卫录事参军。因事贬官，遇赦而归，遂徜徉山水，自号“烟波钓徒”。博学能文，擅长音乐和书画。今存《渔歌子》词五首。有《玄真子》。

渔歌子

张志和

西塞山前白鹭飞①，桃花流水鳜鱼肥②。

青箬笠③，绿蓑衣，斜风细雨不须归。

【注释】

① 西塞山：即道士矶，在湖北大冶县长江边。② 鳜（guì）鱼：俗名花鲫鱼，亦称“桂鱼”。③ 箬（ruò）笠：用竹叶或竹篾编的斗笠。

【赏析】

这首小令是渔歌，写的是渔隐之乐，表达了作者对自然山水的无限向往与恬和淡雅的情怀。

整首词描绘出一幅和谐的垂钓画面，色彩鲜艳亮丽，描写细腻生动。

南方每年二三月间，气候回暖，桃花盛开，几场春雨过后，河水会上涨，逆水而上的鱼群也多了起来，这就是桃花水。词人没有直说春汛到来，而是用“桃花流水鳜鱼肥”来勾起读者的想象：红艳艳的桃花灼灼盛放，肥大的鳜鱼不时跃出水面。

在自然景观的描写上，粉色的桃花与白鹭，以及银色的流水呈现出鲜艳的色彩对比，肥美的鳜鱼则给整幅画面带来动感和生机，天地万物，交相辉映；对人物的刻画上，不直接写渔翁，而以青绿的箬笠与蓑衣指代，渔翁的背影宛然可见，仿佛画中另外一抹风景。

这首词以动衬静，白鹭、斜风、落花动态十足，垂钓的渔翁恬静置身其中，更显一派悠然自得，颇有“蝉噪林愈静，鸟鸣山更幽”的意境，可谓词中有画，词中有情，词中有禅。

戴叔伦

732—789，字幼公，一作次公，润州金坛（今江苏金坛）人。历任抚州刺史、容州刺史兼容管经略使，后人称之为“戴容州”。在任期间，政绩卓著，以清明仁恕见称。诗风朗练。贞元五年（789）四月，上表辞官归隐，在返乡途中客死于清远峡（今四川成都北）。今存《调笑令》词一首，开宋代边塞词的先声。有《戴叔伦集》。

调笑令

戴叔伦

边草，边草，边草尽来兵老。山南山北雪晴，千里万里月明。明月，明月，胡笳一声愁绝①。

【注释】

① 胡笳：古代北方民族的一种吹奏乐器，似笛。

【赏析】

唐代西北边境邻吐蕃、回纥，边事频繁，故唐人诗词多有言征戍之苦的篇目。这首词正是这样一首边塞词，描绘一个老兵在雪晴月明之夜，因思乡而悲极愁绝的情景。

“调笑令”本是欢乐的曲调，作者却以旧瓶装新酒，赋之以悲凉的感慨。词开首一唱三叹，以边草起兴，令人感慨唏嘘。边草是边塞的白草，秋天变白，冬天枯干。归期渺茫的老兵以边草自喻，思乡之切与怨怅之深交织在字里行间。

后两句写晴雪、明月，本是寂寥、旷远之景，愈发衬托出老兵的孤苦无依，可谓“以幽景写哀情”。

最后三句，胡笳之音哽咽不息，直诉愁肠满怀的心情，旷远疏淡中，字字血泪。古来征战，多有“醉别故里空戍边”的千古长叹。

词的品赏知识

边塞词概述 边塞词是以边疆地区军民生活和自然风光为题材的词，兴起于唐代。这类词思想性深刻，想象力丰富，艺术性强。

词本是言情之作，而边塞词更是饱含了当时世人爱恨恩怨的血泪。究其丰富的情感内蕴，主要可以分为以下四种情感类型：平戎之志、异域之感、忧思之怨、亡国之痛。这首《调笑令》当归为忧思之怨，深刻反映了边疆战士的征戍之苦、思乡之苦，感情基调十分悲凉。

王 建

768—827，字仲初，颍川（今河南许昌）人。大历十年进士。授渭南尉，调昭应县丞，长期沉沦下僚，文宗时官终陕州司马，世称“王司马”。后归居咸阳原。诗工乐府，与张籍齐名。所作《宫词》百首别具一格，在传统宫怨题材之外，又广泛地描绘宫中风物。今存《调笑令》词四首，情韵凄怨悠长。有《王司马集》。

调笑令

王建

团扇[①]，团扇，美人病来遮面。
玉颜憔悴三年，谁复商量管弦？
弦管，弦管，春草昭阳路断[②]。

【注释】

① 团扇：圆形的扇子。② 昭阳：昭阳殿。汉成帝与宠妃歌舞行乐的地方。

【赏析】

这首词通过描摹宫人的外部动态及内心活动，塑造了一位曾经风光无限却因病失宠的宫人形象，表达了宫怨的主题。

词以咏扇起兴，团扇夏用冬捐，是最容易被抛弃的物品，汉代班婕妤被汉成帝冷落之后，曾咏《团扇诗》：“弃捐箧笥中，恩情中道绝。”而在这首词中，美人以团扇遮掩病容的姿态，尤为凄惨。

“玉颜憔悴三年，谁复商量管弦”的诘问，从描写人的外部动作，转而写人物的命运和内心活动，暗示美人曾经夜夜笙歌、日日管弦的繁华生活，抚今追昔，更令人肝肠寸断，语意中透出一种独自黯然神伤的情态。

“昭阳宫”是汉成帝为宠妃赵飞燕而建的宫殿，后来赵飞燕成为皇后，昭阳宫成为后宫正宫。最后一句“昭阳路断”，暗示美人再也没有希望蒙受君王的宠幸，注定在冷宫中了此残生。

词的品赏知识

词的分类 按创作风格来分，大致可以分为婉约派和豪放派。

按词牌来源分，根据词牌的来源，大约有下面的三种情况：一、本来是乐曲的名称。例如《菩萨蛮》，据说是由于唐代大中初年，女蛮国进贡，她们梳着高髻，戴着金冠，满身璎珞（璎珞是身上佩挂的珠宝），像菩萨。当时教坊因此谱成《菩萨蛮曲》。又如《西江月》《风入松》《蝶恋花》等，都是属于这一类的。这些都是来自民间的曲调。二、摘取一首词中的几个字作为词牌。例如《忆秦娥》《忆江南》。三、本来就是词的题目。如《踏歌词》咏的是舞蹈，《舞马词》咏的是舞马。

刘禹锡

772—842，字梦得，洛阳人。德宗贞元九年（793）登进士第，又登宏词科。曾参与“永贞革新”，失败后被贬为朗州（今湖南常德）司马，迁连州刺史。后因裴度力荐，任太子宾客。武宗初，加检校礼部尚书衔。世称“刘宾客”“刘尚书”。诗文兼擅，有“诗豪”之称，早年与柳宗元并称“刘柳”，晚年与白居易并称“刘白”。今存《竹枝词》《潇湘神》等词，以淳朴婉转见长。有《刘宾客文集》。

竹枝词

刘禹锡

山桃红花满上头，蜀江春水拍山流。
花红易衰似郎意，水流无限似侬愁①。

【注释】

① 侬（nóng）：我。

【赏析】

《竹枝词》是巴蜀民间歌谣的一种，又名《巴渝词》，主要是歌咏地方风俗和男女恋情。当地民间唱《竹枝》歌时，常吹短笛伴奏，并伴以舞蹈，节奏鲜明欢快，歌声激越清脆。

刘禹锡于唐穆宗长庆二年（822）正月至长庆四年（824）夏在夔州任刺史。在任期内，他依调填词，写了十来首，这首词是其中之一。

本词描写一个女子在爱情上遭遇不幸，由眼前的美景联想到自身的境遇，生发出对爱情的失望之情。整首词充满了民歌情调，真挚朴素，感人肺腑。

词开首两句描绘了一幅山水相依的风景：高山之上，桃花盛放，是那么娇艳；山脚之下，滔滔江水拍打着山崖。一个“满”字，形象地描摹了桃花漫山怒放的景象，但这样的美景却勾起了女子的痛苦回忆。

最后两句借景抒情，连用两个比喻：将红花比作郎情，将流水比作哀愁。花红易衰，与爱情的脆弱如出一辙；而流水滔滔不绝，恰似“剪不断、理还乱”的忧愁。这两句比喻形象、贴切地描绘出了失恋女子内心的痛苦。南唐后主李煜写有《虞美人》，以流水喻亡国之愁：“问君能有几多愁，恰似一江春水向东流。”这千古名句正是脱胎于“水流无限似侬愁”一句。

潇湘神

刘禹锡

斑竹枝，斑竹枝，泪痕点点寄相思。楚客欲听瑶瑟怨，潇湘深夜月明时。

【赏析】

《潇湘神》，又名《潇湘曲》，词牌名。原为唐代潇湘间祭祀湘妃的神曲。《潇湘神》共两首，是作者被贬朗州（今湖南常德）司马期间所作，抒写的是他对舜帝二妃——娥皇、女英的追怀之情，此处收录的是第二首。

潇湘神即湘妃。传说舜南巡去世，葬于苍梧，娥皇、女英追至此，望苍梧而泣，泪洒竹上，留下痕迹斑斑，旋即溺于湘水，为湘水之神。作者贬谪楚地，对竹凭吊，心中满是哀怨。

整首词化用湘妃泣竹的历史传说，以空灵之笔，抒哀怨之情。历史传说与现实生活在词中合为一体，作者的主观之情与客观之景也水乳交融，颇有“象外之致”“味外之味”。

“斑竹枝，斑竹枝，泪痕点点寄相思”，首三句道出潇湘二妃的典故：斑竹上泪痕点点，是娥皇、女英因思念舜帝而落的泪。泪痕虽是二妃留下的，但我们读来似乎感觉是词人落下的。

“楚客欲听瑶瑟怨，潇湘深夜月明时”，这两句与前面的“相思”相呼应，借二妃的典故来写自己对故乡的思念。远谪江南的词人十分思念故乡，在那月明之夜，他多想听一首契合他心情的《瑶瑟怨》呀！

这首词风格清新，读起来朗朗上口，富有民歌情调。

白居易

772—846，字乐天，晚年号香山居士。贞元十六年（800）进士。元和年间任左拾遗及左赞善大夫。后因上表请求缉拿刺死宰相武元衡的凶手，得罪权贵，被贬为江州司马。后官至刑部尚书。在文学上，主张“文章合为时而著，歌诗合为事而作”，是新乐府运动的倡导者。其诗通俗易懂，相传其诗作要老妪听懂为止。与元稹并称“元白”。与刘禹锡首开中唐文人倚声填词之风，今存《忆江南》《长相思》等词尤有盛名。有《白氏长庆集》。

忆江南（其一）

白居易

江南好，风景旧曾谙①。日出江花红胜火，春来江水绿如蓝②。能不忆江南？

【注释】

①谙（ān）：熟悉。②蓝：蓝草，其叶可制青绿染料。

【赏析】

白居易早年曾游江南，后因目疾回到洛阳，因而写下两首《忆江南》。晚年的白居易已经厌倦仕宦生涯，因此对秀丽的江南怀有特殊好感。

这首词首句以一个既浅显又圆活的“好”字总括江南的种种佳处，作者的赞赏之意与向往之情已尽皆寓于其中。

整首词以辞藻明艳的色彩取胜，作者别出心裁地以“江”为中心下笔，不遗余力地以浓墨重彩渲染江南风景："日出江花红胜火"一句表现出春天花卉的生机勃勃之态，使人感到江南春色浓艳、热烈之美；"春来江水绿如蓝"则描绘出春水荡漾、碧波千里的景象。作者敷彩设色，采用异色相衬的手法，使"红胜火""绿如蓝"形成强烈的视觉冲击，区区十几个字，完美勾勒出一幅绚丽耀眼、层次丰富的江南春景。这种高度的艺术提炼，千百年来让人们永忆这胜似画图的江南春。

整组词受民歌的影响，既具有回环复沓的美，又富有清新活泼的情调。

Ⅰ

忆江南（其二）

白居易

江南忆，最忆是杭州。山寺月中寻桂子，郡亭枕上看潮头[①]，何日更重游？

【注释】

① 郡亭：官署中的亭子。潮头：指中秋前后的钱塘潮。

【赏析】

第一首词是对江南春色的总体描绘，这首词则以"人间天堂"杭州为着眼点，进一步突出"江南好"，并抒发自己对江南的深沉怀念。

“江南忆，最忆是杭州。”词的一、二句不事雕琢，用最直接、最质朴的语言抒发了最强烈、最真挚的感情。

“山寺月中寻桂子，郡亭枕上看潮头”，紧承上句，具体写“忆”的内容，重温往日的美好生活。

古代神话中有月中桂树的传说，作者运用这一传说，意在强调杭州的非同凡响。其实词人“寻”的又何止是“桂子”呢，其中还包含了对美好事物的追求和对美好生活的向往。

“郡亭枕上看潮头”描绘了钱塘江入海的奇观。在钱塘江入海处，有两山南北对峙，形成了喇叭口，水势被夹束，遂形成汹涌的浪涛。海潮来时，声如雷鸣，排山倒海，犹如万马奔腾，蔚为壮观，潮头可高达数米，成为天下著名景观。

词人选取“山寺寻桂”和“钱塘观潮”两个富有代表性的生活画面进行描写，生动地表现出居住在杭州时生活的惬意与安闲，并在结尾处表达出对重游之日的热切盼望，对其地的一片由衷喜爱之情溢出纸面，隐隐中又含有人生的遗憾与感慨。

这首词使人一读之下便可以想见杭州的多彩多姿，直欲奔向江南实地观览一番。风格清新，感情真挚，极富感染力。

花非花

白居易

花非花，雾非雾。夜半来，天明去。来如春梦几多时，去似朝云无觅处[①]。

【注释】

① 朝云：此借用楚襄王梦巫山神女之典故。宋玉《高唐赋》序：妾在巫山之阳，高丘之阻，旦为朝云，暮为行雨，朝朝暮暮，阳台之下。

【赏析】

这首词应是写于白居易出任杭州刺史以后、卸任苏州刺史以前，时间大约在唐穆宗长庆二年（822）至唐敬宗宝历二年（826）之间。此时白居易已是年过半百，被贬谪的忧惧创伤已经愈合。在苏州和杭州时，他经常与歌伎交往，生活安定而悠闲，心情也极为舒畅。

这首词写的是歌伎的容貌和生活，语言平白如话，词意含蓄蕴藉。

“花非花，雾非雾”，首二句描写歌伎的容貌。这里用了两个精巧的比喻，说歌伎容貌美丽似花，体态轻盈如雾。

“夜半来，天明去”，这是写歌伎的生活。唐代时，妓女常常是夜半时分才出来侍酒陪客，而天明即离去，行踪飘忽。

接着，词人又以两个巧妙的比喻来写歌伎行踪：“来如春梦几多时，去似朝云无觅处。”“春梦”用来表现风光旖旎之欢会的转眼即逝；“朝云”用楚怀王与巫山神女幽会的典故，喻其去后芳踪难觅。

这首词结构短小，体式活泼，词人运用一系列比喻，将歌伎的形象刻画得惟妙惟肖，而词人对她们的爱慕之意也表现得淋漓尽致。

浪淘沙

白居易

借问江潮与海水，何似君情与妾心？

相恨不如潮有信，相思始觉海非深。

【赏析】

《浪淘沙》本来是白居易的自度曲，形式与七言绝句相同，宋代后逐渐发展为长短句。

这首词通过自问自答的形式来写闺情。词人通过对一位闺中女子复杂微妙的内心矛盾的刻画，真实地表现出她对爱情的忠贞和被人抛弃的悲惨境遇。

“借问江潮与海水，何似君情与妾心？”首二句劈空发问，以水寓情。“江潮”常汹涌而来，倏忽而去，与薄幸人起初热烈却又转瞬即逝的爱情极为相似。大海既深且广，有如思妇对情人的思念。但词中思妇却并不这么看，她认为江潮和海水不能与自己的情意相比。

“相恨不如潮有信，相思始觉海非深”，上二句设问，这两句予以回答。“江潮”纵然倏忽而逝，但它有日日夜夜有来有往，而那负心郎呢？他走后却再没有音信。海水纵然很深，却不及自己对“君”的情意深厚。真是“君心不如潮，妾心深过海”！词以“君心”比“江潮”，以“妾心”比“海水”，十分贴切自然，读之叫人拍手称妙。

这首词虽写闺情，却是以欢情来显现，这种形式出自民歌，清新活泼。

词的品赏知识

词牌追溯 词牌，就是词的格式的名称。词共有两千多种格式，这些格式称为词谱。词牌的来源，大概有下面三种情况：本来就是词的题目。《更漏子》咏夜，《抛球乐 》咏抛球，《浪淘沙》咏的是浪淘沙。凡是词牌下面注明“本意”的，就是说词牌同时是词题。但绝大多数的词都没用“本意”，因此，词牌之外还有词题，词题和词牌之间可能没有任何联系。一首《浪淘沙》可以完全不提到浪和沙，比如这首词，题为《浪淘沙》，却写闺情。这样，词牌只不过是词谱的代号罢了。

皇甫松

生卒年不详。一名嵩，字子奇，自号檀栾子，睦州新安（今浙江建德）人，是工部侍郎皇甫湜之子、宰相牛僧孺的外甥。诗与温庭筠、韦庄、司空图齐名，词今传二十余首，以措辞娴雅著称，见录于《花间集》《唐五代词》。《新唐书·艺文志》著录其《醉乡日月》三卷。今有王国维所辑《檀栾子词》一卷。

采莲子

皇甫松

菡萏香连十顷陂（举棹）①，小姑贪戏采莲迟（年少）。晚来弄水船头湿（举棹），更脱红裙裹鸭儿（年少）。

【注释】

① 菡（hàn）萏（dàn）：荷花。陂（bēi）：池塘。

【赏析】

这是一首描写江南采莲女生活的词，词人通过对一位少女采莲情景的描述，展现出一幅有声有色、情趣盎然的动人图画。

“菡萏香连十顷陂”，这一句总写秋日荷塘之景。秋日的荷塘，叶浓花繁，香飘万里。

接着词人收拢笔端，由对荷塘这一整体环境的描写聚拢到采莲少女身上。“小姑贪戏采莲迟”，由于年纪尚轻，采莲少女还留有一颗贪玩的心，她不像其他人一样全身心投入采莲工作中，而是边采莲边玩耍。

且看看她在玩些什么："晚来弄水船头湿，更脱红裙裹鸭儿。"她脱下鞋，将一双玲珑的小脚伸向水塘里，打起水来。由于玩得饶有兴致，水花将船头都溅湿了，这场面多么生动活泼。她的可爱之状还不止于此，她竟脱下红裙去裹抱小鸭。

词中句末原有小字"举棹"和"年少"，均为传唱时的和声，以加强词的音乐效果。

Ⅰ

采莲子

皇甫松

船动湖光滟滟秋（举棹）①，贪看年少信船流（年少）②。

无端隔水抛莲子（举棹）③，遥被人知半日羞（年少）。

【注释】

① 滟滟：水光摇曳晃动。② 信船流：任船随波逐流。③ 无端：无故。

【赏析】

这首词写的是少女对纯洁爱情的大胆追求。

"滟滟秋"指湖光中映出的一派秋色。湖水都能映出秋色，其清澈透明不难想见。“秋”字不仅体现了湖水之色，也点明了季节。首句描写秋日荷塘之景，景中寓情。秋水涨满，波光浮动，清澈透明。那盈盈水波正如采莲少女的眼波，清澈含情；那涨满的秋水好像少女心中涌动的情愫，于是有了后面的情节——“贪看年少信船流”，一位英俊的少年将采莲女吸引住了，她凝视着他，不觉动了情，任凭船儿随水漂流。“贪看”写出了少女的天真无邪；“信船流”则写出了她的痴态。

“无端隔水抛莲子”，姑娘突然抓起一把莲子，向那岸上的少年抛掷过去。少女向少年掷莲子的举动，进一步表现出她对少年热切的爱慕之情以及江南水乡姑娘大胆热情的性格。“莲”与“怜”谐音，有爱恋之意。姑娘向少年抛掷莲子，是含蓄地向他表露自己的心意。

那么莲子到底是否抛中了少年呢？词人却没有明说，而是将笔锋转至另一个场景：“遥被人知半日羞”，留给读者无尽想象。少女抛莲的举动被人看到了，惹得她害羞了好一阵。“半日羞”三个字将少女的羞态刻画得惟妙惟肖。

这首小令虽然简短通俗，却将少女清纯可爱、活泼顽皮的形象刻画得惟妙惟肖，充满着生活的情趣。

温庭筠

801/798—866，本名岐，字飞卿，山西太原人。少负才华，长于诗赋。晚唐律赋考试，八韵为一篇。据说温庭筠叉手一吟便成一韵，八叉八韵即告完稿，时人称为“温八叉”。诗与李商隐齐名，并称“温李”；词与韦庄齐名，并称“温韦”。所作多写闺情，镂金错彩，在当时和后代影响极大，被奉为“花间派”的鼻祖。作为唐代大力填词的第一人，存词六十六首，有《温飞卿诗集笺注》。

梦江南

温庭筠

千万恨，恨极在天涯。山月不知心里事，水风空落眼前花。摇曳碧云斜。

【赏析】

这首词以深山夜月为背景，写思妇怀远。

开首“千万恨”三字，直抒胸臆，将思妇内心深处那重重幽怨一字字道出，甚为悲苦。那么这恨从何而来呢？“恨极在天涯”。她的恨源于丈夫远游未归。她的恨是千重万重，一个“极”字将这种“恨”写尽了：一定是丈夫出游甚久，她的恨才经年累月积下了这么多重。

“山月”三句融情入景，以自然之物的无情衬托出思妇的深情，突出她的满腔哀伤。山月不通人的情感，本是极为自然之事，可思妇心中的愁怨实在太深，因而才责怪起它来。“水风空落眼前花”，花儿飘落引起的是韶华易逝的悲伤，今春眼看着又要过去了，所思之人却仍未归来。这一句写出了思妇那种万念俱灰的心情。“摇曳碧云斜”，末一句纯粹写景，意味隽永。天空一碧，白云悠悠，似对她那千万恨无知无觉。

望江南

温庭筠

梳洗罢，独倚望江楼。过尽千帆皆不是，斜晖脉脉水悠悠①。肠断白蘋洲②。

【注释】

① 斜晖：偏西的阳光。脉（mò）脉：含情凝视、情意绵绵的样子。这里形容阳光微弱。② 白蘋（pín）洲：开满白色蘋花的水中小块陆地。古代诗词中常用以代指分别的地方。白蘋，一种水中浮草。

【赏析】

这首词写的是思妇登楼盼望夫君归来，而希望却落空了。

常言道“女为悦己者容”，本词中的女主人公梳洗完毕，登上高楼，一心盼望着远游的丈夫归来。一个“罢”字，足见其心情之迫切：刚梳洗完毕，便迫不及待地登上江楼翘首盼望，可见是从早晨就开始眺望了。“独倚”二字写出了倚楼人孤寂的心态。她满怀希望而来，引颈盼望了一天，可结果呢？

“过尽千帆皆不是，斜晖脉脉水悠悠”，这两句写出了她由盼望到失望的心理变化过程。“过尽千帆”是眼前实景，同时也包含着女主人公的情感活动：她久久凭栏，打量着每一艘过往的船只，这艘不是，那艘也不是，在一次次的盼望中，她一次次地失望，心情低落到极点。成百上千的船只过去了，日色也暗了下来，眼前终于只剩下脉脉无语的斜阳，以及滚滚东去的江水了。“斜晖脉脉”四字，表面上看是写景，然而与上文联系起来，就会发现其中暗示了一个讯息：主人公直到黄昏还在望，就这样望了整整一天。

末句“肠断白蘋洲”更有含蓄不尽之意。“白蘋”往往是表达男女思慕之情的象征。这一句将人物感受和盘托出，直接有力。

菩萨蛮

温庭筠

小山重叠金明灭①，鬓云欲度香腮雪②。懒起画蛾眉，弄妆梳洗迟③。

照花前后镜，花面交相映。新帖绣罗襦④，双双金鹧鸪⑤。

【注释】

①小山：指美人发髻。金：即额黄，又称鹅黄、贴黄，是唐代妇

女的眉际妆，因为以黄色颜料染画于额间，故得名。② 鬓云：形容鬓发蓬松，像云朵一样。度：覆盖、掩过，形容鬓角延伸向脸颊，逐渐变得轻淡，像云影轻度。香腮雪：即香雪腮，指雪白的面颊。③ 弄妆：梳妆打扮。④ 罗襦（rú）：丝绸短袄。⑤ 金鹧（zhè）鸪（gū）：指用金线绣上去的鹧鸪鸟。

【赏析】

这首词描绘了一幅美女梳妆图。在这幅浓墨重彩的图画中，流露出闺中贵妇的苦闷与落寞。

“小山重叠金明灭，鬓云欲度香腮雪”，这两句描绘了一幅睡美人的图画。在古诗词中，常以女子的发髻来写山，如刘禹锡《望洞庭》“遥望洞庭山水翠，白银盘里一青螺”；“金”指首饰；“明灭”则指首饰在晨光的照射下时明时暗。“雪”，形容床头美女肤色之白皙。“懒起画蛾眉，弄妆梳洗迟”，这两句才开始写她起床梳妆。一“懒”一“迟”写出了闺中女子的慵懒状，颇见其百无聊赖之心情。

“照花前后镜，花面交相映”，这两句写“弄妆”后之情形。她梳洗和打扮完毕后，拿起两面镜子一前一后照着，看头上的花饰是否插好了。镜子里映着她的面容和花饰，相互辉映，显得格外好看。“新帖绣罗襦，双双金鹧鸪”，末两句写她的衣

词的品赏知识

阕与片 阕：一首词称为一阕。词的分段也称为阕，上段称为上阕，下段称为下阕。

片：词的分段称为分片，第二段的开头称为“过片”。词多由上下两段组成，慢词有多至三片、四片者。

以这首《菩萨蛮》为例，“小山重叠”四句为上阕；“照花前后镜”四句为下阕。

裳，余味无穷。她簇新的丝绸小褂上，刚刚用金线绣上了成双成对的鹧鸪。一个“双”字，凸显出她的孤独与落寞，使这首词的词境得到升华。

更漏子

温庭筠

柳丝长，春雨细，花外漏声迢递①。惊塞雁，起城乌，画屏金鹧鸪。

香雾薄，透重幕，惆怅谢家池阁②。红烛背，绣帘垂，梦长君不知。

【注释】

① 漏声：更漏的滴水声。迢（tiáo）递：遥远。② 谢家：此处指代闺中。

【赏析】

这首词写的是闺中女子的相思之情。

词的上阕写夜景，以景寓情。“柳丝长，春雨细，花外漏声迢递”，这三句以柳丝之长、春雨之细烘托漏声之悠长，营造一种令人不堪之氛围。柔长的柳丝亦如女主人公之情丝，而迷蒙细雨正如她的心情，更漏之声点点滴滴更加重她的愁怨。“惊塞雁，起城乌，画屏金鹧鸪”，“惊”“起”互文，“雁”“乌”被惊起，这是女主人公由更漏声而产生的联想，也许雁、乌并非为更漏声所惊起，只是夜阑人静，那更漏声显得很响亮，所以女主人公很自然地产生这般联想。室外雁、乌被惊起，而室内金鹧鸪依然待在画屏上，这一动一静的对比，形成强烈的反差，正是远人和思妇不同处境的形象反映。

下阕重在抒情。“香雾薄，透重幕，惆怅谢家池阁”，这三句是对闺阁及闺中人的描写，以闺中人的心境来写环境。“谢家池阁”指自己的居处，她的居处怎样呢？香雾袅袅，透入重重的帘幕。这香雾不正如她那惆怅的相思之情吗？这种情感挥之不去，驱之还来。“红烛背，绣帘垂，梦长君不知”，女主人公惆怅许久后终于入睡，可是在梦中，她仍然忘不掉那远去的爱人。“君不知”三字，既写出“君”的无情与冷漠，又写出女子对爱情的执着：纵使对方不知道自己的心意，她仍对他念念不忘。

韦 庄

约836—910，字端己，长安杜陵（今陕西西安）人，韦应物四代孙。天祐三年（906）任西蜀安抚副使，劝王建称帝，以功拜相。晚唐西蜀重要词人与诗人。其词多以白描手法传写真情实感，风格自然流丽，与温庭筠齐名，世称“温韦”，是花间派代表词人。现存词分见《花间》《尊前》和《金奁》三集，王国维辑有《浣花词》一卷，共五十余首。另有《浣花集》诗。

女冠子

韦庄

昨夜夜半，枕上分明梦见。语多时。依旧桃花面，频低柳叶眉。

半羞还半喜，欲去又依依①。觉来知是梦，不胜悲。

【注释】

① 依依：恋恋不舍的样子。

【赏析】

这是一首记梦词，记述了一对恋人离别之后在梦中相见的情景。

“昨夜夜半，枕上分明梦见。语多时”，词开篇便点明了记梦的主题。“昨夜”点明时间；“分明”二字说明梦的真切；而“语多时”明写千言万语述说不尽，暗写二人相距遥远，可见二人用情之深，相思之切。

“依旧桃花面”，男子把女主人公细细端详，她依旧面若桃花，美丽动人。接着词人由女主人公的外貌，转到她的神态：“频低柳叶眉”，她频频低眉，可见其娇羞的神态。

“半羞还半喜”，这一句承上阕而来，直接刻画女子心理，将她乍见情人后那种又羞又喜的心情传达得恰到好处。“欲去又依依”，这一句写出了女主人公欲去还留、依依不舍的情态。“觉来知是梦，不胜悲”，然而，是梦终究要醒，这两句写由梦回到现实后男主人公的心情。梦醒之后，他只觉悲从中来，绵绵不绝。

这首词一反花间词之浓艳风格，语言朴素自然，不事雕饰，但在清淡中蕴有深意，耐人咀嚼。

菩萨蛮

韦庄

人人尽说江南好，游人只合江南老。春水碧于天，画船听雨眠。

垆边人似月①，皓腕凝霜雪。未老莫还乡，还乡须断肠。

【注释】

① 垆边人：卖酒的姑娘。垆，放酒坛子的土墩。

【赏析】

这是歌咏江南的一首词，词人采用白描的手法，抒写其客游江南的所见所思，韵味悠长。

“人人尽说江南好”，这一句总述人对江南的看法，而词人自己的看法呢？他没明说。“游人只合江南老”，这也是别人的劝说之辞，说远游的人就应该在江南终老。

首二句盛赞江南美景，但都是借用他人的话，词人自己并未表态。韦庄为长安杜陵（今西安）人，后为了躲避战乱，逃到南方。王粲在《登楼赋》中曾说：“虽信美而非吾土兮，曾何足以少留。”远游在外的游子始终都惦念着自己的故乡呀。这两句词，蕴藏着词人怀念故乡而不得归的感情。

接着，词人开始具体描写江南的美：“春水碧于天”是江南水乡的典型之景，江水的碧绿，比天色的碧蓝更美；“画船听雨眠”写江南生活之美，在碧绿的江水之上，卧在画船之中听那潇潇雨声，这种生活多么悠闲自在呀！

“垆边人似月，皓腕凝霜雪”，垆，是酒店放置酒器的地方。江南不仅景美，生活自得，人也很美。这两句赞的是江南卖酒的酒家女，她们如花似月，腕白如霜雪。可是既然江南如此好，所以词人不但不急于归乡，反而还说“未老莫还乡”。

其实，词人说“莫还乡”正是想到了还乡，他没有用“不”字，用的是有叮嘱口吻的“莫”字，这个“莫”字道出的是一片欲归不得的无可奈何之情。最后词人点出不要还乡缘由，即“还乡须断肠”。故乡已是硝烟弥漫，在战乱中毁于一旦，回去只会有断肠的哀伤之感。

陈廷焯在《白雨斋词话》里评价韦庄的词道:“似直而纡，似达而郁。”这一特色在这首词中得到了充分体现。

▌

菩萨蛮

韦庄

劝君今夜须沈醉，尊前莫话明朝事①。珍重主人心，酒深情亦深。

须愁春漏短②，莫诉金杯满。遇酒且呵呵，人生能几何。

【注释】

① 尊：酒杯。② 漏：漏壶，古时滴水计时的仪器。

【赏析】

这是一首对酒抒怀的词作，表面上看似旷放，实则是骚人故作旷达语，其中蕴涵着流寓他乡的词人强作欢笑、无可奈何的痛苦。

“劝君今夜须沈醉，尊前莫话明朝事”，这是词人的劝酒之语，“沈”通“沉”。意思十分明白，与唐诗人罗隐《自遣》中“今朝有酒今朝醉，明日愁来明日愁”如出一辙。

“珍重主人心，酒深情亦深”，词人继续以酒客的身份替主人劝酒，说主人盛情相邀，我们怎可辜负了他的一片情谊？大家能饮则饮，何辞一醉。韦庄处在一个乱离时代，他流落异乡多年，如今遇上一个热情好客的主人，心里感到十分激动。这“珍重”两句写尽他沉郁、潦倒的心绪。

“须愁春漏短，莫诉金杯满”，“漏”，古代以滴水计时的仪器；“诉”，意指推辞。上阕末二句说不要辜负了主人盛情，这两句则意在劝人不要辜负良辰好景，既然时光短暂，众人正应该趁着这大好春光，开怀纵饮，一醉方休。

“遇酒且呵呵，人生能几何”，这末两句最为沉痛。唐朝灭亡，韦庄已年近七十，历尽人世艰辛，所剩时日亦不多，因而他说今天有酒而不及时行乐，明天想行乐，还不知有没有呢！“呵呵”二字最为传神，这实是强颜欢笑，其中蕴涵着一种无可奈何的心绪。

菩萨蛮

韦庄

红楼别夜堪惆怅①，香灯半卷流苏帐②。残月出门时，美人和泪辞。

琵琶金翠羽③，弦上黄莺语④。劝我早归家，绿窗人似花。

【注释】

①红楼：歌馆妓院。②流苏：绒线制成的穗子。③金翠羽：指

琵琶上用黄金和翠色羽毛装点的饰物。④ 黄莺语：形容弦音婉转如黄莺啼鸣。

【赏析】

唐朝末年，黄巢发动起义，攻破长安后，词人逃往南方，因思念爱人而作下此词。这首词从整体来看只是写离情，然而写得特别曲折深隐。

词的上阕写离别情景。“红楼别夜堪惆怅，香灯半卷流苏帐”，这两句点明是分别，着重描写分别时的环境。红楼中，香灯下，罗帐半卷，这景象是多么富丽、温馨，正是这怡人的景象更加衬托出别离的惆怅，此之谓“以乐景衬哀情”。

“残月出门时，美人和泪辞”，这两句写送别时两人难分难舍的情景，着意描写女子的情态。他们实在不忍分别，一宿未眠，直到残月将落时，爱人才带着泪水，送词人离开。

词的下阕追忆离别前的一个片段。“琵琶金翠羽，弦上黄莺语”，词人在他乡听到歌女弹奏琵琶，而那婉转如黄莺啼啭的琵琶声更勾起词人对爱人的怀念来，他也曾如今天一般听她拨弄琵琶。“劝我早归家，绿窗人似花”，这两句写词人由“黄莺语”联想起爱人临别时

词的品赏知识

小令概述 小令起源于唐朝，盛行于五代。词是配“燕乐”的，在燕乐中，“令”是“曲破”中的节奏明快的一截，而尤为明快精练的就是“小令”。清代毛先舒认为：“五十八字以内为小令，五十九至九十字为中调，九十一字以外为长调。”（《填词名解》）王力在《汉语诗律学》中则认为：六十二字以下的为小令，以上的为慢词。

的叮嘱。她要他早日还家，绿窗前的她如同花儿一般美丽，也如花儿一般容易凋谢。

思帝乡

韦庄

春日游，杏花吹满头。陌上谁家年少、足风流[①]。

妾拟将身嫁与、一生休[②]。纵被无情弃，不能羞[③]。

【注释】

① 足风流：那么风流倜傥。足，那么。② 拟：打算。③ 羞：羞愧。

【赏析】

这是一首抒写女子大胆追求婚姻自由的情歌。

整首词以女子的口吻写成，语言质朴而多情韵。从内容上看，歌者是一位天真烂漫、性格大胆、敢于热烈追求爱情的少女。

“春日游，杏花吹满头”，点明时间是春日，并勾勒出一幅美好的春日图画：一位妙龄少女去郊外游春，杏花纷纷扬扬，落了满头。春意已浓，少女的春心也在悄然萌动。

“陌上谁家年少、足风流”，少女正沉醉于明媚的春光中时，忽见陌上站着一少年，他是那么倜傥风流，少女不由得春心荡漾，深深爱上了他。这一见钟情的情感是多么美好。

“妾拟将身嫁与、一生休”，初次相逢，少女便倾心相许，可见其情之深浓、热烈。她爱上了他，愿意嫁给他，但这不过是她的一厢情愿，对方是否有意她还不知道呢。但她不在乎，决绝地喊出：“纵被无情弃，不能羞”。纵使他拒绝她的热情，她也不觉得丢脸，这在世风保守的古代社会是骇人听闻的。由此可见，我们的女主人公对于爱情是多么的专注与执着。

牛　峤

生卒年不详。字松卿，一字延峰，陇西狄道（今甘肃临洮）人。唐宰相牛僧孺的孙子。乾符五年（878）进士及第。词人生逢乱世，中进士才两年黄巢起义军就攻破长安，在动荡中历任拾遗、补阙、尚书郎，后人又称他为“牛给事”。以词著名，词格类温庭筠。《花间集》录其词三十二首。

忆江南

牛峤

衔泥燕，飞到画堂前。占得杏梁安稳处①，体轻唯有主人怜。堪羡好因缘②。

【注释】

①杏梁：文杏木做成的屋梁，泛指华丽的屋宇。②堪：非常，十分。

【赏析】

这是一首咏燕词，词人借咏燕以抒发闺中女子的怨情。

暮春三月，繁花盛开，草木葱茏，一双燕子飞去飞回，匆匆忙忙地衔泥筑巢。它们将巢安安稳稳地筑在房屋的杏梁之上，终成就了美好的姻缘。而独处于闺中的女子呢？她看到了筑巢的燕子，它们双宿双飞的恩爱情态多么令她羡慕。

“衔泥燕，飞到画堂前。占得杏梁安稳处”，这三句写双燕筑巢，以动态咏物。“衔”“飞”“占”三个动作，便将燕子筑巢的全过程完整地写了出来，一气呵成。“体轻唯有主人怜。堪羡好因缘”，这两句写闺中思妇的感叹。这首咏物词并非止于对燕子的描写，而是借物寓情，由燕及人。女主人公看到结伴而飞的燕子不禁感物伤神，她哀叹自己形单影只，无人怜爱，羡慕梁间燕子的美好姻缘。

这首小令仅仅二十七个字，却写得形神兼备，深隐含蓄，极富情致。语言通俗，感情真挚，带有浓郁的民间风味。

江城子

牛峤

鵁鶄飞起郡城东[①]。碧江空，半滩风。越王宫殿，苹叶藕花中[②]。帘卷水楼鱼浪起[③]，千片雪，雨蒙蒙[④]。

【注释】

①鵁（jiāo）鶄（jīng）：鸟名，俗称“池鹭”。郡城：此指古会稽（今浙江绍兴）。②藕花：荷花。③鱼浪：秋水鱼肥，逐浪出没。④蒙蒙：细雨迷蒙。

【赏析】

这首词咏江城风物古迹，在写景状物中寓含人世沧桑之慨。

“鸡鹊飞起郡城东。碧江空，半滩风”，首三句写江郊远景。池鹭飞起于郡城之东，江天一碧，水波东流，沙滩风正起。这是一派多么壮阔的景象。

然后词人抚今追昔：“越王宫殿，萍叶藕花中。”“越王宫殿”为想象中的景象，展示以往之显赫。江城为越王勾践卧薪尝胆之地，而如今繁华事歇，极目所见，只一片萍叶藕花，一切又复归寻常。词人将怀古与写景融合得如此含蓄，实在难见。最后三句是登楼远眺：“帘卷水楼鱼浪起，千片雪，雨蒙蒙。”意象清新迷蒙。词人那思古之幽情与眼前那迷离空蒙之景暗合得十分完美。

这首词不着一字议论，寄情于景，写得细腻含蓄，耐人寻味。

牛希济

生卒年不详。陇西（在今甘肃东部）人，词人牛峤的侄子。前蜀王衍时官至翰林学士、御史中丞。降后唐，拜雍州节度副使。为花间派词人之一，风格接近韦庄，又兼取飞卿，善用白描以写心事。有王国维辑《牛中丞词》一卷。

生查子

牛希济

新月曲如眉，未有团圞意。红豆不堪看①，满眼相思泪。

终日劈桃穰②，人在心儿里③。两朵隔墙花，早晚成连理④。

【注释】

①红豆：又名相思子。②桃穰（ránɡ）：桃核。③人：与“仁”同音。④连理：指不同根却生长在一起的草木。

【赏析】

这是一首抒写爱情的小令，写一对恋人为相思所苦，盼望早日团圆。

“新月曲如眉，未有团圞意”，男主人公对月怀人。那弯弯的月儿勾起了他无尽遐想：月儿弯弯正如女子的秀眉，因而看到这月亮他不禁想到了自己的心上人；月缺未圆这不正预示着人的分离吗？“红豆不堪看，满眼相思泪”，红豆喻指相思，王维有《红豆》诗：“红豆生南国，春来发几枝。愿君多采撷，此物最相思。”这两句极写男主人公对心上人的思念。

“终日劈桃穰，人在心儿里”，这两句词人巧用“劈桃穰”的比喻。“桃穰”即桃核，桃核中有仁，而仁与“人”谐音。采用这种比喻，将相思之情写得更为形象，抒发得含蓄而有韵味。“两朵隔墙花，早晚成连理”，接着词人再用比喻，将相恋而不能相见的两人比作迟早将结为连理的隔墙花。这两句一反之前的悲切情绪，表达了恋人希望永结同好的美好心愿。

这首小令通篇运用比喻、联想、移情的写作手法，将恋人间的情感表现得非常深刻。

生查子

牛希济

春山烟欲收①，天淡星稀小。残月脸边明②，别泪临清晓。

语已多，情未了③，回首犹重道：记得绿罗裙，处处怜芳草④。

【注释】

① 烟：此指春晨弥漫于山前的薄雾。② 残月：将落的月亮。③ 了：完结。④ 芳草：代指女子。

【赏析】

这首词写情人伤别，缠绵悱恻而又朴素自然。

“春山烟欲收，天淡星稀小”，这两句写景，点明分别的时间，以及分别之地的环境。天将破晓，笼罩在山间的晨雾还没有完全散尽，由于晨曦的映照，天上的星星变得越来越小。读罢这两句，我们不得不惊叹于词人对自然界细致入微的观察。

接着，词笔从天色落到人物身上：“残月脸边明，别泪临清晓。”前一句对女主人公的脸部来了一个特写，将人物也摄进了春晓画面。“别泪”二字，点明题旨。“残”字运用得极为恰当，一则进一步点明此时是黎明时分；一则以残缺不完整之月渲染出别情之苦。

“语已多，情未了，回首犹重道”，这几句写送行者与远行之人别时情态。他们互相叮咛，说了千言万语，却仍难尽心中情意。“回首犹重道”，揭示了远行者内心的眷恋与不舍。

“记得绿罗裙，处处怜芳草”，这两句是全词的妙笔：“芳草”与“罗裙”同色，此处以“罗裙”指代女主人公。此二句到底是女子对男子的叮咛，还是男子对女子的誓言，词人并未说明，但是里头包含着情人之间的深情与美好愿望。

李 珣

855—930？，字德润，其祖先为波斯人，后移家至梓州（今四川三台），时有“李波斯”之称。有《琼瑶集》，多感慨之音，后佚。为“花间派”重要作家，《花间》《尊前》录其词五十余首，由王国维辑成《琼瑶集》一卷。

巫山一段云

李珣

古庙依青嶂①，行宫枕碧流②。水声山色锁妆楼③，往事思悠悠。

云雨朝还暮④，烟花春复秋。啼猿何必近孤舟，行客自多愁。

【注释】

①青嶂：青翠的山峰。②行宫：当指高唐宫观。宋玉随楚襄王游云梦台馆，望高唐宫观，言先王（怀王）梦与巫山神女相会于此。③妆楼：指女子梳妆起居之所。④“云雨”句：宋玉《高唐赋》言楚怀王曾与巫山神女幽会，神女辞别时说自己“旦为朝云，暮为行雨”。

【赏析】

这首词是词人凭吊巫山神女祠、楚宫遗迹的纪行之作。

“古庙依青嶂，行宫枕碧流”，这两句为词人舟行所见。古庙，指巫山下供奉神女的祠庙。行宫，指楚灵王所筑细腰宫遗址。宋玉《高唐赋序》中说楚王曾梦游高唐，与巫山神女有过一夕欢会。词人看见此番景致定会引起自己对心上人的重重思念。“水声山色锁妆楼”，这里词人即景写事，眼前细腰宫里宫妃的寝殿深锁在青山碧水间，正如他不见他爱人的居处。妆楼，本指细腰宫里宫妃的寝殿，这里指词人心上人的居处，而着一“锁”字，说明词人与心上人相隔遥远。“往事思悠悠”，词人回忆与心上人相悦相欢的往事，幽思连绵不断。

“云雨朝还暮，烟花春复秋”，这两句就昔日楚王的风流韵事抒发感慨。宋玉《高唐赋序》谓楚王梦游高唐，神女自荐枕席，临别前辞曰：“妾居巫山之阳，高丘之阻，旦为朝云，暮为行雨，朝朝暮暮，阳台之下。”“云雨”指男女交好。这两句是说情爱不论时间如何流逝都不会消退。“啼猿何必近孤舟，行客自多愁”，与心上人遥遥相隔，词人心中已经堆满愁怨，又何况闻见催人泪下的猿啼呢。最后两句以景结情，语浅情深，耐人咀嚼。

毛文锡

唐末五代时人，字平珪，高阳（今属河北人），一作南阳（今属河南）人。十四岁进士及第。后入蜀，从王建，官翰林学士承旨，进文思殿大学士，拜司徒，蜀亡后，随王衍降后唐。不久又侍奉孟氏，与欧阳炯等五人以小词为蜀后主孟昶所赏。《花间集》称毛司徒，著有《前蜀纪事》《茶谱》，词存三十二首，今有王国维辑《毛司徒词》一卷。

临江仙

毛文锡

暮蝉声尽落斜阳，银蟾影挂潇湘[①]。黄陵庙侧水茫茫。楚江红树[②]，烟雨隔高唐。

岸泊渔灯风飐碎[③]，白苹远散浓香。灵娥鼓瑟韵清商[④]。朱弦凄切[⑤]，云散碧天长。

【注释】

① 银蟾：月亮。② 楚江：流经楚地的长江。③ 飐：风吹物使其颤动。④ 清商：古代民乐简称，声调哀婉悲切。⑤ 朱弦：瑟弦的美称。

【赏析】

这首词是咏古迹的。词人夜访黄陵遗庙，扬舟楚江，追寻心上人，却求之不得，心生无限惆怅。

“暮蝉声尽落斜阳，银蟾影挂潇湘。黄陵庙侧水茫茫”，这四句描绘夜景。暮蝉声尽，夕阳西下，一派凄凉之景；“银蟾”意思是月，在古时引用入诗内，有怀人的心绪。潇湘即湘江，相传舜帝二妃娥皇、女英曾居于此。

黄陵庙，传说为娥皇、女英之庙，又称二妃庙。那黄陵庙中祭奠的两位妃子日夜含泪盼望夫君归来，这正如词人对心上人之绵长不绝的思念。“楚江红树，烟雨隔高唐”，高唐，战国时楚国台观名。传说楚襄王曾梦游高唐，遇见巫山神女，幸之。此句写南方红树在烟雨迷蒙里盛开着如丹的花朵，隔断了高唐。这象征着词人与心上人遥遥相隔，不得相见。

“岸泊渔灯风飐碎，白苹远散浓香”，这两句写停船所见。一个“飐”字和一个“散”字为画面增添了几抹动态的色彩，使得画面饱满而生动。“灵娥鼓瑟韵清商。朱弦凄切，云散碧天长”，恍惚间，词人仿佛听到仙女在弹奏古琴，弦声凄切。云朵飘散，天空一碧，眼前那迷蒙的境界消散了，心上人的身影也消散了，还有词人的希望也跟着消散。全词所写之景皆凄楚迷蒙，充满着追寻心上人而不得的忧伤，尤其是最后一句，韵味悠长。

顾　敻

生卒年、籍贯、字号均不详。前蜀通正初以小臣给事内廷。因作诗刺时，几遭不测。后擢茂州（今属四川）刺史。入后蜀，官至太尉。其艳词多质朴语，尤擅小令，以《诉衷情》曲最为人称道。《花间集》收其词五十五首，由王国维辑为《顾太尉词》一卷。

诉衷情

顾敻

永夜抛人何处去①？绝来音。香阁掩，眉敛，月将沉。

争忍不相寻②？怨孤衾③。换我心，为你心，始知相忆深。

【注释】

① 永夜：长夜。② 争忍：怎忍。③ 衾：被子。

【赏析】

这是一首闺怨词，写的是一个被抛弃的痴情女子的内心独白，其中满含她对恋人的思念与怨恨。

“永夜抛人何处去？绝来音”，首二句写恋人的行踪。“永夜”即长夜，一方面说明心上人久等不至；另一方面，“永夜”是女主人公的内心感受，夜之所以显得那么漫长，正是因为情浓的缘故，正所谓

"一日不见，如隔三秋"。没有等回心上人，女主人公便意识到自己已被抛弃，故言"抛人"。"绝来音"是责备，是怨恨。一个"绝"字，点出恋人之薄情寡信。

"香阁掩，眉敛，月将沉"，这三句就闺中人自己处着笔，从环境、表情、时间的推移三方面刻画出女主人公的痴情与哀怨。"香阁掩"，既然久等不至，她只好掩起房门。"眉敛"，此时的她是多么忧烦，双眉紧皱。"月将沉"，说明她等了他一夜。

"争忍不相寻？怨孤衾"，尽管恋人薄情，但她仍旧不能放弃对已经变心的恋人的追寻。这两句写出了她对爱情的执着追求和对恋人的痴情。

"换我心，为你心，始知相忆深"，情到深处便成痴，她多么希望负心郎能够理解自己那一腔浓浓的相思之意，以换回他的爱情呀！这几句痴语历来受词论家赞赏，清初王士祯说它"白是透骨情语"；后代词学家刘永济也说，此"乃人意中语，却能说出，所以可贵"。足见评价之高。

词的品赏知识

闺怨词专门用来表现妇女的生活和情感，所抒写的是古代弃妇和思妇（包括征妇、商妇、游子妇等）的忧伤，或者少女怀春、思念情人的感情。闺怨词按题材分，可分为三种类型，第一种是描写别离相思的，《长相思》是其中的代表，以简练活泼的语言抒写了闺中人对爱人的思念；第二种是借描写美人迟暮来感慨身世命运的，贺铸的《青玉案》是其中的代表作；第三种是表现闺中人的寂寞、冷清的，比如欧阳修的《蝶恋花》。

欧阳炯

896—971，益州华阳（今四川成都）人。前蜀时为中书舍人，后降唐。后蜀时累迁门下侍郎，兼户部尚书同平章事。复从孟昶归宋，官散骑常侍。曾为赵崇祚所编《花间集》作序，称“愁苦之音易好，欢愉之语难工”。《花间》《尊前》共收其词四十八首，由王国维辑成《欧阳平章词》一卷。

南乡子

欧阳炯

画舸停桡[①]，槿花篱外竹横桥。水上游人沙上女，回顾，笑指芭蕉林里住。

【注释】

① 画舸：彩色的小船。桡：划船的桨。

【赏析】

欧阳炯作《南乡子》八首，全写云南、广东一带风土民情，用笔简洁，词风清新。这是其中第二首词，词人用简笔勾勒出一幅清幽的江岸风光图，并采用侧面烘托、正面描写两种手法来描写一位少女，将少女的率真、羞涩、质朴的情状活脱脱显于纸上。

“画舸停桡，槿花篱外竹横桥”，首二句写景，词人为我们描绘了一幅画船静泊图。船行靠岸，停在了一个清幽处，近旁是以木槿花为篱（木槿夏秋间开花，红白相间，当地人常以为篱）的茅舍，远处是依稀可见的横江竹桥。其中“横”字用得妙，将溪桥横斜、倚卧水上的姿态生动地描绘了下来。

“水上游人沙上女”，“水上游人”是指从画船中走下来的游人，“沙上女”则指沙岸上的姑娘。“回顾，笑指芭蕉林里住”，那沙上的姑娘是如此美丽，水上游人忍不住频频回头观望。游人问姑娘是不是住在槿花篱笆中的茅舍里，姑娘摇头，笑指向远处的芭蕉林。这短短九个字中，有表情，有动作，有对话，可见词人用笔之妙。“回顾”是通过侧面描写，烘托少女的美丽；而“笑指芭蕉林里住”，则生动地将农家少女热情好客、坦率真诚以及略显羞涩的神情描绘了出来。

孙光宪

900—968，字孟文，自号葆光子，陵州贵平（在今四川仁寿东北）人。唐时为陵州判官，有政声。后唐时历事三世，累官荆南节度副使、检校秘书少监。入宋，为黄州刺史。为人性嗜经籍，有《北梦琐言》传世。《宋史》卷四八三有传。其风格与“花间”的浮艳、绮靡有所不同。《花间》《尊前》录其词八十四首，王国维辑为《孙中丞词》一卷。

浣溪沙

孙光宪

蓼岸风多橘柚香，江边一望楚天长。片帆烟际闪孤光。

目送征鸿飞杳杳①，思随流水去茫茫。兰红波碧忆潇湘。

【注释】

① 征鸿：远飞的大雁。杳杳：深远貌。

【赏析】

这是一首送别之作。这首词的写作颇有特点，它并非直接抒发惜别之情，而是通过对景物的描写来传递对友人的留恋之意。

“蓼岸风多橘柚香”，这是词人送别友人时所见之景，十分喜人。橘柚飘香说明此时正值秋季。“江边一望楚天长”，词人的目光由近处转至远处，他望见迢迢江水，寂寂长空。“一望”二字，颇为传神，表现了主人公顷刻之间由喜悦变为忧愁的神态。“片帆烟际闪孤光”，这一句由李白“孤帆远影碧空尽”脱化而来，承接上一句，词人纵目远望，为的是目送友人行舟。这一句描摹极为细致，常为后人所称赏。“片帆烟际”四字画面感极强，优美孤清。而一“闪”字则将小船儿在阳光下闪闪烁烁、若隐若现的景象传神地描画了下来，词人真是观察入微。“孤”则为这一句增添了浓厚的感情色彩，将情与景完美结合。

“目送征鸿飞杳杳，思随流水去茫茫”，这两句即景赋情，写词人对友人的依依不舍之情。征鸿，表面指远飞的鸿雁，暗喻远去的友人。“杳杳”对应上阕的“烟际”，指友人已经远去。词人不仅目光随着友人的“片帆”远去，他的心也随着流水同友人远去了。“兰红波碧忆潇湘”，“兰红波碧”，写秋景之美。“潇湘”，原本指湖南潇、湘二水。此时词人仕荆南，这里指两人的分别之地。那么这两句是说来年这个时候，我们还要互相思念。

冯延巳

903—960，一名延嗣，字正中，广陵（今江苏扬州）人。南唐时官至宰相，终罢为太子少傅。其词多写闲情逸致，文人气息浓厚，与温（庭筠）、韦（庄）分鼎三足，对北宋初期的诸家影响尤深。王国维《人间词话》谓其“堂庑特大，开北宋一代风气”。今传词一百二十首，有《阳春集》。

长命女

冯延巳

春日宴，绿酒一杯歌一遍①。再拜陈三愿②：

一愿郎君千岁，二愿妾身常健，三愿如同梁上燕，岁岁长相见。

【注释】

① 绿酒：新酿的米酒。未经过滤的新酒，上面浮有绿色的泡沫，故称。② 陈：陈述。

【赏析】

这是一首祝酒词。词人以女子的口吻说出她的三个愿望，语言通俗，几近口语，感情真率质朴，充满了浓郁的民歌情调。

上阕写春日宴会中女子的表现：她先饮下一杯酒，接着唱词，再拜，最后陈诉了三个愿望。

下阕是三个愿望的内容。第一个愿望是祝愿郎君的，希望他能长寿；第二个愿望是对自己而发的，祝愿自己永远健康；第三个愿望则是对他们二人的祝愿，愿二人如同梁上的燕子，能长相厮守。

由这最后一个愿望我们可以看出这一对恋人并非夫妻：燕子是候鸟，秋去春来，年年相见。以燕子自喻，说明他们只能定期相见，并不能时时刻刻相守一处。此女子很明显为青楼女子或男子的外室。

这首小词言虽浅近，却又含蓄，颇值得玩味。

鹊踏枝

冯延巳

谁道闲情抛掷久？每到春来，惆怅还依旧。日日花前常病酒[①]，不辞镜里朱颜瘦。

河畔青芜堤上柳[②]，为问新愁，何事年年有？独立小桥风满袖，平林新月人归后。

【注释】

① 病酒：因常醉酒而病。② 芜（wú）：小草。

【赏析】

这首词主要表现的是一种无法排遣、时时盘结在词人心中的闲愁。

“谁道闲情抛掷久？”这一句设问，点明写闲愁，并写出闲情的苦恼不能解脱的特点。

“每到春来，惆怅还依旧”，这两句自问自答，那无法抛掷的闲愁盖因春起，每年都生。“日日花前常病酒，不辞镜里朱颜瘦”，词人以什么来打发闲愁呢？唯酒而已。词人宁可身体消瘦，也要通过不断饮酒来打发闲愁，可见其愁思之深重。

“河畔青芜堤上柳，为问新愁，何事年年有？”词人仍在写愁，只不过他的足迹由家中转至府外，愁不再流连于花间、酒杯间、镜子前，而是随之扩展到屋子外的世界——河畔青草、堤上绿柳都蒙上了愁。“河畔”句，既是写景，也是用年年春天柳青草碧，来比喻自己的愁春来即长，年年不尽。“为问”两句是他对闲愁“年年还生”这一现象的无奈呼喊。

“独立小桥风满袖，平林新月人归后”，这两句虽为景语，却将词人的“惆怅”与“新愁”全写了出来，词人那愁苦的情态宛在眼前。

鹊踏枝

冯延巳

几日行云何处去？忘了归来，不道春将暮。百草千花寒食路[①]，香车系在谁家树？

泪眼倚楼频独语，双燕来时，陌上相逢否[②]？撩乱春愁如柳絮，悠悠梦里无寻处。

【注释】

①“百草千花”句：指浪子在寒食前后于青楼妓馆的冶游。②陌：泛指道路。

【赏析】

这是一首闺怨词，写深居闺中的女子对乐游忘归的丈夫的怨恨与不舍。

上阕写男子冶游不归。“几日行云何处去？忘了归来，不道春将暮”，这三句是闺中少妇的幽怨之词，表现出她对情郎的惦念。这里以“行云”比喻在外四处游荡的情郎，非常形象贴切。“忘了归来，不道春将暮”，这两句为女子的自问自答之词，充满无穷悲叹：美好的春光将要逝去了，而情郎却仍不见归来。“春将暮”字面上是指春光将尽，亦指女子的美好年华将逝。

“百草千花寒食路，香车系在谁家树？”这两句是女子对情郎不归所做的猜测。“百草千花”语意双关，既指人好春色，又指众娼女。她猜测他乘着香车四处寻花问柳。

下阕写女子的痴情与怨愤。“泪眼倚楼频独语，双燕来时，陌上相逢否？”她想到自己的丈夫在外纵行放荡，心中是多么的悲伤呀。“泪眼”写其忧伤；“倚楼”写她对丈夫的盼望。“双燕”两句是她的询问，她频频问那归来的双燕是否见到自己的夫君。燕子无情，怎听得懂她的言语，这一问极写女主人公之痴。

“撩乱春愁如柳絮”，问燕燕无语，这令她多么惆怅，多么悲痛，心中那春愁顿时如柳絮一般，凌乱无序。这里词人以柳絮喻愁，将无形之愁具体化，极写其纷乱。“悠悠梦里无寻处”，既然他不归，她又那般惦念着他，那么便到梦里将他寻觅吧，但梦却那般悠长，令她茫然而不得寻觅。这最后两句写得千回百转，情意缠绵，形象地表达了女主人公的哀怨与痴情。

谒金门

冯延巳

风乍起[①]，吹皱一池春水。闲引鸳鸯香径里，手挼红杏蕊[②]。

斗鸭阑干独倚，碧玉搔头斜坠[③]。终日望君君不至，举头闻鹊喜[④]。

【注释】

①乍：忽然。②挼（ruó）：揉搓。③碧玉搔头：即碧玉发簪。④闻鹊喜：古人认为闻鹊声意味着有喜事来临。

【赏析】

这是一首闺情词，写的是一贵族少妇在春天里思念丈夫的愁苦情景。

“风乍起，吹皱一池春水”，这是古今传诵的绝妙佳句。据说南唐中主李璟曾问冯延巳：“‘吹皱一池春水’，干卿何事？”冯答：“未若陛下‘小楼吹彻玉笙寒’也！”于是中主大悦。这两句表面写景，实则写情：那被风吹皱的一池春水就好像词中女主人公起伏难平的心。大地春回，而女主人公的丈夫却远行在外，面对着大好春光，独居的女主人不由得生出寂寞与苦闷之情。

“闲引鸳鸯香径里，手挼红杏蕊”，这两句写出了女主人公百无聊赖的情状。她为排遣心中的苦闷，时而引逗鸳鸯，时而揉搓着红杏的花蕊。鸳鸯，是一种水鸟，总是雌雄成双成对出现，在诗文中常作为爱情的象征。揉搓花蕊、引逗鸳鸯虽然能暂时排遣寂寞，但是看见鸳鸯成双成对，却更显示出少妇的孤寂，于是又勾起了心中的愁闷和对心上人的思念。

“斗鸭阑干独倚，碧玉搔头斜坠”，这是写女主人公的又一个动作，她逗完鸳鸯，搓完红杏，又倚着栏杆看鸭儿争斗起来。她看得那样入神，以至头上的玉簪掉下来了还浑然不觉。

难道主人公真的是看“斗鸭”看得入迷了吗？不是。池中活泼的鸭子只会令她倍感孤寂，一片愁云笼上了她的心头，她沉浸在无限相思之中。“终日望君君不至，举头闻鹊喜”，她倚栏实在不是为了看“斗鸭”，而是在盼望丈夫归来。她日日凭栏盼望，却屡屡感到失望。在她绝望之际突然听到鹊儿的叫声，古人以闻鹊声为喜兆，因此女主人公听到喜鹊叫声，心中不禁又燃起了一丝希望。

徐昌图

？—965？，字号不详，福建莆田（一作莆阳）人。五代末以明经及第，早年仕闽，后归宋，命为国子博士，累迁殿中丞。平生喜好作词，风格清隽，但多散佚，今仅存三首，见录于《尊前集》。

临江仙

徐昌图

饮散离亭西去，浮生长恨飘蓬①。回头烟柳渐重重②。淡云孤雁远，寒日暮天红。

今夜画船何处？潮平淮月朦胧。酒醒人静奈愁浓。残灯孤枕梦，轻浪五更风。

【注释】

①飘蓬：飘飞的蓬草。②烟柳：烟雾笼罩的柳林。

【赏析】

这首词写的是离愁别绪，题材虽旧，但艺术表现手法却很新颖。词人通过一连串清冷的意象来传达主人公的羁旅愁情，将一个漂泊他乡的游子的愁惨模样刻画得惟妙惟肖。

“饮散离亭西去”，叙述离别场景。亲友在送别的驿亭为词人饯行，酒席散后，他辞别亲友西去。独自远游的词人此时感慨万分，“浮生常恨飘蓬”——他怨恨自己一生就像那到处漂泊的飞蓬。这一句点出羁旅之恨。“回头烟柳渐重重”，与亲友分离，词人自有千般不舍，他禁不住频频回首，可回首处“烟柳渐重重”，送行人已不见了。回首已是徒然，词人这才朝着“西去”的方向看去：“淡云孤雁远，寒日暮天红。”一路的景色是多么凄凉呀。这两组画面是在特定心情的支配下摄入词人眼中的，为情中之景，染上了词人浓重的愁绪。

“今夜画船何处？”词人以问句开头，他问自己今晚宿在何处，接着自问自答道：“潮平淮月朦胧。”词人从船舱里探出头来，得知自己已到淮河。这一句通过环境的渲染，将词人别后的孤寂衬托了出来。“酒醒人静奈愁浓”，酒与愁仿佛是天然不分的，此时词人愁绪难以排遣，便借酒消起愁来。然而酒醒之后，愁绪又涌上心头。“残灯孤枕梦，轻浪五更风”，夜虽深了，可愁苦至极的词人仍旧无法入眠。他倚着孤枕，对着残灯，辗转反侧，愁绪万千。好不容易入眠了，一阵轻浪又将他惊醒。最后两句将他客中的悲苦表现得淋漓尽致！

俞陛云《唐五代两宋词选释》曾评徐昌图的《临江仙》一词曰：“状水窗风景宛然，千载后犹想见客中情味也。”

李　璟

916—961，初名景通，字伯玉，徐州（今属江苏）人。性宽仁，少有文名。为南唐第二个皇帝，在位十九年，庙号元宗。执政期间，南唐政权逐渐衰落，被迫向周称臣，迁都洪州（今江西南昌），最终抑郁而死。今存词四首，后人将其与李煜之作合刻为《南唐二主词》。

摊破浣溪沙

李璟

手卷珠帘上玉钩，依前春恨锁重楼。风里落花谁是主？思悠悠。

青鸟不传云外信①，丁香空结雨中愁。回首绿波三楚暮，接天流。

【注释】

①青鸟：相传是西王母的使者。

【赏析】

这是一首伤春词。

“手卷珠帘上玉钩”，首句便将人引入词中，直接叙述人的动作。词人卷上珠帘看到了什么呢？没有直说，而是借此抒发愁怨——“依前春恨锁重楼”，看来是帘外所见之物勾起了词人的“春恨”。

接下来便写出春恨的来由：“风里落花谁是主？思悠悠。”风吹得落花飘飞，而那无人管的落花令词人联想到人的飘零无依，他的愁怨正是源于此。

“青鸟不传云外信，丁香空结雨中愁”，这两句进一步揭示出春恨的真正原因。“青鸟”句反用西王母与汉武帝典故。据说三足的青鸟是西王母的使者，七月七日那天，汉武帝忽见青鸟飞聚到殿前，告知武帝西王母将至，随后西王母果然降临。未见青鸟传信，说明词人与心上人失去联络，相见无期，这不禁令词人心生愁怨。“丁香结”用来喻指因思念恋人而郁思难解。

最后以景语作结：“回首绿波三楚暮，接天流”。楚天日暮，江水接天，这既是词人回首所见之景，也是他心中流淌不尽的愁思的物化形象，那滚滚长江之水不就如同他心中的无尽愁思吗？

摊破浣溪沙

李璟

菡萏香销翠叶残[①]。西风愁起绿波间。还与韶光共憔悴[②]，不堪看。

细雨梦回鸡塞远[③]。小楼吹彻玉笙寒。多少泪珠无限恨，倚阑干。

【注释】

①菡（hàn）萏（dàn）：荷花。②韶光：美好的时光。③鸡塞：即鸡鹿塞，在今内蒙古，为边塞地区，此处泛指边塞。

【赏析】

这首词写的是秋怨。

词的上阕着重写景，景中含情。“菡萏香销翠叶残”，这一句点明时令，荷花香味散尽，荷叶枯残，说明此时正值深秋。“销”“残”二字正写出了秋景的衰残，也隐约流露出词人的惆怅之情。“西风愁起绿波间”，接着词人描写荷塘里的水。西风，意即秋风。绿波，指秋水。一个“愁”字，将秋风和秋水都拟人化了，词人将自己的主观感受融入西风之中。“还与韶光共憔悴，不堪看”，这两句词人进一步写悲秋之情。春光憔悴了，人也跟着憔悴，时间的流逝造成春愁人也愁，在这万般憔悴的时候，自然会“不堪看”了。

词的下阕记梦抒情。“细雨梦回鸡塞远”，如今已至深秋，大地一片萧肃，令人“不堪看”，那么人在梦中是否能得到片刻的慰藉呢？词人梦到了“鸡塞”。鸡塞为边塞之地，这里指南唐边境。南唐边境屡遭敌国侵犯，这令身为一国之君的词人深感忧虑。看来在梦中，词人不仅难以排解自己的愁情，反而更添一丝忧愁。那么醒后又如何呢？“小楼吹彻玉笙寒”，醒来后，他听到小楼吹笙，笙寒而声咽。这一句反映出词人的孤寂心境。“多少泪珠无限恨”，环境凄清，人事悲凉，这一切仇怨交织在一起，不禁让人潸然泪下。无奈之中，词人只得“倚阑干”，这既是排遣，又是凝思，二者兼而有之。

李 煜

937—978，初名从嘉，字重光，号钟隐、莲峰居士，南唐中主李璟第六子。宋太祖建隆二年（961）嗣位为南唐后主，开宝八年（975）为宋所灭。后被押往汴京（今河南开封），封违命侯。太平兴国三年（978），终因不忘故国而被宋太宗赐服牵机药而死。前期之作多写宫廷生活，后期之作专抒亡国之痛、故国之思，备受后人推崇，在词史上起到了变伶工词为士大夫词的重大作用，今存词三十余首，见于与李璟合刻的《南唐二主词》。

长相思

李煜

一重山，两重山，山远天高烟水寒，相思枫叶丹。
菊花开，菊花残，塞雁高飞人未还，一帘风月闲。

【赏析】

这是一首抒发相思之情的词。

“一重山，两重山”，思妇登高远眺，期望能望见丈夫归来的身影，但眼前只有重重高山。那一重一重的高山，正如同思妇心中那重重相思、重重离恨，越望思情越浓、离恨越重。“山远天高烟水寒”，“寒”的不只是“烟水”，也有思妇的心绪。前三句词人皆是写景，但景中却寄予着情意。“相思枫叶丹”，最后情景交融，说她心中的相思之情就如同那红艳艳的枫叶一般热烈。

“菊花开，菊花残”，花开花落，时光如水一般流逝，思妇的青春容颜也在这年复一年的变化之中悄然逝去。“寒雁高飞人未还”，那高飞的大雁尚且每年都归来，而离人却始终不见踪影。丈夫不归，年华流逝，这让思妇怎么不怨恨？“一帘风月闲”，最后一句既是景语又是情语。那“一帘风月”为思妇眼前之景，夜深人静之时，她独坐闺中，抬起头来，只见帘幕被风轻轻吹动，帘外一轮明月高挂。“风月”又喻指思妇对丈夫的一腔柔情。“风月闲”即是说丈夫不归，她那一腔柔情无处寄托。此句一语双关，留给人无限回味的余地。

清平乐

李煜

别来春半，触目愁肠断。砌下落梅如雪乱，拂了一身还满。

雁来音信无凭，路遥归梦难成。离恨恰如春草，更行更远还生。

【赏析】

这是一首抒发离愁别绪的词作。此词一说系后主乾德四年（966）其弟从善入宋久不得归，因思念而作。

上阕由己处落笔，诉说自己的思念。“别来春半，触目愁肠断”，劈头一个“别”字，点明题旨。词人与弟弟分别已经很久了，他看着春半风光愁情无限。但到底是什么唤起了他的愁恨呢？“砌下落梅如雪乱，拂了一身还满”，原来是纷纷扬扬落下的白梅。“落梅如雪”，说明梅花为白梅，并且说明落梅之多。词人这里以飘落的白梅象征他的愁情。那不断飘落的梅花，就如同自他心中不停涌出的愁情；梅花落了一身，拂去片刻又落满，他那离愁也如此，怎么也挥之不去。

下阕写想象中弟弟对他的思念情状。“雁来音信无凭”，这一句写出了弟弟在他乡望断音信的情景。“路遥归梦难成”，故人无音信传来，他欲归去，无奈天遥地远，即使在梦中也难觅归影，可见其思乡之苦。既无来信，归梦又难成，剩下的只有离恨了，于是逼出结尾二句：“离恨恰如春草，更行更远还生。”这两句巧用比喻，将怀人的情思比作青青芳草，向着天边蔓延滋生。

破阵子

李煜

四十年来家国[①]，三千里地山河。凤阁龙楼连霄汉[②]，玉树琼枝作烟萝[③]，几曾识干戈[④]！

一旦归为臣虏，沈腰潘鬓消磨[⑤]。最是仓皇辞庙日[⑥]，教坊犹奏别离歌[⑦]，垂泪对宫娥[⑧]。

【注释】

①四十年：南唐自建国至李煜作此词，为三十八年。此处四十年为概数。②凤阁：别作“凤阙”。凤阁龙楼指帝王的居所。霄汉：天

河。③ 玉树琼枝：别作“琼枝玉树”，形容树的美好。烟萝：形容树枝叶繁茂，如同笼罩着雾气。④ 识干戈：经历战争。识，别作“惯”。干戈，武器，此处指代战争。⑤ 沈腰潘鬓：沈指沈约，曾有“革带常应移孔……以此推算，岂能支久”之语，后用沈腰指代人日渐消瘦。潘指潘岳，曾有诗云：“余春秋三十二，始见二毛”，后以潘鬓指代中年白发。⑥ 辞：离开。庙：宗庙，古代帝王供奉祖先牌位的地方。⑦ 犹奏：别作“独奏”。⑧ 垂泪：别作“挥泪”。

【赏析】

这首词作于后主被迫降宋之际。词人于幽禁之中对往事作痛定思痛之想，将亡国之恨抒发得淋漓尽致。

上阕回顾故国昔日的繁华。“四十年来家国，三千里地山河”，词人从大处落笔，开头先写国家的繁盛，立国四十年，幅员辽阔，写得颇为雄放有气势。“凤阁龙楼连霄汉，玉树琼枝作烟萝”，接着具体描写国家的殷实。人们居住的楼阁高耸入云霄，庭院内各种奇花异草长得繁茂。“凤”和“龙”二字写出了楼阁的华贵精美；“玉”和“琼”表明树木的珍贵。“几曾识干戈”，最后笔锋一转，气势急转直下，使之前那排空而来的景物，顷刻全倒，好端端的一个国家就断送在了战争里，话语中流露出词人不尽的自责与悔恨。

下阕记叙国破时的情景。“一旦归为臣虏，沈腰潘鬓消磨”，“一旦”二字承上阕“几曾”句而来，虽有转折意，却转得不露痕迹，笔力千钧，悔恨之意溢于言表。国亡后，人也变得消瘦苍老了。“最是仓皇辞庙日，教坊犹奏别离歌，垂泪对宫娥”，词意至此，已转至最深。

词人即将离家去国，“仓皇”二字写出了他离别时的匆忙。在匆忙之中，偏又听到教坊里演奏别离的曲子，这使他又增伤感，不禁面对宫女恸哭垂泪。下阕将离别故国时哭辞宗庙的情景写得沉痛惨淡，读之不免使人觉得凄惨苦涩。

捣练子令

李煜

深院静，小庭空，断续寒砧断续风①。无奈夜长人不寐，数声和月到帘栊②。

【注释】

①寒砧：寒夜捣帛声。古代秋来，家人捣帛为他乡游子准备寒衣。砧（zhēn），捣衣石。②栊：窗户。

【赏析】

这首词围绕寒砧声展开，词人通过描绘景物而烘托出一片幽怨清寂的氛围，使人不觉沉浸其中，感受词中之人那孤独苦闷的心绪。

“深院静，小庭空”，首二句写出人所处的环境。“静”和“空”二字不仅写出了庭院的特征，还衬托出主人公的无聊与寂寞。

“断续寒砧断续风”，将环境渲染得更为沉寂、静谧。阵阵秋风送来阵阵砧声，那声音时轻时重，时断时续，无止无休更加深了主人公的孤寂感。砧，即捣练的石板，这里指代砧声。古人用木杵在砧石上捣用生丝织成的绢，绢捣熟后便裁制衣服。有的为戍边的将士捣衣，有的为他乡的游子捣衣。因此，捣衣声常与离愁别绪相联系。主人公兴许是客居他乡之人，他听到那断断续续的捣衣声，不免生出许多思乡愁情来。

“无奈夜长人不寐，数声和月到帘栊”，这两句以景写情，将离愁抒发得婉曲含蓄。“无奈”二字，写出了词中之人难以表达的心绪。“人不寐”说明他愁绪难以排遣。最后以“月到帘栊”作结，将人凄苦的心境与景色结合起来，情味悠长。

相见欢

李煜

林花谢了春红①，太匆匆，无奈朝来寒雨晚来风。

胭脂泪②，留人醉③，几时重④？自是人生长恨水长东。

【注释】

①谢：凋谢。②胭脂泪：原指女子的眼泪，女子脸上搽有胭脂，泪水流经脸颊时沾上胭脂的红色，故云。在这里，胭脂是指林花着雨

的鲜艳颜色，指代美好的花。③留人醉：一本作“相留醉”。④几时重：何时再度相会。

【赏析】

这首词作于后主后期，写的是他在幽闭期间失意的心情，尤为沉痛。

上阕写景。“林花谢了春红”，首句便显露出伤春之意。时已暮春，看着一地落红，词人黯然神伤，不禁发出“太匆匆”的感叹来。按理说，春来花开，春去花谢乃是自然规律，词人的感叹大概由于凄楚心境。那匆匆逝去的又岂只有林花呢？词人由眼前这谢了的林花联想到自己那顷刻之间便覆之的南唐故国。词人在这里写林花，其实是深深寄托着自己的亡国之思。

“无奈朝来寒雨晚来风”，这句点出林花匆匆谢去的原因，林花的凋谢是由于风雨侵袭所致。

下阕由景物转入人事。“胭脂泪”三字是由景物转入人事的转折点。“胭脂”上承“春红”而来，而“春红”着“寒雨晚风”不就成“胭脂泪”了吗？胭脂指林花着雨的鲜艳颜色，它指代的是美好的花。花本无泪，只是词人寓情于物，词人心在泣血，其色正若眼前这胭脂。“留人醉”，花固怜人，人亦惜花；人与花泪眼相对，如痴如醉。“几时重”则表现出了自知希冀无法实现而产生出的怅惘与迷茫之情。

“自是人生长恨水长东”，末句放眼人间，寄恨无穷，不仅写出一己之失意，亦包含人类所共有的生命缺憾，震撼着人心。

相见欢

李煜

无言独上西楼，月如钩。寂寞梧桐深院锁清秋①。

剪不断，理还乱，是离愁②。别是一般滋味在心头③。

【注释】

①锁清秋：深深被秋色所笼罩。②离愁：指去国之愁。③别是一般：也作“别是一番”，另有一种意味。

【赏析】

这首词作于词人亡国身虏后那段时期，抒写离愁。

上阕写深秋词人独自登楼的情景。“无言独上西楼”，首句即直接将人物引入画面之中。这一句看似平淡，实则蕴意无限。“无言”二字将词人的愁苦神态刻画了出来，而后着一“独”字，勾勒出词人孤身登楼的身影。这句词平白如话，但是却能通过对神态与动作的刻画揭示出深藏于词人心底的孤寂与凄婉。“月如钩。寂寞梧桐深院锁清秋”，这是词人登楼所见，寓情于景，意境凄凉。“月如钩”，是词人仰望所见，交代了登楼时间。他接着俯视庭院：“寂寞梧桐深院锁清秋。”身为阶下囚的词人不正如那深锁在庭院中的梧桐吗！寂寞、孤苦。

下阕抒发离愁。“剪不断，理还乱，是离愁。”愁本无色无形，而这里词人将愁形象化，以丝喻愁，非常新颖。那么，“丝”与“愁”有何相似之处呢？词人身为亡国之君他心中的“离愁”正如那千缕万缕的丝一般，纷乱、繁杂。这几句细腻地道出了词人对繁华的故国无法排遣的离愁。末句“别是一般滋味在心头”，紧承上句写出了词人对愁的体验与感受。沦为宋廷的幽囚，他心中的愁闷是难以言说的，它根植于人的内心深处，包含着无限辛酸与苦涩。

浪淘沙

李煜

帘外雨潺潺[①]，春意阑珊[②]。罗衾不耐五更寒。梦里不知身是客，一晌贪欢[③]。

独自莫凭栏，无限江山。别时容易见时难。流水落花春去也，天上人间。

【注释】

①潺潺：形容雨声。②阑珊：已残，将尽。③ 晌：霎时，片刻。

【赏析】

据《西清诗话》记载，此词是词人去世前不久所写：“南唐李后主归朝后，每怀江国，且念嫔妾散落，郁郁不自聊，尝作长短句云‘帘外雨潺潺……’含思凄惋，未几下世。”词情凄婉至极，催人泪下。

上阕采用倒叙，先描写梦醒后的情景，然后写梦。“帘外雨潺潺，春意阑珊”，这是对室外景致的描绘，时已暮春，雨声潺潺，一种寂寞的思绪油然而生。“罗衾不耐五更寒”，一个“寒”字，为全词定下了凄冷的基调。“梦里不知身是客，一晌贪欢”，现实如此，这让他更加贪恋梦中的片刻欢娱，但梦终究为虚幻之物，梦醒以后，他还要面对自己沦为亡国之君的残酷现实。

下阕抒发亡国之思。“独自莫凭栏”，为何独自一人时不要凭栏怀远呢？因为即便登上高楼，独自凭栏，也望不见“无限江山”，只会引起心中无限感伤。“别时容易见时难”，这再简单不过的一句话，却饱含着词人多少的辛酸苦楚！一夕之间词人就“归为臣虏”，与故国分别。沦为阶下囚后，再望一眼故国也成了奢望，只能带着深深的悔恨凄苦度日。“流水落花春去也，天上人间”，后两句以春光的流逝喻指繁华的消尽，表明“花月正春风”的时光已一去不复返了。

乌夜啼

李煜

昨夜风兼雨，帘帏飒飒秋声。烛残漏断频欹枕[①]，起坐不能平。

世事漫随流水，算来梦里浮生。醉乡路稳宜频到，此外不堪行。

【注释】

① 漏：漏壶，古代滴水计时的仪器。欹：通“倚”。

【赏析】

这是一首秋夜抒怀之作，作于词人亡国降宋之后。

上阕写词人幽闭生活的一个片段。“昨夜风兼雨”，首句点明时间、天气。昨夜窗外风声兼着雨声，景象一片凄清，而室内也是“帘帏飒飒秋声”。在这两句环境描写中，我们隐约可以感受到词人那极度愁苦的意绪。

“烛残漏断频欹枕，起坐不能平”，这两句描写词人的烦闷心情，他在床上翻来覆去，频频曳枕斜靠，甚至还坐起身来，那满腔愁绪仍旧难以排遣，他始终难以成眠。这两句将词人郁闷、愁苦的心情展现得淋漓尽致。

词的下阕直接抒情。长夜漫漫，词人回忆往事，想到自己坎坷的一生，不禁发出这样的感慨：“世事漫随流水，算来梦里浮生。”昨日他还贵为一国之君，而今日呢，他亲手断送了自己的国家，沦为阶下之囚，词人的遭际使他产生人生如梦的感慨。一个“漫”字，极空虚，极幻妄，准确地传达了作者的万千思绪。一个“算来”，既说明作者是总结回顾自己的过去得出的结论，同时也展现出作者十分迷惘、无奈的心情。

“醉乡路稳宜频到，此外不堪行”，词人“一旦归为臣虏”便永无出头之日，永无复国之日，今日与明日不会再有任何区别，屈辱与悔恨将伴他一生。因此，除了买醉，除了迷迷糊糊游走于醉乡，他不知道如何忘却心中的烦恼与怅恨，最后两句将词人心中那最深沉的亡国之痛抒发到了极致，没有经历过深切痛苦的人是无法领会其中所蕴含的感情的。

望江南

李煜

多少恨，昨夜梦魂中。还似旧时游上苑[①]，车如流水马如龙[②]。花月正春风！

【注释】

① 上苑：古代皇帝的花园。② 车如流水马如龙：极言车马众多。

【赏析】

这是一首记梦词，作于词人降宋被囚期间。

“多少恨”三字劈空而来，直抒心中恨意，这股恨意由何而来呢？“昨夜梦魂中”昨天夜里的梦引起了他的满腔怨恨。“还似旧时游上苑，车如流水马如龙。花月正春风”，这三句由“还似”引起，铺陈梦境，深入陈述“恨”之缘由。梦毕竟不是现实，因而用“似”；“旧时”指南唐亡国以前。且看看词人身为国君时，过的是何等惬意的日子吧：他率领着众王公大臣及后宫的妃嫔们游赏精巧别致、风景如画的皇宫禁苑，一路上车马如流，队伍盛大，好不热闹。那时春风和煦，花开正艳，月光皎皎，一派欢乐景象。因此词人的“恨”来自对过往生活的留恋，但这只是原因之一。他的恨更是一种悔恨，正所谓“亡国之音哀以思”，对于亡国词人来说，除了悲哀，还有反思，他是为自己的荒淫误国而悔恨不已。

子夜歌

李煜

人生愁恨何能免①？销魂独我情何限②！故国梦重归③，觉来双泪垂④。

高楼谁与上⑤？长记秋晴望⑥。往事已成空，还如一梦中⑦。

【注释】

①何能：怎能。何，什么时候。免：免去，免除，消除。②销魂：同“消魂”，谓灵魂离开肉体，这里用来形容哀愁到极点，好像魂魄离开了形体。独我：只有我。何限：即无限。③重归：《南唐书·后主书》注中作“初归”。全句意思是说，梦中又回到了故国。④觉（jiào）来：醒来。觉，睡醒。垂：流而不落之态。⑤谁与：同谁。全句意思：有谁同自己一起登上高楼？⑥长记：永远牢记。秋晴：晴朗的秋天。这

里指过去秋游欢情的景象。望：远望，眺望。⑦还（hái）如：仍然好像。还，仍然。

【赏析】

这首词作于词人沦为阶下囚之后，写亡国之恨。

“人生愁恨何能免？销魂独我情何限”，开篇直抒胸臆，言愁言恨。“人生”句是对世事的一种感叹，词人所感叹的是，人生总是免不了愁和恨。既然愁恨是寻常，那就等闲视之吧。但词人做不到。“销魂独我情何限”，他的愁怨无法消解。“独我”二字用的传神，表现出词人特殊的悲哀和绝望。那么，是什么令他如此“销魂”呢？

“故国梦重归，觉来双泪垂”，昨夜他又梦到“凤阁龙楼连霄汉，玉树琼枝作烟萝”的故国了，他又重温了作为国君时的幸福生活，可一觉醒来，却什么都没有了，又回到了残酷的现实中。他的愁恨实在不是一般的愁恨，而是亡国之恨，这怎能不叫他“双泪垂”呢！

“高楼谁与上？长记秋晴望”，梦里的场景加深了词人对故国的怀念，因而他登上高楼远眺故国，追忆往昔的欢娱。“高楼谁与上”是无人与他一起登楼之意，表现了词人的孤寂心境。“长记秋晴望”，他回忆起一个晴朗的秋天，虽然他并未说明在那个秋日里到底发生了什么，但一定是一个非常美好的日子。

很快，他又由回忆跌回现实，心中顿觉无限悲凉，于是长叹道：“往事已成空，还如一梦中。”现实中的无奈总让人产生一种空虚无着落之感，人生的苦痛也总带给人一种不堪回首的感受，因此词人企图从“梦”和“空”中解脱自己，埋藏自己的痛苦。

虞美人

李煜

春花秋月何时了，往事知多少？小楼昨夜又东风，故国不堪回首月明中。

雕栏玉砌应犹在[①]，只是朱颜改。问君能有几多愁？恰似一江春水向东流。

【注释】

① 砌：台阶。

【赏析】

这首词是后主的绝命词。据传词人作好这首词后，于七月七日那天晚上，在寓所命歌伎作乐，然后演唱，声闻于外。宋太宗听闻这件事后，大怒，认为他仍旧对故国念念不忘，便命人赐药酒，将他毒死。这首词写亡国之痛，词人通过今昔对比，表现出无穷的哀怨与悔恨。

“春花秋月何时了，往事知多少”，“春花秋月”指的是良辰美景，良辰美景本不嫌多，但词人却希望它们快快“了”了，也就是完结了。这是为什么呢？因为词人此时为阶下囚，春花秋月只会引起他对往事的无尽追思。“小楼昨夜又东风”，一个“又”字，表明词人降宋后又过去一年。这一句表现了词人对岁月流逝的感慨，但这种感慨具体指的是什么呢？“故国不堪回首月明中”，是故国之思。

“雕栏玉砌应犹在，只是朱颜改”，这两句承上阕末句而来，回首故国。“雕栏玉砌”指的是南唐故都金陵的宫殿亭台；“朱颜”指往日宫中的红粉佳人。这两句暗含词人对江山易主的感慨！前面六句，词人以永恒和无常这一哲学命题做了三度对比，将美景与悲情，往昔与今日，景物与人事的对比融为一体，极尽曲折蕴蓄之意。“问君能有几多愁？恰似一江春水向东流”，这最后两句极富感情，词人以江水喻愁，不仅写出了愁的悠长深远，又显示出忧愁汹涌翻腾，极为贴切形象，令人叹服。

词的品赏知识

李煜的词，其风格可以以975年被俘分为两个时期。前期的词内容空泛，风格绮丽柔靡，不脱“花间”习气，如《菩萨蛮·花明月黯笼轻雾》；而后期词作由于生活的巨变，字字泣血，风格凄凉悲壮，意境深远，如《虞美人》。

敦煌曲子词

《敦煌曲子词集》所收录的一百六十多首作品，大多是从盛唐到唐末五代的民间歌曲。它摆脱了近体诗整齐划一的格式，不再局限于五言、七言，遣词造句灵活多样，文字长短错落，音律的节奏性更强，更加便于吟唱，更加适合于曲折的叙事和婉转细腻的抒情。

I

菩萨蛮

无名氏

枕前发尽千般愿，要休且待青山烂。水面上秤锤浮，直待黄河彻底枯。

白日参辰现[①]，北斗回南面[②]。休即未能休[③]，且待三更见日头。

【注释】

① 参辰：星宿名。参星在西方，辰星（即商星）在东方，晚间此出彼灭，不能并见；白天一同隐没，更难觅得。②北斗：星座名，以位置在北、形状如斗而得名。③ 即：同“则”。

【赏析】

这首词是一位女子的爱情宣言。它是一首早期的民间词作，语言活泼、自然，感情奔放、直白，具有极强的感染力。

“枕前发尽千般愿”，这句词点明主题。“发尽”一词道出了女主人公心中那炽热的感情。“要休且待青山烂。水面上秤锤浮，直待黄河彻底枯”，接着女主人公接连举出三种不能成为现实的事情来表明自己对爱情的忠贞。这三件事是：青山烂，秤锤浮在水面，黄河之水枯竭。这是三种奇想，不可能在现实中出现。女主人公以这三种不可能来说明一种不可能，即她的爱情不可能枯竭。

下阕接着发愿：“白日参辰现，北斗回南面。”参星与晨星，一在西，一在东，此出彼没，永不相见。二星在夜间尚不一同出现，更何况是在白天？上阕的喻体是自然界的山水，而下阕的喻体转到了天空。最后“休即未能休，且待三更见日头”做出总结，强调爱情的天长地久，说即便前面五件事都实现了，她的爱情也不会失败，除非太阳出现在三更天。

这首词想象奇特，对寻常事物做出大胆的想象，将女主人公那热烈的情感表达得淋漓尽致。

鹊踏枝

无名氏

叵耐灵鹊多谩语[①]，送喜何曾有凭据？几度飞来活捉取，锁上金笼休共语[②]。

比拟好心来送喜，谁知锁我在金笼里。欲他征夫早归来，腾身却放我向青云里[3]。

【注释】

①叵耐：不可忍耐，这里是“可恼”的意思。谩：故意想瞒。②休共语：这里指不跟喜鹊说话。③腾身：跃身，这里指速度快。

【赏析】

这是一首怀别念远之词。上阕的主人公是一个闺中思妇，下阕的主人公是一只喜鹊，此词通过对思妇和喜鹊话语的描写，传达出女主人公对征夫的深深思念。

上阕写思妇对喜鹊的责怪。“叵耐灵鹊多谩语，送喜何曾有凭据？”喜鹊报喜的传说古已有之，人们总相信听见喜鹊声，便预示着好事将来临。“叵耐”意为可恼；“谩语”，无凭据之语。这两句是思妇的责怪，她责怪喜鹊带来的消息不灵验。“几度飞来活捉取，锁上金笼休共语”，她恨喜鹊报喜无凭据，每次听到它报喜时，她总是满怀希望等待着丈夫归来，但这希望却一次次化作失望。因而她对喜鹊心生怨恨，于是将它抓起来锁进笼子里。

下阕喜鹊提出抗议。“比拟好心来送喜，谁知锁我在金笼里”，这只喜鹊见女主人公整日愁眉不展，思念丈夫，为了安抚她的心灵，便为她捎来喜信，可是没想到它的好心换来的竟是被捉进笼子里。这两句将喜鹊的委屈之态写得活灵活现。“欲他征夫早归来，腾身却放我向青云里”，纵使女主人公不理解它的好心，它却丝毫不怨恨，因为它知道她的苦，它多么希望她的丈夫能早日归来呀。

王禹偁

954—1001，字元之，巨野（今属山东）人。太宗太平兴国八年（983）进士。历官右拾遗、直史馆、左司谏、知制诰等职。后贬知黄州，卒于任上，人称“王黄州”。北宋第一个有突出诗文成就的作家。其诗学杜甫、白居易，其文推崇韩愈、柳宗元，风格平易简明、朴素自然。有《小畜集》。词作仅存一首。

点绛唇

王禹偁

雨恨云愁，江南依旧称佳丽[①]。水村渔市，一缕孤烟细。

天际征鸿，遥认行如缀[②]。平生事，此时凝睇[③]，谁会凭阑意[④]？

【注释】

①“江南”句：意谓江南风光即使在阴雨天气也一样美丽。②行（háng）如缀：谓雁阵行列整齐。③凝睇（dì）：凝望。④凭阑：倚着栏杆。

【赏析】

这首词是王禹偁唯一的传世词作，为他滞留江南时期的作品。

“雨恨云愁”，词人即景写情，将一腔愁恨植入景物之中。云和雨为自然之物，并无喜怒哀乐，但词人觉得，那雨迷迷蒙蒙，恰似心中有着绵绵恨意；那云块层层堆积，正如愁闷郁积一般。“江南依旧称佳丽”，这一句化用谢朓《入朝曲》“江南佳丽地，金陵帝王州”一句。尽管江南如今是下雨天气，却依旧清新秀丽，景色迷人。“水村渔市，一缕孤烟细”，上阕末两句具体写江南“佳丽”之景。寥寥九个字将一幅恬淡静谧的江南水乡图描绘了出来：村落渔市点缀湖边水畔，一缕淡淡的炊烟，从村落上空袅袅升起。

“天际征鸿，遥认行如缀”，江南的风光固然招人喜爱，但词人却无心欣赏。当他看到“征鸿”掠过“天际”时，诸多心事一触而发。联想一下词人写这首词的背景，当时他被贬江南，任长州知州。当着这样一个小小的芝麻官，他根本无法实现自己的宏伟志愿，因而心中非常失意。那冲天远去的大雁象征着男儿的远大抱负，因而唤起了他那份宏愿落空的失意。“平生事，此时凝睇，谁会凭阑意”，词人的“鸿鹄之志”无人知会，于失意之中又添一段落寞。

潘　阆

？—1009，字逍遥，大名（今属河北）人。曾在京师卖药，有诗名传世。太宗至道元年（995）赐进士第，授四门国子博士。后以“狂妄”罪名被斥，仍以卖药为生。真宗时受到赦免，任滁州参军。能诗词。有《逍遥集》及词集《逍遥词》。

酒泉子

潘阆

长忆观潮，满郭人争江上望。来疑沧海尽成空，万面鼓声中。

弄潮儿向涛头立，手把红旗旗不湿。别来几向梦中看，梦觉尚心寒。

【赏析】

这首词描绘的是钱塘江涨潮时的观潮盛况，气势豪迈，笔调雄健。

上阕描写观潮盛况。“长忆观潮”，说明词人对他见过的那次钱塘江观潮盛会难以忘怀，侧面烘托那场盛会的壮观。“满郭人争江上望”，这里写观潮的人很多，为下面对潮水的描写渲染了气氛，做好了铺垫。

“来疑沧海尽成空，万面鼓声中”，这两句正面写钱塘江大潮。词人运用比喻、夸张的手法，将钱塘江潮涌那排山倒海的气势表现得传神生动，让读者如临其境。

下阕描写弄潮情景。“弄潮儿向涛头立，手把红旗旗不湿”，这两句写弄潮儿的表现。词人继续施展奇特的想象，热情洋溢地夸赞弄潮儿的高超技艺，说他们创造了与巨浪狂涛共舞的奇观。

“别来几向梦中看，梦觉尚心寒”，那弄潮的场面是多么壮观呀，因而词人虽已离开杭州却仍然频频梦到；但那场面又是多么惊险呀，以至梦醒后尚感惊心动魄。

酒泉子

潘阆

长忆西湖。尽日凭阑楼上望：三三两两钓鱼舟，岛屿正清秋①。

笛声依约芦花里，白鸟成行忽惊起。别来闲整钓鱼竿，思入水云寒②。

【注释】

① 清秋：明净爽朗的秋天。② 水云寒：这里指水云深处。

【赏析】

这首词写西湖秋景，画面清丽。

“长忆西湖。尽日凭阑楼上望”，“长忆”二字引起全篇，点明是回忆。西湖风光那般美好，令词人十分留恋，整日凭栏观望。

词人并未着眼于西湖的笙歌画船、游人往来如织的繁华热闹场面，他看到的是“三三两两钓鱼舟，岛屿正清秋”。那时正值西湖清秋，湖面上三三两两泊着钓舟，意境十分闲淡，有一种悠然自得、闲适恬淡的情趣。

“笛声依约芦花里，白鸟成行忽惊起”，这两句继续写西湖秋景。笛声、芦花、白鸟共同构成了一幅有声有色的图景，淡远闲适。“依约”二字将笛声渺茫幽远、若有若无的韵致描摹了下来；“忽惊起”则写出了白鸟倏然而惊、翩然而去的形态。这两句色彩明丽，颇具情味。

“别来闲整钓鱼竿，思入水云寒”，词人由回忆转入现实。词人虽从西湖归来，心却还留在西湖上，闲暇时他总爱收拾钓竿，欲赴西湖垂钓，任神思遨游于水云之间。末二句将词人忆西湖忆得不能忍耐、亟想归隐湖上的念头表现得淋漓尽致。

寇 准

961—1023，字平仲，华州下邽（今陕西渭南）人。太宗太平兴国五年（980）进士。真宗时官至宰相，封莱国公。为官正直，后遭谗被贬为雷州司户，卒于贬所。能诗，词作不多，仅有数首，皆惜别伤时之作，风格淡雅委婉。有《巴东集》。

踏莎行

寇准

春色将阑，莺声渐老，红英落尽青梅小①。画堂人静雨蒙蒙，屏山半掩余香袅。

密约沉沉②，离情杳杳。菱花尘满慵将照。倚楼无语欲销魂，长空黯淡连芳草。

【注释】

①红英：红花。②密约：指两人的约定。

【赏析】

这是一首闺怨词，抒发的是伤春念远之情。

上阕写闺中独处的寂寞。“春色将阑”，点明时令，即暮春。“莺声渐老，红英落尽春梅小”，这两句描写暮春之景。词人选取了“莺声”“红英”“青梅”三个意象来描绘暮春之景，将“春色将阑”的景象展示得非常具体。“画堂人静雨蒙蒙，屏山半掩余香袅”，这两句描写室内之景。窗外春色衰残，室内又怎样呢？词人通过对春雨以及画堂中的画屏、香炉的描写，一个字“静”，将画堂那种华丽精美却冷寂空落的环境展示了出来，并巧妙地折射出词中主人公独守闺中、百无聊赖的郁郁情怀。

下阕抒发相思之情。“密约沉沉，离情杳杳”，这是女主人公对往事的回忆。当初他们曾山盟海誓，而如今情人却音信全无。他的离去，使她心中愈发觉得寂寞，离恨愈发深沉。“沉沉”“杳杳”，词人巧用叠字，将离愁别恨抒发得深渺绵长。女为悦己者容，而如今心上人已离去，女主人公已经无心梳妆打扮了，而是“菱花尘满慵将照”，她的菱花宝镜上已经积满了灰尘。“倚楼无语欲销魂，长空黯淡连芳草”，她登上高楼，希望能看到心上人的归帆，可是她的希望落空了，天空一片黯淡，唯见芳草绵绵无际。这里词人用典，借芳草抒发怀远之情，寓情于景，以景结情，取得了言尽而意无穷的效果。

林　逋

967—1028，字君复，钱塘（今浙江杭州）人。一生不仕，长期隐居西湖孤山，以种梅养鹤为乐，人称“梅妻鹤子”。卒谥“和靖先生”。擅行书，工于诗。有《林和靖诗集》。词作仅存三首。

点绛唇

林逋

金谷年年，乱生春色谁为主？余花落处，满地和烟雨。

又是离歌，一阕长亭暮。王孙去，萋萋无数，南北东西路。

【赏析】

这是一首咏物词，词中的主体是春草，词人借歌咏春草来抒发离愁别绪。

上阕写暮春景致。“金谷年年，乱生春色谁为主？”西晋石崇那繁华富丽的金谷园，如今已是杂树横生、蔓草遍地，荒凉无主了。“乱生”二字描绘出了杂草丛生的荒凉状。“谁为主”暗含世事沧桑之叹。

“余花落处，满地和烟雨”，这是一番多么凄凉的暮春景象呀。春色凋零，花朵纷纷坠落，枝头稀疏的余花，也被疏雨打落在地。末两句饱含着词人无限伤春之情怀。

下阕抒写离情。“又是离歌，一阕长亭暮”，“长亭”，古代为亲人送行，常于长亭设宴饯别，吟咏留赠；“暮”字暗示了离别之人难舍难分的心情。由于别意绵绵，依依不舍，不知不觉暮色已经降临。

“王孙去，萋萋无数，南北东西路。”“王孙”本是古代对贵族公子的尊称，后来诗词中，往往代指出门远游之人。写离情，大抵都要与芳草相联系，芳草象征着亲人对远行之人的思念。末三句以茫茫无涯的芳草作结，写出了送行之人的无限惆怅和依依惜别的感情，给人留下无穷的想象空间。

薛砺若在《宋词通论》中评这首词道：“林逋的《点绛唇》为词中咏草的杰作，词境极冷绝凄楚，与欧阳修的《少年游》，梅尧臣的《苏幕遮》，都为咏春草的绝唱。”可谓中肯。

长相思

林逋

吴山青，越山青，两岸青山相送迎。谁知离别情？
君泪盈，妾泪盈，罗带同心结未成①。江头潮已平。

【注释】

①“罗带”句：古时女子常将罗带打成心形的结，送给自己的爱人以示永不分离之愿，此句是说同心结未打成，爱人就要离去了。

【赏析】

这首词采用乐府民谣的歌调，以一女子的口吻，抒发婚姻的不幸与离别的悲哀。

上阕写景，借风景抒发感情。“吴山青，越山青”，这两句词人巧借地名，描画出一片色彩鲜明的江南胜景。春秋战国时期，浙江省是吴国的一部分，越国的所在地，两国以钱塘江为界，北面属吴国，南面属越国。所以，“吴山”为钱塘江北岸的山；“越山”指钱塘江南岸的山。

“两岸青山相送迎”，自古以来，钱塘江两岸的青山不知道迎送过多少人。“谁知别离情？”青山无情，亘古不变，而它迎送之人却是心含无限离别情意的。此处用拟人手法，向青山发怨，借自然的无情反衬人生的有情。

下阕抒情，并以景写情。“君泪盈，妾泪盈”，承前片“离别情”而来，由写景转入抒情。女主人公与心上人即将分离，两人泪眼相对，哽咽无语。“罗带同心结未成”，他们是情投意合的，但他们的爱情却遭到外力的阻拦，使得两人不能长相厮守。“罗带同心结”，古代男女定情时，往往用丝绸带打成一个心形的结，叫作“同心结”。“结未成”，喻示他们的爱情遭到破坏。

“江头潮已平”，钱塘江涨潮了，潮水同堤岸相平，意谓船儿就要起航了。这最后一句以景作结，含无尽之情。

钱惟演

977—1034，字希圣，临安（今浙江杭州）人，吴越忠懿王钱弘俶之子。少补牙门将，归宋，为右屯卫将军。累迁翰林学士、枢密使，后知河阳。入朝，加同中书门下平章事。仁宗明道二年（1033），坐擅议宗庙，落职，以崇信军节度使归镇。博学能文，有诗名。有《玉堂逢辰录》《金坡遗事》。

木兰花

钱惟演

城上风光莺语乱，城下烟波春拍岸。绿杨芳草几时休[①]？泪眼愁肠先已断。

情怀渐觉成衰晚，鸾镜朱颜惊暗换[②]。昔年多病厌芳尊，今日芳尊惟恐浅[③]。

【注释】

① 绿杨：诗词中所谓绿杨，其实大多是指柳树。② 鸾镜：别本作“鸾鉴”，鉴即是镜。③ 芳尊：尊即为樽，饮酒器。

【赏析】

这首词作于词人暮年，有自伤身世之感。词人一生积极求仕，仕途却十分不顺，最后甚至被赶出朝廷。故而词人晚年心情很不顺畅，这首词便是在这种心境下写成的。

“城上风光莺语乱，城下烟波春拍岸”，这两句描写城中风光。此时春光大好，四处莺歌燕舞，繁花盛开，碧波暗涌，拍打水岸。

“绿杨芳草几时休？泪眼愁肠先已断”，可是面对着这大好春光，词人却是愁绪满腹，恨春色恼人。通常人们只惜春短，而词人却巴不得春天快快过去，这是为什么呢？词人没有说，而是继续申述春天的恼人。

下阕词人才开始解释愁苦的缘由。“情怀渐觉成衰晚，鸾镜朱颜惊暗换”，因他日渐衰老，情怀渐变，不愿再看到浓艳的春光了。春光愈明艳，愈像在提醒他已老去。词人这一生都在为没能当上宰相而遗憾，此时他距皇城有千里之远，年华又一天天逝去，自己的梦想还怎么能实现呢？

“昔年多病厌芳尊，今日芳尊惟恐浅”，看着镜子里自己那苍老的容颜，他暗自惊悸，唯一的解脱方式便是高举“芳尊”，借酒浇愁了。最后两句语尽而意未尽，绵绵愁情溢于言外。

范仲淹

989—1052，字希文，吴县（今属江苏）人。宋真宗大中祥符八年（1015）进士。宋仁宗时官至参知政事，为官清廉，力主改革，推行新政。卒谥文正，封楚国公、魏国公，世称“范文正公”。词作仅存五首。有《范文正公集》。

渔家傲

范仲淹

塞下秋来风景异，衡阳雁去无留意[①]。四面边声连角起[②]。千嶂里[③]，长烟落日孤城闭。

浊酒一杯家万里，燕然未勒归无计[④]。羌管悠悠霜满地。人不寐，将军白发征夫泪。

【注释】

① 衡阳雁去：古人认为大雁南飞至衡阳而止。② 边声：边境上的马嘶、风号等声音。角：军中号角。③ 嶂：形容高险如屏障的山峦。④ 燕然未勒：谓外患未平。燕然，东汉窦宪大破北匈奴后，曾登燕然山（今蒙古杭爱山）刻石纪功。勒，刻。

【赏析】

宋仁宗康定、庆历年间，范仲淹镇守西北边塞，作下《渔家傲》

数首，叙述边境生活的凄苦，《渔家傲》是流传下来的唯一一首。这首词咏叹的是守边将士内心的抑郁，词调沉郁悲壮。

词的上阕写边塞风光。“塞下秋来风景异”，“塞下”点明地点，即西北边塞。“秋来”点明了季节。一个“异”字，概括出边塞的秋季风光，塞下的秋景是与内地大不相同的。“衡阳雁去无留意”，这一句虽是写大雁，却饱含着词人浓重的主观色彩。大雁是否有留意，词人自不知道。他说大雁“无留意”皆因自己对边境苦寒景象感到厌倦，这一句从侧面烘托出了边境环境的恶劣。古人认为大雁南飞到衡阳即止，衡山的回雁峰就得名于此。“四面边声连角起”写傍晚时分的边塞景象，边声、号角声四面响起，一片悲凉。“千嶂里，长烟落日孤城闭”，这两句写出了塞外的壮阔风光，画面感极强，充满一股肃杀之气。

下阕抒情。“浊酒一杯家万里”，这是抒发边关将士对家乡的思念。“一杯”与“万里”数字之间对比悬殊，也就是说，一杯薄酒，消不去浓重的乡愁，语言雄浑有力。“燕然未勒归无计”，思乡归思乡，边患未平，大敌未退，还乡之计无从谈起。“羌管悠悠霜满地”，这一句写夜景，景中含情，画面凄凉。羌管，即羌笛，是出自古代西部羌族的一种乐器，发的是凄切之声。“人不寐，将军白发征夫泪”，这句总收全词，融爱国之情、思乡之情于一炉，将全词的感情推向高潮。

苏幕遮

范仲淹

碧云天，黄叶地，秋色连波，波上寒烟翠。山映斜阳天接水。芳草无情，更在斜阳外。

黯乡魂[①]，追旅思[②]。夜夜除非，好梦留人睡。明月楼高休独倚。酒入愁肠，化作相思泪。

【注释】

① 黯乡魂：用江淹《别赋》“黯然销魂”语。黯，形容心情忧郁。

② 追：此处意为纠缠。旅思：旅居在外的愁思。

【赏析】

这是一首抒写乡思旅愁的词作。

上阕写景，意境阔大。“碧云天，黄叶地”，词人从一高一低两个角度，描绘出一片苍茫辽阔的秋景。“秋色连波，波上寒烟翠”，这两句词人落笔于浩淼秋水，意境悠远。秋色承上两句而来，碧天广野间的秋色一直向远方绵延，直至天边的秋水，秋水上寒波凝翠，这是多么广阔优美的一幅图景。“山映斜阳天接水。芳草无情，更在斜阳外”，这三句天、地、山、水通过斜阳、芳草连接在一起，由眼中实景转为意中虚景，离情别绪则隐寓其中。自淮南小山《招隐士》“王孙游兮不归，春草生兮萋萋”之后，“芳草”意象就与游子思归之情密不可分了。

下阕承上阕而来，由“芳草无情”导入离愁和相思。“黯乡魂，追旅思”点明题旨，直抒羁旅思乡之情。“黯”字写出词人心情的沉郁，“追”字显出愁情缠绵之状。“夜夜除非，好梦留人睡”，唯有每夜做梦还乡时才能排解自己的思乡愁绪。每当古人怀念远人、思忆故乡时，总爱登楼远眺借以排遣愁怀，但词人却说“明月楼高休独倚”，这是为什么呢？因为明月寄相思，反而会使他倍感孤独与怅惘；因为登楼望远却望不见故乡，只会更添乡愁。不登楼，便喝酒吧，也许只有凭借酒力才能消解愁闷了，但结果呢？“酒入愁肠，化作相思泪”。真是借酒浇愁愁更愁。

柳　永

约 987 —约 1053，原名三变，字景庄，后改名永，字耆卿，因排行第七，又称柳七，是北宋最伟大的词人之一。他是宋仁宗朝进士，传说因为所填《鹤冲天》词中有“忍把浮名，换了浅斟低唱”句而为仁宗不喜，批道：“此人好去‘浅斟低唱’，何要‘浮名’？且填词去。”柳永乃自称“奉圣旨填词柳三变”，以毕生精力作词，晚年才得官至屯田员外郎，后世又称他为“柳屯田”。

雨霖铃

柳永

寒蝉凄切，对长亭晚，骤雨初歇。都门帐饮无绪①，留恋处、兰舟催发②。执手相看泪眼，竟无语凝噎③。念去去千里烟波，暮霭沉沉楚天阔④。

多情自古伤离别，更那堪、冷落清秋节。今宵酒醒何处？杨柳岸、晓风残月。此去经年⑤，应是良辰好景虚设。便纵有千种风情⑥，更与何人说？

【注释】

①都门帐饮：在京城门外设宴饮酒。无绪：没有心情。②兰舟：兰木制成的舟，此处泛指船。③凝噎（yē）：形容喉咙里像塞了东西，说不出话来。④暮霭：傍晚的云雾。楚天：古时长江中下游一带属于楚国，故指其天空为楚天。⑤经年：年复一年。⑥风情：意趣。

【赏析】

这是一首描写相思别离的词作。词人即将要离开汴京（开封）去往各地漂泊，另寻出路，因而不得不与爱人分离，这首词书写的就是词人临别时的痛苦心情。

上阕写临别情景。“寒蝉凄切，对长亭晚，骤雨初歇”，此三句写离别之地的景色。但词人并不是单纯描写自然景色，短短十二个字将时间、地点、事件点明了，并且以寒蝉、长亭、骤雨这几个典型景象，烘托出离别的凄清氛围。

“都门帐饮无绪，留恋处、兰舟催发”三句叙写离别时的人物活动。由于即将与爱人分别，词人面对着一桌子美酒佳肴，全无兴致。接下来词人并不直接描写两人难分难舍的情景，而通过“兰舟催发”来进行侧面烘托，以曲笔将感情深化。

“执手相看泪眼，竟无语凝噎”，这是最后的分手时刻了，词人不得不走了，两人是多么难分难舍呀，两人彼此紧紧握住对方的手，你望着我，我望着你，眼中满含泪水，喉头哽咽，一句话也说不出来。我们不得不佩服词人细致的笔法，用寥寥十一个字就将两人真挚的情感集中地表达了出来，将两人的形象逼真地刻画了出来。

“念去去千里烟波，暮霭沉沉楚天阔”，两句寓情于景，以有尽之景写无限之情。此刻词人心绪黯淡，而眼前之景也是朦朦胧胧一片，似蒙上了一层离别愁绪。

下阕写想象中的别后情景。“多情自古伤离别，更那堪、冷落清秋节”，先用一句平常语起首，说那伤别情绪并不是自他始，古来就有。然后用“更那堪”推进一层，离别本就令人伤感，更何况又碰上这清寒的秋天呢。

“今宵酒醒何处？杨柳岸、晓风残月”三句承上句而来，为全篇警句。这三句是词人对当晚旅途中景况的遥想，弥漫着一层孤清寂寞的意绪。这三句之所以为后人极力推崇，是因为其中聚合了许多触动离愁之物来表达他的心情。词人想象今夜酒醒梦回后，船停靠在江岸，他独自一人对着那一弯残月、冷冷晓风。客情之冷落，风景之清幽，离愁之绵邈，完全凝聚在画面之中。

“此去经年，应是良辰好景虚设。便纵有千种风情，更与何人说”四句，改用情语，更深一层推想离别后的落寞情状。若无爱人相伴，那“良辰好景”又有什么值得流连呢？那“千种风情”又向何人诉说呢？这样的结尾蕴含无限情意。由此我们可以想到平日里他们在一起是何等恩爱，除非有赏不完的美景，说不完的情话，这一去才会令他如此痛苦。

凤栖梧

柳永

伫倚危楼风细细[①]，望极春愁，黯黯生天际。草色烟光残照里，无言谁会凭阑意[②]。

拟把疏狂图一醉[③]，对酒当歌，强乐还无味。衣带渐宽终不悔，为伊消得人憔悴[④]。

【注释】

①伫（zhù）：久站。危楼：高楼。②会：理解。③拟：想要。④伊：她。

【赏析】

这是一首抒发离愁的词作。

“伫倚危楼风细细，望极春愁，黯黯生天际”，这三句叙事，说词人登上高楼，引起春愁无限。“风细细”三字写景，描绘出登楼的背景。“望极春愁，黯黯生天际”，按理说愁是从心中生出的，而词人却说它从天边黯黯生起，他为何要这么写呢？一定是天际的什么景物触动了他的愁怀。接着他便做了回答：“草色烟光残照里”，原来是萋萋芳草。古人常借用芳草表示游子思归之意或表示他们对所爱之人的思念之情。这里到底是哪一种呢？词人没说。“无言谁会凭阑意”，他只是默默凭栏，并感叹无人理解他的心事。

“拟把疏狂图一醉，对酒当歌”，词人的愁绪无法排遣，于是他便求助于酒，求助于歌，期望在酣饮高歌中能将那愁忘却。可结果怎么样呢？“强乐还无味”，“春愁”缠绵执着，他根本无法抑制。愁苦至极的词人此时再也忍不住了，一声脆裂心肝的呼喊喷薄而出：“衣带渐宽终不悔，为伊消得人憔悴。”至此，他才透露出这种“春愁”是一种坚贞不渝的感情。这两句集中了词人全部的情感，也引起了无数人的共鸣，曾被王国维称为“专作情语而绝妙者”，并赞叹其“求之古今人词中，曾不多见”。

定风波

柳永

自春来，惨绿愁红，芳心是事可可。日上花梢，莺穿柳带，犹压香衾卧[①]。暖酥消，腻云亸[②]，终日厌厌倦梳裹[③]。无那[④]，恨薄情一去，音书无个。

早知恁么[⑤]，悔当初、不把雕鞍锁。向鸡窗[⑥]，只与蛮笺象管[⑦]，拘束教吟课。镇相随[⑧]，莫抛躲，针线闲拈伴伊坐[⑨]。和我，免使年少，光阴虚过。

【注释】

① 衾（qīn）：被子。② 亸（duǒ）：垂下。③ 厌厌：没精打采的样子。④ 无那：无奈。⑤ 恁（nèn）么：如此。⑥ 鸡窗：书房的窗子。⑦ 蛮笺（jiān）：纸。象管：象牙笔管的笔。⑧ 镇：整日。⑨ 伊：他。

【赏析】

这是一首闺怨词。

“自春来，惨绿愁红，芳心是事可可”，按理说，春天万木争荣，百花竞放，应该令人心中感到欢畅才是，而词中的女主人公面对这样的景色却只品味出“惨”和“愁”来，原因是什么呢？她没说。只说“芳心是事可可”，一颗芳心，整日无处可以安放，可见她是多么的寂寞无聊。“日上”三句以美景反衬女主人公之惨状。由于她情绪消沉，形貌也发生了变化："暖酥消，腻云亸，终日厌厌倦梳裹。""暖酥"写皮肤的消损，"腻云"写头发的蓬松，"终日厌厌"写形容憔悴。这一切又是为何呢？最后她告诉了我们："无那，恨薄情一去，音书无个。"原来她是因为相思的苦恼憔悴成这样的。

下阕词人怀着同情之心让这位不幸的女主人公站出来表达她的愿望：早知这样，我就不该让他走了。如果他真的未曾离开，我俩就能相聚一室，他铺纸写字、吟诗填词；我则手拈着针线，闲来陪他说话，这是多么美好啊。唯有与他厮守一处，我才觉得自己青春年少的光阴没有白白度过！只有在幻想中，我们这位女主人公才能得到一点点安慰。

望海潮

柳永

东南形胜[①]，三吴都会[②]，钱塘自古繁华。烟柳画桥，风帘翠幕，参差十万人家。云树绕堤沙，怒涛卷霜雪，天堑无涯[③]。市列珠玑[④]，户盈罗绮竞豪奢[⑤]。

重湖叠巘清嘉[⑥]，有三秋桂子，十里荷花。羌管弄晴，菱歌泛夜[⑦]，嬉嬉钓叟莲娃。千骑拥高牙[⑧]，乘醉听箫鼓，吟赏烟霞。异日图将好景[⑨]，归去凤池夸[⑩]。

【注释】

① 形胜：交通便利。② 三吴：此处泛指江浙的广大地区。③ 天堑：天然的险阻。此处指钱塘江。④ 珠玑（jī）：珠宝。⑤ 罗绮：绫罗绸缎。⑥ 重湖：北宋时西湖已有里湖、外湖之分，故云。叠巘（xiàn）：层叠的山峦。⑦ 菱歌：采菱女子们欢唱的歌曲。⑧ 高牙：本指军前大旗，此处指高官的仪仗旗帜。⑨ 异日：他日。图：描绘。⑩ 凤池：凤凰池，此处指代朝廷。

【赏析】

这是一首描写杭州风光的词作。

上阕极写杭州景色之盛。“东南形胜，三吴都会，钱塘自古繁华”，开头三句揭示出所咏主题，点出杭州位置的重要、历史的悠久以及城市的繁华。自“烟柳”以下，便从各个方面浓墨重彩铺叙杭州的自然景色之秀美与都市之繁华。“烟柳”三句写都市之景，极清丽富庶。“烟柳画桥”写街巷河桥的美丽；“风帘翠幕”写居民住宅的雅致；“参差十万人家”写都市人口之众庶。“云树”三句，由市内说到郊外，写自然之景。树木郁郁苍苍，江涛澎湃浩荡，景象开阔壮观。“市列”二句，写市场的繁荣、市民生活的殷实。

下阕着意描写西湖。“重湖”三句写西湖的山与水。重湖，是指西湖中的白堤将湖面分割成的里湖和外湖。叠山，是指灵隐山、南屏山、慧日峰等重重叠叠的山岭。山上有桂子，湖中有荷花，景色醉人。“羌管”三句写湖上之人。西湖上不分昼夜，器乐、声乐并奏，莲娃钓叟，自在嬉戏，湖面上呈现出一派升平景象。“千骑”三句写达官贵人的游乐的场景，写得声势浩大。“异日图将好景，归去凤池夸”，这是说自己他日荣升也不忘今日钱塘佳景。这两句透露出词人对西湖美景的深深喜爱。

八声甘州

柳永

对潇潇暮雨洒江天，一番洗清秋。渐霜风凄紧①，关河冷落②，残照当楼。是处红衰翠减，苒苒物华休③。惟有长江水，无语东流。

不忍登高临远，望故乡渺邈④，归思难收。叹年来踪迹⑤，何事苦淹留⑥？想佳人，妆楼颙望⑦，误几回，天际识归舟。争知我⑧，倚阑干处，正恁凝愁⑨！

【注释】

① 凄紧：秋风渐冷渐急。② 关河：关山与河流。③ 苒苒：渐渐地。④ 渺邈：遥远。⑤ 年来：近年来。⑥ 淹留：久留。⑦ 颙（yóng）望：仰望。⑧ 争知：怎知。⑨ 恁（nèn）：如此，这样。

【赏析】

这是一首秋暮怀归之作。

“对潇潇暮雨洒江天，一番洗清秋”，一个“对”字领起，写出登临纵目、望极天涯的境界。“潇潇”二字将秋雨给人带来的凉爽萧疏的感觉写了出来；而词人又将“秋”的“清”归于“雨”的“洗”，非常生动，使人仿佛见到雨后秋空清朗之状。“渐霜风凄紧，关河冷落，残照当楼”，秋景接着又生出一番变化，这变化由一个“渐”字领起，神态毕备。秋雨过后，寒风渐冷渐急，眼前一片凄凉。这几句虽凄凉，但景象苍茫辽阔，意境雄浑高远，于凄凉中又透露出一股遒劲之气。“是处红衰翠减，苒苒物华休”，这几句写楼头所见，处处皆是一片凋落之景象。“惟有长江水，无语东流”，这两句承上两句而来，上两句写事物的变化，而这两句以永远长流的长江水写事物的不变，其中蕴涵着词人对短暂与永恒、改变与不变的思索。

“不忍登高临远，望故乡渺邈，归思难收”，这几句点明思乡的题旨。词人已经登上高楼，却又云“不忍”，使得文章转折翻腾，感情委婉深曲。词人的怀乡之情是那么的强烈，他不禁自问：“叹年来踪迹，何事苦淹留？”这一问写出了他面对归与留而表现出的矛盾心情。词人没有对这个问题进行回答，而是笔锋一转，写故乡之人，“想佳人，妆楼颙望，误几回，天际识归舟”，由于词人思归心切，因而联想到故乡的妻子也定盼着自己归来。她登上高楼，望眼欲穿，“误几回”三字传神地写出了她盼望夫君归来的急切心情。“争知我，倚阑干处，正恁凝愁！”这三句与上面“佳人”几句对应，佳人因丈夫不归定会心生怨恨，这几句写词人的相思之情。他也深深地思念着她，正倚着栏杆，满目含愁呢。

安公子

柳永

远岸收残雨，雨残稍觉江天暮。拾翠汀洲人寂静①，立双双鸥鹭。望几点、渔灯隐映蒹葭浦②。停画桡③、两两舟人语。道去程今夜，遥指前村烟树。

游宦成羁旅，短樯吟倚闲凝伫。万水千山迷远近，想乡关何处？自别后、风亭月榭孤欢聚。刚断肠、惹得离情苦。听杜宇声声④，劝人不如归去。

【注释】

①“拾翠”句：意谓原本有少女采摘香草的汀洲，现在也是人去洲静。②蒹（jiān）葭（jiā）：芦苇。③桡（ráo）：船桨。④杜宇：杜鹃。古人言杜鹃啼声似“不如归去”。

【赏析】

这是一首思归之作。词人游宦他乡，长年落魄，面对着萧索的暮春景致，他心中生出一片怀归之情。

上阕写景。“远岸收残雨，雨残稍觉江天暮”，这是写江天雨过之景，点明地点、天气、时间。“拾翠汀洲人寂静，立双双鸥鹭”，写即目所见。“鸥鹭”前冠以“双双”，衬托出词人的孤寂。“望几点、渔灯隐映蒹葭浦”，时间已由傍晚转到夜间，渔火已明，掩映在蒹葭丛中。

“停画桡、两两舟人语”则是写词人近处所闻。“道去程今夜，遥指前村烟树”，这两句具体写舟人的语言和动作。短短十多个字，就将船家的神态勾画了出来，极为生动。

“游宦成羁旅”为这首词的词眼，常言道“景为情设”，原来上阕景物中那哀伤幽寂的气氛源于词人的内心，长年宦游他乡，令词人感到异常孤苦。“短樯吟倚闲凝伫”，如果说上阕是通过写景来抒发词人内心的痛苦无聊，那么这一句就是直抒这种情怀。“万水千山迷远近，想乡关何处？”寂寞无聊的词人终于抑制不住对故乡的思念了。“自别后、风亭月榭孤欢聚”，这两句直接承“乡关何处”展开叙说。过去是多么美好，与亲朋故旧们相聚于风亭月榭之中，而如今呢，却只剩下孤独一人。“刚断肠”以下几句，正当词人被离愁折磨之际，杜鹃那“不如归去”的叫唤声又在他耳边响起，更加重了他的哀愁。

迷仙引

柳永

才过笄年[①]，初绾云鬟[②]，便学歌舞。席上尊前，王孙随分相许。算等闲、酬一笑，便千金慵觑。常只恐、容易蕣华偷换[③]，光阴虚度。

已受君恩顾，好与花为主。万里丹霄，何妨携手同归去。永弃却、烟花伴侣。免教人见妾，朝云暮雨。

【注释】

① 笄年：古代特指女子十五岁，到了可以盘发插笄的年龄，即成年。笄（jī），古代盘头发或别住帽子用的簪子。② 鬟（huán）：妇女梳成环形的发卷。③ 蕣（shùn）华：短暂的年华。

【赏析】

这是一首描写青楼女子的词，词人着意刻画了她厌倦风尘、追求爱情的心理活动。

上阕写歌伎对声色生涯的厌倦。“才过笄年，初绾云鬟，便学歌舞”，这几句说这位女子刚满十五岁就从事卖笑生涯了。“席上尊前，王孙随分相许”，这两句对她卖笑生涯作具体描述，说她在酒宴旁，曲意迎奉王孙公子。“随分”二字透露出她多少辛酸和屈辱呀。“算等闲、酬一笑，便千金慵觑”，她“随分相许”实为不得已，她多么希望有人能理解她的苦衷，她说若有人对她报以一个平平常常的理解的笑，她连千金也不要了。这两句细致地描摹了她渴望被人理解的寂寞心理。

下阕写歌伎对美好爱情的执着追求。“已受君恩顾，好与花为主”，这两句承上阕而来，她终于在青春妙龄之时寻觅到一位给予她同情与怜爱的男子，她希望这位男子能够将她救出苦海。“万里丹霄，何妨携手同归去”，这是她的具体期望，能两人携手过正常的家庭生活。“永弃却、烟花伴侣。免教人见妾，朝云暮雨”，从良之后，便表示永远抛弃旧日的生活和那些烟花伴侣，以此来洗刷世俗对她的不良印象。“朝云暮雨”，喻男女交欢，典出自宋玉《高唐赋》。这最后几句表明了她割断风尘、忠于爱情的决心，让人觉得可敬又可爱。

张 先

990—1078，字子野，乌程（今浙江湖州吴兴）人，仁宗天圣八年（1030）进士。曾任安陆县的知县，因此人称“张安陆”。官至尚书都官郎中。晚年退居湖杭之间。为人疏放不羁，曾与梅尧臣、欧阳修、苏轼等游。善作慢词，与柳永齐名。其词多写男女恋情和花月景色，善用铺叙，造语工巧。曾因三处用“影”字，世称张三影。词集有《张子野词》。

青门引

张先

乍暖还轻冷①，风雨晚来方定。庭轩寂寞近清明，残花中酒②，又是去年病。

楼头画角风吹醒，入夜重门静。那堪更被明月，隔墙送过秋千影。

【注释】

① 乍暖：天气忽然转暖。② 中酒：醉酒。

【赏析】

这首词为春日怀人之作。全词通过景物的衬托，逐步将词人的愁情写深写透。

“乍暖还轻冷，风雨晚来方定”，前一句以词人对天气变化的感受来点明气候特征；后一句则写一天之内的天气状况。“乍”字写天气变化之快；“还”字一转，说天虽变暖，但空气中仍旧留有阵阵清寒；“方定”二字中暗含着词人情感，一个“方”字说明他恼恨风雨“定”得太迟。“庭轩寂寞近清明”，天气的变化引起了敏感的词人孤单落寞的心绪。“残花中酒，又是去年病”，因近清明，花经受不住风雨的吹打，飘落了不少。面对着枝头残留的花儿，词人是那么悲伤，他端起酒杯，企图浇灭心中的哀愁。而花年年都会飘落，伤花之情年年也都会产生，去年词人也因伤花而“中酒”。

“楼头画角风吹醒，入夜重门静”，这两句承醉酒而来，通过对环境的渲染，衬托出词人的孤寂之感。词人醉酒后就睡下了，入夜后却被凄厉的角声和清冷的晚风弄醒了。词人醒后愁绪更浓了，只觉得周围一片寂静清冷，而自己是那么的孤独。“那堪更被明月，隔墙送过秋千影”，正觉得孤单寂寞的词人接着又看到了什么呢？月光将隔墙的秋千影送至他的眼前。荡秋千是少女们玩的游戏，这“秋千影”唤起了词人对曾经的恋人的回忆。词意由此转至最深，竟给人以一种难以承受的感觉。

天仙子

张先

时为嘉禾小倅[①]，以病眠，不赴府会。

水调数声持酒听[②]，午醉醒来愁未醒。送春春去几时回？

临晚镜，伤流景[3]，往事后期空记省[4]。

沙上并禽池上暝[5]，云破月来花弄影。重重帘幕密遮灯，风不定，人初静，明日落红应满径。

【注释】

①嘉禾：地名，在今浙江嘉兴。小倅：官职。②水调：曲调名，相传为隋炀帝所作。③流景：流逝的时光。④记省：清楚地记得。⑤并禽：双宿双飞的鸟儿。暝：昏暗。

【赏析】

这是张先的一首伤春之作。

“水调数声持酒听”，首句写词人日常生活中的一个画面，他边饮酒，边听着曲子。可他并未在曲子中和酒中得到欢乐，反而品尝出忧愁来。这忧愁那么深浓，以至于他“午醉醒来愁未醒”。那么，他因何而愁呢？“送春春去几时回”这一句点明题旨，原来使他发愁的原因是春将归去了。“临晚镜，伤流景，往事后期空记省”，暮春之色之所以引起词人那么深浓的愁绪，还因为词人临着明镜，看着自己日渐苍老的容颜，自然要感伤时光的流逝。而由时光的易逝，词人又想到人事之无常。回望过去而往事成空，放眼未来则后期无定，想到这里，他心中更添一段忧愁。

“沙上并禽池上暝”，这是词人傍晚散步所见。“沙上并禽”衬托出词人的孤单。“云破月来花弄影”，此句为千古传诵的名句。从遣词造句上来看，“弄”字极为生动细致，将整个画面写活了。王国维《人间词话》中评曰：“云破月来花弄影；着一‘弄’字而境界全出矣。”“重重帘幕密遮灯，风不定，人初静”，这三句写词人进屋后的情景。屋里点着灯，而外面风很大，不把帘幕拉下来，灯自然会被吹灭，所以词人将重重帘幕拉下来以护住灯光。此时夜已经很深了，人们也安歇下来了。“明日落红应满径”，由于窗外风依旧不停，词人想到明早起来应是落红满径了，他的一片惜春之情溢于言表。

一丛花令

张先

伤高怀远几时穷？无物似情浓。离愁正引千丝乱，更东陌、飞絮蒙蒙①。嘶骑渐遥②，征尘不断，何处认郎踪！

双鸳池沼水溶溶，南北小桡通③。梯横画阁黄昏后，又还是、斜月帘栊。沉恨细思，不如桃杏，犹解嫁东风。

【注释】

① 东陌：东边的道路。这里指分别的地方。② 嘶骑：嘶叫的马儿。③ 小桡：小船。

【赏析】

这是一首闺怨词，写的是一位女子独守深闺的愁恨。

“伤高怀远几时穷？”以问句开头，深沉有力地宣泄出了萦绕于女主人公心头的相思之情。

“无物似情浓”，这是对首句的回答，因为世上没有比爱情更为浓烈的事物了，所以因登高怀远而生出的相思之情才无穷无尽。首二句是针对爱情而做出的一种哲理性思索，警醒而有力。

“离愁正引千丝乱，更东陌、飞絮蒙蒙”，登高怀远的女主人公看到柳絮四处飞舞，这纷乱的柳絮牵起她无限离愁。

“嘶骑渐遥，征尘不断，何处认郎踪”，此三句点明离愁的由来。心上人已策马离去，她望断天涯路，也辨认不出他的踪影了。

“双鸳池沼水溶溶，南北小桡通”，这依然是登楼所见，她见到了什么呢？她看到成双成对的鸳鸯在池塘里戏水。试想一下，这双宿双飞的鸟儿会引起独处闺中的女主人公怎样的情思呢？定会使她愈感孤寂罢了！

“梯横画阁黄昏后，又还是、斜月帘栊”，这三句点明时间的“几时穷”，时间已是傍晚，她登楼眺望了一整天！这寥寥几句，便已烘托出一片凄清与孤寂的氛围。

“沉恨细思，不如桃杏，犹解嫁东风”，此三句为怨极之语。女主人公面对凄凉的月色，细想自己的身世，自觉甚至还不如枝头上的桃花杏花，它们在自己青春将要逝去的时候还懂得嫁给东风，寻到归宿，而自己却只能在孤寂中虚度青春。可见其用情之深，怨恨之切。

千秋岁

张先

数声鶗鴂[1]，又报芳菲歇[2]。惜春更选残红折。雨轻风色暴，梅子青时节。永丰柳[3]，无人尽日花飞雪。

莫把幺弦拨[4]，怨极弦能说。天不老，情难绝。心似双丝网，中有千千结。夜过也，东窗未白凝残月。

【注释】

① 鶗鴂：即杜鹃。② 芳菲歇：意谓春日已过，又是花儿凋谢的时候。③ 永丰：白居易《杨柳词》有："永丰坊里东南角，尽日无人属阿谁。" ④ 幺弦：琵琶的第四弦，音细。此处指代琴弦。

【赏析】

这首词的主题是：相思怀人。

上阕写景。"数声鶗鴂，又报芳菲歇"，"鶗鴂"指杜鹃，杜鹃啼鸣预示着春日将尽。首二句便蕴涵着词人无限惜春之情，而一个"又"字更加重了他的愁怨。"惜春更选残红折"，词人因痛惜春光流逝，故而将残留在枝头上的花折下保存了起来。"雨轻风色暴，梅子青时节"，这是写暮春时节的气候，突出风雨的无情。"永丰柳，无人尽日花飞雪"，这两句再次以景物描写来表明暮春的来临。

下阕抒情，写出了词人对爱情的执着追求。"莫把幺弦拨，怨极弦能说”，词人想借音乐来消忧，同时警诫自己：不要拨幺弦，因为幺弦声调最为哀怨，它会把自己那满腹心事给倾诉出来。在这种忧怨至极的心情控制下，词人真的将自己的心事和盘托出来了——“天不老，情难绝”，这两句化用李贺“天若有情天亦老”句，不过是反用其意，意思是说天不会老去，情也不会断绝。至于词人，则是“心似双丝网，中有千千结”。情思缠绕在他心中，不可断绝。“夜过也，东窗未白凝残月”，最后词人以情语作结。情思未了，而夜已经悄悄溜走，天色尚未大明，词人凝望着天边的残月。如此作结，使整首词蕴含的意义趋于无穷。

晏　殊

991—1055，字同叔，抚州临川（今属江西）人。七岁能文，十五岁时，因才华过人而被赐为进士。仁宗朝官至宰相，荐引了范仲淹、韩琦、欧阳修等一批人才。卒谥“元献”。能诗文，擅作词。其词多描写四季景物、男女恋情、诗酒悠游、离愁别恨，反映富贵闲适的生活。语言婉丽，音韵和谐，工巧凝练，意境清新。有《珠玉词》。

浣溪沙

晏殊

一曲新词酒一杯[①]。去年天气旧亭台[②]。夕阳西下几时回？

无可奈何花落去[③]，似曾相识燕归来。小园香径独徘徊[④]。

【注释】

①一曲新词酒一杯：此句化用白居易《长安道》诗意：“花枝缺入青楼开，艳歌一曲酒一杯。”②去年天气旧亭台：此句化用五代郑谷诗：“流水歌声共不回，去年天气旧池台。”③无可奈何：不得已，没有办法。④香径：两边开满鲜花的小路，或指落花散香的小路。

【赏析】

晏殊是宋朝的太平宰相，其词多抒发的是一种淡淡的闲愁，这首词就是其中的代表作。暮春时节，词人手持一杯酒走在小园里，看着花儿落去，燕子飞回，听着歌女唱新词，感叹春光易逝，物是人非。

“一曲新词酒一杯”，这是写词人持酒听歌的场景，整个画面透露出一股雍容闲散之气。“去年天气旧亭台”，词人迈着缓慢的步子走在小园里，今日类似的天气与眼前类似的景物引起了他对去年的回忆。这一句中包含了一种景物依旧而人事全非的怀旧之感，词人的心间蒙上了一层淡淡的忧伤。眼前夕阳正向西落去，正伤叹着时光易逝的词人不禁发出这样的感喟：“夕阳西下几时回？”这是即景兴感，包含着词人对美好事物的流连，也表现了词人对时光流逝的怅惘。

“无可奈何花落去，似曾相识燕归来”，这两句浑然天成，为人们所传诵的千古名句。两句词对偶工整，声韵和谐，寓意深婉，很值得人玩味。“花落去”是自然现象，不以人的意志为转移，因而词人感叹“无可奈何”。但在这里，词人所叹息的又不仅仅只是落花，词人对美好事物的消逝及感到惋惜大好春光的流逝。燕子南来北去象征的也是时光的流逝，词人感叹燕子一次次归来，而人却一年一年老去，“小园香径独徘徊”，词人独自在小园花径间踱来踱去，伤叹时光的流逝。

清平乐

晏殊

红笺小字[①]，说尽平生意。鸿雁在云鱼在水[②]，惆怅此情难寄。

斜阳独倚西楼，遥山恰对帘钩。人面不知何处，绿波依旧东流。

【注释】

①红笺（jiān）：一种精美的小幅红色信纸，多指情书。②“鸿雁”句：古人认为鱼雁都能传递书信。

【赏析】

这是一首相思怀人之作。

词的上阕抒情。“红笺小字，说尽平生意”，虽然我们并不知道写信人和收信人是谁，但从“红笺”二字不难看出，两人是一对情深意笃的爱侣。首二句情味极浓，寥寥数字却包蕴着无数情事、无限情思。

“鸿雁在云鱼在水，惆怅此情难寄”，这两句说两人因为相隔遥远，以致书修好后，却无从传递。“雁足传书”和“鱼传尺素”是诗文中常用的典故，前者见于《汉书·苏武传》，后者见于古诗《饮马长城窟行》（客从远方来）。在古人看来，雁足鱼腹是用来传递书信的，但如今却是“鸿雁在云鱼在水”，也就是无法驱遣它们去传书递简。而“惆怅”二字则表现出了词人因锦书无法传递而生出的苦闷之情。

下阕由抒情过渡到写景。“斜阳独倚西楼，遥山恰对帘钩”，夕阳西下，独自倚楼远望，却不见心上人的踪影。这两句表面写景，实是表现相思之情。“独”字已勾画出词人形单影只的情状，偏偏此时正值黄昏时分，词人的一片相思之情更加难以排解。

词人倚楼望远，而视线却被远山阻隔。倚楼远眺本是为了排解忧愁，如今反倒又添一段愁思，惆怅不已的词人不禁发出“人面不知何处，绿波依旧东流”的深沉感叹。这两句化用崔护《题都城南庄》诗句“人面不知何处去，桃花依旧笑东风”而来。词人结合眼前之景，略加变化，抒发的依旧是物是人非之慨，寄寓了词人无尽的相思情意。

浣溪沙

晏殊

一向年光有限身，等闲离别易销魂[①]。酒筵歌席莫辞频[②]。
满目山河空念远，落花风雨更伤春。不如怜取眼前人。

【注释】

① 等闲：轻易。销魂：形容伤感到极点，如同魂魄离散躯壳。② 莫辞频：谓不要频频推辞。

【赏析】

这是一首伤别之作。词人由景物的消歇想到人生的短暂，因而劝人们不要登高赋愁，而要珍惜眼前的美好，及时行乐。

上阕抒发离愁别绪。“一向年光有限身”，此句劈空而来，语甚警炼，说年光易逝，生命短促。“等闲离别易销魂”，正因为人生短暂，所以人们才更加重视欢会，即便是寻常的离别也易令人销魂。这两句话道出了一个普遍的人生哲理。

“酒筵歌席莫辞频”，这是词人的自我慰藉之语。既然年光有限，离别常有，而离愁又令人如此痛苦，时常羁绊着人的情思，因此不妨及时行乐，沉醉于宴饮的欢乐之中。词人在抒发离愁之余又融入了旷达疏放情愫，把离愁表现得更为深刻。

下阕紧承上阕，更进一步阐述及时行乐的思想。“满目山河空念远，落花风雨更伤春”，这两句为词人对相思离别的设想之词：既然离别无可避免，那么登高念远也于事无补；而离愁使人愈发敏感，看到那满地落花，也会加重他的伤春之感。

接着词人笔锋一转，说：“不如怜取眼前人！”这一句由元稹“还将旧来意，怜取眼前人”一语而来，说伤春怀远，徒添人的烦恼，不如面对现实，怜惜眼前之人，尽眼前的欢娱。

这首词是词人词作中的别调，词人一改娴雅蕴藉的风格，取景甚大，笔力遒劲，全词呈现出一种深刻沉着的意味。

破阵子

晏殊

燕子来时新社[①]，梨花落后清明。池上碧苔三四点，叶底黄鹂一两声。日长飞絮轻。

巧笑东邻女伴[2]，采桑径里逢迎。疑怪昨宵春梦好，元是今朝斗草赢[3]，笑从双脸生。

【注释】

① 新社：即春社。古时祭祀土神的日子有春社、秋社之分，一般在立春、立秋后第五个戊日。② 巧笑：美丽的笑容。③ 斗草：古时妇女常做的一种游戏，以手中草赌斗输赢。

【赏析】

这首词描写的是古代少女们春天生活的一个片段，词境明丽清新。

词的上阕写景。开头两句为全词奠定了明朗、和谐的基调。接下来的三句描绘了一个春意盎然的园子，园中有一个碧水荡漾的池塘，池面上点缀着几点青苔，密林深处不时传来莺儿的歌唱，空中还有柳絮飞舞。

下阕写人。“巧笑东邻女伴，采桑径里逢迎”，春暮夏初，白昼一天长似一天，少女们恰又停下了手里的针线活，她们怎么能耐得住寂寞无聊的生活呢？因此她们便投入到这大自然的怀抱里。采桑径里，两个女孩相逢了。“疑怪昨宵春梦好，元是今朝斗草赢，笑从双脸生”，少女们相逢后，欢欢喜喜地斗起草来。词人捕捉住两人斗草时的情景，着意描写人物的内心活动与神态，以轻松欢快的笔调写出了少女纯洁无瑕、活泼天真的性格特征。

蝶恋花

晏殊

槛菊愁烟兰泣露[1]，罗幕轻寒[2]，燕子双飞去。明月不谙离别苦[3]，斜光到晓穿朱户。

昨夜西风凋碧树，独上高楼，望尽天涯路。欲寄彩笺兼尺素[4]，山长水阔知何处！

【注释】

①槛菊：栏杆旁的菊花。②罗幕：丝罗做的帷幕，此指屋内。③谙：知晓。④彩笺兼尺素：指书信、题诗。

【赏析】

这是一首怀人之作，抒发的是对恋人的思念之情。

词的上阕写景，词人寓情于景，点明离恨的主题。“槛菊愁烟兰泣露”，这句写秋日庭院中的景物。主人公怀着愁怨的心情观赏园子里的菊与兰，只见菊含愁、兰泣露。这里词人将主观感情移于客观景物，用“愁烟”“泣露”将它们人格化，表现出主人公深深的哀愁。

“罗幕轻寒，燕子双飞去”，此二句写幽居之人的感受。成双的燕子必然会给幽居独处的主人公带来很大刺激，愈发衬托出他的孤独。

“明月不谙离别苦，斜光到晓穿朱户”，回过头去写昨夜之景况，点明离恨。明月本是无知无觉的自然之物，它自然不了解离别之苦，这样看来，主人公的埋怨就显得无理了。但这种看似无理的埋怨，却有力地反映出了他为离别折磨得痛苦至极的心理状态。

下阕写登楼望远的所见所感。“昨夜西风凋碧树，独上高楼，望尽天涯路”，主人公登上高楼，以寄托自己的一片相思之情，可他眼前所看到的是一片残败凄凉之景，为她落寞的心情更添上一份惆怅。

望眼欲穿而仍不见所思，因而他“欲寄彩笺兼尺素”，可转念一想，却是“山长水阔知何处”。主人公望人却不得见，欲寄书却无法实现，最终只能无奈地陷入更深的愁思之中。

山亭柳

晏殊

家住西秦，赌博艺随身。花柳上，斗尖新①。偶学念奴声调②，有时高遏行云。蜀锦缠头无数③，不负辛勤。

数年来往咸京道，残杯冷炙漫销魂。衷肠事，托何人？若有知音见采，不辞遍唱阳春④。一曲当筵落泪，重掩罗巾。

【注释】

①“花柳”二句：谓在描写男女情爱的歌词上别出心裁，花样翻新。②念奴：指擅歌的名妓。③缠头：演出完毕客人赠艺人的锦帛。④阳春：战国时代楚国的一种高雅乐曲，熟知者甚少。

【赏析】

这是一首叙写歌女的不幸命运的词作，词调激越，反映了词人对歌女深切的同情，是晏殊词中难得一见的具有现实意义的词作。

上阕写歌女对歌艺的不断追求以及她达到声色生涯的全盛时期的欢乐心情。“家住西秦，赌博艺随身”，这是歌女自述，介绍自己的出身。她家住在西秦，一身拥有多种技艺。“花柳上，斗尖新”，这句承上句而来，介绍自己所学的技艺以及对这些技艺的掌握程度，语气颇为自负。“花柳”代指一切歌艺技巧。“斗”，意为竞赛。“尖”，为出类拔萃之意。“新”，意为不落俗套。这两句的意思是说歌女才艺高超，且善于创新。“偶学念奴声调，有时高遏行云”，这是具体描述自己高超的歌唱技艺。“念奴”是唐天宝年间有名的歌女。“高遏行云”形容歌声激越高亢。“蜀锦缠头无数，不负辛勤”，末两句讲她全盛时期的情景。“蜀锦”，古代以蜀（今四川境内）地所产的丝织品最有名。“缠头”，赏赐歌舞者的财物称作缠头。当年她是多么得意，歌声一唱，众人便为之倾倒，博得财物无数。

下阕写歌女年老色衰后的失意。“数年来往咸京道，残杯冷炙漫销魂”，歌女失意后的落魄生活与她全盛时期的生活形成鲜明对照。“衷肠事，托何人”，她以声色示人，可劳碌了大半生却连个可以诉说心事的人也没有，这是何等凄凉啊！“若有知音见采，不辞遍唱阳春”，这两句写出她对知音的渴望心情。“一曲当筵落泪，重掩罗巾”，歌女追忆自己的往事，品味着多年来自己所经历的辛酸苦楚。这两句也寄托了词人对她的深切同情。

张　昇

992—1077，字杲卿，韩城（今属陕西）人。真宗大中祥符八年（1015）进士。累官参知政事、枢密使，以彰信军节度使、同中书门下平章事判许州，改镇河阳。以太子太师致仕。卒谥“康节”。笔法冷峻，格调悲凉。存词仅二首。

I

离亭燕

张昇

一带江山如画，风物向秋潇洒①。水浸碧天何处断？霁色冷光相射②。蓼屿荻花洲③，掩映竹篱茅舍。

云际客帆高挂，烟外酒旗低亚④。多少六朝兴废事，尽入渔樵闲话。怅望倚层楼，寒日无言西下。

【注释】

①风物：景物。②霁（jì）色：雨后晴空的颜色。③蓼（liǎo）屿：生长着蓼草的岛屿。荻：多年生草本植物，生在水边，叶似芦苇，秋天开紫花。④低亚：低垂。

【赏析】

这是一首怀古之作。

词的上阕写景，描绘金陵山水。“一带江山如画”，总写金陵一带的形貌及山水之美，秋日金陵的景色是萧疏而明丽的。“水浸碧天何处断”具体描绘出长江景色，水天漫漫，浑然一色，画面深宏阔大。接着由远景转向近景。“霁色”承上句“碧天”而来，“冷光”则承“水”而来，云色与波光相互辉映，气势雄浑。然后将视线转到江洲上，写水边人家：蓼草荻花丛中，竹篱茅舍隐约可见，意境幽雅。

下阕怀古，抒发兴亡之慨。词人仍旧以景物起兴，但写的却不是纯粹自然之景，而是与人有关的景物：客帆与酒旗。这两句为下文怀古渲染出一种沉郁的气氛。“多少六朝兴废事，尽入渔樵闲话”道尽人世沧桑，含有一种盛衰无常的感慨。词人独倚高楼，望着眼前沉郁而苍凉的景致，心中怅惘不已。最后两句以景作结，以有限的景写无穷的意，可谓意旨遥深。

宋　祁

998—1061，字子京，安州安陆（今属湖北）人，后徙居开封雍丘（今河南杞县）。仁宗天圣二年（1024）进士。累官知制诰、工部尚书、翰林学士承旨。曾修《新唐书》列传。卒谥“景文”。有《宋景文集》。词仅存数首。

玉楼春

宋祁

东城渐觉风光好，縠皱波纹迎客棹①。绿杨烟外晓寒轻，红杏枝头春意闹。

浮生长恨欢娱少，肯爱千金轻一笑②？为君持酒劝斜阳，且向花间留晚照。

【注释】

①縠（hú）皱：形容水波纹如绉纱一样褶皱。②肯：怎肯。

【赏析】

这是一首惜春之作，为宋祁的成名作。

上阕写郊游所见的灿烂春光。“东城渐觉风光好”，这一句总写春景，由一个“好”字点出。“縠皱波纹迎客棹。绿杨烟外晓寒轻，红杏枝头春意闹”，这三句具体写春光的“好”，碧波荡漾，杨柳堆烟，寒意微微，红杏争春，这是一派焕发着勃勃生机的春日景象。其中“红杏枝头春意闹”一句最妙，向来为人所传诵。王国维在《人间词话》中称赞这句词说：“‘红杏枝头春意闹’，着一‘闹’字而境界全出。”宋祁也因为这一句而被时人称为“红杏尚书”。这个“闹”字打通了人的视觉和听觉，把无声的姿态说成有声的波动。不但使人觉得那杏花红得热烈，也让人感受到春天的勃勃生机。

上阕极力赞赏春景，色彩明艳；下阕慨叹人生如梦，春光易逝，流露出一片感伤的情绪。“浮生长恨欢娱少，肯爱千金轻一笑？”此刻的欢娱引起了词人的伤叹，他叹息浮生若梦，苦多乐少，因而他不能因为吝惜金钱而轻易放弃这欢乐的瞬间。“为君持酒劝斜阳，且向花间留晚照”，词人是多么留恋这美好的时光，留恋得竟有些痴了，他为同游的朋友而举起酒杯，希望能留住夕阳，请它在花丛间多逗留一会儿。

锦缠道

宋祁

燕子呢喃，景色乍长春昼。睹园林、万花如绣。海棠经雨胭脂透[1]。柳展宫眉[2]，翠拂行人首。

向郊原踏青，恣歌携手[3]。醉醺醺、尚寻芳酒。问牧童，遥指孤村道：“杏花深处，那里人家有。”

【注释】

①胭脂透：形容海棠花红得特别鲜艳。②宫眉：宫廷妇女流行的画眉样式，这里比拟柳叶细长的形状。③恣歌携手：踏青者形象，即一群人拉着手放情歌唱。

【赏析】

这是一首描写春日出游的词作。

上阕着意描写春景。“燕子呢喃，景色乍长春昼”，点明时节是早春，时间是白昼。

“睹园林”以下描写春色蓬勃的园林。“万花如绣”运用比喻总括春色，表现出大自然旺盛的生机。“海棠经雨胭脂透。柳展宫眉，翠拂行人首”，这是在总括之后具体描写海棠花以及柳条。词人用拟人的手法，将海棠拟为胭脂、柳叶比作宫眉。“胭脂透”写出了经雨后海棠的鲜艳色泽；而一个“翠”字则将柳叶碧嫩的颜色写了出来。红花碧柳，两相映衬，十分耀目，显现出一派生机盎然的春色。

下阕着重抒发游兴。“向郊原踏青，恣歌携手”，说明踏青者并非一人，而是一群人手拉着手集体出游。这两句既点明了郊游之乐，又将载歌载舞的郊游场面描写得十分热闹。

“醉醺醺、尚寻芳酒”，本就已经醉意醺醺了，可郊游之人还要寻醉，足见其不拘形迹、恣纵狂放的情态。

“问牧童”三句，化用杜牧《清明》一诗中“借问酒家何处有，牧童遥指杏花村”句意，将踏青的欢畅意绪推至最高点。

叶清臣

1000—1049，字道卿，长洲（今江苏苏州）人。仁宗天圣二年（1024）进士。历官翰林学士、权三司使。后罢为侍读学士，知河阳。赠左谏议大夫。《全宋词》存其词二首。

贺圣朝

叶清臣

满斟绿醑留君住[①]，莫匆匆归去。三分春色二分愁，更一分风雨。

花开花谢，都来几许[②]？且高歌休诉。不知来岁牡丹时，再相逢何处。

【注释】

① 绿醑（xǔ）：绿色的美酒。醑，古代用器物滤酒，去糟取清叫醑。② 都来：算来。

【赏析】

这是一首写留别的词，抒发的是与友人分别时的离愁别绪。词中既有“莫匆匆归去”的伤心语，又有“且高歌休诉”的宽慰语，表现出词人送别友人时复杂而矛盾的心情。

此词开篇点题，写词人挽留友人。他斟上绿色的美酒，劝友人暂留，不要匆匆归去。“三分春色二分愁，更一分风雨”，这里将惜春与惜别结合起来，用春色、离愁和风雨构成一幅凄美的留别图。

“花开花谢，都来几许？”此句紧承上阕的离愁别绪，暗含时序更迭而挚友不能常聚的感叹。“且高歌休诉”，词调由低沉感伤而转为高亢旷达，词人不再一味诉说自己的离愁，转而来劝慰友人，要他尽情饮酒高歌，切勿絮絮叨叨。这不仅是对友人的劝慰，也是词人的自我排遣，表现出他开朗豁达的胸怀。“不知来岁牡丹时，再相逢何处。”但词人一想到别易见难，明年牡丹花再开时不知能否重逢，不免又一阵伤心。全词波澜起伏，先写离愁，继而自我排解并宽慰友人，终写怅惘之情，情韵悠长。

梅尧臣

1002—1060，字圣俞，宣州宣城（今属安徽）人。宣城古称宛陵，故又称“宛陵先生”。初试不第，以荫补河南主簿。皇祐三年（1051），赐同进士出身。以欧阳修荐，为国子监直讲，累迁尚书都官员外郎，故世称“梅直讲”“梅都官”。有诗名。有《宛陵先生集》。词存二首。

苏幕遮

梅尧臣

露堤平，烟墅杳。乱碧萋萋，雨后江天晓。独有庾郎年最少。窣地春袍[①]，嫩色宜相照[②]。

接长亭，迷远道。堪怨王孙，不记归期早。落尽梨花春又了。满地残阳，翠色和烟老。

【注释】

① 窣地春袍：猝然冒出的青草，化作大地的春袍。窣，突然钻出来，引申为纵跃。② 照：相互映衬。

【赏析】

上阕描写雨后江天之景，在辽远的背景与荷花衬托下，突出青草之美。雨后初晴，平坝远伸，远处的庄园笼罩在一片迷蒙之中，显得十分深远，而芳草在阳光的照耀下显得分外娇嫩。“独有庾郎年最少。

窣地春袍，嫩色宜相照”，这三句进一步称赞雨后芳草的美，写新荷映衬下春草之鲜美。“庾郎”，指荷花。这几句词人将绿草比作大地的春袍，十分贴切、自然。

下阕写春草之情，突出春草的多情。“接长亭，迷远道。堪怨王孙，不记归期早”，此四句写出了春草的依依之情。游子久久不归，它那萋萋的样子，仿佛是埋怨游子不记归期。“落尽梨花春又了”，继续申述芳草的幽怨：梨花落尽，春天即将过去，游子却还未归来。最后以景结情，将春草的幽怨与景色的凄迷融合起来。王孙不归，多情之芳草最终落入苍凉之境。

欧阳修

1007—1072，字永叔，号醉翁，晚年又号六一居士，庐陵（今江西吉安）人。仁宗天圣八年（1030）进士。官至参知政事，以太子少师致仕。赠太子太师，谥“文忠”。领导了北宋诗文革新运动，是“唐宋八大家”之一。在散文、诗、词等方面都卓有成就。其诗开创了宋代诗坛的新面貌；其词在北宋前期与晏殊并称。词多缠绵悱恻之作，不脱花间词的痕迹，亦有清丽明快、疏旷豪放之作。有《欧阳文忠公集》《六一词》等。

诉衷情

欧阳修

清晨帘幕卷轻霜，呵手试梅妆。都缘自有离恨，故画作远山长。

思往事，惜流芳，易成伤。拟歌先敛，欲笑还颦①，最断人肠！

【注释】

①“拟歌先敛”二句：是说唱歌之前先做愁态，笑之前先要皱眉，以此来增添妩媚。

【赏析】

这首词抒写的是一位歌妓的离愁别恨。词人通过对歌妓在冬日清晨梳妆的描述，展现了她内心的落寞与苦闷。

上阕描写歌妓对镜梳妆的情景。“清晨帘幕卷轻霜，呵手试梅妆”，这两句点明了时间、天气以及人物情态。“帘幕卷”，暗示她已起床；“轻霜”，说明气候只微寒；“梅妆”，为南朝宫中传出来的寿阳公主首创的一种别样打扮。

“都缘自有离恨，故画作远山长”，古人有以山水喻别离的习惯，由于心中装有离恨，因而她将双眉画得如远山一般绵长。将双眉比作远山，想象奇特而生动，既写出了歌妓眉似远山之美，又揭示出她内心的痛苦和凄寂。

下阕描写歌女的内心感受。“思往事，惜流芳，易成伤”，这三句写她追忆往事的心情。她想到自己的歌唱生涯异常凄惨，嗟叹自己那青春年华都在陪酒卖唱中抛掷了。

“拟歌先敛，欲笑还颦，最断人肠”，这几句总结了歌女卖唱赔笑的生活，并活灵活现地刻画出她无可奈何的痛苦心情，流露出词人对歌女深深的哀怜之情。

踏莎行

欧阳修

候馆梅残[①]，溪桥柳细。草薰风暖摇征辔[②]。离愁渐远渐无穷，迢迢不断如春水。

寸寸柔肠，盈盈粉泪。楼高莫近危阑倚[③]。平芜尽处是春山[④]，行人更在春山外。

【注释】

①候馆：驿馆。②摇征辔（pèi）：指策马远行。③危阑：高楼上的栏杆。④平芜：绵延不断、向远方伸展的草地。

【赏析】

这是一首抒发离愁别绪的词作。本词写法特别，不是只写游子的离愁或思妇的离愁，而是结合了两者，上阕写行者的离愁，下阕写闺中思妇的别恨。

上阕写游子在旅途中的离愁。“候馆梅残，溪桥柳细。草薰风暖摇征辔”，开头三句描绘了一幅早春行旅图。梅残、柳细、草薰、风暖点明时令，即仲春。“候馆”点明事件，即行旅。首三句以实景烘托离别，而三、四两句则直接抒写离情：“离愁渐远渐无穷，迢迢不断如春水。”这两句为全词之眼目，以不断之春水暗喻无穷之离愁，化抽象为具象，比喻贴切。

下阕写想象中闺中少妇的离愁。陌上游子忧愁到极点，进而想象对方的相思情状：“寸寸柔肠，盈盈粉泪。”“寸寸”“盈盈”两词写出了女子思绪的缠绵深切。“楼高莫近危阑倚”，这是行人的劝慰之辞，深情而体贴。希望她不要登高眺望他的踪影，因为“平芜尽处是春山，行人更在春山外”。即便她凭栏远眺，看到的也不过是一片杂草繁茂的原野以及原野尽头的春山。

生查子

欧阳修

去年元夜时，花市灯如昼。月上柳梢头，人约黄昏后。

今年元夜时，月与灯依旧。不见去年人，泪湿春衫袖。

【赏析】

这首词结合元夜观灯这一风俗，叙写了主人公观灯时的回忆与感想。全词通过对“去年”元夜的甜蜜情景与“今年”元夜的凄凉情景进行对照，表现了主人公为物是人非、旧情难续而伤感的心理。

上阕回忆去年的一段情事。“去年元夜时，花市灯如昼”，点明时间，描写去年元夜灯市的繁盛景象。

“月上柳梢头，人约黄昏后”，这两句由闹转静，描写一段封存在主人公记忆中的缱绻情事。主人公与恋人避开人流，避开华灯，在黄昏月上之时，秘密约见，倾诉衷肠。这两句词意境清幽，深为后人所称赏。

下阕叙写今年观灯时的感伤心情。“今年元夜时，月与灯依旧”，词人由回忆转到现实中来，眼前景象依旧，月儿皎洁明亮，灯市灿烂如昼。

“不见去年人，泪湿春衫袖”，“不见去年人”令词人多么感伤，最后竟“泪湿春衫袖”。时光飞逝如电，旧日的欢乐如今已化作泡影，看着眼前旧物，却不见旧时之人，怎能不令人伤心？忆旧伤今是人们

感情生活中一种很普遍的现象，所以这首词虽历经千年却依旧能引起后人的共鸣。

这首词语言明白如话，意象明净自然，结构回环往复，颇具民歌风味。

词的品赏知识

宋代婉约派的代表词人 婉约词派是宋词中的主流，无论是词作数量还是词人数量都在宋词和词人中占大多数。宋代婉约派的代表词人有以下几位：

晏殊：晏词富于哲理、引人深思；珠圆玉润、气象富贵、格调娴雅；和婉明丽，为北宋倚声家初祖。

柳永：柳词情意凄凉而境界开阔，描写委曲而笔力矫健。《雨霖铃》即是其代表作。

欧阳修：欧词写得婉曲缠绵，情深语近，这首《生查子》就将男女之情写得朴实生动，情意绵长。

玉楼春

欧阳修

尊前拟把归期说[①]，未语春容先惨咽。人生自是有情痴，此恨不关风与月[②]。

离歌且莫翻新阕[③]。一曲能教肠寸结。直须看尽洛城花，始共春风容易别。

【注释】

① 拟把归期说：心中想把归期告诉对方。② 风与月：指风月美景。③ 离歌：樽前所演唱的离别的歌曲。阕：量词，一首歌为一阕。

【赏析】

这首词作于词人离别洛阳和恋人话别之时，词境凄凉。

彼时词人西京留守推官任满，将要离开洛阳，恋人为他送行，两人心中无限凄凉。此地一别，两人不知何时才能再见。词人想虚构一个归期，安慰安慰对方，可话还没说出口，她就凄惨地呜咽起来。“人生自是有情痴，此恨不关风与月”，这两句是词人对眼前情事的一种理念上的反省和思考，充满哲意。

随即词人由哲思重新返回到眼前的情事上来，这段写得分外凄伤。白居易在《杨柳枝》中有云“古歌旧曲君休听，听取新翻杨柳枝”，这里反用其意，说无论旧曲新曲，都不能起到安慰人的作用，反而会增添离别之人的痛苦。末二句突然扬起，由先前离别时的哀伤转为豪兴。他认为既然“人生自是有情痴”，人的别情生来就有，无法借外力（离歌）排遣，不如让自己的感情得以充分抒发出来，这样它才不会郁结于心头。这首《玉楼春》关乎儿女情长，而词人能从其中发掘出哲理，确实难能可贵。

浪淘沙

欧阳修

把酒祝东风，且共从容[①]。垂杨紫陌洛城东[②]，总是当时携手处，游遍芳丛。

聚散苦匆匆，此恨无穷。今年花胜去年红，可惜明年花更好，知与谁同？

【注释】

① 且共从容：意谓暂且一起悠闲一刻，不要急于离去。② 紫陌：指京城郊外的道路。

【赏析】

这首词作于明道元年（1032）春，当时词人正担任西京留守，写词人与友人在洛阳东郊旧地重游时的感受。

上阕纪游，由眼前之景而回忆往昔之景。“把酒祝东风，且共从容”，在和暖的春风中，词人设宴为友人送行，他并未作惜别语，而是举起酒杯劝友人暂时忘掉分离的痛苦，尽情欢乐。词人之所以这么说，是因为他知道人生常常是离别多，欢聚少，因而特别珍惜与友人相处的短暂时光。

“垂杨紫陌洛城东，总是当时携手处，游遍芳丛”，送别之际，词人回忆起过往的那次欢聚。他们携手游春，踏遍花丛，十分欢快。这几句写出了词人与友人之间深挚的感情。

下阕抒怀，悬想未来。往昔相聚的欢乐与今天分别的凄凉形成了鲜明的对照，使词人生出“聚散苦匆匆，此恨无穷”这样充满哲理意味的感慨。

“今年花胜去年红”，今年有友人相伴，词人在相聚的欢乐气氛中看花似乎都比去年的红。其实花开花谢乃是自然现象，今年的花未必比去年红，词人通过这一对比写出了他对友人的深厚情谊。接着词人又对明年展开联想：“可惜明年花更好，知与谁同？”这两句抒发了对人生多变的感慨，词意更深。

蝶恋花

欧阳修

庭院深深深几许？杨柳堆烟，帘幕无重数。玉勒雕鞍游冶处①，楼高不见章台路②。

雨横风狂三月暮，门掩黄昏，无计留春住。泪眼问花花不语，乱红飞过秋千去。

【注释】

① 玉勒雕鞍：镶玉的马笼头和雕花的马鞍。游冶处：即冶游处。指歌楼妓馆。② 章台：妓女住所的代称。

【赏析】

这是一首抒发闺怨的词作。词人通过对环境的渲染，着重描写了少妇独守空闺的寂寞心情。

上阕描写闺中少妇所处的环境，以及其想见意中人而不得的心情。“庭院深深深几许？”首句连用三个“深”字，极写少妇所居庭院之幽深，衬托出她的寂寞。

“杨柳堆烟，帘幕无重数”，“堆烟”写庭院之静；“帘幕无重数”，进一步写闺阁之幽深封闭。这两句愈发烘托出闺中少妇的孤独与怨艾。

“玉勒雕鞍游冶处，楼高不见章台路”，原来这位女子的幽怨是因为丈夫的花心，他终日游荡于歌楼妓馆之中，不以她为念；而她却整日盼望夫君归来，伫立高楼，遥望他的身影，然而楼虽高，却仍然望不到丈夫游冶的地方。

下阕写少妇的心情。“雨横风狂三月暮，门掩黄昏，无计留春住”，暮春时节，思妇感物伤怀，她看到“雨横风狂”的景象，不禁生出“无计留春”的感慨来。这三句隐含着词人对岁月易逝、人身易老的感慨。

“泪眼问花花不语，乱红飞过秋千去”，这两句为全篇警句，深得后人喜爱。这两句以眼前之景写少妇心中之情，写出了她的痴情与绝望，蕴藉深厚。“泪眼问花”，她含着眼泪问花可知道她心中的怨恨，但花却不语，就连花儿也不同情她的遭际，一跃身“飞过秋千去”。

解　昉

生卒年与生平皆不详。曾任苏州司理。《全宋词》存其词二首。

永遇乐

解昉

风暖莺娇，露浓花重，天气和煦。院落烟收，垂杨舞困，无奈堆金缕。谁家巧纵，青楼弦管①，惹起梦云情绪②。忆当时、纹衾粲枕，未尝暂孤鸳侣。

芳菲易老③，故人难聚，到此翻成轻误④。阆苑仙遥，蛮笺纵写⑤，何计传深诉。青山绿水，古今长在，惟有旧欢何处。空赢得、斜阳暮草，淡烟细雨。

【注释】

①“谁家巧纵，青楼弦管”二句：不知哪家歌楼发出了弦管之声。② 梦云情绪：指对往日爱情生活的回忆。③ 芳菲：美丽的花草，这里也指青春。④ 轻误：终身的悔恨。⑤“阆苑”二句：那个地方、那个人都已经远离，我纵使用珍贵的彩色信笺倾诉深情，又怎样传递

呢？阆苑，阆风之苑，阆风是传说中位于昆仑之巅的一座仙山，一般概指仙人所居之境。蛮笺，唐代四川地区生产的一种彩色纸，很珍贵。

【赏析】

这首词写春日情思，抒发的是词人对于爱情的留恋之情。

上阕开头三句选取春风、娇莺、春露、鲜花这些春日里的典型景色来描绘春光，显示出勃勃生机。然后写庭院中的柳树，词境有所转变。接下来由写景转至个人的感受。“梦云”用《高唐赋》巫山云雨之典，喻男女欢情。这三句暗示词人往日的情人是一个青楼歌女。他们当初曾形影不离，从未分开过片刻。

下阕开头就流露出悔恨之情。“芳菲”原指芳香的花草，此处指青春；“故人”指往日的爱人。青春的逝去，所爱的人不再相见，使词人为当初轻易的别离感到无限悔恨。“阆苑仙遥”，指两人相隔遥远，犹如仙凡相隔，音讯难通。词人叹息山水长存，而旧日的欢情不再。最后以景语作结，含无尽凄苦寂寞意。斜阳烟雨的黯淡迷蒙，正如愁恨的无边无际，此三句词人化不可描摹之情为可见可感之景，余韵不尽。

韩 琦

1008—1075，字稚圭，自号赣叟，相州安阳（今属河南）人。北宋政治家、名将。仁宗天圣年间进士。初授将作监丞，历枢密直学士、陕西经略安抚副使、陕西四路经略安抚招讨使。与范仲淹共同防御西夏，名重一时，时称“韩范”。英宗嗣位，拜右仆射，封魏国公。神宗立，拜司空兼侍中，出知相州、大名府等地。神宗熙宁八年（1075）卒，年六十八岁。谥“忠献”。有《安阳集》。《全宋词》存其词四首。

安阳好

韩琦

安阳好，形势魏西州①。曼衍山川环故国②，升平歌吹沸高楼③。和气镇飞浮④。

笼画陌⑤，乔木几春秋。花外轩窗排远岫⑥，竹间门巷带长流⑦。风物更清幽⑧。

【注释】

①魏西州：战国时期魏的西河重镇。②曼衍：同“曼延”，即连绵不断。③升平：赞颂太平的歌声。沸：响彻。④和气：天下正气。⑤画陌：如诗如画般的郊野巷陌。⑥远岫：远处的山脉。⑦带长流：河水长流不息。带，河水。⑧风物：风景。

【赏析】

这首词作于神宗即位后，是词人出镇相州时所作。安阳（今河南安阳西南），是当时相州治所，既是中原重镇，又是词人的故乡。这首词通篇都洋溢着词人的赞赏之情。

上阕写安阳人文风光。“安阳好”，起首便赞颂安阳，奠定全词基调。“形势魏西州”，这一句从历史由来方面加以赞颂。“魏西州”，战国时魏国的西河重镇。这句是说安阳历史悠久，历来是中原重镇。“曼衍山川环故国”，这一句写其地理形势。“曼衍”，即蔓延。这古老的重镇山水环绕，可见其地势之险要。“升平歌吹沸高楼。和气镇飞浮”，这两句写安阳今日之繁华。安阳歌声响彻，赞颂太平盛世；和睦祥瑞之气笼罩，镇住飞扬的尘埃。

下阕描写安阳自然风光。“笼画陌，乔木几春秋”，安阳树木高大，树冠繁茂，足以笼盖住各条道路。一个“画”字写出安阳道路之美；“几春秋”则暗写出安阳历史的悠久。“花外轩窗排远岫，竹间门巷带长流”，这两句为我们描绘了一幅恬静优美的自然画卷：园子里繁花似锦，簇拥着小窗；花窗外远山如列，蜿蜒起伏；修竹间，屋舍隐现；屋舍前，绿水长流。由以上四句对安阳自然风物的描写，很自然地引出最后一句：“风物更清幽。”

杜安世

生卒年不详。字寿域，京兆（今陕西西安）人。慢词作家，亦能自度新曲。有《四库总目》。有《寿域词》一卷。

两同心

杜安世

巍巍剑外[1]，寒霜覆林枝。望衰柳、尚色依依[2]。暮天静[3]、雁阵高飞。入碧云际。江山秋色，遣客心悲[4]。

蜀道巇崄行迟[5]。瞻京都迢递[6]。听巴峡、数声猿啼。惟独个、未有归计。谩空怅望，每每无言，独对斜晖。

【注释】

① 剑外：指剑阁以南的蜀中地区。② 尚色依依：指杨柳虽然还是绿色，依依柔姿却不可与春天相比。③ 暮天：傍晚的天空。④ 遣客：指诗人自己。⑤ 巇崄：艰险崎岖。⑥ 瞻京都迢递：回望来路，京都已经很遥远，不能再见。

【赏析】

这首词写羁旅之愁。

上阕词人描绘了三幅秋日图景，渲染出一片苍凉与寂寞。“巍巍剑外，寒霜覆林枝”，“剑外”是词人的漂泊之地，指剑阁以南的蜀中地区；“巍巍”写出剑阁地势之险要，渲染出词人漂泊之地的偏远；而山高寒重，故而“寒霜覆林枝”。“望衰柳、尚色依依”，这两句写柳，突出的是一个“衰”字，说柳条尚依依，但毕竟已经衰残，不能与春日的杨柳同日而语。“暮天静、雁阵高飞。入碧云际”，这三句为我们描绘了一幅大雁暮归图，寂静而悲凉。其中“静”字用得极为传神，不仅写出了环境之旷远、天穹之寥廓，还写出雁唳长空的悲凉。“江山秋色，遣客心悲”，末两句由景及人，点明游子的悲愁。

下阕抒情。“蜀道巇崄行迟”，“巇崄”与上阕首句“巍巍剑外”相呼应，申述蜀道的奇险；“行迟”则写出行路的艰难。“瞻京都迢递”，游子行路已久，回望京都已遥不可见。本来京都就已经望不见，词人还要往西去。行至巴峡的词人听闻两岸猿猴凄厉的鸣叫声，心中更觉悲伤，不禁凄然叹道：“惟独个、未有归计。”最后以“谩空怅望，每每无言，独对斜晖”作结，将羁旅的寂寞写尽。无声往往胜有声，通过“怅望”“无言”“独对”数语，我们可以体味到词人那种难言的凄凉与寂寞。

司马光

1019—1086，字君实，陕州夏县（今属山西）涑水乡人，世称“涑水先生”。仁宗宝元元年（1038）进士，官至左仆射兼门下侍郎。赠太师、温国公，谥“文正”。北宋著名史学家。主持编撰了大型编年体通史《资治通鉴》。著有《司马文正公集》等。存词仅三首。

西江月

司马光

宝髻松松挽就，铅华淡淡妆成①。青烟翠雾罩轻盈。飞絮游丝无定。

相见争如不见②，有情何似无情。笙歌散后酒初醒。深院月斜人静。

【注释】

① 铅华：铅粉。② 争：怎。

【赏析】

这是一首爱情词，抒写的是词人对一位舞女的爱恋之情。

上阕写舞女的妆容及舞姿。“宝髻松松挽就，铅华淡淡妆成”，这两句写舞女的妆容，她并不刻意修饰，打扮得花枝招展，只是略施淡妆，脑后松松挽着一个云髻。由舞女的打扮，我们便可想象其清水出芙蓉的美姿。

“青烟翠雾罩轻盈。飞絮游丝无定”，这两句写其曼妙的舞姿。“青烟翠雾”，指其衣裳；“轻盈”，指她轻盈的体态；“飞絮游丝无定”，这一句将她的舞姿比作飞絮游丝，将她那轻歌曼舞的神态表现出来。

下阕写词人对她的爱恋。“相见争如不见，有情何似无情”，舞女出尘绝俗之姿引起词人无尽情思，受着相思煎熬的他不禁叹道：“见后反惹相思，倒不如不要见面；人还是无情的好，无情则不会为情所困，空惹许多痛苦。”这两句表达了词人对于舞女强烈的爱恋之情。

“笙歌散后酒初醒。深院月斜人静。”词人酒醒后，笙歌散尽，人也离去，深院中的他对着天边斜月会想些什么呢？是眷恋不已，还是怅惘、感伤？总之，一切尽在不言中，任凭读者去遐想。

韩　缜

1019—1097，字玉汝，其先真定灵寿（今属河北）人，后徙雍丘（今河南杞县）。庆历二年（1042）进士，官至尚书右仆射兼中书侍郎。出知颍昌府，以太子太保致仕。谥庄敏，封崇国公。存词仅一首，见于《全宋词》。

凤箫吟

韩缜

锁离愁、连绵无际，来时陌上初熏①。绣帏人念远②，暗垂珠泪③，泣送征轮。长亭长在眼，更重重、远水孤云。但望极楼高，尽日目断王孙。

销魂。池塘别后，曾行处、绿妒轻裙。恁时携素手④，乱花飞絮里，缓步香茵⑤。朱颜空自改，向年年、芳意长新。遍绿野，嬉游醉眠，莫负青春。

【注释】

①陌上初熏：路上散发着草的香气。陌，道路。熏，花草的香气浓烈侵人。②绣帏：绣房、闺阁。③珠泪：指眼泪。④恁（nèn）：那。恁时，即那时。素手：指女子洁白如玉的手。⑤香茵：芳草地。

【赏析】

词的起首便点明题旨——离愁，以及送别的时间、地点。春日里，一位女子于陌上送别即将远行的爱人。两人情意绵绵难分难舍。首三句化用江淹《别赋》“闺中风暖，陌上草熏”句意。“绣帏人念远，暗垂珠泪，泣送征轮”，这三句写思妇，刻画了一个垂泪泣送的深闺思妇形象。然后笔墨由思妇转到游子，写他旅途中的经历。转而又写思妇，写她登高望行客，一直望到天色向晚。这两句表现了她的无限别情。

“销魂。池塘别后，曾行处、绿妒轻裙”，这三句写游子的回忆。“绿妒轻裙”反用牛希济“记得绿罗裙，处处怜芳草”词意，以芳草嫉妒罗裙之碧色，来衬托心上人之清秀可人。“恁时携素手，乱花飞絮里，缓步香茵”仍是写游子的回忆。但眼前的芳草又唤起物是人非的感叹：“朱颜空自改，向年年、芳意长新。”流露出对时光消逝的无限感伤。“遍绿野，嬉游醉眠，莫负青春”紧承上文而来，劝人们趁年少尽情嬉游，不要如他那样等到年光流逝后再空自嗟叹。

王安石

1021—1086，字介甫，晚号半山老人，临川（今属江西）人。仁宗庆历二年（1042）进士。神宗朝两度任相，实行变法。封舒国公，改封荆国公。赠太师，谥曰“文”。北宋著名政治改革家，也是杰出的思想家和文学家。诗文兼长，其诗对确立宋诗风格具有重要贡献，其文亦名列唐宋古文八大家之一。词作数量不多，却风格高俊豪迈，感慨深沉，别具一格。有《临川先生文集》、词作《半山词》等。

浪淘沙令

王安石

伊吕两衰翁[①]，历遍穷通。一为钓叟一耕佣。若使当时身不遇，老了英雄。

汤武偶相逢，风虎云龙。兴王只在谈笑中。直至如今千载后，谁与争功!

【注释】

① 伊吕：指伊尹、姜尚。

【赏析】

这是一首咏史词。词人以史托今，借古贤臣伊尹和吕尚“历遍穷通”的际遇，以抒发自己获得宋神宗的知遇，在政治上大展宏图的得意之情。

上阕写伊尹、姜尚政治失意的前半生。“伊吕两衰翁，历遍穷通”，这两句总写两翁命运，他们历遍穷通。“一为钓叟一耕佣”，这是写他们“穷”时的情况。伊尹曾为一农夫，躬耕于有莘之野（莘，古国名，其地在今河南开封附近）。吕尚为渔夫，垂钓于渭水之滨。“若使当时身不遇，老了英雄”，英雄想要大展宏图，还是需要等待时机的，如果伊尹、姜尚没有遇到成汤、周文王，两人纵然有济世之才，也会被埋没。

下阕写两人通达的后半生，“汤武偶相逢”紧承上阕结尾二句而来，一个“偶”字点明君臣遇合的偶然性。可是，一旦贤臣遇到明君，那就会出现“风虎云龙。兴王只在谈笑中”的局面。“直至如今千载后，谁与争功”，结尾是对伊尹、姜尚的歌颂，说他们功勋卓著，后人没有能够与之匹敌的。词人在歌颂伊、吕的不朽功业的同时，也是在激励自己，他也要像古贤臣一样，报答明君的知遇之恩，积极推行变法，立下千古不朽之功业。

桂枝香

王安石

登临送目，正故国晚秋[1]，天气初肃。千里澄江似练，翠峰如簇[2]。征帆去棹残阳里，背西风，酒旗斜矗。彩舟云淡，星河鹭起[3]，画图难足。

念往昔，繁华竞逐，叹门外楼头，悲恨相续。千古凭高对此，漫嗟荣辱。六朝旧事随流水，但寒烟衰草凝绿。至今商女④，时时犹唱，后庭遗曲。

【注释】

① 故国：旧时的都城，指金陵。② 如簇：这里指群峰好像从聚在一起。簇，从聚。③ 星河：银河，这里指长江。④ 商女：歌女。

【赏析】

这是一首怀古之作，为历来以金陵怀古为主题的篇什中的佳作。词人通过对六朝的历史教训进行总结，抒发了人们在嗟叹兴亡之余却很少能从其中得出教训感慨。

上阕写登临所见。开头点明登临之事及节令气候。然后写登临所见之全景。“澄江似练”将江水比作白练，写出了江面青碧平静的特点。“翠峰如簇”，将山峰比作箭镞，写出了金陵山川的陡拔形势。“归帆去棹残阳里”以下三句，由整体到局部，具体写帆船、酒旗、彩舟、鸥鹭等景物。最后以“画图难足”收尾，总括江山之美。

下阕抒登临所感。词人所念者，为建都金陵的六朝统治者竞逐人事的奢华，荒淫误国；所叹者，为六朝政权更替之频繁。“千古凭高对此”至末句是词人对今人的感叹：千古以来人们登高凭吊，不过都是空发兴亡感慨，丝毫不吸取教训，以史为鉴，继续犯着古人的错误，沉溺于歌舞。“至今商女，时时犹唱，后庭遗曲”，这几句化用杜牧《泊秦淮》“商女不知亡国恨，隔江犹唱后庭花”诗意，指出六朝亡国的教训已被人们忘记了。

《古今词话》曾评此词："金陵怀古，诸公寄调《桂枝香》者，三十余家，惟介甫为绝唱。东坡见之，叹曰：此老乃野狐精也！"

渔家傲

王安石

平岸小桥千嶂抱，柔蓝一水萦花草。茅屋数间窗窈窕。尘不到，时时自有春风扫。

午枕觉来闻语鸟，攲眠似听朝鸡早。忽忆故人今总老。贪梦好，茫然忘了邯郸道[①]。

【注释】

①邯郸道：亦作"邯郸路"。比喻求取功名之道路；亦指仕途。

【赏析】

王安石退出政治舞台后，寄情山水，常借自然景物抒发自己的情感。这首山水词写出了他对仕途的厌倦，以及对大自然的无限向往。

"平岸小桥千嶂抱，柔蓝一水萦花草"，这两句写得清明娟秀，常为人称道，乃化他人诗句而来。吴聿《观林诗话》记王安石"尝于江上人家壁间见一绝，深味其首句'一江春水碧揉蓝'，为踌躇久之而去，已而作小词，有'平岸小桥千嶂抱，柔蓝一水萦花草'之句。盖追用其词”。“柔蓝一水”，形容水色清碧，“柔”字轻盈贴切，形象生动，使整幅画面呈现出一种清新、宁静的色彩美。词人糅进前人诗意，描绘了一幅清灵秀丽的水乡风光图。

“茅屋数间窗窈窕。尘不到，时时自有春风扫”，这景象是多么清静呀，浑无人迹。“窈窕”二字写出了窗的幽深，反映出所居之处的深窈秀美。

“午枕觉来闻语鸟”，这一句写出了词人那种妙合自然的恬淡心境，他悠然梦醒，与花鸟共忧喜、与山水通性情。“欹眠似听朝鸡早”，词人听到窗外的鸟声，恍惚间竟以为是从政早朝时的“朝鸡”声。

但词人很快便又回到现实：“忽忆故人今总老。”往日那个壮志满怀的年轻人此时已经老去，归隐山间了。那么老去的他有怎样一种心境呢？“贪梦好，茫然忘了邯郸道”，此时的他贪爱闲淡的午梦，已抛却那建功立业的黄粱美梦了。

郑　獬

1022—1072，字毅夫，号云谷，安州安陆人。仁宗皇祐五年（1053 年）进士第一，为皇祐癸巳科状元，授通判陈州。入直集贤院，度支判官，知制诰，享正三品，修起居注。神宗时拜翰林学士，知开封府，因反对王安石变法，迁青州。宋熙宁五年（1072）病逝于安州。工诗能词。有《郧溪集》。有词集《花庵词选》。

好事近

郑獬

把酒对红梅，花小未禁风力。何计不教零落，为青春留得。

故人莫问在天涯，尊前苦相忆。好把素香留取，寄江南消息。

【赏析】

这首词作于词人被贬杭州期间。据传，民喻兴与他的妻子杀害一妇人，郑獬不肯用王安石的新法来审问犯人，因此为王安石所忌恨，被贬到杭州任侍读学士。

表面上来看这首词是咏梅，怀念故人之情的，实际上是以梅自喻，告诉亲友自己虽身处逆境，但仍旧保持着高洁的品格，不会向权势屈服。

“把酒对红梅”，点明词人在赏梅。梅花象征着品格的高洁，词人赏梅，实是赏其品格。“花小未禁风力”，梅花花太小，禁不起风的摧残。正如朝廷的官员，很难经受得住政治风暴的袭击。

接着词人便发一问，何计不教零落。有什么办法将它留在枝头呢？“为青春留得”这一句句意朦胧，难以理解，到底是为政治理想而留存自我，还是为高洁的品格而留存自我，这些说法都行得通，读者各有各的看法。

“故人莫问在天涯”，词人对老朋友们说：“你们不要打听我在那遥远的地方落到了什么田地。”接着词人又对这一点做出了回答：“尊前苦相忆。”词人远在他乡，正苦苦地思念着亲戚故旧。

“好把素香留取，寄江南消息”，“素香”，本指梅花的清香，这里用以比喻高洁的品格。末两句明志，他告诉朋友们，自己依旧保留着高洁的品格。

王安国

1030—1076，字平甫，王安石大弟。熙宁进士。北宋临川（今江西东乡区上池村）人。北宋著名诗人。世称王安礼、王安国、王雱为“临川三王”。王安国器识磊落，文思敏捷，曾巩谓其“于书无所不通，其明于是非得失之理为尤详，其文闳富典重，其诗博而深”。

清平乐

王安国

留春不住，费尽莺儿语。满地残红宫锦污①，昨夜南园风雨。

小怜初上琵琶，晓来思绕天涯。不肯画堂朱户，春风自在杨花。

【注释】

① 宫锦：宫中的锦绣，比喻落花。

【赏析】

这首词写暮春的残败景象，并描绘了一位心高气傲的歌伎的形象。全词情景交融，在伤春之外还写出了自己的性情与风骨，格调颇高，是难得的佳作。

上阕写残春景象。“留春不住，费尽莺儿语”，开篇便抒发惜春之情：昨夜南园风雨交加，满地都是落花，像是一幅被弄脏的宫锦，尽管黄莺费劲巧舌，也无法将春天挽留住。这里词人赋予黄莺以人的感情，借鸟儿之口道出自己无计留春之苦，手法新奇，耐人寻味。

“满地残红宫锦污，昨夜南园风雨”，原来词人的惜春之情源自眼前残败的春景。季节的转换最易触动词人那颗敏感的心，看到满地落花词人怎能不伤感。

下阕写歌伎小怜，并以品性高洁的小怜自况。“小怜初上琵琶，晓来思绕天涯”，小怜昨夜第一次正式登台，表演非常成功，但她并不愿意留在画堂朱户里，而是想着要远走天涯，追寻那自由自在的生活。

“不肯画堂朱户，春风自在杨花”，在小怜看来，真正的幸福并非吃饱喝足、穿金戴银，而在于自在地追寻自己的理想。小怜的理想便是词人自己的理想；小怜对自由的渴望也是词人心底的渴望，他不愿为功名所累，他要活得自在！

王　观

生卒年不详。字通叟，如皋（今江苏如皋）人。仁宗嘉祐二年（1057）进士。曾官大理寺丞、知江都县等，官至翰林学士。有《冠柳集》，不传。词存十余首。

卜算子

王观

水是眼波横，山是眉峰聚。欲问行人去那边？眉眼盈盈处①。

才始送春归，又送君归去。若到江南赶上春，千万和春住。

【注释】

① 盈盈：美好的样子。

【赏析】

这首词是词人为将要前往浙东的友人鲍浩然写的送别之作。

“水是眼波横，山是眉峰聚”，首二句推陈出新，词人用女子含情的眼波来形容水，用女子紧蹙的眉峰来形容山，将自己的不舍之情移于无情之山水，说它们也为友人的离去而动容。

顺着这一构思，词人巧妙地点出了此行的目的地：“欲问行人去那边？眉眼盈盈处。”词人以“眉眼盈盈”借指江南山水，将它们烘托得柔媚而多情；又暗示他此行将要见到的人物。这句话一语双关，词人于此处扣得天衣无缝。

“才始送春归，又送君归去”，词人将送春和送人联系起来，抒发他的浓浓的离愁。刚刚送走春，心中已是十分怅恨；而今又“送君”，更添一段别愁。

“若到江南赶上春，千万和春住”，鲍浩然即将去往浙东地区，那里现在一定是春光明媚，再加上青山绿水，必定令人深深地沉醉其间，于是词人叮嘱友人千万要将春留住。这两句联想奇特，既写出了惜春之情，又表达了对友人的深深祝福。

晏几道

1038—1110，字叔原，号小山，抚州临川（今属江西）人。晏殊幼子，人称“小晏”。历任颍昌许田镇监、开封府推官。一生仕途失意，晚年家境中落，而不依傍权贵。能文善词，与乃父齐名，时称“二晏”。其词多写四时景物、男女情爱。善于写景抒情，语言和婉浓艳、精雕细琢，辞多感伤。有《小山词》。

临江仙

晏几道

梦后楼台高锁，酒醒帘幕低垂。去年春恨却来时，落花人独立，微雨燕双飞。

记得小蘋初见①，两重心字罗衣②，琵琶弦上说相思。当时明月在，曾照彩云归③。

【注释】

① 小蘋：词人友人家的歌女。② 两重心字：两个篆书心字结成的连环图案，象征男女心心相印。③ 彩云：指小蘋。

【赏析】

这是一首怀人之词，所怀之人为歌女小蘋。

“梦后楼台高锁，酒醒帘幕低垂。去年春恨却来时”，这几句写词人在梦后、酒醒后的所见之景以及感受：楼台仍在，人却不在；帘幕低垂，却早已不见小蘋的身影，往昔的欢乐在这暮春时节一并转为离恨，沉积在词人心间。“落花”承前句“春恨”而来，示伤春之感；“燕双飞”反衬出词人的孤寂心情。

“两重心字”，这四个字常用来象征男女之间心心相印。这里词人有意借用小蘋穿的“心字罗衣”来暗示两人初见时便已经相互爱恋对方了。“琵琶弦上说相思”，这是初见小蘋时的情景，她正借琵琶向词人传递自己的爱慕之情。“当时明月在，曾照彩云归”，化用李白《宫中行乐词》“只愁歌舞散，化作彩云飞”一句，以“彩云”借指小蘋，既写出了小蘋的轻盈娇媚，又表达了佳人如彩云般易逝的感慨。

《小山词》自序中云：“始时，沈十二廉叔、陈十君宠，有莲、鸿、云，品清讴娱客。每得一解，即以草授诸儿，吾三人持酒听之，为一笑乐。已而，君宠疾废卧家，廉叔下世。昔之狂篇醉句，遂与两家歌儿酒使，俱流转于人间。”本词中的小蘋即序中所说的家妓。

蝶恋花

晏几道

醉别西楼醒不记①，春梦秋云②，聚散真容易。斜月半窗还少睡，画屏闲展吴山翠③。

衣上酒痕诗里字，点点行行，总是凄凉意。红烛自怜无好计，夜寒空替人垂泪④。

【注释】

① 西楼：即《临江仙》词所写之楼台。② 春梦：春天的梦，多指恋情美梦。秋云：秋天的云。即《临江仙》之“彩云”。③ 吴山：吴地的山，泛指江南山水。吴，今浙江一带。④ “红烛”两句：化用杜牧《赠别》诗意：“蜡烛有心还惜别，替人垂泪到天明。”

【赏析】

这是一首怀旧词，抒发离愁别绪，整首词弥漫着一种无可排遣的惆怅与悲凉。

“醉别西楼醒不记”，首句忆昔，点明“别”。“醉别”二字点出了离别时的情态：喝酒喝到酩酊大醉，说明当时宴饮的气氛是相当欢乐的。“西楼”为当日送别之地；“不记”二字写出了前欢似梦的感觉。

“春梦秋云，聚散真容易”，这里用春梦、秋云作比，抒发聚散无常之感。春梦美好而短暂，秋云明净而易逝，用它们来象征美好而不久长的情事，最为真切形象。

“斜月半窗还少睡，画屏闲展吴山翠”，词人由对往事的追忆和伤叹中回到了眼前，只见斜月沉沉，画屏展翠。夜深人静仍旧未能入睡，可见别恨之深；词人此刻是心烦意乱的，那画屏上的江南山水此刻却显得特别平静悠闲，这“闲”字生动地传达了词人郁闷烦躁的心境。

“衣上酒痕诗里字，点点行行，总是凄凉意”，词人因怀人而拣点旧物，“衣上酒痕”，是西楼欢宴时留下的酒痕，“诗里字”，是筵席上的酬唱辞章。这酒痕和辞章象征着过往的欢乐，那欢乐如今都化作了云烟，看到旧物，只能叫人心生凄凉。

“红烛自怜无好计，夜寒空替人垂泪”，词人将红烛拟人化，说它无法留人，为离别而垂泪，将自己心中的哀伤和盘道出。

鹧鸪天

晏几道

小令尊前见玉箫[①]，银灯一曲太妖娆。歌中醉倒谁能恨？唱罢归来酒未消。

春悄悄，夜迢迢，碧云天共楚宫遥。梦魂惯得无拘检，又踏杨花过谢桥[②]。

【注释】

① 玉箫：唐范摅《云溪友议》，韦皋与姜辅家侍婢玉箫有情，韦归，一别七年，玉箫遂绝食死，后再世，为韦侍妾。词中以玉箫指称酒宴上的一位歌女。② 谢桥：谢秋娘家的桥。谢秋娘为唐代名妓。此处以谢桥指女子所居之地。

【赏析】

这是一首爱情词，写的是词人对一位美丽歌女的怀念。

上阕描写宴会中两人相逢的情景。“小令尊前见玉箫”，点明两人在歌会酒席上初次见面。“尊前”，指酒宴；“玉箫”，指代歌女。“银灯一曲太妖娆”，这一句写歌女丰姿，表露出词人的倾慕之情。

“歌中醉倒谁能恨，唱罢归来酒未消”，这两句词人转而对自己进行描写，一个“醉”字写出了他对歌女的绵绵情意。

下阕抒发相思之情。“春悄悄，夜迢迢”，写归来后辗转反侧的情景。“春悄悄”与上阕的歌宴在时间上是承接关系，却与前者的热闹气氛形成了鲜明对比；“夜迢迢”又与相见时的短暂欢乐形成对照，显示了词人对歌女的思念之情以及内心的孤独之意。“碧云天共楚宫遥”，这一句写二人相隔之遥。两人之间的距离并不遥远，只是两人身份地位的差别，使得重会非常困难。

“梦魂惯得无拘检，又踏杨花过谢桥”，既然现实中无法与伊人相会，那么便在梦中去寻觅意中人吧。“谢桥”，指唐代名妓谢秋娘家的桥，这里指女子居处。末两句为全篇警句，词人以梦写情，将梦的美好与现实的落寞对照起来，道出了心中的深情与无奈。

据邵博《邵氏闻见后录》载，与晏几道同时的学者程颐，每听到人诵“梦魂”两句时，必笑曰：“鬼语也！”意甚赏之。

鹧鸪天

晏几道

彩袖殷勤捧玉钟[①]，当年拚却醉颜红[②]。舞低杨柳楼心月，歌尽桃花扇底风。

从别后，忆相逢，几回魂梦与君同[3]。今宵胜把银釭照[4]，犹恐相逢是梦中。

【注释】

①彩袖：指穿彩衣的歌女。玉钟：珍贵的酒杯。②拼（pàn）却：不顾惜。却，语气助词。③同：相聚。④釭（gāng）：灯。

【赏析】

这首词写的是词人与歌伎深挚的爱情。

上阕回忆曾与伊人共同度过的美好时光。“彩袖殷勤捧玉钟，当年拼却醉颜红”，歌女殷勤劝酒，词人是一杯接一杯地狂饮，这一幕将两人的柔情蜜意生动地描画了出来。

“舞低杨柳楼心月，歌尽桃花扇底风”，楼心月，指午夜。她尽情歌舞，他陶醉忘归，两人不知不觉就忘记了时间的流逝，一直到楼外金黄色的晓月落到柳梢之下，他们才恍然发觉天快亮了。从这一场面我们不难看出二人的缱绻情意。

下阕写别后词人的思念以及两人重逢后的喜悦。“从别后，忆相逢，几回魂梦与君同”，两个相爱之人分别了，至于为什么分别，词中没有交代。但我们知道的是即便两人分别了，词人也始终没有忘却这段生活，他的感情仍然未变，他还想念着她，还会梦到她。而且这种思念和梦境并不是一次两次，“几回魂梦与君同”，不知道多少回在梦中又与她相见了。

“今宵胜把银釭照，犹恐相逢是梦中”，这重逢的一幕是多么动人，词人拉着爱人的手在灯下反复端详，生怕是在梦中。这两句生动地写出了词人心底的喜悦之情。

阮郎归

晏几道

旧香残粉似当初，人情恨不如。一春犹有数行书，秋来书更疏[①]。

衾凤冷[②]，枕鸳孤[③]。愁肠待酒舒。梦魂纵有也成虚，那堪和梦无？

【注释】

①疏：少，稀疏。②衾凤：绣有凤凰的被子。③枕鸳：绣有鸳鸯的枕头。

【赏析】

这是一首思忆之作。

此词抒写的是居者思行者的情怀。作者在词中运用层层开剥的手法，把人物面对的情感矛盾逐步推上尖端，推向绝境，从而展示了人生当中一种不可解脱的深沉的痛苦。

“旧香残粉似当初，人情恨不如”，将物与人比照起来写，说她所用之物仍旧如当初，而心却已经变了，真是人不如物。“一春犹有数行书，秋来书更疏”，这两句感昔伤今，说她今年春天初去时还有几行书信寄来，到了秋天，书信越来越稀少了。上阕四句，抒写了词人对薄情之人的满腔怨恨。

“衾凤冷，枕鸳孤”，这两句写夜间实景，表明自己仍独守空床，没有移情于他人，并赋予了物象，以词中人清冷、孤寂的主观情感，将他的内心感受渲染得淋漓尽致。人一旦心中忧愁，便很自然地要借酒浇愁，殊不知借酒浇愁愁更愁，联系下两句来看，那愁不仅没有排解，反而又添新的惆怅。酒徒然增添了他的相思之情，他竟要去梦中寻找她！可结果却是，连梦中都不见她的芳踪。词人就这样层层递进，一直把感情挥发到无可回旋之境。

张舜民

？—1100，字芸叟，号浮休居士，邠州（今陕西彬县）人。英宗治平二年（1065）进士。曾官监察御史、吏部侍郎，以龙图阁待制知同州。因元祐党争事，牵连治罪，被贬为楚州团练副使、商州安置。后又出任集贤殿修撰。其词仅存四首，慷慨悲壮，风格与苏轼相近。有《画墁集》。

卖花声

张舜民

木叶下君山，空水漫漫。十分斟酒敛芳颜。不是渭城西去客，休唱阳关①。

醉袖抚危阑，天淡云闲。何人此路得生还？回首夕阳红尽处，应是长安。

【注释】

① 阳关:《阳关曲》本是唐代王维所作的《送元二使安西》诗，谱入乐府时名《渭城曲》，又名《阳关曲》，送别时歌唱。

【赏析】

词为元丰六年（1083）词人被贬郴州，途径岳阳楼所作。词人面对着浩瀚洞庭，感慨不已，道出了他遭贬谪的失意心情。

“木叶下君山，空水漫漫”，此处化用屈原《九歌·湘夫人》中

“袅袅兮秋风，洞庭波兮木叶下”一句而来，描绘出一幅木叶萧萧、烟波浩渺的秋日景象。这萧疏的秋景，与词人遭贬谪的失意心情相合。“十分斟酒敛芳颜。不是渭城西去客，休唱阳关。”在他触景生情之时，歌女上来奉酒，当她将酒杯斟满时，便收起笑容，准备弹奏一曲广为流传的离歌《阳关三叠》，然而却遭到了词人的制止。至于为什么不让歌女唱，词人解释说自己并非西去阳关，而是南行的迁客。其实这不过是托词罢了，词人是害怕听到哀婉的离声心中愈发悲伤而已。

“醉袖抚危阑，天淡云闲”，这两句紧承“酒”而来，又转为写景。带有几分醉意的词人，心中的愁绪更浓，他凭栏独立，只见眼前一片清和景色，那天和云丝毫不体谅他失意的心情。凭栏而立的词人此时想到了什么呢？他想到历史上那些被贬于蛮瘴之地、抛骨他乡的文人，如柳宗元、王禹偁，进而联想到自己的命运：自己会不会也同古人一样客死他乡呢？此时的词人是多么的悲痛啊。在悲哀与恐惧中，词人仍保持着对人生的信心，因而叹道：“回首夕阳红尽处，应是长安。”这两句由白居易《题岳阳楼》诗“春岸绿时连梦泽，夕波红处是长安”而来，道出了词人对国事的忧虑、对君王的眷恋，使这首词含有更为深广的情感。

苏　轼

1037—1101，字子瞻，号东坡居士，眉州眉山（今属四川）人。仁宗嘉祐二年（1057）进士。曾任翰林学士、中书舍人等职，因党争多次遭贬。赠太师，谥“文忠”。北宋中期文坛领袖，其文学创作代表了宋代文学的最高水平。与父洵、弟辙合称“三苏”，俱入唐宋古文八大家之列。其诗与黄庭坚并称“苏黄”，为宋诗的代表；其词与辛弃疾并称“苏辛”，在题材、风格、意境等方面都做了开拓和创新，是豪放词派的开创者。在书画方面也造诣精深。有《东坡七集》《东坡乐府》等。

水调歌头

苏轼

丙辰中秋[①]，欢饮达旦，大醉，作此篇，兼怀子由[②]。

明月几时有？把酒问青天[③]。不知天上宫阙[④]，今夕是何年。我欲乘风归去，又恐琼楼玉宇[⑤]，高处不胜寒。起舞弄清影[⑥]，何似在人间。

转朱阁[⑦]，低绮户[⑧]，照无眠。不应有恨，何事长向别时圆？人有悲欢离合，月有阴晴圆缺，此事古难全。但愿人长久，千里共婵娟[⑨]。

【注释】

① 丙辰：熙宁九年（1076）。② 子由：苏轼的弟弟苏辙的字。③ 把酒：端起酒杯。④ 阙：皇宫门前两边供瞭望的楼。⑤ 琼楼玉宇：美玉砌成的楼宇，指想象中的仙宫。⑥ 弄：赏玩。⑦ 朱阁：朱红的楼阁。⑧ 绮户：雕花门窗。⑨ 婵娟：月亮的美称。

【赏析】

这是一首望月怀人之作。中秋之夜，远谪密州的词人把酒赏月，圆圆的月儿引起了词人对弟弟苏辙的深深怀念。词人驰骋想象，创造出一种皓月当空、美人千里、孤高旷远的境界，抒发了自己对理想世界的向往，在月的阴晴圆缺当中，渗进浓厚的哲学意味。

上阕把酒望月。“明月几时有？把酒问青天”，这两句化用李白的《把酒问月》诗“青天有月来几时？我今停杯一问之”而来，点明饮酒赏月。

面对着浩渺宇宙，词人继续发问：“不知天上宫阙，今夕是何年？”将自己对明月的赞美与向往之情更推进了一层。“我欲乘风归去，又恐琼楼玉宇，高处不胜寒”，这几句写出了词人徘徊于出世与入世之间的矛盾心理。幻想中的仙境引发词人的出世之想，但经过再三考虑，还是留恋人间的温暖。

“起舞弄清影，何似在人间。”人间自有可乐处，在人间也能舞出不一样的境界。这两句写出了词人月下起舞的飘逸之姿，反映出他乐观旷达的生活态度。

下阕对月怀人。“转朱阁，低绮户，照无眠”写离人：中秋佳节，同自己一样不能与亲人团圆的人不知有多少。“转”“低”“照”三个字写月亮的移动顺序，一字不可动。

“不应有恨，何事长向别时圆”，这两句以埋怨的语气发问，看似无理，却衬托出词人对胞弟苏辙的无限情意，以及表示出了对离人们的深深同情。

在情与理的矛盾冲突中，词人最终还是清醒地把握住了现实，道出了一个永恒的真理："人有悲欢离合，月有阴晴圆缺，此事古难全。"词人个人的离愁在这一刻得到了消解，卸下了心事的他向人世间发出了最美好的祝愿："但愿人长久，千里共婵娟。"既然人间的离别是难免的，那么只要亲人长久健在，即使远隔千里也还可以通过普照世界的明月把两地联系起来，把彼此的心沟通在一起。

这首词堪称中秋词之绝唱，胡仔《苕溪渔隐丛话》高度评赞说："中秋词，自东坡《水调歌头》一出，余词尽废。"

水龙吟 次韵章质夫杨花词

苏轼

似花还似非花，也无人惜从教坠[①]。抛家傍路，思量却是，无情有思。萦损柔肠[②]，困酣娇眼[③]，欲开还闭。梦随风万里，寻郎去处，又还被、莺呼起[④]。

不恨此花飞尽，恨西园、落红难缀[⑤]。晓来雨过，遗踪何在？一池萍碎。春色三分，二分尘土，一分流水。细看来，不是杨花，点点是离人泪。

【注释】

①从教：任凭。②萦：萦绕、牵念。③娇眼：美人娇媚的眼睛，比喻柳叶。古人诗词中常称初生的柳叶为柳眼。④"梦随"三句：化

用唐代金昌绪《春怨》诗“打起黄莺儿，莫教枝上啼。啼时惊妾梦，不得到辽西”语。⑤缀：连系。

【赏析】

这首词作于元丰四年（1081），词人时年四十五岁，正谪居黄州。当时词人的好友章质夫写了首《水龙吟》，内容是咏杨花的。因词笔细腻、刻物生动而传唱一时。苏轼也很喜欢这首词，便和了这首词寄给章质夫。这首词虽为咏物却并不拘泥于咏物，而是让物象染上了人的主观色彩，借物以寓人的性情。

上阕写景叙事。“似花还似非花，也无人惜从教坠”，以抽象的手法写出了柳絮的性质。“抛家傍路，思量却是，无情有思”，这三句紧承上一句中的“坠”而来，将柳絮身上人的性情深化，叹息杨花飘忽无着的命运。词人还把柳絮想象成一位少妇，形象生动地表现了柳絮飘忽迷离的形态。少妇到底为何而思呢？原来她在思念远方的夫婿。

下阕抒情。“不恨此花飞尽，恨西园、落红难缀”，杨花飞尽，意味着春光已经逝去大半，百花从此便开始凋零了，这两句倾注了少妇的惜春之情。看看那随风飘尽的柳絮凄凉境遇吧，它们散落在水上，化作了一池浮萍。“春色三分，二分尘土，一分流水”，柳絮代表了春天，美好的春色如今已化作尘土、流水，多么令人伤感。“细看来，不是杨花，点点是离人泪”为全词的点睛之笔，词人饱蘸浓墨将那闺中少妇的离恨与杨花的形态高度融合，将整首词的情感推向高潮。

定风波

苏轼

常羡人间琢玉郎[①]，天应乞与点酥娘[②]。尽道清歌传皓齿，风起，雪飞炎海变清凉。

万里归来颜愈少，微笑，笑时犹带岭梅香。试问岭南应不好，却道：此心安处是吾乡。

【注释】

①琢玉郎：指王巩。卢仝《与马异结交诗》："白玉璞里琢出相思心，黄金矿里铸出相思泪。"②点酥娘：指柔奴。点酥，制作糕点时的一种裱花工艺。这里比喻柔美。

【赏析】

王巩为词人好友，因乌台诗案受牵连被贬谪到岭南。在他受贬时，其歌伎柔奴毅然随行到岭南。元丰六年（1083），柔奴陪伴王巩贬谪南方回来，与词人问答。词人问及广南风土，柔奴答以"此心安处，便是吾乡"，词人听后，大受感动，因而写下此词来赞美她。

上阕写柔奴的美貌与才情。"常羡人间琢玉郎，天应乞与点酥娘"，这两句总写柔奴的美丽，她天生丽质、温柔可爱。

"尽道清歌传皓齿，风起，雪飞炎海变清凉"，这两句写柔奴的才情，她通晓音律，能自作歌曲，并且善唱，歌声悦耳。词人将柔奴沁人心脾的歌声比喻成飞雪，表现了柔奴歌声独特的艺术魅力。

下阕刻画柔奴的内在美。“万里归来颜愈少”，这一句写岭南归来后柔奴的神态，洋溢着词人对于身处逆境而甘之若饴的柔奴的赞美之情。“微笑”二字，写出了柔奴在归来后的欢欣中透露出的度过艰难岁月的自豪感。“微笑，笑时犹带岭梅香”，这句话弥漫着浓厚诗意，既写出了柔奴北归时经过大庾岭时，这一沟通岭南岭北咽喉要道上梅花盛开的情况，又以斗霜傲雪的寒梅喻人，赞美柔奴不畏艰难的刚强意志。

“试问岭南应不好，却道：此心安处是吾乡”，这是词人和柔奴的对答之词，柔奴的回答铿锵有力，情味隽永，引起人无限敬意。

念奴娇 赤壁怀古

苏轼

大江东去，浪淘尽、千古风流人物①。故垒西边，人道是、三国周郎赤壁②。乱石崩云，惊涛裂岸，卷起千堆雪。江山如画，一时多少豪杰。

遥想公瑾当年③，小乔初嫁了④，雄姿英发。羽扇纶巾⑤，谈笑间、樯橹灰飞烟灭⑥。故国神游，多情应笑我，早生华发。人生如梦，一尊还酹江月⑦。

【注释】

① 风流人物：杰出人物。② 周郎：周瑜。据《三国志·吴志·周瑜传》载，周瑜年二十四为中郎将，吴中皆呼为周郎。③ 公瑾：周瑜的字。④ 小乔：周瑜的妻子。⑤ 羽扇纶（guān）巾：鸟羽做成的扇和青丝带做的头巾。⑥ 樯（qiáng）橹（lǔ）：桅杆与船橹。这里指曹军的船舰。⑦ 酹（lèi）：以酒洒地，用以敬月。

【赏析】

此词为词人贬官黄州后游赤壁所作。赤壁奇伟的景色令词人豪情迸发，感慨万千，通过对赤壁之战主角周瑜的追思，表达了词人对先贤的仰慕之情。

上阕写古战场的雄奇之景。“大江东去，浪淘尽、千古风流人物”，词人由物兴感，既写出了长江的气势，又寓含了词人关于人事的感叹：既然千古风流人物尚且湮灭在历史的长空里，那么一己之荣辱穷达又有什么值得悲叹的呢。随即进入对赤壁之战的追怀，引出所咏之风流人物。“崩”“裂”“卷”几个字的运用，形象生动地刻画出了古战场形势的险要。“江山如画”，总括景物特点。“一时多少豪杰”则又由景物过渡到人事。

下阕着意刻画周瑜。“遥想公瑾当年，小乔初嫁了，雄姿英发”，下阕首三句概括周瑜的英雄气质，他才华横溢，年轻有为；美人相伴身边，意气风发。“羽扇纶巾，谈笑间、樯橹灰飞烟灭”，这三句极写周瑜之儒雅淡定，进一步突出人物风姿。“故国神游，多情应笑我，早生华发”，词人由周郎联想到自身：与周瑜的年少有为相比，自己是多么落魄呀，满头白发，却还功名未就。“人生如梦，一尊还酹江月”，词人心中的愁绪无法排遣，便强作旷达之语，说人生既然如梦，就不必太过执着，不如端起酒杯纵饮，寄情自然。

临江仙

苏轼

夜饮东坡醒复醉，归来仿佛三更。家童鼻息已雷鸣。敲门都不应，倚杖听江声。

长恨此身非我有，何时忘却营营①？夜阑风静縠纹平②。小舟从此逝，江海寄余生。

【注释】

①营营：追求奔逐。语出《庄子·庚桑楚》：全汝形，抱汝生，勿使汝思虑营营。②阑：残，尽。縠纹：比喻水波细纹。縠，绉纱。

【赏析】

这首词作于神宗元丰五年（1082），写的是词人与友人夜饮雪堂，回到自己在黄州的住处临皋后的所见所感。

上阕写醉酒归来。苏轼被贬黄州，是戴罪之身，不仅不能签署公事，连行动都受到限制，为了防止言多有失，诗人只能经常闭门不出。处境的变化，让他深深地感受到世态炎凉、人情冷暖。“夜饮东坡醒复醉，归来仿佛三更”，心中愁苦，经常借酒浇愁就成了很自然的事情。“醒复醉”三字将他这种心境表现得淋漓尽致。“仿佛”二字恰当地表现了他当时半醉半醒的神态。

“家童鼻息已雷鸣。敲门都不应，倚杖听江声”，喝完酒回到家的时候已经是深更半夜，因为家童熟睡，怎么敲门都无人应答，词人无法进屋，只能倚门而立，耳边传来阵阵江声，不禁生出无尽的感慨。这三句为下阕抒发感慨埋下了伏笔。

下阕抒情。“长恨此身非我有，何时忘却营营”这两句词化用庄子“汝身非汝有也”“全汝形，抱汝生，无使汝思虑营营”之言，表现了词人对自己遭际的感叹，他感叹自己大半生为那浮名虚利所牵绊，并表达出一种无法解脱而又要求解脱的人生困惑与感伤。

“夜阑风静縠纹平。小舟从此逝，江海寄余生”，夜晚江上静谧的景象使词人生发出出世之想，他要寄情江海，以求摆脱内心的苦闷。

西江月

苏轼

世事一场大梦①，人生几度秋凉？夜来风叶已鸣廊②，看取眉头鬓上。

酒贱常愁客少，月明多被云妨。中秋谁与共孤光，把盏凄然北望。

【注释】

① 世事一场大梦:《庄子·齐物论》:“且有大觉,而后知其大梦也。”李白《春日醉起言志》:“处世若大梦,胡为劳其生。”② 风叶已鸣廊:《淮南子·说山训》:“见一叶落而知岁之将暮。”徐寅《人生几何赋》:“落叶辞柯,人生几何。”此由风叶鸣廊联想到人生之短暂。

【赏析】

这首词作于词人系“乌台诗案”受贬后的第一个中秋夜,为一封书信,是苏轼兄弟的唱和之作。这首词词调低沉、凄婉,真实地反映了词人受挫后的苦闷心情。

词的上阕寓情于景,感叹世事如梦,人生短促。“世事一场大梦”,这是词人对于人生意义的探索而发出的感叹。他感叹人生虚幻如梦,体现了政治失意的词人对人生意义的怀疑,对苦难人生的厌倦以及企图摆脱痛苦的心情。“人生几度秋凉”,蕴涵着词人对于逝水流年的无限惋惜和悲叹。

“夜来风叶已鸣廊,看取眉头鬓上”,这是悲秋之声。词人借季节的更替进一步唱出了时光易逝的哀婉曲调,抒发了他心中无法摆脱的忧闷。

下阕借景抒怀,感叹世道的险恶,人生的寂寞。“酒贱常愁客少”,远迁的词人把盏赏月,异常孤独。“月明多被云妨”,这里采用象征手法,以月喻自己,以云喻奸臣,含蓄地道出了小人当道,排斥善类的世情,并抒发了词人对世态炎凉的感愤。

“中秋谁与共孤光，把盏凄然北望。”中秋之夜，本应该是合家团圆的幸福时刻，但词人孤身一人，只能独自赏月。“北望”二字包含了词人几多情思，有对亲人的浓浓思念，有对国事的深切忧虑，也有对自己被重新启用的渴望。

定风波

苏轼

三月三日，沙湖道中遇雨[①]。雨具先去[②]，同行皆狼狈，余不觉。已而遂晴，故作此。

莫听穿林打叶声，何妨吟啸且徐行。竹杖芒鞋轻胜马[③]，谁怕？一蓑烟雨任平生。

料峭春风吹酒醒，微冷。山头斜照却相迎。回首向来萧瑟处，归去，也无风雨也无晴。

【注释】

① 沙湖：在今湖北黄冈东南三十里。② 雨具先去：指带着雨具的人先走了。③ 芒鞋：草鞋。

【赏析】

这首词作于元丰五年（1082），是时词人因“乌台诗案”被贬黄州。词人通过野外途中偶遇风雨这一生活中的小事，展示了他旷达洒脱的胸襟。

“莫听穿林打叶声，何妨吟啸且徐行”，首二句点题，展示了词人超越荣辱得失，任凭风雨肆虐，始终坚持自己的人生信仰。“竹杖芒鞋轻胜马”，这句写得俏皮，传达出一种不畏风雨、笑傲人生的自在与轻松。“谁怕？一蓑烟雨任平生”，词人由眼前风雨联想到人生旅程中的风雨，说要以平和的心态来面对人生的坎坷与崎岖。

“料峭春风吹酒醒，微冷。山头斜照却相迎”，这三句写雨过天晴的景象，既与上阕所写风雨对应，又为下文所发人生感慨作铺垫。“回首向来萧瑟处，归去，也无风雨也无晴”，末三句这饱含人生哲理意味，感叹无论是雨斜风狂，还是阳光普照，不过都属寻常现象，毫无差异。而人生也是如此，只要心境平和，宠与辱毫无区别。这里反映出词人不以物喜、不以己悲的人生态度。

这首词写平常生活经历，却充满了人生哲理。

卜算子

苏轼

缺月挂疏桐，漏断人初静。谁见幽人独往来[①]？缥缈孤鸿影。

惊起却回头，有恨无人省。拣尽寒枝不肯栖，寂寞沙洲冷。

【注释】

① 幽人：幽隐之人。

【赏析】

这是一首咏物词，作于元丰三年词人贬居黄州期间。词人托物言怀，借月夜孤鸿这一形象表达了他孤高自守、矢志不移的情怀。

“缺月挂疏桐，漏断人初静”，首二句写夜景，用“缺”“疏”“断”几个字极力渲染出一片凄冷孤寂之境，为幽人、孤鸿的出场做铺垫。

“谁见幽人独往来？缥缈孤鸿影”，“幽人”和“孤鸿”这两个意象对举，说明那独自往来的幽人正如同那孤高的大雁，写孤鸿正是写作者自己，极富象征意味和诗意之美。

“惊起却回头，有恨无人省”，明写孤鸿，暗写自己。写出了词人的忧谗畏讥的心境以及不被人知的怅恨。

“拣尽寒枝不肯栖，寂寞沙洲冷”，这里写孤鸿的遭遇不幸，它自守在寒冷的沙洲，即使有高枝可以栖息，它却捡来捡去“不肯栖”，心中怀有无限幽恨。

下阕词人以象征手法，以孤鸿自况，通过写孤鸿的遭际，表达了自己贬谪黄州时期的内心孤苦及不甘于流俗的情怀。

这首词词境与心境相一致，达到了一种高妙的境界，正如黄庭坚所说：“语意高妙，似非吃烟火食人语，非胸中有万卷书，笔下无一点尘俗气，孰能至此！”

江城子 乙卯正月二十日夜记梦

苏轼

十年生死两茫茫[①]，不思量，自难忘。千里孤坟，无处话凄凉。纵使相逢应不识，尘满面，鬓如霜。

夜来幽梦忽还乡，小轩窗[②]，正梳妆。相顾无言，惟有泪千行。料得年年肠断处，明月夜，短松冈[③]。

【注释】

① 十年：词人妻子王弗于宋英宗治平二年（1065）去世，到写作此词已经十年。② 轩窗：门窗、窗。③ 短松冈：植满松树的小山冈。此指墓地。

【赏析】

这是一首悼亡词，表达了词人对亡妻深挚的情感和无尽哀思。

上阕抒发对亡妻的思念。“十年生死两茫茫”，这首词写于熙宁八年（1075），距妻子王弗辞世已有十年。对于短促的人生来说十年可不算短，但十年过去仍旧没有冲淡词人对亡妻的一片深情。

“不思量，自难忘”，既然想到妻子是如此痛苦，那就不去思量吧，但这由不得词人，即便他百般排遣，那思念之情却总是不由自主地从心底涌出，可见其用情之深切。

“千里孤坟，无处话凄凉”，词人此时在密州，亡妻之坟在四川，

“千里”二字写出两人距离之遥。“无处话凄凉”，由于相隔千里，那对妻子的思念之情也不能去她坟头诉说。

但接着词人转念一想：“纵使相逢应不识，尘满面，鬓如霜。”算了吧，现在的我早已是两鬓斑白，纵然相逢，你也不一定认得出我了，这是多么哀伤酸楚的叹息呀。

下阕写梦见亡妻的情景。“夜来幽梦忽还乡，小轩窗，正梳妆”，日有所思夜有所梦，词人日间思念妻子，晚上便梦到了与妻子重逢，他看见妻子正临着小窗梳妆。

“相顾无言，惟有泪千行”，这两句上应“千里孤坟”两句，如今得以“还乡”重逢，本该尽情“话凄凉”，然而，千言万语却一时不知从哪里说起，只能一任泪水涌流。

“料得年年肠断处，明月夜，短松冈”三句写梦醒后感叹，直抒对妻子的怀念。

本词通篇白描，语浅情深，是词人情感的真情流露，为悼亡词中绝唱。

江城子 密州出猎

苏轼

老夫聊发少年狂[1]，左牵黄，右擎苍[2]。锦帽貂裘，千骑卷平冈。为报倾城随太守，亲射虎，看孙郎[3]。

酒酣胸胆尚开张。鬓微霜，又何妨！持节云中，何日遣冯唐[④]？会挽雕弓如满月，西北望，射天狼[⑤]。

【注释】

①聊：姑且。②左牵黄，右擎苍：左手牵着黄狗，右臂擎着苍鹰。《梁书·张充传》："值充出猎，左手臂鹰，右手牵狗。"③孙郎：孙权，这里是词人自指。④持节云中，何日遣冯唐：《史记·冯唐列传》载，汉文帝时，魏尚为云中（汉时的郡名，在今内蒙古自治区托克托县一带，包括山西西北部分地区）太守。他功勋卓著，匈奴远避。一次匈奴曾来犯，魏尚亲率车骑出击，所杀甚众。后因报功多六个首级，被削职。经冯唐代为辩白后，认为判得过重，文帝就派冯唐"持节"（带着传达圣旨的符节）去赦免魏尚的罪，让魏尚仍然担任云中郡太守。此处词人以魏尚自许，希望能得到朝廷的重新任用。⑤天狼：星名，一称犬星，主侵掠，这里引指西夏。

【赏析】

这是一首描述狩猎的词，作于熙宁八年（1075）冬，词人时任密州知州。这首词是宋人较早抒发爱国情怀的一首豪放词，在题材和意境方面都具有开拓意义。

苏轼少有壮志，但仕途坎坷，密州时期，他的生活依旧是寂寞和失意的。郁积愈久，喷发愈烈，词人通过对狩猎盛况的描述，表达了他立功边陲的心愿。

上阕写出猎。"老夫聊发少年狂"，起句便气势不凡，一"狂"字笼罩全篇。

“左牵黄，右擎苍”，左手牵着黄狗，右臂架着苍鹰，这是何等威武。

“锦帽貂裘，千骑卷平冈”，一个“卷”字写出了太守狩猎队伍的雄壮气势。

“为报倾城随太守，亲射虎，看孙郎”，百姓倾城出动，观看他们爱戴的太守行猎，又为这幅行猎图增添了声势。而太守为了不负众望，他决心亲自射杀老虎，让大家看看孙权当年搏虎的雄姿。

下阕承前进一步写“老夫”的“狂”态，即自己的雄心壮志。出猎之际，词人痛痛快快地喝了一顿酒，意兴正浓，胆气更壮，尽管夫子老矣，鬓发斑白，但这又有什么关系呢!

“酒酣胸胆尚开张。鬓微霜，又何妨”三句表现出词人烈士暮年壮心未已的英雄本色，写得十分有气势，其意旨直贯篇末。

“持节云中，何日遣冯唐”，这里词人用了一个典故：汉文帝时，魏尚为云中太守，抵御匈奴有功，只因报功时多报了六个首级而获罪削职。后来，文帝采纳了冯唐的劝谏，派冯唐持符节到云中去赦免了魏尚。词人以西汉魏尚自况，希望朝廷能派遣冯唐一样的使臣，前来召自己回朝，得到朝廷的信任和重用。

“会挽雕弓如满月，西北望，射天狼”，“天狼”，喻指辽和西夏。词人借着出猎的豪兴，将自己的愿望和盘托出，表达了自己渴望报国杀敌，建功立业的雄心壮志。

词本“昵昵儿女语”，苏轼的这首词则出现了“划然变轩昂”的场面，它上阕出猎，下阕请战，有“横槊赋诗”的气概。词中历来香而软的儿女柔情，换上了报国立功、刚强壮武的英雄事业。

这首《江城子》感情纵横奔放，韵调铿锵，气势雄浑，感情奔放，境界开阔，从艺术表现力来看，词中一连串表现动态的词，如发、牵、擎、卷、射、挽、望等，十分生动形象。此外，这首词表现出了作者的广阔胸襟，情感兴趣，希望理想，姿态横生。

苏轼在给友人的信中写道："近却颇作小词，虽无柳七郎风味，亦自是一家。……数日前，猎于郊外，所获颇多，作得一阕，令东州壮士抵掌顿足而歌之，吹笛击鼓以为节，颇壮观也。"苏轼的这首词一反"诗庄词媚"的传统观念，"一洗绮罗香泽之态，摆脱绸缪宛转之度"，不仅拓宽了词的境界，而且还树起了词风词格的另一旗帜。

这现实中的"射虎"太守和理想中的"挽雕弓""射天狼"的壮士形象，继范仲淹《渔家傲》词后进一步改变了以红粉佳人、绮筵公子为主要抒情主人公的词坛格局。苏轼让充满进取精神、胸怀远大理想、富有激情和生命力的仁人志士昂首进入词的世界，改变了词作原有的柔软情调，开启了南宋辛派词人的先河。

蝶恋花

苏轼

花褪残红青杏小，燕子飞时，绿水人家绕。枝上柳绵吹又少[①]，天涯何处无芳草！

墙里秋千墙外道，墙外行人，墙里佳人笑。笑渐不闻声渐悄，多情却被无情恼。

【注释】

①柳绵：柳絮。

【赏析】

这是一首描写春景的清新婉丽之作，上阕伤春，下阕伤情，表现了词人对春光流逝的叹息，以及自己的情感不为人知的烦恼。

上阕描写暮春景致。“花褪残红青杏小”，红艳艳的花瓣已经从枝头落尽，要到夏季才能黄熟的杏子现在还又青又小。首句就点明时令，隐隐含着词人的伤春情绪。“燕子飞时，绿水人家绕”，词人将视线离开枝头，移向广阔的空间，为我们描绘出一幅秀丽的水乡风光图，一扫起句的悲凉。

但紧接着，词人又看到了这样一幅景象——“枝上柳绵吹又少，天涯何处无芳草”。枝上的柳絮北风吹得飘零殆尽，芳草一直绵延到天边。这正是春天即将逝去的典型景色。伤春之感，惜春之情，以及自己的身世之慨，隐隐见于言外。

下阕写人。“墙里秋千墙外道，墙外行人，墙里佳人笑”，行人孑然一身，徘徊于围墙之外，而墙内传出姑娘阵阵欢笑声。这三句虽然没有明写词人心中的情感，但我们却能够领会到他的落寞。

“笑渐不闻声渐悄，多情却被无情恼”，心境凄苦的词人想倚着墙多听一会儿姑娘的欢笑，以排遣自己心中的抑郁，可是笑声却渐渐消失了，惹得词人好一阵烦恼。

全词寓情于景，蕴藉有味，虽不绵绵悱恻却感人至深。

永遇乐

苏轼

彭城夜宿燕子楼[1]，梦盼盼，因作此词。

明月如霜，好风如水，清景无限。曲港跳鱼，圆荷泻露，寂寞无人见。纨如三鼓[2]，铿然一叶[3]，黯黯梦云惊断[4]。夜茫茫，重寻无处，觉来小园行遍。

天涯倦客，山中归路，望断故园心眼[5]。燕子楼空，佳人何在？空锁楼中燕。古今如梦，何曾梦觉，但有旧欢新怨。异时对，黄楼夜景[6]，为余浩叹。

【注释】

①彭城：今江苏徐州。燕子楼：唐朝时徐州尚书张建封为其爱妾盼盼在宅邸所筑的小楼。②纨如：击鼓声。③铿然：形容清越的声响。④梦云：典出宋玉《高唐赋》楚王梦见神女自云“朝为行云，暮为行雨”云，这里比喻盼盼。惊断：惊醒。⑤心眼：心愿。⑥黄楼：徐州东门上的大楼，是苏轼担任徐州知州期间所建造。

【赏析】

这首词写于宋神宗元丰元年（1078）苏轼任徐州知州时。由题记可知，词为词人夜宿江苏彭城燕子楼，梦到以前居住在这里的唐代张建封御史之爱妾关盼盼所作。题作“梦盼盼”，实为一首怀古之作，抒发古今如梦的人生感慨。

上阕写秋景及梦醒后的怅惘情怀。“明月如霜，好风如水，清景无限”，三句总写清秋夜景。以霜、水分别喻月、风，写出了月色的皎洁清寒，风的清凉柔和。

接着由整体写到局部，由寥廓写到细微：“曲港跳鱼，圆荷泻露，寂寞无人见。”一“曲”一“圆”，线条流畅，写出了错落的美感。一“跳”一“泄”，为寂静的画面增添了动感。此情此景，暗写出了梦境的甜美安谧。

“紞如三鼓，铿然一叶，黯黯梦云惊断”，只是三更时候的铿然鼓声才扰人清梦，使清景顿失。“紞如”和“铿然”写出了声之清晰，更加重加浓了夜之清寂幽绝，也写出了更鼓惊梦的必然。“夜茫茫，重寻无处，觉来小园行遍”，写梦魂惊断后的茫然心情。

下阕是梦醒后的述怀。“天涯倦客，山中归路，望断故园心眼”，写梦醒后的心境。梦中奇遇的破灭令词人越发感到漂泊天涯的孤寂与对作客他乡的厌倦，心中不免要生出一片浓浓的思乡之情来。

“燕子楼空，佳人何在？空锁楼中燕”，词人欲归不能，人亡物在、人去楼空的现实更增加了其心中之痛楚与辛酸。

“古今如梦，何曾梦觉，但有旧欢新怨”三句引出人生感慨。词人由古时的盼盼联系到此时的自己，由盼盼的旧欢新怨，联系到自己的旧欢新怨，发出了人生如梦的慨叹，表达了作者无法解脱而又要求解脱的对整个人生的厌倦和感伤。由古代燕子楼中的佳人到此日登楼览感的倦客，再到古今所有的芸芸众生，无一不是寄身梦中。

“异时对，黄楼夜景，为余浩叹”，末三感叹“后之视今亦尤今之视昔”，说后来人再登黄楼，恐怕也有人发出如今天的“我”一般的浩叹。

这首词集情、景、理于一炉，情从景出，情景交融；理从情出，情理合一，体现出一种人生感悟。

浣溪沙

苏轼

游蕲水清泉寺，寺临兰溪，溪水西流。

山下兰芽短浸溪，松间沙路净无泥。潇潇暮雨子规啼。

谁道人生无再少？门前流水尚能西！休将白发唱黄鸡①。

【注释】

①黄鸡：白居易《醉歌》诗有“谁道使君不解饮，听唱黄鸡与白日。黄鸡催晓丑时鸣，白日催年酉前没。腰间红绶系未稳，镜里朱颜看已失”诸句，为嗟老叹衰之词。

【赏析】

这首词为词人被贬黄州期间所作，展示了词人身处逆境而仍然乐观昂扬的精神面貌。

上阕描写暮春时节兰溪的清幽景致。“山下兰芽短浸溪”，首句点名了兰溪得名之由——山下溪边多兰。而“兰芽”两字又点明了时令，此时为暮春。

“松间沙路净无泥”，化用白居易诗“沙路润无泥”而来。沙路一遇下雨，尘土会随雨下渗，只露出细密的沙石，给人一种清净之感。这一句突出了兰溪的洁净。

“潇潇暮雨子规啼”，沙路怎会无泥？因为暮雨潇潇。前两句偏重静态，这一句则写动态，而对动态的描写是为了反衬其静，渲染出词人谪居之所的环境之凄迷。

下阕词人即景抒怀，阐明了一个人生道理。门前一反常理向西而流的溪水使他感悟到：只要对生活充满热情，对未来充满希望，人也可以重返青春，何必暗自嗟叹时光无情呢？下阕这充满哲理的几句词集中体现了他老当益壮、自强不息的精神。这不仅鼓舞了身处困境的词人，也鼓舞了后世无数人。

李之仪

约1038—1117？，字端叔，号姑溪居士，沧州无棣（今属山东）人。神宗时进士，曾从苏轼于幕府，历枢密院编修官。徽宗初年以文章获罪，被贬太平州。终朝请大夫。能文，词亦工，以小令见长。有《姑溪居士文集》《姑溪词》。

卜算子

李之仪

我住长江头，君住长江尾。日日思君不见君，共饮长江水。

此水几时休，此恨何时已。只愿君心似我心，定不负相思意！

【赏析】

这首词以一位女子的口吻，向自己的爱人倾诉衷肠。全词沿袭了此前民间词清新质朴的风格，语言浅近却情真意切，感动了一代又一代的人。

词的开头即以女性的口吻直叙："我住长江头，君住长江尾。""我"与"君"都住在长江之滨，因而一见长江便会思君。但两人一在头，一在尾，遥遥相隔，实难相逢。两句极写二人相隔之遥远。

"日日思君不见君，共饮长江水"，两人饮水同源，日日饮水，饮水时就会想到对方，故而日日起相思。语言坦率，相思之情又加深了一层。

“此水几时休，此恨何时已”，下阕仍紧扣长江水，直接抒发别恨。只有长江干涸了，两人不必看到滚滚江水了，心中的恨意才会消去。长江水自然不可能干涸，这两句话表现出她心中的别恨是无穷无尽的。

最后词人笔锋一转：“只愿君心似我心，定不负相思意！”单方面的相思变为双方的期许，无已的别恨化为永恒的相爱与期待。这样，阻隔的双方心灵上便得到了永久的滋润与慰藉。

这首词一共四十五字，围绕着长江之水，将男女间的相思与离恨写得入木三分。语言平白如话，却言短意长，是一首充满了民歌风味的佳作。

苏 辙

1039—1112，字子由，眉州眉山（今属四川）人，自号颍滨遗老。仁宗嘉祐二年（1057）与兄苏轼同及进士第，累官至翰林学士门下侍郎。自绍圣后，以言忤旨，屡遭贬谪，降居许州致仕。谥文定。“唐宋八大家”之一，与父洵、兄轼合称“三苏”。为文以策论见长，工诗，亦能词。有《栾城集》八十四卷。词存四首。

调啸词

苏辙

渔父，渔父，水上微风细雨。青蓑黄箬裳衣，红酒白鱼暮归。

暮归，暮归，归暮，长笛一声何处。

【赏析】

《调啸词》是《古调笑》的别体。作者在题下自称“效韦苏州”。韦苏州就是唐代诗人韦应物，曾作词：“胡马，胡马，远放燕支山下。跑沙跑雪独嘶，东望西望路迷。迷路，迷路，边草无穷日暮。”这首词在《韦苏州集》中作《调啸词》，而在《全唐诗》作《调笑令》。苏辙此词是仿效其体，然而格式上略有变化。

这首词写江上渔父恬淡闲适的生活。渔父在古诗词中的形象往往是被士大夫化了的，象征的是文人墨客们对于隐逸生活的理想。

“渔父，渔父，水上微风细雨”，这是总写渔父的生活。渔父终日穿行于斜风细雨当中，何其快活！“青蓑黄箬裳衣，红酒白鱼暮归”，这两句则具体描述渔父的生活情景。前句写他的衣着，后句写他钓鱼饮酒的情景。“青蓑黄箬”与“红酒白鱼”对仗，互相映照，暗含着高雅的情趣。以上数句突出的是渔父闲淡自适的形象。

“暮归，暮归，归暮，长笛一声何处”，这是写渔父归家后的另一种生活情景，并上升到对渔父精神层面的叙述：他披着暮色回到家后，吹起了长笛，自我消遣。词人通过对渔父生活及精神状态的描写，使得渔父的形象更为丰满。

渔家傲

苏辙

七十余年真一梦，朝来寿斝儿孙奉①。忧患已空无复痛。心不动，此间自有千钧重。

早岁文章供世用，中年禅味疑天纵。石塔成时无一缝。谁与共，人间天上随他送。

【注释】

① 斝：古代青铜制的酒器，圆口，三足。

【赏析】

这是一首祝寿词，为和门人祝寿而作。词人通过追忆平生，自抒情志。

上阕总结写七十岁大寿的心情。“七十余年真一梦”，这是词人对自己一生经历的概括。他认为人生真是短暂，回望平生，七十来年就如一场大梦。

“朝来寿斝儿孙奉”，这是写儿孙们为自己祝寿的场景，显然是一团和气。儿孙绕膝，好不热闹！

但是词人对于祝寿已经没多少兴趣，他历经人事沧桑，无论是灾难，还是欢乐，都不会引起他内心的波澜。于是说“忧患已空无复痛。心不动，此间自有千钧重”。“空”，揭示出了词人的人生境界，说明他忘却一切忧虑，再也不觉得痛了；“心不动”是说他不会再受外物的影响；“此间自有千钧重”，他历遍坎坷，已稳如泰山，安然不动。

下阕自说平生，畅谈生死观。“早岁文章供世用”，青年时代为求取功名，发奋读书；做文章写策论，都是为了报效国家，为世所用。“中年禅味疑天纵”，词人自幼学习儒家经典，以孔孟为师，初入仕途，以传统儒家的济世思想对待一切。但人生坎坷，他屡遭挫折。到了中年，由儒转佛，喜好参禅。及至晚年“石塔成时无一缝”。“石塔”，即用石头建成的佛塔，用来存放舍利和经卷。这句话的意思是说词人如今人已古稀，佛学已经修炼到家了，连生死都已看破。

“谁与共，人间天上随他送”，看破生死的词人已经无所畏惧，死后上天堂也好，下地狱也罢，他都无所谓了。

舒 亶

1041—1103，字信道，号懒堂，明州慈溪（今属浙江）人。英宗治平二年（1065）进士，授临海尉。神宗时，除神官院主簿，迁秦凤路提刑，提举两浙常平。后任监察御史里行。进知杂御史、判司农寺，拜给事中，权直学士院，后为御史中丞。其词多写恋情，具花间派风韵。

虞美人 寄公度

舒亶

芙蓉落尽天涵水[①]，日暮沧波起。背飞双燕贴云寒，独向小楼东畔倚阑看。

浮生只合尊前老，雪满长安道。故人早晚上高台，赠我江南春色一枝梅。

【注释】

① 芙蓉：荷花。

【赏析】

这首词是词人寄给好友黄公度的，词中吐露了他政治上的不得意，并希望得到对方帮助的心情。

上阕写傍晚登楼所见。开头两句写远望之景，一派苍茫萧索的景象。“芙蓉”，即荷花。荷花落尽，说明时间为夏末秋初。“背飞双燕贴云寒”，词人的目光由平视而移向高远，他看到两只燕子相背而飞。“背飞双燕”，意即劳燕分飞，喻指朋友的离别。“贴云寒”，写飞行之高；而高处生寒，由联想而得。这一“寒”字，不仅写出燕子飞行环境之寒冷，还暗示了离别的悲凉。“独向小楼东畔倚阑看”，原来词人之前所见之景都是小楼东畔倚栏所见。一个“独”字，写出词人孤单的处境。

下阕表达对黄公度的思念，以及期望。“浮生只合尊前老”，这是词人对目前生活的叙述。词人因得罪王安石而被撤职，遭受政治挫折的他郁郁寡欢，整日借酒遣愁。“雪满长安道”这句话有两层意思，第一层意思是表达岁暮怀人的意绪；第二层意思则是说自己如今远离京城，道路受阻。“故人早晚上高台，赠我江南春色一枝梅”，这两句隐晦地表达自己期盼得到友人的帮助。“高台”，指朝廷。词人希望靠近权力中心的友人能提携自己，能重新得到朝廷任用。

菩萨蛮

舒亶

画船捶鼓催君去，高楼把酒留君住。去住若为情，西江潮欲平。

江潮容易得，只是人南北。今日此尊空，知君何日同！

【赏析】

这首词写惜别情思。

“画船捶鼓催君去”，送别者为行人设宴饯行，两人别情依依，千言万语说也说不尽，一直拖到最后一刻。捶鼓，是开船的信号；一个“催”字，写出时间难以拖延。“高楼把酒留君住”，船家已经“催”人，而这边还在把酒“留”人。为人饯行，按说应该先写“高楼把酒留君住”，之所以倒装，正是为了强调分离时的紧迫感。一“催”一“留”，将“去”和“住”的矛盾突显出来了。

“去住若为情，西江潮欲平”，行者欲去不忍，欲住不能，正左右为难之时，江水快要平潮了。“西江潮欲平”一语包含了无数未尽之言。

这两句妙就妙在不直接说是去是留，而是通过江潮涨平的景象来说明答案。江潮涨满之时，正是船家趁潮水开航的时候。

“江潮容易得，只是人南北”，这两句承上阕“江潮”而来，说潮水有信，定时起落，而人一旦离去，两人便遥遥相隔，再难相见。

接着送别之人便将这层意思说明：“今日此尊空，知君何日同！”今日一别，不知何时才能再见，送别之人将心中的不舍之情和盘托出，尤为动人。

孔平仲

生卒年不详。字义甫，新喻（今江西新余市）人。英宗治平二年（1065）进士。曾任秘书丞、集贤校理，又提点江浙铸钱、京西刑狱。长于史学，工文词，富于辞藻。有《珩璜新论》《续世说》《孔氏谈苑》《朝散集》等。

千秋岁

孔平仲

春风湖外，红杏花初退。孤馆静，愁肠碎。泪余痕在枕，别久香销带。新睡起，小园戏蝶飞成对。

惆怅人谁会，随处聊倾盖[①]。情暂遣，心何在。锦书消息断，玉漏花阴改，迟日暮，仙山杳杳空云海[②]。

【注释】

① 倾盖：指途中相遇，停车交谈，双方车盖往一起倾斜。② 仙山：指心上人所居之处。

【赏析】

这首词写男女异地相思之情。

上阕写女主人公对心上人的思念。首二句写暮春景致。春风拂过湖面，吹起细浪阵阵；猩红的杏花刚刚从枝头飘落。这清丽的春景中，弥漫着一股淡淡的衰残之气。“孤馆静”不仅点明女主人公独守闺房的情景，还写出她独守的寂寞。“泪余痕在枕，别久香销带”，这两句是对前句“愁肠碎”的具体描述。恋人走后，她整日以泪洗面。早上醒来枕上的泪珠还历历可见。心上人远离，她已经无心熏香打扮，罗带上的香气已经完全消失了。她慵懒地起来，走到小院中，竟看见蝴蝶成双成对，眼前之景更增加了她的孤单与落寞。

下阕写游子对于思妇的想念。“惆怅人谁会，随处聊倾盖”，是客中游子的悲叹。为排遣心中的思念，他随处停车，扎进人堆，逢人周转。这样做的结果是什么呢？虽然暂时得以排遣相思之情，但仍然心系佳人。这两句将男主人公那种欲罢不能的复杂心情刻画得淋漓尽致。在无数个月色如银的夜晚，他翘首盼望着伊人的书信，但夜一点点过去，花影一次次改变方向，她的书信一直未传来。“迟日暮，仙山杳杳空云海”，这两句仍是写游子盼望伊人的音信。可是盼了一天，他依旧什么也没有盼到，佳人如隔在杳杳仙山之外，眼前只有一片茫茫云海。

王雱

1044—1076，字元泽，临川（今属江西）人，王安石之子。英宗治平四年（1067）进士，调旌德尉，历太子中允、崇政殿说书、龙图阁直学士。曾协助其父撰修《诗》《书》《周礼》三经新义，为变法制造舆论。

倦寻芳慢

王雱

露晞向晚[①]，帘幕风轻，小院闲昼。翠径莺来，惊下乱红铺绣。倚危墙，登高榭[②]，海棠经雨胭脂透。算韶华，又因循过了[③]，清明时候。

倦游燕，风光满目，好景良辰，谁共携手？恨被榆钱，买断两眉长斗。忆高阳，人散后，落花流水仍依旧。这情怀，对东风、尽成消瘦。

【注释】

① 晞：干。② 榭：建筑在台上的房屋。③ 因循：轻率；随便。

【赏析】

这是一首惜春怀人之作。

上阕描写暮春景致。“露晞向晚，帘幕风轻，小院闲昼”，这三句点名时间、地点，描绘了一片雨后清丽柔和的景色：快到傍晚的时候，花木的露水已经干了，庭院寂静。

“翠径莺来，惊下乱红铺绣”，这两句由前面的静态描写转为动态描写，着意描写莺儿。“惊”字用得极妙，将流莺飞落枝头，花瓣纷纷飘落的景象生动地描画了出来。这里词人将花儿拟人化，想象十分奇特。“惊下乱红铺绣”，表明此时已值暮春。绿径点缀上落红，色彩斑斓犹如织锦盖地，故曰“铺绣”。

“倚危墙，登高榭，海棠经雨胭脂透”，这三句人物开始出现，原来之前描绘的景致都是词人倚墙所见。

“算韶华，又因循过了，清明时候”，见到着雨的海棠，词人在称赞其娇美之余，又不得不感叹时已过清明，春光将尽。

下阕抒发怀人意绪。“倦游燕，风光满目，好景良辰，谁共携手？”“燕”通“宴”；“游燕”即春日游宴。春光大好，词人却懒事游宴，因为不见旧侣，无人携手同乐。

“恨被榆钱，买断两眉长斗”，这两句是说词人整个春天都在愁怨中度过，非常委婉含蓄。“两眉长斗”，即双眉紧皱。词巧用“榆钱买断”为说。榆树的果实名为榆荚，形状似钱而小，因称其为榆钱。因“钱”之称而得“买”字意，又榆钱早春即见，几乎与春光同起同止。“买断”即买尽，自有榆钱以来，所“买”得者是“两眉长斗”，则其一春之不欢，至此已曲折写出。

“忆高阳，人散后，落花流水仍依旧”，这两句写回忆。愁绪满怀的词人回思去年，也是这般愁闷，沽酒痛饮之后，映入眼帘的仍旧是去年“落花流水”的暮春景致。“高阳”，即高阳酒徒。《史记·郦生列传》：“郦生食其者，陈留高阳人也县中皆谓之狂生。”他见刘邦时，自称“高阳酒徒”。

“这情怀，对东风、尽成消瘦”，这两句写词人已为满腔愁苦折磨得憔悴不堪，词意比两眉长皱，借酒浇愁又进一步，总收全文。

眼儿媚

王雱

杨柳丝丝弄轻柔，烟缕织成愁。海棠未雨，梨花先雪，一半春休。

而今往事难重省[①]，归梦绕秦楼[②]。相思只在，丁香枝上，豆蔻梢头。

【注释】

① 省：明白。② 秦楼：秦穆公为其女弄玉所建之楼，此处指词人妻子的居处。

【赏析】

王雱是王安石的儿子。因他体弱多病，王安石让他的妻子独居楼上，后来改嫁。王雱思念妻子，故而作下此词。

上阕伤春。“杨柳丝丝弄轻柔，烟缕织成愁”，柳条细而长，由此可知此时正值仲春。一个“弄”字写出了柳条在春风吹拂下的形态。春色易于撩动人的情绪，但是光看第一句还无法判断，直到第二句中“愁”字点明题旨，说那如烟的柳条编织出词人无限春愁。

“海棠未雨，梨花先雪”，海棠、梨花未遭风雨摧折，还在枝头绽放，这不是很典型的美景吗？词人何处染愁呢？词人自己做出了回答：“一半春休。”原来是因为春天已过去了一半。如果没有这一句，上面的“烟缕织成愁”就会变成无病呻吟。

下阕抒发离愁。“而今往事难重省，归梦绕秦楼”，词人那股春愁并非凭空而起，原是内心有所郁结。“秦楼”，秦穆公为其女弄玉所建之楼，这里指词人妻子独居的小楼。妻子已经嫁作他人妇，过去的美好时光已经不再，词人只能空自怀念。

“相思只在，丁香枝上，豆蔻梢头”，这几句一语双关：一层意思是指妻子青春貌美，如丁香，如豆蔻；另一层意思是，词人的深情如丁香一般忧郁而未吐，但又希望能和自己心爱的人像豆蔻一般共结连理。整个下阕的意思都在说，尽管昔日的梦幻失落，但自己的绵绵情意依然专注在她身上。

黄庭坚

1045—1105，字鲁直，自号山谷道人，晚号涪翁，洪州分宁（今江西修水）人。北宋英宗治平四年（1067）进士。曾任秘书省校书郎等职。后屡遭贬谪，卒于贬所。与秦观、晁补之、张耒并称“苏门四学士”。其诗成就最大，与苏轼并称为“苏黄”；其词当时与秦观并称，但成就不如秦观。有《山谷词》，又名《山谷琴趣外篇》。

清平乐

黄庭坚

春归何处？寂寞无行路。若有人知春去处，唤取归来同住。

春无踪迹谁知？除非问取黄鹂。百啭无人能解，因风飞过蔷薇。

【赏析】

这是一首惜春之作。全词处处是痴语，看似无理，却将惜春恋春的情怀表达得淋漓尽致，达到了一种“无理而妙”的境界，构思精巧，多用曲笔，饶有变化。

春归之际，词人深感时光易逝，心中无比落寞。在他六神无主的时候，突然异想天开道：“若有人知春去处，唤取归来同住。”表现出词人对美好事物的执着追求。

下阕再转。词人从幻想中回到现实，知道春来去无迹，无人知道它的去向。但他仍旧抱有一丝希望，认为黄鹂也许知道。在这一句，

词人又从现实跌入幻想中去了。真是百转千回，跌宕起伏。词人凝神谛听，可无论如何也听不懂黄鹂的回答。黄鹂百啭千啼后，趁着风势飞过了蔷薇花丛。蔷薇花开，说明夏已来临。词人才终于清醒地意识到：春天确乎是回不来了。

水调歌头

黄庭坚

瑶草一何碧[①]！春入武陵溪。溪上桃花无数，花上有黄鹂。我欲穿花寻路，直入白云深处，浩气展虹霓。只恐花深里，红露湿人衣。

坐玉石，欹玉枕，拂金徽[②]。谪仙何处[③]？无人伴我白螺杯。我为灵芝仙草，不为朱唇丹脸，长啸亦何为？醉舞下山去，明月逐人归。

【注释】

① 瑶草：仙草。② 金徽：琴上系琴弦之绳，此处借指琴。③ 谪仙：贺知章曾称李白为谪仙人。

【赏析】

这是一首春行纪游词，作于元祐党争后流放途中。词人生性旷达，即便身处逆境也自得其乐。这首词就表现了他这一性格。

“瑶草一何碧”四句逐层描写春游之地的美景，“瑶草”乃是仙草，词人将这块地比作仙境，可见此地之优美。其中“武陵溪”化用陶渊明《桃花源记》的典故，这里未必真是武陵溪，只是这清静之地恰如世外桃源。

“我欲穿花寻路”三句，景色如此优美，词人游兴大发，竟想要穿过桃林，一直走到白云深处，一吐胸中浩然之气，化作虹霓，真是豪情万丈。

接着笔锋一转，“只恐花深里，红露湿人衣”，这里采用象征手法，曲折地反映出词人对于出世的迟疑。其中“红露湿人衣”句化用王维诗“山路元无雨，空翠湿人衣”而来，可谓浑化无迹。

“坐玉石、欹玉枕，拂金徽”，词人真是超然物外，志行高洁，正如同那谪仙人李白。“谪仙何处？无人伴我白螺杯”两句，词人终究是不满于现实的，他终究还是感到寂寞，嗟叹知音难求。

“我为灵芝仙草”两句为象征语。词人以“仙草”自喻，表明自己不愿与世俗小人为伍。“长啸亦何为”，但词人又认为抛开世俗，像阮籍一般猖狂啸歌山林也不足取。这几句表现了词人内心的矛盾，愤世而又不愿弃世，最后他为自己找到了一条出路，即效仿那出淤泥而不染的荷花。

“醉舞下山去，明月逐人归”，为自己找到出路后，词人下山去了，也就是回归人间了。

念奴娇

黄庭坚

八月十七日，同诸生步自永安城楼，过张宽夫园待月。偶有名酒，因以金荷酌众客①。客有孙彦立，善吹笛。援笔作乐府长短句，文不加点。

断虹霁雨②，净秋空，山染修眉新绿。桂影扶疏③，谁便道，今夕清辉不足？万里青天，姮娥何处，驾此一轮玉。寒光零乱，为谁偏照醽醁④？

年少从我追游，晚凉幽径，绕张园森木。共倒金荷，家万里，难得尊前相属⑤。老子平生，江南江北，最爱临风笛。孙郎微笑⑥，坐来声喷霜竹⑦。

【注释】

① 金荷：金荷杯。② 霁雨：雨停。③ 桂影：月中之影。古人以为月宫中有桂树，故云。扶疏：形容月中桂影斑驳。④ 醽（líng）醁（lù）：美酒名。⑤ 属（zhǔ）：劝酒。⑥ 孙郎：即序中之孙彦立。⑦ 霜竹：指笛。

【赏析】

此词作于词人谪居戎州期间，通过描写在一个夜里赏月、饮酒、听笛的情形，展现了词人乐观豪迈的意绪。

上阕描绘雨后张园之景。开头三句描写远景，意境开阔，气象豪迈。“桂影扶疏”至上阕末写赏月。“谁便道，今夕清辉不足？”词人不直陈而用一个问句，意在突出月过中秋而清辉不减，更有一种豪迈之气。接着发问，更近一层表现了月亮清辉依旧。“驾此一轮玉”着一“玉”字，形象地写出了秋月的皎洁。末句引出下阕的饮酒。

下阕记游，描述月下游园、欢饮和听曲之乐。“年少从我追游，晚凉幽径，绕张园森木”，此三句以散文句法入词，渲染环境，交代游玩时间、地点，为下文具体记游做铺垫。“共倒金荷，家万里，难得尊前相属”几句，具体写饮酒，豪气十足。“老子平生，江南江北，最爱临风笛”，这几句将词人豪迈激越之情推向顶峰，展露了词人不以贬谪为意、旷达乐观的思想情怀。“孙郎微笑，坐来声喷霜竹”，具体写吹笛。“孙郎”指善吹笛的孙彦立；“微笑”给吹笛的孙郎脸部来了一个特写，表明其愉悦之情，愈发衬托出词人的雅兴。

青玉案 至宜州次韵上酬七兄

黄庭坚

烟中一线来时路。极目送，归鸿去。第四阳关云不度。山胡新啭①，子规言语②，正在人愁处。

忧能损性休朝暮。忆我当年醉时句。渡水穿云心已许。暮年光景，小轩南浦③，同卷西山雨。

【注释】

①山胡：山中鸣禽。②子规：杜鹃。③轩：屋室。

【赏析】

徽宗崇宁二年（1103），黄庭坚因写过一篇《承天院塔记》，被人挑剔、捏造出“幸灾谤国”的罪名，被贬谪至偏远的宜州（今广西宜山）。一到宜州词人就写下这首词以酬答他的兄长黄大临所赠的《青玉案》，向牵挂他的兄长倾诉自己的愁怀。

上阕写乡愁。“烟中一线来时路。极目送，归鸿去”，这三句描绘出了一幅极为凄苦的游子望乡图。词人来到宜州，心中十分思念自己的故乡，他目送归雁，遥望家乡，希望它能将自己的音信带给挂念自己的家人。“极目送”三字写尽词人对故乡的思念。

“第四阳关云不度”，这一句极言宜州之僻远。“阳关”，在今陇西，这里借用。“第四阳关”即是说此地比“阳关”还要遥远很多倍，远到天空的行云都渡越不过来。“山胡新啭，子规言语，正在人愁处”，这三句进行环境渲染，直抒乡思愁怀，“山胡”泛指山中鸣禽；“子规”即杜鹃。词人正目送归鸿之际，耳旁突又响起山雀的鸣啭与子规的哀啼，心中益发愁苦。

下阕进行自我排解。“忧能损性休朝暮”，这是词人的自解之语。词人自慰说忧愁伤神损性，当力图排解，不要朝朝暮暮为它所困扰纠缠。“忆我当年醉诗句”，他想起了自己曾经写过的旷达之句：“我自只如常日醉，满川风月替人愁。”

“渡水穿云心已许”，他极力劝自己认命，说自己千里迢迢渡水穿云漂泊异地已不止这一次，对于坎坷的命运他早该默认才是。“暮年光景，小轩南浦。同卷西山雨”，最后三句词意又进一层，他让自己随遇而安，说宜州之地虽然偏远，但景色优美，不如就安心待在此地颐养天年。

望江东

黄庭坚

江水西头隔烟树，望不见、江东路。思量只有梦来去，更不怕、江阑住。

灯前写了书无数，算没个、人传与。直饶寻得雁分付，又还是、秋将暮。

【赏析】

这首词写相思，以纯真朴实的笔调抒写相思之情。全词以一种相思者的口气说来，从不能与情人相会说起，至遥望，至梦忆，至对灯秉笔，终至传书无由。通过一段连贯的类似独白的叙述，用“望”“梦”“写书”等几个发人想象的细节，把一个陷入情网者的复杂心理和痴顽情态，表现得曲折尽致。

“江水西头隔烟树，望不见、江东路”，词人以不能相会写起，说两人被“江水”“烟树”等重重阻隔。一个“隔”字相当重要，将思念者极目所望、而茫无所见的失望惆怅的心境呈现出来。

“思量只有梦来去”，由于视线被阻，望不见所思之人，思念者反复思量，最后找到了解决之途：只有梦来去。“更不怕、江阑住”，现实中思念者与被思念者被大江阻隔，而在梦中却并无时空的限制，思念者可以跨越浩浩的大江，实现自己的愿望，飞到所思之人身边。

上阕由现实入梦，写遥望，写梦忆，下阕则由梦又转入现实，写灯前写信，连贯地表达出主人公感情的发展。“灯前写了书无数”，梦始终是虚幻的，思念者要谋求与所思之人真实的联系，因而他灯前执笔，写下了非常多的书信。“无数”二字，既说明了他夜夜如此，又说明了他心中思情无限。但紧接着他又生出“算没个、人传与”的念头来，使得他又陷入极度的失望之中。

“直饶寻得雁分付”，正当他不知如何是好之时，突然想到可以托鸿雁传书，于是心中的希望顿时又被点燃。然而，这里还有“直饶”二字。“直饶”意为纵使。纵使能托鸿雁传递书信，也要等到秋末时节。下阕词人对主人公的心理活动进行了极细致的刻画，将一个相思者的痴情，表现得淋漓尽致。

晁端礼

1046—1113，一作元礼，字次膺。其先澶州清丰（今河南清丰）人，后徙家彭门（今江苏徐州）。熙宁六年（1073）进士。曾任县令。徽宗政和三年（1113）以承事郎为大晟府协律而卒。其词多咏物、颂谀之作。常与晁补之唱和。风格近周邦彦，气魄较周豪放，而不及周工致。在创制新调方面有一定贡献。著有《闲适集》已佚，今传《闲斋琴趣外篇》。

绿头鸭 咏月

晁端礼

晚云收，淡天一片琉璃。烂银盘、来从海底[①]，皓色千里澄辉。莹无尘、素娥淡伫[②]；静可数、丹桂参差。玉露初零，金风未凛，一年无似此佳时。露坐久、疏萤时度[③]，乌鹊正南飞。瑶台冷，栏干凭暖，欲下迟迟。

念佳人、音尘别后，对此应解相思。最关情、漏声正永，暗断肠、花影偷移。料得来宵，清光未减，阴晴天气又争知？共凝恋、如今别后，还是隔年期。人强健，清尊素影，长愿相随。

【注释】

①烂银：灿烂如银。②素娥：指嫦娥。③疏萤：别本作“疏莹”或“疏星”，似以“疏萤”为是。

【赏析】

这是一首对月怀人之作。

“晚云收，淡天一片琉璃”，首二句描写天空。词人将晚云收起的天空比作晶莹剔透的琉璃，极写其明净。明净的天空为月亮的出现创造了一个绝妙的环境。

“烂银盘、来从海底，皓色千里澄辉”，这三句描写皓月升起的壮美景象。皎皎月轮自海底涌出，放射出无边无际的光辉，使整个世界笼罩其中。

“莹无尘、素娥淡伫；静可数、丹桂参差”这两句写词人想象中的月宫之景，意在刻画月亮的明净无尘。月儿那么明亮，人们都能看到嫦娥娴雅的身影，看到丹桂参差的枝条。

“玉露初零，金风未凛，一年无似此佳时”，写时序之美。中秋露水初降，暑气已消，秋风还未变得寒冷，一年中自然是这时气候最为宜人。

“露坐久、疏萤时度，乌鹊正南飞”，这两句写久坐之中、月光之下所看到的两种景物。

“瑶台冷，栏干凭暖，欲下迟迟”，赏月人先是坐着的，而且坐得很久；后来凭栏站立，站立的时间也很长，以致把栏杆都靠得暖和了，可他由于留恋月光，还不愿下楼安寝。

“念佳人、音尘别后，对此应解相思”两句承“欲下迟迟”而来，说明其不愿离去，不只是留恋月光，而是对月怀人。这两句词人并不说自己怀念佳人，而说佳人对月应能了解相思之情，其实写对方正是写自己，对方对月能解相思，自己对月也正承受相思之苦啊。

“最关情、漏声正永，暗断肠、花影偷移”，这两句是词人的伤叹，他说自己思情正浓之时，良辰却一点一滴流逝了。上句用铜壶滴漏计时器的声音表示时间的流逝；下句则借花影的移动表示时光的逝去。月儿渐渐西落，花儿的影子也跟着发生变化，表明夜正一步步走向尽头。

“料得来宵，清光未减，阴晴天气又争知”，两人即便不能见面，但能共享一片月光也是一件幸福的事。十五的月儿十六圆，词人想明天月亮的清光也未必会减弱多少，只是不知明天夜里是阴是晴。

“共凝恋、如今别后，还是隔年期”，若明天夜里无月，两人就只能在明年共赏清景了。

“人强健，清尊素影，长愿相随”，最后两句宕开一笔，词调转高，说月亮常有，只要身体强健，便能长与所思之人共一明月。结语和婉，一扫衰飒之气，情意无限。

李元膺

生卒年不详。东平（今属山东）人。曾任南京教官。词作今存九首。

洞仙歌

李元膺

一年春物，惟梅柳间意味最深。至莺花烂漫时，则春已衰迟，使人无复新意。余作洞仙歌，使探春者歌之，无后时之悔。

雪云散尽，放晓晴庭院。杨柳于人便青眼。更风流多处，一点梅心，相映远，约略颦轻笑浅[①]。

一年春好处，不在浓芳，小艳疏香最娇软。到清明时候，百紫千红，花正乱，已失春风一半。早占取韶光共追游[②]，但莫管春寒，醉红自暖。

【注释】

① 约略：略微，轻微；不经意。② 韶光：时光、年光。

【赏析】

这是一首歌咏早春景致的词，意在提醒人们及早探春，无遗后时之悔。

上阕写初春景致。首二句描写初春天气，积雪融化，天气放晴。“杨柳于人便青眼”，人们喜悦时正目而视，眼多青处，故曰“青眼”。可见此语语意双关，既写初生的柳叶似眼，又巧用“青眼”一词，以示柳对人的好感。“更风流多处，一点梅心”写梅花。词人将梅花拟人化，说它“风流”更多。因梅花花小而粉蕊，故称“一点梅心”。“相映远，约略颦轻笑浅”，将梅与柳结合起来描绘，柳与梅一低颦，一浅笑，相映成趣，含无限风致。

下阕说理，情理交融。“一年春好处，不在浓芳，小艳疏香最娇软”，用韩愈诗句“最是一年春好处”意，承上启下。“小艳疏香”说柳眼梅心；“疏”指梅花疏影，也指柳条稀疏。“娇软”也一样，只是“娇”偏重写梅，“软”偏重写柳。“浓芳”二字则下启“百紫千红”。清明时候，春光烂漫，百花争妍。但百花盛开，反使人感到“无复新意”。况且盛极而衰，春光最盛时，春天也便要逐渐消歇了，所以说：“已失了春风一半。”“早占取韶光共追游，但莫管春寒，醉红自暖”，词人劝人们及早游春，不要坐等美好时光的流逝。

朱 服

1048—？，字行中，湖州乌程（今浙江吴兴）人。神宗熙宁六年（1073）进士。累官国子司业、起居舍人，以直龙图阁知润州，徙泉州、婺州等地。哲宗朝，历官中书舍人、礼部侍郎。徽宗时，任集贤殿修撰，后知广州，黜知泉州，再贬蕲州安置，改兴国军卒。《全宋词》存其词一首，格调凄怆。

渔家傲

朱服

小雨纤纤风细细，万家杨柳青烟里。恋树湿花飞不起。愁无际，和春付与东流水。

九十光阴能有几？金龟解尽留无计①。寄语东城沽酒市。拚一醉，而今乐事他年泪。

【注释】

①“金龟”句：古人的佩饰。唐代三品以上官员可佩戴金龟。

【赏析】

这是一首恋春之词，词风俊丽，极富诗情画意，为词人得意之作。

上阕写景。“小雨纤纤风细细，万家杨柳青烟里”，“纤纤”是形容细雨纷纷的样子。这两句写暮春时节的景色，一派秀美。

“恋树湿花飞不起。愁无际，和春付与东流水”，词人将花拟人化，赋落花以深情，借湿花恋树寄寓人的恋春之情，愁绪也是由此而起。

下阕抒情。“九十光阴能有几？金龟解尽留无计”，词人感叹年华匆匆流逝，即便人强行挽留也留它不住。金龟指古人做佩戴的饰物，唐代诗人贺知章，曾经解过金龟换酒以酬李白，成为往昔文坛上的佳话。词人借用的正是这个典故，表明其极意把酒留春。

“寄语东城沽酒市。拼一醉，而今乐事他年泪”，虽然留不住，但还是要把酒一醉，以期浇灭心中的春愁，换取暂时的欢乐。最后欢乐没有换成，反而激起无限悲慨。结句“而今乐事他年泪”最为人称道，揭示出祸福相互循环的规律，含无限伤感。词人尝以此句自负。

刘弇

1048—1102，字伟明，号云龙，安福（今属江西）人。元丰进士。知嘉州峨眉县，改太学博士。元符中，进南郊大礼赋，除秘书省正字。徽宗时，改著作佐郎、实录检讨官。崇宁元年卒，年五十五。词有《彊村丛书》。

清平乐

刘弇

东风依旧，著意隋堤柳[①]。搓得鹅儿黄欲就，天气清明时候。

去年紫陌青门[②]，今宵雨魄云魂。断送一生憔悴，能消几个黄昏！

【注释】

① 著意：有意于。② 紫陌：帝京的道路。青门：汉长安东南门，因其门青色，故俗称为“青门”或“青城门”。此处借指汴京城门。

【赏析】

这是一首悼亡词，为词人在京任职期间感怀爱妾之逝而作。

上阕着力写柳。首二句写春风拂柳，语言很通俗，意思却难解。“依旧”二字展现了一种时间的纵深感，为全词蒙上了一层怀旧的色彩。从前词人与爱妾曾共赏此景，而如今景色依旧，而美人已逝。其中包含着词人无尽伤心。“著意”二字，更把东风拟人化，仿佛在嗔怪爱妾，东风对杨柳尚如此多情，而你却无情离去，扔下我孤零零一人在这世上。“搓得鹅儿黄欲就”，这一句承东风拂柳而来，写柳色。“搓”字用得独特，说柳枝上呈现出“鹅儿黄”的颜色是被东风揉搓出来的，极富创造性。“欲就”，即将成还未成。此二字传神地将柳条近乎鹅黄但还没成鹅黄那种景象描绘了下来。“天气清明时候”，前一句写柳色，这一句总括全文，写景中蕴含一股淡淡的哀愁。

“去年紫陌青门”与上阕“东风依旧”相呼应，是词人回忆从前与爱妾共同度过的美好时光。“紫陌青门”四字极其朦胧也极富韵味，词人并没有对这段美好时光做出具体说明，全留给读者去想象。“今宵雨魄云魂”，这是伤今，去年两人还携手同游，今年爱妾的魂魄就像阵雨彩云一般消散了。“雨魄云魂”，将爱妾的生命比作易逝的雨和云，极写她生命之短暂。“断送一生憔悴，能消几个黄昏！”最后两句将词人对于爱妾逝世的哀痛抒发至极点，催人泣下。

时彦

？—1107，字邦彦，河南开封（今河南开封）人。神宗元丰二年（1079）己未科状元。历官兵部员外郎、集贤校理、秘阁校理、河东转运使、吏部尚书。《全宋词》存其词一首。

青门饮 寄龙人

时彦

胡马嘶风，汉旗翻雪[①]，彤云又吐，一竿残照。古木连空，乱山无数，行尽暮沙衰草。星斗横幽馆，夜无眠、灯花空老。雾浓香鸭[②]，冰凝泪烛，霜天难晓。

长记小妆才了[③]。一杯未尽，离怀多少。醉里秋波，梦中朝雨，都是醒时烦恼。料有牵情处，忍思量、耳边曾道。甚时跃马归来，认得迎门轻笑。

【注释】

① 汉旗：指宋朝的旗帜。② 香鸭：古时熏香用的铜质器具，形状如鸭，故名。③ 小妆：稍做打扮。

【赏析】

这首词作于词人出使辽国时，为他所宠之人而作。

上阕描绘行役中的情况。“胡马嘶风，汉旗翻雪，彤云又吐，一竿残照”，这是写北国天气，寒冷而多变。“古木连空，乱山无数，行尽暮沙衰草”，这是写边塞风光，一片寥廓荒凉。“星斗横幽馆”至上阕末开始写人，细致地刻画了词人在孤寂的客馆中通宵难眠的情状，引出下阕怀远之情。

下阕回忆与心上人离别的情景，侧重刻画伊人形象。“长记小妆才了。一杯未尽，离怀多少”，临别前夜，两人把酒话离别。“醉里秋波，梦中朝雨，都是醒时烦恼”，这里以曲折的笔调写夜晚幽会情景，并暗含无限别恨。“料有牵情处”至篇末写依依惜别以及对重逢的期盼，并点出伊人附耳细语这最牵动词人情思的一幕。

这首词上阕意境开阔，笔力苍劲，而下阕柔婉细腻，楚楚动人，以雄浑荒寒的边塞风光与婉曲动人的艳情相对照，豪放中兼有婉约，刚柔并济，实为词家上乘。

秦观

1049—1100，字太虚，后改字少游，别号淮海先生，扬州高邮（今属江苏）人。神宗元丰八年（1085）进士，曾官秘书省正字兼国史院编修官。后坐元祐党事屡遭贬谪。“苏门四学士”之一，能诗文，尤以词著称，是婉约派的代表词人。其词早年多写恋情，间寓身世之感；晚年多写迁谪之恨，凄婉动人。有《淮海词》《淮海集》。

江城子

秦观

西城杨柳弄春柔，动离忧，泪难收。犹记多情，曾为系归舟。碧野朱桥当日事，人不见，水空流。

韶华不为少年留。恨悠悠，几时休？飞絮落花时候、一登楼。便作春江都是泪，流不尽，许多愁。

【赏析】

这首词为词人早期作品，为一首伤春伤别之作。

“西城杨柳弄春柔，动离忧，泪难收”，开篇便点明题旨，抒发别情。“弄”字有故作撩拨之意，赋予无情景物以有情。杨柳依依，牵动起词人无限离愁。

“犹记多情，曾为系归舟。碧野朱桥当日事，人不见，水空流”，这杨柳牵动起词人的别情不仅仅因为它柳条依依，似诉离别，而是因为它不是其他地方的杨柳，而是靠近水驿的长亭之柳。当年词人曾在此系舟，与情人离别。这里的景色依旧，可人却已经不在，这是多么的令人悲伤啊。

“韶华不为少年留。恨悠悠，几时休？”少年人最为善感，时已至暮春，想到韶华的流逝，心中怅恨不已。

“飞絮落花时候、一登楼。便作春江都是泪，流不尽，许多愁”，这几句进一步抒发伤春之情。登上高楼，见桃飘李飞，不免叹息哪怕眼前的江水全部化作泪水，也流不尽自己的许多愁，可见他愁绪之深浓。

八六子

秦观

倚危亭①，恨如芳草，萋萋刬尽还生②。念柳外青骢别后，水边红袂分时③，怆然暗惊。

无端天与娉婷，夜月一帘幽梦，春风十里柔情。怎奈向、欢娱渐随流水，素弦声断④，翠绡香减⑤，那堪片片飞花弄晚，濛濛残雨笼晴。正消凝⑥，黄鹂又啼数声。

【注释】

①危亭：高耸的亭子。②刬（chǎn）：铲除。③红袂：红袖。④素弦：琴弦。⑤翠绡：绿色的丝巾。⑥消凝：因伤感而凝神。

【赏析】

宋神宗元丰年间，秦观在扬州结识了一位美丽的青楼女子并与之相恋，这首词是他离开扬州后所写的伤别怀人之作。

“倚危亭，恨如芳草，萋萋刬尽还生”，词人即景抒情，以眼前的萋萋芳草比自己的一腔别恨。“念柳外青骢别后，水边红袂分时，怆然暗惊”，既是别恨，自然要写离别，这几句是写词人回忆与恋人的分别情景。

“无端天与娉婷”，此句描绘歌女的美好，她若不生得如此出众，那相思之情也不会那么深沉缠绵，离恨也会减少一些吧。于是词人怪罪起老天来，怪老天赋予她那美丽的容貌。这一怪看似无理，实则写出了词人的深情，正如前人所评的“妙而无理”。

“夜月一帘幽梦，春风十里柔情”，词人回忆昔日之欢。词意取自杜牧“春风十里扬州路，卷上珠帘总不如”，既暗示了那位女子的身份，也补足了对她容颜的描摹。“怎奈向、欢娱渐随流水，素弦声断，翠绡香减”，可惜佳期如梦，好景不长，转眼就成离别。后两句以形象写别恨，将离别之情描写得凄美之极。

“那堪片片飞花弄晚，濛濛残雨笼晴。正消凝，黄鹂又啼数声”，词人又回到眼前景物，将情融于景，道出了他那一腔愁闷，有悠然不尽之意。

满庭芳

秦观

山抹微云[①]，天连衰草，画角声断谯门[②]。暂停征棹，聊共引离尊[③]。多少蓬莱旧事[④]，空回首，烟霭纷纷。斜阳外，寒鸦万点，流水绕孤村。

销魂。当此际，香囊暗解[⑤]，罗带轻分[⑥]。谩赢得、青楼薄幸名存。此去何时见也，襟袖上、空惹啼痕。伤情处，高城望断，灯火已黄昏。

【注释】

① 抹：涂抹。② 谯门：谯楼，古代用于瞭望敌情的高楼。③ 引：举杯。④ 蓬莱旧事：指往昔的欢乐。⑤ 香囊暗解：悄悄解下香囊作为临别纪念。⑥ 罗带轻分：情人间解下罗带表示赠别。

【赏析】

这是一首赋别词，写词人与心上人的离别情景，于别情中暗含身世之叹。

上阕写离别前的情景。“山抹微云，天连衰草，画角声断谯门”，这三句描写送别之地的景色，一片凄迷。“暂停征棹，聊共引离尊”，心上人设宴为词人送行，两人含情对饮。

“多少蓬莱旧事，空回首，烟霭纷纷”，这临别的一刻牵引起词人多少回忆，但往事已矣，此时唯见烟霭纷纷。“斜阳外，寒鸦万点，流水绕孤村”，词人并不着力描写自己心中的痛苦，而是通过写景造境来展现。于这最后三句，我们足能体会到词人孤苦的内心。

“销魂。当此际，香囊暗解，罗带轻分”，离别的时刻终于还是到来了，两人解下自己的贴身之物以作别后纪念。“谩赢得、青楼薄幸名存”，这句化用杜牧“十年一觉扬州梦，赢得青楼薄幸名”而来，感叹自己半生虚度，无限慨叹尽在其中。

“此去何时见也，襟袖上、空惹啼痕”，这几句写出了离别时的流连难舍之意。

“伤情处，高城望断，灯火已黄昏”，词人满怀伤感地离去了，他的心中是多么的不舍呀，不断回望，直到高楼淡出视野。

鹊桥仙

秦观

纤云弄巧[①]，飞星传恨，银汉迢迢暗度。金风玉露一相逢[②]，便胜却人间无数。

柔情似水，佳期如梦，忍顾鹊桥归路。两情若是久长时，又岂在朝朝暮暮。

【注释】

①纤云弄巧：纤细的云彩变幻出许多美丽的花样来。②金风：秋风。玉露：晶莹如玉的露珠，指秋露。

【赏析】

这是一首歌咏牛郎织女爱情的词，为爱情词中的绝唱，同时也是秦观的代表作之一。

秋夜云彩轻盈多姿，这全赖织女高超的技艺。但这样聪慧灵巧的女子却不能与自己的爱人长相厮守，这又是何等恨事。牛郎已经是迫不及待要与爱人相会了，一个“飞”字传神地刻画出了他的这种心情。然而“迢迢”两字却见出银河之广阔。但词人宕开一笔，不再为两人的爱情叹息，而是翻腾起一阵欢乐的浪花，说他们这一年一度的相会，就抵得上人间千遍万遍的相会，足见他们的爱情是多么的纯洁脱俗。

词的品赏知识

宋词两大主要流派 在宋词的发展过程中，形成了两大流派，即豪放派和婉约派。

婉约，即婉转含蓄。其特点主要是内容侧重儿女之情，结构深细缜密，音律婉转和谐，语言圆润清丽，有一种柔婉之美。婉约派的代表人物有李煜、柳永、晏殊、欧阳修、秦观、周邦彦、李清照等。

豪放派特点大体是创作视野较为广阔，气象恢宏雄放，喜用诗文的手法、句法写词，语词宏博，用事较多，不拘守音律，然而有时失之平直，甚至涉于狂怪叫嚣。豪放派的代表人物有苏轼、辛弃疾、叶梦得、陈亮、刘克庄、刘辰翁等。

“柔情似水，佳期如梦”，绵绵情意如那悠悠的流水，美好的会见如梦一般迷离，如梦一般短暂。“忍顾鹊桥归路”，分离时两人是多么不舍呀，都不敢回头去看鹊桥归路，唯恐心碎。“两情若是久长时，又岂在朝朝暮暮”，最后一笔，空际转身，揭示了爱情的真谛：两人若是真心相爱，并不一定要形影不离、相伴朝朝暮暮。

踏莎行

秦观

雾失楼台，月迷津渡，桃源望断无寻处[①]。可堪孤馆闭春寒[②]，杜鹃声里斜阳暮。

驿寄梅花，鱼传尺素，砌成此恨无重数。郴江幸自绕郴山[③]，为谁流下潇湘去[④]。

【注释】

① 桃源：陶渊明《桃花源记》中所描绘的世外桃源。② 可堪：哪堪。③ 郴江：水名，发源于湖南郴县黄岭山。④ 潇湘：湖南的潇水和湘水。

【赏析】

这首词作于绍圣四年。此前，秦观由于旧党关系，在朝内屡遭挫折，一再遭贬。最后官职被削，远徙郴州。就在这种情形下，词人作下此词以抒发自己内心的悲苦。

上阕写景。“雾失楼台，月迷津渡，桃源望断无寻处”，开头三句写渡口，为词人想象中的景象，画面凄楚迷茫。“可堪孤馆闭春寒，杜鹃声里斜阳暮”，这两句转到眼前，写郴州贬所的景象，孤馆被春寒紧锁，杜鹃声声，夕阳西下，渲染出一片凄清冷寞。王静安先生曾经赞这两句词曰：“少游词境最为凄婉，至‘可堪孤馆闭春寒，杜鹃声里斜阳暮’，则变而为凄厉矣。”（《人间词话》）

下阕写远方友人的致意与安慰。“驿寄梅花，鱼传尺素，砌成此恨无重数”，由于遭到贬谪，北归无望，亲朋的书信非但不能让他感到欣喜，反而牵动起他对往日生活的怀念和对故旧的思念，使他心中愁怨堆积。“郴江幸自绕郴山，为谁流下潇湘去”，词人想要将自己心中的悲愤一吐为快，但却忧谗畏讥，不能说透。于是借物寄情，他望着眼前山水痴痴问道：“你本来生活在自己的故土，和郴山欢聚一起，究竟为了谁而竟自离乡背井，流下潇湘去呢？”含蓄地抒发了自己横遭贬谪的悲愤以及远望怀乡之思。

后人对此词的评价颇高，唐圭璋就评此词道：“此首写羁旅，哀怨欲绝。起写旅途景色，已有归路茫茫之感。末引‘郴江’‘郴山’，以喻人之分别，无理已极，沉痛已极，宜东坡爱之不忍释也。”（《唐宋词简释》）

I

千秋岁

秦观

水边沙外，城郭春寒退。花影乱，莺声碎。飘零疏酒盏，离别宽衣带。人不见，碧云暮合空相对。

忆昔西池会①，鹓鹭同飞盖②。携手处，今谁在？日边清梦断③，镜里朱颜改。春去也，飞红万点愁如海。

【注释】

① 西池：北宋时汴京西城门外的金明池。② 飞盖：疾行的车辆。③ 日边：帝京。

【赏析】

这首词作于词人被贬谪为监酒税官期间，政治上的打击对他的身心造成了很大伤害，这首词正是抒发他身世之慨的，感情深挚悲切。

上阕写春光，其中也蕴涵着今非昔比的感叹。“水边沙外，城郭春寒退。花影乱，莺声碎”，有水有沙，有花香，有鸟啼，清新秀丽，令人不由得沉醉其中。这几句中以“乱”和“碎”二字最为传神，形象地写出了花之多以及鸟声之纷乱。

“飘零疏酒盏，离别宽衣带。人不见，碧云暮合空相对”，景色再好，词人也无心欣赏，因为他正流落异乡。风物的美好只能唤起他的身世飘零之感。这几句以凄婉的笔调写出了词人受贬远徙、思念亲友的哀痛。

下阕以回忆起，继而进行今昔对比。“忆昔西池会，鹓鹭同飞盖”，这是词人追忆当年与朋友在汴京的一次欢聚。当时词人在京师供职秘书省，与同僚宴集于西池赋诗唱和，真是风光无限呀。

“携手处，今谁在？”那美好的时光已经不再，朋友们都已离去，词人抚今追昔，心中不胜悲慨。

“日边清梦断，镜里朱颜改。春去也，飞红万点愁如海”，政治局面的巨变，使词人心灰意冷，他觉得再无伸展抱负的机会了，只能坐等容颜苍老。“春去也，飞红万点愁如海”，政治上的失意令词人发出了这一摧裂心肝的感慨，感动千古。

李　甲

生卒年不详。字景元，居华亭（今江苏松江），自号华亭逸人。有《画继》《平湖县志》。词存九首。

帝台春

李甲

芳草碧色，萋萋遍南陌。暖絮乱红，也知人春愁无力。忆得盈盈拾翠侣[①]，共携赏、凤城寒食[②]。到今来，海角逢春，天涯为客。

愁旋释，还似织；泪暗拭，又偷滴。谩伫立、遍倚危阑，尽黄昏，也只是暮云凝碧。拼则而今已拼了，忘则怎生便忘得。又还问鳞鸿[③]，试重寻消息。

【注释】

① 盈盈拾翠侣：美好的游春伴侣。盈盈，美好的样子，多指人的风姿仪态。拾翠，指拾取翠鸟的羽毛以为首饰，后指妇女春日嬉游的景象。② 凤城：旧时京都的别称，此处指汴京开封。③ 鳞鸿：鱼雁。古有雁足寄信、鱼腹传书之说，常借鱼雁以代书信。

【赏析】

这首词抒发伤春之情，兼写怀人情思。

上阕写春愁。“芳草碧色，萋萋遍南陌”，这两句写春草，为原野泛景。在古诗词中，芳草与春愁是不分的，如李煜《清平乐》：“离恨恰如春草，更行更远还生。”因此，此处的芳草不仅写出了生机盎然的春光，也暗喻绵绵无尽之离情。

“暖絮乱红，也知人春愁无力”二句，写絮飞花落，惹人愁思。在这里词人没有采用柳絮落花撩人春愁的一般写法，而是赋予它们以人的情感，说它们“知人春愁”。这样写便写出了物我同感的效果，将春愁写得更为动人。

“忆得盈盈拾翠侣，共携赏、凤城寒食”，这两句转入回忆，写词人与爱人一同游春，具体阐发“春愁”的内涵。“盈盈”二字写出了词人所忆之人的美好风姿。“拾翠”，指拾取翠鸟的羽毛以为首饰，后指妇女春日嬉游的景象。“凤城”，帝都的别称，此处指汴京开封。寒食节里，他们曾经素手相携，在皇城汴京游赏春光，那时词人是多么欢乐呀。

“到今来，海角逢春，天涯为客”三句词情一落千丈，词人一下子由美好的回忆转至冰冷的现实：如今又逢春日，可那往日的欢娱似春梦般消散了，两人已是天涯相隔。

下阕抒发怀人之情。“愁旋释，还似织；泪暗拭，又偷滴”，四句描写游子的愁苦情状，将他心中“剪不断，理还乱”的离愁别绪直接道出，并且细致地刻画出了他微妙的心理活动。

“谩伫立、遍倚危阑，尽黄昏，也只是暮云凝碧”，这四句写倚栏盼人。词人独自登上他乡的高楼，向着爱人所在的方向痴痴凝望，可直到黄昏也没有盼到爱人。“谩”，徒也，空也。其实由这一“谩”字我们就可知词人心里知道自己是望不到爱人的，但他仍旧“遍倚危阑”，这是为什么呢？只因心中思念太过深浓，唯有登楼望远才能暂解怀人之情。

“拚则而今已拚了，忘则怎生便忘得”，此二句语虽俚俗，却情味深浓。词人说他拚命舍弃的均拚命舍弃了，但要忘却的却怎么也忘却不了。这两句充分揭示了词人欲罢不能的痛苦心情。

“又还问鳞鸿，试重寻消息”，既然忘不了她，就托鱼雁传书，试寻她的消息吧。最后这一结，将词人的深情充分表现了出来。

赵令畤

1051—1134，字德麟，自号聊复翁。太祖次子燕王赵德昭玄孙。哲宗元祐中签书颍州公事。时苏轼为知州，荐其才于朝。后坐元祐党事，被废十年。高宗绍兴初，袭封安定郡王，迁宁远军承宣使。有《侯鲭录》八卷。赵万里为辑《聊复集》词一卷。

菩萨蛮

赵令畤

轻鸥欲下寒塘浴，双双飞破春烟绿。两岸野蔷薇，翠笼熏绣衣。

凭船闲弄水，中有相思意：忆得去年时，水边初别离。

【赏析】

这首词写相思。明媚的春光使大地万物复苏，到处都是绿色的生命。这春天的色彩映入人们的心灵，化成一片倩影，催发着一切美好的感情。于是，这相思的韵律中也带上了绿色的清丽。

上阕写春景，极为秀丽。“轻鸥欲下寒塘浴，双双飞破春烟绿”，这两句描绘了一幅鸥鸟翔空图：一对轻鸥从淡淡春烟中穿飞而来，它们好像要落入寒塘洗浴，不料陡然向上一翻，又飞入迷蒙的天空。这两句为动态描写，接着转为静态，描写蔷薇花：“两岸野蔷薇，翠笼熏绣衣”。这里词人巧妙地将碧翠的芳草绿叶比作“翠笼”，而将密密盖满江岸的蔷薇花比作鲜红的“绣衣，”说芳草绿叶衬托着红花，仿佛是在翠色的熏笼上铺盖了一件鲜红的绣衣。这一动一静两幅图画展现出了江岸上动人的春色，前者生意盎然，后者绚丽多彩。但联系下阕来看，上阕又不止是在写春景，实际上它蕴涵着词人的无限情意。

下阕直抒相思之情。“凭船闲弄水，中有相思意”，这两句写得奇怪，为什么水中竟有相思意？紧接着词人便向我们解释道：“忆得去年时，水边初别离。”原来去年此际，他正与心上人于水边别离。由此而知，词人上阕写景并非虚耗笔墨，而是有他的深意在其中。那一带江景，词人并不陌生，那是他与心上人去年别离时所见。而词人“闲弄水”这一细节，则将他沉湎于回忆之中的情状十分传神地表现了出来。

蝶恋花

赵令畤

欲减罗衣寒未去，不卷珠帘，人在深深处。红杏枝头花几许？啼痕止恨清明雨①。

尽日沉烟香一缕②，宿酒醒迟，恼破春情绪③。飞燕又将归信误，小屏风上西江路。

【注释】

①啼痕：泪痕。②沉烟香：沉香。③恼破：极度恼怒。

【赏析】

这首词写闺情。

“欲减罗衣寒未去”，冬去春来。天气转暖，闺中之人想要减衣，却又踌躇起来，因为她感到此时寒意犹未消去。这一句言虽简单，却含义颇丰，它暗示出主人公最难将息的心情。“不卷珠帘，人在深深处”，这两句仍写人，虽未直接说出闺中人的心绪，却通过对她居住环境的描写展现出了她的故居独处的慵倦与寂寞。“红杏枝头花几许？啼痕止恨清明雨”，两句点明女主人公的春愁以及“不卷珠帘”的原因。她“不卷珠帘”是因为清明时节春雨连绵，定将庭院里的杏花尽数打落。她不忍看到带着雨痕的落花，啼哭一般，带着一腔怨恨控诉那残酷无情的清明雨。花儿哪有悲恨呢，即便有，人又怎可知。这里女主人公只不过将自己的感情赋予了它，从而折射出自己的伤春惜春意绪。

“尽日沉烟香一缕”，这一句写闺中情景，女主人公的生活是多么寂静凄清，她终日对着一缕袅袅香烟出神，心中苦闷至极。她的愁闷无法排遣，唯有借酒浇愁。“宿酒醒迟”，她心中有无限恨，不觉中喝了很多酒，以至于久睡不醒。紧接着一句“恼破春情绪”，径直说出她的春愁。“飞燕又将归信误，小屏风上西江路”，末两句揭示出主人公“恼破春情绪”的深层原因——思念远人。燕子飞回，却没有捎来爱人的消息。无奈之中，她只有对着屏风怅望。因为屏风上画着通往西江的路，而那路正是爱人远去的路。结尾两句蕴藉含蓄，写出了闺中之人的一往情深。

贺　铸

1052—1125，字方回，又名贺三愁，号庆湖遗老，祖籍山阴（今浙江绍兴），生长于卫州共城（今河南辉县）。以门荫入仕。初为武阶，后转文官。为人豪侠尚气，秉性刚直，长期沉沦下僚。以词作名世，题材较丰富，风格亦多变化，兼有豪放、婉约二派之长。有《东山词》，一名《东山寓声乐府》。

I

忆仙姿

贺铸

莲叶初生南浦[①]，两岸绿杨飞絮。向晚鲤鱼风[②]，断送彩帆何处？凝伫，凝伫，楼外一江烟雨。

【注释】

① 南浦：指送别之地。② 向晚：临近傍晚的时候。鲤鱼风：指九月风。

【赏析】

这首词写水乡风光及生活。春末夏初，词人登上高楼，意欲欣赏江南水乡迷人的景致。他纵目望江，看到一幕动人的送别场景。

"莲叶初生南浦，两岸绿杨飞絮"，首二句点明季节和地点。莲叶初生，绿杨飞絮，说明此时正值春末夏初。"南浦"，出现在古诗词中泛指送别之地。如：屈原《九歌·河伯》："子交手兮东行，送美人兮南浦。”江淹《别赋》:“送君南浦，伤如之何？”此处“南浦”为下文送别场景的描绘做了铺垫。那送别之地的景色是迷人的，莲叶初生，飞絮漫天。“向晚鲤鱼风，断送彩帆何处？”这两句是词人由眼下的送别场景而生发出的联想。“向晚”，即傍晚。点明送别的时间。薄暮将来的时候，江面上吹着带着湿润鱼腥味的暖风，远处行人已乘上画船，准备动身离去。词人由眼前的景象不禁生发出一番奇妙的联想，竟痴痴地问暖风:“你要把这只画船吹送去哪儿呀？”这场景不可谓不动人。“凝伫，凝伫，楼外一江烟雨。”最后，词人正面登场，原来此时他正站在江岸的一座高楼之上。无疑，那送别的场景触动了词人心弦，也许唤起了他对过去自己别离时的回忆，反正此时他的心绪正如“楼外一江烟雨”一般，迷迷蒙蒙，带点惆怅，带点茫然。最后一句以景结情，十分耐人寻味。

御街行 别东山

贺铸

松门石路秋风扫，似不许、飞尘到。双携纤手别烟萝[①]，红粉清泉相照。几声歌管，正须陶写[②]，翻作伤心调。

岩阴暝色归云悄，恨易失、千金笑。更逢何物可忘忧，为谢江南芳草[③]。断桥孤驿，冷云黄叶，相见长安道[④]。

【注释】

① 烟萝：这里指烟雾笼罩、葛罗蔓生的墓地。② 陶写：陶冶性情，排除忧闷。写，即泄。③ 为谢江南芳草：辞谢江南多姿多情的芳草。谢，辞谢。④ 长安道：指北宋首都汴京。

【赏析】

这首词抒发的是词人对亡妻的悼念之情，作于词人挥别东山之时。据贺铸墓志记载，夫人赵氏死后葬宜兴县清泉乡东篠岭之原。由此可见，词中的东山即是此地。

上阕写墓地环境以及词人心中的感伤。“松门石路秋风扫，似不许、飞尘到”，首二句写墓地的环境。词人要离开东山了，他来到妻子的墓前与亡妻挥别。苍松挺立如门，青石路面平整，一派肃穆；秋风吹扫，飞尘不染，十分洁净。词人将逝者之墓描绘得如此肃穆庄严，可见其在他心目中的地位。

“双携纤手别烟萝，红粉清泉相照”，这两句写墓前词人的幻想。词人由于心中悲痛，对亡妻极度思念，面对着墓冢，他不觉进入到一种似梦非梦的状态。恍惚间，爱人又回到了他身边，他们素手相携，告别了那烟萝丛生的墓地，来到清澈的泉水边去映照红润粉嫩的面庞。若非情到深处，是不会出现这种幻觉的，词人此时的心情是难为旁人所理解的。

“几声歌管，正须陶写，翻作伤心调”，此三句写幻梦被乐声惊醒之后的心情。词人正沉浸于与爱人重逢的幻想之中，突然一阵管弦声传来，将他从幻境中惊回现实。那乐声本应当是“陶写”性情的，词人的心情也需要“陶写”。“陶写”即陶冶性情，排除忧闷。“写”者“泄”也。可那音乐不仅没有为他排忧解闷，在哀伤的他听来，反而成了更令人伤心的曲调。至此，其悼亡之情更近一层。

下阕将情与景相结合，进一步抒发对亡人的思念。“岩阴暝色归云悄”，词人的视线由眼前墓冢移向它背后的山岩天空，此时暝色四合，山岩跟着转阴，天空的云也悄然归去。

天色向晚，这意味着悼亡者即将要离开，突然他的心如同被针扎一般，疼痛不已，他万般痛苦地喊道：“恨易失、千金笑。”“更逢何物可忘忧，为谢江南芳草”，词人心中之“恨”如此深浓，他想力图排遣，忘掉这“恨”，可是他的“忧”实在太深，无物可消解。即便“江南芳草”十分悦目，但他心中的忧愁也不能减分毫，因而他只能答谢芳草的盛情。

“断桥孤驿，冷云黄叶，相见长安道”，最后三句，点破“别东山”之题。“断桥孤驿，冷云黄叶”勾画出一幅孤冷凄清的秋日东山图，渗透着词人失伴后的悲痛。“冷”“孤”二字着上了词人极强的主观色彩，创造出一片寂寞冷酷之境。最后一句“相见长安道”既是对往昔生活的回忆又是对亡灵进行安慰。“长安道”即北宋首都汴京开封。早年词人与爱妻共同生活于汴京，因而这“长安道”上写满了词人对两人共同生活的回忆。如今已生死阻隔，词人只能以“相见长安道”来告慰妻子亡灵。

鹧鸪天

贺铸

重过阊门万事非[1]。同来何事不同归。梧桐半死清霜后，头白鸳鸯失伴飞。

原上草，露初晞[2]。旧栖新垅两依依[3]。空床卧听南窗雨，谁复挑灯夜补衣。

【注释】

① 阊门：指苏州西门，作者从前住的地方。② 露初晞（xī）：露水刚刚被太阳蒸干。③ 垅：坟头。

【赏析】

贺铸的妻子是宗室赵克彰的女儿。赵氏虽然是皇族千金，但出嫁后却不辞劳苦，勤俭持家，对贺铸十分体贴，夫妻二人感情很好。这首词为赵氏去世后贺铸为她写的悼亡词，词中表现了词人对亡妻赵氏的深挚怀念。

“重过阊门万事非。同来何事不同归”，词人旧地重游，想到已故的妻子，不禁悲从中来，诘问妻子为什么同来不同归。这句问话是极其无理的，但却又是万分深情的。

“梧桐半死清霜后，头白鸳鸯失伴飞”两句，写自己的处境。梧桐树半死、鸳鸯失伴，这不正是词人丧偶的真实写照吗？这两个比喻形象地刻画出了词人的孤独与凄凉。

“原上草，露初晞”，这两句用比，用青草上刚被晒干的朝露暗指夫人的新殁。

“旧栖新垅两依依”，面对着依依相望的旧时居所和妻子新坟，令他肝肠寸断。

“空床卧听南窗雨，谁复挑灯夜补衣。”这末一句感叹将感情推向了高潮。这一声感叹中，表现出了妻子的贤惠，以及词人对她的无尽想念，读来令人哀婉凄绝，感慨万千。

捣练子 杵声齐

贺铸

砧面莹①，杵声齐②，捣就征衣泪墨题。寄到玉关应万里，戍人犹在玉关西。

【注释】

①砧：捣衣石。②杵：捶衣布的木槌。

【赏析】

词人曾作了几首《捣练子》，都是写闺怨。这首词是其中之一。词人借闺中怨女之口，写出了长期的边患不平给征人思妇造成的深重痛苦。

“砧面莹，杵声齐”，词从捣衣的工具着笔，而字句中都是捣衣之人。“砧面莹”是说捣衣石被磨得晶莹光洁，说明了思妇的辛劳。“杵声齐”则是说捣衣声整齐而有节奏，这里说明思妇捣衣非常熟练。“捣就征衣泪墨题”，这一句点明题旨，原来她捣衣的目的是寄予远戍边关的丈夫。写信时，想到丈夫远在千里之外，生死难卜，她不禁潸然落泪。

“寄到玉关应万里，戍人犹在玉关西”，这两句是思妇的悲叹：玉关就已经很远了，那征戍之地更加遥远，不知这承载着自己全部柔情的包裹要几时才能到达丈夫手中。词意愈转愈深，这一叹将女主人公那伤离怀远之情推向顶峰。

这首词创造了一个凄清的意境，读来叫人生悲，从心底生发出对思妇命运的深深同情，以及对战争的厌恶。

石州慢

贺铸

薄雨收寒，斜照弄晴，春意空阔。长亭柳色才黄，远客一枝先折。烟横水际，映带几点归鸿，东风消尽龙荒雪[1]。还记出关来，恰如今时节。

将发。画楼芳酒，红泪清歌，顿成轻别。回首经年，杳杳音尘都绝。欲知方寸[2]，共有几许新愁？芭蕉不展丁香结[3]。枉望断天涯，两厌厌风月[4]。

【注释】

①龙荒：指塞外。②方寸：指心。③丁香结：丁香的花蕾。古人常以丁香结比喻愁思凝结的状态。④厌厌：精神不振的样子。

【赏析】

这是首相思怀人的词作。据《能改斋漫录》卷16记载，贺铸曾与一女子相恋，久别后，这女子寄给贺铸一首诗，“独倚危栏泪满襟，小园春色懒追寻。深思纵似丁香结，难展芭蕉一寸心。”于是，贺铸便写了这首《石州慢》。

上阕主要写景。“薄雨收寒，斜照弄晴，春意空阔”，这几句写初春景致：雨住寒收，夕阳晚晴，春意无边。“长亭柳色才黄，远客一枝先折”，柳色才黄就已折柳相别了，这里暗含词人的幽怨，怨离别太匆匆。“烟横水际，映带几点归鸿，东风消尽龙荒雪”，词人放眼望去，只见烟横水漫，映带着几点归鸿；东风吹拂，塞外积雪已然融尽。这样的景致给人一种孤独寂寞之感。“还记出关来，恰如今时节”，词人忆起那年出得关来，也正是这个季节。此时词人将眼前之景和当初与那位女子离别时的景致已经融为了一体。

下阕写别情。“将发。画楼芳酒，红泪清歌，顿成轻别”，这四句是回忆当年的离别情景：画楼筵上，她泪水盈盈，清歌话别。最后“顿成轻别”一句，透露出词人无限的悔恨。“回首经年，杳杳音尘都绝”，这两句说离别已久，音信全无。“欲知方寸，共有几许新愁？芭蕉不展丁香结”，两人将对方的思念积压在心头，不得舒展。“枉望断天涯，两厌厌风月”，末句一笔写出天涯两端别情无限，语言缠绵悱恻，情真意切。

清平乐

贺铸

阴晴未定①，薄日烘云影②。临水朱门花一径，尽日乌啼人静③。

厌厌几许春情④，可怜老去兰成⑤。看取镊残双鬓⑥，不随芳草重生。

【注释】

① 阴晴未定：指天气变幻无常。② 薄日：天气阴霾时的太阳。③ 尽日：一天到晚。④ 厌厌：身体微弱，精神不振。⑤ 兰成：指南北朝时著名作家庾信，兰成是其小字。⑥ 镊：即“镊白”，拔去白头发。

【赏析】

这是一首伤春叹老之作。词人借春景衬托他老年落拓无成的状况，词情幽怨。

上阕写景。“阴晴未定”，首句写天气，说天气变幻无常，言辞简单，用笔极为平淡。接下来“薄日烘云影”写景颇为新奇。一个“薄”字写出了日暮时分日色的苍白。由于天气“阴晴未定”，并非十分晴好，天空的云团显得很潮湿，浸润着太阳。这情景在词人看来，仿佛是太阳正努力烘烤着它四周的云，想象十分奇特。

“临水朱门花一径，尽日乌啼人静”，这两句写主人公居处的环境。词人住宅临水，门前溪水潺湲；门色鲜丽，呈一片朱红；门后呢？庭院深深，一条曲折的小径两旁种满花木。这景色不可谓不佳，但“尽日乌啼人静”句一出，则使得这美丽的院落显得孤寂、凄清。

下阕抒情。“厌厌几许春情，可怜老去兰成”，春光最能引起老年人对青春的追思，这两句抒发的正是这种情思。词人精神不振，难道仅仅是因为那一点伤春情绪吗？不，他的“春情”实源于他对自己老大一事无成的悲哀。“兰成”是南北朝时著名诗人庾信的小字。他的《哀江南赋》有句云：“信年始二毛，即逢丧乱，藐是流离，至于暮齿。”这里，词人以庾信晚年自况，说明他晚年的心情像庾信一样沉郁伤感。

“看取镊残双鬓，不随芳草重生”，最后两句写出了词人不甘落魄却又无可奈何的心情。“镊”即“镊白”，拔去白发。“镊白”是因为词人留恋青春年华，不甘衰老。但他转念一想，纵使将白发拔光，青丝也不会如芳草一般随春而生。

黄庭坚曾赠诗给贺铸，其中有句云：“解道江南断肠句，只今唯有贺方回。”这首词就是这样一首断肠词，至今仍能引起人们的共鸣。

僧仲殊

著名诗僧，俗姓张，名挥，安州（今湖北安陆，一说今河北安新）人。尝举进士，后弃家为僧，住杭州吴山宝月寺。与苏轼有交游。徽宗崇宁年间（1102—1106），自缢死。能词。今有《宝月集》辑本。

南柯子 忆旧

僧仲殊

十里青山远，潮平路带沙。数声啼鸟怨年华，又是凄凉时候、在天涯。

白露收残月，清风散晓霞。绿杨堤畔问荷花，记得年时沽酒、那人家①。

【注释】

① 沽酒：买酒。

【赏析】

这是一首忆旧词，写词人夏日旅途中的一段感受。“十里青山远，潮平路带沙”，这是词人赶路时看到的景象，山水相映，路面带沙，空阔的画面映衬出词人的孤单。“数声啼鸟怨年华，又是凄凉时候、在天涯”，接着感叹年华流逝，人在天涯，一种凄凉自生。

“白露收残月，清风散晓霞”，这两句描写夏日早晨的旅途光景，晨露晶莹，残月随之被送走；晓风清爽，吹散了天边的朝霞，清爽秀丽。“绿杨堤畔问荷花，记得年时沽酒、那人家”，词人此时是多么的无聊寂寞啊，旅途中不见一人，那满池荷花竟成了难得的晤谈对象。这眼前的荷花唤起了词人的一段回忆，他记得有一次自己曾在这荷塘边喝过酒。于是他低下身去问荷花：“你还记得年前到此买酒喝的那个人吗？”词人那自然的品性于此情景相生的妙笔中毕现。

词的品赏知识

宋词中常见的思想情感 思乡怀人：一、羁旅愁思；二、思亲念友；三、边关思乡；四、闺中怀人。

生活杂感：一、寄情山水、田园的悠闲；二、昔胜今衰的感慨；三、借古讽今的情怀；四、青春易逝的伤感；五、仕途失意的苦闷；六、告慰平生的喜悦。

长亭送别：一、依依不舍的留念；二、情深意长的勉励；三、坦陈心志的告白。僧仲殊的这首《南柯子》为词人的真情流露，他感叹羁旅生涯，感叹年华流逝。情感较为复杂，为生活杂感一类。

晁补之

1053—1110年，字无咎，号归来子，济州巨野（今属山东巨野县）人。神宗元丰二年（1079）进士。历官秘书省正字、校书郎、礼部员外郎等职。“苏门四学士”之一。工书画，能诗词，善属文。其词格调豪爽，语言清秀晓畅。有《鸡肋集》《晁氏琴趣外篇》。

摸鱼儿 东皋寓居

晁补之

买陂塘、旋栽杨柳[①]，依稀淮岸湘浦。东皋嘉雨新痕涨[②]，沙嘴鹭来鸥聚。堪爱处，最好是、一川夜月光流渚。无人独舞。任翠幄张天，柔茵藉地[③]，酒尽未能去。

青绫被[④]，莫忆金闺故步[⑤]，儒冠曾把身误。弓刀千骑成何事？荒了邵平瓜圃[⑥]！君试觑[⑦]，满青镜、星星鬓影今如许。功名浪语。便似得班超[⑧]，封侯万里，归计恐迟暮。

【注释】

① 陂（bēi）塘：水塘。旋：随即。② 东皋：指水边的向阳高地。③ 藉（jiè）地：铺地。④ 青绫被：供高官使用的被子。青绫，青色的有花纹的丝织物。⑤ 金闺：即金马门，汉代官员在金马门外候旨听宣。⑥ 邵平：秦人，秦亡后隐居在长安城东种瓜。⑦ 觑（qù）：仔细地看。⑧ 班超：西汉名将，曾出使西域，召还时已经七十多岁了。

【赏析】

这首词为词人遭贬后退隐故乡金乡（在今山东）后所作。东皋，即东山。词人归乡后在东山修建了一座“归去来园”，晚年寓居于此。这首词不仅写园中景色，还表达了对官场生活的厌弃及对田园生活的向往，是词人的代表作之一。

上阕写景。“买陂塘、旋栽杨柳，依稀淮岸湘浦”，词人买来池塘，在岸边种上柳树，布置得如同淮河岸边，风光秀丽。

“东皋嘉雨新痕涨，沙嘴鹭来鸥聚”，每逢好雨过后，池水涨起，沙洲上鸥鹭聚集，景色非常喜人。“沙嘴”指水中的沙洲。

“堪爱处，最好是、一川夜月光流渚。无人独舞”，词人最爱那月光流华之时，那时万籁寂静，唯有词人独自起舞。上阕描写了田园优美恬静的风光，并衬托出词人洁身自好的情怀。

下阕抒情。“青绫被，莫忆金闺故步，儒冠曾把身误”，这里词人说不要留恋过去的仕宦生涯，读书做官是耽误了自己。

“弓刀千骑成何事？荒了邵平瓜圃”，词人接着感叹说自己做了这么多年的官一事无成反倒耽误了退隐。

“君试觑，满青镜、星星鬓影今如许”，经过多年的宦海沉浮，此时虽已经归来，但却已两鬓花白了。

“功名浪语。便似得班超，封侯万里，归计恐迟暮”，那所谓功名事业不过是一句空话，且看班超，他虽立下汗马功劳，被封为定远侯，但回到京都洛阳不久便死去了。下阕句句饱含词人对自己晚年才返还故乡的怅恨。

盐角儿 亳社观梅

晁补之

开时似雪，谢时似雪，花中奇绝[①]。香非在蕊，香非在萼[②]，骨中香彻。

占溪风，留溪月，堪羞损、山桃如血[③]。直饶更、疏疏淡淡[④]，终有一般情别。

【注释】

① 奇绝：绝无仅有。② 萼：花萼。③ 堪羞损、山桃如血：可以使红得似血的山桃花羞愧地减损自己的容颜。④ 直饶：即使，尽管如此。

【赏析】

这首词为一首咏梅之作，作于宋哲宗绍圣二年（1095），时年词人从齐州知州贬为亳州通判，心中抑郁难平。亳社指亳州（今安徽亳县）祭祀土地神的社庙。词人通过对梅花的颜色、香味、姿态的描写，烘托出了梅花脱俗的神韵与气质。

上阕描写梅花的颜色与香味。"开时似雪，谢时似雪，花中奇绝"，这三句写梅花的颜色。梅花的颜色是与众不同的，开时如雪，谢落后仍然似雪，洁白晶莹，不染纤尘。

"香非在蕊，香非在萼，骨中香彻"，这三句写梅花的香味。梅花的香味也与众不同，它的清香不是从花蕊散发出来的，也不是从花萼散发出来的，而是从骨子里透出来的。

下阕写梅花的神韵和品格。“占溪风，留溪月，堪羞损、山桃如血”，这几句运用对比的手法，将梅花与山桃做对比，衬托出梅花超凡脱俗的神韵。

“直饶更、疏疏淡淡，终有一般情别”，梅花花影稀疏，香味清淡，不同于那些散发着浓烈香味、颜色艳丽的花儿，自有一番超凡情致。

这首咏梅词实际上是词人自己的人格写照，词人从正面侧面极力渲染梅花优雅高洁的神韵，正体现出词人对高洁品格的向往。

迷神引

晁补之

黯黯青山红日暮，浩浩大江东注。余霞散绮[①]，向烟波路。使人愁，长安远，在何处？几点渔灯小，迷近坞。一片客帆低，傍前浦[②]。

暗想平生，自悔儒冠误。觉阮途穷[③]，归心阻。断魂素月，一千里、伤平楚[④]。怪竹枝歌，声声怨，为谁苦？猿鸟一时啼，惊岛屿。烛暗不成眠，听津鼓[⑤]。

【注释】

①绮：锦缎。②浦：水滨，临水近岸的地方。③阮：指三国魏诗人阮籍。这里作者以阮籍自居。④平楚：登高望远，见木林如平地，所以说“平楚”。楚，丛木。⑤津鼓：古代水上交通民俗。于客船上置鼓，舟人以鼓声为号令，指挥动止进退。诗词作品中称为津鼓。

【赏析】

这首词写羁旅愁情，作于词人贬谪途中。

上阕写日暮江景。“黯黯青山红日暮，浩浩大江东注”，这两句词人以如椽巨笔为我们勾勒出一幅壮丽的日暮江景图。“余霞散绮”这一句化用谢朓“余霞散成绮，澄江静如练”诗句的诗意，承“红日暮”而来，写红日西坠后余霞散绮的壮丽景观。“向烟波路”句及以下三句，转向对羁旅愁情的描写，词人回望来时的路，勾起了对京城的无限怀念，心中不禁生出无限遭贬的愁怨。“几点渔灯小，迷近坞”，这两句即景抒情，眼前这迷离之景正是词人在贬谪途中迷茫心情的外化。“一片客帆低，傍前浦”，末两句紧承上句，以船靠岸作结。

下阕侧重对羁旅情怀的抒写。“暗想平生，自悔儒冠误”这是词人对于自己过往人生的反思，说自己被读书做官所误。“觉阮途穷，归心阻。”这是运用阮籍的典故。阮籍有《咏怀》诗八十余首，表现的是忧时嗟生、途穷命蹇的感叹。这里词人以阮籍自比，说自己已经意识到“途穷”而归心犹受阻遏，不得归隐田园。“断魂素月”三句及以下“怪竹枝歌”三句，词人寓情于景，将羁旅之人的惆怅与哀怨抒发得尤为动人。前三句以色，后三句以声烘托出词人遭贬后的沉痛心境。“猿鸟一时啼，惊岛屿”两句依旧是在听觉上渲染他的情绪。猿的鸣叫声是凄厉的，一个“惊”字写出词人闻得猿声后的惊怵状。“烛暗不成眠，听津鼓”，词人内心本就愁苦，加之又见到窗外冷寂的月色，听到哀怨的笛声和凄切的猿鸣，哪还能成眠，只好在昏暗的烛光中，卧听津渡传来的更鼓，等待天明了。

金凤钩 送春

晁补之

春辞我，向何处？怪草草、夜来风雨①。一簪华发，少欢饶恨，无计殢春且住②。

春回常恨寻无路，试向我、小园徐步。一栏红药③，倚风含露。春自未曾归去。

【注释】

①草草：匆匆忙忙。②殢：殢留。③红药：红芍药。

【译文】

春辞别了我，向哪里去了？怪昨夜的风雨，草草将春掳去。一头白发，欢乐少而恨意多，没有办法将春留住。

常恨找不到春的归路，试着去我的小园子里散散步。一栏鲜艳的芍药花，临风而立，含露而开，春天自是没有回去。

【赏析】

这首词写春恨。

上阕感叹无计留春。“春辞我，向何处？”首二句设问，直接点出惜春主题，为下文的感叹做铺垫。“怪草草、夜来风雨”，“怪草草”与“春辞我”相呼应，说春去的那样草草匆忙。而“夜来风雨”则回答“向何处”，春被那夜里的狂风骤雨给挟持去了。“一簪华发，少欢饶恨，无计殢春且住”，词人由春归而叹逝。春是青春的象征，由春的归去，词人自然而然想到时光的流逝，叹息自己年华的衰老，青春的不再。由那“一簪华发”，词人又联想到平生，说自己一生“少欢饶恨”。无奈春光是留不住的，从而青春也是无法挽回的。

下阕寻春，词调转高。“春回常恨寻无路”，这一句是情绪上的过渡。“常”字说明是往昔。词人说往昔寻春无路，这就意味着今日将有一种新的心境产生，今朝或许有路。既认为有路，词人便尝试着去寻春：“试向我、小园徐步。”他试着去小园寻春，结果怎样？“一栏红药，倚风含露”，他果然在小园里寻觅到春归处，春原来在倚风含露的芍药花上。其中“倚风”，将芍药绰约飘洒的风姿写了出来；“含露”画出了它娇艳欲滴的妩媚。词人以临风摇曳含露而开的芍药作为春光不凋的标志是十分恰当的，它便是美的象征。

陈师道

1053—1102，字履常，号后山居士，彭城（今江苏徐州）人。元祐二年（1087），由苏轼等荐为徐州州学教授。历任颍州教授、秘书省正字。江西诗派重要作家。能词。有《后山先生集》。有词集《后山词》。

清平乐

陈师道

秋光烛地，帘幕生秋意。露叶翻风惊鹊坠，暗落青林红子。

微行声断长廊，熏炉衾换生香[①]。灭烛却延明月，揽衣先怯微凉。

【注释】

① 衾换：即换衾，这里指把衣服披在身上。

【赏析】

这首词写秋景。

上阕写秋日清晨景色。“秋光烛地，帘幕生秋意”，词人开门见山，直接奔向对秋景的描绘。秋是金色的季节，一个“烛”形象地将大地燃烧着金色的光这一景象写了出来。

“露叶翻风惊鹊坠，暗落青林红子”，这两句转向对秋光的具体描绘。秋天到了，叶子便纷纷落下，这两句饶有生趣地将秋叶正落的景象描绘了出来。一“青”一“红”更为这幅生动的叶落图增添了一片绚丽的色彩，给人以强烈的视觉冲击力。

下阕写秋日晚景。“微行声断长廊，熏炉衾换生香”，前一句从听觉着笔，写秋夜之静；后一句则从嗅觉落笔，熏炉生香，给人带来一种暖融融、意闲闲的感觉。

“灭烛却延明月，揽衣先怯微凉”，词人准备就寝，他吹熄了蜡烛，一片雪白的月光却照进屋中；秋晚生凉，词人为赶走凉意将衣披在身上。按理说，灭烛后词人当睡下，也许为那片月色所吸引，他想静静观赏一会儿，这才有了后面的揽衣怯凉。

张　耒

1054—1114，字文潜，号柯山，楚州淮阴（今属江苏）人。神宗熙宁六年（1073）进士。曾任秘书省正字、起居舍人。后坐元祐党事而遭贬，晚年居陈州。“苏门四学士”之一，能诗文，有《柯山集》。词仅存六首。

风流子

张耒

木叶亭皋下①，重阳近，又是捣衣秋②。奈愁入庾肠③，老侵潘鬓④，谩簪黄菊⑤，花也应羞。楚天晚，白苹烟尽处，红蓼水边头。芳草有情，夕阳无语，雁横南浦，人倚西楼。

玉容知安否？香笺共锦字，两处悠悠。空恨碧云离合，青鸟沉浮。向风前懊恼，芳心一点，寸眉两叶，禁甚闲愁？情到不堪言处，分付东流。

【注释】

① 亭皋：平荡的水旁地。亭，平。② 捣衣：古代妇女在深秋时在砧石上捶打衣服，准备寄给远方的亲人过冬。③ 庾肠：庾信的愁肠。庾信是南朝时梁朝的官员，后来出使西魏被留，所以常常思念祖国和家乡。后人常以“庾愁”代指思乡之心。④ 潘鬓：即潘岳的斑鬓。潘岳为西晋文学家，貌美而早衰。后人以“潘鬓”指代中年鬓发斑白。

⑤ 谩：轻漫。

【赏析】

这首词写思乡愁情。

“木叶亭皋下，重阳近，又是捣衣秋”，这三句点明季节，并渲染出一片萧瑟的氛围，奠定全文凄清的感情基调。

“奈愁入庾肠，老侵潘鬓，谩簪黄菊，花也应羞”，“庾肠”，即庾信的愁肠。庾信本是南朝时梁朝的官员，后出使西魏被留。虽身在西魏心却在梁，他无时无刻不思念着自己的故乡。故后人常以“庾愁”代指思乡之心。“奈愁入庾肠”道出词人的乡愁。“潘鬓”，即潘岳白发苍苍的两鬓。潘岳是西晋文学家，貌美而早衰，三十二岁就有白发。因而后来就以“潘鬓”代指中年鬓发斑白。“老侵潘鬓”则写他身心俱衰状。“谩簪黄菊，花也应羞”，簪菊为古时风俗，每到重阳，人们总爱将菊花插满头。这两句是词人的自叹之辞，他说：“我两鬓斑白，头发稀疏，恐怕将菊花插在头上，那花也该感到羞辱吧。”这一叹反衬出他暮感的深沉。

“楚天晚，白苹烟尽处，红蓼水边头”，此三句写词人遥望故乡所见。词人是淮阳人，此时他身在汴京，他遥望楚天，正是朝着故乡的方向望，故此三句虽写景，但思乡之情寓于其中。“白苹”，水中浮草，因其随波漂流，容易引起游子产生离家漂泊的伤感。接下来“芳草”数句接续写望乡所见。词人望见芳草，望见夕阳、大雁，却独没有望到故乡，心中一片怅然，因而他只好倚楼而叹了。

“玉容知安否？”词人思乡，思的实是故乡之人。由“玉容”二字可知，他思念的是自己的心上人。

“香笺共锦字，两处悠悠。空恨碧云离合，青鸟沉浮”，此四句抒写两人遥遥相隔，音书无法见寄的怨恨。“香笺”“锦字”指书信。“碧云”，江淹《休上人怨别》诗有“日暮碧云合，佳人殊未来”之句，这里借指对佳人的思念。“青鸟”，传说为西王母传递信息的鸟，后世常以此指传信的使者。

“向风前懊恼，芳心一点，寸眉两叶，禁甚闲愁？”词人将笔落于对方，设想心上人思念自己时的痛苦情状。写对方正是写自己，写心上人如此苦苦地思念自己正是为了表达自己对她深挚的爱恋与相思。

“情到不堪言处，分付东流”，最后两句将眼前之景与心中之情融合无间，以质朴之语收束全篇。词人思情无限，愁苦之极，不知如何纾解，如何排遣，便一股脑儿将此情交付给眼前滔滔东流水，让它将它们通通带去。

秋蕊香

张耒

帘幕疏疏风透①，一线香飘金兽②。朱栏倚遍黄昏后，廊上月华如昼。

别离滋味浓于酒，著人瘦。此情不及墙东柳，春色年年依旧。

【注释】

① 疏疏：稀疏之意。② 金兽：兽形的铜香炉。

【赏析】

这首词是张耒离开许州任时，因留恋官妓刘淑奴而作。

上阕侧重写景，但景中有情。“帘幕疏疏风透，一线香飘金兽”，这两句描写刘淑奴的闺房，清静幽美。越是美好越令人留恋，这里暗含词人深深的不舍。

“朱栏倚遍黄昏后，廊上月华如昼”，从黄昏到深夜，他将朱栏倚遍，那依依不舍之情虽未明说，但词人那愁苦无绪的情状却宛在我们目前。

下阕直抒离愁。“别离滋味浓于酒，著人瘦”，词人在这里用“浓于酒”一词来形容心中离愁的浓烈程度，化抽象于具体，形象生动地传达出他的心意。

“此情不及墙东柳，春色年年依旧”，这两句承前句而来，前两句将离愁与酒进行正面对比；这两句则写别情不及墙柳，从反面衬托。柳叶虽会枯萎，但却只是一时，每到春季又依旧转绿。但人一离别，就不知何时能再见了。这一正反对比极为深切地道出了词人心中的无奈与惆怅。

周邦彦

1056—1121，字美成，自号清真居士，钱塘（今浙江杭州）人。少有才学，太学生时献《汴都赋》，被神宗擢为太学正。后历哲宗、徽宗朝，任州教授、县令、秘书省正字、校书郎、秘书监等职，提举大晟府。精通音律，能自度曲。其词集北宋婉约派大成，长调尤擅铺叙，富丽精工，历来被奉为词坛正宗，对南宋及后代均有巨大影响。有《清真居士集》，已佚。

瑞龙吟

周邦彦

章台路[①]，还见褪粉梅梢，试花桃树[②]。愔愔坊陌人家[③]，定巢燕子，归来旧处。

黯凝伫，因念个人痴小，乍窥门户。侵晨浅约宫黄[④]，障风映袖[⑤]，盈盈笑语。

前度刘郎重到[⑥]，访邻寻里，同时歌舞。惟有旧家秋娘[⑦]，声价如故。吟笺赋笔，犹记燕台句[⑧]。知谁伴、名园露饮[⑨]，东城闲步？事与孤鸿去[⑩]，探春尽是，伤离意绪。官柳低金缕[⑪]，归骑晚，纤纤池塘飞雨。断肠院落，一帘风絮。

【注释】

① 章台路：章台，台名。秦昭王曾在咸阳造章台，台前有街，所以称章台街或章台路，那里非常繁华，歌楼妓馆林立，后人因以章台代指妓女聚居之地。② 试花：指刚开花。③ 愔愔：安静无声。坊陌：

一作坊曲，与之前的章台路一样，也是指妓女聚居之地。④ 宫黄：古代妇女涂黄色脂粉于额上作妆饰，所以称额黄。宫中所用的为最上品，因而称宫黄。⑤ 障风：披风。⑥ 前度刘郎重到：此处引了唐代刘禹锡《再游玄都观》的诗句“前度刘郎今又来”，意思是自己故地重游。⑦ 秋娘：歌伎的代称。⑧ 燕台句：李商隐诗题名，这里指赠诗。李曾作《燕台》诗四首，分题春夏秋冬，洛阳歌伎柳枝看到后，极为叹赏，心生爱慕之意。于是手断衣带，托人致意，约李商隐一同归隐，后来因事没有隐成。⑨ 露饮：露天饮酒。⑩ 事与孤鸿去：这一句化用杜牧《题安州浮云寺楼寄湖州张郎中》诗：“恨如春草多，事与孤鸿去。”⑪ 低金缕：指柳枝低垂。金缕，柳条。

【赏析】

这是一首怀旧之作，抒发的是词人故地重游而昔日恋人不在的感伤。

上阕写重游故地。“章台路，还见褪粉梅梢，试花桃树”，这是写词人旧地重游，探访旧日相好，只见旧地桃花依旧。这就令人想到唐代诗人崔护那首著名的七绝《题都城南庄》来：“去年今日此门中，人面桃花相映红。人面不知何处去，桃花依旧笑春风。”这首词要表达的也是桃花人面的感伤。而“章台”二字又表明词人所思所寻之人为青楼女子。

“愔愔坊陌人家，定巢燕子，归来旧处”，旧时相好所居之处已经是寂寂一片，不闻弦歌声，但旧日的燕子却依旧回来筑巢。物是人非之慨于此尽显。

中片回忆昔时的恋人。“黯凝伫，因念个人痴小，乍窥门户”，词人因见景物依旧，而人面不再，故而黯然神伤。他痴痴伫立着回想起佳人来。她是一个痴情的小女子，还记得她曾扒着门缝偷偷看人。“乍窥门户”这个动作将少女的羞怯与好奇淋漓尽致地表现了出来。

“侵晨浅约宫黄，障风映袖，盈盈笑语”，再看看她的装饰，她浅浅地在额上涂上一层黄色的脂粉，很是素雅。她笑起来、说起话来又是怎样呢？她不时举起衣袖遮挡晨风，笑声、说话声飘荡在风里。这样一个美好的女子怎不令词人怀念。

下阕写打探恋人消息却不得。“前度刘郎重到，访邻寻里，同时歌舞。惟有旧家秋娘，声价如故”，现在他想四处寻访旧日相好，但故人情况已经不可知，而当年擅长歌舞的青楼姐妹们，只有秋娘还是一棵常青树，为人追捧。

“吟笺赋笔，犹记燕台句”，“吟笺”“赋笔”都指诗文，他们曾经相与携手，吟诗作赋，而这些诗文他如今还记得。

“知谁伴、名园露饮，东城闲步？”佳人已经杳无音信，芳踪难寻，这令词人伤感不已，不禁悲叹道：“不知道还有谁能伴我饮酒闲步。”

“事与孤鸿去，探春尽是，伤离意绪”，往事已成空，不堪回思，回忆只会徒然引起无限的伤别情绪来。

“官柳低金缕，归骑晚，纤纤池塘飞雨。断肠院落，一帘风絮”，末尾五句以景作结，写词人归家时路上所见，字里行间都是不舍，都是伤别，直绕断人肠。

俞平伯《清真词释》评此篇，说：“以景起，以景结，春景为一篇之枢纽。先述归来所见，后方点出归来旧处，倒叙有力。见春物之恬静，遂想个人当年光景来。第三叠方仔细叙述本事，妙在吞吐回环，欲言又止，神味无穷。”其言高度概括了此词要旨。

满庭芳 夏日溧水无想山作

周邦彦

风老莺雏，雨肥梅子，午阴嘉树清圆。地卑山近，衣润费炉烟。人静乌鸢自乐，小桥外、新绿溅溅。凭栏久，黄芦苦竹，疑泛九江船。

年年，如社燕[①]，飘流瀚海，来寄修椽[②]。且莫思身外，长近尊前。憔悴江南倦客，不堪听、急管繁弦。歌筵畔，先安簟枕，容我醉时眠。

【注释】

① 社燕：春来秋去的燕子。② 修椽（chuán）：支持屋顶盖的木头。

【赏析】

这首词为哲宗元祐八年（1093）词人任溧水（今江苏溧水区）令时所作。词人借无想山之景，抒发身世飘零之感。

上阕写江南初夏之景。“风老莺雏，雨肥梅子，午阴嘉树清圆”，这几句总写无想山之景。夏季来了，莺雏已经长成，梅子也长得肥嫩而硕大，树木茂盛成荫。“地卑山近，衣润费炉烟”，这两句承上而来，写溧水的地理环境：地低近山，空气潮湿。“人静乌鸢自乐，小桥外、新绿溅溅”，这三句转到景物的局部描写，用鸟儿的无拘无束、自由自在衬托出人心情的苦闷，并极写景之静。“凭栏久，黄芦苦竹，疑泛九江船”，由此可知，上述景物均为词人凭栏时所见。这几句词人将词意联系到自身，点出自己的处境与被贬谪的白居易相类，抒发自己的愁苦。

下阕即景抒情。“年年，如社燕，飘流瀚海，来寄修椽”，词人以社燕自比，说自己同那春社时来、秋社时去的社燕一般，飘零无际。“且莫思身外，长近尊前”，词人劝人说将身外之事都放下，开怀畅饮，及时行乐。“憔悴江南倦客，不堪听、急管繁弦”，词意又一转，那羁旅愁情不是几杯酒能消的，听到那急管繁弦，又伤感起来。“歌筵畔，先安簟枕，容我醉时眠”，既然那歌筵弦管增添我的伤感，不如在筵旁先设簟枕，借醉眠以忘忧。真是回环往复，写尽心中愁绪。

苏幕遮

周邦彦

燎沉香，消溽暑[①]。鸟雀呼晴，侵晓窥檐语[②]。叶上初阳干宿雨[③]。水面清圆，一一风荷举。

故乡遥，何日去？家住吴门，久作长安旅。五月渔郎相忆否？小楫轻舟，梦入芙蓉浦。

【注释】

① 溽（rù）暑：潮湿闷热。② 侵晓：拂晓。③ 宿雨：昨夜的雨。

【赏析】

这首词作于客居京师期间，全词以荷花为中心，表达了词人浓浓的思乡之情。

上阕写景，重在描绘荷花姿态。“燎沉香，消溽暑。鸟雀呼晴，侵晓窥檐语”，词人先渲染环境，由室内写到室外，由静景写到动景：一个夏日的清晨，词人燎香消暑，茅檐间鸟雀欢呼天气转晴。“叶上初阳干宿雨。水面清圆，一一风荷举”，词人接着往远处看去，看见了一幅美好的雨后风荷图：清晨的阳光洒在荷叶上，将叶面上残留着的夜雨轻轻蒸干。水面清圆，一阵风来，荷叶儿一团团地舞动起来。这几句词生动地描绘出了荷花的神貌，被王国维《人间词话》评为“真能得荷之神理者”，为写荷之绝唱。

下阕抒情，写梦回家乡。“故乡遥，何日去？家住吴门，久作长安旅”，这几句直抒自己对故乡的思念，感叹自己的羁旅生涯，不假雕饰，平白如话。“五月渔郎相忆否？小楫轻舟，梦入芙蓉浦”，词人不言自己思念亲戚故旧，却问渔夫是否思念自己，从对面更深一层地表达自己的思念。“小楫轻舟，梦入芙蓉浦”，末两句转为虚景，与前文相呼应，词人由眼前的荷花想到故乡的荷花，他的思乡之情实在无法遏制，竟梦到自己划着小舟驶入莲花塘中了。

这首词语出天然，而词境甚高，正如陈世所说：“不必以词胜，而词自胜。风致绝佳，亦见先生胸襟恬淡”（《云韶集》）。

少年游

周邦彦

并刀如水①，吴盐胜雪②，纤手破新橙。锦幄初温，兽香不断③，相对坐调笙。

低声问：向谁行宿？城上已三更。马滑霜浓，不如休去④，直是少人行！

【注释】

①并刀：并州出产的刀，以锋利著称。②吴盐：吴地出产的盐。③兽香：兽形香炉里冒出的香烟。④休去：不要走。

【赏析】

这是一首描写情人幽会的词作。词人先是描绘两人幽会的情景，接着便记叙女主人公挽留情郎之言。短短五十一个字，便将人物刻画得细致入微，给人以呼之欲出之感。

上阕写两人幽会的情景。“并刀如水，吴盐胜雪，纤手破新橙”，用并州出产的刀子来切橙，用吴地出产的盐来调和果品的酸味，这两样道具与女子那一双纤纤玉手共同组成了一幅美好的佳人剥橙图。

“锦幄初温，兽香不断，相对坐调笙”，词人接着将笔转到两人相对调笙上来。先对两人调笙的环境进行描摹：暖烘烘的帷幕，兽形的香炉里香烟袅袅升起，一片温馨。两个人就在这样的环境里相对坐着，调弄笙管。

下阕记叙人物的语言。“低声问：向谁行宿？城上已三更”，女子低声问情郎今夜的去处，并提醒对方：时间已经不早了，要赶紧走了。乍一听，似乎她并不打算留住情郎。但细细品味，便能品出挽留之意，她说此言其实意在试探。

“马滑霜浓，不如休去，直是少人行”，看上去女主人公好像一心一意替对方设想，说是怕霜重路滑，人会摔倒。其实她是在挽留情郎，希望他今天留宿在此。

兰陵王 柳

周邦彦

柳阴直，烟里丝丝弄碧。隋堤上、曾见几番[①]，拂水飘绵送行色。登临望故国[②]，谁识京华倦客？长亭路，年去岁来，应折柔条过千尺[③]。

闲寻旧踪迹，又酒趁哀弦，灯照离席。梨花榆火催寒食[④]。

愁一箭风快，半篙波暖，回头迢递便数驿⑤。望人在天北。

凄恻，恨堆积！渐别浦萦回⑥，津堠岑寂⑦。斜阳冉冉春无极。念月榭携手⑧，露桥闻笛⑨。沉思前事，似梦里，泪暗滴。

【注释】

①隋堤：汴京附近的汴河之堤，隋炀帝时所建，故称。是北宋时来往京城的必经之路。②故国：这里指故乡。③柔条：柳枝。④榆火：唐代制度，清明时皇帝取榆柳之火赐给近臣。⑤迢递：遥远。⑥别浦：这里指送别的水边。⑦津堠（hòu）：渡口守望的高台。岑寂：清冷寂寥。⑧月榭：月光遍照的亭榭。⑨露桥：凝结露水的小桥。

【赏析】

这首词作于词人最后一次离开京都的时候，题为咏柳，实际上是借柳以抒发自己的离愁别恨。

"柳阴直，烟里丝丝弄碧"，这两句从整体到局部描写隋堤上的柳色。离京时先是看到隋堤两岸，杨柳成荫。再细看，只见碧色可人的柳丝随风飘拂。

"隋堤上、曾见几番，拂水飘绵送行色"，那隋堤之上的柳色，词人曾为送人见过了很多次。"拂水飘绵"四个字生动地摹画出柳树依依惜别的情态。

"登临望故国，谁识京华倦客？"这两句为全篇主题句，抒发自己的孤独与落寞。

“长亭路，年去岁来，应折柔条过千尺”，词人接着感叹人间离别频繁，送别时折断的柳条都要超过了千尺。

“闲寻旧踪迹，又酒趁哀弦，灯照离席。梨花榆火催寒食”，这几句为追忆往事。船已启程，词人独立于船头回忆起当年在一个寒食节的离别情景：管弦哀鸣，送别的宴席上灯火闪烁。

“愁一箭风快，半篙波暖，回头迢递便数驿，望人在天北”，船行如箭，令词人忧愁，他不断回望，因那京华有他牵挂的人。这几句写尽了词人心中的怅惘与凄婉。

“凄恻，恨堆积！”船行愈远，离恨愈重，一层一层堆积在心上难以排遣。

“渐别浦萦回，津堠岑寂。斜阳冉冉春无极”，此时以至傍晚，望中之人早已不见，抬眼所见，只看到夕阳冉冉西下，春色一望无边。

“念月榭携手，露桥闻笛。沉思前事，似梦里，泪暗滴”，愁苦至极的词人不禁又回忆起往事来，他回想起曾与恋人一起度过的美好时光。但那些甜蜜的夜晚现在想来，不过如梦一场，只能徒然地引起他的悲伤而已。

这首《兰陵王》很能代表此人慢词的风格，历来为后代评论家所激赏。陈廷焯《白雨斋词话》盛赞此篇，说：“美成词极其感慨，而无处不郁，令人不能遽窥其旨。如《兰陵王·柳》云：‘登临望故国，谁识京华倦客’二语，是一篇之主。上有‘隋堤上、曾见几番，拂水飘绵送行色’之句，暗伏‘倦客’之根，是其法密处。故下接云：‘长亭路，年去岁来，应折柔条过千尺。’久客淹留之感，和盘托出。他手至此，以下便直抒愤懑矣，美成则不然。‘闲寻旧踪迹’二叠，无一语不吞吐。只就眼前景物，约略点缀，更不写淹留之故，却无处非淹留之苦。直至收笔云：‘沉思前事，似梦里，泪暗滴。’遥遥挽合。妙在才欲说破，便自咽住，其味正自无穷。”

西河 金陵怀古

周邦彦

佳丽地，南朝盛事谁记[1]？山围故国绕清江，髻鬟对起[2]。怒涛寂寞打孤城，风樯遥度天际。

断崖树，犹倒倚，莫愁艇子曾系。空余旧迹郁苍苍，雾沉半垒。夜深月过女墙来[3]，伤心东望淮水。

酒旗戏鼓甚处市？想依稀、王谢邻里。燕子不知何世，向寻常巷陌人家，相对如说兴亡斜阳里。

【注释】

① 南朝：指建都金陵的吴、东晋、宋、齐、梁、陈六个朝代。② 髻鬟：环形发髻，这里比喻山峦的形态。③ 女墙：城上的短墙。

【赏析】

这是一首咏史词，词人凭吊金陵古迹，怅然有感，因而作此词以寄托自己千古兴亡之思。

上阕写金陵胜境，侧重写自然之景。词人以“佳丽地，南朝盛事谁记？”问句总领全篇，点明吟咏对象为南朝故都金陵。接下来词人便着力描写金陵现在的景象，青山环抱旧都，长江水滔滔东流，给人以自然恒常的感觉。

中片金陵古迹并发出凭吊。江畔断崖老树犹在，这是当年莫愁姑娘系舟的地方。只是时移世变，物是人非，而今空留旧迹，一派烟雾迷茫。

下阕抒发兴亡之慨。词人通过对今昔不同景观的描写，述说朝代的兴替，显示出人事的变迁，时代的变迁。这首词化用古乐府《莫愁乐》和刘禹锡《石头城》《乌衣巷》诗意，熔裁了前人的三首诗，但又浑然天成，无丝毫斧凿之迹。

虞美人

周邦彦

疏篱曲径田家小，云树开清晓。天寒山色有无中，野外一声钟起、送孤篷。

添衣策马寻亭堠[①]，愁抱惟宜酒[②]。菰蒲睡鸭占陂塘[③]，纵被行人惊散、又成双。

【注释】

① 亭堠：古时观察敌情的岗亭。此借指驿馆。② 愁抱：忧伤的怀抱。③ 菰蒲：两种水草名。陂（bēi）塘：池塘。

【赏析】

这首词的主题是写惜别，写词人为心上人送行。

上阕写景叙事。“疏篱曲径田家小，云树开清晓”，这两句由近及远描绘了他们分手之处的景色。清晨，词人看到几间低矮的茅舍，稀疏的篱笆和弯弯曲曲的小路。再往远处看，只见笼罩在树林上的云雾渐渐地散去。“天寒山色有无中，野外一声钟起、送孤篷”，词人的目光仍旧留在远处，但见寒气弥漫，山色似有若无，一片缥缈之景。山寺的晨钟响起，离别的时刻终于还是来临了，词人目送孤帆远去。

下阕书写自己的心情。“添衣策马寻亭堠，愁抱惟宜酒”，词人并不直接抒发自己的惜别之情，而是以一连串的动作和画面来表达。送走心上人后，词人感到寒意袭人，于是便披衣策马去驿站买酒浇愁。末二句，词人又忽地转入写景，“菰蒲睡鸭占陂塘，纵被行人惊散、又成双”，饮罢酒后，词人又匆匆上路，马儿从菰蒲丛生的池塘经过，惊起一群熟睡的野鸭，它们四散飞去，而后又成双成对地落下。见到此景，词人内心怅然。他是借着这一乡野常见之景，以衬托自己的孤单落寞，寄托自己的离愁别绪。

▎

蝶恋花 早行

周邦彦

月皎惊乌栖不定，更漏将阑①，辘轳牵金井②。唤起两眸清炯炯，泪花落枕红绵冷。

执手霜风吹鬓影，去意徊徨③，别语愁难听。楼上阑干横斗柄④，露寒人远鸡相应。

【注释】

① 更漏：古代夜间凭漏壶表示时刻用来报更，所以漏壶又叫更漏。② 辘轳：安在井上绞起汲水斗的器具。③ 徊徨：彷徨。④ 阑干：横斜。斗柄：北斗的勺柄。

【赏析】

这是一首叙写离别的词，按照时间顺序叙写了一个女子送别心上人前后之全过程，将临别女子的心理刻画得细致入微。

上阕描写离别之前。“月皎惊乌栖不定，更漏将阑，辘轳牵金井”，起首三句写室外之景，月光皎洁，残夜将尽，井边已传来辘轳汲水的声音。“唤起两眸清炯炯，泪花落枕红绵冷”，天快亮了，他就要踏上旅程，因而唤起枕边人。那枕边之人又何曾睡过呢，一双大眼睛清泪炯炯，红棉枕头都已经湿透。这两句将临别女子那多情伤别的痛楚细腻曲折地表现了出来，真切动人。

下阕写别时、别后。“执手霜风吹鬓影，去意徊徨，别语愁难听”，离别时分，多么难舍哟。两人手牵着手来到庭院里，男主人公几次要走，却又徘徊不定。两人相互倾吐离别的话语，话语中却又满是离愁，听之令人断肠。“楼上阑干横斗柄，露寒人远鸡相应”，末两句写别后景象，以景作结。他最终还是走了。女主人公登楼远望，天上只剩几颗疏星，天渐渐明亮了，人也远去了。

李　廌

1059—1109，字方叔，号德隅斋，又号齐南先生、太华逸民，华州（今陕西华县）人。少以文为苏轼所知，誉之为有“万人敌”之才。“苏门六君子”之一。中年应举落第，绝意仕进，定居长社（今河南长葛市），直至去世。能诗词，尤擅属文。有《济南集》，已佚。清人有辑本。

虞美人

李廌

玉阑干外清江浦，渺渺天涯雨。好风如扇雨如帘，时见岸花汀草涨痕添。

青林枕上关山路，卧想乘鸾处。碧芜千里思悠悠，惟有霎时凉梦到南州。

【赏析】

这首词写雨景，以及由雨景引发的愁思。

上阕写江天雨景。“玉阑干外清江浦，渺渺天涯雨”，这两句从大处落笔，意境阔大，描绘了一幅江天烟雨图：词人独立高楼，极目远眺，只见江天蒙蒙，雨雾绵绵不尽。“好风如扇雨如帘，时见岸花汀草涨痕添”，接着词人对雨中景象进行具体描写。“好风如扇雨如帘”比喻巧妙，造景新奇。此处“扇”为名词，写出了风的柔和。“雨如帘”则不仅状写出雨丝疏疏细细之貌，而且雨丝如珠帘的雨景写了出来。

"岸花汀草涨痕添"七字亦写景如绘。清江浦上，青草如碧，小花零星点缀其间。一番雨过，江边又添上新的涨痕。

下阕写枕上之思。"青林枕上关山路，卧想乘鸾处"，词人由室外转向室内，方才所见之寂静雨景，引发起他无尽之思。他夜卧"青林"，神思驰骋，时而遥想关山路，时而寻觅乘鸾旧踪。他没有说关山路何指，乘鸾旧踪何在，而以"碧芜千里思悠悠"作答，给人一种所求无果的感觉。"惟有霎时凉梦到南州。"梦既"凉"便定非好梦；"梦到南州"，"南州"所指不明，也许在此地词人曾留下过不好的回忆，所以梦到它时，梦是"凉"的。这首词词境朦胧，主题模糊难辨，或许词人原本就只是一种意识流，为表现自己那游移不定的思绪感受。

毛 滂

1055？—1120？，字泽民，衢州江山（今浙江江山）人。曾任杭州法曹、武康县令、秀州知州等职，一生仕途失意。诗、词、文均有名。其词受苏轼、柳永影响，自然深挚，秀雅飘逸。有《东堂词》《东堂集》。

减字木兰花 留贾耘老

毛滂

曾教风月，催促花边烟棹发[①]。不管花开，月白风清始肯来[②]。

既来且住，风月闲寻秋好处。收取凄清，暖日栏干助梦吟。

【注释】

①“曾教”二句：请明月清风帮我催促好友，在繁花似锦的春天到武康游玩。花边：指繁花似锦的春夏之交。烟棹：烟波中的小船。②月白风清：指秋天。

【赏析】

这首词为挽留朋友贾耘老而作。词人曾于武康县任县令，并于此地修葺了县舍，名曰“东堂”。词人常与好友贾耘老、盛德相聚东堂，饮酒赋诗，相与悠游。一段时间过去后，贾耘老渐生思归之情，于是词人写下此词，诚意相留。

“曾教风月，催促花边烟棹发。”词人曾作《清平乐》一词，词中词人约好友一同乘小舟同游，因而此处词人便说“曾教”。“花边”指春天。这两句的意思是说词人曾经叫清风明月于春天帮他催促朋友的到来，与他一同泛舟武康，但贾耘老“不管花开，月白风清始肯来”。词人嗔怪贾耘老不按时赴约，直到月白风清的秋天他才到来。词人的嗔怪实包含着他希望好友留下的热切期盼。

“既来且住”承“始肯来”而来，词人直接劝好友留下。接着词人便开始说东山之好：“风月闲寻秋好处。”东堂风好月好，秋光无限，趁闲暇之时，我们可以同赏秋日美景。“收取凄清，暖日栏干助梦吟。”词人劝好友收起思归之意，安心居住下来，在温暖的秋日倚着栏杆，继续在梦中作诗。词中无一句不显示出词人对友人的苦苦挽留之意，以及对好友怀有的无尽深挚之情。

上林春令

毛滂

蝴蝶初翻帘绣，万玉女、齐回舞袖。落花飞絮蒙蒙，长忆著、灞桥别后。

浓香斗帐自永漏[①]，任满地、月深云厚。夜寒不近流苏[②]，只怜他、后庭梅瘦。

【注释】

① 浓香斗帐自永漏：深夜梅花开放后的清香从窗外飘入室内的斗帐中。“永漏”即“漏永”，指深夜。② 流苏：装饰在车马、楼台、帐幕等上面的穗状饰物。

【赏析】

这是一首咏梅词。

“蝴蝶初翻帘绣，万玉女、齐回舞袖”两句白雪飞舞的姿态。前句词人将白雪比作翩翩飞舞的蝴蝶，写雪花的轻盈美。后一句则将满天飞舞的雪花，比作舞弄长袖的万千天女，写它们的洁白飘逸。这三句共同创造了一个优美空灵的意境，给人以至美的享受。

“落花飞絮蒙蒙”，紧接着词人又将雪花比作落花、柳絮，写出了雪花漫天飞舞的宏阔场景。“长忆著、灞桥别后”，末句由写景转到抒情。那如落花柳絮般漫天飘洒的雪花正如同漂泊无依的游子，景与情之间转接得十分自然。

下阕首句转入对梅花的描写。“浓香斗帐自永漏，任满地、月深云厚”，“浓香”代指梅花，“永漏”意即夜深。“任满地、月深云厚”，这里再用比喻，写雪落后的静景。地上雪落了厚厚一层，如同布满天空的雪白云絮，就像洒满大地的皎洁月光。这一句与上句相结合，共同组成一幅雪夜寒梅飘香图，肃静天然。

“夜寒不近流苏，只怜他、后庭梅瘦”，下阕又以情作结，赞美雪中梅花的不畏寒冷，寄托着词人不流于俗的高洁志趣。

刘熙载在《艺概》中说，咏物应“不离不即”，即咏物要不滞于物，这首词就是如此。虽咏梅却不单单只停留在对梅花外部形态的描写上，其中还寄托着词人孑然独立的人格志趣。

惜分飞

毛滂

富阳僧舍作别语，赠妓琼芳。

泪湿阑干花著露[①]，愁到眉峰碧聚[②]。此恨平分取[③]，更无言语空相觑[④]。

断雨残云无意绪[⑤]，寂寞朝朝暮暮。今夜山深处，断魂分付潮回去[⑥]。

【注释】

① 阑干：即栏杆。② 眉峰碧聚：形容双眉紧锁，眉色如黛色的远山一般。③ 取：助词，“着”。④ 觑：细看。⑤ 断雨残云：喻情侣分离。⑥“断魂”句：意思是将哀伤的心情托付潮水带到恋人身边。

【赏析】

词人在杭州任职时曾与歌伎琼芳相好，三年秩满辞官，在他回富阳途中作此词赠予伊人，以表自己的不舍之情。

上阕追忆两人惜别的情景。“泪湿阑干花著露，愁到眉峰碧聚”，两人分别时是多么的不舍啊，伊人满面泪痕，如春花挂露，忧愁得双眉紧蹙。“此恨平分取”，接着词人将女子的愁与恨转到自己身上，表明两人爱之深，别之恨。“更无言语空相觑”，这一句更进一步表达了别时的哀痛，分离在即，四目含泪相视，千言万语竟无从说起。

下阕写羁旅的愁苦和对恋人绵绵不绝的思念。“断雨残云无意绪，寂寞朝朝暮暮”，这两句直抒别后之苦。二人分隔两地，相爱而不能相见，日日夜夜只有寂寞相随，那思念之情怎能遏制。“今夜山深处，断魂分付潮回去”，词人留宿深山，而伊人远在钱塘，相隔千里，唯有江水相连，深夜词人听潮声在耳边回响，竟突发奇想：人不能相聚，那么将魂儿交付浪潮，随流水回到心上人那里。情笃思奇，这两句将词人刻骨铭心的相思表达得淋漓尽致，令人赞叹。

苏庠

1065—1146，字养直，澧州（治今湖南澧县），后徙居丹阳（今属江苏）。因卜居丹阳后湖，又自号后湖病民。高宗绍兴年间，被召，不赴，隐逸以终。有《后湖词》。

木兰花

苏庠

江云叠叠遮鸳浦[①]，江水无情流薄暮。归帆初张苇边风，客梦不禁篷背雨[②]。

渚花不解留人住[③]，只作深愁无尽处。白沙烟树有无中，雁落沧洲何处所[④]。

【注释】

①鸳浦：鸳鸯栖息的水边。②不禁：禁不住。③渚花：生长在水中小块陆地上的花。④所：住。

【赏析】

这首词抒发羁旅愁怀。

上阕描写离别情景。“江云叠叠遮鸳浦，江水无情流薄暮”，首两句描绘离别之地的景色，烘托伤别的氛围。词人将离别之地唤作“鸳浦”颇有深意，鸳鸯常用来指相爱的一双恋人，因而此处暗指词人正与心上人分别。而这“鸳浦”被重重叠叠的江云所遮蔽，这就暗含两人不得不分别愁恨。“江水无情”，江水将船儿推送至远方，因而词人埋怨它“无情”。“流”字用得颇为精妙，它将孤帆随流水驶入夕阳的情景生动地展现了出来。“归帆初张苇边风，客梦不禁篷背雨”，这两句写船行途中的景况，揭示其心境的悲凉。“不禁”二字说明词人睡梦很浅。由于心中满怀离愁别绪，因而词人睡不深沉，船篷上的雨声也能将他惊醒。

下阕继续写漂泊情绪。“渚花不解留人住，只作深愁无尽处”，这两句移情于景，词人将荻花拟人化以表达自己对故乡深深的不舍。游子念归，但船仍然朝着既定的方向前行，他看水中小洲上的荻花，不禁嗔怪它们无留客之意，只含着无尽之愁脉脉送别着游子。“白沙烟树有无中，雁落沧洲何处所”，末两句以景结情，含无尽之意。前一句词人描绘了一幅迷蒙的白沙烟树图，这场景与词人漂泊无依的迷茫心境暗合。后一句通过词人对大雁的发问表现出词人对雁行的关心。词人对大雁栖息何处的关心其实寓含着他前路茫茫的怅惘。

谢　逸

？—1113，字无逸，号溪堂，临川（今属江西）人。屡举不第，以诗词自娱，布衣以终。江西诗派作家，与饶节、汪革、谢薖并称江西诗派“临川四才子”。曾写过三百首咏蝶诗，人称“谢蝴蝶”。有《溪堂词》《溪堂集》。

江城子

谢逸

杏花村馆酒旗风。水溶溶，飏残红。野渡舟横，杨柳绿阴浓。望断江南山色远，人不见，草连空。

夕阳楼外晚烟笼。粉香融，淡眉峰。记得年时，相见画屏中。只有关山今夜月，千里外，素光同①。

【注释】

① 素光：洁白明亮的光辉，这里指月光。

【赏析】

这是一首怀人之作，写得清丽疏隽，凄婉感人。

上阕写景，景中寄情。为我们勾勒了一幅江南暮春图。时为春末夏初，杏花村馆的酒旗在风中微微飘扬，水波轻轻荡漾，风儿卷起阵阵残红。野渡横舟，杨柳成荫。清景之中透出一股淡淡的哀伤。“望断江南山色远，人不见，草连空”，末三句正面显示出人物来，直抒自己的怀人之情。

下阕紧接上阕，由望断江南而人不见后转入回忆：夕阳西下，一位佳人于楼外晚烟中出现了，她暖香融融，眉峰淡扫，说不出的美丽。只是这一见发生在去年，已然成为往事。“只有关山今夜月，千里外，素光同”，那浓浓的相思无法排遣，因而词人便开始自我安慰。纵使两人相隔千万里，无从相见，但头顶那一轮明月是两地相同的，既照着流落异乡的我，又照着远隔千里的她。

晁冲之

生卒年不详。字叔用，济州巨野（今属山东）人。宋代江西派诗人。早年师从陈师道。终生不恋功名。与吕本中交善。

临江仙

晁冲之

忆昔西池池上饮，年年多少欢娱。别来不寄一行书[①]。寻常相见了，犹道不如初。

安稳锦衾今夜梦，月明好渡江湖。相思休问定何如。情知春去后，管得落花无？

【注释】

① 不寄：不能寄。

【赏析】

这是一首怀旧之作，写的是词人对往昔与友人在汴京游乐生活的怀念。

“忆昔西池池上饮，年年多少欢娱”，首二句写对旧游的回忆。“西园”点明游玩地点。西池即金明池，在汴京城西。晁冲之常与苏轼等人聚饮金明池。词人虽未具体写宴饮之乐，但用一“年年多少欢娱”的感叹，将旧游之人的深情厚谊、志趣的融洽、性情的相投全凝聚其中了。但好景不长，随着北宋新旧党争的此伏彼起，旧游之人贬官的贬官，远迁的远迁。如今已是：“别来不寄一行书。寻常相见了，犹道不如初。”“别来不寄一行书”是“不寄”还是“不能寄”？词人及其旧游之人遭到贬谪后，受到了地方主管官员的监督。为避结党嫌疑，他们断绝一切书信往来。接下来“寻常相见了，犹道不如初”两句为词人设想之辞。在新党高压的政治环境下，他们处境非常危险，一个个成了惊弓之鸟，即使能寻常相见，但大家都已饱经风雨，不复当年的豪情逸致了。

“安稳锦衾今夜梦，月明好渡江湖。”锦书难托，友人不见，词人只有于梦境中去寻觅往日的欢乐。这里他将梦拟人化，说它在月光的照射下，飞过江湖，去寻旧日欢乐。这两句既写出了词人对往日生活的留恋，又写出了他对残酷的现实的无可奈何。“相思休问定何如。情知春去后，管得落花无？”词人说即便梦中相见，也不要互问别后情况。因为大家遭遇相同，互问只是徒添伤感而已。春天过去了，谁也管不着落花的命运了。这里的“春天”指政治上的春天，“落花”则指遭受政治风暴摧残而散落至各地的旧党。末两句运用比喻手法，非常生动形象，并以问句作结，意味隽永。

葛胜仲

1072—1144，字鲁卿，丹阳（今属江苏）人。绍圣四年（1097）进士。元符三年（1100），中鸿词科。累迁国子司业，官至文华阁待制。卒谥文康。宣和间曾抵制征索花鸟玩物的弊政，气节甚伟，著名于时。与叶梦得友密，词风亦相近。有《丹阳词》。

点绛唇 县斋愁坐

葛胜仲

秋晚寒斋，藜床香篆横轻雾[①]。闲愁几许，梦逐芭蕉雨。

云外哀鸿，似替幽人语[②]。归不去，乱山无数，斜日荒城鼓。

【注释】

①香篆：既是一种香料的名字，因其形似篆文而得名；又可指焚香时所起的烟缕，因其曲折似篆文而得名。词中是指烟缕。②幽人：幽隐之人；隐士。

【赏析】

这首词写词人在县衙愁坐的郁郁情怀。

“秋晚寒斋”首句即点明愁坐的时间、地点。“藜床香篆横轻雾”，词人坐在藜木床上愁思闷想，四周烟雾飘飘，就如愁思之徘徊不去。

这一句以情写景，熏香袅袅，似愁情、悲思不绝。“闲愁几许，梦逐芭蕉雨”，闲愁似淡，但其实浓得化不开，令人难以负载。正当词人愁浓之际，天又淅淅沥沥地下起雨来。雨打芭蕉之声本就凄凉，而梦魂却追逐着这声音前去，更将词人的愁写浓了。“逐”字用得好，将词人追寻“芭蕉雨”的悲愁意象主动化了，加强了词情的凄恻。

“云外哀鸿，似替幽人语”，词人将视线移到室外，他看到云边有只大雁，大雁高声鸣叫着，其声凄切，似在替隐者低语，倾诉愁怀。“幽人”，幽隐之人，这里是词人自指。这里词人将孤雁与幽人类比，因两者身世和命运有可比性。大雁春去秋来，漂泊无定；而词人羁旅他乡，四处奔波，其孤寂凄凉是相同的。“归不去，乱山无数，斜日荒城鼓”，纵使思念故乡，却无计可归。在愁思满腹的词人心中，眼前景色竟是那般苍凉：远山凌乱，荒城斜阳残照，于寂静之中，忽又响起数点鼓声，令人心悸。“乱山”“斜日”“夕阳”共同构成了一幅极为荒凉的图景，并暗衬出词人的孤寂。“乱山无数”的“乱”字形象地写出了词人心绪的烦乱。最后两句以景结情，一切物尽染我之色彩，显得异常凄楚。

江神子

葛胜仲

昏昏雪意惨云容，猎霜风，岁将穷。流落天涯，憔悴一衰翁。清夜小窗围兽火[①]，倾酒绿[②]，借颜红。

官梅疏艳小壶中，暗香浓，玉玲珑。对景忽惊，身在大江东。上国故人谁念我[③]，晴嶂远，暮云重。

【注释】

① 兽火：带有兽头笼盖的火盆。② 倾酒绿：新酿的酒还未滤清时，酒面上会浮起酒渣，所以色泽微绿（即绿酒），细如蚁（即酒的泡沫），称为“绿蚁”。后世偏用“蚁”来代称酒，也有偏用“绿”来代称酒的。③ 上国：这里指国都。

【赏析】

这首词写怀人情思，为词人初迁官休宁（今安徽休宁县）时所作，其中还蕴含着词人流落天涯的深沉感慨。

“昏昏雪意惨云容，猎霜风，岁将穷”，开头三句写景，渲染出一片昏暗寂寥。岁暮欲雪，夜晚分外昏暗阴惨，云容惨淡，霜风猎猎，天地间一片寒冷凄清之景。在这样阴愁惨淡的氛围中，我们的主人公出现了：“流落天涯，憔悴一衰翁。”词人初迁官休宁，心境不胜惨淡，形容枯槁，精神衰颓。“衰翁”之容与前三句岁暮之景融合无间，人与景相互映衬，相辅相成。“清夜小窗围兽火，倾酒绿，借颜红”三句写词人岁暮冬夜的活动。他独自坐于火盆旁，借酒浇愁，他希图浓酒下肚能烧红憔悴的面颊，显出几分活气来。“倾酒”也好，“借颜红”也好，词人都在努力寻求解脱之法。

“官梅疏艳小壶中，暗香浓，玉玲珑”三句写梅。词人在小窗下围火饮酒消愁之际，抬眼忽见室内小壶中有疏梅几枝，玲珑多姿，暗香浮动。一个“疏”字刻画出梅花的独特风韵；“艳”字则写出梅花亮丽鲜明之色。“对景忽惊，身在大江东”，梅花乃江南特有之花，词人对梅忽惊，惊的是自己已身在江南！接下来“上国故人谁念我，晴嶂远，暮云重”，三句是由“身在大江东”而生发出的感慨。流落天涯的词人，不免要怀念故人，但路途迢迢，回去的路被重重山水和云层所阻隔。这句表达的是自己对友人的怀念，然而却从对方入笔，尤见情之深切。

叶梦得

1077—1148，字少蕴，号石林居士。苏州吴县（今属江苏）人。哲宗绍圣四年（1097）进士。累官中书舍人、翰林学士、吏部尚书、龙图阁直学士。高宗朝，迁尚书左丞、江东安抚制置大使兼知建康府，移知福州。晚年致仕归，居乌程（今浙江湖州）卞山。能诗工词。有《石林词》。

水调歌头

叶梦得

秋色渐将晚，霜信报黄花①。小窗低户深映，微路绕攲斜②。为问山翁何事③？坐看流年轻度，拚却鬓双华。徙倚望沧海④，天净水明霞。

念平昔，空飘荡，遍天涯。归来三径重扫⑤，松竹本吾家。却恨悲风时起，冉冉云间新雁，边马怨胡笳。谁似东山老，谈笑静胡沙⑥！

【注释】

①黄花：菊花。②攲（qī）：斜。③山翁：作者自谓。④徙倚：徘徊，流连不去。⑤三径：王莽专权时，兖州刺史蒋诩辞官回家，于园中辟三径，唯与求仲、羊仲往来。后常用三径喻隐居生活。⑥谁似两句：东晋淝水之战晋军与前秦大军激战时，主将谢安却在与别人下棋，然而谈笑之间已打败了前秦百万雄师。

【赏析】

这首词作于词人退隐山野后。眼看金兵南犯，词人写下此词，借以抒发自己内心的悲愤和对国事的忧虑。

上阕以写秋景起，描写时令和自己隐居的环境，一片悠闲宁静。接着他又提出问题：不知那隐居山野的主人怀着怎样的心事？可见词人的心是不平静的。继而他自答道：不忍看流年虚度，两鬓一天一天增白。这两句就隐晦地表达了词人英雄失路，报国无门之悲。为了排遣苦恼，词人走出门外，来到太湖边上，只见天空澄澈，水映落霞，风光一片明丽。

下阕抒怀，看到这太湖风光，词人不禁生出一番感慨来，他感叹自己平生为国事而四处奔波，到头来却落得一片虚空的命运，进而体悟到自己的心性原本适于退隐山林。但果真如此吗？他仍然不能忘怀世情，还念着边疆战事。他的人归隐了，心却归隐不了，边关战乱频仍，人民正处在水深火热之中，这叫他怎么能如陶渊明一般恬然归隐呢。他希望朝中有人如同谢安一般，谈笑间便扫平百万敌军，赢得四海安定。

汪　藻

1079—1154，字彦章，号浮溪，饶州德兴（今属江西）人。徽宗崇宁五年（1106）进士。历任婺州观察推官、宣州教授、著作佐郎、宣州通判等职。累官至显谟阁大学士、左大中大夫，封新安郡侯，卒赠端明殿学士。为官清廉。工于诗，语言明快，格调清新。《全宋词》存其词四首。

点绛唇

汪藻

新月娟娟，夜寒江静山衔斗①。起来搔首，梅影横窗瘦。

好个霜天，闲却传杯手②。君知否？乱鸦啼后，归兴浓如酒。

【注释】

① 山衔斗：北斗星在山间闪现。② 传杯：指传递酒杯而饮以助酒兴，多是在宴会上进行。

【赏析】

这是一首咏怀词。

在一个寒冷寂静的冬夜里，词人在闲睡中醒来。他前不久接到了调令，他再也不要出席官场中的宴会，虚意逢迎了；也再不必担心同僚的谣言中伤了。从此，他便能退隐田园，过上悠闲自得的生活。

上阕写景。“新月娟娟，夜寒江静山衔斗”，一弯秀月，干净而明亮，清寒的夜色中，北斗静挂于远山之上，江水无声流淌，一幅多么清静秀丽的新月江山图啊。

“起来搔首，梅影横窗瘦”，词人半夜醒来，看到梅影横窗。定是词人心有不平才未能成眠，但不知所谓何事。

下阕承接上阕而来，开头“好个霜天，闲却传杯手”两句便告诉了我们他的心事。此时词人遭贬，官场极不得意，因而心中愤愤不平。这严冬时节，本来正是官场大摆宴席饮酒驱寒的好时光，可词人手中的酒杯却因迁谪而被闲置。

“君知否？乱鸦啼后，归兴浓如酒”，词人最终还是放下了心中的愤懑，说一阵乱鸦啼后，自己思归的意念像霜天思酒之兴一样浓。那乱鸦的聒噪声就如官场的嘈杂，词人已经厌烦了，他要归于寂静。

曹组

生卒年不详。字彦章，颍昌（今河南许昌）人。徽宗宣和三年（1121）特命就殿试，中甲，赐同进士出身。后召试中书，换武阶，兼阁门宣赞舍人，睿思殿应制。其词作喜用俗语，多谑词、艳词。也有清幽秀劲之作，风格近秦观、毛滂。有《箕颍集》，不传。今有赵万里辑本《箕颍词》。

青玉案

曹组

碧山锦树明秋霁[①]。路转陡、疑无地。忽有人家临曲水。竹篱茅舍，酒旗沙岸，一簇成村市。

凄凉只恐乡心起。凤楼远、回头谩凝睇[②]。何处今宵孤馆里，一声征雁[③]，半窗残月，总是离人泪。

【注释】

① 锦树：指被秋霜染红的树木。霁：雨雪停止，天放晴。② 凤楼：妇女的居处，这里代指家中的妻子。谩：徒然、空自。凝睇：凝视，注视。③ 征雁：迁徙的雁，多指秋天南飞的雁。

【赏析】

这首词写离情。

上阕写旅途所见。“碧山锦树明秋霁”，首句描绘出行旅人的背景

图：秋雨初晴，秋空澄净如洗，四周青山红树两相映衬，显得分外明丽。锦树，指秋霜染红的树木。应该说行旅之人的心情此时相当轻快，但一霎时“路转陡、疑无地”，旅程中道路突然断绝。词人心下一沉，试探着继续朝前走去，只见“忽有人家临曲水”，真是“山重水复疑无路，柳暗花明又一村”呀。再看看这村中景色：“竹篱茅舍，酒旗沙岸，一簇成村市。”一簇村市，紧临流水，屋舍俨然，酒旗飘飘，一片宁静，给“疑无路”的旅人带来几许温情与慰藉。上阕行文开合顿挫，饶有风致。

下阕写乡愁。“凄凉只恐乡心起”，那人情味十足的乡村不期然地触发起词人的思乡之情。“凤楼远、回头谩凝睇”，这两句具体申述“乡心”的内涵。“凤楼”，妇女居处。这里指家中的妻子。词人原来是思念起妻子来了，可离家已远，再回首，也只是徒劳罢了。“何处今宵孤馆里，一声征雁，半窗残月，总是离人泪”，词人从望乡的怅惘转入今宵旅宿的孤寂情景。孤馆、征雁、残月共同构成一幅极具凄凉意味的图景，与词人孤寂凄凉的心境合一。

I

蓦山溪 梅

曹组

洗妆真态[①]，不作铅华御[②]。竹外一枝斜，想佳人、天寒日暮。黄昏院落，无处著清香。风细细，雪垂垂，何况江头路。

月边疏影，梦到消魂处。结子欲黄时，又须作、廉纤细雨[3]。孤芳一世，供断有情愁[4]。消瘦损，东阳也[5]，试问花知否？

【注释】

① 洗妆真态：洗净脂粉，露出真实的姿容。② 铅华：用来化妆的铅粉。③ 廉纤：纤细，细微。④ 供断：供尽，即无尽地提供。⑤ 东阳：指南朝梁沈约，他曾担任东阳太守。

【赏析】

全词托物言怀，借梅花以寄托自己高洁的志趣。

上阕描写梅花。“洗妆真态，不作铅华御”，这两句写梅花的神貌，说梅花不施脂粉，素净脱俗。“竹外一枝斜，想佳人、天寒日暮”，化用了杜甫“竹外一枝斜更好”，以及苏轼“天寒翠袖薄，日暮倚修竹”两诗的意境，写出了词人对梅花的怜惜。“黄昏院落，无处著清香。风细细，雪垂垂，何况江头路”，这几句为我们描绘了一幅风雪梅花图，意境悠远，更深一层表达了词人的惜梅之情。

下阕抒情，写赏梅者的抑郁心情。词人由当前月下疏影的清丽景象联想到日后梅花落去的零落情景，引出无限惜梅之情。末四句，词人自比因无所遇合而抑郁成疾、消瘦异常的南朝文士沈约，将自己与梅花、沈约视为一体，寄寓自己“孤芳一世”的情怀。

这首词词笔生动，沈飞际在《草堂诗余正集》中曾评价此词说：“微思远致，愧黏题装饰者，结句清俊脱尘。”

万俟咏

生卒年不详。字雅言，自号词隐。徽宗朝充大晟府制撰。高宗绍兴五年（1135），补下州文学。擅工音律，能自度新声。词学柳永。有《大声集》，已失传。存词二十余首。

三台 清明应制

万俟咏

见梨花初带夜月，海棠半含朝雨。内苑春、不禁过青门①，御沟涨、潜通南浦。东风静、细柳垂金缕，望凤阙、非烟非雾。好时代、朝野多欢，遍九陌、太平箫鼓。

乍莺儿百啭断续，燕子飞来飞去。近绿水、台榭映秋千，斗草聚、双双游女。饧香更、酒冷踏青路②。会暗识、夭桃朱户③。向晚骤④、宝马雕鞍，醉襟惹、乱花飞絮。

正轻寒轻暖漏永⑤，半阴半晴云暮。禁火天、已是试新妆⑥，岁华到、三分佳处。清明看、汉蜡传宫炬，散翠烟、飞入槐府⑦。敛兵卫、阊阖门开⑧，住传宣、又还休务⑨。

【注释】

①内苑：宫苑。青门：汉长安城东城门，这里泛指京城城门。②饧（xíng）：通“糖”，麦芽糖。③夭桃朱户：用崔护事。崔护有

《题都城南庄》诗：“去年今日此门中，人面桃花相映红。人面不知何处去，桃花依旧笑春风。”夭桃，喻指美丽的少女。语出《诗经·周南·桃夭》：“桃之夭夭，灼灼其华。”④骤：疾驰。⑤漏永：指夜长。⑥禁火天：指寒食节前后。⑦槐府：指贵人府第，门前种植槐树，故名。⑧阊（chāng）阖（hé）：宫门的正门。⑨休务：停止办公，宋人语。

【赏析】

这是一首应制之作，全词用赋的笔法极力铺叙清明节京都的春景和朝野欢庆的喜庆场面，详尽地摹写出当时宫廷、民间在清明节时的种种风俗和活动，旨在颂扬当时天下承平、万民和乐的景象。

上阕写宫苑中的春景。“见梨花初带夜月，海棠半含朝雨”，宫苑的景色是多么清新秀美呀，梨花带月，海棠含雨。

“内苑春、不禁过青门，御沟涨、潜通南浦。东风静、细柳垂金缕，望凤阙、非烟非雾”，接下来由宫苑之外转到宫苑内，宫苑的景象一片迷蒙富丽。

“好时代”几句则总叙太平盛世景象。

中片写郊外之游，转入具体描写。处处莺歌燕舞，各色人物游冶郊外，一片欢乐的景象。这一片写出了自然的生机及民间的祥和。

下阕写贵族宅院中的喜庆景象。“轻寒轻暖漏永，半阴半晴云暮”二句，描绘清明时节宜人而往往阴晴不定的天气，极有情味。

“清明看”几句化用韩翃《寒食》“春城无处不飞花，寒食东风御柳斜。日暮汉宫传蜡烛，轻烟散入五侯家”诗意，切合节令，而与末几句相连，又归结到宫廷生活景象，开合有序，首尾呼应。

这首词再现了当时繁盛热闹的京都生活，绘景逼真，刻画生动，在应制词中算上乘之作。

诉衷情

万俟咏

一鞭清晓喜还家，宿醉困流霞[①]。夜来小雨新霁，双燕舞风斜。

山不尽，水无涯，望中赊[②]。送春滋味，念远情怀，分付杨花。

【注释】

① 流霞：泛指美酒。② 赊：有余，这里引申为长远的意思。

【赏析】

这首词写归家之喜。

“一鞭清晓喜还家”，词人开宗明义，一开头就点明还家之喜。一大清早，词人就骑着马儿，向家乡进发，心情无比欢畅。“宿醉困流霞”，由于高兴，昨晚在驿站他不觉多喝了几杯酒。今早起来，他依旧带着微微的醉意。“夜来小雨新霁，双燕舞风斜”，这是词人途中所见之景。因为心情好，映入词人眼帘的景色也是明媚秀丽的。昨天夜里下过一场小雨，大地好像洗过一般，空气十分清新。一双燕子在清凉的晨风中上下飞舞，相互追逐着飞向天边。

“山不尽，水无涯，望中赊”，这是他回望所见。他已经走了很远一段路程了，回首处，只见群山连绵，绿水迢迢。“赊”，即长远。“送春滋味，念远情怀，分付杨花”，这是兴致极高的词人对杨花的戏谑之语。他说：我马上要到家了，以后我那凄凉的送春滋味，及家中妻儿们的念远愁怀，统统都交付给你杨花独自去承受了！词人那还家之喜于此得到了最为生动逼真的体现。

朱敦儒

1081—1159，字希真，河南（治今河南洛阳）人。历兵部郎中、临安府通判、秘书郎、都官员外郎、两浙东路提点刑狱。晚年隐居嘉禾，高宗绍兴二十九年（1159）卒。其词语言清畅，句法灵活自由。有词集《樵歌》。

相见欢

朱敦儒

金陵城上西楼，倚清秋。万里夕阳垂地、大江流。

中原乱[①]，簪缨散[②]，几时收[③]？试倩悲风吹泪过扬州[④]。

【注释】

① 中原乱：指宋钦宗靖康二年（1127）金兵侵入中原。② 簪缨散：金人侵入中原，俘徽、钦二帝，大肆杀掠，王公贵族非死于战乱即是四散逃走。簪缨：官员贵族的帽饰。③ 收：指收复中原。④ 倩：托。扬州：其时北宋王朝告终，南宋王朝开始，扬州已经成为抗金的前沿阵地。

【赏析】

这是一首登临之作。全词由登楼入题，由写景到抒情，表达了词人强烈的爱国之情。

上阕写登楼之见。靖康之难后，宋室南渡，词人被迫背井离乡，作客金陵。一个秋天的傍晚，词人登上高楼，纵目远眺，只见天地间一片苍茫萧条。因词人心中积蓄着浓厚的国亡家破的伤感情绪，故他笔下的景象显得分外萧索，火红的夕阳垂垂下落，滚滚长江水无尽东流去。

下阕由写景转到国事，抒发国破后词人心中的沉痛。“中原乱，簪缨散，几时收？”中原沦陷，北宋的世家贵族纷纷逃散，故土不知什么时候才能收复。这几句不仅表现了词人对恢复故国的强烈渴望，同时还表达了他对苟且偷安的南宋朝廷的愤慨和抗议。“试倩悲风吹泪过扬州”，扬州是抗金的前线重镇，国防要地，词人要请悲风将自己的泪吹到扬州去，表现了他对前线战事的关切及对国事的深切忧虑。

蒋兴祖女

生卒年不详，名字亦不详。其父蒋兴祖，靖康时（1126）为阳武令。金兵入侵战死，其女被金兵掳去，北行途中作词题雄州驿。

减字木兰花 题雄州驿

蒋兴祖女

朝云横度，辘辘车声如水去[①]。白草黄沙[②]，月照孤村三两家。

飞鸿过也，百结愁肠无昼夜。渐近燕山，回首乡关归路难。

【注释】

① 辘辘：车行之声。② 白草：我国西北地区产的一种草，因干枯时呈白色而得名。

【赏析】

靖康间，金人铁骑南下，侵犯京师，取道阳武县。词人的父亲蒋兴祖为阳武县令，在抵抗金兵时，壮烈殉国，妻、子一同遇难，女儿则被金兵掳去。在北行途中，她题字于雄州驿中，叙述事情本末，字字泣血，表达了词人的乡关之思、国破之哀。

上阕写被虏途中的情景。“朝云横度，辘辘车声如水去”，这两句点明出发的时间，并渲染出自然气候的恶劣。“白草黄沙，月照孤村三两家”，词人接着描写沿途之所见。一路上的景色是多么荒凉寂寥呀，枯草遍地，月光清冷。景语中处处透露出词人心境的悲凉与凄切。

下阕抒发词人的家国之情。“飞鸿过也，百结愁肠无昼夜”，词人继续写北行途中的景象。大雁飞过，牵起词人对故乡的怀念、对亲人的追思。这种种愁思，郁结于胸，令词人肝肠寸断。“渐近燕山，回首乡关归路难”，来到雄州，离金人的都城燕京就不远了。回首乡关，乡关再难回！词人的家国之痛于此一齐迸发出来，读之使人涕下。

况周颐在《蕙风词话》评价此词说：此词寥寥数十字，写出步步留恋，步步凄恻之情。这确是一首感人至深的词作。

周紫芝

1082—1155，字少隐，号竹坡居士，宣城（今属安徽）人。高宗绍兴进士。绍兴十五年（1145），为礼、兵部架阁文字。绍兴十七年（1147）为右迪功郎敕令所删定官。历任枢密院编修官、右司员外郎。绍兴二十一年（1151）出知兴国军（治今湖北阳新），后退隐庐山。其词清丽婉曲，不事藻饰。著有《太仓稊米集》七十卷、《竹坡诗话》一卷、《竹坡词》三卷。

鹧鸪天

周紫芝

一点残红欲尽时①，乍凉秋气满屏帏。梧桐叶上三更雨，叶叶声声是别离。

调宝瑟，拨金猊②，那时同唱鹧鸪词。如今风雨西楼夜，不听清歌也泪垂。

【注释】

① 残红：这里指残灯。灯油将尽时灯光转为暗红，故名。② 金猊（ní）：雕成狮形的香炉。

【赏析】

这是一首雨夜怀人的词作。

上阕着力于写景，借景抒情。“一点残红欲尽时，乍凉秋气满屏帏”，这是一个秋天的晚上，室内一灯荧荧，秋意正浓，显得分外凄清。“梧桐叶上三更雨，叶叶声声是别离”，时已三更，词人还未睡，只因离情正浓。正是心中别恨无限，帘外那梧桐叶上的雨滴声，仿佛也是为别离而奏。这里词人融情于景，深入地刻画出了自己悲苦的心情。

下阕回忆，通过今昔对比抒发词人对恋人的深切思念。“调宝瑟，拨金猊，那时同唱鹧鸪词”三句展开回忆，当年两人共调宝瑟、同唱清词，那时光是多么美好呀。而今又如何呢？“如今风雨西楼夜”，今夜风雨凄凄，词人独宿西楼，境况怎一个“惨”字能了。“不听清歌也泪垂”，在这样一个凄苦的夜里，即便不听当年的清歌也要泪落不止了，可见其思念之深。

赵　佶

1082—1135，即宋徽宗，神宗第十一子。1100—1125年在位。其在位期间任用奸臣童贯、蔡京等主政，穷奢极欲，大兴宫苑，滥增捐税，致国政日颓，民间起义不断。靖康二年（1127）与子钦宗赵桓为金军所俘，被囚于五国城（今黑龙江依兰）至死。吹弹、书画、声歌、词赋无不精擅。有词集《宋徽宗集》。

燕山亭　北行见杏花

赵佶

裁剪冰绡①，轻叠数重，淡着胭脂匀注。新样靓妆②，艳溢香融，羞杀蕊珠宫女③。易得凋零，更多少、无情风雨。愁苦。问院落凄凉，几番春暮？

凭寄离恨重重，这双燕、何曾会人言语。天遥地远，万水千山，知他故宫何处。怎不思量，除梦里、有时曾去。无据。和梦也、新来不做。

【注释】

①冰绡：薄而洁白的丝绸。②靓（jìng）妆：打扮得很美丽，浓妆艳抹。③蕊珠宫：传说中的仙宫。

【赏析】

1127年，金兵南下，俘虏了宋徽宗赵佶与其子钦宗赵桓，这首词作于词人被金兵掳往北方的途中。词人以花喻人，借杏花横遭摧残的命运写自己的悲惨生活，抒发自己的亡国之思。

上阕描写杏花，笔触细腻。先写杏花之姿，杏花如那裁剪的白绸，花瓣重重叠叠，均匀地晕染上浅淡的胭脂。这是一幅多么绚丽的杏花图啊。以下词人笔锋陡转，这令蕊珠宫女都自惭形秽的花儿，却遭到无情风雨的摧残，黯淡凋零了。这里词人怜杏，更是自怜。词人本为帝王，却一朝沦为阶下之囚，与这杏花有着同等的遭遇。

下阕抒写自己的悲愤。词人一路北行，见燕儿飞来，想要托燕儿寄去心中重重离恨，但燕子又怎么懂得人的语言呢。既然托书不能，词人只能空自怀想故国，故国是那么的遥远，回首南望而望不见。于是只能求之于梦寐之间了，但近来却连梦都不做。词情愈转愈深，哀音不绝，读来令人哽咽不止。

左　誉

生卒年不详。字与言，天台人。徽宗大观三年（1109）进士。官至湖州通判，寻弃官为浮屠。词调以高韵胜，下笔有神，名重一时。其孙左文本，编次其词若干首，名《筠溪长短句》，今不传。

眼眉儿

左誉

楼上黄昏杏花寒，斜月小阑干。一双燕子，两行归雁①，画角声残。

绮窗人在东风里②，无语对春闲③。也应似旧，盈盈秋水，淡淡春山。

【注释】

① 归雁：迁徙的雁，多指秋天南飞的雁。② 绮：本义是指一种有花纹的绸子，这里是形容窗子上的花格。③ 春闲：春天的闲情，这里指对远方爱人的思念。

【赏析】

这首词抒发的是怀人情思。

上阕写景。“楼上黄昏杏花寒，斜月小阑干”，首二句点明时间、地点。黄昏时候，词人独自登楼，看到杏花在寒冷的气候里开放。时间一点点过去，太阳的余晖渐渐退去，月亮随之升起，幽幽的月光照着小楼的栏杆。“杏花寒”是早春的景象。“一双燕子，两行归雁，画角声残。”燕子和大雁都是候鸟，春秋季节南北迁徙，它们象征着漂泊无定的旅人，也象征着远人的音信，因此它们的出现常引发起人们对亲人的思念之情。而那报道时辰的号角声，断断续续的残留着，更添词人心中的凄凉。

下阕抒发对爱人的怀念。“绮窗人在东风里，无语对春闲”，情到深处的词人想起远方的爱人来，他想象爱人临着小窗迎风眺望远人的归来，而时间一点点过去，未望见远人，悄然无语。“也应似旧”，接着词人将想象与当初两人离别时的场景联系起来，临窗流泪的她的眉眼就如“盈盈秋水，淡淡春山”一般。“盈盈秋水”是说她双目泪水盈盈，脉脉含情；而“淡淡春山”则是形容她的眉。但这一句又不只是在形容她的眉眼，还勾勒出两人离别的背景，情韵悠长。

蒋元龙

生卒年不详。字子云，丹徒（今江苏镇江）人。以特科入官，终县令。《全宋词》存其词三首。

好事近

蒋元龙

叶暗乳鸦啼，风定老红犹落[1]。蝴蝶不随春去，入熏风池阁[2]。

休歌金缕劝金卮[3]，酒病煞如昨[4]。帘卷日长人静，任杨花飘泊。

【注释】

① 老红：指衰老的、呈深红色的花瓣仍然在不停坠落。② 熏风：和暖的南风或东南风。③ 金卮：金杯，这里指酒。卮，古代盛酒的器皿。④ 酒病：酒醉。煞如昨：比昨天还厉害。煞，表极甚之词。

【赏析】

这是一首抒发惜春伤春情怀的词作。

上阕描绘春末夏初的景致。“叶暗乳鸦啼，风定老红犹落”，树叶呈现出一片深绿，残花从枝头落去，这是一幅夏初图景。“叶暗”“老红”两个词，非常准确地表现出花叶由春入夏颜色的变化。而乳鸦啼鸣与残红飘落这两种景象则将由春入夏新老交替的情形生动地表现了出来。“蝴蝶不随春去，入熏风池阁”，这两句表面上写蝴蝶，其实带有词人强烈的主观色彩，凝聚着词人对春光寂寞归去的无限怜惜之情。他责怪蝴蝶的无情，说它享尽春光却并不眷恋春光、随春而去，而是飞入暖风吹拂的池苑亭阁之中。

下阕抒发对春光流逝的惋惜之情。“休歌金缕劝金卮，酒病煞如昨”，这两句直抒心底的郁闷。因季节更替，春光流逝，词人心绪极度不佳，他不愿听歌，也不愿喝酒。而这愁绪并非如今才有，早就萦绕于心了。《金缕》，即《金缕衣》，唐时杜秋娘所作，其词云：“劝君莫惜金缕衣，劝君惜取少年时。花开堪折直须折，莫待无花空折枝。”这是一首高昂的热爱生命、珍惜青春之歌，唱它只会愈发增添伤春惜时之情。“帘卷日长人静，任杨花飘泊”，末两句抒发一种无可奈何的情绪，词人因无计留春，只能一任眼前杨花飘落，让那最后的春光随风而逝。一种愁苦情怀、怅然意绪，淡淡化开，十分耐人寻味。

惠 洪

1071—1128，著名诗僧。俗姓彭（一作姓喻），字觉范，筠州（今属江西）人。精通佛学，长于诗文，著述颇丰，尤以《冷斋夜话》最著名。高宗建炎二年（1128）去世。黄庭坚对其甚为推重，赞其韵胜不减秦观，气爽绝类徐俯。有《冷斋夜话》《筠溪集》。

青玉案

惠洪

绿槐烟柳长亭路，恨取次，分离去。日永如年愁难度①。高城回首，暮云遮尽，目断知何处？

解鞍旅舍天将暮，暗忆丁宁千万句。一寸柔肠情几许？薄衾孤枕②，梦回人静，侵晓潇潇雨③。

【注释】

①永：长。②衾：被子。③侵晓：拂晓。

【赏析】

这是一首伤别怀人之作。

上阕写词人旅途中的情况。“绿槐烟柳长亭路，恨取次，分离去”，首二句点明时间、地点以及事件。“绿槐烟柳”，说明此时是仲春或暮春时节。“长亭”，秦汉时，在驿道边隔十里置一亭，谓之长亭，是行人歇脚和饯别的地方。“日永如年愁难度”，词由别时情景写到别后心情。由于别离而生出绵绵愁恨，词人只觉度日如年。“高城回首，暮云遮尽，目断知何处？”思情最难忍受之际，词人便回望高楼，但回首之时，视线被暮云遮断，而所思之人更在暮云外！至此，词人已将惜别之情写极，此人屡屡回首的愁苦情状真是历历如绘。

下阕写词人投宿旅社后的情况。“解鞍旅舍天将暮，暗忆丁宁千万句”，这两句写词人在旅社住下后的情形。词人在孤馆独对青灯，不胜凄凉与落寞。他只能借回忆临别前爱人细语叮咛的场景来温暖自己的内心。“一寸柔肠情几许？”这一句写心上人的温柔多情。“薄衾孤枕，梦回人静，侵晓潇潇雨”，词人由回忆转至现实。离别前是多么欢乐呀，而如今只有孤枕寒衾相伴。梦回醒来正是夜深人静之时，而窗外小雨潇潇，那雨就如同人之潸潸清泪，绵长无尽。这几句将词人的羁旅愁情层层渲染，其内心之沉郁、纷乱可以想见。

李清照

1084—约1155，号易安居士，济南（今属山东）人。其父李格非，以文章受知于苏轼，著有《洛阳名园记》。自幼受到家庭教养，早有诗名。十八岁时嫁给赵明诚，夫妇间伉俪情深，共同从事金石研究，校勘古籍。靖康之变，随夫流落江南，备尝离乱之苦。高宗建炎三年（1129），赵明诚病故。此后颠沛流离，晚境凄凉。婉约派代表作家。其词清新自然，凄婉沉挚。有辑本《漱玉词》传世。今人辑有《李清照集》。

南歌子

李清照

天上星河转，人间帘幕垂。凉生枕簟泪痕滋[1]，起解罗衣聊问、夜何其。

翠贴莲蓬小，金销藕叶稀。旧时天气旧时衣，只有情怀不似、旧家时！

【注释】

① 簟（diàn）：席子。

【赏析】

这首词作于词人流落江南后，通过对生活琐事的描述，寄寓了词人的身世之悲、家国之慨。

上阕描写词人的一个生活场景。“天上星河转，人间帘幕垂”，以景语引起全篇，描绘了一个宏大的场面，从天上到人间，苍茫无际。“凉生枕簟泪痕滋”，这一句转到人事上来，不单是说秋夜天气，还移情于物，说自己内心孤寂凄苦。“起解罗衣聊问、夜何其”，表面上看去似乎只是写一个解衣欲睡的日常生活场景，但细品，却发现其中大有情味。词人独倚孤枕，往事纷纷涌上心头，思之不禁泪落纷纷。等悲伤稍解，凉意顿生之时，词人才发觉夜已经很深了，因而解衣准备睡下。

下阕直接抒情。“翠贴莲蓬小，金销藕叶稀”，接应上阕结句“罗衣”，描绘衣上的花纹。因解衣欲睡，看到那衣上的图案，又生出一番感叹来，“旧时天气旧时衣，只有情怀不似、旧家时”，衣裳依旧如从前，只是历尽人事的词人情怀不再似前时了，那往昔的欢乐已经一去不复返。

|

一剪梅

李清照

红藕香残玉簟秋[1]。轻解罗裳，独上兰舟。云中谁寄锦书来？雁字回时，月满西楼。

花自飘零水自流。一种相思，两处闲愁。此情无计可消除，才下眉头，却上心头。

【注释】

① 红藕：红色荷花。

【赏析】

这首词写相思，是词人因为怀念远别的丈夫所作。

“红藕香残玉簟秋”，首句写室外室内之景，这是一个荷花凋谢、竹席透生凉意的秋天。“轻解罗裳，独上兰舟”，词人独处闺中，愁绪无法排遣，便出外乘舟解闷。

“云中谁寄锦书来？雁字回时，月满西楼”，这是词人的想象。她想象着在一个月满西楼的夜里，大雁南回，捎来夫君的书信。这三句以婉曲的笔调表达了词人对于丈夫的深切思念。

“花自飘零水自流”，兰舟上的词人从想象又回到现实，只见落花飘零，流水自去。由盼望书信的到来，到眼前的抒写流水落花，一种无可奈何的伤感油然而生。

“一种相思，两处闲愁”，词人由自己思念丈夫赵明诚，进而联想到赵明诚同样也在思念自己，因为她深知这种相思不是单方面的。

“此情无计可消除，才下眉头，却上心头”，末三句为千古名句，造句十分新奇，赋予“愁”以动感，且将“愁”挥之不去，拂之又来的情态写了出来。而“才下眉头，却上心头”运用了语言上的对称所造成的既一致又矛盾的特点，产生出特有的艺术效果，且读起来朗朗上口，耐人寻味。

渔家傲

李清照

天接云涛连晓雾，星河欲转千帆舞①。仿佛梦魂归帝所②。闻天语，殷勤问我归何处。

我报路长嗟日暮③，学诗谩有惊人句。九万里风鹏正举。风休住，蓬舟吹取三山去④。

【注释】

① 星河：银河。② 帝所：天帝的住所。③ 我报路长嗟日暮：路长，化用屈原《离骚》“路曼曼其修远兮，吾将上下而求索”之意。日暮，隐括屈原《离骚》“欲少留此灵琐兮，日忽忽其将暮”之意。嗟，慨叹。④ 三山：传说中海上的三座仙山，即蓬莱、方丈、瀛洲。

【赏析】

这是一首记梦词，是李清照唯一的豪放词，作于词人南渡以后。词人以浪漫主义的艺术构思，梦游的方式，设想与天帝问答，倾诉隐衷，以求消除自己内心的烦闷，寻求精神的寄托。

“天接云涛连晓雾，星河欲转千帆舞”，这是写拂晓时的景色，场面雄奇壮观。

“仿佛梦魂归帝所”，经历过人世的浮沉后，词人渴望能够摆脱现世的烦恼，去一个光明美好的世界。“闻天语，殷勤问我归何处”，来到天帝的住所，天帝殷勤地问她要回到哪里去？李清照南渡以来，一直漂泊天涯，备尝人世艰辛，因而她渴望温暖，于是在梦中她塑造了一个慈厚的天帝。

“我报路长嗟日暮，学诗谩有惊人句”，词人向天帝诉说自己的遭遇，她虽有满腹才华，却不能为世用；况且如今社会动乱，文章无用。

“九万里风鹏正举。风休住，蓬舟吹取三山去”，接着她告诉天帝自己的心愿，她说她要像大鹏那样乘万里长风高飞远举，离开那龌龊的社会。并叫风不要停止，一定要将她的小舟吹到仙山去，使她过着自由自在的生活。

如梦令

李清照

常记溪亭日暮，沉醉不知归路。兴尽晚回舟，误入藕花深处。争渡，争渡，惊起一滩鸥鹭。

【赏析】

这是一首追述往事的词作，词人回忆以前的一次愉快的郊游，全词洋溢着一片欢快的情绪。

“常记溪亭日暮，沉醉不知归路”，开篇以“常记”总领，引出对整件事的回忆，“溪亭”点名地点，“日暮”点出时间。“沉醉不知归路”，词人玩得多么尽兴呀，景色优美迷人，词人沉醉其中找不着回去的路。

“兴尽晚回舟，误入藕花深处”，既已尽兴，就该回家了。叙述至此本应结束，却又奇峰突起，词人的小舟误入了藕花深处。这“误入”一句，恰与前面的“不知归路”相呼应，显示了主人公的忘情心态。

“争渡，争渡，惊起一滩鸥鹭”，一连两个“争渡”，表达了主人公急于从迷途中找寻出路的焦灼心情。由于焦急，词人奋力划着桨，激起了哗哗的水声，因而惊动了栖息在洲渚上的一群鸥鹭。

这首小令用词简练，将事、情、景集于一炉，写得活泼生动。

如梦令

李清照

昨夜雨疏风骤，浓睡不消残酒①。试问卷帘人②，却道海棠依旧。知否？知否？应是绿肥红瘦。

【注释】

① 浓睡：指酒后酣睡。② 卷帘人：指侍女。

【赏析】

这首词作于词人早期。词人通过对询问花事的描写，曲折委婉地抒发了她伤春惜春的情绪。

"昨夜雨疏风骤，浓睡不消残酒"，暮春时节，最易引发人无限伤春情绪，更何况又逢着那刮风下雨的恼人天气。于极度愁苦中，词人开始借酒浇愁。酒醉后词人沉沉睡去，一觉醒来，酒意还未消散。

"试问卷帘人，却道海棠依旧"，词人惜花，醒来后所关心的第一件事就是园中海棠，她问侍女：院子里海棠怎样？她以为经过风雨一夜的摧残，应该是落花满地了，没想到侍女却回答"海棠依旧"。

"知否？知否？应是绿肥红瘦"，词人不相信海棠还如昨天那般开满枝头。她认为园中的海棠应该是绿叶繁茂、红花稀少才是。这一对答写出了闺中人的惜春情怀，可谓是传神之笔。

这首词的末句为全词警句，常为后人所称道。胡仔《苕溪渔隐丛话》称："此语甚新。"《草堂诗余别录》评："结句尤为委曲精工，含蓄无穷意焉。"皆非虚誉。

鹧鸪天

李清照

寒日萧萧上琐窗[①]，梧桐应恨夜来霜。酒阑更喜团茶苦[②]，梦断偏宜瑞脑香[③]。

秋已尽，日犹长，仲宣怀远更凄凉[④]。不如随分尊前醉[⑤]，莫负东篱菊蕊黄[⑥]。

【注释】

①寒日：晚秋的太阳。晚秋打霜的早晨，因气温甚低，人们感觉不到阳光的热量，所以词人称这时的太阳为寒日。琐窗 ：雕有连锁形图案的窗棂。②酒阑：饮酒结束的时候。团茶：茶饼。茶能解酒，特喜苦茶，说明酒饮得特别多；酒饮得多，则表明愁绪深重。③瑞脑：又叫龙脑，香料名，即冰片。④仲宣怀远：王粲，字仲宣，山阳高平人，建安七子之一，曾作《登楼赋》，以抒发怀乡的情思。⑤随分：随便。⑥东篱：指植有菊花的地方。

【赏析】

这是一首怀乡词，为词人晚年流寓越中所作。词人将写景、叙事、怀古结合起来，抒发了浓浓的乡愁。

“寒日萧萧上琐窗，梧桐应恨夜来霜”，此词开头两句写秋景，寒日萧萧，梧桐染霜，一片凄冷。“酒阑更喜团茶苦，梦断偏宜瑞脑香”，“酒阑”谓饮酒结束的时候。“团茶”即茶饼。因为满怀愁绪，故借酒浇愁。这一饮就不知消停，喝得大醉，因而要以茶解酒。“瑞脑”，熏香名，又名龙脑，以龙脑木蒸馏而成。大醉后便倒头睡去，梦醒后闻到阵阵浓香，非常宜人。在这里词人以乐写哀，品茶之喜，嗅香之乐，词人不过是故作欢喜，企盼能消解内心的愁苦。

“秋已尽，日犹长，仲宣怀远更凄凉”，“仲宣”即王粲，写有著名的《登楼赋》，抒发壮志未酬、怀乡思归的抑郁。词人在此以王粲思乡心情自况。“不如随分尊前醉，莫负东篱菊蕊黄”，归家既是空想，不如对着樽中美酒，随意痛饮，不要辜负了东篱黄菊盛开的大好秋光，这里词人故作超脱语，自我宽解，其中隐含无限愁苦。

清平乐

李清照

年年雪里，常插梅花醉。挼尽梅花无好意，赢得满衣清泪。

今年海角天涯，萧萧两鬓生华。看取晚来风势，故应难看梅花。

【赏析】

这是一首咏梅词，作于词人晚年流落江南期间。词人通过写自己不同时期不同的赏梅感受，抒发了南渡前后的今昔之慨。

上阕回忆南渡前的赏梅情形。国破前，词人的生活是多么美好幸福，在那皑皑白雪中，词人尽情赏梅，将梅花插满头。片片梅花洒下，如同泪珠点点，落满衣裳。词人少年时天真活泼的情态宛在眼前。

下阕悲叹今日境况。而今词人已流徙南国，至于垂暮之年，与少年时的境况大不一样，心境自然也不同了。历尽磨难的词人，如今心中只剩一片愁怨。在这梅花开放的季节，词人尚未踏雪寻梅，就已从晚来风势中预感到连赏梅之事也难以实现了。词的末两句语出双关，既写狂风过后梅花芳颜不再，又写战祸来势之迅猛，国家情况之恶劣。

醉花阴

李清照

薄雾浓云愁永昼，瑞脑消金兽①。佳节又重阳，玉枕纱橱②，半夜凉初透。

东篱把酒黄昏后，有暗香盈袖。莫道不消魂，帘卷西风，人比黄花瘦。

【注释】

①瑞脑消金兽：意谓香炉中的香快燃尽了。金兽，兽形的铜香炉。②纱橱：纱帐。

【赏析】

这首词作于早期词人与丈夫的一次分别之后，词意在抒发孤居独处的少妇情怀。

“薄雾浓云愁永昼，瑞脑消金兽”，“薄雾浓云”是比喻香炉飘出来的香烟。整个屋子里香雾弥漫，仿佛如词人的心境，愁绪溢满心头。孤独一人，纵使千般景致也无心去赏，只觉得时光过得那样缓慢。“佳节又重阳，玉枕纱橱，半夜凉初透”，秋天的夜里凉意透人，又是重阳佳节，却不能与丈夫共度，这令人分外伤怀。

“东篱把酒黄昏后，有暗香盈袖”，词人对酒赏菊。“东篱”取陶渊明“采菊东篱下”诗意。“莫道不消魂，帘卷西风，人比黄花瘦”，末三句直接抒发离愁，为全词词眼，将人与黄花作比，非常传神，刻画出了一个“为伊消得人憔悴”的少妇形象。

武陵春

李清照

风住尘香花已尽[①]，日晚倦梳头。物是人非事事休，欲语泪先流。

闻说双溪春尚好[②]，也拟泛轻舟。只恐双溪舴艋舟[③]，载不动许多愁。

【注释】

①风住尘香：风停了，尘土里带有落花的香气。尘香，落花化为尘土，而芳香犹在。②双溪：在浙江省金华。东港、西港二水流至金华汇合，称婺港，又称双溪，唐宋时已成为文人骚客游赏吟咏的胜地。③舴（zé）艋（měng）舟：形似蚱蜢的小船。

【赏析】

这首词作于宋高宗绍兴五年（1135），当时词人避乱金华。国已破，家已亡，词人历经乱离之苦，词情极为悲戚。

“风住尘香花已尽”，时值暮春时节，狂风摧花，落红满地，一片零落，触目惊心。“日晚倦梳头”，此时日色已高，而词人却仍旧无心梳妆，可见词人内心是多么悲苦。“物是人非事事休，欲语泪先流”，她接着解释自己为何如此悲伤，因为物是人非。花开花落年年相似，而人事则变化无端。往事堪哀，她欲将它们诉说，却早已泪流满面，泣不成声。

“闻说双溪春尚好，也拟泛轻舟”，她不愿一味沉浸在痛苦中，想要出去游山玩水，希望自己的痛苦能够在青山绿水间得以排遣。但马上词人就说：“只恐双溪舴艋舟，载不动许多愁”，她的愁绪太浓了，才下眉头，却上心头，在未出游前她就意识到愁重舟轻，因而否定了游春的计划。末两句设想极为新颖，非常贴切，故历来为人所称赏。

声声慢

李清照

寻寻觅觅，冷冷清清，凄凄惨惨戚戚。乍暖还寒时候，最难将息[①]。三杯两盏淡酒，怎敌他、晚来风急。雁过也，正伤心，却是旧时相识。

满地黄花堆积，憔悴损，如今有谁堪摘？守着窗儿，独自怎生得黑！梧桐更兼细雨，到黄昏、点点滴滴。这次第[②]，怎一个愁字了得？

【注释】

①将息：将养休息。②次第：情形，景况。

【赏析】

这是一首秋夜抒怀词，作于词人晚年。宋室南渡，词人流离失所，晚年境况悲凉，于这首词中我们可以体味到词人那辛酸苦楚的心境。

上阕主要用清冷之景来衬托孤寂、凄凉的心境。“寻寻觅觅，冷冷清清，凄凄惨惨戚戚”，七组十四个叠字，字字含情，声声是愁，写出了词人的孤独与凄清。她在寻觅什么呢？她没说，也许她自己也不知道。只感到四周冷冷清清，心境一片凄凉，真是愁煞人也。“乍暖还寒时候，最难将息”，在词人满怀愁绪的时候，天气又陡然转寒，连身体也难调养了。“三杯两盏淡酒，怎敌他、晚来风急”，想要喝两杯酒暖暖身子，可是酒的滋味却又那么淡，抵挡不住那一阵紧似一阵的急风。其实酒味未必淡，是词人愁绪太浓。“雁过也，正伤心，却是旧时相识”，恰恰在词人愁绪正浓时，却看到旧时为她与丈夫传递书信的大雁，那大雁勾起了她无尽的悲伤。

下阕紧承上阕，直接抒情。“满地黄花堆积，憔悴损，如今有谁堪摘”，看到那满地凋零的黄花，词人想到了自己，此时的自己不就憔悴似这残花吗？丈夫的早逝，社会的动乱，国家的灭亡，生世的浮沉，这一切都使得她变得憔悴不堪。“守着窗儿，独自怎生得黑”，词人更进一步描述自己的寂寞凄苦。“梧桐更兼细雨，到黄昏、点点滴滴”，在这孤苦难耐之时，窗外下起了细雨，雨滴落在梧桐上，一声一声，分外强烈，直击在词人心上。“这次第，怎一个愁字了得”，这情形，一个愁字怎概括得尽呢！末两句欲语还休，饱含着老迈的词人多年的辛酸苦楚，读来感人肺腑。

永遇乐

李清照

落日镕金①，暮云合璧②，人在何处？染柳烟浓③，吹梅笛怨④，春意知几许！元宵佳节，融和天气⑤，次第岂无风雨⑥？来相召，香车宝马⑦，谢他酒朋诗侣。

中州盛日⑧，闺门多暇，记得偏重三五⑨。铺翠冠儿⑩，捻金雪柳⑪，簇带争济楚⑫。如今憔悴，风鬟霜鬓⑬，怕见夜间出去。不如向、帘儿底下，听人笑语。

【注释】

① 镕金：形容落日余晖，如同熔化的黄金。② 合璧：像璧玉一样合成一块。③ 染柳烟浓：指柳树为浓雾所笼罩。④ 吹梅笛怨：指笛子吹出《梅花落》曲幽怨的声音。⑤ 融和：暖和。⑥ 次第：接着，转眼。⑦ 香车宝马：指华美的马车。⑧ 中州：这里指北宋都城汴京。⑨ 三五：指元宵节。⑩ 铺翠冠儿：饰有翠羽的女式帽子。⑪ 捻金雪柳：元宵节女子头上的装饰。⑫ 簇带：妆扮之意。⑬ 风鬟霜鬓：这里形容

头发花白且蓬松散乱。

【赏析】

这首词是写词人在一个元宵夜的感受。元宵夜里，大街上热闹非凡，有人邀请词人出外游玩，但词人却不愿意去，宁愿一个人待在家里听人家笑语。这首词通过对一个细小的生活场景的描写，表现出词人晚年心境的悲凉。

上阕写词人在元宵夜的感受。“落日镕金，暮云合璧”，写日暮之景。云彩绚丽，场面开阔。在这美景之中，词人紧接发问道：“人在何处？”点出自己的处境：异乡飘零。这凄凉的处境同吉日良辰形成鲜明对照。“染柳烟浓，吹梅笛怨”，此时正值早春，细柳如烟；梅花已残，忽听一阵哀怨的笛声。词人心情忧郁，虽然春色正浓，但她却说“春意知几许”，在她看来，那春色还远不是很浓郁的。“元宵佳节，融和天气，次第岂无风雨？”词人经历了太多变故，她已不相信美好了，现在天气看上去很暖和，但谁能保证就不会突然降下一场大雨呢？其中包含了词人世事无常的感叹。“来相召，香车宝马，谢他酒朋诗侣”，友人邀请她去观灯赏月，她却拒绝了，此时的她已经没有了赏灯玩月、吟诗作赋的心境。

下阕通过写自己南渡前在汴京过元宵佳节的回忆，来衬托当前境况的凄凉。“中州盛日，闺门多暇，记得偏重三五。铺翠冠儿，捻金雪柳，簇带争济楚”，“中州”指北宋都城汴京，即今河南省开封市；“三五”，指正月十五日，即元宵节。当时，宋朝廷为了点缀太平，在元宵节极尽铺张之能事。据《大宋宣和遗事》记载，“从腊月初一直点灯到正月十六日”，真是“家家灯火，处处管弦”。其中提到宣和六年正月十四日夜的景象：“京师民有似云浪，尽头上带着玉梅、雪柳、闹蛾儿，直到鳌山看灯。”那时词人正年轻，兴致正好，经过一番精心打扮后，词人与一群女伴过街赏玩，那情形至今仍旧历历在目，那欢乐至今也还留在词人心中。“如今憔悴，风鬟霜鬓，怕见夜间出去”，但如今已是人老头白，憔悴不堪了，词人再也没有力气像年轻时那样去凑热闹了。“不如向、帘儿底下，听人笑语”，不如就坐在帘子后，听人家笑语聊以自慰吧。末两句看似平淡，实蕴涵着词人巨大的人生伤痛与人生感慨。

这首词以南渡前后过元宵节时的场景做对比，抒写词人愁苦寂寞的情怀。上阕就着眼前景物来抒写当下的心境，下阕通过对比今昔抒写对故国的思念。全词寓情于景，跌宕有致。由今而昔，又由昔而今，形成今昔盛衰的鲜明对比。感情深沉而真挚，语言清新而平淡。

宋人张端义在《贵耳集》中评价这首词时说：易安居士李氏，赵明诚之妻。《金石录》亦笔削其间。南渡以来，常怀京、洛旧事，晚年赋元宵《永遇乐》词云：“落日镕金，暮云合璧。”已自工致。至于“染柳烟轻，吹梅笛怨，春意知几许？”气象更好。后段云“于今憔悴，风鬟霜鬓，怕见夜间出去”，皆以寻常语度入音律。炼句精巧则易，平淡入调者难。

吕本中

1084—1145，原名大中，字居仁，号紫微，世称“东莱先生”，寿州（今安徽寿县）人。南宋初赐进士出身，官至中书舍人兼侍讲，曾兼权直学士院。因力主抗金，不为秦桧所容，罢官。诗宗黄庭坚，并作《江西诗社宗派图》，对后世颇具影响。其词浑然天成，以婉丽见长，不减唐《花间》之妙。有《东莱诗集》。后人辑有《紫微词》。

采桑子

吕本中

恨君不似江楼月，南北东西。南北东西，只有相随无别离。

恨君却似江楼月，暂满还亏。暂满还亏，待得团圆是几时？

【赏析】

吕本中生于北宋末期，是两宋交接时期的诗人。诗作较多，词作仅余二十多首，却不乏佳作，本词正是他脍炙人口的一首佳作。有人觉得吕本中的词多是个人情感的抒发，描写离愁别恨、风花雪月一类缺乏深度的内容。其实他的词很有特色，感情真挚不无病呻吟，《啸翁词评》亦谓其词“工稳清润”，确实值得细细品读。

这首词写闺情。上阕写思妇怨恨游子飘转不定，不能像月亮一样与她相随；下阕思妇又怨游子像那江楼之月，与她分离的时候多，团圆的时候少。

本词无一用典，通俗易懂，然而却很有特色，让人过目难忘。首先这首词在形式上具有民歌的特色，“南北东西”和“暂满还亏”都是重复出现。而上下阕词在结构和内容上也有相近或重复之处，具有较强的歌咏性。其次词中的两个比喻虽然都是将离人比作“江楼月”，却从两个不同的角度讲述了词人的思念，匠心独运却非刻意而为。可谓是既具有文人词的工稳巧妙，又有民歌的自然清润。

南歌子

吕本中

驿路侵斜月，溪桥度晓霜。短篱残菊一枝黄，正是乱山深处、过重阳。

旅枕元无梦[①]，寒更每自长。只言江左好风光[②]，不道中原归思、转凄凉。

【注释】

① 元：原来，本来。② 江左：江东，泛指东南地区。

【赏析】

这首词写羁旅愁情，作于宋室南渡、词人流落江南之时。

上阕写途中风景。“驿路侵斜月，溪桥度晓霜”，写早行时沿途所见之景。“斜月”“晓霜”点明时令，并说明天很早词人就启程了。“短篱残菊一枝黄，正是乱山深处、过重阳。”上句勾勒出一幅农舍残菊图，显得凄冷寂寞；下句是由此触发的联想与感慨。“每逢佳节倍思亲”，重阳佳节词人自然会思忆起故乡。但此时金人南侵，故乡战乱频仍，在这样的背景下，眼前的景象不仅会引起词人思亲怀乡之情，更会触动其家国沦亡之痛。但这种情、这种痛词人并未明说，他只是以一句“乱山深处、过重阳”轻轻带过，留待读者自己去品味。

下阕抒发旅人之思。“旅枕元无梦，寒更每自长”，这是词人的设想之辞。他由早行所见所感联想到夜间他乡客宿的情景。“元无梦”是说满怀羁旅愁情的他彻夜难眠；而正因为久久不能入睡，就更感到秋天寒夜的漫长。这两句将词人的羁旅情状写得分外凄然。“只言江左好风光，不道中原归思、转凄凉”，最后两句抒发异乡旅人的亡国之思。江左即江东，这里指东南地区。江左风光是极为秀丽美好的，历来为北方的文人墨客所向往。而词人此时身在江东，却并不感到喜悦。原因是中原沦落敌手，欲归不能，那思乡之情、那忧国之情只能燃烧得愈发热烈。

向子湮

1085—1152，字伯恭，自号芗林居士，临江（今江西清江）人。哲宗元符三年（1100）以恩荫假承奉郎，徽宗宣和间为淮南转运判官、京畿转运副使。高宗朝，历徽猷阁直学士、户部侍郎。曾上书反对与金言和，因与秦桧政见不合，致使被罢官。有《酒边词》，分“江南新词”和“江北旧词”两类，前多写家国之痛，后为吟风弄月之作。

忆秦娥

向子湮

芳菲歇，故园目断伤心切。伤心切，无边烟水，无穷山色。

可堪更近乾龙节①，眼中泪尽空啼血。空啼血，子规声外，晓风残月。

【注释】

① 乾龙节：君王的生日。此指宋钦宗的生日。

【赏析】

本词作者向子湮，是北宋末期抗金将领，南渡之后依然力主抗金，渴望恢复故国江山。词人前期词作风格绮丽，南渡后则多伤时忧国之作，此词属于后者，词中蕴含着强烈真挚的爱国情感。

这首词寓情于景，情景交融，让人已然无法分清景是否是真的景，还是作者在忧思时脑中的景象。

“芳菲歇”三个字一出，落寞寂寥之情已跃然纸面，此时已值暮春，花儿俱已凋零。“故园目断伤心切”，残春里，词人遥遥北望故国，心中愈发悲伤。由此可见，“芳菲歇”乃是一语双关，不仅指春日花的凋谢，还指国运消歇。

词中似乎刚刚透露出词人的主观情感，紧接着却又返回去写景：“无边烟水，无穷山色。”这句词借景抒情，颇具特色，单独看这一句并没有什么情感在里面，然而放在此处，却恰到好处地体现了词人的无限悲恸，高妙之极。

“可堪更近乾龙节”，这句说，这一年宋钦宗的生日又快到了，然而国家却在转眼间变得支离破碎，使得词人“眼中泪尽空啼血”。“空啼血，子规声外，晓风残月”，最后又借景抒情，寓无限之哀思于有限之景物之中，言有尽而意无穷。

蔡 伸

1088—1156，字伸道，自号友古居士，莆田（今属福建）人，著名书法家蔡襄之孙。徽宗政和五年（1115）进士，历官太学博士、浙东安抚司参议官、左中大夫，提举崇道观。绍兴二十六年卒，年六十九。《宋史》有传。词风清新淡雅，意味隽永。有《友古居士词》一卷。存词一百七十五首。

苍梧谣

蔡伸

天！休使圆蟾照客眠①。人何在？桂影自婵娟②。

【注释】

① 圆蟾：圆月。古人认为月中有玉蟾，即玉蟾蜍，故称。② 桂影：月亮呈现出的阴影，古人认为是月中桂树投下的影子，所以用桂影代表月亮。婵娟：指月光美好。

【赏析】

这是一首对月抒怀的词作，面对着团团明月，抒发了离人对爱人沉挚的思念之情。

圆圆的月儿象征团圆，一轮皎洁的月亮悬于夜空自然使得异乡的游子难以成眠，相思之意顿生，因而愁苦的他大呼道：“天！休使圆蟾照客眠。”真是“明月不谙离恨苦，斜光到晓穿朱户”！那么他在思念着谁呢？“人何在？桂影自婵娟”，他在思念着远方的爱人。他久久凝视着月儿，看到月光如练，他不禁异想天开：月儿明亮似镜，该能照见她的芳影吧。可无论他怎么看，始终没有看到意中人那嫦娥般的美丽身影，只看见桂影空自婆娑，因而心中愈发惆怅。

词的品赏知识

宋词的风格流派略谈 通常人们都将宋词划分为豪放和婉约两派，这样的划分虽然比较合理，但却失之简单。如果再将宋词的风格细化，大略可以划分为真率明朗、高旷清雄、婉约清新、奇艳俊秀、典丽精工、豪迈奔放、骚雅清劲、密丽险涩八个流派。

真率明朗——这一派作词不事假借，极少粉饰，却委曲详尽，既明朗，且深切。代表词人为柳永；婉约清新——这一派以李清照为代表，时有凄婉之音，典雅工丽，浑融而不陷纤巧；奇艳俊秀——这一派以张先、贺铸为代表，笔力精健，彩藻艳逸。

这首词虽然短小，其中却蕴涵着词人丰富、深挚的情感，可谓言有尽而意无穷。

李重元

生卒年及生平皆不详。工词。《全宋词》收其词四首。

忆王孙 春词

李重元

萋萋芳草忆王孙①，柳外楼高空断魂，杜宇声声不忍闻②。欲黄昏，雨打梨花深闭门。

【注释】

①“萋萋”句:《楚辞 · 招隐士》:“王孙游兮不归，春草生兮萋萋。”

② 杜宇：杜鹃。

【赏析】

这是一首闺怨词。词人巧妙地运用借景抒情的艺术手法，传达出一种伤春怀人的思绪。

“萋萋芳草忆王孙”，首句化用西汉刘安《招隐士》“王孙游兮不归，春草生兮萋萋”而来，点明题旨，即思念。此时正值晚春，芳草连天，而那铺天盖地的芳草正如词中女主人公之绵绵不绝的思念。

“柳外楼高空断魂”，因思念的不可断绝，她登上高楼遥望丈夫。可未见归人，却见到那象征思念的柳条，这怎不叫她断肠。“杜宇声声不忍闻”，柳条依依，本就牵扯出她万千愁绪，耳边突又响起杜鹃凄切的啼声，更使她伤心断魂。

“欲黄昏，雨打梨花深闭门”，渐至黄昏，淅淅沥沥地下起雨来，她仍旧未见归人，只看到园子里一树梨花，她害怕看到梨花被雨打落的惨凄景象，便将房门紧锁。这无言深闭门的结尾，使得整首词意味无穷，含蓄地写出了闺中少妇的寂寞与孤清。

这首词选取的大都是暮春时节的寻常景物，如芳草、柳树、杜鹃、梨花。这些意象也常为前人使用，积淀了丰富的内涵和深厚的感情，拥有无穷的美的张力，使得这首词意蕴颇丰。

陈与义

1090—1138，字去非，号简斋，洛阳（今属河南）人。自幼能文，尤长于诗。徽宗政和三年（1113）进士，宣和四年除太学博士，南渡后，累官至参知政事。诗宗杜甫，与黄庭坚、陈师道并称“江西诗派”的“三宗”。又工词，疏朗明快，自然天成，尤近于苏轼，今存十余首。有《简斋诗》《无住词》。

临江仙 夜登小阁忆洛中旧游

陈与义

忆昔午桥桥上饮[①]，坐中多是豪英。长沟流月去无声[②]。杏花疏影里，吹笛到天明。

二十余年如一梦，此身虽在堪惊。闲登小阁看新晴[③]。古今多少事，渔唱起三更。

【注释】

① 午桥：为作者昔日与友人把酒言欢的处所。② 长沟：长长的河道。③ 新晴：雨后初晴。

【赏析】

这是一首忆旧词，大抵作于词人退居青墩镇僧舍期间。词人是洛阳人，这首词追忆的便是他二十多年前的一次洛阳旧游。那时是徽宗政和年间，天下太平无事，词人常与一群风流雅士聚饮游赏，不胜欢乐。其后金兵南下，北宋灭亡，词人四处流离，备尝艰苦。他回忆往事，顿觉苍凉，于是作此词，抒发自己的一腔悲痛。

上阕是追忆洛中旧游。“忆昔午桥桥上饮，坐中多是豪英”，首二句写洛阳聚饮。“忆昔”点明是回忆旧时。“午桥”，位于洛阳南。“杏花疏影里，吹笛到天明”写宴中情景，用语清丽，极富画面感。

下阕抒怀。“二十余年如一梦，此身虽在堪惊”，词人由回忆一下子转到当前，两句中包含了国破家亡、颠沛流离的深刻内容。二十多年来，他先是仕途不顺，屡遭贬谪，继而便是金兵南犯，国破家亡，四处奔逃。历经坎坷的他，此时回首前尘，怎能不惊，不叹人生如梦？然后词人由自己那段坎坷往事联想到历史的兴衰，不禁慨然长叹：古往今来多少历史兴衰都已成空，烟消云散了，不过入了渔夫闲话。

张元幹

1091—1170，字仲宗，号真隐山人、芦川居士，长乐（今属福建）人。官至将作监丞，高宗绍兴元年致仕。其词风格多变，早年清丽婉约，南渡后多感慨家国之作，继承和发展了苏轼的豪放风格，对后来的张孝祥、辛弃疾和陆游等人的创作有很大影响。有《芦川词》《芦川归来集》。

贺新郎 寄李伯纪丞相

张元幹

曳杖危楼去①。斗垂天、沧波万顷②，月流烟渚③。扫尽浮云风不定，未放扁舟夜渡。宿雁落、寒芦深处。怅望关河空吊影，正人间、鼻息鸣鼍鼓④。谁伴我，醉中舞？

十年一梦扬州路⑤。倚高寒、愁生故国，气吞骄虏⑥。要斩楼兰三尺剑⑦，遗恨琵琶旧语⑧。谩暗涩、铜华尘土⑨。唤取谪仙平章看⑩，过苕溪、尚许垂纶否⑪？风浩荡，欲飞举。

【注释】

①危楼：高楼。②斗：星斗。③烟渚：烟雾笼罩的小洲。④鼻息鸣鼍（tuó）鼓：鼻息有如鼍鼓般鸣响。鼍鼓，鼍皮制成的鼓。⑤十年一梦：宋高宗即位的建炎元年距此时已十年。十年间，金人尽占中原，扬州也由昔日的繁华都市变成了烽烟四起的前线。⑥骄虏：骄横的敌人。⑦斩楼兰：《汉书·傅介子传》载，傅介子出使西域，设计刺

杀了楼兰王。此处以楼兰喻金人。⑧ 琵琶旧语：以当年王昭君因西汉王朝与匈奴的和亲政策而被迫嫁往匈奴来比喻南宋王朝与金人一味地屈膝求和。相传王昭君善弹琵琶，故曰“琵琶旧语”。⑨“谩暗”句：意谓空让宝剑锈蚀暗淡，沾惹尘土。⑩ 谪仙：指李白，贺知章曾称李白为“谪仙人”。平章：评论。⑪ 苕（tiáo）溪：水名，在浙江。垂纶：垂钓。

【赏析】

北宋末年，金兵南侵。李纲为东京（今河南开封）留守及亲征行营使，积极抗金，而张元幹为李纲僚属，协助其抗金。宋南渡后，高宗建炎元年（1127），李纲任宰相，但不久被罢免，张元幹也连带获罪，离京南下。李纲一直力主抗金，反对议和。高宗绍兴七年（1137），秦桧第二次入相，主张议和。李纲在洪州（州治在今江西南昌）上书反对议和，被罢回福建长乐。词人闻讯后，怀着满腔爱国热情，写下这首词送给李纲，对他坚决主战、反对议和的行为表示无限的敬仰并予以坚决支持。

“曳杖危楼去”，词人以手拄拐杖，登楼望远来引起下文，气势不凡。“斗垂天、沧波万顷，月流烟渚”，接着词人对夜景加以铺排，描绘了一幅气象阔大的秋夜江景。

“扫尽浮云风不定，未放扁舟夜渡。宿燕落、寒芦深处”，这三句是说江面上的风很大，就连天上的浮云都被吹散了，江面因风大而无人乘舟夜渡。沉思间又见雁儿飞落在芦苇深处夜宿，并由此引起无限感触。

眼前之景引发词人无限感慨:“怅望关河空吊影，正人间、鼻息鸣鼍鼓。”“鼻息鸣鼍鼓”，是指人们熟睡，鼾声有如击打用猪婆龙（水中动物名）的皮做成的鼓，即鼾声如雷之意。这里用来比喻苟安求和之辈，隐约有众人皆醉我独醒的感慨。这两句写人们深夜酣睡，而词人却在怅惘祖国山河，吊影自伤。“谁伴我，醉中舞”，李纲虽与词人志同道合，两人却天各一方。眼下众人皆醉，知交零落之感油然而生。

“十年一梦扬州路”，词人想到了一段历史：十年前，高宗在应天府（今河南商丘）即位。不久高宗南下，以淮南东路的扬州为行都；次年秋金兵进犯，南宋小朝廷又匆匆南逃，扬州被金人攻占。昔日繁华的扬州城在金兵的铁骑下沦为一片废墟。此处化用杜牧《遣怀》诗“十年一觉扬州梦”，表达了词人对高宗的屈膝议和的不满。“倚高寒、愁生故国，气吞骄虏”，词人北望故国，愁思满腹，抗金之心越发强烈。

“要斩楼兰三尺剑，遗恨琵琶旧语”，这两句运用两个典故反映出对宋金和议的看法。前一句是期望朝廷振作图强，像汉代使臣傅介子提剑斩楼兰（西域国名）王那样对付金人。后一句是借汉嫁王昭君与匈奴和亲事，影射议和最终是不可行的，必须坚决抵抗。“谩暗涩、铜华尘土”，这里以物喻人，以宝剑喻李纲等爱国将领，说南宋朝廷弃置抗金将领不用。

“唤取谪仙平章看，过苕溪、尚许垂纶否？”词人以“谪仙”李白来比李纲，向他发问：议和已成定局，爱国之士能否就此隐退苕溪（浙江吴兴一带），垂钓自遣而不问国事呢？接着自答:“风浩荡，欲飞举。”说李纲并未消沉，而是为抗金事业不懈努力着，其中传达出词人对李纲的深深敬意。

兰陵王 春恨

张元幹

卷珠箔[①]，朝雨轻阴乍阁[②]。阑干外、烟柳弄晴，芳草侵阶映红药。东风妒花恶。吹落梢头嫩萼。屏山掩、沉水倦熏，中酒心情怯杯勺。

寻思旧京洛[③]。正年少疏狂[④]，歌笑迷著。障泥油壁催梳掠[⑤]。曾驰道同载[⑥]，上林携手[⑦]，灯夜初过早共约，又争信飘泊？

寂寞，念行乐。甚粉淡衣襟，音断弦索，琼枝璧月春如昨。怅别后华表，那回双鹤。相思除是，向醉里、暂忘却。

【注释】

①箔：竹帘。②阁：同“搁”，停止。③旧京洛：指北宋汴京、洛阳。④疏狂：豪放，不受拘束。⑤障泥：挂在马腹两边，用来遮挡尘土的马具。这里指代马。油壁：用油漆涂饰车壁的华丽车辆。⑥驰道：秦代专供帝王行驶车马的道路。这里指京城的大道。⑦上林：秦、汉时苑名，专供帝王行猎的场所，这里泛指京都园林。

【赏析】

这首词写别恨。

上阕写景。“卷珠箔，朝雨轻阴乍阁”，首二句点明天气、环境。“乍阁”，即初停。词人登楼，卷起珠帘，楼外春雨刚停。

“阑干外”三句写楼上所见。烟柳、芳草、芍药共同构成一幅春日小园图，而在这幅充满诗情画意的春日图景中又含有词人主观之情感。“烟柳弄晴”四字并非只是歌咏柳树，柳条依依，其象征的是别情。

接着“东风”二句陡转，出现另外一幕与前番景致完全不同的图景，东风将花儿尽数吹落，烘托出一种凄然感伤的气氛。

“屏山掩”三句转向室内，写景亦写情。室内之景是寂寞的，屏风轻掩，沉香倦熏。词人坐在室内害怕碰酒杯，这种心理包含着非常复杂的思想感情。

中片追忆过去游乐的情景。“寻思旧京洛”，承上转下，词人从现在的伤春伤别，回想起了过去在汴京的游乐情景。“旧”字，意味着国家已亡，其中包含着非常深沉的故国之思。

“正年少疏狂”三句写当年汴京春日游乐的盛况。少年歌笑若狂，外出游春的车马已准备好，只是催促着好赶快梳妆。“催梳掠”说明其中有女子同行，并活灵活现地将人物的神情写了出来。

“曾驰道同载”三句专写游赏，渲染出一片欢乐的气氛。最后以一句“又争信飘泊”作结，将人从美好的记忆中拉回到了残酷的现实中来，感情陡然转低。

下阕写别后的思念之情。“寂寞，念行乐”引出对昔日爱人的深切怀念之情。词人异乡为客，内心深感寂寞，不禁思念起昔日的爱人来。

“甚粉淡衣襟”三句寓意深厚，词人感叹与美人相离很久，两人相恋时那美好的日子也已经一去不复返了。“琼枝璧月”，这里用来比喻美好的生活。

“怅别后华表”二句，借用典故，抒发人间沧桑之变、好景不长的感慨。传为陶渊明作的《搜神后记》载，辽东人丁令威，学道于灵虚山，后化鹤归辽，落于城门华表柱上，言曰：“有鸟有鸟丁令威，去家千年今始归；城郭如故人民非，何不学仙冢累累？”

结末“相思除是”二句直抒相思之情。词人无法排遣相思，只有痛饮，将万千愁恨暂时忘却。末两句以口语写成，含不尽之意、不尽之情。

石州慢 己酉秋吴兴舟中作

张元幹

雨急云飞，惊散暮鸦，微弄凉月。谁家疏柳低迷，几点流萤明灭。夜帆风驶，满湖烟水苍茫，菰蒲零乱秋声咽[①]。梦断酒醒时，倚危樯清绝。

心折，长庚光怒[②]，群盗纵横，逆胡猖獗。欲挽天河，一洗中原膏血。两宫何处？塞垣只隔长江，唾壶空击悲歌缺[③]。

万里想龙沙[4]，泣孤臣吴越[5]。

【注释】

①菰（gū）：多年生草本植物，生长在浅水里。②长庚：金星的别名。③唾壶空击悲歌缺：典出《世说新语·豪爽》："王处仲（敦）每酒后辄咏'老骥伏枥，志在千里。烈士暮年，壮心不已'。以如意打唾壶，壶口尽缺。"此处借用来抒发作者恢复中原的壮志以及长期遭受压抑、有志难伸的愤慨。④龙沙：泛指沙塞，这里指二帝被掳囚居之处。⑤孤臣：不被君王重视的臣子，这里是词人自指。

【赏析】

宋高宗建炎三年（1129）夏，金兵南侵，词人在逃难途中，作下了这首满怀国破家亡之痛的《石州慢》。

上阕描绘途中所见之景。"雨急云飞"五句，勾勒出一幅悲凉的月夜图，色凋阴暗低沉。"夜帆风驶"三句点名行船，原来之前的景象都是词人舟中所见。湖上菰蒲零乱，秋声呜咽，烟水苍茫，读之令人恻然。"梦断酒醒时"两句转到词人自身的描写，愁需酒浇，但酒醒后呢，国破家亡之恨又纷纷涌上词人的心头。

下阕转入对国事的议论，从正面抒写词人的愤恨和对恢复中原的渴望。"心折"四句抒发对祖国乱离的愤恨。"长庚光怒"，描绘太白金星的星光出现芒角，借以表现词人的极度愤怒。"群盗"指趁乱打劫以及投降敌人的孔彦舟、刘豫、刘正彦之流。"逆胡"则指金兵。"欲挽天河"两句表达出词人要雪洗国耻，拯救人民于危难之中的宏图大志。“两宫何处”三句追忆故国。“两宫”，指徽宗、钦宗。如今宋王朝南渡，长江成了宋金的边界。“唾壶空击悲歌缺”，词人空怀报国之志，却无力回天，只有效仿古人击壶悲歌。末两句紧承前句的“空”而来，进一步抒发自己的悲愤之情。词人徒然击壶，想到中原无法收复，他终于忍不住潸然泪下了。

吕渭老

生卒年不详。一作吕滨老，字圣求，嘉兴（今属浙江）人。宣和、靖康年间在朝做过小官，有诗名。南渡后情况不详。赵师岌序其词云：“宣和末，有吕圣求者，以诗名，讽咏中率寓爱君忧国意。”“圣求居嘉兴，名滨老，尝位周行，归老于家。”今存《圣求词》一卷。

好事近

吕渭老

飞雪过江来，船在赤栏桥侧。惹报布帆无恙①，著两行亲札。

从今日日在南楼②，鬓自此时白。一咏一觞谁共③，负平生书册。

【注释】

① 布帆无恙：《晋书·顾恺之传》载：“（殷）仲堪在荆州，恺之尝因假还，仲堪特以布帆借之。至破冢，遭风大败。恺之与仲堪牋曰：‘地名破冢，真破冢而出。行人安稳，布帆无恙。’”指旅途平安，没有发生事故。② 南楼：泛指好友欢聚之处，这里指词人在南方的住处。③ 一咏一觞：指赋诗饮酒。

【赏析】

这首词是词人平安抵达江南之时向友人报平安的一首词作。

“飞雪过江来，船在赤栏桥侧”，首二句点明词人渡江的时间和地点。在一个大雪纷飞的日子里，词人乘船冒着严寒渡过大江，抵达赤栏桥。因为中原情况非常危急，局势动荡不安，所以得冒雪急急渡江。

“惹报布帆无恙，著两行亲札”，三、四句向友人报平安。“布帆”，布制的船帆。“布帆无恙”，即指一路平安，没出事故。词人一抵达江南就写书报平安，足见其与友人感情的深厚。词的上阕语言虽平实简洁，感情却深挚真诚。

“从今日日在南楼，鬓自此时白”，这两句抒发南来的忧郁情怀。中原丧乱，词人为保性命，不得不离家去国，南渡大江，栖住在江南。“从今”二字，带有决绝、失意的意味。“南楼”，本来指好友欢聚之处，这里是指词人在南方的住处。“鬓自此时白”一句运用夸张的艺术手法，表达了词人无尽的忧思。

“一咏一觞谁共，负平生书册”，这两句具体解释上句“鬓自此时白”的原因。如今渡江南来，与友人天各一方，不能在一起赋诗饮酒了。国家危机重重，而自己却无能为力，真是辜负了读了一辈子的书册。词作下阕语气沉重，忏悔自责的感情溢于言表。

朱 翌

1097—1167，字新仲，号潜山居士、省事老人，舒州（今安徽潜山）人，卜居四明鄞县（今属浙江）。徽宗政和八年（1118），同上舍出身。高宗绍兴八年（1138）除秘书省正字，迁校书郎、兼实录院检讨官、祠部员外郎、秘书少监、起居舍人。孝宗乾道三年（1167）卒，年七十一。有《猗觉寮杂记》二卷、《潜山集》四十四卷。《彊村丛书》辑有《潜山诗馀》一卷。

点绛唇

朱翌

流水泠泠[①]，断桥横路梅枝桠。雪花飞下，浑似江南画。

白璧青钱[②]，欲买春无价。归来也，风吹平野，一点香随马。

【注释】

① 泠泠：形容声音清越。② 青钱：青铜钱。

【赏析】

这是一首咏梅之作。

上阕写景。“流水泠泠，断桥横路梅枝桠”，交代梅花生长的环境。“泠泠”，形容声音清越。流水发出泠泠的响声，梅花开在溪水边，树枝横在桥边的小路上，好似要将路遮断。词人欲咏梅，却并不直接写梅花，而是从水声写起，从声音过渡到咏梅，渐入佳境。

“雪花飞下，浑似江南画”，这两句写梅花。梅花似雪，寒风一吹便纷纷从枝头飘落，宛如一幅清新淡雅的江南落梅图画。

下阕抒情。“白璧青钱，欲买春无价”，这两句写梅花的高贵无价。“白璧”，即美玉。“春色”，指梅花。梅花无价，是不能用金玉买到的。

词的品赏知识

宋人咏物词概述 咏物词是托物言志或借物抒情的词，是以客观事物为描写对象，通过事物的咏叹体现词人的人文思想。咏物词的创作，北宋时期以苏轼、周邦彦为代表，南宋时以辛弃疾、姜夔、吴文英、王沂孙为代表。

宋代初期，宋词大多流于男女缠绵情意，范围还相当狭窄，咏物词更是少之又少。即便有，咏物之中也无关寄托，只是纯粹描写物象。直到柳永出现，这样的状况才有所改变，他写有咏物词《木兰花》三首，但用的仍是小令，咏物词的包容量还较小。

“归来也，风吹平野，一点香随马”，原来那梅景，是词人骑马游春时所见。小桥流水，梅花飘飞；平川旷野，骑马踏春，真是如诗如画。词人认为梅花无价，只能尽情享受，带一缕清香回家！

杨无咎

1097—1171，字补之，号逃禅老人，又号清夷长者，清江（今属江西）人。高宗朝因耻于依附秦桧，累征不起，隐居而终。工书画，身后寸纸千金。长歌咏，多寿词，喜用俚语，风格清疏。有《逃禅词》。

柳梢青

杨无咎

茅舍疏篱。半飘残雪①，斜卧低枝。可更相宜，烟笼修竹，月在寒溪。

宁宁伫立移时②，判瘦损③，无妨为伊④。谁赋才情，画成幽思⑤，写入新诗。

【注释】

① 残雪：指飘落的梅花瓣。② 宁宁：静静地。移时：历时。③ 判：同“拚”。④ 伊：指梅花。⑤ 幽思：郁结于心的思想感情。

【赏析】

这是一首咏梅之作，词中充满了词人对梅花的向往赞赏之情。

上阕描写梅花外形以及生长环境，主要衬托梅树的优美形象和脱俗气质。“茅舍疏篱”，指明梅花生长的地点。茅舍疏篱是隐士的居处，将梅花置放于这一片清幽、远离尘世的地方，暗衬出梅花之脱俗。

“半飘残雪，斜卧低枝”，这两句正面描写梅花。前句是动态描写，写出梅花之洁白轻盈；后句是静态描写，以拟人手法写出梅树的隽逸之姿。“可更相宜，烟笼修竹，月在寒溪”，末三句紧承前两句，描绘出一幅梅溪夜月图。烟笼修竹，月在寒溪，淡雅的梅处于这样一个清幽的环境中，显得多么相宜呀。

下阕抒情，抒发词人对梅花的喜爱之情。笔锋转向描述自己，一位在梅树前驻足凝思的词人形象跃然纸上。“宁宁伫立移时”，此句为夫子自道，说自己驻足于月下静静赏梅，久久不愿离开。“宁宁”，即寂静，神情专注貌；“移时”，即立时、经时。“判瘦损，无妨为伊”，词人长时间驻足赏梅，以致瘦损了自己的身躯，但他认为这是值得的，因其对梅花实在太迷恋。

“谁赋才情，画成幽思，写入新诗”，赏梅还不足以表达词人对梅花的一腔热爱之情，他还要将梅花的飘逸神韵、高洁品性刻画下来，成为永恒的留念，文人对梅花之喜爱由此可见一斑。

曹　勋

1098—1173，字公显，一作功显，号松隐，颍昌阳翟（今河南禹县）人。徽宗宣和五年（1123）进士。靖康之难时，随徽宗一起被押解北上，后受徽宗半臂绢书，自燕山逃归。高宗绍兴十一年（1141）曾出使金邦议和。孝宗朝加太尉。工诗能词，诗多家国之痛，词多应制咏物之作。著有《松隐文集》《松隐乐府》《北狩见闻录》等。

饮马歌

曹勋

此腔自虏中传至边，饮牛马即横笛吹之，不鼓不拍，声甚凄断。闻兀术每遇对阵之际吹此，则鏖战无还期也。

边头春未到，雪满交河道[①]。暮沙明残照，塞烽云间小。断鸿悲[②]，陇月低[③]，泪湿征衣悄。岁华老。

【注释】

① 交河：河名，在今新疆境内。② 断鸿：失群的孤雁。③ 陇月：关陇（关中和甘肃东部一带）之月。

【赏析】

这是一首边塞词。此词曾唱遍金人的军中，其之所以闻名遐迩，是因为它表达了戍边将士的感伤之情，引起了他们的共鸣。

“边头春未到，雪满交河道”，这是写边塞的气候。边关气候严寒，遍布积雪，气候恶劣。“暮沙明残照，塞烽云间小”，这是写边境傍晚之景。日暮时分，夕阳洒在沙漠上，黄沙发出一片亮光。远处烽火台上点着烽火，其烟尘升腾到云间变得越发细小，并逐渐模糊。这边塞之景雄奇而显孤独荒寂。

“断鸿悲，陇月低，泪湿征衣悄。岁华老”，鸿雁和月亮是最引人相思。“断鸿悲，陇月低”，孤雁哀鸣，陇月低垂，渲染出一片凄清。后两句则直接抒情，词人因思念家乡而暗自垂泪，那泪水多得都浸湿了战袍。句末一个“悄”字耐人寻味，他只能悄悄落泪，因为他仍在戍边，不应哭泣，但他确实是年事已高，应告老还乡了。

这首词音韵和谐，富有节奏感，读来朗朗上口，易于传诵。

岳　飞

1103—1142，字鹏举，相州汤阴（今属河南）人。南宋抗金名将，官至枢密副使，封武昌郡开国公。曾率军大败金兵，收复北方大片失地，后为高宗、秦桧召回，并以“莫须有”的罪名杀害。一生虽戎马倥偬，却能诗文，且善书法。存词仅三首，内容多为抗金的伟大抱负和壮志难酬的感慨，风格悲壮，意气豪迈。有《岳武穆集》。

满江红

岳飞

怒发冲冠，凭栏处，潇潇雨歇。抬望眼，仰天长啸，壮怀激烈。三十功名尘与土，八千里路云和月。莫等闲，白了少年头，空悲切！

靖康耻[①]，犹未雪；臣子恨，何时灭？驾长车，踏破贺兰山缺[②]。壮志饥餐胡虏肉，笑谈渴饮匈奴血。待从头，收拾旧山河，朝天阙！

【注释】

① 靖康耻：指靖康二年徽、钦二帝被掳入北廷之事。② 贺兰山：在今内蒙古境内，此代金人基地。

【赏析】

这是一首慷慨激昂的爱国词作，为千古所传诵。

上阕写词人报国立功的宏伟心愿。“怒发冲冠，凭栏处，潇潇雨歇。抬望眼，仰天长啸，壮怀激烈”，第一句“怒发冲冠”就奠定了全词激昂豪宕的感情基调，接着词人描写自己：在潇潇的雨声停歇的时候，他凭栏望远，仰天长啸，壮怀激烈。投降派委曲求和，宋朝廷抗战不力，这令词人愤恨不已。

“三十功名尘与土，八千里路云和月”，词人认为功名不过如尘土，而抗金救国才值得用一生去为之奋斗。“莫等闲，白了少年头，空悲切”，这两句反映了词人积极进取的精神。要抗敌必须趁着年轻力壮之时，这是词人对自己对他人的勉励与劝诫。

下阕写词人收复中原的信心。“靖康耻，犹未雪；臣子恨，何时灭？驾长车，踏破贺兰山缺”，“靖康”是宋钦宗赵桓的年号。“靖康耻”，指宋钦宗靖康二年（1127），京城汴京和中原地区沦陷，徽宗、钦宗两个皇帝被金人俘虏北去的奇耻大辱。国恨未雪，臣子的恨也不会消除。因而他要驾着战车，消灭敌军。“壮志饥餐胡虏肉，笑谈渴饮匈奴血”，充分表达了词人对敌人的刻骨仇恨和报仇雪耻的决心。

“待从头，收拾旧山河，朝天阙”，这两句说，等到击退敌军、收复中原之日，就去向圣上报捷。这里表达了词人的赤胆忠心以及抗金必胜的信心。

高 登

1104—1159，字彦先，号东溪，漳浦县杜浔乡宅兜村人，南宋耿直廉介的爱国者，词人，宣和间为太学生。绍兴二年（1132）进士。授富川主簿，迁古田县令。后以事忤秦桧，编管漳州。有《东溪集》《东溪词》。

好事近

高登

饮兴正阑珊，正是挥毫时节。霜干银钩锦句①，看壁间三绝②。

西风特地飒秋声，楼外触残叶。匹马翩然归去，向征鞍敲月③。

【注释】

①霜干：霜皮，指多年的古柏树干，这里指傲霜挺立的古柏。银钩：形容书法遒劲有力。锦句：辞藻富丽的诗句。②三绝：指画、书、诗都是绝代佳作，故称“三绝”。③征鞍：长途跋涉的马匹。敲月：这里是踏月的意思。

【赏析】

这首词抒写送别，但一扫一般送别词中的凄凉衰飒之气，词调清新，别有一番风致。

上阕写席间挥毫。“饮兴正阑珊，正是挥毫时节”，即将离别，但离别之人却并不伤感，他们充满豪气，把酒畅饮。等到酒饮到差不多的时候，个个意兴正浓，这自是挥毫泼墨，抒发朋友间情感的好时节。“霜干银钩锦句，看壁间三绝”，这两句写挥毫的内容。“霜干”，即“霜皮”，为傲霜挺立的古柏，杜甫《古柏行》有“霜皮溜雨四十围，黛色参天二千尺”。绘画，这是“挥毫”的第一项内容，画的是古柏。古柏长青，喻示着友谊长存。“银钩”，指书法遒劲有力。《晋书·索靖传》:“盖草书之为状也，宛若银钩，漂若惊鸾。”“挥毫”的第二项内容是书法。“锦句”，这是第三项内容，即作诗。“锦句”指辞藻富丽的佳句。席间的画、书、诗都是技艺超绝的佳作，因而词人赞之为“三绝”。

下阕写离情。“西风特地飒秋声，楼外触残叶”，这两句点明季节，并渲染环境。词人勾画了一幅西风吹叶图，为离别营造出一种悲凉的氛围。“飒”，为风声，在此用以强调秋声之萧瑟。因秋光无多，树枝上残存的叶子经西风轻轻一碰便悄然落下了。“匹马翩然归去，向征鞍敲月。”最后两句写友人离开的情形。友人在暮色中，只身匹马翩然而去，多么的洒脱、豪爽。“敲”字用得好，很符合骑马之状。因是马走在月光之下，故发出“嘚嘚”之声，就好像马蹄在敲打着月光，非常形象。

黄公度

1109—1156，字师宪，号知稼翁，莆田（今属福建）人。高宗绍兴八年（1138）进士第一，签书平海军节度判官，除秘书省正字，罢为主管台州崇道观。绍兴二十六年（1156）卒，年四十八。有《知稼翁词》一卷。

青玉案

黄公度

邻鸡不管离怀苦，又还是、催人去。回首高城音信阻。霜桥月馆，水村烟市，总是思君处。

裛残别袖燕支雨①，谩留得、愁千缕。欲倩归鸿分付与②。鸿飞不住。倚阑无语，独立长天暮。

【注释】

①裛：同“浥”，沾湿。残：一部分。燕支雨：意思是泪落如雨，冲掉了脸上的胭脂，连落下的泪水也变成了红色。燕支，即胭脂。②倩：请、托。

【赏析】

词人刚登第的时候，与主战派赵鼎过从甚密，因而遭到秦桧的忌恨。等到词人离开泉州幕府时，皇帝召他去都城临安。他在奔赴临安之前就预感到前途不妙，故作下此词。

上阕前三句表面上看，好像是在怨恨隔壁的雄鸡催人离去，实际上是用“邻鸡”影射秦桧；“又还是、催人去”说秦桧对他的对手是不会留情的，一定会想方设法拔除掉。“回首高城音信阻”，这一句表面上是在说词人对于城中之人的不舍，其实是表达自己对于泉州城的不舍。“霜桥月馆，水村烟市”，这两句写的是旅途时间的变化和地点的转移，不仅包含着长途跋涉的辛苦，还包含着时间的连续，词人从早到晚，时时刻刻都在赶路。最后一句“总是思君处”，是说词人无论走到哪里，都无时无刻不在思念着泉州城。

下阕前三句写高楼之人依依不舍的情态与别后无法释怀的情抱。从“燕支雨”可知“高城”中人为一女子。这里词人看似在说佳人对他的留恋之情，实是在表达词人对自己入京以后政治前途的担忧。高城人隔，音信不通，词人还是想与她取得联系，于是便托鸿雁以传消息。但令人绝望的是，飞鸿无情，连停也不肯停一下。“倚阑无语，独立长天暮”，于无奈之中，词人只好默默凭栏，失神凝望，直望到黄昏日暮。于不言之中，我们可以体会到词人那腔痛之入骨的哀伤。

韩元吉

1118—1187，字无咎，号南涧，开封雍邱（今河南开封市）人，一作许昌（今属河南）人，后徙居信州上饶（今属江西）。孝宗朝累官吏部尚书、龙图阁学士，后封颍川郡公。曾与陆游、范成大、辛弃疾等人诗词唱和。存词八十余首，风格与辛弃疾相近。有《南涧甲乙稿》《南涧诗余》。

霜天晓角 题采石蛾眉亭

韩元吉

倚天绝壁，直下江千尺。天际两蛾凝黛，愁与恨、几时极！

暮潮风正急，酒阑闻塞笛。试问谪仙何处？青山外，远烟碧。

【赏析】

峨眉亭在长江边采石矶上，所处之地雄奇险峻，为南宋抗金前线。这首词是词人登上峨眉亭有感而作。

上阕是由景生情。“倚天绝壁，直下江千尺”，写峨眉亭所处地势以及周围奇景。词人仰天而望，只见采石矶倚天而立，显得格外奇峻高耸。接着词人低头俯瞰，又是另一幅图景。悬崖千尺，直逼江渚。“天际两蛾凝黛，愁与恨，几时极！”词人极目四望，又见东、西梁山横亘天际，似两弯蛾眉。而这两弯峨眉却似凝愁含恨，其实这是词人主观情绪的显露，词人一向主张抗金，但南宋统治者抵抗不利，中原收复无日。家国之恨溢满词人胸膛。

下阕则融情入景。“暮潮风正急，酒阑闻塞笛”，在这傍晚时分，风起潮涌，边声四起。在对景物的描写中，我们完全可以感受到词人的心绪，他的心潮被忧国之情搅得久久难平。“试问谪仙何处？青山外，远烟碧”，李白曾为采石矶写下过著名诗篇，这里也留下了不少他的遗迹。李白平生也负有大志，但一生没有受到重用，这与词人的经历相似，他虽然任了官职，但朝中主和派得势，词人壮志难酬。因而登上采石矶的词人很自然地就想起李白。

全词八句，将登临、览胜、怀古、忧国熔于一炉，在同类题材的作品中，其造诣是非常之高的。吴师道在《吴礼部词话》中评此词曰：“未能有继者。”

朱淑真

约1135—约1180，号幽栖居士，钱塘（今浙江杭州）人，世居桃村。女词人。出身高门，才貌俱佳，工书画，通音律，善诗词。惜所嫁非偶，郁郁而终。其词清新婉丽，格调感伤。陈廷焯评其词“风致之佳，情词之妙，直可亚于易安”（《白雨斋词话》）。有《断肠词》。

眼儿媚

朱淑真

迟迟春日弄轻柔[1]，花径暗香流。清明过了，不堪回首，云锁朱楼。

午窗睡起莺声巧，何处唤春愁？绿杨影里，海棠亭畔，红杏梢头。

【注释】

① 迟迟：阳光温暖、光线充足的样子。

【赏析】

这首小令通过对春景的描写，委婉地抒发了惜春之情。

上阕借景抒情。“迟迟春日弄轻柔，花径暗香流”，多么明媚的晴日啊，春光融融，花径里暗香涌动。“清明过了，不堪回首，云锁朱楼”，看到这美景，词人竟一下子陷入悲伤。美好的事物总是短暂的，清明过后，这片春光也将消逝，念此词人能不伤心？

下阕直接抒情。“午窗睡起莺声巧，何处唤春愁？”一场午梦后，词人听到黄莺声声，唤起了她的春愁。这声音从哪儿来呢？“绿杨影里，海棠亭畔，红杏梢头”，结尾作答，构思新巧，含蕴无限。全词语浅意深，辞淡情浓，清新和婉，别具一格。

蝶恋花 送春

朱淑真

楼外垂杨千万缕，欲系青春，少住春还去。犹自风前飘柳絮，随春且看归何处？

绿满山川闻杜宇[①]，便做无情，莫也愁人苦[②]。把酒送春春不语，黄昏却下潇潇雨。

【注释】

① 杜宇：杜鹃。② 莫也：岂不也。

【赏析】

这是一首送春词，词人独立小楼，望见楼下杨柳飞舞，不禁伤春感怀起来，遂作下此词，词调悲凄幽悒。

上阕写垂杨柳。“楼外垂杨千万缕，欲系青春，少住春还去”三句，描绘了垂杨的招展披拂的姿态。看到杨柳这样一种姿态，词人联想到杨柳在系留着事物，系留什么呢？系住春天。但春天只做了短暂的逗留。"犹自风前飘柳絮，随春且看归何处"，词人将飞絮拟人化，杨柳没有将春系住，只得派遣那飘舞的柳絮尾随春天，去探看春的去处。上阕委婉含蓄地表达出了词人对春天的眷恋。

下阕侧重抒情。暮春时节，四处已是碧绿一片，更有杜鹃哀啼。对着这残春景致，词人哀愁不已，借着那杜宇点出自己的这种心情。"把酒送春春不语"，既然留春不住，词人只好无可奈何地把酒"送春"了，但春却缄默不语。"黄昏却下潇潇雨"，春似乎又依依不舍，对词人洒下惜别之泪。

谒金门 春半

朱淑真

春已半，触目此情无限。十二阑干闲倚遍[1]，愁来天不管。

好是风和日暖，输与莺莺燕燕。满院落花帘不卷，断肠芳草远[2]。

【注释】

①十二阑干：比喻愁思之广。阑干，即栏杆。②芳草：《楚辞·招隐士》有："王孙游兮不归，春草生兮萋萋。"在古代诗词中多象征所

思念的人。

【赏析】

这是一首伤春怀远的名作。相传词人所嫁非偶，因日日思念意中人而作此词。

“春已半，触目此情无限”，点明时令，并点题，时值仲春，春天已经过去了一半。春光的流逝触动了词人那颗敏感的心：纵然现在繁花满枝，柳树浓绿，但既非初春，没多久便会落花满地、柳絮蒙蒙，由此而生出伤春情意。只是伤春之情总归有限，而伤春之情中若还夹杂着词人内心深处的情感，便是“无限”了。而这情感又是什么呢?词的后面自会揭示。

“十二阑干闲倚遍，愁来天不管”，词人心中情意无限，阑干倚遍，愁绪也无法消遣。这愁因春起，而春却不管不问。一个双眉紧蹙、满眼含愁的女子形象鲜明生动地凸现于纸面。前面已经有了“此情无限”一句，这里就不能再直写愁多，在诗词中，倚栏远眺是古人排遣愁绪常用的动作，于是作者巧用“十二阑干”来形容愁思之广。

“好是风和日暖，输与莺莺燕燕”，词人先正面描写春景，此时正值春半，春色正浓，风和日暖，莺莺燕燕成双成对飞翔于明媚的春光中，多么自由、欢乐。词人看着这美好的春景，不免感伤，无可奈何地叹惜道：自己孤独一人，命运受人拘钳，生活失去了欢欣，竟不如那莺莺燕燕。

“满院落花帘不卷，断肠芳草远”，“芳草”象征思念爱慕之人。此时的词人是多么怀念无缘再逢的意中人啊，这绵绵相思真令人柔肠寸断。

张 抡

生卒年不详。字才甫，自号莲社居士，开封（今属河南）人。高宗绍兴间任忠训郎等职，孝宗淳熙五年（1178）为宁武军承宣使，后知阁门事。其词多描写山水景物，风格秀雅清丽。南渡后词风渐变。有《莲社词》。

踏莎行 山居

张抡

秋入云山①，物情潇洒②，百般景物堪图画。丹枫万叶碧云边，黄花千点幽岩下。

已喜佳辰③，更怜清夜，一轮明月林梢挂。松醪常与野人期④，忘形共说清闲话。

【注释】

①云山：指山势高峻，耸入云端。②物情：指山中景物的情态。潇洒：这里形容清爽秀丽的样子。③佳辰：指中秋。④松醪：用松膏酿制的酒。野人：山野之人。

【赏析】

张抡作《踏莎行》十首，这是第七首，描写的是词人秋季游山之随见。

上阕写秋天山景。“秋入云山，物情潇洒，百般景物堪图画”，先点出节令、地点，秋日词人入于山中。接着总写秋日山中之景，萧淡洒然，如诗如画。

“丹枫万叶碧云边，黄花千点幽岩下”，这两句具体写秋山之景。满山红叶，接连云天，碧云与红叶交相映衬。“黄花”，即黄菊，小小的野菊花洒在山岩上，一片清幽。

下阕写中秋赏月。“已喜佳辰，更怜清夜，一轮明月林梢挂”，今夜既是中秋，景色也十分优美，月儿挂于林梢，真可谓是良辰美景俱而有之，令人欢喜。

“松醪常与野人期，忘形共说清闲话”，“松醪”是一种用松膏酿成的酒。“野人”，即山野中人。词人常与山野中人相约饮酒，意气相投，不拘形迹地在月光下闲话，一幅宁静淡泊的山居之图宛在人眼前。

王千秋

生卒年不详。字锡老，号审斋，东平（今属山东）人，流寓金陵（今南京），晚年转徙湘湖间。与游者如张安世、韩元吉，皆南渡初名士，年辈应亦相类。词风秀拔。著有《审斋词》一卷。

鹧鸪天 煮茧

王千秋

比屋烧灯作好春①，先须歌舞赛蚕神②。便将簇上如霜样③，来饷尊前似玉人④。

丝馅细，粉肌匀。从它犀箸破花纹⑤。殷勤又作梅羹送⑥，酒力消除笑语新。

【注释】

①比屋：一屋挨一屋。烧灯：点灯过元宵节。②赛蚕神：江南旧俗以正月十五为祈蚕之祭。③簇：通“蔟”，蚕山，蚕在上面做茧用的东西，通常用稻草扎成。霜样：指白色的蚕茧。④饷：供养。⑤犀箸：犀角筷子。⑥梅羹：汤名。

【赏析】

这首词描写的是一群活泼可爱的少女欢度灯节的盛况，语言平白如话，富有浓郁的生活气息。这类词在宋词中是难得一见的。

上阕写祭祀蚕神。“比屋烧灯作好春，先须歌舞赛蚕神”，燃灯是江南旧俗，每到正月十五之夜，家家都点起花灯。而正月十五也为祈蚕之祭，故养蚕的少女们，载歌载舞，祭祀蚕神。接着词人便描述起祭祀蚕神的仪式来：“便将簇上如霜样，来饷尊前似玉人。”那蚕茧白花花一片，似雪如霜，而载歌载舞的姑娘们呢，一个个如花似玉，美丽非凡。

下阕写聚餐。“丝馅细，粉肌匀。”两句是写十五的食品，即元宵。元宵，又称汤圆。这六个字以姑娘粉嫩的肌肤形容汤圆，写出了汤圆那雪白匀净的喜人样子。“从它犀箸破花纹”，描写完汤圆，词人接着便开始描写吃了，少女们用犀角筷子划破花样精致的美食佳肴，把它们夹入口中。“殷勤又作梅羹送，酒力消除笑语新”，且看她们吃得多么热闹呀，又是吃饭，又是喝汤，酒席间，笑声不绝如缕。

袁去华

生卒年不详。字宣卿，奉新（今属江西）人。高宗绍兴十五年（1146）进士。曾知善化、石首县。有《适斋类稿》《袁宣卿词》。

瑞鹤仙

袁去华

郊原初过雨。见数叶零乱，风定犹舞。斜阳挂深树。映浓愁浅黛，遥山眉妩。来时旧路，尚岩花、娇黄半吐。到而今惟有，溪边流水，见人如故。

无语。邮亭深静，下马还寻，旧曾题处。无聊倦旅。伤离恨，最愁苦。纵收香藏镜[①]，他年重到，人面桃花在否？念沉沉，小阁幽窗，有时梦去。

【注释】

①收香藏镜：指自己对爱情忠贞不贰。收香，用的是晋代贾充之女贾午窃其父所藏奇香赠给韩寿，最后结为夫妇的典故，见《晋书·贾充传》。藏镜，用的是南朝陈亡后，驸马徐德言与妻子乐昌公主因各执半面镜子而得以重新团聚的典故，见孟棨《本事诗·情感》。

【赏析】

这是一首抒发离愁别恨的词作。

上阕写郊原风光。开头写郊外雨后的景色，一片荒凉。接着词人将视线移向远方：夕阳斜挂在浓密的小树林顶上，金色的光线把妩媚的远山照映得十分明显。这本是悦目的景致，然而词人见到的却是“浓愁浅黛”的状貌。“来时旧路”至上阕结束，词人通过描写自己两次来到郊原所看到的景色，表达了对秋日情人的思念。

下阕由郊原转入对邮亭的描写。词人来到邮亭前，下马寻找昔日题词的地方，他是试图去寻回那曾经的美好。随后由写景叙事转入抒情，直接点出了离愁别恨的主题。纵使词人忠贞不贰，对方又怎样呢？她那如桃花般娇艳的容颜不知还在否？词人知道自己与恋人在现实中不一定能够相见，就只好寄希望于梦中，他经常在梦中去她的妆楼与她相会。

陆　游

1125—1210，字务观，号放翁，越州山阴（今浙江绍兴）人。绍兴间应礼部试，因名列秦桧孙秦勋之上，被秦桧以“喜论恢复”为由除名。孝宗朝赐进士出身，任枢密院编修兼类圣政所检讨。历任镇江、隆兴、夔州通判，入川为王炎幕府，范成大帅蜀时，被邀为参议。因力主抗金罢官，居乡二十余年，后官至宝章阁待制。著名爱国诗人，诗作颇丰，多抒爱国之志，风格雄放。词风多变，既有圆润清逸之作，又多伤时忧国之篇。有《剑南诗稿》《渭南文集》，词集《渭南词》等。

卜算子 咏梅

陆游

驿外断桥边①，寂寞开无主②。已是黄昏独自愁，更著风和雨③。

无意苦争春④，一任群芳妒⑤。零落成泥碾作尘⑥，只有香如故。

【注释】

① 驿：驿站，古代传递公文的人中途换马匹休息、住宿的地方。② 无主：无人过问。③ 更著：又遭受。著，接触。④ 苦：尽力，竭力。⑤ 一任：任凭。群芳：指百花。⑥ 零落：凋谢。碾：轧碎。

【赏析】

这是一首咏梅之作，词人托物言志，抒发了自己孤高兀傲的人生情怀。

上阕写梅花的遭遇。洁白的梅花寂寞地盛开在那驿亭之外的断桥旁边，无人来赏。而词人的处境正如这梅花一般，空怀报国热情，空有济世之策，却没人赏识他提拔他。“寂寞开无主”一句，作者已经将自己的感情倾注于客观景物之中了。

凄凉的黄昏之景已够叫人发愁的，再加上一番风雨，更显冷落凄凉。词人屡遭排挤，闲置家中，境况也如同这黄昏中的梅花一般凄凉。前三句将梅花的处境描写得很艰难，“更著风和雨”将环境的恶劣推向了极处，至此感情渲染已达高潮。尽管如此，梅花还是“开”了，悄然绽放，倔强而顽强。

下阕托物言志。词人不愿与他人苦苦争名夺利，任由百花嫉妒。即使如梅花一般凋零飘落，成泥成尘，也依旧保持着一脉清香。这表明词人不愿同流合污，无论处于一种什么境况中，依旧坚持自己高洁的品格。末句为全篇警句，常为后人称道，卓人月在《词统》中就评这句道:“末句想见劲节。”

秋波媚 七月十六日晚登高兴亭望长安南山

陆游

秋到边城角声哀，烽火照高台。悲歌击筑[①]，凭高酹酒[②]，此兴悠哉!

多情谁似南山月，特地暮云开。灞桥烟柳，曲江池馆，应待人来。

【注释】

①筑：古击弦乐器，演奏时，以左手握持，右手以竹尺击弦发音。②酹（lèi）酒：将酒倒在地上，表示祭奠或立誓。

【赏析】

这是一首登临之作，作于宋孝宗乾道八年（1172）秋天，这年陆游四十八岁。当时他在南郑（今陕西汉中市）任四川宣抚使司干办公事兼检法官。这段时间为他一生中最为得意的时期，因此全词昂扬着一股向上的激情，表达了他对收复中原的热望与坚定的必胜信念。

上阕写登高望远。开篇二句描绘出一幅边关秋色图，悲壮而雄浑。时值秋天，号角声响起，袅袅不绝，烽火照耀着高台。“悲歌击筑”，用的是荆轲刺秦的故事，表现出誓死夺取胜利的决心；接着词人站在高兴亭上北望长安，并将酒洒在地上，立誓收复长安。“此兴悠哉”一句，将词人志得意满之态毫无保留地展示了出来。

下阕抒怀，预祝胜利。“多情谁似南山月，特地暮云开”二句，以拟人的手法，将南山的明月拟人化，词人心中有无限豪情，见月月亦有情。正是由于暮云散去，月光皎洁，词人望得更远，望得更清晰。他仿佛真的看到长安城外灞桥两岸的烟柳，长安城南的曲江，它们正期待南宋军队早日胜利归来。

钗头凤

陆游

红酥手[1]，黄縢酒[2]。满城春色宫墙柳；东风恶，欢情薄，一怀愁绪，几年离索，错，错，错！

春如旧，人空瘦。泪痕红浥鲛绡透[3]；桃花落，闲池阁，山盟虽在，锦书难托，莫，莫，莫！

【注释】

① 红酥手：红润白嫩的双手。② 黄縢酒：黄纸封坛的美酒。③ 浥（yì）：浸湿。鲛（jiāo）绡：丝帕。

【赏析】

陆游在沈园与前妻唐琬邂逅后，心中伤情难遏，题此词于沈园壁上，抒发了他对唐琬的深切思念，真挚动人。

词的上阕追忆两人美满的爱情生活，并感叹自己被迫分离的痛苦。“红酥手，黄縢酒。满城春色宫墙柳”，回忆往昔与唐琬携手游春的美好情景。那是满城春色，杨柳依依，词人牵着妻子红润的酥手，把酒赏春。

“东风恶，欢情薄，一怀愁绪，几年离索，错，错，错”，写词人被迫与唐氏离异后的痛苦心情。美好的生活却如此短暂，很快两人便被那险恶的人情世风拆散。“东风”是一种象喻，象喻造成词人爱情悲剧的“恶”势力。邪恶的“东风”将美满姻缘拆散，使词人饱受思念的折磨。接下来，一连三个“错”将感情表达得极为沉痛。

词的下阕，由感慨往事回到现实，进一步抒写自己对前妻的深切思念。“春如旧，人空瘦。泪痕红浥鲛绡透”，沈园重逢，唐琬已被分离的哀痛折磨得面容憔悴、身形消瘦了。

“桃花落，闲池阁，山盟虽在，锦书难托，莫，莫，莫”，写词人与唐氏相遇以后的痛苦心情。桃花凋谢，园林冷落，这凄清之景其实是词人内心的写照。他自己的心境，也如同那“闲池阁”一样凄寂冷落。

接着词人又转入直接赋情：“山盟虽在，锦书难托。”虽然自己心坚如磐石，痴心未改，但是，这样一片赤诚的心意却又不能向所爱之人诉说。既然这样不如快刀斩乱麻，将这情思斩断。

鹊桥仙

陆游

华灯纵博，雕鞍驰射①，谁记当年豪举？酒徒一半取封侯，独去作、江边渔父。

轻舟八尺，低篷三扇，占断蘋洲烟雨。镜湖元自属闲人②，又何必、官家赐与。

【注释】

①雕鞍：雕饰有精美图案的马鞍。借指宝马。②镜湖：在今浙江绍兴南。天宝三载，贺知章因病而上表请回乡为道士，玄宗许之。诏赐镜湖剡溪一曲，以给渔樵。

【赏析】

这首词为词人晚年罢归山阴后所写。陆游少年时便负有凌云之志，为抗击金兵驰骋奔走。但因此而为主和派排挤，屡遭贬黜。请缨无路的词人只好寄情江湖，渔樵度日，然而终是忧愤难平。这首《鹊桥仙》就表达了他的这种心情。

开头两句词人追思他在南郑幕府的生活。当年在地处西北边防的南郑幕府，他的生活是多么富有英雄气，在华丽的明灯下与同僚纵情豪饮，骑上骏马猎射驰驱，杀敌疆场。可不到一年，这样的生活就化作泡影了，陆游转官成都。

"酒徒一半取封侯，独去作、江边渔父"，后两句描绘出两种人、两条道路：终日饮酒作乐之徒，反倒受赏封侯；有志报国的儒生武将，却被罢官闲置，做了那江上的渔翁，不平之气流露言外。一个"独"字，融入了深沉的孤愤，词人的一身傲骨令人钦佩。

"轻舟八尺，低篷三扇，占断蘋洲烟雨"承上阕"江边渔父"而来，写江边渔父的生活，词至此声情转为舒缓，他们驾着轻舟，往来于烟雨蒙蒙的沙渚之间，多么的自由自在呀。

"镜湖元自属闲人，又何必、官家赐与"这两句将笔锋直指最高统治者，表现出对他们强烈的不满与愤慨。

谢池春

陆游

壮岁从戎，曾是气吞残虏。阵云高、狼烽夜举[①]。朱颜青鬓，拥雕戈西戍。笑儒冠、自来多误。

功名梦断，却泛扁舟吴楚。漫悲歌、伤怀吊古[②]。烟波无际，望秦关何处[③]？叹流年、又成虚度。

【注释】

①阵云：浓重厚积形似战阵的云层。②伤怀：伤心。③秦关：今洛川县秦关乡，是中国历史上的要塞之一。

【赏析】

南宋乾道八年（1172）二月，词人任四川宣抚使王炎幕下的干办公事兼检法官。但到了十月，王炎被召还，幕府遭解散，词人转任成都。宣抚司治所在南郑（今陕西汉中），是当时西北前线的军事要地。在这里任职，词人有机会到前线参加一些军事活动，这符合他报效祖国、收复失地的心愿。因而这不到一年的南郑生活，成了他一生中最为怀念的时光，这首词便是词人为追怀这段经历而作。

上阕写词人过往的军旅生涯及感叹。"壮岁从戎，曾是气吞残虏。阵云高、狼烽夜举。朱颜青鬓，拥雕戈西戍"，这几句是词人对南郑生活的回忆。他那时是多么的意气风发，胸中怀抱着收复西北的凌云壮志，一身戎装，手持剑戈，乘马飞驰，随军止宿，气吞残虏。字里行间洋溢着一股豪气，颇能振奋人心。

但接着词急转直下："笑儒冠、自来多误。"这一句化用杜甫《奉赠韦左丞丈二十二韵》的"纨绔不饿死，儒冠多误身"而来，感叹自己被儒家忠孝报国的思想所误，一生怀抱此志，却时至暮年仍旧一事无成。看上去，词人有悔意，悔恨自己不该学习儒家思想，执着于仕进报国，但实是对"壮岁从戎"的生活不再的哀叹。

词的品赏知识

相思怀人词概述 相思怀人词表达的主要是对亲友的思念，以及在异乡的孤寂、惆怅、落寞、凄清的意绪。我们可以将相思怀人词分为以下四类：羁旅愁思，如柳永的《夜半乐·冻云黯淡天气》；思亲念友，如黄公绍的《青玉案·年年社日停针线》；边关思乡，如范仲淹《渔家傲·塞下秋来风景异》；闺中怀人，如贺铸的《捣练子·杵声齐》。

下阕写老年家居江南水乡的生活和感慨。"功名梦断，却泛扁舟吴楚。"词人求取功名的愿望落空，被迫隐居家乡。为排遣愁怀，他四处泛舟清游。"漫悲歌、伤怀吊古"，虽身在江湖，但心仍在朝堂之上。词人没有办法真正做到自我宽解。他"泛扁舟吴楚"，吴楚古迹仍旧引发起他无限怀古伤今之意。

"烟波无际，望秦关何处？叹流年、又成虚度。""秦关"，即北国失地。那淼淼的烟波仍不能消除词人对秦关的向往，他至老仍旧不忘收复失地，不甘断送壮志，故闲散的隐居生活使他深感流年虚度。

诉衷情

陆游

当年万里觅封侯，匹马戍梁州[①]。关河梦断何处？尘暗旧貂裘[②]。

胡未灭，鬓先秋[③]，泪空流。此生谁料，心在天山[④]，身老沧洲[⑤]。

【注释】

① 梁州：在今陕西汉中一带。陆游 48 岁时在汉中川陕宣抚使署任职，过了一段军旅生活。② 尘暗旧貂裘：意谓貂裘上积满了尘土，颜色也因日久而改变。暗，形容词作动词，变得暗淡。③ 鬓先秋：意谓鬓发早已斑白如秋霜。④ 天山：祁连山脉，在今甘肃境内，此处指代抗金前线。⑤ 身老沧洲：陆游晚年退隐于故乡绍兴镜湖边的三山。沧洲，古时隐士所居之处。

【赏析】

这首词也是作者晚年隐居山阴后所作。词人此时已年近七十，却仍壮怀激烈，心系国事，渴望王师早日收复中原。这首词抒发了词人无路请缨的悲哀，抒发了他年华易老的沉重感慨。

上阕回忆自己早年的戎马生涯，慨叹其后长年闲居废置、报国无门的境遇。当年词人是何等英勇，奔赴前线，抗战杀敌。可是不到半年，他就被调离前线，从此关塞河防，只能在梦中出现，而梦醒却不知身在何处，只看到久久弃置的旧时戎装。南宋朝廷无心收复失地，词人被闲置已久。

下阕抒情，抒发胡人未灭、青春不再、报国无门之悲。想到胡虏未灭，两鬓已经斑白，词人不禁老泪纵横。最后三句道出了词人一生的悲剧，其中含有无限悲愤。“天山”代指抗敌前线，“沧洲”指闲居之地。回顾自己的一生，词人悲哀地发现自己的心始终驰骋于疆场，他的身却老在沧洲，这是他往日没有料到过的。“谁料”二字写出了词人的失落与错愕，抒发了他对南宋统治者强烈的不满。

唐　琬

生卒年不详。陆游的表妹，也是陆游的第一任妻子。字蕙仙。自幼文静灵秀，才华横溢。与陆游婚不足三年，因陆母反对而被迫分离，后改嫁赵士程，恹恹早终。《全宋词》存其词一首。

钗头凤

唐琬

世情薄，人情恶，雨送黄昏花易落。晓风干，泪痕残。欲笺心事，独语斜阑。难，难，难！

人成各，今非昨，病魂常似秋千索①。角声寒，夜阑珊②。怕人寻问，咽泪装欢。瞒，瞒，瞒！

【注释】

①秋千索：吊着秋千的绳子。②阑珊：将尽。

【赏析】

唐琬是南宋才女，大诗人陆游的妻子。他们两夫妻恩爱，整日沉醉在新婚的幸福之中。可好景不长，陆游的母亲不喜欢这个儿媳，硬生生将两人拆散，唐琬另嫁他人。一个春日，唐琬与夫君一同来到沈园游春，突然迎头撞见陆游，两人四目相望，含情含怨，却没有办法再互通情愫。陆游离开沈园时题了一首词《钗头凤》于沈园壁上，唐琬看到了，便和了这首《钗头凤》。

“世情薄，人情恶”是词人对两人分离的原因归述，世风凉薄，人心险恶。“雨送黄昏花易落”这里用了象征的手法，将自己比喻成枝头的花儿，而雨则象征着险恶的人情，将明媚鲜妍的花儿打落。这里点明了唐琬悲惨的处境。“晓风干，泪痕残”，分离实在令词人痛苦，被雨水打湿的花儿已被晓风吹干，而自己泪痕却至天明时分，还挂在脸上。“欲笺心事，独语斜阑。”词人想把自己的一片相思之情用信笺写下来寄给对方，却倚着栏杆，犹豫着要不要动笔。“难，难，难！”她终于没有这样做。原因在一开始其实就说明了，世风凉薄，人情险恶。若将信笺寄出去，不知要生出多少枝节。

“人成各，今非昨，病魂常似秋千索”，写的是两人现状，两人如今已是相隔天涯，孤身只影，昨日的欢乐如花落一般消逝了，思念整日萦绕于词人心头，令她袭了一身病，这是多么凄凉的遭际。“角声寒，夜阑珊。怕人寻问，咽泪装欢”，这几句承前面三句而来，心中有无限苦楚，却不能说与人知道，只能强颜欢笑，更显词人处境之凄凉。

范成大

1126—1193，字致能，号石湖居士，平江吴郡（今江苏苏州）人。绍兴二十四年（1154）进士，在任期间颇有政绩。孝宗乾道六年（1170）奉命出使金国，慷慨陈词，不辱使命，官拜参知政事，晚年退居石湖。谥文穆。作品清逸淡远，与尤袤、杨万里、陆游合称“中兴四大家”。曾手定诗文为《石湖诗文集》，至清代尚存，今则佚文存诗。有《石湖词》一卷。

蝶恋花

范成大

春涨一篙添水面①。芳草鹅儿②，绿满微风岸。画舫夷犹湾百转③，横塘塔近依前远④。

江国多寒农事晚⑤。村北村南，谷雨才耕遍。秀麦连冈桑叶贱⑥，看看尝面收新茧⑦。

【注释】

① 一篙：指水的深度。② 鹅儿：小鹅。③ 夷犹：迟疑不前。④ 横塘：是一个大水塘，在苏州西南。⑤ 江国：水乡。多寒农事晚：是说因为水寒，旱地早已种植或翻耕了，水田则要晚些。⑥ 秀麦：出穗扬花的麦子。⑦ 看看：即将之意。

【赏析】

本词是范成大的一首田园词，意境清新自然，与他著名的《四时田园杂兴》将近。范成大其人有才更有为，是南宋中兴时期很有才干的官员，受许多人的景仰。南宋时期在政治上软弱妥协，农业手工业却发展颇快，许多爱国之士都因政见与朝堂相左而隐居于世，范成大也是其中一员，也因此成就了他自成一家的田园诗词。

上阕大略讲述了春天的美好风景：春水初涨，微风中嫩嫩的芳草已经铺满岸边。画舫顺着百转千回的河道慢慢前行，横塘的塔看似很近，却还有些距离，正好可以领略这一路春光。下阕侧重点放在农事上，写得颇有味道。先说天气寒冷农事较晚，水稻才刚刚种下。下一句话锋一转，麦子却已经熟了还没有来得及收割，桑叶也便宜了，人们欢欢喜喜将要去尝面收茧，似乎预见了这一年里人们丰衣足食的好日子。

这首词体现了田地间春意盎然的一幕，笔调清新愉悦，将景物与农事描写得自然连贯，是很有特色的词作。

忆秦娥

范成大

楼阴缺，阑干影卧东厢月。东厢月，一天风露，杏花如雪。

隔烟催漏金虬咽[①]，罗帏黯淡灯花结。灯花结，片时春梦，江南天阔。

【注释】

① 金虬（qiú）：“漏”（古代的一种计时器）上所装的铜制龙头。

【赏析】

这是一首怀人之作。

上阕写室外春景。“楼阴缺，阑干影卧东厢月”，点明地点、时间。“楼阴缺”，谓小楼在绿树掩映之下只露出一角高楼。高楼为女主人公的居处。月照东厢，说明此时月已偏斜，时至深夜。女主人公深夜尚未睡着，痴痴怀念着天涯的游子。“东厢月，一天风露，杏花如雪”，词人轻轻浅浅几笔就勾勒出一幅极为优美、静谧的图画。这如诗如画之景与女主人公念远的凄寂心境互相映衬，相融无间。

下阕由室外转向室内景物的描写。龙头滴水，一滴滴，一声声，其声如泣如咽，而这正是女主人公心境的写照，暗示着她的凄咽之情。接着她感到“罗帏黯淡”起来，抬眼一看，原来是灯芯结花了。古人认为灯烛结花，预示着喜讯将临。这灯花究竟带来了什么喜讯呢？女主人公入梦了，梦中她来到广袤的江南之地，见到了自己日思夜想之人。但这梦只有“片时”，很快她就醒来了，可以想见，醒来后的她定是愈发感到凄凉失落吧。末三句以淡淡的笔调写出了女主人公深浓的情意，并以迷离的梦境作结，给人以无尽遐想。

眼儿媚

范成大

萍乡道中乍晴[1]，卧舆中困甚，小憩柳塘。

酣酣日脚紫烟浮[2]，妍暖破轻裘。困人天色，醉人花气，午梦扶头[3]。

春慵恰似春塘水，一片縠纹愁[4]。溶溶泄泄[5]，东风无力，欲皱还休。

【注释】

① 萍乡：今江西省萍乡市。② 酣酣：盛足的样子。日脚：透过云层射向地平线的日光。③ 扶头：头脑昏沉时的动作姿态。④ 縠纹：比喻微波。縠，绉纱。⑤ 溶溶泄泄：水波随风荡漾的样子。

【赏析】

这首词作于词人调知静江府、广西经略安抚使赴桂林上任途中。

乾道九年（1173）正月二十六日，词人路过萍乡（今江西萍乡市），因舟车劳顿，不胜困倦，便歇息于柳塘畔。时雨后放晴，柳条新抽，春塘水满，浓浓的春色引得词人诗兴大发，故作下此词。

"酣酣日脚紫烟浮"，首句写乍晴的景色。"日脚"，云缝下漏出的日光。"紫烟"，映照日光的地表上升腾的水气。"酣酣"，酣畅舒适之貌。这一句对景物的描写十分精到，抓住了云彩和地气这两种"乍晴"

的主要景致对其进行描摹。“妍暖破轻裘”，这句是写乍晴后给人带来的感觉。“妍暖”，和暖、轻暖。“轻裘”，薄袄。暖意透过轻软的棉袄，继而传至“轻裘”里的躯体。

“困人天色，醉人花气，午梦扶头”三句写困倦之状。天气暖乎乎的，叫人有昏昏欲睡之感，再加上醉人的花香，使人神思愈发慵倦了。“扶头”，本是指一种易使人醉的酒，也状醉态或睡意。

“春慵恰似春塘水，一片縠纹愁”，首二句即景作比，将春困与春水合写，生动传神。“縠纹”，绉纱的细纹比喻水的波纹。这两句说：春慵就像春塘中那细小的波纹一样，叫人感到那么微妙，只觉得那丝丝的麻麻痒痒、阵阵的软软绵绵。

“溶溶泄泄，东风无力，欲皱还休”，“溶溶泄泄”，水缓缓流动的样子。东风拂过，水波被吹皱，但仔细一看，波纹又平息下去了。这三句既写出了春水的美感，又通过波纹的“欲皱还休”写出了春慵的不可捉摸，将难以言状的困乏形容得具体而形象。

杨万里

1127—1206，字廷秀，号诚斋，吉州吉水（今属江西）人。高宗绍兴二十四年（1154）年进士。曾任秘书监等职，官至宝谟阁直学士。直言敢谏，主张抗金。有诗名，为“中兴四大家”之一。构思新巧，语言通俗明畅，自成一格，号“诚斋体”。其词风格清新，活泼自然。有《诚斋集》。

昭君怨 赋松上鸥

杨万里

晚饮诚斋，忽有一鸥来泊松上，已而复去，感而赋之。

偶听松梢扑鹿[①]，知是沙鸥来宿。稚子莫喧哗，恐惊他。

俄顷忽然飞去，飞去不知何处？我已乞归休，报沙鸥[②]。

【注释】

①扑鹿：象声词。形容沙鸥拍扇翅膀的声音。②“我已”二句：意谓我已经从官场隐退，告诉沙鸥，不要疑惧而远去。乞归休，请求辞官归还家乡。

【赏析】

这是一首咏物词，为杨万里辞官归隐家乡江西吉水时所作。

上阕写沙鸥偶然投宿诚斋，词人惊喜的心情。“偶听松梢扑鹿，知是沙鸥来宿”，词人偶然听到门前松树梢上有飞鸟拍打翅膀的“扑鹿”声，凭着生活经验，他“知是沙鸥来宿”。虽无一字描写鸥，也不着一字描绘人。但沙鸥翩然降落之姿，词人停杯谛听之貌却映现于人脑海。

“稚子莫喧哗，恐惊他”，词人对于沙鸥的来宿是多么欣喜呀，他小心翼翼地向正在玩耍的孩童示意，要他们不要喧哗，恐怕惊吓了鸥鸟。这两句于字里行间透露出词人对沙鸥的喜欢。

下阕写鸥鸟远飞后词人怅然若失的心情。“俄顷忽然飞去，飞去不知何处？”词人正为沙鸥投宿诚斋而欣喜不已，转瞬间沙鸥竟振翅远飞了，词人心情一下子跌落谷底，深感失望。不知沙鸥飞往何处，茫茫夜空面前一片空寂。

“我已乞归休，报沙鸥”，词人俨然已将沙鸥视为知己，他告诉沙鸥自己已经辞官归隐，期望求得沙鸥的理解。一个“报”字，凸显了词人对沙鸥的亲切敬重。然而，正因为不愿与奸邪同流合污，加上无人理解，只能转向鸥鸟倾诉，苦闷之意隐现其中。

严　蕊

生卒年不详。字幼芳，女词人。天台（今属浙江）营妓，色艺冠于当时。善琴弈、歌舞、丝竹、书画，“间作诗词，有新语，颇通古今”（周密《齐东野语》）。存词三首。

卜算子

严蕊

不是爱风尘[①]，似被前缘误。花落花开自有时，总赖东君主[②]。

去也终须去，住也如何住！若得山花插满头，莫问奴归处[③]。

【注释】

① 风尘：古时称妓女生涯为堕落风尘，妓女为风尘女子。② 东君：传说中的司春之神，主管花开花落。③ “若得”两句：若能头插山花，过着山野农妇的自由生活，那时也就不需问我归向何处。奴，古代妇女对自己的卑称。

【赏析】

南宋淳熙九年（1182），浙东常平使朱熹巡行台州，由于唐仲友的永康学派反对朱熹的理学，朱熹上疏弹劾唐仲友，其中论及唐与严蕊的风化之罪，下令黄岩通判抓捕严蕊，关押在台州和绍兴，严刑逼供。严蕊宁死不屈。后朱熹改官，岳霖任提点刑狱，释放严蕊，问其归宿。严蕊作这首《卜算子》。岳霖判令从良，被赵宋宗室纳为妾。

上阕替自己申诉。“不是爱风尘，似被前缘误”，首句为自己辩白说自己并非生性喜好风尘生活，那是宿命所致。词人说自己并非贪恋风尘，但又找不到自己沉沦的根源，无可奈何，只好归因于冥冥不可知的前缘与命运。一个“似”字反映出词人对“前缘”似信非信的心理，包含了词人既自怨自艾，又自伤自怜的复杂感情。“花落花开自有时，总赖东君主。”两句以“花开花落”自喻，花落花开自有一定的时候，可这一切都只能依靠司其之神东君来做主，像词人这一类风尘女子，俯仰随人，不能自主，命运总是操在有权者手中。这是妓女命运的真实写照。这两句中既有自伤，也隐含着对长官岳霖的期望——希望他能成为护花的东君。

下阕则抒发自己对幸福自由的渴望。“去也终须去”说自己终将从牢狱中放出，表达了词人对自由的深切渴望。“住也如何住”自己是无辜的，如何能留在这牢狱里。“若得山花插满头，莫问奴归处”，两句是说，如果有朝一日，能够将山花插满头鬓，过着自由自在的生活，就不必问她的归宿了。词人在展望自己的未来，述说自己的理想，她向往的只是那幸福而简单的生活。

张孝祥

1132—1170，字安国，别号于湖居士，历阳乌江（今安徽省和县东北）人。高宗绍兴二十四年进士。授承事郎，签书镇东军节度判官。后因事触秦桧，下狱。次年秦桧死，授秘书省正字。历任秘书郎、著作郎、集英殿修撰、中书舍人等职。1163 年，张浚出兵北伐，被任为建康留守。此外还出任过抚州、平江、静江、潭州等地的地方长官。乾道五年（1169），以显谟阁直学士致仕。是年夏于芜湖病死，葬南京江浦老山。年三十八岁。其词风早期清丽婉约，南渡后转为慷慨激昂，多抒发爱国思想。有《于湖居士文集》《于湖词》传世。

六州歌头

张孝祥

长淮望断①，关塞莽然平。征尘暗，霜风劲②，悄边声。黯消凝。追想当年事③，殆天数，非人力；洙泗上④，弦歌地⑤，亦膻腥⑥。隔水毡乡，落日牛羊下，区脱纵横⑦。看名王宵猎⑧，骑火一川明⑨，笳鼓悲鸣⑩，遣人惊⑪。

念腰间箭，匣中剑，空埃蠹⑫，竟何成！时易失，心徒壮，岁将零。渺神京⑬。干羽方怀远⑭，静烽燧⑮，且休兵。冠盖使⑯，纷驰骛，若为情！闻道中原遗老⑰，常南望、翠葆霓旌⑱。使行人到此，忠愤气填膺，有泪如倾。

【注释】

① 长淮：淮河。绍兴二十一年（1151），南宋向金求和，约定两国以淮河为界。从此淮河成了南宋词人吟咏感叹的对象。望断：极目远望，直到望不见。② 霜风：秋风。③ 当年事：指靖康二年，金兵攻

取中原，二帝被掳至北国一事。④ 洙泗：洙水和泗水的合称。洙、泗二水流经曲阜，孔子曾在此讲学。⑤ 弦歌地：指有礼乐的地方。孔子曾在此地弦歌重编《诗经》三百篇。⑥ 膻腥：牛羊的腥臊味。喻指金人。⑦ 区脱：匈奴语，指边境上守望的土堡。⑧ 名王：原指匈奴诸王中有名望者。《汉书·宣帝纪》载："单于遣名王奉献。"颜真卿曾解释道："名王者谓有大名，以别诸小王。"此处喻指金兵将领。⑨ 骑火：骑马的狩猎者手中举着火把。⑩ 笳鼓：金人的乐鼓。⑪ 遣人：指北宋派遣的使者。⑫ 空埃蠹：白白地落满尘埃、遭虫蛀。⑬ 神京：北宋京都汴梁。⑭ 干羽：干为盾牌，羽为雉羽。古代舞者的道具。《尚书·大禹谟》载：虞舜"舞干羽于两阶"，使苗人归降。⑮ 烽燧：报警传讯的烽烟。白天举烟为燧，夜晚燃火称烽。⑯ 冠盖使：带冠驾车的议和使节。⑰ 中原遗老：指沦陷金人之地的中原百姓。⑱ 翠葆霓旌：指皇帝的仪仗。翠葆，用鸟羽装饰的车盖。霓旌，像霓虹似的彩色旌旗。意谓南宋的王师。

【赏析】

这首词作于宋孝宗隆兴二年（1164）。头一年，元帅张浚带兵北伐，在今安徽宿县符离集战败，主和派得势，急于向金人求和。当时张孝祥任建康（今南京）留守。张浚召集抗金义士于建康，打算上书孝宗，反对议和。在张浚的宴客席上，张孝祥即席赋此词，张浚深受感动，立即罢席而起，入宫求见孝宗。词里描写了北国失地残破荒凉的景象和敌人铁骑骄纵横行的场景，揭露了主和派的种种丑行，抒发了词人忠愤填胸的爱国情怀。

上阕描写南宋边境及金兵活动。“长淮望断，关塞莽然平”，昔日曾是动脉的淮河，如今变成边境，边境上一片残败。“莽然平”三字概括出汴京的萧条荒芜之貌。

“征尘暗，霜风劲，悄边声”，这依旧写边境上的景象。征尘暗淡，秋风劲吹，不见北伐之军，敌军却在边塞上悄然酝酿着南进的战役。

“黯消凝。追想当年事，殆天数，非人力”，词人慨叹当年靖康之变，二帝被掳，宋室南渡是天命而非人力所致，这实际上是一种无能为力的沉重叹息。

“洙泗上，弦歌地，亦膻腥”，洙、泗二水经流的山东，是孔子当年讲学的地方，文化礼仪之地如今也为金人占领，词人怎能不感到痛苦和愤慨?

从“隔水毡乡”直到上阕末句，写隔岸金兵的活动。在金朝统治下，昔日耕稼之地，此时已变为游牧之乡。金人灭宋之心仍旧未死，他们在军务上严加防备，处处都是哨所。

下阕抒发壮志难酬、报国无门的悲哀。“念腰间箭，匣中剑，空埃蠹，竟何成！”词人诉说南宋爱国志士的遭遇，空怀利器，却报国无门。

“时易失，心徒壮，岁将零”，此三句感叹岁华飘零，透露出英雄老去的悲哀。

“渺神京。干羽方怀远，静烽燧，且休兵。冠盖使，纷驰骛，若为情”，这几句词人直将笔锋指向偏安一隅的南宋小朝廷。小朝廷不思发兵收复中原故国，却安于现状，急于投降请和。

“闻道中原遗老，常南望、翠葆霓旌”两句写金人统治下的父老同胞，他们年年盼望王师南来，早日收复失地。“使行人到此，忠愤气填膺，有泪如倾”三句，更沉痛地抒发了词人的一腔忠愤。

陈廷焯《白雨斋词话》评这首词道：“淋漓通快，笔饱墨酣，读之令人起舞。”

|

水调歌头 闻采石战胜

张孝祥

雪洗虏尘静，风约楚云留①。何人为写悲壮②，吹角古城楼？湖海平生豪气③，关塞如今风景，剪烛看吴钩。剩喜然犀处④，骇浪与天浮。

忆当年，周与谢⑤，富春秋。小乔初嫁⑥，香囊未解⑦，勋业故优游。赤壁矶头落照，肥水桥边衰草⑧，渺渺唤人愁。我欲乘风去，击楫誓中流⑨。

【注释】

① 风约楚云留：作者当时在抚州，抚州古时为楚地。所以说是被楚地的风云所阻留。② 写：通“泻”，意为宣泄。③ 湖海平生豪气：此句取用《三国志·陈登传》中许汜的话：“陈元龙（登）湖海之士，豪气不除。”④ 剩喜：甚喜、非常的欣喜。剩，通“甚”。然犀处：指

采石矶。《晋书·温峤传》载：苏峻兵反，温峤奉命平乱，平定后回师至牛渚矶（采石矶），水深不可测，当地人说下面有怪物。温峤点燃犀角往水下照，“须臾见水族覆火，奇形异状，或乘马车着赤衣”。此句将金人比喻为妖怪。然，通“燃”。⑤ 周与谢：指东汉末年赤壁之战的主帅周瑜和东晋时淝水之战的主帅谢玄。⑥ 小乔初嫁：取自苏轼《念奴娇》一词中的“遥想公瑾当年，小乔初嫁了”。⑦ 香囊未解：谢玄少年时喜佩香囊。此句是说，谢玄当时正值壮年（四十一岁），少年时佩带的香囊尚未解下。⑧ 肥水：淝水。在安徽境内，是东晋谢玄击败前秦苻坚大军的地方。⑨ 击楫誓中流：《晋书·祖逖传》载：祖逖统兵北伐，渡江，中流击楫而誓曰：“祖逖不能清中原而复济者，有如大江！”辞色壮烈，众皆慨叹。

【赏析】

绍兴三十一年（1161）十一月，虞允文率领建康大军在采石矶与金主完颜亮带领的金兵展开一场大战，最终取胜。金主完颜亮因战事失利而遭到部下杀害，于是金兵撤退。采石矶大捷很快传到朝中，爱国之人无不为之欢欣。词人当时也受到了莫大鼓舞，写下这首词以表达他的振奋之情与北复中原的志向。

上阕歌颂胜利，表明自己灭尽胡虏的志向。“雪洗虏尘静”，开篇便作壮语，形容大战的形势，这次击退金兵，就像雪洗一般，将金人掀起的战尘全部洗净。“风约楚云留”，只可惜我如那被风留住的楚云一般没有参加这次战争，这里“风”指喻朝廷，“楚云”是词人自指。

“何人为写悲壮，吹角古城楼？”两句由虚转实，城楼上正奏着军乐在为这次胜利唱颂歌呢。这里用疑问句加强气势。

“湖海平生豪气，关塞如今风景，剪烛看吴钩”三句写战胜后词人的心情。他平生就负大志，如今敌人已经撤退，遇上这好时机，词人连夜拿出自己的宝刀，准备为北复中原效力。

“剩喜然犀处，骇浪与天浮”，“然犀”，用温峤在采石矶“然犀”的典故，既点明地点，又含有把敌兵比作妖魔鬼怪的意思。这两句一方面直接抒发了词人对采石矶之战胜利的喜悦之情，另一方面又用夸张手法，描绘出他对采石之战雄伟场面的想象。

下阕怀古言志。“忆当年”到“勋业故优游”是回忆周瑜、谢玄两位英雄。他们当年何等英勇，壮年时期，一大破曹军，取得赤壁之战的胜利；一大破北方前秦军队，赢得淝水之战的胜利。

“赤壁矶头落照，肥水桥边衰草，渺渺唤人愁”三句，情绪由高昂转向低沉，周郎破贼的赤壁矶头，已是一片落日残照；谢玄杀敌的淝水桥边，也已变得荒芜不堪，英雄已经不再，徒然叫人生愁。

“我欲乘风去，击楫誓中流。”“乘风”，《南史·宗悫传》记载，宗悫少有大志，曾对他的叔父宗炳说：“愿乘长风破万里浪。”“击楫”句化用《晋书·祖逖传》中“中流击楫而誓”句意。这两句话巧用两个典故，表达自己渴望恢复中原、报效国家的远大志向，与上阕“湖海平生豪气”相呼应，更突出了这首词的爱国主题。末两句写得意兴昂扬，淋漓尽致地展示了一个豪兴满怀、少年英雄的词人形象。

总体上来说，这首词从“闻采石战胜”的兴奋喜悦写起，歌颂了抗战将领虞允文的伟大功勋，抒发了自己从戎报国的情怀，但同时也表达了对于中原故土的怀念和异族入侵的悲慨。

此词喜中寓愁，壮中带悲。全词笔墨酣畅，舒卷自如。格调激昂慷慨，用典贴切自然，具有极高的艺术特点，对于研究张孝祥词有相当高的价值。

西江月 阻风三峰下

张孝祥

满载一船秋色，平铺十里湖光。波神留我看斜阳，放起鳞鳞细浪①。

明日风回更好，今宵露宿何妨。水晶宫里奏霓裳②，准拟岳阳楼上③。

【注释】

①放：同“翻”。②霓裳：《霓裳羽衣曲》的略称。③准拟：一定。

【赏析】

这首词作于词人船行受阻时，表现了其随遇而安的性情。

上阕写行船受阻前后词人的所见与感受。开头两句，写起风前的景色。“一船秋色”点明时令，此时正值秋天；这极抽象的四个字，还引发人无尽遐想。“十里湖光”写出了湖面的平静宽阔。

“波神”二句写风起时的湖上景色。因变天而船行受阻却并不令词人感到心急，他反而说是波神留他看斜阳，表明作者此时的心境十分安闲自在。

下阕写停船后作者的心理活动。“明日风回更好，今宵露宿何妨”，表现了他在迫不得已的情况下露宿时的旷达胸襟。

“水晶宫里奏霓裳”，词人听到阵阵波涛声，奇特的想象油然而生，把水声比作龙宫的音乐。此一句更见其胸襟之阔达。末句表达他的期盼，明天准能在岳阳楼上欣赏洞庭湖的美景胜状。

赵长卿

生卒年不详。宋宗室，自号仙源居士，居南丰（今属江西）。能词，多淡远萧疏之致，以恋情闲适类题材为多。有《惜香乐府》。

临江仙 暮春

赵长卿

过尽征鸿来尽燕[①]，故园消息茫然。一春憔悴有谁怜？怀家寒食夜[②]，中酒落花天。

见说江头春浪渺，殷勤欲送归船。别来此处最萦牵。短篷南浦雨[③]，疏柳断桥烟。

【注释】

① 征鸿：远飞的大雁。② 寒食：节令名，一般在清明节前两天。③ 南浦：江淹《别赋》："送君南浦，伤如之何。"此借指送别之地。

【赏析】

作者是王室宗族中人，"靖康"之变后，北宋灭亡，宗室纷纷南迁，定居临安（今浙江杭州）一带。词人思念故国，写了这首抒发乡思的词作。

上阕写念家。词人见春燕秋鸿而起归乡之思，但却一直没有故国的消息，真是令人愁肠百结。由于处于思乡的痛苦煎熬之中，人也变得憔悴消瘦了。然而在如此凄苦的境遇中，连一个安慰他的人也没有，一种飘零之感顿生。末两句，前一句叙事，后一句说景，把思家意绪表现得更为深婉。

下阕写意欲归家后的复杂心情。词人正沉浸在思乡愁情中，忽然听说江上春潮高涨，似乎听到了要回故乡的讯息，精神为之一振。但欲归家，对临安却又别意无限。这表现出词人矛盾的心情，宋室南渡后，定都临安，经过较长时间的经营，物质上已相当丰裕，生活上也相对地安定下来，因此词人又有所不舍。

王　炎

1137—1218，字晦叔，婺源（今属江西）人。孝宗乾道五年（1169）进士，调崇阳主簿。历官太学博士、秘书郎、著作佐郎兼实录院检讨、军器监兼权礼部郎官。累官至中奉大夫、军器监。有《双溪集》。

南柯子

王炎

山冥云阴重，天寒雨意浓。数枝幽艳湿啼红。莫为惜花惆怅，对东风。

蓑笠朝朝出，沟塍处处通[①]。人间辛苦是三农[②]。要得一犁水足，望年丰。

【注释】

① 沟塍（chéng）：田埂。② 三农：指春耕、春种、秋收。

【赏析】

这是一首描述农民劳动生活的词，词中流露出词人对农民的深切怜悯。

上阕写春景。先总写环境天气，山色昏暗，阴云密布，眼看着一场大雨就要来了。接着具体写近景，即娇花。深红的花瓣上凝聚着晶莹的水珠，犹如几滴清泪挂在少女面颊，很是惹人怜爱。但接下来词人却劝诫风流词客们，不要怜花惜花，惆怅呻吟。

下阕紧承上阕，宕开一层，写农人生活。农人们不避风雨，朝朝劳作，足迹踏遍沟渠田埂，最为辛苦。他们盼望的就是有充足的雨水，能灌溉农田，获得一个大好丰年。文人墨客们遇到阴雨天气，常常会触物感怀，但农人们却没有这闲情来惜花。词人感情开阔，不唱那惜花伤春的旧调，而为农人们唱赞歌。

辛弃疾

1140—1207，字幼安，别号稼轩，历城（今山东济南）人。早年曾率众参加耿京领导的抗金义军，任掌书记。历任地方通判、提点刑狱、转运副使、安抚使等职。多次上书力主抗金复国，皆不为所用。后闲居江西上饶、铅山一带达二十年之久，晚年出任浙东安抚使及镇江知府，不久去位，忧愤以终。词风豪放，与苏轼齐名，并称“苏辛”。存词六百多首，为两宋词人之冠。有《稼轩长短句》。

菩萨蛮　书江西造口壁

辛弃疾

郁孤台下清江水①，中间多少行人泪。西北是长安②，可怜无数山③。

青山遮不住，毕竟东流去④。江晚正愁余⑤，山深闻鹧鸪⑥。

【注释】

①郁孤台：古台名，在今江西赣州市西南的贺兰山上，因“隆阜郁然，孤起平地数丈”而得名。清江：赣江与袁江合流处旧称清江。②长安：今陕西省西安市，为汉唐故都。这里指沦于敌手的宋国都城。③可怜：可惜。无数山：指北方沦陷国土。④毕竟东流去：暗指力主抗金的时代潮流不可阻挡。⑤愁余：使我感到忧愁。⑥鹧鸪：鸟名，啼声凄苦。

【赏析】

《菩萨蛮·书江西造口壁》作于宋孝宗淳熙三年（1176），当时辛弃疾南归十余年，在江西任江西提点刑狱。他来到造口登上郁孤台，写下了这首词。

上阕追忆旧事。词人登上郁孤台，想到四十七年前金兵南下，几乎将南宋灭亡之事，心中无限悲慨。然而词人报国无路，不由将满怀悲愤化为悲凉之句，一江流水，竟化为行人流不尽的伤心泪。然而这泪意蕴深广，未必专指一事一人，从南宋王朝建立之后，一直苟安半壁，几次差点灭亡，其间不知有多少爱国志士和民众为其忧急落泪。

“西北是长安，可怜无数山”，这里的“长安”指北宋都城汴京。在这里，词人把强盛的汉唐故都长安，作为王朝振兴的象征。词人北望故国，心中无限眷恋。抬望眼，本能显出境界之高远。然而，中间有无数青山重重遮拦，望而不见，境界遂一变为沉郁。词人的满腔忠愤之气，隐然可见。

下阕抒发壮志难酬的悲愤之情。“青山遮不住，毕竟东流去”，虽然青山能遮断行人的视线，却挡不住江水东流之势。这里以“青山”喻主和派，以“东流水”喻北伐志士，奸佞虽多但它挡不住北伐的呼声。

可是岁月无情，恢复大好河山的壮志何时才能实现？正在这时，深山中传来鹧鸪的声声啼叫，词人不由得想到种种现状，顿时忧心忡忡，陷入了无尽的哀愁中。

丨

水龙吟 登建康赏心亭

辛弃疾

楚天千里清秋，水随天去秋无际。遥岑远目，献愁供恨，玉簪螺髻[①]。落日楼头，断鸿声里[②]，江南游子[③]。把吴钩看了[④]，阑干拍遍[⑤]，无人会、登临意。

休说鲈鱼堪脍，尽西风、季鹰归未[⑥]？求田问舍，怕应羞见、刘郎才气[⑦]。可惜流年，忧愁风雨，树犹如此[⑧]！倩何人唤取，红巾翠袖，揾英雄泪[⑨]！

【注释】

①“遥岑”三句：意谓远山看起来，很像没人插戴的玉簪和螺旋形的发髻，可是却处处触发自己的愁恨。遥岑（cén），远山。此处指的是长江以北沦陷区的山，所以说远山“献愁供恨”。②断鸿：失群的孤雁。③江南游子：作者自指。辛弃疾家在济南，属于沦陷区；他客居江南，故称“江南游子”。④吴钩：一种吴地出产的弯形的剑。看吴钩，是希望使用它立功的意思。⑤阑干拍遍：胸中有郁闷之气，借拍打栏杆来抒发。阑干，即“栏杆”。⑥“休说”二句：意谓自己不贪恋生活享受，不愿意学张翰那样忘怀国事，弃官归乡。季鹰，张翰字。据《晋书·张翰传》记载，张翰在京城做官，见秋风起，便思念家乡吴中的鲈鱼，于是弃官归乡了。脍（kuài），把鱼或肉切细。⑦“求田问舍”二句：是说自己想求田问舍，却又害怕刘备那样的英

雄人物耻笑；表示自己不愿意买田置屋，注重生活享受。求田问舍，买田置屋。刘郎，指刘备。⑧ 树犹如此：据刘义庆《世说新语》记载，东晋桓温北伐时，路过金城，看到自己以前在此为官时种的柳树已经合抱了，于是感叹："树犹如此，人何以堪！"意思是树木都老了，人怎么能不衰老呢？ ⑨"倩何人"三句：这是作者自伤英雄抱负不能实现，得不到同情和慰藉的感叹。倩，通"请"。红巾翠袖，指歌女。揾（wèn），擦拭。英雄泪，英雄失意的眼泪。

【赏析】

这是一首登临之作。

词的上阕写作者登高远望所见之景。开头两句，"楚天千里清秋，水随天去秋无际"，是写水，写得气势浩大。

"遥岑远目，献愁供恨，玉簪螺髻"三句写山。远山层层叠叠，如美人头上的发簪。江山虽美，但只能引起词人的忧愁和愤恨。至于为什么而发愁生恨，词中没有正面交代，但结合作者生平，我们可以意会得到，因为他怀有济世之策而得不到任用；宋统治者不思进取，中原收复无日。

"落日楼头，断鸿声里，江南游子"，此三句虽仍然写景，但句句含情，状羁旅愁情。"把吴钩看了，阑干拍遍，无人会、登临意"，此三句回到人物主体，直抒胸臆。词人描写了一系列动作，运密于疏，将强烈的思想感情寓于平淡的笔墨之中。读者读之，能不感受到词人那思潮澎湃的心情！

下阕言志抒怀。"休说鲈鱼堪脍，尽西风、季鹰归未？求田问舍，怕应羞见、刘郎才气"，这几句运用了几个典故，词人说他不愿效仿张翰退隐，也不愿学许汜求田问舍，而是想如刘备一般时时思虑着国家，收复中原旧疆。

“可惜流年，忧愁风雨，树犹如此！”继而又感叹流年似水，光阴虚度。树尚且生长得那样高大，人就更不用说，已经老了。

“倩何人唤取，红巾翠袖，揾英雄泪！”想到此伤心处，词人不禁潸然洒泪。英雄失路托足无门之悲，读之让人嘘嗟不已。

摸鱼儿

辛弃疾

淳熙己亥，自湖北漕移湖南，同官王正之置酒小山亭，为赋。

更能消、几番风雨、匆匆春又归去。惜春长怕花开早，何况落红无数。春且住。见说道、天涯芳草无归路。怨春不语。算只有殷勤，画檐蛛网，尽日惹飞絮。

长门事[①]，准拟佳期又误，蛾眉曾有人妒[②]。千金纵有相如赋，脉脉此情谁诉？君莫舞，君不见、玉环飞燕皆尘土[③]！闲愁最苦。休去倚危阑，斜阳正在、烟柳断肠处。

【注释】

①长门：指汉代长门宫。武帝时陈皇后失宠后就幽居于长门宫

中。② 蛾眉：借指女子容貌的美丽。③ 玉环飞燕：指杨玉环与赵飞燕，二人皆风华绝代。

【赏析】

此词作于淳熙六年（1179）春天。辛弃疾仕途坎坷，四年内改官六次。这次，他由湖北转运副使调官湖南，去担任主管钱粮的小官。临行前，同僚王正之在山亭摆下酒席为他送别，作者见景生情，借这首词抒发了长期积郁于胸的苦闷之情。作者借春意阑珊和美人遭妒来暗喻自己政治上的不得意。

上阕惜春伤春，托物寄兴。词人描绘了一片花飘柳飘的暮春景色，它象征着南宋国势衰微。面对春色的消退，词人大声疾呼，想要将春留住。尽管作者发出强烈的呼唤，但“春”却不予回答，所以难免使人产生强烈的怨恨。然而怨恨又有何用！在无可奈何之际，词人羡慕起“画檐蛛网”来。即使能像蛛网那样留下一点点象征春天的飞絮，也是心灵中莫大的慰藉了。上阕通过抒写自己怜春、惜春、留春之情表达了词人对国家的热爱和对时局的无奈。

下阕抒发自己抑郁不得志的苦闷。作者先以陈皇后长门失宠自比，暗寓自己遭奸臣排挤的不幸遭遇。“君莫舞”三句作者以杨玉环、赵飞燕的悲剧结局比喻当权误国的奸佞之人。最后，以烟柳斜阳的凄迷景象，象征南宋王朝国运渐衰的现实。

后人对于此词的评价一直很高，梁启超就曾评道：“回肠荡气，至于此极，前无古人，后无来者。”

青玉案 元夕

辛弃疾

东风夜放花千树[①]，更吹落，星如雨[②]。宝马雕车香满路[③]。凤箫声动[④]，玉壶光转[⑤]，一夜鱼龙舞[⑥]。

蛾儿雪柳黄金缕[⑦]，笑语盈盈暗香去[⑧]。众里寻他千百度，蓦然回首，那人却在，灯火阑珊处[⑨]。

【注释】

① 花千树：形容灯火之多如千树花开。② 星如雨：比喻满天的焰火。一说指灯火之盛。③ 宝马雕车：装饰精美华丽的马车。④ 凤箫声动：指音乐演奏。《神仙传》卷四曾记载弄玉吹箫引凤的故事，故称箫为“凤箫”。⑤ 玉壶：花灯的一种。一说为月亮。⑥ 鱼龙舞：指玩鱼灯、龙灯。⑦ 蛾儿、雪柳：都是古代妇女于元宵节插戴在头上的用绢或纸制成的应时饰物。黄金缕：此处指以金为饰的雪柳，雪柳有丝绦垂下，故云“黄金缕”。⑧ 盈盈：仪态美好。暗香：幽幽的香气。暗香去，指美人离去。⑨ 阑珊：零落、稀疏。

【赏析】

这是一首深有寄托的词，词作通过对元宵节绚丽多彩的热闹场面的极力渲染，反衬出一个自甘淡泊、不同流俗的女性形象，寄托着作者政治失意后，不愿与世俗同流合污的孤高品格。

上阕写元宵之夜的盛况。灯火辉煌、歌舞腾欢，一片繁华热闹。花千树、星如雨、玉壶转、鱼龙舞，灯火之繁多，如在目前。这样热闹的夜晚，自然是游人如织，上至王公贵族，下至平民百姓，无不走出家门，涌上街头，共庆佳节，真正是车如流水马如龙。

下阕重在描述一个具体的人。前两句写观灯的女子，她们无不身着盛装，头戴金翠，打扮得花枝招展，但词人苦苦追寻的人却不在其中。

最后四句为全篇警句，在倾城狂欢之中，词人等待着意中人的到来，却久望不至，心中的怅然和失落可想而知。可是猛然间转头一望，却发现那人却在“灯火阑珊处”。那群笑语盈盈的女子不过是词人意中人的陪衬，衬托“那人”的孤高淡泊。

梁启超在《艺蘅馆词选》中评论说：“自怜幽独，伤心人自有怀抱。”词人在他闲居期间作下此词，他以那个独立于灯火阑珊处的女子自喻，寄托了他不甘流俗的怀抱。

清平乐 村居

辛弃疾

茅檐低小[①]，溪上青青草。醉里吴音相媚好[②]，白发谁家翁媪[③]。

大儿锄豆溪东[4]，中儿正织鸡笼。最喜小儿亡赖[5]，溪头卧剥莲蓬[6]。

【注释】

①茅檐：茅屋的屋檐 。②吴音：作者当时住在江西东部的上饶，这一带古时是吴国的领土，所以称这一带的方言为吴音。相媚好：这里指使自己感到亲切。③翁媪（ǎo）：老头、老太太。泛指老人。④锄豆：锄掉豆田里的草。⑤亡赖：这里意思是指顽皮、淘气。亡，通“无”。⑥卧：趴。

【赏析】

词人闲居江西信州期间，写下了一部分表现农村悠闲生活的作品，这首词就是其中的代表作之一。词人描绘了一户农家五口人的生活情态，体现了村居生活的闲适与和谐。

词人带着醉意走在乡间，乡间的风光是多么美好：屋檐低矮，溪岸边草色青青。“青青草”说明春天已到，正是农忙的季节。走着走着，突然听到亲切悦耳的吴音，那是一对白发苍苍的农家老年夫妇在茅屋前闲话。继而又看到他们的三个儿郎，竟是一律的忙碌：老大在溪东豆地锄草，老二在编织鸡笼，最年幼的小儿子也不甘清闲，淘气地趴在溪边剥着莲蓬。村居生活真是活泼有趣！

这首词着力于刻画人物，表现农人日常生活的原有风貌，表现了生活之美和人情之美，体现了作者对田园生活的羡慕与向往。

清平乐 独宿博山王氏庵

辛弃疾

绕床饥鼠，蝙蝠翻灯舞。屋上松风吹急雨，破纸窗间自语。

平生塞北江南，归来华发苍颜。布被秋宵梦觉，眼前万里江山。

【赏析】

词人被罢官闲居信州（今江西上饶市）后，在博山寺旁筑起了“稼轩书屋”，时常往来于博山到信州的路上，这首词就是其间路宿王氏庵时写下的。

上阕描绘了一幅破败的王氏庵图：夜出觅食的饥鼠绕床爬行，蝙蝠居然也到室内围灯翻飞，而屋外却是风雨交加，将破旧的糊窗纸吹打得噼啪直响。环境非常恶劣，令人毛骨悚然。“饥”，说明屋子里烟火断绝已经有很长时间了；“翻”，形象地表现了蝙蝠与其他鸟类飞行样子的不同，用词十分精当。而这萧瑟的景象正应了词人孤愤的心情，为后面抒情做了铺垫。

下阕抒发感慨。独宿在这破屋里，词人的心境也分外悲凉，加上这样的天气，可知人是无法安然入睡的。既然夜不能寐，词人便回思往事，心中抑郁难平。

辛弃疾曾为抗金事业而奔走于江南江北，可谓是鞠躬尽瘁，但却得不到统治者的有力支持，最后落了个罢官而归，在抑郁中蹉跎了岁月。虽然已经满头华发，他北定中原之志却仍然激荡在胸中。所以在这秋宵梦醒之际，他眼前浮现的是万里故土。词人那一腔拳拳的爱国之意和报国之情，令人肃然起敬。

西江月 夜行黄沙道中

辛弃疾

明月别枝惊鹊，清风半夜鸣蝉。稻花香里说丰年，听取蛙声一片。

七八个星天外，两三点雨山前。旧时茅店社林边①，路转溪桥忽见②。

【注释】

①社林：土地庙附近的树林。社，土地神庙。古时，村有社树，为祀神处，故曰“社林”。②见：同“现”。

【赏析】

这是词人记自己夜里在乡村赶路时见到的景物以及心中所感，写得轻快活泼。

词人用清新明快的笔调为我们勾勒出一幅农村月夜图：夏天的傍晚，天上缀着几颗星星，月亮从树梢间升起。一片稻花香里农夫们快活地说着丰收的年景。走在小路上的词人耳边还不时传来蛙声蝉鸣。

“明月别枝惊鹊”，说的是皎洁的月光惊起了栖宿的乌鹊。这一场景不仅细致，而且非常写实，因为乌鹊对光线极其敏感，日食和月落时都会乱飞乱啼，只有亲眼见过这一场景的人才能体会出这句的妙处。而且“惊鹊”常常会啼叫，不说啼而啼自见，在字面上又可以避免与“鸣蝉”形成单调的重复。

“稻花香里说丰年，听取蛙声一片”，点明时间是在夏季，并且属于农村特有的典型环节。这两句将农村夏夜的热闹气氛和欢乐心情写得极为鲜活。

“七八个星天外”，暗示时间上有所推进——已经到了下半夜，快要天亮了。这里出现了一个小小的波澜：开始下雨了，这对夜行人来说是一个不小的麻烦。“旧时茅店社林边，路转溪桥忽见”运用了倒装的手法，有力地表现了“忽见”时的惊喜之意，与“山重水复疑无路，柳暗花明又一村”有异曲同工之妙。

这首《西江月》原题为《夜行黄沙道中》。全词共有八句，前六句却全是写景，只有最后两句才见出“夜行”，而这两句对全词又起了返照作用，于是成了每句都写夜行。

这首词采用动静结合的手法，于寂静中我们又能体会到它的热闹，将月夜景色描绘得令人悠然神往，极富艺术魅力，所以广为传唱。

丑奴儿 书博山道中壁

辛弃疾

少年不识愁滋味，爱上层楼，爱上层楼，为赋新词强说愁。

而今识尽愁滋味，欲说还休，欲说还休，却道天凉好个秋！

【赏析】

这首词是辛弃疾闲居带湖时的作品。

词人通过少年时期和老年时期心境的对比，写了两种截然不同的思想感情及中间的变化过程，抒发了自己的一腔忧愁。

上阕回忆少年时期。少年时，无忧无虑，喜欢登高望远，赏玩景致。当时尚未经历人世的艰辛，心境单纯，并没有什么愁苦可言，但为了写出一些有意味的词，只好强说忧愁来应景。在这里，词人生动地写出了少年时代的纯真与幼稚。

下阕述说老来的心境。经历了坎坎坷坷的一生，积极抗金、出谋划策、力主收复中原，却得不到朝廷重视，壮志难伸。一句“识尽愁滋味”将作者饱经沧桑的前半生尽数囊括了进去。这一切积压在他心底，转化成一腔忧愤。他很想获得别人的理解与支持，很想找个人来诉说自己心底的愁苦，却随即想到朝廷昏庸，有抱负有才能的人统统受到压抑，说了也无济于事，可能还会惹祸上身，于是干脆回避不谈，说些不相干的话聊以应景。“欲说还休”深刻地表现了词人这种矛盾而痛苦的心情，愁苦与无奈溢于言表，而叠句的形式有力地加强了这种艺术效果。

这首词看似平白易懂，却深有意味，其中蕴藏了作者内心深处的痛苦与矛盾。

破阵子 为陈同甫赋壮词以寄之

辛弃疾

醉里挑灯看剑，梦回吹角连营。八百里分麾下炙①，五十弦翻塞外声②。沙场秋点兵。

马作的卢飞快③，弓如霹雳弦惊。了却君王天下事④，赢得生前身后名。可怜白发生！

【注释】

①“八百里”句：八百里，广布八百里的军队。麾下，将旗之下。②五十弦：瑟。③的卢：三国时期刘备的坐骑，其奔跑的速度飞快。④君王天下事：抗金复国的大业。

【赏析】

陈亮是辛弃疾的好友，他们有着相同的政治主张，都力主抗金。宋淳熙十五年（1188），陈亮与辛弃疾曾经在江西鹅湖商量恢复大计，但是后来他们的计划全都落空了。这首词可能是这次约会前后的作品。

这首词通篇写的都是作者想象中的抗金军队中的生活。上阕写军营的清晨。天还没亮兵士们就起来了，军营响起嘹亮的号角声。接着写将士们用餐，用餐时还奏起了军乐，真是豪壮无比。下阕写激烈的战斗。前两句写出了将士们的骁勇善战。后两句描写战斗获胜，大功告成时将军意气昂扬的神情。末句突然一转，转入现实，白发已生，收复祖国河山的壮志却还未实现，也看不到实现的可能。这一转使人的心情一下子由山顶跌落谷底，突出了现实与理想的矛盾。

西江月 遣兴

辛弃疾

醉里且贪欢笑，要愁那得工夫。近来始觉古人书，信著全无是处。

昨夜松边醉倒，问松我醉何如？只疑松动要来扶，以手推松曰去。

【赏析】

这首词表面上看去是抒发悠闲的心情，其实是一首悲愤之作。

首二句词人故作旷达语，说喝醉了酒后恣意欢笑，他没那闲工夫发愁。通篇“醉”字出现了三次，难道词人真的愿意终日沉湎醉乡吗？不。其实这是牢骚人语，是反话，骨子里是说忧愁太多，愁也愁不完。词人的主张一直备受压抑，英雄无用武之地，正愁绪满腹，喝酒只是为了借酒浇愁，才不至于终日愁思满腹。

“近来始觉古人书，信著全无是处”，说古书无用，看似醉言醉语，其实也是愤懑之语。《孟子·尽心下 》言道：“尽信书，则不如无书。”本意是说古书上的话难免有与事实不符的地方，不可盲目相信。辛弃疾翻用此语，另有一层含义：尽管古书上有许多“至理”，现在却行不通，现实与古书中的描述相差太大，所以词人说古人之书无用，以此表达心中对现实的不满。

下阕则以散文的句法写出了一个极富戏剧化的场景：词人已经酩酊大醉了，竟然跟松树说起话来。他问松自己醉得怎么样，见松摇动，只当是松树要扶他起来，便用手推开松树，并厉声喝道：“去！”描写生动传神，一个摇摇晃晃的醉汉宛在眼前。词人倔强的性格，也在这一场景中表露无遗。

这首小令突破了词的一般写作风格，以散文的手法入词，灵活多变，将感情抒发得淋漓尽致。

祝英台近 晚春

辛弃疾

宝钗分[①]，桃叶渡[②]，烟柳黯南浦[③]。怕上层楼，十日九风雨。断肠片片飞红[4]，都无人管，更谁劝、啼莺声住？

鬓边觑[5]。应把花卜归期，才簪又重数。罗帐灯昏，哽咽梦中语。是他春带愁来，春归何处？却不解、带将愁去。

【注释】

①宝钗分：钗为古代妇女簪发首饰。分为两股，情人分别时，各执一股为纪念。宝钗分，即夫妇离别之意。②桃叶渡：在南京秦淮河与青溪合流之处。这里泛指男女送别之处。③南浦：水边。泛指送别的地方。江淹《别赋》："送君南浦，伤如之何。"④飞红：落花。⑤觑（qù）：细看，斜视。

【赏析】

这首词写相思怀人之情。

"宝钗分，桃叶渡，烟柳黯南浦"，开篇写分别，一对男女在烟雾迷蒙的杨柳岸边，分钗赠别。"宝钗分"，古代女子有分钗赠别之俗，白居易《长恨歌》："钗留一股合一扇，钗擘黄金合分钿。""桃叶渡"，在南京秦淮河与青溪合流处，曾为晋王献之与妾作别的地方，而后桃叶渡泛指与恋人分别之处。"南浦"在古诗词中也泛指送别之处。接着词人由离别写到别后情景："怕上层楼，十日九风雨。"爱人走后，她登楼远眺，那怀人之情已叫她不堪负载，更别说总是遇着那风又飘飘，雨又潇潇的恼人天气。风雨为何如此恼人呢？"断肠片片飞红，都无人管，更谁劝、啼莺声住？"风吹雨打之下，枝头娇红纷纷飘落，这一任风雨吹打的落红正如同独处闺中、无人怜惜的她。而树梢上啼莺欢快的鸣叫声更衬托出她的寂寞，唤起她无限愁情。“都无人管”“更谁劝”，字字哀怨，写出了女主人公的无助和深情。

“鬓边觑。应把花卜归期，才簪又重数”，于无奈之中，女主人公卜算起归期来。词人通过对女主人公“卜归期”的描写，将她那热切盼归的心情写得活灵活现。她取下花簪，一片花瓣一片花瓣地细细数着，卜算游子的归期，数完后又将它插入发髻。但刚插好，又恐自己数错，取下来重新再数。这一连串动作，曲折地表现出闺中少妇的复杂心理。“罗帐灯昏，哽咽梦中语。是他春带愁来，春归何处？却不解、带将愁去”，最后以梦呓作结，进一步抒发出女主人公对春归人未归的哀怨。但词人并不直写这种情感，而是借女主人公对春的数落来间接表达。女主人公对春的数落看似无理，实则是至情之语。

永遇乐 京口北固亭怀古

辛弃疾

千古江山，英雄无觅孙仲谋处①。舞榭歌台，风流总被，雨打风吹去。斜阳草树，寻常巷陌。人道寄奴曾住②。想当年，金戈铁马，气吞万里如虎③。

元嘉草草，封狼居胥，赢得仓皇北顾④。四十三年⑤，望中犹记，灯火扬州路。可堪回首，佛狸祠下⑥，一片神鸦社鼓⑦。凭谁问：廉颇老矣⑧，尚能饭否？

【注释】

① 孙仲谋：三国时的吴王孙权，字仲谋，曾建都京口。② 寄奴：南朝宋武帝刘裕小名。刘裕（363—422），字德舆，小名寄奴，先祖是彭城人（今江苏徐州市），后来迁居到京口（江苏镇江市）。南北朝时期宋朝的建立者，史称宋武帝。中国历史上杰出的政治家、军事家、统帅。③“想当年”三句：刘裕曾两次领晋军北伐，收复洛阳、长安等地。④“元嘉草草”三句：元嘉是刘裕之子宋文帝刘义隆的年号。草草，轻率。刘义隆好大喜功，仓促北伐，却反而让北魏主拓跋焘抓住机会，骑兵南下，兵抵长江北岸而返，遭到对手的重创。封狼居胥，公元前119年（汉武帝元狩四年）霍去病远征匈奴，歼敌七万余，封狼居胥山而还。狼居胥山，在今蒙古国境内。词中用“元嘉北伐”失利之事，影射南宋“隆兴北伐”。⑤ 四十三年：作者于1162年（宋高宗绍兴三十二年）南归，到写该词时正好为四十三年。⑥ 佛（bì）狸祠：北魏太武帝拓跋焘小名佛狸。公元450年，他曾反击刘宋，两个月的时间里，兵锋南下，五路远征军分道并进，从黄河北岸一路穿插到长江北岸。在长江北岸瓜步山建立行宫，即后来的佛狸祠。⑦ 神鸦：指在庙里吃祭品的乌鸦。社鼓：祭祀时的鼓声。⑧ 廉颇：战国时赵国名将。《史记·廉颇蔺相如列传》记载，廉颇被免职后，跑到魏国，赵王想再用他，派人去看他的身体情况，廉颇之仇郭开贿赂使者，使者看到廉颇，廉颇为之米饭一斗，肉十斤，被甲上马，以示尚可用。使者回来报告赵王说：“廉颇将军虽老，尚善饭，然与臣坐，顷之三遗矢（通假字，即屎）矣。”赵王以为廉颇已老，遂不用。

【赏析】

这首词写于宋宁宗开禧元年（1205），辛弃疾时年六十六。辛弃疾六十四岁那年被起用为浙东安抚使，起用他的是当时的执政者韩侂胄。当时金政权已经有衰落之势，韩侂胄想立伐金大功，以巩固自己的地位，正积极筹划北伐。不久，辛弃疾又受命担任镇江知府，戍守江防要地京口（今江苏镇江）。辛弃疾到任后，努力为北伐做准备，他对宋宁宗和韩侂胄提了不少意见，但却没被采纳。一次他登上京口北固亭，抚今追昔，写下了这篇千古传诵的杰作。

词的上阕缅怀古人，借鉴历史。词人登上京口北固亭，首先想到的就是三国时期的孙权，接着又想到率领大军北伐的南朝宋武帝刘裕。孙权、刘裕，此二人当年何等威猛，率领大军驰骋沙场，气吞山河。但如今孙仲谋已经无处可寻，刘裕率兵征战之地也变成了寻常巷陌，可以说英雄的业绩已经无存了。上阕中我们虽能听出英雄不再的叹息，但词人借古人之事，隐约又表达了自己进取抗金、收复中原的雄心。

下阕词人再借典故抒发自己的现实感慨。先用古事影射现实，尖锐地提出宋文帝草草北伐以致失败的历史教训，以劝诫统治者伐金必须做好军事准备。接着追思往事，恨自己英雄无用武之地。“佛狸祠下”三句又转到眼前现实，表明自己的隐忧，他害怕若不早早收复中原，江北之民将忘记自己是宋室子民，安于金人统治。最后词人以廉颇之事作结，表明自己不服老，仍希望为国效力的雄心。

南乡子　登京口北固亭有怀

辛弃疾

何处望神州[①]？满眼风光北固楼。千古兴亡多少事？悠悠[②]，不尽长江滚滚流！

年少万兜鍪[③]，坐断东南战未休[④]。天下英雄谁敌手？曹刘[⑤]。生子当如孙仲谋[⑥]。

【注释】

①神州：这里指中原地区。②悠悠：连绵不尽的样子。③兜鍪（móu）：指千军万马。兜鍪，头盔，这里代指士兵。④坐断：占据，割据。休：停止。⑤曹刘：指曹操、刘备。⑥生子当如孙仲谋：引用《三国志·吴主传》注：曹操尝试与孙权对垒，“见舟船、器仗、队伍整肃，叹曰：‘生子当如孙仲谋，刘景升（即刘表，字景升）儿子若豚犬（猪狗）耳。’”暗讽今天的朝廷不如能与曹操刘备抗衡的东吴，今天的皇帝也不如孙权。

【赏析】

宋宁宗嘉泰三年（1203）六月词人被起用为知绍兴府兼浙东安抚使，第二年的阳春三月，又被改派到镇江去做知府。镇江，在历史上曾是英雄用武和建功立业之地，此时成了与金人对垒的第二道防线。每当他登临京口（即镇江）北固亭时，便不胜感慨。

这首词怀念的是孙权，意在讽刺当时的南宋朝廷的昏庸无能。

词的开篇自问自答：什么地方才可以望到中原故土呢？就站在满眼都是美好风光的北固楼上翘首北望。看着滚滚东逝的长江水，感怀着古今兴衰存亡变换，词人思绪悠悠。

下阕凭吊孙权。在这江防战略要地，英雄辈出，三国时代的孙权就是其中最杰出的一位。他年纪轻轻就统率千军万马，雄踞东南一隅，战斗不息，从未向敌人屈服过。言外之意则是说南宋统治者不思国事，屈服于金。词人实借凭吊千古英雄之名，慨叹当今南宋无大智大勇之人执掌乾坤。

石孝友

生卒年不详。字次仲，江西南昌人。孝宗乾道二年（1166）进士。填词常用俚俗之语，状写男女情爱。仕途不顺，不羡富贵，隐居于丘壑之间。著有《金谷遗音》《直斋书录解题》。

卜算子

石孝友

见也如何暮。别也如何遽[①]。别也应难见也难，后会难凭据。

去也如何去。住也如何住。住也应难去也难，此际难分付[②]。

【注释】

① 遽：急，仓促。② 分付：处置，发落。

【赏析】

这是一首抒发离情别绪的词。

上阕情在“送者”，既恨相见之晚，又恨相别之匆促，更恨后会之无凭。“见也如何暮。别也如何遽。”“也”字便好似叹惋之声：相见呵，为何这般的晚？相别呵，为何这样的急？相会的时间是如此短促，怎能不让人倍感伤情？这一声发自肺腑的叹息，已足见其相爱之深、情意之重，于是离别所引发的惆怅憾恨之意不言而自明。

“别也应难见也难，后会难凭据”，分别很难，以后见面也难，多么的难分难舍呀。此句把过去之相见、现在之相别一笔挽合，又暗示将来难以重逢。

上阕先叹相见太晚，是言过去；又叹相别太匆匆，是言现在；再叹后会无凭，则是言将来。聚短离长、欲留不得的怅恨之情便在这感叹中不断深化。

下阕情在“行者”，写离别时的心情：留既不能，去又不忍，使人不知如何是好。“去也如何去。住也如何住”将行人临别时的踌躇刻画得入木三分。

“住也应难去也难，此际难分付。”当此将别之际，万种柔肠，千般情意，都再也无法排解了！

本词采用白描的手法，将离情抒发得十分含蓄，读之令人肠断。

程　垓

生卒年不详。字正伯，旧说是苏轼中表兄弟，据考应为苏轼中表程之才之孙，南宋淳熙十三年（1186年）曾游临安，陆游为其所藏山谷帖作跋。有《书舟词》（一作《书舟雅词》）一卷。

卜算子

程垓

独自上层楼，楼外青山远。望以斜阳欲尽时，不见西飞雁①。
独自下层楼，楼下蛩声怨②。待到黄昏月上时，依旧柔肠断。

【注释】

① 西飞雁：从西边飞回的大雁。② 蛩（qióng）：蟋蟀。

【赏析】

这是一首闺怨词。词人以时间作为线索，引出登楼少妇心情的变化。

上阕写少妇白天上楼盼望。独自上层楼，极目远眺，盼望着夫婿的身影出现，但茫茫天地间，唯见远山一片。就这样一直望到夕阳西下，还是不见那人的影子，甚至连一点儿音讯也没有。

起首便用"独自"强调女主人公形单影只，未登楼，已见愁。女主人公对外界的其他景物都视而不见，一心寻找的正是那可以传递音信的“西飞雁”。

下阕写少妇空望一整天后失落地走下层楼。下了高楼，庭院寂寂，唯有蛩声如泣。此处以将少妇的哀怨融入景物中，蛩声如怨是因为少妇内心寂寞，内心幽怨。下阕首句“独自下层楼”与上阕首句“独自上层楼”呼应，虽然只有一字之差，但登楼前定有满心期待，而登楼后却只余下满腹愁怨。

这首词以情见长，词人善于揣摩人的心理变化，短短四十四个字就写出了主人公由盼望逐渐变为失望，再变为凄切哀怨，直到柔肠寸断的一系列心理变化过程。

水龙吟

程垓

夜来风雨匆匆，故园定是花无几。愁多怨极，等闲孤负①，一年芳意。柳困桃慵，杏青梅小，对人容易。算好春长在②，好花长见，原只是、人憔悴。

回首池南旧事③，恨星星、不堪重记④。如今但有，看花老眼，伤时清泪。不怕逢花瘦，只愁怕、老来风味。待繁红乱处，留云借月，也须拚醉。

【注释】

①等闲：轻易、随意。孤负：即辜负。②算：料想。③池南：苏轼《和王安石题西太一》诗："从此归耕剑外，何人送我池南。"此处系泛指故园某地。④星星：鬓发花白貌。左思《白发赋》："星星白发，生于鬓垂。"

【赏析】

这首词写词人对故乡的思念及伤春叹老的情怀。

词人十分怀念故乡，故由昨夜风雨一下子联想到千里之外的故园。这两句既写伤春，更含词人对故乡的深切怀念。故园之花如何词人不知，但眼前凋零的落花却引起词人无限感慨。因心中愁怨纠结，他并没心思赏花，故白白辜负了一年春意。自己自是辜负了一年春意，但春意于人也是如此草草，只一转眼工夫，柳就困乏桃花就枯萎，而青杏也冒出了枝头。继而词人停止了对春的埋怨，突然醒悟了过来：那美好的春天是长在的，好花也是常见的，之所以会产生上述人、花两相辜负的情况，只是因为词人日渐衰老，心境愈渐凄寂了而已。

"回首池南旧事，恨星星、不堪重记"，下阕以回忆起，感叹年华老去。"池南"，或许是指他的书屋所在地，在词人多首词中都表现出对它的留恋之情。只是如今鬓已成霜，而人也是远离故乡，故而更加不堪回首往事，往昔的美好只能愈发衬托出他此际的凄凉。如今是人至暮春，且满腹家国身世之慨，愁情无极。"不怕逢花瘦，只愁怕、老来风味"，自己并非怕花儿凋零，怕的是时光流逝，人渐迟暮。最后词人词笔一振，说："待繁红乱处，留云借月，也须拼醉"，他还欲求解脱！

陈　亮

1143—1194，字同甫，原名汝能，后改名为亮，号龙川，人称龙川先生，婺州永康（今属浙江）人。南宋著名思想家，文学成就也很突出。才气超迈，喜论兵，多次上书，力主恢复中原，然终不为所用，一生遭遇坎坷。乾道五年（1193）举进士，擢为第一，授建康军节度判官厅公事，未上任即去世。词多豪迈之气。有《龙川文集》《龙川词》，存词七十余首。

水龙吟 春恨

陈亮

闹花深处楼台[1]，画帘半卷东风软。春归翠陌，平莎茸嫩，垂杨金浅。迟日催花[2]，淡云阁雨[3]，轻寒轻暖。恨芳菲世界，游人未赏，都付与、莺和燕。

寂寞凭高念远，向南楼、一声归雁。金钗斗草，青丝勒马[4]，风流云散。罗绶分香[5]，翠绡封泪[6]，几多幽怨！正消魂又是，疏烟淡月，子规声断[7]。

【注释】

①闹花：繁花，形容百花盛开。②迟日：春日昼长，故曰“迟日”。③阁雨：雨停不下。阁，同“搁”。④斗草、勒马：都是古代的游戏。⑤罗绶：罗带。⑥翠绡：绿色的薄绢。⑦子规：杜鹃鸟。

【赏析】

陈亮是一位爱国志士，才华超群，不作一妖语媚语，这首《水龙吟》是陈亮为数不多的婉约词作中的一首。表面上看去这是一首惜春之词，实则寄托着词人的家国之恨。全词笔调曲折，含蓄而隽永，艺术效果甚佳。

上阕写春光烂漫迷人，先写一坐落于繁花深处的楼台，显示出一片繁华富贵。这里暗指往日繁盛的故国，而今这繁华景象已经不属于我，故说“游人未赏，都付与、莺和燕”。

下阕词人登高怀远，看似在回忆当年的风流逸事，其实是在写故国旧事，记忆中的故国是多么美好啊，一片繁盛欢乐。但国破后，到处一片乱离。人们南北相隔，遥盼书信，幽怨暗生。念此不能不令词人“消魂”。

水调歌头 送章德茂大卿使虏

陈亮

不见南师久，漫说北群空①。当场只手，毕竟还我万夫雄。自笑堂堂汉使，得似洋洋河水，依旧只流东②。且复穹庐拜③，会向藁街逢④。

尧之都，舜之壤，禹之封。于中应有，一个半个耻臣戎！万里腥膻如许⑤，千古英灵安在，磅礴几时通？胡运何须问⑥，赫日自当中。

【注释】

① 漫说：不要说。北群空：反用韩愈《送温处士赴河阳军序》"伯乐一过冀北之野而马群遂空"语义，以骏马为喻，说明此间大有人在。②"自笑"三句：意谓自笑我堂堂大宋使节，岂能长此屈节向敌。流东，比喻朝拜金人。③ 穹庐：北方游牧民族所居毡帐，这里借指金廷。④ 藁街：汉长安城街名。汉将陈汤曾斩匈奴郅支单于首悬之藁街。⑤ 腥膻：指入侵的外敌。⑥ 胡运：谓金人的气数。

【赏析】

南宋统治者沉湎声色，朝廷里主和派占多数。从临安通向开封的道路上，派遣到金国纳贡的使臣不绝于途。对于这种现象，怀抱一腔爱国之情的词人深为不满。宋孝宗淳熙十二年（1185）十二月，章德茂再次出使金国朝贺金世宗完颜雍的生辰，词人唱出了这首气吞山河的《水调歌头》。

词以"不见南师久，漫说北群空"开篇，把笔锋直指金人，警告他们不要以为南宋军队很久没有北伐，就没有能带兵打仗的人才了，对金人的嚣张气焰给以当头棒喝。从"当场只手"到上阕结束，都是作者鼓励章德茂的话，说他有独当一面的才能，希望他能通过应变周旋恢复堂堂汉使的形象；但宋弱金强无可讳言，所以词人又以"自笑"解嘲，但坚信这种局面只是暂时的，形势终究会逆转。接着作者又慷慨放言胡运已颓、大宋国势正如日中天。写得气势磅礴，雄浑无比，充分表达了作者对抗金事业的信心。

刘　过

1154—1206，字改之，号龙洲道人，吉州太和（今江西泰和）人。少有志节，以功业自诩，博学经、史、诸子之书，通知古今治乱之略，论兵尤善陈利害。光宗朝曾伏阙上书，陈述恢复方略，未被采纳，此后浪迹江湖，潦倒终身。工诗能词，黄昇评其词“多壮语，盖学稼轩也”。有《龙洲词》。

唐多令

刘过

安远楼小集，侑觞歌板之姬黄其姓者，乞词于龙洲道人，为赋此《唐多令》。同柳阜之、刘去非、石民瞻、周嘉仲、陈孟参、孟容，时八月五日也。

芦叶满汀洲，寒沙带浅流。二十年重过南楼①。柳下系船犹未稳，能几日、又中秋。

黄鹤断矶头②，故人曾到否？旧江山浑是新愁。欲买桂花同载酒，终不似、少年游。

【注释】

① 南楼：安远楼。② 黄鹤断矶：黄鹤矶，在武昌西，上有黄鹤楼。

【赏析】

这首词是词人在一次宴会中为歌女作的词。武昌黄鹤山上的安远楼建于淳熙十三年（1186）的冬天。这是刘过第二次登此楼所作，距他第一次登楼已经有二十年。已至暮年的词人再登上安远楼，自然要感叹时光流逝、今非昔比。

词的头两句写登楼后所见之景，芦叶萧萧，江水流淌在寒沙之上，一片苍茫寂寥。“二十年重过南楼”则点明主题，为感叹时光流逝埋下伏笔。“柳下”三句给人一种行色匆匆之感，传达出四处飘零的词人内心的愁苦。

“黄鹤断矶头”三句，写词人旧地重游，追怀古人，叹息南宋政局江河日下。词人不愿沉浸在这片深重的愁中，他要遣愁。他想要买桂花与友人携酒同游，却发现再没有那少年时的游兴了。

这首词最高明的地方，在于它曲折含蓄地表达了词人内心的情感，千百年来仍不失其艺术魅力，为人们不断传唱。

踏莎行

刘过

自沔东来[①]，丁未元日至金陵[②]江上，感梦而作。

燕燕轻盈，莺莺娇软，分明又向华胥见[③]。夜长争得薄情知，春初早被相思染。

别后书辞，别时针线，离魂暗逐郎行远。淮南皓月冷千山，冥冥归去无人管[④]。

【注释】

①沔东：唐、宋州名，今湖北汉阳（属武汉市），姜夔早年流寓此地。②元日：正月初一。③华胥：指梦。④冥冥归去无人管：指离魂在夜里归去，孤苦伶仃，无人照管。

【赏析】

这首词作于孝宗淳熙十四年（1187）正月初一，金陵附近的江上小舟中。漂泊在外的词人做了一梦，梦见自己久违的爱人，勾起了词人的无尽思念。词虽短小，却写得迂回曲折，寒而不尽。

上阕写梦。虽然是描写梦境，但词人并不急于点破，而是着力刻画爱人的形象。“燕燕”“莺莺”两句写出了爱人轻盈、娇软的体态以及举止谈吐，使读者有见其人、闻其声之感。然后才以“分明”句点破上面所写之人是在梦中，两人正在华胥国相见。

“夜长争得薄情知，春初早被相思染”一句写梦中爱人的嗔怪，一句写自己思念的深浓，两人互诉衷情的场面宛然在目。

下阕写梦醒后的情景。梦醒以后，词人看到别后爱人的书信和刺绣，自然睹物思人起来。他想象着爱人的魂魄跟随着自己远行，与自己在梦中相会。这里借用了极富浪漫情调的倩女离魂的故事，设想爱人正如倩女一般，化作离魂，不远千里前来与自己相会。梦醒后便与月一同悄然归去，无人照管。末二句极为后人推赏，月夜之景与词人内心活动相互映衬，暗示出词人内心的无限深情。

姜　夔

1155—1221，字尧章，自号白石道人，鄱阳（今江西波阳）人。幼时随父宦居汉阳。宁宗庆元三年（1197）上《大乐议》，两年后又上《圣宋铙歌》，诏许免解应礼部进士试，不中，以布衣终身。漂泊苏杭扬淮间，依名流雅士为清客。精通乐律，工诗词，善翰墨。词作感慨时世、抒写恋情，或写景咏物、记述郊游。雕词琢句，韵律和谐，格调高旷，寄意幽邃。词有《白石道人歌曲》。

点绛唇 丁未冬过吴松作

姜夔

燕雁无心[①]，太湖西畔随云去。数峰清苦，商略黄昏雨[②]。

第四桥边[③]，拟共天随住[④]。今何许[⑤]？凭阑怀古，残柳参差舞。

【注释】

①燕雁：指北方幽燕一带的鸿雁。②商略：商量、酝酿。③第四桥：吴松城外的甘泉桥。④天随：唐代陆龟蒙，自号天随子。⑤何许：何处，何时。

【赏析】

淳熙十四年（1187），由杨万里介绍，词人前往苏州见范成大。这首词作于途经吴兴之时。

在一个秋雨潇潇的日子里，词人凭栏远眺，有感于自己困顿落拓的身世，顿时生出厌倦尘世的念头，不禁想要随陆龟蒙而去，披蓑戴笠泛舟寒江度过一生。但古人已逝，词人只能空自怀想，感时伤今。

上阕写景，景中又寓情。将“燕雁”“数峰”拟人化，大雁自在飞翔在云间，在满怀心事的词人看来这快活的大雁是无心的，此一笔衬出词人心情的沉重。数峰清苦，这也是词人的感觉，雨中的群山显得凄清愁苦，其实不过是词人内心愁苦罢了。

下阕直接抒情。在首二句中，词人便直抒胸臆，呼喊道要随陆龟蒙同住甘泉桥边。“今何许”三句感叹无穷。陆龟蒙这样的人如今安在？眼前除了那长短不齐的柳条被西风吹得乱舞，什么也没有，境界凄苦之极。

鹧鸪天

姜夔

己酉之秋，苕溪记所见 。

京洛风流绝代人①，因何风絮落溪津？笼鞋浅出鸦头袜②，知是凌波缥缈身。

红乍笑，绿长颦③，与谁同度可怜春？鸳鸯独宿何曾惯，化作西楼一缕云。

【注释】

① 京洛：指京都洛阳。② 笼鞋：鞋面较宽的鞋子。鸦头袜：古代妇女穿的分出足趾的袜子。③ 颦：皱眉。

【赏析】

这首词写一位女子的不幸命运，其中表露出词人对她的遭遇的深深同情。

“京洛风流绝代人”，此女子生于都城临安，并且有着绝代容颜，其出身与才貌可谓不凡。“因何风絮落溪津？”但这样一位女子，却如无人为主的柳絮一般，随风飘零荒僻的山溪渡口。

接着词人描写该女子的穿着、体态：“笼鞋浅出鸦头袜，知是凌波缥缈身”，直接描述出她的美来。她的美是超凡脱俗的，她穿着笼鞋鸦头袜，走起路来，步态轻盈如洛神宓妃。

“红乍笑，绿长颦”，这两句转到对女子表情的刻画上来。她笑起来满面生春，十分娇媚，但这笑却只有片刻，片刻后她就长久地皱起了眉头。“乍”和“长”对举，细致地描绘出她复杂的内心世界。她为何而笑，又为何皱眉，我们不知道，只能隐约体会出她心中的酸楚。“与谁同度可怜春？”词人见她孤独一人，又由她乍笑长颦的表情变化，推想出她可能为情所苦，无人为伴，这一句表露出词人对她深深的怜惜。

“鸳鸯独宿何曾惯，化作西楼一缕云”，末两句依旧是词人对她的联想，说她不惯于独处闺中，化作了西楼上空的一抹云彩飘入对往日欢情的回忆里。

念奴娇

姜夔

闹红一舸[①]，记来时尝与鸳鸯为侣。三十六陂人未到[②]，水佩风裳无数[③]。翠叶吹凉，玉容消酒，更洒菰蒲雨。嫣然摇动，冷香飞上诗句。

日暮，青盖亭亭，情人不见，争忍凌波去[④]？只恐舞衣寒易落，愁入西风南浦。高柳垂阴，老鱼吹浪，留我花间住。田田多少，几回沙际归路。

【注释】

①舸：大船，也泛指船。②陂：池塘。③水佩风裳：本指美人妆饰，代指荷叶荷花。④争：怎么，如何。

【赏析】

这是一首歌咏荷花的词作。

词人将他在武陵、吴兴、杭州三处见到的荷花巧妙地组合成一首词，并将自己的情感赋予荷花，用优美的笔调写出了荷花的风神及个性。

词人从各个角度描写荷花，传神地写出了荷花的风姿神貌。“闹红”写出了荷花的生气；“水佩风裳无数”是写荷塘中荷花的风神韵致；接着降下一场“菰蒲雨”，雨中的荷花更是多姿，倩影娉婷，嫣然含笑，吐出幽幽冷香，惹起词人无限怜爱。末三句运用了通感的修辞手法，用视觉引出嗅觉，散发出一股诱人的“冷香”，不愧是千古佳句。

下阕从日暮荷叶写起，荷花已在西风中凋残，唯有荷叶田田。时间已经太晚，词人仍旧不愿意离去。但词人却不直言自己的留恋之意，而反说荷神多情，不忍遽然凌波而去，更衬出词人的不舍。

翠楼吟

姜夔

淳熙丙午冬，武昌安远楼成，与刘去非诸友落之，度曲见志。余去武昌十年，故人有泊舟鹦鹉洲者，闻小姬歌此词，问之，颇能道其事，还吴。为余言之；兴怀昔游，且伤今之离索也。

月冷龙沙，尘清虎落[①]，今年汉酺初赐[②]。新翻胡部曲[③]，听毡幕元戎歌吹[④]。层楼高峙。看槛曲萦红，檐牙飞翠。人姝丽[⑤]，粉香吹下，夜寒风细。

此地，宜有词仙，拥素云黄鹤，与君游戏。玉梯凝望久，但芳草萋萋千里。天涯情味。仗酒祓清愁[⑥]，花消英气。西山外，晚来还卷，一帘秋霁。

【注释】

①虎落：遮护城堡或营寨的竹篱。②汉酺（pú）初赐：汉律，三人以上无故不得聚饮，违者罚金四两。朝廷有喜庆事，特许军民聚饮，称赐酺。③胡部曲：一种以琵琶为主的音乐。④毡幕：指用毛毡制作的帐篷。元戎：主将，军事长官。⑤人姝丽：指美丽的人。⑥祓（fú）：古代用斋戒沐浴等方法除灾求福，亦泛指扫除。

【赏析】

淳熙十三年（1186）冬，武昌黄鹤山上建起了一座名为“安远”的楼，其时姜夔正住在汉阳府汉川县的姐姐家。词人为参加新楼落成典礼，曾与友人刘去非一同前游，并自度此曲记述了这件事。

“月冷龙沙，尘清虎落，今年汉酺初赐”三句围绕“安远”二字而来，客观地显示了筑楼的时代背景。龙沙，指江北的南宋边寨。虎落，为护城笆篱。宋朝南渡时，武昌是抵抗金人的战略要地，和议达成，形势安定下来，出现了和平局面，这便是“安远”的意思。汉制禁止民众聚饮，有庆典时例外，称为赐酺。

“新翻胡部曲，听毡幕元戎歌吹”，这两句写宴席上的歌吹，一片欢乐景象。

接下来“层楼高峙。看槛曲萦红，檐牙飞翠”三句由整体到局部对安远楼的外观进行刻画。“层楼高峙”是写楼的整体形势；“看槛曲萦红，檐牙飞翠”是对它进行细部刻画，极写其造型之精美壮丽。

“人姝丽，粉香吹下，夜寒风细”，这三句又回到宴会上来，写宴席中的歌女。那位佳人如此动人，寒风细细，吹起她身上阵阵粉香。

“此地，宜有词仙，拥素云黄鹤，与君游戏”，“此地”便是黄鹤山，其西北矶头为著名的黄鹤楼所在，传说仙人子安曾乘鹤路过。词人说在这楼成盛典之上，该有文采风流的“词仙”乘白云黄鹤来题词庆贺，同登楼的朋友尽情游乐。

接着词情急转直下：“玉梯凝望久，但芳草萋萋千里”，千里芳草触动起词人无限愁情。词人的感情是非常复杂的，安远楼的落成盛况并没真正带给他一种盛世之欢。芳草在古诗词中喻离恨，词人见芳草而生愁，大抵是萋萋芳草牵动起了自己久客他乡之恨，这一点在接下来“天涯情味”一句得到了证实。

“仗酒祓清愁，花消英气”，词人只有通过酒与胜景来排遣离恨，来消磨时光，可见他的生活是极不如意的。

“西山外，晚来还卷，一帘秋霁”，最后三句从王勃《滕王阁诗》“朱帘暮卷西山雨”化出，以景结情，流露出一种凄清冷寂之感。

扬州慢

姜夔

淳熙丙申至日①，余过维扬②，夜雪初霁，荠麦弥望③。入其城，则四顾萧条，寒水自碧。暮色渐起，戍角悲吟，予怀怆然，感慨今昔。因自度此曲，千岩老人以为有黍离之悲也④。

淮左名都⑤，竹西佳处⑥，解鞍少驻初程。过春风十里⑦，尽荠麦青青。自胡马窥江去后[8]，废池乔木[9]，犹厌言兵。渐黄昏[10]，清角吹寒[11]，都在空城。

杜郎俊赏[12]，算而今、重到须惊。纵豆蔻词工[13]，青楼梦好[14]，难赋深情。二十四桥仍在[15]，波心荡，冷月无声。念桥边红药[16]，年年知为谁生！

【注释】

①淳熙丙申：淳熙三年（1176）。至日：冬至。②维扬：扬州。《尚书·禹贡》有“淮海维扬州”句，后遂以“维扬”为扬州的别称。③荠麦：荠菜和麦子。弥望：满眼。④千岩老人：南宋诗人萧德藻，字东夫，因居湖州弁山之千岩，故以为号。黍离之悲：《黍离》，《诗经·王风》篇名。周平王东迁后，周大夫经过西周故都见“宗室宫庙，尽为禾黍”，遂赋《黍离》诗志哀。后世即用“黍离”来表示亡国之痛。⑤淮左：扬州宋时属淮南东路，淮东亦称淮左。而扬州又是宋代淮南东路的首府，故称“淮左名都”。⑥竹西佳处：杜牧《题扬州禅智寺》诗：“谁知竹西路，歌吹是扬州。”宋人于此筑竹西亭。这里指扬州。⑦春风十里：杜牧《赠别》诗：“春风十里扬州路，卷上珠帘总不如。”这里用以借指扬州。⑧胡马窥江：指1161年金主完颜亮南侵，攻破扬州，直抵长江边的瓜洲渡，到淳熙三年姜夔过扬州已十六年。⑨废池：废毁的池台。乔木：残存的古树。二者都是乱后余物，表明城中荒芜，人烟萧条。⑩渐：向，到。⑪清角：凄清的号角声。⑫杜郎：杜牧。唐文宗大和七年到九年，杜牧在扬州任淮南节度使掌书记。俊赏：俊逸清赏。钟嵘《诗品序》：“近彭城刘士章，俊

赏才士。”⑬豆蔻：形容少女美艳。豆蔻词工：杜牧《赠别》：“娉娉袅袅十三余，豆蔻梢头二月初。”⑭青楼梦好：杜牧《遣怀》诗：“十年一觉扬州梦，赢得青楼薄幸名。”⑮二十四桥：杜牧《寄扬州韩绰判官》诗：“二十四桥明月夜，玉人何处教吹箫。”二十四桥，有二说：一说唐时扬州城内有桥二十四座，皆为可纪之名胜。见沈括《梦溪笔谈·补笔谈》。一说专指扬州西郊的吴家砖桥（一名红药桥）。“因古之二十四美人吹箫于此，故名。”见《扬州画舫录》。⑯红药：芍药。

【赏析】

这是姜夔的词作中有确切年代记载的最早的一首，也是他为数不多的感叹现实的词作。

淳熙三年冬，姜夔路过扬州，因连年的战乱，昔日繁华的扬州城如今一片残败。词人看到这种景象不禁生出黍离之悲来，自创了《扬州慢》这首曲，感时伤乱。

上阕主要写景。“淮左名都，竹西佳处，解鞍少驻初程”，“名都”“佳处”都非实见，而是指扬州昔日的盛况。这样的胜地，词人不由得“解鞍少住初程”。

“过春风十里，尽荠麦青青。”可是下了马，竟是四顾萧条，昔日繁盛的扬州城竟是一片青青的荠菜和野麦。

“自胡马窥江去后，废池乔木，犹厌言兵。”之所以会如此，全是因为金兵南下，给这座城带来了空前的灾难。“犹厌言兵”四字尤妙，陈廷焯在《白雨斋词话》中说：“‘犹厌言兵’四字，包括无限伤乱语，他人累千百言，亦无此韵味。”

“渐黄昏，清角吹寒，都在空城”三句又转入实景，一切景语皆情语，词人此刻心境悲凉，周围的景致也蒙上了这种色彩。

下阕侧重抒情。“杜郎俊赏，算而今、重到须惊”，词人立于这黄昏中的扬州城想到了曾在此旅居的风流才子杜牧，写出了自己对扬州城的昔盛今衰的惊痛。

“纵豆蔻词工，青楼梦好，难赋深情”，这三句灵活地化用杜牧诗句，表达效果比前面的“重到须惊”又进一层，含有无限凄怆之意。

“二十四桥仍在，波心荡，冷月无声”三句意境最佳，鲜明地体现出姜夔词“清空”的特色。既写出了扬州城的冷寂，也写出了词人的凄冷心情。

“念桥边红药，年年知为谁生！”最后词人将目光移到那桥边红药上，城已空，唯有红药还照常开放。词人在怪这无情的花儿，它丝毫不知道今日已非昨日可比，这座名城已经残败不堪，却依旧开得那么灿烂。

长亭怨慢

姜夔

余颇喜自制曲，初率意为长短句，然后协以律，故前后阕多不同。桓大司马云[①]：“昔年种柳，依依汉南；今看摇落，凄怆江潭。树犹如此，人何以堪！”此语余深爱之。

渐吹尽、枝头香絮，是处人家，绿深门户。远浦萦回，暮帆零乱向何许？阅人多矣，谁得似长亭树。树若有情时，不会得青青如此[②]。

日暮，望高城不见[③]，只见乱山无数。韦郎去也，怎忘得玉环分付[④]。第一是早早归来，怕红萼无人为主[⑤]。算空有并刀[⑥]，难剪离愁千缕。

【注释】

① 桓大司马：即晋代大司马桓温。② “树若”二句：李贺《金铜仙人辞汉歌》：“天若有情天亦老。”李商隐《蝉》：“五更疏欲断，一树碧无情。”③ 高城不见：欧阳詹《初发太原途中寄太原所思》诗：“高城已不见，况复城中人。”④“韦郎”二句：《云溪友议》卷中《玉箫记》条载，唐韦皋游江夏，与玉箫女有情，别时留玉指环，约以少则五载，多则七载来娶，后八载不至，玉箫绝食而死。⑤ 红萼：红花，此处指少女。⑥ 并刀：并州为古九州之一，今属山西，所产刀剪以锋利出名。

【赏析】

这首词为词人合肥惜别之作。光宗绍熙二年（1191）春，词人年已四十。十余年前，他客游合肥，曾与一女子有过一段短暂的情缘。久别后词人故地重游，又遇伊人。无奈佳期太短，词人不久便东归了。此词是他东归忆别时作。

上阕写春景抒发别怨。“渐吹尽”三句点名节气，此时春事已暮，柳绵吹尽。“远浦”两句则点出送别。送别的长亭边杨柳依依，似别情无限。但树终究是无情之物，倘若懂得人那离愁别绪，恐怕也不会青青若此了。末四句为全篇警语，将一片别情抒发得深婉。

下阕追忆。日暮时分，回首西望已看不见她所在的那座高城了，只看见乱山起伏，这景象惹起词人满心恼恨。他接着回忆离别时的场景、玉人的吩咐。此时的词人是多么烦恼啊，心中有无限愁绪，剪不断，理还乱。

暗香

姜夔

辛亥之冬[①]，余载雪诣石湖[②]。止既月[③]，授简索句[④]，且征新声[⑤]。作此两曲。石湖把玩不已，使二妓肄习之[⑥]。音节谐婉。乃名之曰《暗香》《疏影》。

旧时月色，算几番照我，梅边吹笛？唤起玉人，不管清寒与攀摘。何逊而今渐老[⑦]，都忘却、春风词笔。但怪得、竹外疏花[⑧]，香冷入瑶席。

江国，正寂寂。叹寄与路遥，夜雪初积。翠尊易泣[⑨]，红萼无言耿相忆[⑩]。长记曾携手处，千树压、西湖寒碧。又片片、吹尽也，几时见得？

【注释】

①辛亥：光宗绍熙二年（1191）。②石湖：在苏州西南。③止既月：指住满一月。④简：纸。⑤征新声：征求新的词调。⑥肄习：学习。⑦何逊：南朝梁诗人。任扬州法曹时，廨舍有梅花一株，常吟咏其下。后居洛思之，请再往。抵扬州，花方盛片，逊对树彷徨终日。⑧但怪得：惊异。⑨翠尊：翠绿酒杯，这里指酒。⑩红萼：指梅花。耿：形容心情难以平复。

【赏析】

这是一首托物言情的词作，词人由梅花而想到旧日欢情。

上阕词人追怀往事，思忆旧游。“旧时月色”五句为追怀往事。词人几次客游合肥，与当地青楼女子来往密切，作了不少怀念这段时光的词。梅边月下，笛声悠扬，勾起词人的回忆。他想起当年爱人不顾严寒，为自己攀折梅花的旧事，心情十分复杂。当时他们是多么欢乐啊，一片浓情蜜意。而如今呢，自己年华渐老，再也没有咏诗寻梅的雅兴了。只怪今夜这几枝梅花，又唤起我的一腔思念。

下阕承上阕而来，继续抒情。此时，江南正下着雪，四周一片寂静，词人想寄梅赠远以慰相思，无奈路途遥远，夜里还有积雪，只能徒然叹息。词人继续追忆往事，曾与佳人携手游西湖，西湖边梅花盛开。如今又值梅花开放，落花片片，却已经是物在人去，不知几时才能相见。

这首词将情融于景，咏梅怀人，无论从咏物还是怀人的角度说都是一篇上乘之作。

戴复古

1167—？，字式之，天台黄岩（今属浙江台州）人。常居南塘石屏山，故自号石屏、石屏樵隐。一生不仕，浪游江湖，后归家隐居，卒年八十余。曾从陆游学诗，作品受晚唐诗风影响，兼具江西诗派风格。部分作品抒发爱国思想，反映人民疾苦，具有现实意义。有《石屏词》。

柳梢青

戴复古

袖剑飞吟[1]。洞庭青草，秋水深深。万顷波光，岳阳楼上，一快披襟[2]。

不须携酒登临。问有酒、何人共斟？变尽人间，君山一点，自古如今。

【注释】

① 袖剑飞吟：用吕洞宾传说。据《唐才子传》云，吕洞宾八月醉饮岳阳楼，留诗云："朝游南浦暮苍梧，袖里青蛇（按：指剑）胆气粗。三入洞庭人不识，朗吟飞过洞庭湖。""袖剑"，即"袖里青蛇"之意；"飞吟"，即"朗吟飞过"。② 一快披襟：宋玉《风赋》："楚襄王游于兰台之宫，宋玉、景差侍。有风飒然而至，王乃披襟当之，曰：'快哉此风。'"

【赏析】

这是一首写景抒情之作。

词人登上岳阳楼，看洞庭胜景，心中满怀豪情，不禁昂首高歌，抒发他绝不俯仰随人的坚定的爱国之情。

词的上阕写景。袖中藏剑的词人登上岳阳楼，极目四望，湖岸草色青青，湖水波光万顷，一派壮观景象。秋风飒然而起，词人披襟挡之，不亦快哉！词人高大的形象于这豪迈的景语中凸现出来。上阕写景，层层递进，为下阕抒情埋下伏笔。

下阕抒情言志。南宋小朝廷中主和派占多数，要找到志在收复中原之人是多么难啊。既然没有知己同饮，那么登楼就不必携酒了。在浩浩荡荡的洞庭湖中有君山一点，它任凭风浪肆虐，岿然不动。这君山一点指的就是词人那坚定不移的爱国之心。

这是一首借景抒情的小令，情景相融，主旨鲜明。

史达祖

1163—1220？，字邦卿，号梅溪，汴（今河南开封）人。仕进无途，托身权门，曾为韩侂胄堂吏，尽握三省之权。韩势败被杀，其亦受酷刑，贬死。其词取法姜白石，奇秀清逸，尤精于咏物，清人纪昀赞之“清词丽句，在宋季颇属铮铮”（《四库全书总目提要》）。有《梅溪词》。

三姝媚

史达祖

烟光摇缥瓦[①]。望晴檐多风，柳花如洒。锦瑟横床，想泪痕尘影[②]，凤弦常下[③]。倦出犀帷[④]，频梦见、王孙骄马。讳道相思，偷理绡裙，自惊腰衩[⑤]。

惆怅南楼遥夜，记翠箔张灯[⑥]，枕肩歌罢。又入铜驼，遍旧家门巷，首询声价[⑦]。可惜东风，将恨与、闲花俱谢。记取崔徽模样，归来暗写。

【注释】

①缥瓦：琉璃瓦。②尘影：风尘的痕迹。③凤弦：琴上的丝弦。④犀帷：饰以犀牛角的帷幕。⑤腰衩：此处作腰围解。衩，衣下端两旁开裂的缝。⑥箔：帘子。⑦声价：这里指有关妓女的消息。

【赏析】

这是一首爱情词，写的是一位风尘女子与词人的爱情故事。

上阕写词人重访昔日恋人的居处。“烟光摇缥瓦。望晴檐多风，柳花如洒”，首三句写春日来访。是日春光明媚，词人来到昔日爱人的居处，只见缥瓦晴檐，春风怡荡，柳絮纷飞。

接着词人进入楼中，他没见到所思之人，只见“锦瑟横床”。由此他想到伊人别后情状：“想泪痕尘影，凤弦常下”，自两人分别后她不理乐器，常独坐默默流泪。

“倦出犀帷，频梦见、王孙骄马”，因入骨相思，而思极成梦。一个“倦”字，一个“频”字，巧妙地写出了分别以后，无法排解的相思之苦。“王孙”是词人自指。

“讳道相思，偷理绡裙，自惊腰衩”三句细致地刻画出女主人公复杂的心理活动。她是一个矜持的女子，虽日夜牵挂着心上人，但从不在别人面前表露，极力掩饰自己的感情。当她私下里捡起久已不穿的裙子试穿时，惊讶地发现自己瘦了一大圈。词人通过对女子由故作镇定到突然一惊的感情起伏的描写，委婉而曲折地表现出她的痴情。

下阕写女子的下落。“惆怅南楼遥夜，记翠箔张灯，枕肩歌罢”，此三句转入初次相遇的回忆。“南楼”即该女子的居处。“遥”字点明初见与此次相访相距时间之长。“枕肩歌罢”，点明该女子的身份，她是一位歌女。往事愈是甜蜜，此时心就愈痛，通过今昔对比，进一步深化了词人的思念。

“又入铜驼，遍旧家门巷，首询声价”，因不见伊人，词人便去访问旧家门巷打探消息。“铜驼”，洛阳有铜驼街，繁华游乐之地，这里借指京师临安。

词人终究还是打探到了她的消息，但只是“可惜东风，将恨与、闲花俱谢”，她已经因思念如一朵无主的闲花带着无穷怨恨永远凋落了。这个消息无疑是最叫人痛心的了。

但除了痛，词人还能做什么呢？如今他只有“记取崔徽模样，归来暗写”，以表自己的深切怀念。末两句用元稹《崔徽歌序》里裴敬中与妓女崔徽相爱，崔徽临死留下肖像送给裴敬中的故事，直抒其对往日爱人的思念之情。

双双燕 咏燕

史达祖

过春社了[①]，度帘幕中间，去年尘冷。差池欲住[②]，试入旧巢相并。还相雕梁藻井[③]，又软语商量不定。飘然快拂花梢，翠尾分开红影。

芳径，芹泥雨润[④]。爱贴地争飞，竞夸轻俊。红楼归晚[⑤]，看足柳昏花暝。应自栖香正稳，便忘了、天涯芳信。愁损翠黛双蛾[⑥]，日日画阑独凭。

【注释】

① 春社：古代风俗，农村于立春后、清明前祭神祈福，称“春社”。② 差池：张舒尾翼。《诗经·风·燕燕》：“燕燕于飞，差池其羽。” ③ 相（xiàng）：端看、仔细看。藻井：装饰成井栏形、绘有菱荷藻类的天花板。古人以为借此能镇住火灾。④ 芹泥：水边长芹草的泥土。⑤ 红楼：富贵人家所居处。⑥ 翠黛双蛾：指闺中少妇。

【赏析】

这是一首咏物词，咏的是春燕。

上阕写燕子的筑巢情态。春社过了，燕子飞回，它们的旧巢已经落满尘土，冷寂地悬于屋梁之间。它们企图终归旧巢，但旧巢早就不暖。于是它们犹豫了，商量要不要重新搭个巢。“还相雕梁藻井，又软语商量不定”两句，将燕子拟人化，非常传神。接着燕子就冲了出去，穿飞在花红柳绿间，极写燕子轻盈的姿态。

下阕紧承上阕，写燕子飞入花园后自在玩耍的情景，并引出一段闺情。燕子是多么快活呀，贴地争飞，比赛谁更机灵，谁更轻巧。它们又是多么贪玩，直至天黑它们方才归巢。接着词人由燕子双宿双栖引入一段闺情，来了出人意料的一笔。双燕睡得香甜，忘了将游子的书信带给他的妻子。这可苦了那位独自凭栏的女子，她正望断天涯路，盼着丈夫书信呢。

这首咏燕词历来为人所称道，明朝王士祯就赞此词：“极妍尽态，反有秦（观）、李（清照）未到者。”

卢祖皋

约1174—1224，字申之，又字次夔，号蒲江，永嘉（今浙江温州）人。宁宗庆元五年（1199）进士。累官将作少监、权直学士院。工小令，词风婉秀淡雅。有《蒲江词稿》。

江城子

卢祖皋

画楼帘幕卷新晴，掩银屏，晓寒轻。坠粉飘香，日日唤愁生。暗数十年湖上路，能几度，著娉婷[①]？

年华空自感飘零，拥春酲[②]，对谁醒？天阔云闲，无处觅箫声。载酒买花年少事，浑不似，旧心情。

【注释】

①娉婷：女子美好貌，此处指歌女。②酲（chéng）：酒醒后的疲惫。

【赏析】

这首词为卢祖皋从临安调到京城为京官以后所作。十年前，在临安中进士，之后就被外放到池州（今属安徽）、吴江（今属江苏）等地长期为官。词人对着春景，暗自伤怀，感叹时光易逝，身世飘零。

上阕写景伤怀。在一个春天的早晨，词人卷起帘幕，外边一片新晴。然而尽管是晴朗的春日，却仍然留下了一点晓寒，由此而引出“坠粉飘香，日日唤愁生”的凄楚况味。看到这美好的春光，词人不禁触目伤怀，感叹自己宦海飘零，辜负大好时光。十年来风尘碌碌，很少与那西湖佳人共尽幽兴。

下阕紧承上阕而来，感叹时光易逝，意气不再。如今我已垂垂老矣，再没有少年时载酒买花的心情。“天阔云闲，无处觅箫声”，暗用萧史教弄玉吹箫的故事，说自己无处寻觅心中那个吹箫的弄玉，我孤孤单单一身醉意，空自感叹岁月的流逝。

宴清都 初春

卢祖皋

春讯飞琼管[①]，风日薄，度墙啼鸟声乱。江城次第[②]，笙歌翠合，绮罗香暖。溶溶涧渌冰泮[③]，醉梦里、年华暗换。料黛眉，重锁隋堤，芳心还动梁苑[④]。

新来雁阔云音，鸾分鉴影[⑤]，无计重见。春啼细雨，笼愁淡月，恁时庭院。离肠未语先断，算犹有凭高望眼。更那堪衰草连天，飞梅弄晚。

【注释】

① 琼管：指古时候验节气的器具。将芦苇茎中的薄膜制成灰，置于十二月律的律管内，放在特设的室内木案上，到某一节气，相应律管内的灰就会自行飞出。② 次第：转眼，顷刻。③“溶溶”句：溶溶：水盛。渌：清澈。泮：溶解，分离。④ 梁苑：园囿名，在今河南开封市东南。汉梁孝王刘武筑。为游赏与延宾之所，当时名士如司马相如、枚乘、邹阳皆为座上客。一名梁园，又称兔园。此处泛指园林。⑤ 鸾分鉴影：古时镜称鸾镜。南朝陈代徐德言与妻乱离中分别，各执破镜一半，后得以重逢。此处指夫妻分离两地。

【赏析】

这首词为作客异乡、思念妻子而作。

上阕由眼前的春景而想到了远方的妻子。大地春回，日和风清，到处莺歌燕舞，到处喜气洋洋。这美好的春景与词人寂寥的心情形成鲜明对照。词人思念妻子却不直抒相思之情，而从对方思念自己着笔，这更显现出词人思妻之切。

下阕抒发离恨。与妻子天涯相隔，重见无日，念此令词人肠断。抒发完自己的离愁后，词人再折回来，以眼前景语作结，将情融于景，情致委婉动人。

严　仁

生卒年不详。字次山，号樵溪，邵武（今属福建）人。与严羽、严参并称“邵武三严”。其词“能极道闺闱之趣”（黄昇《中兴以来绝妙词选》）。有《清江欸乃集》（今不传）、《文献通考》。存词三十首。

玉楼春　春思

严仁

春风只在园西畔，荠菜花繁胡蝶乱[①]。冰池晴绿照还空[②]，香径落红吹已断。

意长翻恨游丝短，尽日相思罗带缓[③]。宝奁明月不欺人[④]，明日归来君试看。

【注释】

① 胡蝶：即蝴蝶。② 晴绿：晴澈碧绿的池水。③ 缓：此指衣带宽松。④ 宝奁（lián）：梳妆镜匣。

【赏析】

这是一首思妇怀人的词。

上阕写景。小园西畔春色烂漫，荠菜花盛开，蝴蝶翩翩飞舞。其中“繁”和“乱”两个字高度概括出荠菜花和蝴蝶的形态，并反映出春事已深。“冰池”句描写池水，碧绿澄净。最后一句转到落花上来，惜春之情寓于其中。上阕词人写了荠菜花、蝴蝶、水池、落花，从多方面来描写春景，描绘出一幅生机盎然却又略显寂寞的晚春图，牵引出思妇的伤春之情。

下阕抒情。作者用曲折的笔法抒发思妇的相思之情，不直言思妇情意无限，而通过写“恨游丝短”来反衬思妇情意之长；不直言思妇对丈夫浓浓的思念，而是用“罗带宽”来暗示，暗示思妇因思念丈夫而日渐消瘦。结尾两句以其新奇的构思新奇而常为人称道，词人并不直接说思妇因怀念丈夫而变得憔悴，而是以一种曲折的方式陈述，写得情真意切。

词的品赏知识

评价宋词的思想内容应注意的问题 要了解作家的生平、思想及创作风格，这样有助于对其作品内容的理解和把握。

每个时代都有它的特点，故一个时代有一个时代的文学，在品赏文学作品时，应适当了解它所产生的时代风貌。

很多宋词的前面都有一个或长或短的“序”，有的交代了创作的时间，有的交代了创作的缘由，有的交代了创作的经过，有的交代了创作的背景，有的又为整个作品奠定了情感基调，阅读小序对理解作品的思想内容很有帮助。

刘克庄

1187—1269，字潜夫，号后村居士，莆田（今属福建）人。以父荫入仕，补将作郎。理宗淳祐六年（1246）赐同进士出身。曾因《落梅》诗涉嫌讪谤朝臣，免官达十年之久，后三入朝而三被劾。官至工部尚书，以龙图阁学士致仕。一生著述甚富，工诗词，为“江湖诗派”领军人物。词风慷慨，近辛弃疾，多家国之思。有词集《后村别调》。

卜算子

刘克庄

片片蝶衣轻①，点点猩红小②。道是天公不惜花，百种千般巧。

朝见树头繁，暮见枝头少。道是天公果惜花，雨洗风吹了。

【注释】

① 蝶衣：指花瓣。② 猩红：指花朵。

【赏析】

刘克庄词风豪放，这是他为数不多的婉约词中的一首。

词人以海棠自喻，用比兴的手法表达自己怀才不遇的愤懑情怀。词人将自己比作那有着千百种灵巧风姿的海棠花，虽有济世之策，但却如海棠一样饱受风吹雨打，得不到任用。

词的上阕写花的可爱。“片片蝶衣轻”，此句写花的姿态，宛如蝴蝶一般轻盈。“点点猩红少”，此句写花的颜色，如血一般鲜红。“道是天公不惜花，百种千般巧”，一个“巧”字，写出了花的气韵。

词的下阕写花的命运。早上还百花争妍，枝头怒放，晚上就被雨打风吹尽了。词人对花儿的此种命运深感痛惜，不由得感叹老天不爱惜花，并对此表示出深深的不满。

这首词写得含蓄，作者不止惜花，他更在伤己。

沁园春 答九华叶贤良

刘克庄

一卷阴符，二石硬弓，百斤宝刀。更玉花骢喷，鸣鞭电抹；乌丝阑展，醉墨龙跳。牛角书生，虬髯豪客，谈笑皆堪折简招。依稀记，曾请缨系粤①，草檄征辽②。

当年目视云霄，谁信道、凄凉今折腰③。怅燕然未勒，南归草草，长安不见，北望迢迢④。老去胸中，有些磊块⑤，歌罢犹须著酒浇。休休也，但帽边鬓改，镜里颜凋。

【注释】

①粤：广东省的别称。②檄：下文书征讨。③折腰：用陶渊明不为五斗米折腰的典故。④“怅燕然未勒”四句：这里用了两个典故：

一是《后汉书·窦宪传》所载窦宪登燕然山刻石记功而还；二是李白《金陵凤凰台诗》所记“总为浮云能蔽日，长安不见使人愁”，表达了词人功名未就、报国无门的怅恨。⑤“老去”二句：“老去”，也援用一典。《世说新语·任诞篇》云：“阮籍胸中磊块，故须酒浇之。”磊块，一作垒块，谓胸中郁结不平之气。按，词人为建阳令时，尝作诗咏落梅云：“东君谬掌花权柄，却忌孤高不主张。”“梦得因桃却左迁，长源为柳忤当权；幸然不识桃并柳，也被梅花累十年。”可见其胸中积有多少块垒，多少愤懑情结。

【赏析】

这是一首感怀词，词人叹息年华老去而事业未竟，词情颇为悲壮。

九华，山名。叶贤良，名字、事迹均不详，为作者同乡。贤良，制科名，全称为“贤良方正能直言极谏科”，叶氏当中此科，所以作者才以“贤良”称之。这首词虽为答叶贤良而作，但却自抒怀抱，是豪放词中的佳作。

上阕是词人对往昔少年时的回忆。“一卷阴符，二石硬弓，百斤宝刀”，首三句写自己年少时的英雄豪气，既精通韬略，且武艺高强。《阴符》，兵书名，相传为太公所著。二石，相当于现在二百四十斤，这是极言弓之硬。

“更玉花骢喷，鸣鞭电抹；乌丝阑展，醉墨龙跳”，这四句选取骑马和写字两个场景来展示词人少年时的英勇和豪迈。“玉花骢”，又名菊花青，是一种良马。一个“电”字活灵活现地将词人手挥马鞭的少年英气展示了出来。“龙跳”二字，即是说他的字有如蛟龙跳跃，极言其书法苍劲有力。

“牛角书生，虬髯豪客，谈笑皆堪折简招”，“牛角书生”，《旧唐书·李密传》谓李密少时，曾将《汉书》一帙挂于牛角，一手提牛靷，一手翻阅书籍。“虬髯豪客”是唐人小说《虬髯客传》中的人物，性格豪爽而有才略。与词人交友之人皆是饱读诗书之士，或行侠仗义之人，他们的从游关系热烈而亲切。“依稀记，曾请缨系粤，草檄征辽”，末三句写他少年时的南征北战，歌颂他为国效力的豪情壮志。

下阕转到对今日的描写，词情由激越转至低沉。“当年目视云霄，谁信道、凄凉今折腰”，此二句为过渡句，感叹今非昔比，当年他气贯云霄，而今却壮志难伸，一身凄凉。

“怅燕然未勒，南归草草，长安不见，北望迢迢”，这四句承上句而来，通过两个典故具体描述其不得志的境况，表达其功名未就、报国无门的怅恨。“怅燕然未勒”，据《后汉书·窦宪传》载，窦宪登燕然山，刻石记功而还；“长安不见”，李白《金陵凤凰台诗》所记“总为浮云能蔽日，长安不见使人愁”。

“老去胸中，有些磊块，歌罢犹须著酒浇”，同样用典。《世说新语·任诞篇》云：“阮籍胸中磊块，故须酒浇之。”磊块，谓胸中郁结不平之气。按，词人为建阳令时，尝作诗咏落梅云：“东君谬掌花权柄，却忌孤高不主张。”词人仕途不畅，屡遭困厄，胸中积下许多块垒，无处抒发，唯有对酒狂歌，以酒浇愁。

“休休也，但帽边鬓改，镜里颜凋”，末三句叹老，以形象化的语言，塑造了一个满腔忧愤的老者形象。

综合来看，这首词上阕慷慨而多气，下阕深邃而含悲，其中也穿插了多个典故，将作者少年的意气与老年的悲慨，强烈地表现了出来。

长相思 惜梅

刘克庄

寒相催。暖相催。催了开时催谢时。丁宁花放迟①。

角声吹。笛声吹。吹了南枝吹北枝。明朝成雪飞。

【注释】

① 丁宁：叮嘱。

【赏析】

这是一首惜花伤时的词作。词人由梅花的开落联想到国事，由惜花引申到感叹国事衰落，感叹国运已消。

上阕惜花。“寒相催。暖相催。催了开时催谢时”，这三句写梅花的开落，梅花被寒气和暖意竞相催逼，寒刚催着梅花开放，天气转暖后又催着梅花凋谢。

“丁宁花放迟”，早开便早谢，因此词人叮咛花儿晚些开放，惜花之意由此可见。

下阕伤时。“角声吹。笛声吹”，角声里、笛声里，都传出与梅花有关的曲调。《梅花落》是汉代军中之乐的笛中曲名。角也是军中吹器，唐大角曲就有《大梅花》《小梅花》等曲。“鸣角”有收兵之意，这自然就将梅花与国事连接起来。边境告急，国家处在水深火热之中，谁能挑起收复中原的大任呢？

“吹了南枝吹北枝”，角声、笛声吹落了南枝，又吹落了北枝，暗指南宋小朝廷危机四伏。

“明朝成雪飞”，末句将上下两片紧密结合起来，既归结到惜梅，梅花谢落后散作漫天雪花；又暗指南宋王朝来日无多了。

一剪梅

刘克庄

束缊宵行十里强[①]。挑得诗囊，抛了衣囊。天寒路滑马蹄僵。元是王郎[②]，来送刘郎[③]。

酒酣耳热说文章。惊倒邻墙，推倒胡床。旁观拍手笑疏狂。疏又何妨，狂又何妨！

【注释】

① 束缊：捆绑乱麻以为火把。② 王郎：词人的好友王迈。③ 刘郎：词人自指。

【赏析】

这首词作于友人为词人饯别之时。词以豪放而悲愤的笔调描写了两位饱受压抑而又不甘屈服的狂士的离别。

词的上阕写王迈连夜为词人送行。“束缊宵行十里强”，首句便点明送行。开门见山地描写连夜而行的情状。“束缊”，是乱麻捆起来，做成照明的火把；“宵行”，点明时间；“十里”指十里长亭，点出饯别之意。

“挑得诗囊，抛了衣囊”，这两句写行囊，表现其书生本色。对词人来说，那饱蘸他心血的诗才是最为珍贵的，自然不能轻易抛弃。

“天寒路滑马蹄僵”，此句写行人冒寒赶路的艰苦情状。

“元是王郎，来送刘郎”，最后两句人物正面出场。“王郎”即王实之。他半夜冒着严寒来为词人饯行，可见两人情谊之深厚。“刘郎”原指刘禹锡，这里词人以锐意进取而屡受打击的刘禹锡自比。

下阕写饯行场景。“酒酣耳热说文章”，在为词人饯行的宴席上，两人喝得酒酣耳热，互诉胸怀抱负。“酒酣耳热”表现了酒逢知己的欢乐；“说文章”则是指两个有着共同抱负的人酒兴正浓之时，一起品评时事，抒发怀抱，宣泄心中不平。

“惊倒邻墙，推倒胡床”，这两句运用夸张的手法淋漓尽致地表现出他们二人的冲天豪气。他们二人疏放至极，不管邻人，只顾喝酒，只顾说话，常常语惊四座，却全无顾忌。

“旁观拍手笑疏狂”，这是词人的设想之辞，他想假若有旁观者在此，必定拍手笑他二人疏狂。这里暗点出他们不被世人所理解的境况。

但词人并不在乎，他说道：“疏又何妨，狂又何妨！”态度明确坚定，感情慷慨奔放。

贺新郎 送陈真州子华

刘克庄

北望神州路[①]，试平章、这场公事，怎生分付？记得太行山百万，曾入宗爷驾驭。今把作、握蛇骑虎。君去京东豪杰喜，想投戈、下拜真吾父。谈笑里，定齐鲁。

两河萧瑟惟狐兔。问当年、祖生去后[②]，有人来否？多少新亭挥泪客[③]，谁梦中原块土？算事业、须由人做。应笑书生心胆怯，向车中、闭置如新妇。空目送，塞鸿去。

【注释】

① 神州：本指全中国，此处指北方沦陷地区。② 祖生：祖逖，东晋北伐名将。③ 新亭挥泪客：《世说新语》：“过江诸人，每至美日，辄相邀新亭，藉卉饮宴。周候中坐而叹曰：‘风景不殊，正自有山河之异！’皆相视流泪。唯王丞相愀然亮色曰：‘当共戮力王室，克复神州，何至作楚囚相对！’”

【赏析】

这是一首送别之作。陈子华受命去真州任职，刘克庄写下这首词送给友人，鼓励陈子华加强同北方民众武装的联系，收复失地。

词的上阕，词人讲述了一段历史。北方民众不甘被异族统治，奋起反抗，主要有两支军队最为有名。一支是拥众七十万的王善，一支是王彦的八字军。两支军队都由老将宗泽统率。这两支正义之师却被南宋统治者看成是手握着蛇、胯下骑着虎的刁民，不敢任用，企图甩掉。因此词人鼓励自己的朋友北上后加强与北方民众武装的联系。

词的下阕，词人勉励好友陈子华去做一番事业。故土沦丧，山河寂寥，南宋统治者守着半壁江山，不思收复中原。词人对此感到痛心，希望友人抓住时机，干出一番不朽的事业来。接着谈自己不能上前线杀敌，只能徒然目送朋友远去。“塞鸿”指的便是陈子华，最后点出送别之意，寓无限之情于有限之景中，言有尽而意无穷。

贺新郎　九日

刘克庄

湛湛长空黑[①]。更那堪、斜风细雨，乱愁如织。老眼平生空四海，赖有高楼百尺。看浩荡千崖秋色。白发书生神州泪，尽凄凉不向牛山滴[②]。追往事，去无迹。

少年自负凌云笔[③]。到而今、春华落尽，满怀萧瑟。常恨世人新意少，爱说南朝狂客[④]，把破帽年年拈出。若对黄花孤负酒，怕黄花也笑人岑寂。鸿北去，日西匿。

【注释】

① 湛湛：深，深沉。② 牛山滴：牛山在山东淄博东。《晏子春

秋·内篇谏上》载，齐景公游牛山，北临其国城而流涕，曰：“若何滂滂去此而死乎。”③凌云笔：谓笔端纵横，气势干云。《史记·司马相如传》载：“相如既奏《大人》之颂，天子大说，飘飘有凌云之气，似游天地之间意。”④南朝狂客：指孟嘉。《晋书·孟嘉传》载：孟嘉于九月九日随桓温游龙山，风吹帽落，他并不觉得。桓温命人写文章嘲笑他，他亦取笔作答，文辞超卓，四座极叹服。

【赏析】

这是一首写重阳的词。

重阳又到，却是风雨交加，词人愁绪满怀，心乱如麻。他登高望远，北望中原，想到宋朝国运已消，收复中原无望，不禁老泪纵横。

上阕感怀。登上百尺高楼的词人，看到的是一片浩荡之景，面对着这样的景色，词人感喟不已。自己身虽老去，却壮心不已，心中永远将国家的存亡置于第一位，而不是将个人的生死挂于心头。

下阕对比今昔，感叹现实无望。少年时，词人意气风发，才气过人。到了垂老之年，当年意气与才气不复，境况凄凉。虽如此，但词人仍旧壮怀激烈，胸怀天下。他悲叹世事，当今之人不顾国难，自命清高，动不动就谈论那南朝狂士。词情至此急转直下，词人在感愤之余，觉得自己既不能改变这种局面，只能赏花饮酒以遣怀，一片落寞。最后以景语作结，将无限之情托于有限之景中。

李好古

南宋词人，生平不详。高安人。有《碎锦词》一卷。

谒金门

李好古

花过雨，又是一番红素。燕子归来愁不语，旧巢无觅处。

谁在玉关劳苦？谁在玉楼歌舞？若使胡尘吹得去，东风侯万户。

【赏析】

这是一首书愤词。

南宋小朝廷偏安一隅，统治者日日歌舞，不思收复失地。词人对这种状况感到非常气愤，以充满讽刺的语言写下这首词以抒发自己对南宋统治者的愤怒和对国事的忧虑。

上阕写朝中、国中景象。以经过雨点击打后花开柳新的景象喻经历过一番巨变后的朝廷景况。宋王朝被赶到南方后，统治者非但不思收复失地，重振国威，反而日日歌舞，朝中到处一片欢腾景象。而后词人以归燕自喻，故土沦丧，好比燕子失巢，愁苦之情毕现。

下阕抒发心中之恨，恨统治者不思国事，昏庸荒淫，恨失地收复之日遥遥无期。“谁在玉关劳苦，谁在玉楼歌舞？”这里用了一个对比句，深刻尖锐，咄咄逼人，形象地反映了当时的现实。一方面戍边将士风餐露宿，日夜守卫边关；一方面是南宋统治者和达官贵人们却在玉楼上寻欢作乐。词人对这种状况气愤之极，其下以一个辛辣的讽刺句结束全篇。若东风能将胡尘吹去，则东风便可被封为万户侯了，朝中抗敌无人啊。

这是一篇很有特色的作品，在表现手法上有叙述，有对比，有拟人，浑然成篇，自成一格。

吴 潜

1195—1262，字毅夫，号履斋，宣州宁国（今属安徽）人。宁宗嘉定十年（1217）举进士第一，授承事郎，迁江东安抚留守。理宗淳祐十一年（1251）为参知政事，拜右丞相兼枢密使，封崇国公。次年罢相。开庆元年（1259）元兵南侵攻鄂州，被任为左丞相，封庆国公，后改许国公。被贾似道等人排挤，罢相，谪建昌军，徙潮州、循州。与姜夔、吴文英等交往，但词风却更近于辛弃疾。其词多抒发济时忧国的抱负与报国无门的悲愤。格调沉郁，感慨特深。著有《履斋遗稿》，词集有《履斋诗余》。

江城子 示表侄刘国华

吴潜

家园十亩屋头边。正春妍。酿花天。杨柳多情，拂拂带轻烟。别馆闲亭随分有[①]，时策杖，小盘旋。

采山钓水美而鲜。饮中仙。醉中禅。闲处光阴，赢得日高眠。一品高官人道好，多少事，碎心田。

【注释】

①别馆：别墅。

【赏析】

这是一首述志言怀的词。词人通过对自己日常生活的描述，表明了自己不慕名利的生活态度及淡然闲静的心境。

上阕描写词人的居处。词人所居之处如同世外桃源，田园十亩，百花竞放，柳条依依。于这景物之中，我们可以窥见词人的心境，他不苟于俗，过着恬然自得的生活。

下阕述写词人的日常生活。他的生活是多么悠闲随性呀，采山货，钓河鱼，畅饮美酒，睡觉睡到日上三竿。“一品高官”以下三句，词人直抒胸臆，表明自己安贫乐道，不愿过那钩心斗角的官场生活。

这首词写得平白易懂，不事雕琢，全篇信手拈来，准确妥帖地传达了自己的心境。

湘春夜月

吴潜

近清明，翠禽枝上消魂①。可惜一片清歌，都付与黄昏。欲共柳花低诉，怕柳花轻薄，不解伤春。念楚乡旅宿，柔情别绪，谁与温存！

空尊夜泣，青山不语，残照当门②。翠玉楼前，惟是有、一波湘水，摇荡湘云。天长梦短，问甚时、重见桃根？这次第，算人间没个并刀③，剪断心上愁痕。

【注释】

①翠禽：翠鸟。②残照：残阳。③并刀：剪刀。

【赏析】

这是一首伤春怀人的词，怀念的是与词人有过一段短暂情缘的女子。

清明时节，春光将暮，羁旅江南的词人满怀离愁别恨，不免伤春伤怀起来。他叹息旅宿的凄凉落寞，叹息孤身一人无人相伴，往昔的恋人已经远去。

上阕写黄昏时分的心情。暮春时节，词人看到那寥落的春色，不禁触景伤情。他将心中的情赋予周身的景，以翠鸟自喻，点明自己的心绪，“消魂”，即哀愁。再以柳花拟人，说它“不解”，不解词人愁怨。最后直接抒发自己旅宿的凄凉与孤寂。

下阕进一步抒写词人夜间独宿旅舍的情景和感怀。词人无处发泄自己的愁怨，只能借酒浇愁。接着又从景入手，赋情于景，“青山不语，残照当门”，一片凄清落寞。“天长梦短”以下则又转到抒情，抒发自己对昔日爱人的思念之情。

这首词语言清丽，结构绵密，上下两阕章法相同，以景语发端，以情语作结。

吴文英

1200—约 1260，字君特，号梦窗，晚号觉翁，四明（今浙江宁波）人。本姓翁，出嗣吴姓。一生未入仕途，流寓江浙间。曾于苏、杭、越等地参幕大僚皇族，以辞章曳裾侯门。其词作颇丰，多酬答、伤时与忆悼之作。他妙解音律，常自度曲，词风雅丽，部分作品较为晦涩，有“词中李商隐”之称。有《梦窗词》流世。

浣溪沙

吴文英

门隔花深梦旧游，夕阳无语燕归愁。玉纤香动小帘钩[①]。

落絮无声春堕泪，行云有影月含羞。东风临夜冷于秋。

【注释】

① 玉纤：似玉一般的纤手。

【赏析】

《梦窗词》向来被认为晦涩难懂，这首《浣溪沙》尤其具有代表性，写得朦胧幽邃，费人猜想。

这是一首感梦怀人的词，词人梦回旧地，怀念往昔的爱人。词分上下两片，上阕写梦回旧地后的所见所闻。词人回到旧地，却因“门隔”而不能与爱人相见，因而生出许多愁绪来。看到夕阳里归来的燕子似乎也带着忧愁。高楼珠帘隐约可见，词人恍惚间仿佛看到佳人正用玉手掀开帘子。

下阕写内心的感受，因不能与所思之人相见，词人满心惆怅。“落絮”二句历来为人称道。“落絮”这句看似状物，实则写情，以春拟人，“无声”二字完美地将景与情融合起来。云影遮月，如佳人含羞遮面，追念之情由此可见。这两句的好处就在于将人的主观情感赋予客观事物，情与景在此达到水乳交融的境地，自然地引发出最后一句“东风临夜冷于秋”来。

风入松

吴文英

听风听雨过清明，愁草瘗花铭[①]。楼前绿暗分携路[②]，一丝柳，一寸柔情。料峭春寒中酒[③]，交加晓梦啼莺。

西园日日扫林亭，依旧赏新晴。黄蜂频扑秋千索，有当时、纤手香凝。惆怅双鸳不到，幽阶一夜苔生。

【注释】

① 草：起草，拟写。瘗（yì）：埋葬。铭：文体的一种。庾信有《瘗花铭》。古代常把铭文刻在墓碑或者器物上，内容多为歌功颂德，表示哀悼，申述鉴戒。② 分携：分手，分别。③ 料峭：形容春天的寒冷。中酒：醉酒。“中酒”见《史记·樊哙传》，亦见《汉书》，意酒酣也。

【赏析】

这是一篇西园怀人之作。西园在苏州，为词人和吴姬寓居之地。清明时节，风声雨声，惹起词人满怀愁绪。目睹着西园旧景，往事一幕幕浮现在词人脑海，唤起了他对往日恋人的深切思念。

上阕由伤春写到伤别。首句便奠定了全词凄苦的基调，听风听雨，一种孤凄之况自现。次句着一“草”字，形象地写出了词人心烦意乱的情状。词人因物赋情，纷披的柳丝在词人眼里就如同此时他心底的无限柔情。下阕写雨过春晴，扫林观赏，触物生情。词人勤扫园亭，想要重温旧梦。明知不可得，仍旧痴心不改，可见其用情之深。

这首词用质朴淡雅的笔调，将眼前之景与心中之情完美结合，写得情真意深。

莺啼序

吴文英

残寒正欺病酒[①]，掩沉香绣户。燕来晚、飞入西城，似说春事迟暮。画船载、清明过却，晴烟冉冉吴宫树[②]。念羁情、游荡随风，化为轻絮。

十载西湖，傍柳系马，趁娇尘软雾[③]。溯红渐、招入仙溪[④]，锦儿偷寄幽素。倚银屏、春宽梦窄，断红湿、歌纨金缕。暝堤空，轻把斜阳，总还鸥鹭。

幽兰旋老，杜若还生，水乡尚寄旅。别后访、六桥无信，事往花委，瘗玉埋香，几番风雨。长波妒盼，遥山羞黛，渔灯分影春江宿，记当时、短楫桃根渡。青楼仿佛，临分败壁题诗[5]，泪墨惨淡尘土。

危亭望极，草色天涯，叹鬓侵半苎[6]。暗点检，离痕欢唾，尚染鲛绡[7]，亸凤迷归，破鸾慵舞。殷勤待写，书中长恨，蓝霞辽海沈过雁，漫相思、弹入哀筝柱。伤心千里江南，怨曲重招，断魂在否？

【注释】

① 病酒：饮酒沉醉。② 吴宫树：吴王夫差的宫殿。③ 趁娇尘软雾：趁，追逐。娇尘软雾，指所恋女子的车尘。④ 溯红渐、招入仙溪：据南朝刘义庆《幽明录》记载，东汉时刘晨、阮肇一起去天台采药，去溪边取水时遇见两位姿容绝代的仙女，两人与之结为夫妻。词人借用这个典故来叙说自己的爱情故事。⑤ 败壁题诗：用周邦彦《绮寮怨》词：“当时曾题败壁，蛛丝罩，淡墨苔晕青。”⑥ 苎：多年生草本植物，茎皮含纤维质很多。这里以苎麻比喻头发，极言头发干枯生糙。⑦ 鲛绡：指薄绢、轻纱。

【赏析】

这是一首感怀悼亡之作。词人曾羁留西湖十年，羁留期间曾与一美丽女子相爱，但好景不长，两人很快就分别了。多年后，词人故地重游，寻找伊人芳踪，却获知佳人已香消玉殒，长埋地下。于悲伤之中，词人作下了这首悼亡词。

第一片伤春，但在感叹春光将逝的同时自伤身世，生羁旅愁情。“残寒”点明时令，即暮春时节。因心绪不佳，词人懒出门户，终日饮酒，企图借酒浇愁。但此时燕子飞来，好像在说春天快过去了，要词人赶紧出游去赏玩这最后的春光。因而词人便驾船出游。他来到了西湖，看到了吴国宫阙，看到了游丝飞絮。这飘飞的柳絮唤起了词人的羁旅之情，他想自己不就正如这被风吹起而四处飘荡的柳絮吗？

第二片追忆前事，回想过往的一段欢情，从相遇直说到离别。词人曾羁留西湖十年，这十年里他曾与一美人邂逅。且看他们是怎样相遇的：词人先是骑马，后来“傍柳系马”，转入水路，来到美人香闺。但“春宽梦窄”，两人欢情很浓却好梦不长，旋即就要离别。“断红湿、歌纨金缕”，分别之时，美人泣涕如雨，泪沾歌扇舞衣。别后词人心中怅然若失，只觉无所依托，夕阳落晖也无心欣赏，都付与鸥鹭。

第三片叙述旧地重游，从后事说道佳人已经殒殁，再回到眼前，哀思不断。幽兰、杜若两句写时光飞逝，纵然如此，词人尚且还淹留水乡。别后他重游故地，伊人竟音信全无。“事往花委，瘗玉埋香”，最后他才打探到，她已经香消玉殒了。这令词人悲痛不已，心中愈发地思念她。他想起了她的样子：“长波妒盼，遥山羞黛。”她眼波盈盈，令秋水生妒；她眉色如黛，令青山失色。“渔灯”几句则是回忆他们当初分别的情景。末三句写他们分别前他在青楼墙壁上题诗寄恨，现在想来，那墙壁已斑驳，那诗已蒙尘了吧。

第四片抒发痛悼之情，融情于景，情意绵绵不断。词人登上高亭，只见草色无穷。而青草在古诗词中常寓离恨，无穷的草色恰如无尽的离恨。在满腔愁恨中，词人又自叹年华老去，心意悲凉至极。“暗点检”几句说当年的信物都在，但芳踪却无处寻觅。他欲寄书而信不达，只能将相思之意弹入弦中。他深情地呼唤着逝去的爱人，希望她的香魂能听见！

该词行笔如流水，思路顺畅，细细寻味，并无吴词一贯艰涩难懂的缺点。词人情感细腻，这首词绵密而醇厚，感人至深。

八声甘州 灵岩陪庾幕诸公游

吴文英

渺空烟四远，是何年青天坠长星？幻苍崖云树，名娃金屋①，残霸宫城②。箭径酸风射眼，腻水染花腥。时靸双鸳响③，廊叶秋声。

宫里吴王沉醉，倩五湖倦客④，独钓醒醒。问苍波无语，华发奈山青。水涵空、阑干高处，送乱鸦斜日落渔汀。连呼酒，上琴台去⑤，秋与云平。

【注释】

①名娃：指西施。②残霸：指吴王夫差。③时靸（sǎ）：拖鞋。

在这里作动词用。双鸳：鸳鸯履，女鞋。④ 五湖倦客：指范蠡。⑤ 琴台：在灵岩山上。

【赏析】

这是一首登临之作。

词人登上灵岩山，看到灵岩山上与吴王夫差有关的历史遗迹，作者触目伤怀，抚事兴悲，流露出悲今悼昔的哀思。

本词上阕写景，开头描述灵岩山的环境特点，紧贴“灵岩”之“灵”字，说此山是天上星星坠落而成，联想浪漫新奇。“幻”字引发出一段梦境般的远古历史。“酸风射眼”转写怀古之情，昭示出吴王之所以败亡的根源。下阕杂糅古今，慨叹世事。第一句，承上将吴王失败的原因点明，认为范蠡是明智的“倦客”。“问苍波无语”呼应开头，唤起今世之忧，偏安一隅的南宋小朝廷大有隐忧。全词将现实情景、历史遗迹和词人自身的感情熔为一炉，意境苍茫，感情沉郁，读之催人泪下。

黄　昇

生卒年不详。字叔旸，号玉林，又号花庵词客，建安（今属福建建瓯）人。不事科举，性喜吟咏。以诗受知于游九功，与魏庆之相酬唱。有《花庵词选》。

清平乐　宫怨

黄昇

珠帘寂寂，愁背银釭泣①。记得少年初选入，三十六宫第一。

当年掌上承恩，而今冷落长门②。又是羊车过也③，月明花落黄昏。

【注释】

①釭：灯。②长门：汉宫名。汉武帝的皇后陈阿娇被废后，迁居于此。后长门宫便成了冷宫的代名词。③羊车：指帝王所乘之车。

【赏析】

这是首宫怨词，抒写的是深宫女子失宠后的寂寞与凄凉。

“珠帘寂寂，愁背银釭泣”，首二句用凄清的笔调为我们勾勒出这样一幅画面：寂静的夜里，一位年长色衰的女子独坐在幽幽深宫里，背灯哭泣。她在为何而悲伤呢？她想起了自己的曾经，当年她年轻貌美，以第一名选入后宫为妃，备承皇帝恩宠。可是后来又怎样呢？她颜色尽失后便遭冷落，门前虽经常听到皇帝驾羊车经过的声音，但却是去临幸其他女子。“月明花落黄昏”，最后以景语作结，寓无尽之哀思于有限之景物中，十分凄凉。

这首词语言明白流畅，含义隽永，余味无穷。词起笔处摹写现实中的愁苦寂寥，中间回忆往昔的幸福的情景，结尾处则又回到当下的落寞凄苦之中，感情波澜起伏，摇曳多姿，曲折含蓄，令人回味不已。

词的品赏知识

宋词中常用的艺术手法 情景交融：将对环境的描写、气氛的渲染跟人物思想感情的抒发相结合。情景交融包括寓情于景和借景抒情。

用典：即在诗歌中援引史实，使用典故。用典既可以使语言精练，又可增加内容的丰富性，增强表达的生动性和含蓄性，可收到言简意丰、耐人寻味的效果，增强作品的表现力和感染力。

刘辰翁

1232—1297，字会孟，号须溪，吉州庐陵（今江西吉安）人。早年曾从陆九渊学，补太学生。理宗景定三年（1262），廷试对策，因忤贾似道，置进士丙等，任濂溪书院山长。后官至太学博士，因元军犯境，路途不通，未能赴任。宋亡不仕，漂泊以终。其词兼学苏、辛，早期词作以俊逸见长；晚年多感时伤事之作，格调悲郁。有《须溪集》《须溪词》。

西江月 新秋写兴

刘辰翁

天上低昂似旧①，人间儿女成狂。夜来处处试新妆，却是人间天上。

不觉新凉似水，相思两鬓如霜。梦从海底跨枯桑②，阅尽银河风浪。

【注释】

① 低昂：起伏升降。② “梦从”句：用《神仙传》沧海屡变为桑田的典故，比喻世事变化很大。

【赏析】

这是一首悼念故国的词，词人借七夕来抒发自己对故国的思念之情。自南宋亡后，词人坚守气节，不仕元廷。且词人那故国之思并不随着时间的流逝而稍减，自词中“两鬓如霜”句看，词似写于晚年，距宋亡当已有一二十年。

全词分两片，上阕写人间儿女欢度七夕的景象，富含讽刺意味。天上景象一如以前，人间的景象也如以前，虽经历了沧海桑田的巨变，故国沦丧，人们却全无亡国之哀，依旧欢度七夕。词人见此不禁感慨万千，悲痛不已，从而引发了下阕的抒情。

下阕抒写词人的感受，词人将自己眷怀故国的情感抒写得沉郁悲壮。词人不同于那欢欣若狂的人间儿女，他伫立早秋，天凉如水，头发被对故园日夜的相思染白。末二句为全词中心所在，表面上看来，词人仿佛是在说自己梦到海水变桑田，并站在银河上阅尽风浪。实是表达对人事巨变的感慨。而此一叹与上阕“人间儿女成狂”的景象形成了鲜明对照，表明词人的决心：纵众人皆醉，他依旧要做一个独醒的爱国者。

这首词构思和章法颇有特点，词人将自己作为唯一的清醒者与一般人相对照，抒发了自己对故国的无限眷恋。

柳梢青　春感

刘辰翁

铁马蒙毡[①]，银花洒泪，春入愁城。笛里番腔[②]。街头戏鼓，不是歌声。

那堪独坐青灯，想故国、高台月明！辇下风光[③]，山中岁月，海上心情。

【注释】

①毡：加工羊毛或其他动物毛而成的块片状材料。②番：旧指外国的或外族的。③辇：古代用人拉着走的车子，后多指天子或王室坐的车子。

【赏析】

这首词作于词人晚年隐居山中之时，写亡国之痛、故国之思。

上阕写想象中都城临安元宵夜的凄凉景况。“铁马蒙毡，银花洒泪，春入愁城”三句，写元统治下的临安城。“铁马”，指元军的铁骑。“银花”，指元宵的花灯。“愁城”，借指临安城。虽是元宵灯节，按理来说应是一派欢腾景象，但此时的临安已经处于元军铁蹄的蹂躏之下，成了一座凄惨的“愁城”，而那元宵的灯花在心境悲凉的词人看来似乎也在堕泪。

“笛里番腔。街头戏鼓，不是歌声”三句写临安元宵鼓吹弹唱的情景。虽有笛声，但那横笛中吹奏出来的不是汉家的故音，而是带有北方游牧民族情调的“番腔”，街头上演出的也不再是熟悉的故国戏鼓，而是异族的鼓吹杂戏。南腔北调，听得词人好生厌倦，故“不是歌声”四字脱口而出。

下阕抒发故国之思。“那堪独坐青灯，想故国、高台月明”，这两句点明上阕所写都是自己对故都临安的遥想。“故国高台月明”是从南唐后主李煜《虞美人》词“故国不堪回首月明中”而来，表达了词人对故国的深切怀念。

“辇下风光”，指的是故国往日景色。“山中岁月”，指自己隐居山中的寂寞岁月。“海上心情”，宋朝陆秀夫、张世杰等志士，在临安失守后在福建、广东一带继续进行抗元斗争，词人虽然隐居山中，但心里却惦念着海上的抗争。山中不忘海上，足见词人之不能忘情。

兰陵王 丙子送春

刘辰翁

送春去，春去人间无路。秋千外，芳草连天，谁遣风沙暗南浦。依依甚意绪？漫忆海门飞絮。乱鸦过，斗转城荒，不见来时试灯处。

春去谁最苦？但箭雁沉边，梁燕无主。杜鹃声里长门暮。想玉树凋土，泪盘如露。咸阳送客屡回顾，斜日未能度。

春去尚来否？正江令恨别，庾信愁赋，苏堤尽日风和雨。叹神游故国，花记前度。人生流落，顾孺子，共夜语。

【赏析】

这是一首抒写亡国之哀的词，作于宋恭帝赵㬎德祐二年（1276）的春天。这时元兵迫临安，宋帝奉表请降。三月，元以宋帝、太后等北行。南宋实际上是亡了。五月陆秀夫等拥立益王赵昰为帝，改元景炎。但不久，赵昰于景炎三年（1278）四月死于硇洲。卫王赵昺即位，改元祥兴。次年二月，元兵攻崖山，陆秀夫负帝昺投海死。至此，元统一了中国。本词以春喻国，用曲折地笔调寄托自己的亡国哀思。

词分三片，片片均以“春去”领起，其后便用回环曲折的笔调围绕这一中心加以发挥。陈廷焯《白雨斋词话》有言：“题是送春，词是悲宋。曲折说来，有多少眼泪。”刘辰翁全篇采用象征和借代的手法，“春”象征着南宋王朝，“飞絮”暗喻南渡的君臣，“乱鸦”指代占领临安的元军，等等，将亡国之痛抒写得哀婉动人。

永遇乐

刘辰翁

余自乙亥上元①，诵李易安《永遇乐》②，为之涕下，今三年矣。每闻此词，辄不自堪，遂依其声，又托之易安自喻。虽辞情不及，而悲苦过之。

璧月初晴③，黛云远淡，春事谁主？禁苑娇寒④，湖堤倦暖，前度遽如许⑤！香尘暗陌，华灯明昼，长是懒携手去。谁知道，断烟禁夜⑥，满城似愁风雨！

宣和旧日，临安南渡，芳景犹自如故。缃帙流离⑦，风鬟三五⑧，能赋词最苦。江南无路，鄜州今夜，此苦又谁知否？空相对，残釭无寐⑨，满邨社鼓⑩。

【注释】

①乙亥上元：宋恭帝德祐元年（1175）元宵节。②李易安：李清照号易安居士。③璧月：以圆形的玉比喻明月。④禁苑：帝王园囿，禁百姓入内，故称。⑤遽：骤然。⑥禁夜：实行军事戒严，禁止夜行。⑦缃帙流离：指北宋覆亡，李清照追随小朝廷南渡，与其夫赵明诚共同搜集珍藏的珍本古籍书画大多丧失遗落。缃帙，包在书卷外的浅黄色封套，也作书卷的代称。⑧风鬟：李清照《永遇乐》："如今憔悴，风鬟雾鬓，怕见夜间出去。"⑨釭：（油）灯。⑩社鼓：旧时社日祭神所鸣奏的鼓乐。

【赏析】

这首词作于南宋灭亡后两年，抒发的是沉痛的故国哀思。

"璧月初晴，黛云远淡"，首二句写景，月轮皎皎，天高云淡，本是一片佳美之景。但随后一句"春事谁主"，将词情拉低，原来是伤心人别有怀抱。"禁苑娇寒，湖堤倦暖，前度遽如许！"由"禁苑""湖堤"二词可知，这里写的是南宋都城临安。"娇寒"与"倦暖"是词人主观感受的真实写照。而"前度"一词表明，词人在故都沦亡后又重新来过。"遽如许"三字，好像从心底喷涌而出一样，字里行间都洋溢着词人的哀痛之情。南宋灭亡以前，春日的临安宫苑也是寒暖适宜，甚为舒适的，无奈春光易逝，好景来去匆匆，如今故国已经沦亡，实在堪哀！词人接着感叹："香尘暗陌，华灯明昼，长是懒携手去。"往日道路上香尘滚滚，华灯闪耀，但如此好景，词人却不知道珍惜，竟是"长是懒携手去"，心痛之情可以想见。"谁知道，断烟禁夜，满城似愁风雨！”末二句以景物喻愁，将心中的沉痛和盘托出。

“宣和旧日，临安南渡，芳景犹自如故”，这三句转到对北宋南渡的回忆。“宣和旧日”，实指北宋。“临安南渡”，指北宋南渡后，都城由汴京迁到杭州。“芳景犹自如故”，宋虽南迁，但景色如故。这里暗含不堪回首之叹。“缃帙流离，风鬟三五，能赋词最苦”，这三句写词人李清照的身世。易安生于北宋末期，而词人生于南宋末年，两人都身经乱离，身世有相似之处。这三句讲易安南奔时书籍丧失，三五月明时感怀，写下很多凄苦的词作。但易安南奔，犹存有半壁江山。而词人作此词时，却是国无寸土，故他怆然叹息道：“江南无路，鄜州今夜，此苦又谁知否？”“鄜州今夜”，用杜甫安史乱中寄家鄜州的境况自喻。无路可走、无家可归的词人此时只能：“空相对，残釭无寐，满邨社鼓。”当时，江南一带的抗元斗争仍在进行，词人家在庐陵，欲归而不能。作者怀念家中的亲人，不免要抒发胸中的郁闷之情，但不知亲人们是否知道。词人夜不能寐，只好对着残灯排遣愁闷，此时满村传来社祭的鼓声。元宵夜的社鼓，是农村于新春祈求丰年举行的常例仪式。故国沦亡只有词人一人伤痛，他人敲着锣打着鼓，无丝毫悲哀之意，两相对照，愈发显示出词人内心的沉痛与无奈。

这首词每一段都是先景后情，情景交融，疏密相间。两阕末尾，作者都在大力铺写当时的情景，可谓景中有情，情中有景，给人以无限遐思。

文天祥

1236—1283，字履善，一字宋瑞，号文山，吉州庐陵（今江西吉安）人。理宗宝祐四年（1256）应举中状元。上书言富国强兵之法，不纳。屡受贾似道排挤，宦海沉浮，曾隐居家乡文山。恭帝德祐初，起师勤王，被任命为右丞相兼枢密使。奉使元营，被拘留，后逃归，出生入死，率兵抗暴，终因寡不敌众失败被俘。押至大都，终舍生取义。工诗文，多抒爱国之情，慷慨激烈。王国维评其词“风骨甚高，远在圣与、叔夏、公谨诸公之上”（《人间词话》）。有《文山先生全集》。

酹江月 和友驿中言别

文天祥

乾坤能大[1]，算蛟龙、元不是池中物[2]。风雨牢愁无著处，那更寒蛩四壁[3]。横槊题诗，登楼作赋[4]，万事空中雪。江流如此，方来还有英杰。

堪笑一叶漂零，重来淮水，正凉风新发。镜里朱颜都变尽，只有丹心难灭。去去龙沙，江山回首，一线青如发。故人应念，杜鹃枝上残月。

【注释】

①能：同“恁”，如许、这样。②蛟龙：喻豪杰。《三国志·周瑜传》：“刘备以枭雄之姿，而有关羽、张飞熊虎之将，恐蛟龙得云雨，终非池中物也。”③寒蛩：蟋蟀。④登楼作赋：汉末中原大乱，王粲南下依附刘表，登当阳城楼，作《登楼赋》怀乡。

【赏析】

这首词为词人酬答邓剡《酹江月·驿中言别》而作。南宋帝昺祥兴元年（1278）十二月，文天祥率兵与元军作战，兵败后被俘，在押送燕京（今北京）时，途经金陵，作者在驿中借苏轼《念奴娇·赤壁怀古》韵，写下此词以酬答好友邓剡。词中描写了自己的囚徒生活，而且深信未来将有更多的豪杰之士起来继续抗击元兵，充分体现了崇高的气节。

“乾坤能大，算蛟龙、元不是池中物”，此词起得颇为雄壮，抒发自己的抗元之志。词人相信爱国志士们虽身陷囚笼，但壮士不改，终有一日会复兴大宋。“算蛟龙、元不是池中物”，出自《三国志·吴书·周瑜传》：“恐蛟龙得云雨，终非池中物也。”表明自己恢复宋室的信心，并以此勉励友人。

“风雨牢愁无著处，那更寒蛩四壁”，这是写眼前囚中景象。“风雨”“寒蛩”烘托出囚徒生活的凄苦，抒发沉痛情怀。

“横槊题诗，登楼作赋，万事空中雪”，此三句借历史人物自况，表达自己的非凡抱负。“横槊题诗”出自苏轼《前赤壁赋》，咏叹曹操破荆州、下江陵时的英雄豪气。“登楼作赋”，汉末王粲逃亡荆州，作《登楼赋》抒发故园之思和乱离之感。这里词人借用曹操英勇豪迈的气概，王粲雄图难展的苦闷，表达自己的抱负与心情。但词人却不是没有看到现实，他虽有复国之志，但却已经沦为阶下之囚，他的理想俱已化为空中之雪。

但词人并不灰心，他深信：“江流如此，方来还有英杰。”他将希望寄托于未来，相信复国大业定后继有人。

“堪笑一叶漂零”，这是写词人旧事。宋德祐二年（1276），文天祥出使元营，因痛斥敌帅伯颜，被拘押至镇江，伺机脱逃，在淮水之间和敌骑数次相遇，历尽艰难才得南归。这次，又抵金陵一带，故称“重来淮水”。“正凉风新发”则是他“重来淮水”时的天气。

“镜里朱颜都变尽，只有丹心难灭”，这两句是光照千古的名句，表现了词人顽强不屈的气节。他说即便自己容颜老去，两鬓成霜，仍旧不改爱国赤心。

“去去龙沙，江山回首，一线青如发”，此三句写他行途中频频回首，表达了他对故国的无限眷恋。

“故人应念，杜鹃枝上残月”，末两句向友人表示，即使他以身殉国，他的魂魄也会变成杜鹃飞回南方，为故国的灭亡而哀啼泣血。在词人这番深情的表白中，一个爱国志士的崇高心灵逐层展现，足以震慑千古，供后人景仰。

这首词酣畅淋漓，苍凉悲壮，无齐蓬之痕，也无病吟之态。在词坛充满哀婉气氛的时候，文天祥的这首词宛如沉沉夜幕中的一道闪电，让人们在绝望中看到了一丝曙光。

王清惠

1265？—1294？，宋度宗昭仪。恭帝德祐二年（1276），临安（今浙江杭州）沦陷，随三宫一同被俘往元都，后自请为女道士，号冲华。现仅存词一首。

满江红

王清惠

太液芙蓉[①]，浑不似、旧时颜色。曾记得，春风雨露[②]，玉楼金阙。名播兰馨妃后里，晕潮莲脸君王侧。忽一声，鼙鼓揭天来[③]，繁华歇。

龙虎散，风云灭[④]。千古恨，凭谁说？对山河百二[⑤]，泪盈襟血。驿馆夜惊尘土梦，宫车晓辗关山月。问姮娥、于我肯从容，同圆缺。

【注释】

① 太液：太液池，此处指皇宫的池苑。芙蓉：荷花，词中以花喻人。② 春风雨露：用花承春风雨露，喻指人得浩浩皇恩。③ 鼙鼓：军中所击之鼓，借以指军事行动。④ “龙虎”二句：《易经》有“云从龙，风从虎”的说法。龙虎散，指南宋君臣溃散。风云灭，比喻政治上的威势消失。⑤ 山河百二：喻指江山。

【赏析】

至元十三年（1276）正月，元兵攻入临安，南宋灭亡。三月，王清惠随三宫三千人作俘北上。途经北宋时的都城汴梁夷山驿站时，勾起深切的亡国之痛，遂在驿站墙壁上题《满江红》（太液芙蓉）。这首词后传遍中原。

“太液”两句如旋风暴雨般倏然而至，说自己花容凋残，不似旧时美丽。“曾记得”以下四句，声音由高昂转为低沉，叙说自己往昔的生活。那时她沐浴春风，备受恩宠，居住在金碧辉煌的宫殿里。并且依靠着自己的美貌和才华，在后妃中声名远播。但这样的日子却不长久，“忽一声、鼙鼓揭天来，繁华歇”，只听得一声战鼓揭天而来，一切繁华顿时烟消。上阕节奏时缓时急，如一幕幕电影的分镜头，动人心魄。

“龙虎散”两句高度概括了亡国后的景象。“龙虎”指南宋君臣。这两句话即是说君臣散去，风光不再。“千古恨”以下三句，直接道出亡国之哀。“驿馆”两句则写被元兵掳掠北去一路上的情景。夜晚都睡不安稳，不时被白天颠沛流离的景象惊醒；且还未天明就被唤起赶路，多么仓皇。最后两句表明自己的决心，词人不愿向元廷屈服，苟且偷生，她希望能去天宫陪伴嫦娥。到了燕京以后，词人自请为女道士，体现了坚贞不屈的气节和风骨。

王沂孙

生卒年不详。字圣与，号碧山，又号中仙、玉笥山人，会稽（今浙江绍兴）人。宋遗民，入元后曾为庆元路儒学官，不久归隐。其词以咏物见长，笔致曲折，辞情凄苦，寓家国沦亡之痛，时有流于隐晦之嫌。有《花外集》。

眉妩

王沂孙

渐新痕悬柳[①]，淡彩穿花，依约破初暝。便有团圆意[②]，深深拜[③]，相逢谁在香径。画眉未稳[④]。料素娥、犹带离恨。最堪爱、一曲银钩小，宝奁挂秋冷[⑤]。

千古盈亏休问。叹慢磨玉斧，难补金镜[⑥]。太液池犹在[⑦]，凄凉处、何人重赋清景。故山夜永。试待他、窥户端正[⑧]。看云外山河，还老桂花旧影[⑨]。

【注释】

① 新痕：初生的月亮。② 团圆意：牛希济《生查子》词："新月曲如眉，未有团圆意。"此处反用其意。③ 拜：指拜月。古代有妇女拜新月的风俗，以祈求团圆。④"画眉"句：陈步宝《有所思》三道之一："初月似愁眉。"李商隐《嫦娥》诗："嫦娥应悔偷灵药，碧海青天夜夜心。"此处化用其意。未稳，未完；未妥。⑤"一曲"二句：刘

瑷《新月》诗："仙宫云箔卷，露出玉帘钩。"沈佺期《和洛州康士曹庭芝望月有怀》诗："台前疑挂镜，帘外似垂钩。"⑥"叹慢磨"二句：以缺月难补比喻残破山河难以收拾。曾觌《壶中天慢》词："何劳玉斧，金瓯千古无缺。"此处反用其意。金镜，比喻月亮。⑦"太液池"句：陈师道《后山诗话》载，宋太祖赵匡胤于后池赏新月，学士卢多逊应诏赋《咏月》诗云："太液池头月上时，晚风吹动万年枝。何人玉匣开新镜，露出清光些子儿。"此处暗用其事，感叹宋时盛世难以重现。太液池，汉、唐宫中池名，借指宋宫池苑。⑧端正：指圆月。⑨"看云外"二句：感叹国土沦丧，时光虚掷。陆游《桃源忆故人》词："云外华山千仞，依旧无人问。"

【赏析】

这是一首咏月词，作于南宋灭亡前夕，其中深有寄托。

"渐新痕悬柳，淡彩穿花，依约破初暝"，首三句写新月初升时的景象。一个"渐"字引起一组月亮东升的动作：新月初升，纤纤一弯，悬于柳梢之上。暮色渐浓，月牙儿穿过云彩花丛，依约如梦地升起在暮霭里。

"便有团圆意，深深拜，相逢谁在香径。"新月初升，虽似有团圆之意，但却不见志同道合之人，只有词人一人在花径中拜月。这三句流露出词人心中无尽的孤寂之感。

"画眉未稳。料素娥、犹带离恨"，这三句再写新月。词人将月比作美人柳眉。而新月微露，似画眉的动作尚未结束。看到这景致，满含愁怨的词人便联想是否月中嫦娥亦犹带离恨，无心为容，匆匆画就。

“最堪爱、一曲银钩小，宝奁挂秋冷”，词人经过一番遐想后，又转到对月亮的赏爱上来。“银钩”二字极写月牙光色形状之美。且看那高悬天幕的如钩弯月，是多么惹人喜爱呀。

词的品赏知识

宋词中常用的艺术手法 联想和想象：联想是指因一事物而想起与之有关事物的思想活动；想象指想出不在眼前的形象或情景。

比喻象征：把一种事物比成另一种本质不同的事物，增加作品的生动性、形象性。

夸张：即故意地对事物进行夸大或缩小的描写，借以表达词人异乎寻常的情感。

“千古盈亏休问。叹慢磨玉斧，难补金镜”，“千古盈亏”四字括尽月亮千古以来盈亏循环的规律。接着以“叹”字领起，借糅入玉斧修月的故事点出今日金镜难补，回天无力的无奈情势。这一声浩叹一笔扫空上阕新月清赏情景，将词人内心深处的伤时之情脱出。

“太液池犹在，凄凉处、何人重赋清景。”进一步点明眼下情势。“太液池”，指宋代宫苑亭池。宋初卢多逊有《新月应制》一词，咏叹宋朝宫苑。如今宫苑犹在，但已是荒凉不堪了，还有谁像卢多逊一样去歌咏它呢?

“故山夜永。试待他、窥户端正”，这两句表面上看去似是说词人在等待月圆，但实际上是说词人希望残败的山河能如月亮重圆一般，完整重光。

“看云外山河，还老桂花旧影。”“云外山河”，即故国山河。“旧影”，本指月中桂影衰老，这里喻国运衰微，山河陆沉。这两句是词人的感叹之语，他为故国沦丧而叹，其中含无尽悲凉之意。

周济在《宋四家词选·序论》评价此词说：“碧山（王沂孙）

胸次恬淡，故《黍离》《麦秀》之感，只以唱叹出之，无剑拔弩张习气。”

高阳台 和周草窗寄越中诸友韵

王沂孙

残雪庭阴，轻寒帘影，霏霏玉管春葭①。小帖金泥，不知春是谁家。相思一夜窗前梦，奈个人、水隔天遮。但凄然、满树幽香，满地横斜。

江南自是离愁苦，况游骢古道②，归雁平沙。怎得银笺，殷勤与说年华。如今处处生芳草，纵凭高、不见天涯。更消他，几度东风，几度飞花。

【注释】

① 葭：芦苇，这里指芦灰。② 游骢：指旅途上的马。

【赏析】

这是一首对答之词，答和之人为宋末词人周密。周密作有《高阳台》送给很多词友，王沂孙便作了这首词对答。周词表达的是漂泊异乡的羁旅之情，这首词从原词意境出发，抒发了词人对友人境遇的同情及思念。

“残雪”三句写初春景致。虽尚有残雪，寒意还未消去，但律管中的葭灰已经飞出，预示着春的来临。“霏霏玉管春葭”，古时季节变化，用箫管十二，置芦苇（葭）灰于孔中，室内封闭，蒙上罗縠，哪一节气到了，哪一律管葭灰就飞出。“小帖金泥，不知春是谁家。”金泥小贴，宋代立春日宫中命大臣撰写殿阁的宜春帖子词，士大夫间也自己书写，字用的是金泥。如今已经改朝换代了，春日还有何人用金泥写宜春帖子贴挂，春又落往谁家？“相思”两句写对友人的思念。“水隔天遮”极写两人相隔之远。“但凄然”两句，写周密住所，即西泠孤山之畔。满树幽香，满地梅枝疏影横斜，可谓清幽，但在飘零之人看来，却显得凄凉。

“江南”三句是词人代友人说愁。友人流落异乡，心中自是凄苦，况且又遇上这“游骢古道，归雁平沙”的江南春日呢。“怎得”两句又转回自身，说为慰藉友人的思归之心，意欲和他讲一讲如今江南春天物华，但由“怎得”二字可知托信无路。既欲寄信而不得，就凭高望远，遥寄相思吧。但结果怎样呢？“如今处处生芳草，纵凭高、不见天涯。”即便登高，也望不见友人，只一片萋萋芳草。至此词人已生绝望之感，凄然叹道：“更消他，几度东风，几度飞花”，尽管春去春来，花开花谢，我与你却仍旧遥遥相隔，相见无期，真令人无限悲慨。

黄公绍

生卒年不详。字直翁，邵武（今属福建）人。咸淳元年（1265）进士，宋亡不仕，隐居樵溪。著《古今韵会》，原书已佚。另有《在轩集》一卷。

青玉案

黄公绍

年年社日停针线[①]。怎忍见、双飞燕。今日江城春已半。一身犹在，乱山深处，寂寞溪桥畔。

春衫著破谁针线。点点行行泪痕满。落日解鞍芳草岸。花无人戴，酒无人劝，醉也无人管。

【注释】

①社日：古代农人祭祀土地神的节日。汉以前只有春社，汉以后开始有秋社。自宋代起，以立春、立秋后的第五个戊日为社日。这里是指春社。

【赏析】

这首词是游子春日的思归怀人之作。春日里，词人独宿深山，无人相伴，心中落寞而感伤。

上阕写暮春时节寂寞地栖身乱山深处的凄伤之情。开篇两句点明时令并抒情，统摄全篇。春社之日，大家都兴高采烈，妇女们都停下手中针线活计结伴外出闲游。作客他乡的词人呢，他连成双成对的飞燕都不忍看见，恐触痛那颗漂泊的心。“今日江城”四句描写词人自身的孤苦境况。

下阕抒写羁旅生涯强烈的思乡情怀。“春衫”两句道出穿着春衫之人的相思之情。破衣之上满布斑斑泪痕，则游子内心悲苦之情也就可以想见。“落日”四句是全词的关键所在，最为后人称道。先写四周景致，接下去连用三个“无人”，来突出词人内心的苦闷！贺裳在《皱水轩词筌》中评这几句云：“语淡而情浓，事浅而言深，真是词家三昧，非鄙俚朴陋者可冒。”道尽其中奥秘。

蒋 捷

生卒年不详。字胜欲，号竹山，阳羡（今江苏宜兴）人。度宗咸淳十年（1274）进士。宋亡不仕，隐居太湖竹山，抱节终身。性孤介，少交游，与同时代词人亦少有往来。其创作自辟蹊径，清新疏朗，含蓄明快，“未极流动自然，然洗练缜密，语多创获”（刘熙载《艺概》）。有《竹山词》。

一剪梅 舟过吴江

蒋捷

一片春愁待酒浇。江上舟摇，楼上帘招。秋娘渡与泰娘桥[①]，风又飘飘，雨又萧萧。

何日归家洗客袍？银字笙调，心字香烧。流光容易把人抛，红了樱桃，绿了芭蕉。

【注释】

① 秋娘渡与泰娘桥：吴江的两处地名。均以唐代著名歌伎命名。

【赏析】

这是一首抒发客愁之词。

在一个风雨交加的春日里，词人乘着小舟经过吴江。客居他乡的词人心中旅愁无限，思念妻子，感叹春光易逝。

词的上阕侧重写景。“一片春愁待酒浇”，开篇便点名自己的心情，奠定全词的基调。“江上舟摇，楼上帘招。秋娘渡与泰娘桥，风又飘飘，雨又萧萧”，这是写词人经过吴江一路所见之景，以愁眼看景，景物自然笼上了一层凄迷的色彩。

词的下阕侧重抒情。“何日归家洗客袍？银字笙调，心字香烧”，词人多么怀念自己的妻子呀，多么怀念温馨的家庭生活呀。他想换下旅途中的衣裳，让妻子浣洗，想同妻子调弄那刻着银字的笙，想点上熏炉里心字形的香，但不知何日是归年。此时的词人只能慨然叹道：“流光容易把人抛，红了樱桃，绿了芭蕉。”这三句为千古名句。词人以两种植物的颜色变化来具体表现时光的流逝之快，极富创造性地将看不见的时光流逝转化为可以捉摸的形象。

这首词读起来朗朗上口，节奏铿锵，音乐性非常强，大大增强了词的表现力。

虞美人 听雨

蒋捷

少年听雨歌楼上，红烛昏罗帐[①]。壮年听雨客舟中，江阔云低、断雁叫西风[②]。

而今听雨僧庐下，鬓已星星也[③]。悲欢离合总无情，一任阶前、点滴到天明。

【注释】

①昏：昏暗。此处借指烛光。②断雁：失群孤雁。③星星：白发如星，形容白发很多。

【赏析】

这首词为词人一生的真实写照，言简意赅，真切动人。

词人以“听雨”为线索，概括了自己从少年再到壮年到老年三个阶段的不同生活及心境，抒发了人事无常的沉重感叹。

“少年听雨歌楼上，红烛昏罗帐”，少年不识愁滋味，只知追欢逐笑。于歌楼之中，听窗外雨声淅沥，一片浪漫之景。词人选取的场景相当典型，将年少时的风流与轻漫展现得淋漓尽致。

“壮年听雨客舟中，江阔云低、断雁叫西风”，壮年时，历经人事，生命显得沉重。战乱连年，有家不能归，四处漂泊，听雨再也不复少年时的浪漫。这时，词人旅居在一叶扁舟上，充满客愁，雨声只能更添凄寂而已。那广阔江面上的一只离群的雁不正是词人此刻的写照吗？这两句将词人壮年时的漂泊无依及悲愁的心绪状写了出来。

“而今听雨僧庐下，鬓已星星也。悲欢离合总无情，一任阶前、点滴到天明”，已至老年的词人，境况凄凉，满头白发，寄居僧庐。此时的词人，已经历过许多大风大浪，心境也已经没了任何起伏，对人世只剩一片清醒后的无可奈何。

这首词层次分明，脉络清晰，短短一首词便将少年、壮年、老年的三个人生阶段的不同境遇、不同况味的不同感受抒写了下来，很值得玩味。

张　炎

1248—1320？，字叔夏，号玉田，又号乐笑翁，祖籍凤翔成纪（今甘肃天水），寓居临安（今浙江杭州）。贵族后裔（循王张俊六世孙）。早年生活优裕，宋亡以后，家道中落，贫难自给，曾北游元都谋官，失意南归，落拓而终。其词意超远，语言清丽。曾从事词学研究，著有《词源》及《山中白云词》。

八声甘州

张炎

辛卯岁，沈尧道同余北归，各处杭、越。逾岁，尧道来问寂寞，语笑数日，又复别去。赋此曲，并寄赵学舟。

记玉关踏雪事清游，寒气脆貂裘。傍枯林古道，长河饮马，此意悠悠。短梦依然江表①，老泪洒西州②。一字无题处，落叶都愁。

载取白云归去，问谁留楚佩③，弄影中洲？折芦花赠远，零落一身秋。向寻常野桥流水，待招来，不是旧沙鸥。空怀感，有斜阳处，却怕登楼。

【注释】

①江表：江南。②西州：古城名，在今南京西。③“楚佩”两句：《九歌·湘君》：“遗余佩兮澧浦。”“蹇谁留兮中洲？”词人借此说有人眷恋，盼他早日归去。

【赏析】

这是一首抒发亡国之哀的词作，写于元世祖至元二十八年（1291）词人北游归来以后。

前年冬季词人赴北写经，与友人沈尧道一同游赏塞北，其意闲闲；但那不过是一场短暂的美梦，如今是词人又重返江南，故国飘零，孑然一身，亡国之思与怀才不遇之悲交织在词人胸间，激荡不已。但词人心中的痛苦不便直抒，词人通过这首词用含蓄的笔调，将内心的情感曲折地表达，整首词充满了凄苦的声音。

这首词先悲后壮，先是抒发对友人的不舍之情，后又转到国恨上来，抒写自己的亡国之痛。读者读之，也感染上一身浓浓的秋意，被这哀婉之声彻底打动。

清平乐

张炎

候蛩凄断，人语西风岸。月落沙平江似练，望尽芦花无雁。

暗教愁损兰成，可怜夜夜关情。只有一枝梧叶，不知多少秋声！

【赏析】

这是首抒情小令，抒发的是一种国破家亡的哀愁。这首小令见于《山中白云词》卷四，原为张炎题赠给朋友陆行直的，其时张炎年五十三岁。词中提到的“卿卿”为陆行直的歌伎，才色皆称。这首词的本词，在收入词集时有较大改动。原词多写“花情柳思”，表达出一种风流艳情，而定稿则将艳情转向“愁情”，也就是为国破家亡而发出的感慨至深的悲愁。

上阕写秋景秋情。寥寥几笔，就勾勒出一幅萧瑟的“秋晓图”来：蟋蟀哀鸣，秋风飒飒，冷月落江，芦花无雁。写景由近及远，使空间的描摹愈现幽深，营造出一片清空之境，为下阕的抒情做铺垫。在上阕中，词人选景立意颇深：他写秋寒，不直言西风呼啸，而说“候蛩凄断”；他写秋感，里面没有半个“愁”字，只是说“芦花无雁”，既含蓄又有美感，表现了作者深厚的功力。

下阕写秋愁，词人以庾信自比，言国破家亡之痛，言前朝遗民的孤独与寂寞。结句将自己心底的感伤与孤寂融汇入景，“一枝”形象地将孤独描于纸上，而“秋声”恍如情思，道出心底的凄寂。词人以“梧叶”自拟，意新色雅，韵味清空，使人读之回味无穷。

这首小令用笔精练、含蓄，选景巧妙，言情深远，艺术造诣极高。其笔调精练含蓄，风韵幽雅独特，意境清空淡远。正是由于这样的造诣，张炎的“秋词”可以与宋玉的《九辩》、欧阳修的《秋声赋》并列。清代陈廷焯《白雨斋词话》中评价说：玉田（张炎）工于造句，每令人拍案叫绝，如《清平乐》“只有一枝梧叶，不知多少秋声”。

蔡松年

1107 — 1159年，字伯坚，因家乡别墅有萧闲堂，故自号萧闲老人。真定（今河北正定县）人。金代文学家。曾任真定府判官、吏部尚书，官至右丞相，封卫国公，卒谥“文简”。文笔雅洁清丽，尤工乐府，元好问谓百年以来，乐府推伯坚与吴彦高，号“吴蔡体”。著有《萧闲公集》，词名《明秀集》。

尉迟杯

蔡松年

紫云暖①。恨翠雏珠树双栖晚②。小花静院相逢，的的风流心眼③。红潮照玉碗④。午香重，草绿宫罗淡⑤。喜银屏小语，私分麝月⑥，春心一点。

华年共有好愿⑦。何时定妆鬟，暮雨零乱⑧。梦似花飞，人归月冷，一夜小山幽怨⑨。刘郎兴，寻常不浅⑩。况不似、桃花春溪远。觉情随、晓马东风，病酒余香相伴⑪。

【注释】

① 紫云暖：指春日花暖。李商隐《野菊》诗：“紫云新苑移花处。”② 翠雏：翠羽小鸟。珠树：相传珠树在厌火国北，生赤水上，其树如柏，叶皆为珠。张九龄《感遇》诗：“侧见双翠鸟，巢在三珠树。”③ 的的：明亮的样子。④ 红潮：指醉颜泛起的酒晕。苏轼诗：“红潮登颊醉槟榔。”⑤ 草绿宫罗淡：形容宫罗淡绿如草色。⑥ 麝月：

指茶。杨慎《词品》云，“麝月，茶名，麝言香也，月言圆也。”徐陵《玉台新咏序》：“麝月共嫦娥竞爽。”⑦华年：青年时代。⑧妆鬟：梳妆发髻，指美人。暮雨：引用楚襄王梦高唐神女之事。宋玉《高唐赋》：“昔先王尝游高唐，梦见一妇人，王因幸之，去而辞曰：妾在巫山之阳，高丘之岨（jū），朝为行云，暮为行雨。朝朝暮暮，阳台之下。”⑨小山：指眉。小山眉传为唐明皇设计的画眉样式。⑩刘郎：刘晨。他与阮肇入天台山遇仙，山上有桃树，下有大溪。见《幽明录》。⑪病酒：醉酒。李清照《凤凰台上忆吹箫》词：“非干病酒，不是悲秋。”

【赏析】

这首词主要描写的是离别之情。作者从双栖的翠鸟联想到与情人的相会，又想到情人之间的定情与离散，以及别后的思念。词笔凝重，欲落不落，格调清新真切。上阙写女子情芽乍展，尤为绮旎动人。下阕以“华年”句开始，化去了上、下阕的町畦。整首词上下浑然一片，妙合无痕，令人回味不尽。

赵　可

生卒年不详，1165 年前后在世，字献之，号玉峰散人。泽州高平（今山西高平）人。金代文学家。贞元二年（完颜亮年号，1154 年）进士。博学高才，卓绝不羁，官至翰林直学士。其歌诗乐府典雅工丽，词兼备豪放、婉约的风格。著有《玉峰散人集》。

凤栖梧

赵可

霜树重重青嶂小[①]。高栋飞云，正在霜林杪[②]。九日黄花才过了。一尊聊慰秋容老。

翠色有无眉淡扫。身在西山，却爱东山好。流水极天横晚照。酒阑望断西河道。

【注释】

① 青嶂：青山。沈约《游钟山》诗：“峻嶒起青嶂。”② 高栋飞云：王勃《滕王阁序》：“画栋朝飞南浦云。”杪：miǎo。

【赏析】

这首词描绘出了一幅美丽的秋山晚景，青嶂、霜林、斜阳、流水点缀其间，让人无限神往。从高楼眺望，有咫尺千里之气势。“东山”句，引用谢安隐居东山的故事，流露了作者归隐田园的思想，清丽卓然。

蔡　珪

约 1174 年以前在世，字正甫，蔡松年之子。真定（今河北省正定县）人。金朝文学家、学者，被推为金代文学的实际奠基人，称为“金朝文派开山”。天德（完颜亮年号）三年进士，历任澄州军事判官、翰林修撰、户部员外郎兼太常丞等，官至礼部郎中。博学多才，精于考古。有文集五十五卷及《续欧阳文忠集古录》等。

江城子

蔡珪

王温季（一作王季温）自北都归，过余三河，坐中赋此。

鹊声迎客到庭除①。问谁欤？故人车。千里归来，尘色半征裾②。珍重主人留客意，奴白饭，马青刍③。

东城入眼杏千株。雪模糊，俯平湖④。与子花间，随分倒金壶⑤。归报东垣诗社友，曾念我，醉狂无⑥。

【注释】

① 庭除：庭院。除，指台阶。孟浩然诗：“香烟泛庭除。”② 征裾（jū）：旅人的衣裳。裾，衣袍。③ 奴白饭，马青刍（chú）：指的是蒸白米饭给仆人吃，用青刍来喂食客人的马。杜甫《赠窦侍御》诗：“为君酤酒满眼酤，与奴白饭马青刍。”青刍，刚铡下的草。④ 雪模糊：形容杏花盛开，从远处望来好似一片白雪。⑤ 随分：随缘、随便之义。金壶：一种盛酒的器具。⑥ 东垣（yuán）：县名，今为河北正定县。

【赏析】

本词为送客之作。“鹊声”五句，写远客乍至主人的惊喜之情。“珍重”三句，写客人的仆人、马匹所受到的厚待，从侧面衬托出主人待客之热忱。最后三句，指出“东垣”是客人此行的目的地，也是作者的故乡，亲戚朋友很多，正应该“归报”。“曾念我，醉狂无”，不写我念故人之情，而以反问故人是否还记得我作结，用笔奇特变幻，情致潇洒。

刘仲尹

生卒年不详，1175年前在世，字致君，号龙山。盖州（今辽宁盖州市）人，后徙沃州（今河北赵县）。金代文学家。正隆二年（完颜亮年号，1157年）进士，以潞州节度付使召为都水监丞。词风绮丽柔婉，讲究含蓄蕴藉。著有《龙山集》。《中州乐府》录其词十一首。

鹧鸪天

刘仲尹

骑鹤峰前第一人，不应著意怨王孙[①]。当时艳态题诗处，好在香痕与泪痕。

调雁柱，引蛾颦，绿窗弦索合筝纂[②]。砌台歌舞阳春后，明月朱扉几断魂[③]？

【注释】

①骑鹤峰前第一人：《云笈七箓》云："王子乔，周灵王太子晋也，好吹笙作凤鸣，游伊洛之间，道人浮丘公接以上嵩山三十余年，后求之于山上，见桓良曰：告我家七月七日待我于缑氏山头。至时，果乘白鹤驻山头，望之不得到，举手谢时人，数日而去。"怨王孙：使王孙怨恨。刘安《招隐士》诗："王孙游兮不归，春草生兮萋萋。"②雁柱：筝柱斜列如雁飞之阵，所以叫雁柱。欧阳修《生查子》词："雁柱十三弦，一一春莺语。"蛾颦：指眉颦。因蚕蛾的触须细长而弯曲，古人

常用来比喻女子的眉毛，所以把眉颦说为蛾颦。弦索合筝纂：指筝纂两种古乐器合奏。《元礼乐志》载：“筝如瑟，两头微重，有柱十三弦。纂制如筝而七弦有柱，用竹轧之。”③ 阳春：古代歌曲。宋玉《对楚王问》：“其为阳春白雪，国中属而和者，不过数十人。”断魂：形容发愁到了极点。宋之问《江亭晚望》诗：“看山欲断魂。”

【赏析】

此词是对已经幻灭的一个绮梦的回忆，为一个歌女而发。作者用骑鹤仙人来形容她的风度之美。“著意”句，是怨她不该有意唤起我的痴情而又使我抱恨无穷。“题诗”“泪痕”是如今重访所见到的踪迹，引人无限遐思。下阕具体描写当时弹筝鼓瑟的动人场面，最后以歌残舞散、只剩下刻骨的相思作结。整首词凄迷蕴藉，十分感人。

鹧鸪天

刘仲尹

璧月池南翦木栖。六朝宫袖窄中宜[1]。新声蹙巧蛾颦黛，纤指移纂雁著丝。

朱户小，画帘低。细香轻梦隔涪溪[2]。西风只道悲秋瘦，却是西风未得知。

【注释】

① 翦木栖：剪除杂草而筑室居住。《后汉书·虞诩传》：“挠石剪木，开漕船道。”栖：居住。《诗经》：“衡门之下，可以栖迟。”六朝宫袖窄中宜：指美人服装仿效六朝时宫中服装的式样，袖子很窄，最合时宜。窄袖，《金史·舆服志》：“其衣色多白，三品以皁，窄袖，盘领，缝腋，下为襞积而不缺袴（kù）。”② 涪（fú）溪：在四川松潘县东北雪栏山东南，这里隐指黄庭坚。黄庭坚又号涪翁，是作者刻意师法的对象。

【赏析】

这首词也是为歌女而作，描绘手法与上首略同。

《蕙风词话》评曰：“元遗山为刘龙山仲尹撰小传云：‘诗乐府俱有蕴藉，参涪翁而得法者也。’蒙则以谓学涪翁而意境稍变者也。尝以林木佳胜比之。涪翁信能郁苍耸秀，其不甚经意处，亦复老干杈杈，第无丑枝，斯其所以为涪翁耳。龙山苍秀，庶几近似。设令为杈杈，必不逮远甚。或带烟月而益韵，托雨露而成润，意境可以稍变，然而乌可等量齐观也。”

党怀英

1134 — 1210，字世杰，号竹溪、谥号“文献”。冯翊（今陕西大荔县）人，徙家泰安（今山东泰安市）。金代著名文学家、书法家，与济南辛弃疾同门读书，一时并称“辛党”。大定（完颜雍年号）十年擢进士甲科，历任咸阳军判官、泰定军节度使，官至翰林学士承旨，故世称“党承旨”。诗似陶渊明、谢灵运，有魏晋之风。善篆籀书法，工词。有《竹溪词》。

青玉案

党怀英

红莎绿蒻春风饼①，趁梅驿，来云岭②，紫桂岩空琼窦冷③。佳人却恨，等闲分破，缥缈双鸾影④。

一瓯月露心魂醒，更送清歌助清兴⑤。痛饮休辞今夕永。与君洗尽，满襟烦暑，别作高寒境⑥。

【注释】

①红莎绿蒻（ruò）春风饼：制茶成饼，形如圆月，用红莎绿蒻包裹着。红莎，草名，开红色花，故名红莎。绿蒻，即香蒲。②趁梅驿，来云岭：指形状如圆月的茶饼沿着驿道云岭而来。梅驿，陆凯诗“折梅逢驿使”。③紫桂岩空琼窦冷：月光照在紫桂花的岩穴间，使人感到寒光清冷。紫桂，《拾遗记》：“河之北紫桂成林，群仙饵焉。”琼窦，即玉窦，亦指岩穴。沈约诗：“玉窦膏滴沥。”④“分破”“鸾影”二句：合用破镜和鸾镜的典故。据《古今诗话》：“徐德言尚乐昌公

主，陈政衰，德言谓妻曰：国破必入权豪家。乃破镜各分其半，约他日以正月望日卖于都市。及陈亡，妻为杨素所得，德言至京，有苍头卖半镜者，德言出半镜合之，题曰：'镜与人俱去，镜归人未归，无复姮娥影，空留明月辉，'乐昌得诗悲泣不食，素知之，乃召德言还其妻。"又《异苑》载："罽（jì）宾王获鸾三年不鸣，夫人曰：尝闻鸟见其类则鸣，可悬镜映之，王从其言，鸾睹影悲鸣，哀响中宵，一奋而绝。"⑤"一瓯"句：指饮茶能够涤荡人心中的烦躁，有益于人心神的清醒明澈。⑥今夕永：意思是说今夜很长。高寒境：用苏轼《水调歌头》"只恐琼楼玉宇，高处不胜寒"词意。全词以饮茶兼赏月作结。

【赏析】

这首咏茶词，从茶的制作、运送，一直写到品尝的情致。以双关的手法把品茶与赏月结合在一起，构思巧妙，联想丰富。

前人对此词有很多的评语。杨慎《词品》云："党承旨《茶词》：'红莎绿蒻春风饼，趁梅驿，来云岭。'金自明昌、大定时，文物已埒中国，而制茶之精，如此风味，亦何减宋人。"况周颐《蕙风词话》云："党承旨《青玉案》云：'痛饮休辞今夕永。与君洗尽，满襟烦暑，别作高寒境。'以松秀之笔，达清劲之气，倚声家精诣也。'松'字最不易做到。"

赵秉文

1159 — 1232，字周臣，号闲闲居士，晚年称闲闲老人。磁州滏阳（今河北磁县）人。金朝著名学者。大定二十五年（1185 年）进士。历任安塞主簿、邯郸令、唐山令、同知制诰、翰林直学士等职，官至礼部尚书。“历五朝，官六卿”，朝廷中的诏书、册文、表，以及与宋、夏两国的国书等多出其手。著述甚丰，有《滏水集》传世。

水调歌头

赵秉文

昔拟栩仙人王云鹤赠予诗云[①]：寄兴闲闲傲浪仙，枉随诗酒堕凡缘。黄尘遮断来时路，不到蓬山五百年。其后玉龟山人云：子前身赤城子也。予因以诗寄之云：玉龟山下古仙真，许我天台一化身。拟折玉莲骑白鹤，他年沧海看扬尘。吾友赵礼部庭玉说：丹阳子谓予再世苏子美也[②]，赤城子则吾岂敢，若子美则庶几焉。尚愧辞翰微不及耳，因作此以寄意焉

四明有狂客，呼我谪仙人[③]。俗缘千劫不尽，回首落红尘。我欲骑鲸归去[④]，只恐神仙官府，嫌我醉时真。笑拍群仙手，几度梦中身。

倚长松，聊拂石，坐看云。忽然黑霓落手[⑤]，醉舞紫毫春。寄语沧浪流水，曾识闲闲居士，好为濯冠巾[⑥]。却返天台去[⑦]，华发散麒麟。

【注释】

①拟栩仙人：王云鹤（中立）的别号。②丹阳子：马钰（从义）的别号。③“四明”二句：贺知章，字季真，四明（今为宁波）人，自号四明狂客。《唐书·李白传》：“李白至长安，往见贺知章，知章见其文，叹曰：‘子谪仙人也。’”④骑鲸：李白自称海上骑鲸客。⑤忽然黑霓落手：指写字题诗醉墨染纸如黑色云霓一般。⑥沧浪：水名。《孟子·离娄》：“有孺子歌曰：沧浪之水清兮，可以濯吾缨；沧浪之水浊兮，可以濯吾足。”也指水色青苍。闲闲居士：作者自号。⑦天台：山名，在今浙江天台县北。

【赏析】

词人以谪仙自喻，俱见题序。词作采取李白《梦游天姥吟》之诗境，写入慢调。气势飞腾壮阔，用语瑰丽华美，具有浓郁的浪漫主义色彩。

青杏儿

赵秉文

风雨替花愁[①]。风雨罢，花也应休。劝君莫惜花前醉，今年花谢，明年花谢，白了人头。

乘兴两三瓯，拣溪山好处追游[②]。但教有酒身无事，有花也好，无花也好，选甚春秋。

【注释】

① 风雨替花愁：倒装，即“替花愁风雨”。② 追游：追随景物浪游。苏轼诗：“客路晓追游。”

【赏析】

这首词以“花”字贯穿全篇，运用白描的手法，明快疏朗、流利通畅。风格与南宋朱敦儒很接近。《蕙风词话》云：“闲闲此作，无复笔墨痕迹可寻。”

董解元

其生卒年、月、字、号、籍贯均不详。约为金章宗（完颜璟）时人。其称解元，非科举之名，实为金元士子之普通称谓。金戏曲作家。主要著作有根据元稹《会真记》而创作出的《西厢弹挡词》（亦名《弦索西厢》），为元杂剧《西厢记》的本源，世称“董西厢”。他也工于词，代表作为《哨遍》。

哨遍

董解元

太皞司春，春工着意，和气生旸谷①。十里芳菲，尽东风、丝丝柳搓金缕②。渐次第桃红杏浅，水绿山青，春涨生烟渚③。九十日光阴能几？早鸣鸠呼妇④，乳燕携雏。乱花满地任风吹，飞絮濛空有谁主？春色三分，半入池塘，半随尘土⑤。

满地榆钱，算来难买春光住⑥。初夏永，薰风池馆，有藤床冰簟纱厨。日转午。脱巾散发，沈李浮瓜，宝扇摇纨素⑦。著甚消磨永日，有扫愁竹叶，侍寝青奴⑧。霎时微雨送新凉，些少金风退残暑。韶华早暗中归去⑨。

【注释】

①太皞（hào）司春：古代传说东方之帝叫太皞，统管春事。《礼·月令》：“孟春之月其帝太皞，其神句芒。”春工：把春天拟人化，

称为春工，如东君、春神之类。“旸谷”句：言和暖之气生于日出之地。《书经》：“分命羲仲，宅嵎夷曰旸谷，寅宾出日。”传：“日出于谷而天下明，故称旸谷。”② 芳菲：指花草争奇斗艳的样子。韩愈《晚春》诗：“百般红紫斗芳菲。”③ 渐次第：渐渐地，一个接一个地。春涨生烟渚：春水上涨到烟雾笼罩的小岛中。④ 九十日：春天三个月共为九十天。鸣鸠呼妇：《埤雅》；“鸠阴则辟逐其妇，晴则呼之。语曰：天欲雨，鸠逐妇，既雨鸠呼妇。”《田家杂占》：“鸠鸣有还声者谓之呼妇，主晴。无还声者谓之逐妇，主雨。”⑤ “春色三分”句：用苏轼《水龙吟》“春色三分，二分尘土，一分流水”词意。⑥ 榆钱：形似钱串的榆荚。庾信《燕歌行》：“榆荚新开巧似钱。”⑦ 纨素：素绢。⑧ 扫愁竹叶：酒名有竹叶青。张华诗：“苍梧竹叶清，宜城九酝醝。”又苏轼饮酒诗：“应呼钓诗钩，亦号扫愁帚。”侍寝青奴：青奴，即竹夫人，凉寝竹器。黄庭坚《竹夫人》诗：“青奴元不解梳妆，合在禅斋梦蝶床。”⑨ 金风：秋风。韶华：韶光，春光。

【赏析】

况周颐《蕙风词话》云：“柳屯田《乐章集》为词家正体之一，又为金元已还乐语所自出。金董解元《西厢记》，搊弹体传奇也。时论其品，如‘朱汗碧蹄，神采骏逸’。董有《哨遍》词……此词连情发藻妥帖易施，体格于乐章为近。明胡元瑞《笔丛》，称董西厢记精工巧丽，备极才情。盖笔能展拓，则推演为如干字何难矣。自昔诗词之递变，大都随风会为转移，词曲之为体，诚迥乎不同。董为北曲初祖，而其所为词，于屯田有沆瀣之合，曲由词出，渊源斯在。”

完颜踌

1172—1232，本名寿孙，字仲宝（一作仲实，《中州集》作子瑜），世宗之孙，越王之长子，封密国公，金宗室中第一流人物。所居有樗轩，自号樗轩老人。文笔委曲能道所欲言，资性雅重，淡于世味，喜与文士游。有《如菴小稿》。

朝中措

完颜踌

襄阳古道灞陵桥。诗兴与秋高①。千古风流人物，一时多少雄豪。

霜清玉塞，云飞陇首，风落江皋②。梦到凤凰台上，山围故国周遭③。

【注释】

① 襄阳：今湖北省襄阳区。灞陵桥：即灞桥，在今陕西西安市长安区东二十五里跨灞水上，唐人送别多在此，因名为销魂桥。② 玉塞：玉门关，泛指边塞。陇首：即陇头。陇山在陕西陇县西北，跨甘肃清水县，山高而长，延亘陇县、静宁、镇原、清水之境，叫陇首。柳恽《捣衣》诗："亭皋木叶下，陇首秋云飞。"江皋：江边的高地。谢朓诗："江皋倦游客。"③ 凤凰台：《六朝事迹》："宋元嘉中凤凰集于是山，

乃筑台于山陬，在府城西南二里。”山围故国周遭：刘禹锡《石头城》诗：“山围故国周遭在，潮打空城寂寞回。”周遭：周围。

【赏析】

本词抒发登高怀古的感慨。上阕写古，总说千年以来涌现出了无数的英雄豪杰，强调其盛。下阕写今，“霜清”“云飞”“风落”三句极言今日之衰。繁华壮丽的金陵，空剩下壁立的青山，作为兴亡的见证。两相对比，令人心生无限感慨之情。

临江仙

完颜璹

倦客更遭尘事冗，故寻闲地婆娑①。一尊芳酒一声歌。卢郎心未老，潘令鬓先皤②。

醉向繁台台上问③，满川细柳新荷。薰风楼阁夕阳多④。倚阑凝思久⑤，渔笛起烟波。

【注释】

① 尘事冗：俗事烦杂。婆娑：舞貌。② 卢郎：《北史·卢元聿传》：“王熙见而叹曰：卢郎有如此风神，唯须诵离骚，饮美酒，自为佳器。”杨巨源诗：“卢郎尊俎借前筹。”潘令：指晋朝潘岳。《晋书·潘岳传》：

“潘岳为河阳令，植桃李花，人号曰河阳一县花。”皤：白色。③ 繁台：在河南开封县东南。《九域志》：“繁台本梁孝王吹台，其后有繁姓居其侧，人遂以姓呼之。”④ 薰风：南风。《史记》：“舜作五弦之琴以歌南风。”集解引其辞曰：“南风之薰兮，可以解吾民之愠兮。”⑤ 凝思：默默地想念。

【赏析】

况周颐《蕙风词话》云：“淡淡著笔，言外却有无限感怆。”

李献能

1192—1232，字钦叔，河中（今山西永济市）人。金宣宗贞祐三年（1215年）特赐词赋进士，廷试第一，授应奉翰林文学。历任镇南军节度付使、河中帅府经历官、左右司郎中。苦学博览，尤长骈体，善乐章，与元好问为莫逆之交。作品风格雅致高华。

江梅引 为飞伯赋青梅

李献能

汉宫娇额倦涂黄。试新妆，立昭阳[①]。萼绿仙姿，高髻碧罗裳[②]。翠袖卷纱闲倚竹，暝云合，琼枝荐暮凉[③]。

璧月浮香摇玉浪[④]，拂春帘，莹绮窗。冰肌夜冷滑无粟，影转斜廊。冉冉孤鸿，烟水渺三湘[⑤]。青鸟不来天也老，断魂些，清霜静楚江[⑥]。

【注释】

①娇额涂黄：古代妇女喜用黄粉涂抹额上，叫作额黄。李商隐《无题》诗："寿阳公主嫁时妆，八字宫眉捧额黄。"这里是用寿阳公主卧含章殿檐下，梅花飘落其额，染成五出之花的故事。昭阳：汉宫殿名。《三辅黄图》，"武帝后宫八区，有昭阳殿。"②萼绿仙姿：形容梅花如仙女萼绿华一样富于风姿。《真诰》："萼绿华者自云是南山人……

年可二十许。以晋穆帝昇平三年十一月夜降于羊权家。授权尸解药，亦隐影化形而去。”李商隐诗：“萼绿华来无定所。”因梅花有绿萼一种，故用此典。高髻：用拟人的手法形容梅花秀丽如美女，刘禹锡《赠李司空妓》诗：“高髻云鬟宫样妆。”③ 翠袖倚竹：用杜甫《佳人》“天寒翠袖薄，日暮倚修竹”诗意。琼枝：形容梅花枝条美丽如玉。李群玉《人日梅花》诗：“卧见琼枝低压墙。”④ 璧月浮香摇玉浪：形容梅花的暗香浮动于月光笼罩的水中。璧月，圆月。“璧月夜夜满，琼枝朝朝新”，见《陈书·张贵妃传》。又林逋《山园小梅》诗：“暗香浮动月黄昏。”⑤ 冰肌夜冷滑无粟：粟，指肌肤骤为寒气所侵而生的疙瘩，如同粟粒一般。这里形容梅花高洁不畏风寒。孟昶《玉楼春》词：“冰肌玉骨清无汗。”苏轼《咏雪》诗：“冻合玉楼寒起粟。”冉冉：指鸿鸟缓缓飞动的样子。三湘：潇湘、漓湘、蒸湘为三湘。也有人说潇湘、蒸湘、沅湘为三湘。⑥ 青鸟：《汉武故事》载，七月七日忽有青鸟飞集殿前，东方朔曰“此西王母欲来”。有顷，王母至，二青鸟夹侍王母旁。天也老：用李贺“天若有情天亦老”诗意。楚江：长江中下游古为楚国。楚江，泛指南方的水域。

【赏析】

这首咏梅词上阕用拟人手法来表现梅花之风骨神韵。用汉宫娇靥、高髻罗裳、翠袖倚竹等高雅的形象来加以刻画，可谓尽态极妍。接着用“琼枝荐暮凉”一句点出梅花。下阕用“璧月”“玉浪”“春帘”“绮窗”烘托出一片清幽的境界。全词显得空灵雅致。

段成己

1199 — 1279，字诚之，号菊轩，绛州稷山（今山西稷山）人，段克己之弟，与兄克己早以文章擅名。时任礼部尚书的赵秉文十分欣赏他们的才华，称他俩为“二妙”。正大年间中进士。元初召为平阳府儒学提举，由于其无意仕途，坚不赴任。与兄克己所作诗合称为《二妙集》。词有《菊轩乐府》一卷。

江城子

段成己

季春五日有感而作，歌以自适也。

阶前流水玉鸣渠[①]。爱吾庐。惬幽居[②]。屋上青山，山鸟喜相於[③]。少日功名空自许，今老矣，欲何如。

闲来活计未全疏[④]。月边渔。雨边锄。花底风来，吹乱读残书。谁唤九原摩诘起，凭画作，倦游图[⑤]。

【注释】

① 玉鸣渠：形容渠水淙淙，声如碎玉。② 爱吾庐：自陶潜诗“众鸟欣有托，吾亦爱吾庐”。惬：适意、快意。③ 屋上青山：苏轼《司马君实独乐园》诗：“青山在屋上，流水在屋下。”相於：相亲的意思。孔融《与韦端书》：“不得复与足下岸帻广坐，举杯相於。”④ 活计：生计。王建《晚秋病中》诗：“万事风吹过耳轮，贫儿活计亦曾闻。”

⑤ 九原：春秋时晋卿大夫的墓地在九原。后人泛称墓地为九原。摩诘：唐王维字。王维能诗善画，人称他“诗中有画，画中有诗”。倦游：无意出外做官。《史记·司马相如传》：“长卿（司马相如字）故倦游，虽贫，其人材足依也。”这里“倦游图”表示作者不愿出仕的心情。

【赏析】

这首词上阕写幽居的闲适：阶前流水、屋上青山、禽鸟依人，这样美丽的居住环境构成了一幅幽美的画境。而过片处故设一问，翻起波澜，引起下文。然后于下阕巧妙作答，今日月下打鱼，雨中耕锄，花间读书的生活如此美好。只可惜不能唤起王维为之写生作画的兴致。全词笔调活泼，新奇自然，具有雅人风致。

江城子

段成己

东园牡丹盛开，二三子邀余饮花下。酒酣，即席赋之。

水南名品几时栽[①]？映池台，待谁开？应为诗人、著意巧安排。调护正须宫样锦，遮丽日，障飞埃[②]。

晓风吹绽瑞云堆[③]。怨春回，要诗催。醉墨淋漓，随手洒琼瑰[④]。归去不妨簪一朵，人也道，看花来。

【注释】

①水南：地名。在河南洛阳附近。②宫样锦：形容牡丹艳如宫锦。李商隐《隋宫》诗："春风举国裁宫锦。"遮丽日，障飞埃：指的是人们为了保护牡丹花，而设锦幄来遮挡日光和飞尘。③吹绽：吹开。瑞云堆：形容牡丹盛开的状况好似彩云堆积起来。《洞冥记》："东海大明之墟，有釜山出瑞云。"④随手洒琼瑰：写出瑰丽的诗篇。琼：美玉。瑰：美石。《诗经》："何以赠之？琼瑰玉佩。"

【赏析】

此词从花与人两个方面进行叙写，一方面写人的感情，一方面写花的状态。名花开晚，为待诗催；骚客多情，锦围珍护。构思十分巧妙，风致十分清妍。"怨春回"，着一"怨"字，将花人格化。这"怨"既是花之怨，怨好景不常，也是人之怨，怨知己难遇。是怜花，还是惜人？双重意思并成一体，令人浑然莫辨。"归去不妨簪一朵"，从陈师道"一枝剩欲簪双鬓，未有人间第一人"脱胎反用，更觉雅丽多姿。

元好问

1190 — 1257，字裕之，号遗山，秀容（今山西忻县）人。金末元初最有成就的作家和历史学家，文坛盟主，是宋金对峙时期北方文学的主要代表，又是金元之际在文学上承前启后的桥梁，被尊为“北方文雄”“一代文宗”。兴定五年进士，历任内乡令、南阳令、尚书省掾、左司都事等，官至尚书省左司员外郎。金亡不仕。其诗、文、词、曲，各体皆工。著有《元遗山先生全集》，词集为《遗山乐府》。又辑《中州集》《中州乐府》，保存了大量金代文学作品。

迈陂塘[①]

元好问

太和五年乙丑岁，赴试并州，道逢捕雁者云：“今日获一雁，杀之矣。其脱网者悲鸣不能去，竟自投于地而死。”予因买得之，葬之汾水之上，累石为识，号曰雁邱[②]。时同行者多为赋诗，予亦有《雁邱词》。旧所作无宫商，今改定之。

问世间，情是何物？直教生死相许[③]。天南地北双飞客，老翅几回寒暑。欢乐趣，离别苦，就中更有痴儿女[④]。君应有语，渺万里层云，千山暮雪，只影向谁去？

横汾路，寂寞当年箫鼓，荒烟依旧平楚[⑤]。招魂楚些何嗟及，山鬼暗啼风雨[⑥]。天也妒，未信与，莺儿燕子俱黄土。千秋万古，为留待骚人，狂歌痛饮，来访雁邱处。

【注释】

①迈陂塘：即《摸鱼儿》，词牌名。②雁邱：在今山西阳曲县。③直教生死相许：用生命来报答。直，竟。许，报答。④就中：于此，在这里面。痴儿女：元好问另有《迈陂塘》词，其叙曰，“太和中，大名民家小儿女，有以私情不如意赴水者”云云。“痴儿女”意指痴情的人儿。⑤“横汾”句：汉武帝《秋风辞》：“泛楼船兮济汾河，横中流兮扬素波，箫鼓鸣兮发棹歌。”这里是以当日游幸的盛况来反衬今日的冷落。平楚：平林，远树。⑥“招魂”二句:《招魂》《山鬼》均为《楚辞》篇名。楚些:《招魂》中多以“些”字收尾。故亦用成楚辞的代称。

【赏析】

此词主要写的是雁之悲，由雁悲转以悲人。通过雁之同死，为天下痴儿女一哭。是一曲献给坚贞爱情的颂歌。寓意深刻，所感甚大。

水调歌头　赋三门津[1]

元好问

黄河九天上，人鬼瞰重关。长风怒卷高浪，飞洒日光寒。峻似吕梁千仞，壮似钱塘八月，直下洗尘寰[2]。万象入横溃[3]，依旧一峰闲。

仰危巢，双鹄过，杳难攀。人间此险何用，万古秘神奸[④]。不用燃犀下照，未必佽飞强射，有力障狂澜[⑤]。唤取骑鲸客，挝鼓过银山[⑥]。

【注释】

① 三门津：即三门峡。《陕州志》："三门，中神门，南鬼门，北人门，惟人门修广可行舟。鬼门尤险，舟筏入者罕得脱。三门之广，约三十丈。" ② 峻似吕梁千仞：指三门峡之险峻和吕梁山的陡峭相似。吕梁山在今山西离石区东北。《列子 · 黄帝》篇："孔子观于吕梁，悬水三十仞，流沫三十里，鼋鼍鱼鳖之所不能游也。" 壮似钱塘八月：言三门峡水流甚急，有如钱塘江八月来潮一样壮观。尘寰：即尘世。③ 横溃：水流泛滥。洪水旁决曰溃。④ 万古秘神奸：言三门津险要如有神鬼控御，秘不可测。⑤ 燃犀：古有点燃犀角洞照水妖的故事。《晋书 · 温峤传》："至牛渚矶，水深不可测。世云其下多怪物，峤遂燃犀角而照之。须臾，见水族复灭，奇形异状，或乘马车著赤衣者。" 佽飞：汉武官名，掌管弋射鸟兽，取其便利轻疾若飞之意。也有人说佽非，是周代楚国的勇士，一次渡江，两蛟夹舟，非拔剑斩蛟得以脱险。障狂澜：韩愈《进学解》："障百川而东之，回狂澜于既倒。" ⑥ 挝鼓：击鼓。银山：形容波涛的高大。张继《九日巴丘杨公台上宴集》诗："万叠银山寒浪起。"

【赏析】

作者咏物寄情，以三门之险，寄托人世之感叹。写三门峡之险，笔势奇横，罕有与其匹敌者。“万象入横溃”，描述了黄河水势之大，“依旧一峰闲”，描绘了砥柱山势之稳。一动一静，相映成趣。“人间”以下，转入词人的感慨：天地设险，不过成为大盗巨蠹依凭之所，中流砥柱，也未必能挡住狂澜，这是词人通过对物的一种描述而隐喻的对政治的批判，语气激烈愤慨。

水龙吟

元好问

从商帅国器猎于南阳，同仲泽、鼎玉赋此①。

少年射虎名豪，等闲赤羽千夫膳②。金铃锦领，平原千骑，星流电转③。路断飞潜，雾随腾沸，长围高卷④。看川空谷静，旌旗动色，得意似，平生战。

城月迢迢鼓角，夜如何？军中高宴。江淮草木，中原狐兔，先声自远⑤。盖世韩彭，可能只办，寻常鹰犬⑥。问元戎早晚，鸣鞭径去，解天山箭⑦。

【注释】

①商帅国器：人名。南阳：南山。仲泽：王渥字。鼎玉：据施国祁《元遗山乐府笺注》指的就是燕人王铉。②“少年”二句：《汉书·李将军列传》：“李广出猎，见草中石，以为虎而射之，中石没镞，视之

石也。”名豪：英豪，指商帅国器。等闲：无足轻重。赤羽千夫膳：《唐书·刘悟传》：“宝历（唐敬宗李湛年号）初，巫者妄言，师道以兵屯瑠璃陂，悟惶恐命祷祭，具千夫膳，自往求哀。”杜甫《武卫将军歌》：“赤羽千夫膳，黄河十月冰。”赤羽：旗帜。高适《送白少府送兵之陇右》诗：“军容随赤羽。”③ 金铃锦领：指车骑之华美。星流电转：形容打猎车骑奔驰的迅速。④ 飞潜：天上的飞禽和水里的游鱼。长围：指打猎合围以困鸟兽。《南史·宋高祖纪》：“慕容超固其小城，乃设长围以守之。”⑤“草木”一句：指的是“草木皆兵”的故事。谢玄等于淝水之战打败苻坚，苻坚的队伍溃乱奔逃，望八公山上草木，风声鹤唳，以为那都是晋兵。这里是形容围猎声威。先声：指军骑先张声势。⑥ 韩彭：指韩信和彭越。都是西汉时著名武将，后来韩信以谋反罪被杀死在钟室，彭越谋反不成也被处死。鹰犬：指为人所驱使利用。⑦ 天山箭：唐薛仁贵曾率军战胜九姓突厥于天山，军中于是有“将军三箭定天山”的说法。

【赏析】

这首猎词从正面描写了出猎的阵势，可称得上是威武雄壮，描写猎后的高宴，也是有声有色。但作者的过人之处在于他的独到见解，在作者看来，像韩信、彭越这样反复不定的人，不过是供人驱遣的鹰犬罢了，只有“三箭定天山”这样的英雄才是值得效法的。

况周颐《蕙风词话》云：“遗山之词，亦浑雅，亦博大。有骨干，有气象。以比坡公，得其厚矣，而雄不逮焉者。豪而后能雄，遗山所处不能豪，尤不忍豪。牟端明《金缕曲》云：‘扑面胡尘浑未扫，强欢讴、还肯轩昂否？’知此，可与论遗山矣。设遗山虽坎坷，犹得与坡公同，则其词之所造，容或尚不止此。其《水调歌头·赋三门津》：‘黄河九天上’云云，何尝不奇崛排奡。坡公之所不可及者，尤能于此等处不露筋骨耳。《水调歌头》当是遗山少作。晚岁鼎镬余生，栖迟零落，兴会何能飚举。知人论世，以谓遗山即金之坡公，何遽有愧色耶！充类言之，坡公不过逐臣，遗山则遗臣孤臣也。”

鹧鸪天

元好问

只近浮名不近情[①]。且看不饮更何成。三杯渐觉纷华远，一斗都浇磊块平[②]。

醒复醉，醉还醒。灵均憔悴可怜生[③]。离骚读杀浑无味，好个诗家阮步兵[④]。

【注释】

① 只近浮名不近情：是说自己虽薄有虚名，但自己的本心里却无追求荣华利禄的心情。② 纷华：尘世的浮华。远：也有的文集里写作“近”。本文依据阳泉山庄所刻何义门校本写作“远”。磊块：即魂磊。③ 灵均憔悴：是说自己和屈原一样憔悴可怜。灵均，是屈原字。可怜生：可怜。生：语气助词，没有实际的意义。④ 阮步兵：《晋书·阮籍

传》:“籍闻步兵营厨人善酿，有贮酒三百斛。乃求为步兵校尉，遗落世事。虽去佐职，恒游府内。朝宴必与焉。”

【赏析】

这是一首抒怀词，作者以酒遣愁，写屈原憔悴，阮籍佯狂，其实暗指金亡之后的自己，时局混乱，生活流离，满怀愁苦。元好问的晚年遭遇与屈原、阮籍的境遇十分相似。所以作者虽然以一种放达的态度来写此词，但是其哀痛家国、感念世乱的悲苦之情跃然纸上，令人有惆怅之感。

赵孟頫

1254 — 1322，字子昂，号松雪道人，湖州（今浙江吴兴县）人。元代著名画家，楷书四大家（欧阳询、颜真卿、柳公权、赵孟頫）之一。宋末以父荫补官，入元仕为翰林学士。博学多才，能诗善文，懂经济，工书法，精绘艺，擅金石，通律吕，解鉴赏。书法和绘画成就最高，开创元代新画风，被称为“元人冠冕”。诗格清逸，词亦有风致，为人所称。有《松雪词》一卷。

渔父词

赵孟頫

渺渺烟波一叶舟。西风木落五湖秋①。盟鸥鹭②，傲王侯。管甚鲈鱼不上钩。

【注释】

① 五湖：指江苏太湖。② 盟鸥鹭：与白鹭沙鸥结盟为伴。语出《列子》。

【赏析】

这首渔父词写渔家逍遥自在的生活，与张志和《渔歌子》风格相似。

《太平清话》云：“松雪夫人管仲姬，生泖西小蒸，至今其路尚名管道。工诗善画，亦能小词，尝题《渔父图》云：‘人生贵极是王侯，浮利浮名不自由，争得似，一扁舟。弄月吟风归去休。’松雪和之云云。”

虞　集

1272 — 1348，字伯生，号道园，又号邵庵，宋丞相虞允文五世孙，其先武州宁远（今山西宁远）人，徙居江西崇仁。元代文学家，文与揭傒斯、柳贯、黄溍并称“元儒四家”；诗与揭傒斯、范梈、杨载齐名，人称“元诗四家”。大德初（1297 年）荐授大都路儒学教授，累迁奎章阁侍书学士。纂修《经世大典》。平生为文多至万篇，著有《道园学古录》五十卷，《道园遗稿》六卷。

风入松　寄柯敬仲①

虞集

画堂红袖倚清酣，华发不胜簪②。几回晚直金銮殿，东风软、花里停骖③。书诏许传宫烛，轻罗初试朝衫④。

御沟冰泮水挼蓝。飞燕语呢喃⑤。重重帘幕寒犹在，凭谁寄银字泥缄⑥。为报先生归也，杏花春雨江南。

【注释】

①柯敬仲：即柯九思，仙居（浙江县名）人，字敬仲，工诗善画，官至奎章阁学士。②清酣：清新酣畅。苏轼《西太一见王荆公旧诗偶次其韵》诗：“雨馀风日清酣。”华发不胜簪：是说白发稀少，已经没有办法再插住簪子了。③晚值金銮殿：金銮殿，皇帝宝殿。《文献通考·学士院》：“故事，学士掌内庭书诏，故学士院常在金銮殿侧，……前朝因金銮坡以为门名，与翰林院相接，故为学士者称金銮，以美之。”停骖：停驻车马。骖，车辕两侧之

马。④传宫烛：传唤执烛的宫人。这里指用金莲炬送学士归院事。⑤呢喃：燕子的叫声。⑥银字泥槭：指书信。梁简文帝诗："昔日书银字。"

【赏析】

这是一首寄赠友人的作品。以景结情，运情于景，可谓文采风流，自然雅致。"凭谁"句流露出对对方的思念，而"为报"句紧接之以自己的归讯相告，写得十分紧凑。

陶宗仪《辍耕录》云："吾乡柯敬仲先生，际遇文宗，起家为奎章阁鉴书博士，以避言路居吴下。时虞邵庵先生在馆阁赋《风入松》词寄之，词翰兼美，一时争相传刻，而此曲遂遍满海内矣。"瞿宗吉《归田诗话》云："虞邵庵在翰林，有诗云：'屏风围坐鬓毵毵，银烛烧残照暮酣。京国多年情尽改，忽听春雨忆江南。'又作《风入松》词云云，盖即诗意也，但繁简不同尔。曾见机坊以词织成帕，为时所贵重如此。张仲举词云：'但留意江南杏花春雨，和泪在罗帕。'即指此也。"

詹　正

生卒不详，字可大，别号天游，郢（今为湖北江陵县）人。宋末官翰林学士，入元落拓以终。工词，语多故国乔木之悲。有《天游词》传世。

霓裳中序第一

詹正

至元间，监醮长春宫。见羽士丈室古镜，状似秋叶，背有金刻“宣和御宝”四字，有感因赋。

一规古蟾魄，瞥过宣和几春色[①]。知那个、柳松花怯，曾搓玉团香，涂云抹月。龙章凤刻。是如何儿女消得[②]。便孤了，翠鸾何限，人更在天北。磨灭，古今离别。幸相从，蓟门仙客[③]。萧然林下秋叶。对云淡星疏，眉青影白。佳人已倾国。谩赢得痴铜旧画。兴亡事，道人知否？见了也华发。

【注释】

① 蟾魄：古代传说月中有蟾蜍，所以用蟾魄指代月亮。《岁华记要》载“蛾眉蟾魄皎兮出矣”之句，即指月出。词中古蟾魄是形容古镜像月亮一样明亮。又张佐《秦镜》诗有“圆规旧铸成”之句。宣和：宋徽宗年号。②“龙章凤刻”句：是说这面镌刻龙凤花纹的宝镜，十

分贵重，不是一般人所能享用的。③ 幸相从，蓟门仙客：指宫镜落在道士手里。蓟门，代表燕都。仙客，指长春宫道士。

【赏析】

这是一首咏物词。作者通过对古镜的吟咏，来寄托深刻的国家兴亡之感。上阕首先用“古蟾魄”来形容古镜。中间用“柳松花怯”“搓玉团香”“涂云抹月”等词来形容宫中女眷妆饰之华丽。下阕用“蓟门仙客”点出长春宫道人，又用“痴铜旧画”来形容古镜多年的被弃置的遭遇。词作用典甚多，但都非常贴切，无堆砌之病，而历史更迭的兴亡之感也寓于其中。

人月圆

詹正

惊回一枕当年梦，渔唱起南津①。画屏云嶂，池塘春草，无限消魂。

旧家应在，梧桐覆井，杨柳藏门。闲身空老，孤篷听雨，灯火江村。

【注释】

① 渔唱：渔人所唱的歌曲。王勃《滕王阁序》：“渔舟唱晚，响穷

彭蠡之滨。”南津：南浦。

【赏析】

这首小令上阕“惊回”句使人回到过去，追忆之情笼罩全篇。接下来的“画屏”二句，回忆梦中之景。下阕“梧桐”二句是回忆梦中之人。末尾“孤篷”二句承接“渔唱”而来，描写现在的景物。全词穿插记叙，结构严密。

小桃红

詹正

一江秋水洗寒烟，水影明如练[①]。眼底离愁数行雁。雪晴天。绿苹红蓼参差见。吴歌荡桨，一声哀怨，惊起白鸥眠[②]。

【注释】

① 水影明如练：练，熟绢。谢朓《晚登三山还望京邑》诗：“澄江静如练。”② 吴歌：古乐府有吴歌，为江南一带民间歌曲。

【赏析】

这首小令描绘了一幅美丽如画的风景，淡而有味，让人有置身旷野之感，可觉清气扑面。

萨都剌

1308 — 1355，字天锡，号直斋，蒙古族人，居雁门（今山西代县）。元代著名诗人、画家、书法家。泰定四年（1327 年）进士，历官闽海廉访知事、河北廉访经历等职。为文雄健而诗笔清丽，长于抒情。著有《雁门集》三卷，集外诗一卷。亦善词曲，有《天锡词》传世。

小阑干

萨都剌

去年人在凤凰池，银烛夜弹丝[①]。沉水香消，梨云梦暖，深院绣帘垂[②]。

今年冷落江南夜，心事有谁知？杨柳风柔，海棠月澹，独自倚阑时。

【注释】

① 凤凰池：中书省所在地。《晋书·荀勖传》："勖自中书监除尚书令，人贺之，勖曰：夺我凤凰池，诸君何贺耶。"弹丝：弹奏琴瑟弦索。② 沉水香消：即沉香。梨云梦暖：王建《梦梨花》诗："落落漠漠路不分，梦中唤作梨花云。"

【赏析】

这首词是作者贬官江南之后所写的。上阕写作者在翰林院应官时，宾僚宴集时的情景。下阕写自己被贬官江南后独倚阑干的寂寞心情。两处的春夜景色一对比，含蓄地表达了作者心中的感怀触动。

《词苑》云："笔情何减宋人。"

木兰花慢 彭城怀古

萨都剌

古徐州形胜，消磨尽，几英雄①。想铁甲重瞳，乌骓汗血，玉帐连空。楚歌八千兵散，料梦魂，应不到江东②。空有黄河如带，乱山回合云龙③。

汉家陵阙起秋风，禾黍满关中④。更戏马台荒，画眉人远，燕子楼空⑤。人生百年寄耳，且开怀，一饮尽千钟。回首荒城斜日，倚栏目送飞鸿⑥。

【注释】

① 古徐州形胜：徐州古为大彭氏国，春秋时为宋地，战国时属楚，秦置彭城县。项羽自称西楚霸王，曾经在此定都。所以说是形胜之地。②"想铁甲重瞳"六句：指项羽。重瞳，目中有双瞳。《史记·项羽本纪》，"吾闻之周生曰：舜目盖重瞳子，又闻项羽亦重瞳子，羽岂其苗裔耶。"乌骓：项羽所骑战马。汗血：大宛产的千里马。此句用来形容乌骓。玉帐：指军营。八千兵散：《史记·项羽本纪》："项王欲东

渡乌江，乌江亭长舣船待，谓项羽曰：江东虽小，亦足王也，愿大王急渡。项王曰：籍与江东子弟八千人渡江而西，今无一人还，纵江东父老见怜而王我，我何面目见之。遂自刎。”③ 黄河如带：徐州东下为黄河。《史记》：“封爵之誓曰：使河如带，泰山若厉，国以永宁，爰及苗裔。”云龙，山名。在徐州南。《通志》：“云龙山，宋武帝微时憩息此山，有云龙旋绕之。”“乱山回合云龙”，《雁门集》作“乱山起伏如龙”。④ 汉家陵阙：李白《忆秦娥》词：“西风残照，汉家陵阙。”此句为借用。⑤ 戏马台：旧址在今江苏徐州南，是项羽所筑之台，用来观看戏马（又名掠马台）。宋刘裕在彭城有九日出项羽戏马台的故事，见《齐书》。燕子楼：旧址在徐州城北。白居易诗序：“徐州故尚书张建封，有爱妓曰盼盼。尚书既没，归东洛。而彭城有张氏旧第，第中有小楼，名燕子楼。盼盼念旧爱而不嫁，居是楼十余年。”⑥ 目送飞鸿：嵇康诗：“目送归鸿，手挥五弦。”

【赏析】

这是一首怀古词，作者登临彭城而生发无限怀古之情。上阕记述了西楚霸王项羽兵败乌江之事。下阕用项羽戏马台，及盼盼燕子楼之旧事，凭吊英雄，悲念美人。运用了很多的典故，但是并无堆砌之嫌，反倒运用自然，如水入盐，融化无痕，又有新意。读来回肠荡气，感人至深。

I

人月圆 客垂虹

萨都剌

三高祠下天如镜，山色浸空濛[①]。莼羹张翰，渔舟范蠡，茶灶龟蒙[②]。

故人何在？前程那里[③]，心事谁同？黄花庭院。青灯夜雨，白发秋风。

【注释】

① 三高祠：在江苏吴江市。空濛：迷茫的样子。② 莼羹张翰：刘义庆《世说新语》："张翰字季鹰，辟齐王东曹掾，在洛见秋风起，因思吴中菰菜莼羹、鲈鱼脍，曰：人生贵适意尔，何能羁宦数千里以要名爵！遂命驾便归。"渔舟范蠡：《国语》："范蠡乘轻舟浮于五湖，莫知其终极。"茶灶龟蒙：《唐书·陆龟蒙传》："升舟设篷，席赍束书，茶灶笔床，钓具往来。时谓江湖散人。"③ 前程那里：《词综》作"前程莫问"。

【赏析】

上阕写怀古之思，头两句描写三高祠下水天一色的美丽情景。接着用"莼羹""渔舟""茶灶"等有特征性的事物点出了三位前修的身份。下阕感慨今朝，用黄花、青灯、夜雨、白发、秋风描述了一幅孤寂的凄凉晚景，表现得深婉有致，让人心生哀叹。

陶宗仪

1329－约1412，字九成，黄岩（今浙江省黄岩县）人。著名的史学家、文学家。工诗文，深究古学。常客居松江，躬亲稼穑。闲时在树阴下休息，每有所得，即摘叶记录下来，然后把叶子储存在一个筐中，积累了十年之久，一日发而录之，得三十卷，名为《辍耕录》。又著有《南村诗集》四卷，及《说郛》《书史会要》等。

南浦

陶宗仪

会波村，在松江城北三十里，其西九山离立，若幽人冠带拱揖状。一水兼九山南过村外，以入于海，而沟塍畎浍，隐翳竹树间。春时桃花盛开，鸡犬之声相闻，殊有武陵风概，隐者停云子居焉。一舟曰水光山色，时放乎中流，或投竿，或弹琴，或呼酒独酌，或哦咏陶谢韦柳诗，殆将与功名相忘。尝坐余舟中作茗供。襟抱清旷，不觉度成此曲。主人即谱入中吕调，命洞箫吹之，与童子櫂歌相答，极鸥波缥缈之思云。

如此好溪山，羡云屏九叠，波影涵素①。暖翠隔红尘，空明里，著我扁舟容与②。高歌鼓枻，鸥边长是寻盟去③。头白江南，看不了，何况几番风雨。

画图依约天开，荡清晖，别有越中真趣。孤啸拓篷窗④，幽情远，都在酒瓢茶具。水荇摇晚⑤，月明一笛潮生浦。欲问渔郎无恙否？回首武陵何许⑥。

【注释】

①云屏九叠：李白《庐山诗》："庐山秀出南斗旁，屏风九叠云锦张。"词中用以形容云山重叠之状。②暖翠：形容春山的颜色。陈造诗："檐外浮岚暖翠堆。"容与：舒闲放任的样子。《史记·司马相如传》："楚王乃弭节徘徊，翱翔容与。"③鼓枻：枻，船桨。《楚辞·渔父》："鼓枻而去。"④拓篷窗：篷窗，小篷船的窗户。拓，打开。⑤水荭：草名，生水旁，又名大蓼。⑥"欲问"两句：引用陶渊明《桃花源记》的故事。

【赏析】

开头"如此好溪山"一句，点明了全词描述的中心。"云屏九叠，波影涵素"，写沿溪山色之美。溪山风雨不定，四时烟景不同，所以说"看不了"。下阕"画图依约天开"以下，具体描绘了溪山的妙趣所在：篷窗孤啸、月明一笛等，让人感到十分清幽飘逸，非常美妙。末句以"武陵何许"一问作结，余味盎然。

张以宁

1301 — 1370，字志道，福建古田人。家住翠屏山下，自号翠屏山人。元泰定中举进士，任翰林学士。明初任侍读学士。博学强记，才华横溢，名噪一时，人呼“小张学士”。为诗高雅俊逸，词意境高远。有《翠屏集》。

明月生南浦

张以宁

广州南汉王刘钅长故宫铁铸四柱犹存，周览叹息之余，夜泊三江口，梦中作一词，觉而忘之。但记二句云：“千古兴亡多少恨，总付潮回去。”因檃括为此词。

海角亭前秋草路①。榕叶风清，吹散蛮烟雾②。一笑英雄曾割据。痴儿却被潘郎误③。

宝气消沈无觅处。藓晕犹残，铁铸遗宫柱④。千古兴亡知几度。海门依旧潮来去。

【注释】

① 海角亭：亭名，在广州。② 榕叶：榕树叶。榕树为常绿乔木，高四五丈，产于闽广一带。枝干繁茂，树荫极广。叶椭圆平滑，花淡红色。蛮烟雾：南方边远山地的瘴气。辛弃疾《水调歌头》：“万里蛮烟瘴雨，往事莫惊猜。”③ 潘郎误：周必大《二老堂杂志》：“太祖（赵

匡胤）常令李煜作书谕广南刘鋹，令归中国，煜命其臣潘佑视草，文甚辨丽，累数千言。”潘郎指潘佑。④ 铁铸遗宫柱：方信儒《南海百咏野史》：“刘鋹铸铁柱十二，筑乾和殿，今府之治事所尚植其四……其二犹见于相安亭濠水中，余不知所在。”

【赏析】

这是一首凭吊兴亡之词。词的上阕由海角亭秋景写起，联想到当年宋朝潘佑草文诱降南汉刘鋹之事。下阕写南汉故宫铁柱已被苔藓侵蚀，只有海门潮水来去依旧，正所谓世事变迁，沧海桑田，寄托了作者的无限感怀之情。

刘　基

1311 — 1375，字伯温，浙江青田人。元末明初军事家、政治家及诗人。在文学史上，刘基与宋濂、高启并称“明初诗文三大家”。元末进士，任江西高安县丞。后弃官归。以辅佐朱元璋完成帝业、开创明朝驰名天下，被后人比作为诸葛武侯。明洪武三年封诚意伯，明武宗正德九年被追赠太师，谥文成，因而后人又称他刘诚意、刘文成、文成公。通经史、晓天文、精兵法。诗文闳深顿挫，自成一家。有《诚意伯文集》等传世。

水龙吟

刘基

鸡鸣风雨潇潇，侧身天地无刘表①。啼鹃迸泪，落花飘恨，断魂飞绕。月暗云霄，星沈烟水，角声清嫋②。问登楼王粲，镜中白发，今宵又添多少③。

极目乡关何处，渺青山髻螺低小④。几回好梦，随风归去，被渠遮了⑤。宝瑟弦僵，玉笙指冷，冥鸿天杪⑥。但侵阶莎草，满庭绿树，不知昏晓。

【注释】

① 鸡鸣:《诗经》:“风雨潇潇，鸡鸣胶胶。”潇潇：风雨的声音。侧身天地：杜甫诗:“侧身天地更怀古。”侧身：戒慎恐惧，不能安身的样子。刘表：后汉高平人，字景升，官荆州刺史。当时中原混战，荆州之地偏安一隅，于是当时的很多士人百姓都归附于他。② 角声清嫋：画角声清，余音不断。“嫋”同“嫋”。苏轼《前赤壁赋》:“余音

嫋嫋，不绝如缕。”③ 登楼王粲：三国时王粲登襄阳城楼写下了流传千古的《登楼赋》。词里作者以王粲自比。④ 髻螺：盘成螺形的发髻。形容远山苍翠的样子。释惠洪诗：“落日远山螺髻青。”⑤ 被渠：被他。渠，他。⑥ 冥鸿：高飞的鸿雁。扬子《法言》：“鸿飞冥冥，弋人何慕焉。”

【赏析】

这首词是作者还未取得显赫的声名之前所作。上阕“鸡鸣风雨潇潇”二句，说元末政治局势动荡不安，而这时的士民却没有刘表那样的人物可以投靠依附。“啼鹃迸泪”三句，写心中的无限愁绪。“月暗”以下几句，以王粲作客他乡、登楼作赋自比。下阕承“登楼”意，写思乡之情。“不知昏晓”，与起句关合，反映了他对时势的看法。这首词化豪迈雄壮于婉约之中，富有特色。

《草堂词评》云此词，“感喟激昂”。徐珂云：“伯温为元进士，入明以佐命功显，封诚意伯。此词为未遇时作。”

瑞龙吟

刘基

秋光好。无奈锦帐香销，绣帏寒早。钩帘人立西风，送书过雁，依然又到。故乡杳。空把泪随江水，梦萦江草[①]。何时赋得归来，倚松对柳，开尊醉倒[②]。

衰鬓不堪临镜。镜中愁见，蓬飞丝绕。门外远山，青青长带斜照。石泉涧月，辜负夜猿啸。伤心处，风凋露渚，荷枯烟沼。燕去元蝉老[③]。满天细语鸣羁鸟[④]。花蔓当簷袅。庭院静，遥闻清砧声捣。拥衾背壁，一灯红小。

【注释】

①梦萦江草：梦里还怀念着江边的花草。杜甫《哀江头》："江草江花岂终极。"②赋得归来：晋代陶渊明《归去来辞》："归去来兮，田园将芜，胡不归？"③元蝉：即玄蝉。④羁鸟：孤栖的禽鸟。陶渊明诗："羁鸟恋旧林。"词里以羁鸟自比。

【赏析】

这首词大体上分为三个层次。第一层写秋光、锦帐、钩帘人以及过雁，都是眼前的实景；第二层就景生发感想，产生了浓郁的乡思之情。第三层感叹人之老去，不敢对镜观颜，怕看到丑陋的老态，心中充满了愁绪。结句"拥衾背壁，一灯红小"，以景结情，寄意深刻婉转。

高　启

1336 — 1374，字季迪，江苏长洲（今苏州）人。元末隐居吴淞江畔的青丘，号青丘子。元末明初著名诗人，与杨基、张羽、徐贲齐名，被誉为“吴中四杰”。明初，召入编修《元史》，为翰林院国史编修。升户部侍郎，固辞不受。后得罪当权者，被腰斩。有《青丘集》及《扣舷词》一卷。

沁园春　雁

高启

木落时来，花发时归，年又一年。记南楼望信，夕阳帘外，西窗惊梦，夜雨灯前。写月书斜，战霜阵整，横破潇湘万里天①。风吹断，见两三低去，似落筝弦②。

相呼共宿寒烟。想只在、芦花浅水边。恨呜呜戍角，忽催飞起，悠悠渔火，长照愁眠③。陇塞间关，江湖冷落，莫恋遗粮犹在田④。须高举，教弋人空慕，云海茫然⑤。

【注释】

①“潇湘”一句：钱起《雁》诗，“潇湘何事等闲回”。② 筝弦：筝柱上的弦索。李商隐《昨日》诗，“十三弦柱雁行斜”。③“悠悠渔火”二句：用张继《枫桥夜泊》“江枫渔火对愁眠”诗意。④ 间关：道路艰险。莫恋遗粮犹在田：用杜甫《同诸公登慈恩寺塔》“君看随阳雁，应为稻粱谋”诗意。⑤ 弋人空慕：扬子《法言》：“鸿飞冥冥，弋人何

慕焉。”

【赏析】

这是一首写大雁的词作。末句“须高举，教弋人空慕，云海茫然”，隐喻自己应该韬光养晦像大雁那样高飞，免受弋人射杀。然而让人喟叹的是作者虽然匿迹韬光，最终还是得罪了当权者，被腰斩。

杨 基

1326－1378，字孟载，号眉庵，其先祖是嘉定州（今四川乐山市）人，后迁至吴中（今江苏吴县）。元末明初诗人，明初十才子之一，与高启、张羽、徐贲为诗友，并称为“吴中四杰”。明初任荥阳知县，后任山西按察使。后来因事被免官，罚作劳役，死于贬所。著有《眉庵集》。

蝶恋花

杨基

新制罗衣珠络缝，消瘦肌肤，欲试犹嫌重①。莫信鹊声相侮弄，灯花几度成春梦。

风雨又将花断送，满地胭脂，补尽苍苔空②。独自移将萱草种，金钗挽得花枝动。

【注释】

①“罗衣”一句：是说在罗衣夹缝处缀以珍珠，指珍贵华丽的衣服。②空：读去声，空隙。

【赏析】

托意闺闱，以闺中女子的身份，抒发内心的感怀。神韵凄婉，有花间派的风韵。

聂大年

1402 — 1455，字寿卿，江西临川人。明代文学家。博通经史，亦善诗、词。叶盛称其诗谓为三十年来绝唱。宣德末荐授仁和县训导，迁仁和县教谕。景泰六年荐入翰林修史。著有《东轩集》。

卜算子

聂大年

杨柳小蛮腰，惯逐东风舞。学得琵琶出教坊，不是商人妇①。

忙整玉搔头，春笋纤纤露②。老却江南杜牧之，懒为秋娘赋④。

【注释】

① 教坊：唐代设有教坊，专为练习音乐歌舞的场所。崔令钦有《教坊记》。商人妇：白居易《琵琶行》有“老大嫁作商人妇”句。这里反用其意。② 秋娘：唐诗人杜牧有《杜秋娘》诗。

【赏析】

此词写美人，引用了很多典故，词句工整艳冶，腔调温婉柔美。

夏　言

1482－1548，字公谨，江西贵溪人。正德十二年（1517年）进士，世宗朝参与机务，居首辅。为严嵩所嫉，诬陷至死。言诗文宏整，以词曲擅名。

浣溪沙

夏言

庭院沈沈白日斜。绿阴满地又飞花。瞢腾春梦绕天涯①。

帘幕受风低乳燕②，池塘过雨急鸣蛙。酒醒明月照窗纱。

【注释】

①瞢腾：睡梦迷糊的状态。王建宫词："香衾暖处睡瞢腾。"②受风：杜甫《春归》诗："轻燕受风斜。"词句据此而来。

【赏析】

白日西斜，春深夏浅，扶头一醉，便觉月上窗纱，写出了时光的短促。"瞢腾春梦绕天涯"为词作的主旨，把主人公珍惜流年的情绪，委婉道出，显得高华有致。

杨 慎

1488 — 1539，字用修，号升庵，四川新都人。正德六年（1511 年）进士第一及第。官经筵讲官。以直谏忤旨，被明世宗朱厚熜廷杖谪戍云南永昌，死于贬所。升庵博闻广识，著述极富，有《升庵词》二卷。其词好入六朝丽字，似近而远，然其妙处亦能过人。

转应曲

杨慎

银烛①。银烛。锦帐罗帏影独。离人无语消魂。细雨斜风掩门。门掩，门掩，数尽寒城更点。

【注释】

① 银烛：蜡烛之光皎洁如银，故称银烛。杜牧《秋夕》诗：“银烛秋光冷画屏。”

【赏析】

此调始于唐戴叔伦，又名《调笑令》。笔意回环，音调婉转。作者的措辞沿袭戴叔伦词，而且在神韵上也颇为相像。

王世贞

1526—1590，字元美，号凤洲，自称弇州山人，江苏太仓人。嘉靖十六年（1547年）进士。官至刑部尚书。著名文学家，才识渊博，好为诗古文。著有《弇州山人四部稿》。

忆江南

王世贞

歌起处，斜日半江红。柔绿篙添梅子雨，淡黄衫耐藕丝风①。家在五湖东②。

【注释】

① 梅子雨：即黄梅雨。《四时纂要》载："闽人以立夏后逢庚日为入梅雨，芒种后逢壬日为出梅，得雨乃宜耕耨。"藕丝风：如藕丝般微细的风。② 五湖：本词中指太湖。

【赏析】

这是一首写景词，作者用寥寥数语，描绘了一幅如画般的江南美景，让人不禁心生向往。语言简洁，风格清丽。

魏大中

字孔时，号廓园，嘉善迁北区（今嘉善大舜乡）南旱滨人。明万历进士，官至吏科给事中。因弹劾魏忠贤结党树威、大学士魏广微表里为奸，被贬三级外放。后又被逆党梁梦环、许显纯等诬陷，受杨镐、熊廷弼贿，被捕入狱，死于狱中。著有《藏密斋集》。

临江仙 钱塘怀古

魏大中

埋没钱塘歌吹里，当年却是皇都[①]。赵家轻掷与强胡[②]。江山如许大，不用一钱沽。

只有岳王泉下血[③]，至今泛作西湖。可怜故事眼中无。但供侬醉后，囊句付奚奴[④]。

【注释】

① 歌吹：歌舞吹奏。皇都：南宋都城临安。② 赵家：指赵宋皇室。强胡：指金元兵马。③ 岳王：即岳飞。④ 奚奴：小奴。

【赏析】

此词上阕阐述己论，文风奇恣。下阕不作寻常之语，说岳王之血泛作西湖之水，与清代鲍桂星《岳武穆墓》诗中“我欲西湖化酒杯，为公痛饮一徘徊”有异曲同工之妙。

陈子龙

1608 — 1647，初名介，字卧子、懋中、人中，号大樽、海士、轶符等。南直隶松江华亭（今上海市松江）人，著名诗人、词人、文学家、抗清英雄。仕为兵科给事中。清兵入关时，子龙上防守要策，未被朝廷采纳，遂辞归。后南京失陷，陈子龙在松江起兵。兵败后避于山中。后联络太湖义军，图谋起事，因事情败露被捕，投水而死。其词风婉约清丽，晚作更绵邈凄恻。著有《湘真阁》等。

唐多令 寒食

陈子龙

碧草带芳林，寒塘涨水深，五更风雨断遥岑①。雨下飞花花上泪，吹不去，两难禁。

双缕绣盘金，平沙油壁侵，宫人斜外柳阴阴②。回首西陵松柏路，肠断也，结同心。

【注释】

① 遥岑：远山。山小而高叫岑。② 双缕绣盘金：指刺绣的金缕衣。油壁：用油漆彩饰的车子。宫人斜：埋葬宫女的墓地。

【赏析】

此为感怀亡国之作。托体骚辨，所指甚大，“雨下飞花花上泪”句，使人深感凄恻至极。

二郎神 清明感旧

陈子龙

韶光有几[1]？催遍莺歌燕舞。酝酿一番春，秾李夭桃娇妒[2]。东君无主。多少红颜天上落，总添了数抔黄土。最恨是年年芳草，不管江山如许。

何处，当年此日，柳堤花墅。内家妆[3]，搴帷生一笑，驰宝马汉家陵墓。玉雁金鱼谁借问[4]，定令我伤今吊古。叹绣岭宫前，野老吞声[5]，漫天风雨。

【注释】

① 韶光：美丽的春光。② 酝酿一番春：这里是说春天景色在酝酿中逐渐浓厚起来。秾李夭桃：指桃李花开得浓艳茂盛。夭，草木茂盛美丽。③ 内家妆：指宫女装束。内家，指宫女。④ 玉雁金鱼：皇帝陵墓里的殉葬品。⑤ 野老吞声：引杜甫《哀江头》："少陵野老吞声哭。"野老：作者自比。吞声，不出声地哭。

【赏析】

上阕"最恨是年年芳草，不管江山如许"句，及下阕"叹绣岭宫前，野老吞声，漫天风雨"句，均是嗟叹明朝覆亡。笔健辞婉，音凄意远，情与文相辉映，结尾之处感慨袅袅不尽。

屈大均

约1630—1697，初名绍隆，字翁山，又字介子。广东番禺人。明朝文学家。与陈恭尹、梁佩兰齐名，三人号“岭南三大家”。身处明末清初，尊重个人意志，称其为明遗民。明亡后出家，名今种，字一灵，一字骚馀。曾有复明之志。中年还俗，改今名。屈大均具有多方面的文学才能，其中以诗的成就最高，尤长于描写山林边塞景物。著有《九歌草堂集》等诸作。

长亭怨

屈大均

与李天生冬夜宿雁门关作[①]。

记烧烛雁门高处。积雪封城，冻云迷路。添尽香煤，紫貂相拥夜深语[②]。苦寒如许。难和尔，凄凉句。一片望乡愁，饮不醉，垆头驼乳。

无处，问长城旧主。但见武灵遗墓[③]。沙飞似箭，乱穿向草中狐兔。那能使口北关南，更重作并州门户。且莫吊沙场，收拾秦弓归去[④]。

【注释】

①李天生：即李因笃。②香煤：这里借指煤炭。③武陵遗墓：战国时赵武灵王的墓地，在今河北省平乡县东北。④秦弓：相传秦地（今陕、甘一带）有南山檀柘，可做弓干。

【赏析】

这首词上阕作者写与李天生夜宿雁门，灯下夜话和词的情况。下阕“问长城旧主，但见武陵遗墓”句慨叹长城一带被清军占领。“沙飞似箭”几句，表示作者对敌人的极端仇恨。结束语进而表明作者继续斗争的坚定信心。整首词气势纵横，荡人心魄。

方以智

1611 — 1671，字密之，号曼公，又号鹿起、龙眠愚者等，安徽桐城市人。明末清初杰出的思想家、哲学家、科学家。明亡后出家为僧，改名弘智，字愚者，一字无可，人称药地和尚。崇祯十三年（1640 年）进士，官检讨。与冒襄、陈贞慧、侯方域并称“明季四公子”。博览群书，精于考据。所著《通雅》《物理小识》《浮山全集》等并行于世。

忆秦娥

方以智

花似雪，东风夜扫苏堤月。苏堤月，香销南国，几回圆缺。

钱塘江上潮声歇，江边杨柳谁攀折。谁攀折，西陵渡口，古今离别。

【赏析】

此词从东坡《八声甘州·寄参寥子》“问钱塘江上，西兴浦口，几度斜晖？不用思量今古，俯仰昔人非”取义，并反用其意，读之遂感清旷而悲凉。家国之恨、身世之哀已如此，虽欲不悲，又能如何？

归庄

1613—1673，一名祚明，字玄恭，号恒轩，又号悬弓、逸群公子等。江苏昆山人。古文学家归有光之曾孙。为明诸生，复社成员。明亡后，往来湖山，野服终身，谈忠义者以庄为归。晚年寄食僧舍，终年六十一岁。与邑人顾炎武齐名，世称“归奇顾怪”。工文辞，善书画。平生著作颇多，有《恒轩集》等。

锦堂春 燕子矶①

归庄

半壁横江矗起，一舟载雨孤行。凭空怒浪兼天涌②，不尽六朝声。

隔岸荒云远断，绕矶小树微明。旧时燕子还飞否③？今古不胜情。

【注释】

①燕子矶：在江苏南京附近之观音山。②兼天涌：兼天，连天。兼天涌，形容波浪之高。③旧时燕子还飞否：引郦道元《水经注》：“石燕山相传其石或大或小，及有雷风则石燕群飞。”

【赏析】

王士禛云：“玄恭为太仆文孙（应为曾孙），诗歌行草无不遒丽卓绝，小词疏快，直逼六一原唱。”

王夫之

1619 — 1692，字而农，号薑斋，湖南衡阳人。明末清初杰出的思想家、哲学家，与方以智、顾炎武、黄宗羲同称“明末四大学者”。明崇祯举人。瞿式耜荐于桂王，授官行人。晚年居衡阳石船山，筑土室曰观生居，闭门著书，世称“船山先生”。后往深山。王夫之学问渊博，尤精于经学、史学、文学。一生著作很多，如《读通鉴论》，后汇刊为《船山遗书》三百二十四卷，附《鼓棹》及《潇湘怨词》。

烛影摇红

王夫之

瑞霭金台，琼枝光射龙楼雪①。群仙笑指九阊开，朱凤翔丹穴。云暗雁风高揭②，向海屋重标珠阙③。文鸳飞舞，日暖霜轻，小春佳节④。

迢递谁知，碧鸡影里催啼鴂⑤。骖鸾不得玉京游，难挽瑶池辙⑥。黄竹歌声悲咽。望翠甍双鸳翼折⑦。金茎露冷，几处啼乌，桥山夜月⑧。

【注释】

① 瑞霭金台：祥瑞云气笼罩着金台。“琼枝”一句：雪白的花枝光照龙楼。② 群仙：指朝廷文武官员。九阊：九重天门。阊，天门。朱凤翔丹穴：红凤凰飞翔于丹穴山。《山海经》上记载说丹穴山上有凤凰。此处用以形容凤阙的美观。高揭：高高掀起。③ 向海屋重标珠阙：永历元年，南明行宫在广东肇庆，所以说海屋。珠阙，形容宫阙华丽。

④ 文鹓（yuān）：鸟名，似凤，有文彩，所以叫文鹓。此指朝廷文武官员。小春：农历十月称小春。⑤ 碧鸡：山名，在昆明附近。⑥ 难挽瑶池辙：瑶池辙，指周穆王西征在泾川回山瑶池会见西王母之事。⑦ 甍（méng）：屋脊。双鸳：指瓦形如鸳鸯。⑧ 桥山：相传黄帝埋葬之处。

【赏析】

此乃伤怀永历帝（南明最后一个皇帝朱由榔）之词。1646 年，清兵攻克福州，隆武帝（南明皇帝朱聿键号）被杀，朱由榔即位于广东肇庆，1656 年为清兵攻破，后入缅甸。1662 年为吴三桂所杀，南明亡。这首词用了一些象征性的事物，隐晦迷离地记录了这一段悲痛的历史。遗臣孤愤，哀怨焉能不深！

摸鱼儿 东洲桃浪，潇湘小八景词之三

王夫之

剪中流，白蘋芳草，燕尾江分南浦[①]。盈盈待学春花靥[②]，人面年年如故。留春住，笑几许浮萍，旧梦迷残絮。棠梂无数[③]。尽泛月莲舒，留仙裙在[④]，载取春归去。

佳丽地[⑤]，仙院迢迢烟雾。湿香飞上丹户[⑥]。醮坛珠斗疏灯映，共作一天花雨[⑦]。君莫诉。君不见桃根已失江南渡[⑧]。风狂雨妒，便万点落英，几湾流水，不是避秦路[⑨]。

【注释】

①燕尾：江流南北分岔如燕尾形。②靥：面颊。春花靥，是说面貌像春天花朵一样。③棠桡：词句里代指船。④留仙裙：汉代时宫廷中流行的一种裙子的款式。⑤佳丽地：指东洲。⑥丹户：红色大门。⑦醮（jiào）坛：道士敬神的祭坛。珠斗：星斗。花雨：即雨花之义。⑧“君不见桃根”一句：引《古今乐录》，王献之妾名叫桃叶，其妹名桃根。献之曾临渡歌送之：“桃叶复桃叶，渡江不用楫，但渡无所苦，我自迎接汝。”又曰：“桃叶复桃叶，桃树连桃根，相连两乐事，独使我殷勤。”后人把秦淮青溪合流处称为桃叶渡。词中之意是说南京已陷落，明朝已经灭亡了。⑨避秦路：引陶渊明《桃花源记》“先世避秦时乱”，在此指无避乱之地。

【赏析】

叶恭绰曰：“故国之思，体兼骚、辨。船山词言皆有物，与并时批风抹露者迥殊，知此方可以言词旨。”（《广箧中词》）

更漏子 本意

王夫之

斜月横，疏星炯[①]。不道秋宵真永。声缓缓，滴泠泠。双眸未易扃[②]。

霜叶坠，幽虫絮[3]，薄酒何曾得醉。天下事，少年心。分明点点深。

【注释】

①炯：明亮。②声缓缓，滴泠泠：指漏壶滴水之声。双眸未易扃：两眼未易闭合，谓失眠。扃，关闭、合上。③幽虫絮：谓虫儿吟鸣，好像言语絮叨。

【赏析】

朱彝尊云："花间体制，调即是题。如《女冠子》即咏女道士，《河渎神》即为送迎神曲，《虞美人》即咏虞姬是也。"此调《更漏子》题即为本义。这首小令在劲气直达中含情表慨，故不嫌坦直。此学五代气格之高者。

玉楼春　白莲

王夫之

娟娟片月涵秋影，低照银塘光不定。绿云冉冉粉初匀[1]，玉露泠泠香自省。

荻花风起秋波冷，独拥檀心窥晓镜[2]。他时欲与问归魂，水碧天空清夜永。

【注释】

①绿云冉冉：绿云缓缓流动的样子。冉冉，缓缓意。②檀心：浅红色的花蕊。

【赏析】

咏物之词以寄托为上。此词上阕“月涵秋影”句已点出“白”字来，犹恐不足，又用“银塘”衬托。“绿云冉冉”二句写出白莲在玉露中幽香四溢。下阕前二句写白莲檀心窥镜，顾影自怜，无人欣赏。结尾二句是说在此一片凄清之境中，有谁来问归魂？作者以此传述当时亡国漂泊无依之感，读来使人感受深刻。

蝶恋花 衰柳

王夫之

为问西风因底怨[①]。百转千回，苦要情丝断。叶叶飘零都不管，回塘早似天涯远。

阵阵寒鸦飞影乱。总趁斜阳，谁肯还留恋。梦里鹅黄拖锦线[②]，春光难借寒蝉唤。

【注释】

①因底怨：底，作什么事解。这句是说因什么缘故而生怨气。

② 鹅黄：浅黄色。

【赏析】

这首词用托物寄怀之法，意在言外。上阕“叶叶飘零都不管，回塘早似天涯远”，下阕“梦里鹅黄拖锦线，春光难借寒蝉唤”句，喻明朝大势已去，局势已无法挽救。语调婉转而意义深远，把眷恋故国的悲怆之情含蓄而深致地表达了出来。

绮罗香

王夫之

读《邵康节遗事》：属纩之际，闻户仆人语，惊问所语云何[1]？且云：“我道复了幽州。”声息如丝，俄顷逝矣。有感而作。

流水平桥，一声杜宇，早怕洛阳春暮[2]。杨柳梧桐，旧梦了无寻处。拼午醉，日转花梢，甚夜阑、风吹芳树。到更残，月落西峰，泠然蝴蝶忘归路。

关心一丝别墅[3]，欲挽银河水，仙槎遥渡[4]。万里闲愁，长怨迷离烟雾。任老眼、月窟幽寻[5]，更无人、花前低诉。君知否，雁字云沉，难写伤心句。

【注释】

① 邵康节：北宋哲学家邵雍。② 洛阳春暮：洛阳，当时北宋都城。此句意为宋室将乱。③ 罣：同“挂”。④ 仙槎：神话中能来往于海上和天河之间的竹木筏。槎：木筏。⑤ 月窟：月宫。

【赏析】

此词乃伤念世乱之作，却不胜异代同悲之感。咏邵雍即所以自咏。缠绵凄切，忠爱之遗，实为词中独造之境。

况周颐《蕙风词话》评云：“世讥明词纤靡伤格，未为允协之论。明词专家少，粗浅芜率之失多，诚不足当宋元之续。唯是纤靡伤格，若祝希哲、汤义仍（原注，义仍工曲，词则弊甚）、施子野辈，偻指不过数家，何至为全体诟病。洎乎晚季，夏节愍、陈忠裕、彭茗斋、王薑斋诸贤，含婀娜于刚健，有风骚之遗则，庶几纤靡者之药石矣。”

夏完淳

1631 — 1647，明末抗清英雄，著名诗人。他的诗词悲壮慷慨，充满强烈的民族气概。作有《大哀赋》，奇情异彩，读来令人惊心动魄。

卜算子

夏完淳

秋色到空闺，夜扫梧桐叶。谁料同心结不成①，翻就相思结。

十二玉阑干，风有灯明灭。立尽黄昏泪几行，一片鸦啼月。

【注释】

① 同心结：古人用彩丝缠绕做同心之结。喻永结同心之意。

【赏析】

这首词表面写闺怨，但寄意遥深。“立尽黄昏泪几行”，寓有国破家亡、身世凄凉之感。沈雄《柳塘词话》评云：“夏存古《玉樊堂词》……慷慨淋漓，不须易水悲歌，一时凄感，闻者不能为怀。”

|

烛影摇红

夏完淳

辜负天工，九重自有春如海[①]。佳期一梦断人肠，静倚银釭待[②]。隔浦红兰堪采。上扁舟，伤心欸乃[③]。梨花带雨，柳絮迎风，一番愁债。

回首当年，绮楼画阁生光彩。朝弹瑶瑟夜银筝，歌舞人潇洒。一自市朝更改。暗销魂，繁华难再。金钗十二，珠履三千，凄凉千载[④]。

【注释】

① 天工：大自然的工巧。九重：九重天。春如海：春光如海水般浩荡。② 银釭：指灯。③ 欸乃：棹歌声。④ 金钗十二：比喻侍女之多。珠履三千：比喻门客之多。珠履，《史记·春申君列传》中说春申君家中的上客皆穿珠履。

【赏析】

这首词作于南都沦陷之后。上阕写故乡松江之景，眼前的烟花都成愁怨。下阕回忆当年南都旧事，曾经歌舞繁华都随流水一去不返。整首词表现出作者对国家颠覆的无限感伤。

《蕙风词话》评此词云："声哀以思，与《莲社词》（南宋张抡词集名）《双阙中天》阕，托旨略同。"

鱼游春水 春暮

夏完淳

离愁心上住，卷尽重帘推不去。帘前青草，又送一番愁句。凤楼人远箫如梦，鸳枕诗成机不语[1]。两地相思，半林烟树。

犹忆那回去路，暗浴双鸥催晓渡。天涯几度书回，又逢春暮。流莺已为啼鹃妒，蝴蝶更禁丝雨误。十二时中，情怀无数。

【注释】

① 鸳枕：鸳鸯枕。机不语：机杼无声息。

【赏析】

这首词表面写暮春时节情人隔地相思。转而“流莺”二句，却透露出国亡家破、盛时难再的时代悲哀。

毛奇龄

1623 — 1716，字大可，又名甡，字初晴，一字于一，又号齐于、秋晴、晚晴，别号河右。浙江萧山人。清代的大学者、文学家。以郡望西河，学者称“西河先生”，与其兄万龄有“江东二毛”之称，清康熙十七年（1678 年）举博学鸿词，授翰林院检讨，预修《明史》。工诗词，其小令仿学“花间”，兼有南朝乐府风味，在清初词家中，独树一帜。著书数百卷，有《西河全集》附《桂枝词》六卷。

相见欢

毛奇龄

花前顾影粼粼[1]，水中人，水面残花片片绕人身。

私自整，红斜领，茜儿巾。却讶领间巾底刺花新[2]。

【注释】

① 粼粼：水流清澈貌。② 茜：暗红色。刺花：刺绣成的花朵。

【赏析】

这首词写一个妇女在水边照影时，水面残花与人面交相辉映之景。艺术手法从温庭筠《菩萨蛮》“照花前后镜，花面交相映。新贴绣罗襦，双双金鹧鸪”词中转化而来。

陈廷焯《白雨斋词话》评毛词云：“西河经术湛深，而作诗却能谨守唐贤绳墨，词亦在五代、宋初之间，但造境未深，运思多巧；境不深尚可，思多巧则有伤大雅矣。”

I

南柯子

毛奇龄

淮西客舍接得陈敬止书，有寄①。

驿馆吹芦叶，都亭舞柘枝②。相逢风雪满淮西。记得去年残烛照征衣。

曲水东流浅，盘山北望迷③。长安书远寄来稀，又是一年秋色到天涯④。

【注释】

① 淮西：淮河以西之地。② 驿馆：驿站所设供行人休息之客舍。芦叶：即芦笳。番乐吹器。都亭：城下之亭。柘枝：舞曲名。③ 曲水：形容河流曲折。盘山：形容山势蜿蜒。④ 长安：指京城。

【赏析】

这首词写作者在羁旅中怀念京城友人。

谭献《箧中词》评此词云："北宋句法。"

朱彝尊

1629 — 1709，字锡鬯，号竹垞，又号金风亭长、酝舫，晚号小长芦钓鱼师。浙江嘉兴人。清康熙十八年（1679 年）举博学鸿词，以布衣授翰林院检讨，入直南书房，曾参加纂修《明史》。曾出典江南省试。后因疾未及毕其事而罢归。其学识渊博，通经史，擅长诗词古文。词推崇姜夔、张炎，为浙派词的创始者。所作咏物词和集句词，偏重形式。作品有《曝书亭集》等。

卖花声 雨花台 ①

朱彝尊

衰柳白门湾，潮打城还②。小长干接大长干③。歌板酒旗零落尽，剩有渔竿。

秋草六朝寒，花雨空坛④。更无人处一凭阑。燕子斜阳来又去，如此江山⑤！

【注释】

① 雨花台：在江苏南京。② 白门：此言刘宋都门事，即今南京。潮打城还：浪潮拍打城墙而回。③ 小长干、大长干：均为南京地名。④ 六朝：吴、东晋、宋、齐、梁、陈。花雨空坛：花雨，指雨花台。此句谓雨花台只剩下空坛了。⑤ 燕子斜阳来又去：燕子在斜阳中飞来飞去。

【赏析】

这首词是作者游览雨花台的吊古伤今之名作。雨花台所在地南京，不仅是六朝的都会，明朝开国皇帝朱元璋和明末的福王也曾以南京为都城。作者生于明清交替之际，游览雨花台时有所感触。词中写到：繁华的都市荒凉，歌板酒旗零落，雨花台成为空坛，豪门贵族家的燕子飞到寻常老百姓家中去了。尤其是末二句："燕子斜阳来又去，如此江山！"是全词中的警句。这二句运用唐人诗意，写出作者对时过境迁而江山依旧这种沧桑兴亡的感慨。《卖花声》即《浪淘沙》。前代词家用《浪淘沙》词牌作词的，少见雄健之风，多有凄婉之意。朱彝尊这首词却写得刚断遒劲，声调雄健，从艺术性上看，有其独到之处。

曹 寅

1658 — 1712，字子清，号荔轩，又号楝亭，满洲正白旗包衣人。官至通政使，管理江宁织造，巡视两淮盐漕监察御史。善骑射，能诗，风格清整，亦善词曲，有《楝亭诗钞》《词钞》等。又汇刻前人文字、音韵书为《楝亭五种》，艺文杂著为《楝亭书十二种》，校勘颇精。

浣溪沙

曹寅

曲曲蚕池数里香，玉梭纤手度流黄。天孙无暇管凄凉[①]。
一自昭阳新纳锦，边衣常碎九秋霜。夕阳冷落出高墙[②]。

【注释】

① 蚕池：作者自注："蚕池，明时宫人纳锦之所，今有故基云机庙。" 玉梭：白色的织布之梭。纤手：谓女子的手细长柔美。流黄：褐黄色。此指黄茧之丝。天孙：织女星之别名。② 昭阳：指后妃居住之所。"边衣" 一句：边境士兵于九月降霜季节，还穿破碎衣裳。

【赏析】

这首词上阕描写了当时织锦女工的凄凉生活。下阕写出皇宫后妃新织衣锦而边关的战士霜降季节依然身着破碎的衣裳，反映了所谓"康乾盛世"的另一个侧面。

蒋士铨

1725 — 1785，字心馀、清容、苕生，号藏园，江西铅山人。乾、嘉时期一个有影响的诗人，与袁枚、赵翼并称“乾隆三大家”。乾隆三十二年（1757 年）进士，投编修。工诗、词、剧曲，词格与陈维崧为近。著有《铜弦词》。

水调歌头 舟次感成

蒋士铨

偶为共命鸟，都是可怜虫[①]。泪与秋河相似[②]，点点注天东。十载楼中新妇，九载天涯夫婿，首已似飞蓬[③]。年光愁病里，心绪别离中。

咏春蚕，疑夏雁，泣秋蛩[④]。几见珠围翠绕[⑤]，含笑坐东风？闻道十分消瘦，为我两番磨折，辛苦念梁鸿[⑥]。谁知千里夜，各对一灯红。

【注释】

① 共命鸟：《翻译名义集·杂宝藏经》中记载的一种鸟。可怜虫：形容男儿胆小。② 秋河：秋夜的银河。③ 飞蓬：形容头发散乱。④ 咏春蚕：李商隐诗：“春蚕到死丝方尽。”疑夏雁：夏天无雁，故曰疑夏雁。泣秋蛩：此谓泣如秋蛩。⑤ 几见珠围翠绕：几曾见她（指妻）珠围翠绕？珠围翠绕，此喻富足华贵。⑥ 梁鸿：人名，东汉人。

【赏析】

这是作者怀念妻子之作。“十载楼中新妇，九载天涯夫婿”，谓十年中九年远别。“几见珠围翠绕，含笑坐东风”谓不能使妻子过上富足无忧的生活，因而心感歉疚。

谭献《箧中词》评此词曰：“生气远出，善学坡仙。”

张惠言

1761 — 1802，原名一鸣，字皋文，江苏常州人。嘉庆四年（1799 年）进士，官编修。精通《周易》《仪礼》。工词及散文，为常州词派创始人。又辑词选。清词至常州派出而体格一变，实受此选影响。有《茗柯文集》及《茗柯词》。又工篆书。著有《茗柯文》五卷，词一卷及阐发易义之书九种，礼书二种。

木兰花慢 杨花

张惠言

侭飘零尽了，何人解当花看。正风避重帘，雨回深幕，云护轻幡①。寻他一春伴侣，只断红、相识夕阳间。未忍无声委地，将低重又飞还。

疏狂情性，算凄凉耐得到春阑。便月地和梅，花天伴雪，合称清寒。收将十分春恨，做一天、愁影绕云山。看取青青池畔，泪痕点点凝斑。

【注释】

① 幡：护花幡。

【赏析】

这是一首咏物词。写杨花也是写人的感情——一个情性旷达、风格清高、久耐寂寞而终于飘零坠地者的感情。古人写杨花的词很多，北宋章质夫的《水龙吟·杨花》词是当时一首名作。苏轼有《水龙吟·次韵章质夫杨花词》，意境超过章词。对于杨花，苏词说：“也无人惜从教坠。”张词说：“何人解当花看？”二者是同样的感慨。章词说：“垂垂欲下，依前被风扶起。”张词说：“未忍无声委地，将低重又飞还。”张词比章词写得有力量和有抗争性。

邓廷桢

1775—1846，字嶰筠，晚号妙吉祥室老人、刚木老人。江苏江宁人。嘉庆进士，道光间官两广总督。曾积极协助林则徐查禁鸦片走私，与英船六接战，英船皆伤退，终其任不得入虎门。后调闽浙，坐事戍伊犁。后召回，官至陕西巡抚。善时文，犹精于音韵。有《双研斋词》。

一

迈陂塘 赎裘①

邓廷桢

悔残春、炉边买醉，豪情脱与将去②。云烟过眼寻常事，怎奈天寒岁暮③。寒且住！待积取叉头，还尔绨袍故④。喜馀又怒。怅子母频权，皮毛细相，抖擞已微蛀⑤。

铜斗熨，皱似春波无数，酒痕襟上犹涴⑥。归来未负三年约，死死生生漫诉⑦。凝睇处，叹毳幕毡庐，久把文姬误⑧。花风几度，怕白袷新翻，青蚨欲化⑨，重赋赠行句。

【注释】

① 赎裘：赎回典当的皮裘。② 将去：带去。将，作携带解。此三句谓懊悔在残春季节炉边买醉，典当皮裘来付酒钱，连豪情也被皮裘带跑了。③“云烟”二句：谓典裘本如云烟过眼，是极平常之事，怎奈一年过去，又到天寒岁暮时候，需要赎回皮裘御寒。④ 叉头：指钱。绨袍：此处指皮裘。此二句谓待积累一些钱，把皮裘赎回来。

⑤ 子母频权：凡物之相生者曰子母。频权，谓频繁变化，利息越积越多。皮毛细相：细看裘之皮毛。抖擞：振刷。谓在虫蛀处振刷干净。⑥ 涴（wò）：弄脏。此三句谓皮袍有许多皱纹，用铜斗熨过后，衣襟上还有被酒污染的痕迹。⑦“归来未负三年约”二句：谓皮袍如故友那样，主人没有负它典当三年之约，它归来后，倾诉着离别之情。⑧ 凝睇：凝望。目小视曰睇。毳（cuì）幕毡庐：毡帐，蒙古包。毳，细毛。文姬：即蔡琰。⑨ 白袷：白色夹衣。袷，双层衣。青蚨：这里指钱。此三句谓当春天的夹衣新做好，钱要用光时，又要把皮袍典当出去。

【赏析】

酒与诗人结有不解之缘。古来诗人爱挥金置酒，而此词作者则因买醉而典裘，又因赎裘而赋词。此词环绕着裘的典而复赎，赎而又将典去的情节脉络，表现了作者心情的变化：时而沮丧，时而欣喜，时而愠怒，时而耽忧。“归来未负三年约，死死生生漫诉”是用拟人化手法，把裘当作久别重逢的旧友。又以文姬作喻，衬托裘赎回之可喜。总之，作者费了如此笔墨，目的就是要抒发他对生活潦倒和人生不得意的感慨。

周济

1781 — 1839，字保绪，又字介存、止庵，江苏宜兴人。嘉庆十年（1805 年）进士，官淮安府学教授。后隐居于金陵春水园，潜心论著。济承张惠言余绪，又曾从董士锡共商词学。论词强调寄托之意，为常州派重要词论家。其作品多幽怨之思，但表意含蓄隐晦。著有《味隽斋词》《词辨》《介存斋论词杂著》《晋略》，并辑有《宋四家词选》。

渡江云 杨花

周济

春风真解事，等闲吹遍，无数短长亭[①]。一星星是恨[②]，直送春归，替了落花声。凭阑极目，荡春波、万种春情。应笑人、春粮几许，便要数征程[③]。

冥冥。车轮落日，散绮余霞，渐都迷幻景，问收向、红窗画箧，可算飘零？相逢只有浮云好，奈蓬莱东指，弱水盈盈[④]。休更惜，秋风吹老莼羹[⑤]。

【注释】

① 等闲：漫不经心。短长亭：十里一长亭，五里一短亭。② 一星星是恨：一星星，一点点。是恨，当指杨花被春风吹得飘零坠落而言。③ 春粮：捣粟。此二句以杨花被春风吹遍短长亭为比，而觉得春粮计算征程的人可笑。④ 蓬莱：相传蓬莱之山有仙人。蓬莱，即指仙岛。弱水：古之言弱水者不一。《山海经》："西海之南，流沙之滨，有大山

曰昆仑之邱，其下有弱水之渊环之。”注云：“其水不胜鸿毛。”⑤ 莼羹：莼菜做的羹。

【赏析】

这是首咏杨花的词。前人咏杨花，大多可怜它命运漂泊不定，而为之同情感伤。此词咏杨花，却以豪壮之语饰之，“荡春波万种春情”就是例子。下阕的“冥冥”“落日”，是写暮景。于是又提出杨花归宿的问题：一种是“收向红窗画箧”，一种是随云飞往蓬莱山。作者对前者表示疑问，对后者则是徒生感叹。结语化用张翰思莼羹的故事，至于究竟是咏杨花还是咏人，自是读者自我明辨。谭献评论这首词说：“怨断之中，豪宕不减。”可作为我们体会这首词的参考。

林则徐

1785 — 1805，福建侯官县人，嘉庆十六年（1811年）进士。官至一品。鸦片战争时期主张严禁鸦片、抵抗侵略，曾亲自在虎门当众销毁搜缴来的鸦片两百多万斤，并积极筹备海防，屡退英军。因受投降派陷害，被革职，充军新疆。1850年病死潮州，谥文忠。他组织翻译英国人慕瑞的《世界地理大全》，编为《四洲志》，被史学界称为近代中国“开眼看世界的第一人”。

高阳台　和嶰筠前辈韵[①]

林则徐

玉粟收馀，金丝种后，蕃航别有蛮烟[②]。双管横陈，何人对拥无眠。不知呼吸成滋味，爱挑灯、夜永如年[③]。最堪怜，是一泥丸，捐万缗钱[④]。

春雷欻破零丁穴，笑蜃楼气尽，无复灰然[⑤]。沙角台高[⑥]，乱帆收向天边。浮槎漫许陪霓节，看澂波、似镜长圆[⑦]。更应传，绝岛重洋，取次回舷[⑧]。

【注释】

① 嶰筠：邓廷桢号。② 玉粟：罂粟。金丝：作者自注：“吕宋烟草曰金丝醺。”蕃航：指英国船。蕃，同“番”。蛮烟：当指英商贩卖的鸦片烟。③“双管横陈”四句：描写抽鸦片烟的人的情景。④ 一泥丸：鸦片烟头似泥丸。捐万缗（mín）钱：舍弃万贯钱。缗，钱贯。⑤ 春雷欻（xū）破零丁穴：欻，忽然。零丁穴，即零丁洋，在广东珠江口。

此句的春雷，当谓炮声打破零丁洋的沉寂，指中英爆发战争。蜃楼：因空气变化及光线反射所虚幻出的楼台。灰然：烧残的灰重新燃烧起来。然同“燃”。⑥ 沙角：山名。在广东东莞县虎门海口外。⑦ 霓节：古使臣执符节，用以示信。霓指符节上装饰物之色彩。澂波：即澄波，水静而清。⑧ 取次回舷：先后次第返航。取次，即次第。舷，船边。此舷代表船。

【赏析】

这首词对虎门销烟事件有所反映。上阕“双管横陈”“对拥无眠”“挑灯夜永如年”等句，形象地描绘出一幅抽鸦片烟的画面。“一泥丸”，“捐万缗钱”二句，指出鸦片烟危害之深。下阕写虎门销烟之后海面上的情景：风静浪平，海波如镜，“浮槎漫许陪霓节”，这是词人在欢庆这次外交活动中取得的胜利。

吴兰修

字石华，广东嘉应人。嘉庆十三年（1808年）举人。官信宜县教谕。生平藏书数万卷，言其室曰守经堂，自称经学博士。有《桐花阁词钞》五卷。

卜算子

吴兰修

园绿万重，月不下地，夜凉独起，冰心悄然，惜无闲人同踏深翠也。辄倚横竹写之，时甲戌七月十三夜①。

绿翦一窗烟，夜漏知何许？碧月濛濛不到门，竹露听如雨。

独自出篱根，树影拖鞋去。一点萤灯隔水青，蛩作秋僧语。

【注释】

① 甲戌：嘉庆十九年（1814年）。

【赏析】

读这首词，如同在欣赏一幅园林秋夜图。词中“月不下地”“碧月濛濛不到门”，极写园中树林繁茂浓密，“园绿万重”。到夜深时，斜月的清辉从树林缝隙中透射出来，照在窗台上，如同一层绿色的烟雾。夜是如此之静！只有竹叶上的滴露和篱笆旁的秋蛩，似在呢喃低语。作者用眼见的“绿翦一窗烟”“萤灯隔水青”和耳闻的“竹露”“蛩语”等景致，烘托出秋夜的迷人幽静。

龚自珍

1792 — 1841，又名巩祚，字璱人，号定庵。浙江杭州人。道光九年（1829 年）进士，官礼部主事。后弃官南归。通经学、小学、史地学，属于经今文学派，受当时崛起的“春秋公羊学”影响甚深。在政治上反对黑暗的封建专制制度，其学术思想出入儒侠之间，诗文多抒发其社会、政治思想，议论纵横震一世，而其词内容多狭邪语。其词风格绵婉清丽如周邦彦，慷慨激昂如辛弃疾。有《定庵全集》与《定庵词》存世。

湘月

龚自珍

壬申夏泛舟西湖①，述怀有赋，时予别杭州盖十年矣。

天风吹我，堕湖山一角，果然清丽②。曾是东华生小客③，回首苍茫无际。屠狗功名，雕龙文卷，岂是平生意④？乡亲苏小，定应笑我非计⑤。

才见一抹斜阳，半堤香草，顿惹清愁起。罗袜音尘何处觅，渺渺予怀孤寄⑥。怨去吹箫，狂来说剑，两样消魂味。两般春梦，橹声荡入云水⑦。

【注释】

①壬申：嘉庆十七年（1812 年）。②“天风吹我”三句：自谓生长在杭州。湖山清丽，指西湖风景。③东华生小客：谓小时曾客居京城。东华，指京城。生小，犹言小时。客，作客或客居。④屠狗功名：谓屠狗者得功名。雕龙文卷：对文章精雕细琢。雕龙，比喻精细如雕

刻龙纹。岂是平生意：谓平生大志，不是赢得功名与文名而已。⑤ 乡亲苏小：苏小，即苏小小，南齐钱塘名妓，见《乐府解题》。一说苏小小是南宋钱塘妓，见《武林旧事》。非计：不好的打算。⑥ 罗袜音尘：谓美人步履轻逸。渺渺：极目远视。⑦ 两般春梦：谓功名与文名都如春梦。榜：同“橹”，拨水使船前进之具。

【赏析】

此词写出了作者的身世没落及其无奈情绪，读起来荡气回肠。此词出后，歙洪子骏赞曰：“结客从军双绝技，不在古人之下。更生小、会骑飞马。如此燕邯轻侠子，岂吴头楚尾行吟者。”又曰：“一棹兰舟回细雨，中有词腔姚冶。忽顿挫、淋漓如话。侠骨幽情箫与剑，问箫声剑态谁能画？且付与，山灵诧。”（歙洪子骏《金缕曲》）吴山人文徵为其作《箫心剑态图》。而谭献谓自珍词“绵丽飞扬，意欲合周（邦彦）辛（弃疾）而一之，奇作也。”此词即可一见。

鹊踏枝

龚自珍

过人家废园作①。

漠漠春芜春不住，藤刺牵衣，碍却行人路。偏是无情偏解舞，濛濛扑面皆飞絮。

绣院深沉谁是主？一朵孤花，墙角明如许。莫怨无人来折取，花开不合阳春暮。

【注释】

① 鹊踏枝：即《蝶恋花》。

【赏析】

此词写作者过废园时所见之景，景语中有情语。此词上阕中的藤刺与飞絮，或含有对时局的感慨（龚自珍生于清朝内忧外患初亟时）。下阕中的墙角孤花，是作者对自己的写照。结语是美人迟暮之意。

项鸿祚

1798 — 1835，字莲生，浙江杭州人。道光十二年（1832 年）举人。家世巨富，至君渐落。鸿祚一生多有传奇。他与龚自珍同时，为西湖双杰。有《忆云词》甲乙丙丁稿。

减字木兰花 春夜闻隔墙歌吹声

项鸿祚

阑珊心绪①，醉倚绿琴相伴住。一枕新愁，残夜花香月满楼。

繁笙脆管，吹得锦屏春梦远②。只有垂杨，不放秋千影过墙。

【注释】

① 阑珊：犹言衰落。② 锦屏：富贵人家的摆设。

【赏析】

这首词在写作手法上，以邻院繁笙脆管的繁闹欢愉，来反衬自己的孤独。又以垂杨不放秋千影过墙，来反衬歌吹声之过墙，由此又使自己的孤独之感更进一层。

蒋春霖

1818 — 1868，字鹿潭，江苏江阴人。幼随父蒋尊典，在荆门知州任所读书。父死后，家道中落。曾为两淮盐官。咸丰二年（1852 年），权富安场大使。咸丰七年，母死去官。蒋春霖一生落拓，中年后专力填词。作品多抒写仕途坎坷、穷愁潦倒的身世之感，悲恻抑郁，风格近姜夔与张炎。其咏时事之作，显露出反对太平天国起义的政治态度。有《水云楼词》。

浪淘沙

蒋春霖

云气压虚阑①，青失遥山。雨丝风絮一番番。上巳清明都过了，只是春寒②。

花发已无端，何况花残？飞来蝴蝶又成团。明日朱楼人睡起，莫卷帘看。

【注释】

① 阑：同“栏”。② 上巳：阴历三月上旬之巳日为上巳。

【赏析】

谭献《箧中词》评此词曰：“郑湛侯为予言：此词本事，盖感兵事之连结，人才之惰窳而作。”

柳梢青

蒋春霖

芳草闲门，清明过了，酒滞香尘①。白楝花开②，海棠花落，容易黄昏。

东风阵阵斜曛③，任倚遍红阑未温。一片春愁，渐吹渐起，恰似春云。

【注释】

①酒滞香尘：酒滞，谓在醉饮中滞留不醒。香尘，当指落花时节的尘土。②楝（liàn）：一种落叶乔木。③曛：日没时的余光。指黄昏。

【赏析】

此词写春愁。暮春时节海棠花落，白楝花开，引起词人无限春愁。历代词人写愁有许多名句，蒋春霖此词的“一片春愁，渐吹渐起，恰似春云”亦是佳句。从句法上看，这三句和李煜的“离恨恰如春草，更行更远还生”很相似。

王鹏运

1849 — 1904，字幼遐，号半塘，晚号鹜翁，广西桂林人。同治九年（1870年）举人，历官内阁侍读、监察御史、礼科给事中。他支持并参与康有为的改良主义运动，同情戊戌变法。他屡次抗疏言事，几罹杀身之祸。其词承常州的余绪，而予以发扬光大，词风沉郁，语言工丽，多反映对清廷江河日下的趋势无可奈何的哀叹。有《半塘定稿》等多种。所辑《四印斋所刻词》，以校勘精审见称。

点绛唇 饯春

王鹏运

抛尽榆钱[1]，依然难买春光驻。饯春无语，肠断春归路。
春去能来，人去能来否？长亭暮，乱山无数，只有鹃声苦。

【注释】

① 榆钱：榆树花后结实，垂垂成串，故谓榆钱。

【赏析】

这首词的题目是饯春，但“人去能来否”句才是此词的核心所在。结语“长亭暮，乱山无数”是作者目见，“鹃声苦”是耳闻。由此一见一闻构成一种凄婉的氛围，衬托这首小令所表达的主题思想：离愁。

浪淘沙 自题《庚子秋词》后[①]

王鹏运

华发对山青，客梦零星，岁寒濡呴慰劳生[②]。断尽愁肠谁会得？哀雁声声[③]。

心事共疏檠[④]，歌断谁听？墨痕和泪渍清冰[⑤]。留得悲秋残影在，分付旗亭[⑥]。

【注释】

① 庚子秋词：庚子（1900 年）八国联军侵入北京，鹏运与朱祖谋、刘福姚集宣武门外教场头条胡同寓宅，相约填词，成《庚子秋词》二卷。② 华发：花白头发。零星：零碎。濡呴：比喻在困境中相互帮助。③ 哀雁声声：这里指八国联军侵略时流离失所的难民。④ 檠：灯架。⑤ 渍：沉浸。⑥ 旗亭：酒楼。

【赏析】

此词上阕先交代写《庚子秋词》的历史背景——作者年老寄居京华，岁暮时节，和朱祖谋、刘福姚两位友人困居在漫天兵火中，四周都是流离失所的难民的哭声。三人填词以互慰。下阕写填词时的感受：面对八国联军的侵略，词人心中满是悲愁，灯光似乎也被感染。《庚子秋词》是用“墨迹”“泪渍”和“清冰”和而写出，是宋玉悲秋的残影，可教世人传唱。

满江红 朱仙镇谒岳鄂王祠，敬赋[①]

王鹏运

风帽尘衫，重拜倒、朱仙祠下[②]。尚仿佛、英灵接处，神游如乍[③]。往事低徊风雨疾，新愁黯淡江河下[④]。更何堪、雪涕读题诗，残碑打[⑤]。

黄龙指，金牌亚[⑥]。旌旆影，沧桑话[⑦]。对苍烟落日，似闻悲咤[⑧]。气詟蛟鼍澜欲挽，悲生笳鼓民犹社[⑨]。抚长松郁律认南枝，寒涛泻[⑩]。

【注释】

① 朱仙镇：地名。在河南开封西南。岳鄂王祠：岳飞祠堂。② 重拜倒、朱仙祠下：拜倒在朱仙镇岳鄂王祠下。③ 仿佛：相似。“英灵”二句：英华灵秀之气所钟叫英灵。此二句谓眼前仿佛看见岳飞英灵在祠堂中游荡。④ 往事低徊风雨疾：往事，指岳飞受到秦桧等主和派的迫害之事。低徊，即徘徊不已意。新愁黯淡江河下：作者经历道光、咸丰、同治、光绪四代，正是清朝处于内忧外患、江河日下的危机之中，所以说“江河下”，因此使作者心上蒙上黯淡的新愁。⑤“雪涕读题诗”二句：谓一边揩拭涕泪，一边读着被风雨打击的残碑上的题诗。⑥ 黄龙指：谓岳飞抗金的目的是直指黄龙府。金牌亚：谓金字牌对岳飞起着高压的作用。金字牌，指宋高宗连下十二道金字牌诏岳飞班师回京。亚，同“压”。⑦ 旌旆（pèi）影：此句指岳飞抗金部队的旗帜。

沧桑话：比喻政局变化。⑧ 咤：叱咤。⑨ 气詟（zhé）蛟鼍（tuó）澜欲挽：詟，惧慑的意思。蛟鼍，此处比喻金军。澜欲挽，谓要手挽狂澜。此句谓岳飞力挽狂澜，使金人惧慑。悲生笳鼓民犹社：笳鼓，指军用乐器。社，祭后土曰社。此句谓老百姓在战火的威胁下，还来祭祀鄂王祠。⑩ 郁律：枝叶盛貌。南枝：后人有说岳坟树枝南向。寒涛泻：王鹏运自注："道光季年，河决开封，举镇惟岳祠无恙。"

【赏析】

这是一首凭吊岳飞祠堂的词。词中"气詟蛟鼍澜欲挽"句描写岳飞大军当日进驻朱仙镇、指日渡河北上的胜利情景。正当这胜利指日可取的关键时刻，宋高宗连下十二道金字牌，强令岳飞班师回京，使其功败垂成。对于这段史实，历代诗词家不乏题咏。

朱孝臧撰《半塘定稿序》评云："君词导源碧山，复历稼轩，梦窗以还清真之浑化，与周止庵氏契若铖芥。"

叶恭绰《广箧中词》："幼遐先生于词学独探本源，兼穷蕴奥，转移风会，领袖时流，……彊村翁学词，实受先生引导。文道希丈之词，受先生攻错处，亦正不少。清季能为东坡、片玉、碧山之词者，吾于先生无间焉。"

南乡子

王鹏运

斜月半胧明[①]，冻雨晴时泪未晴。倦倚香篝温别语[②]，愁听，鹦鹉催人说四更。

此恨拼今生，红豆无根种不成[③]。数遍屏山多少路[④]，青青，一片烟芜是去程。

【注释】

① 胧明：明貌。② 香篝：香炉外的罩子。③ 红豆：亦名相思子。④ 屏山：屏风上的山。

【赏析】

这首词主题同上首，也是写离别之情。鹦鹉催人、屏山路程，都用来烘托离愁。此词所用笔法，逼近唐、宋词家。

文廷式

1856 — 1904，字芸阁，号道希，江西萍乡人。光绪十六年（1890 年）进士，官翰林侍读学士。甲午之役，他力主抗击，劾李鸿章懦怯，后为李鸿章所陷，被革职驱逐出京。戊戌政变时倾向于改良主义，曾助康有为进行活动。其词风格豪放，强调比兴寄托，推尊词体，于清代浙江、常州两词派之外，独树一帜。中年以后的作品多为感时忧世，沉痛悲哀。有《云起轩词》。

蝶恋花

文廷式

九十韶光如梦里①。寸寸关河，寸寸销魂地②。落日野田黄蝶起，古槐丛荻摇深翠。

惆怅玉箫催别意。蕙些兰骚③，未是伤心事。重叠泪痕缄锦字④，人生只有情难死。

【注释】

① 九十韶光：指春季三个月。②“寸寸”二句：指离别。③ 蕙些兰骚：此指屈原《离骚》。些，《离骚》中常用语助词。④ 缄锦字：指封寄书信。缄，封、闭。这里指封信寄出。

【赏析】

这首词写离情。“人生只有情难死”言情之所重超越生死，是情词中之名句。

翠楼吟

文廷式

岁暮江湖，百忧如捣，感时抚己，写之以声。

石马沈烟，银凫蔽海，击残哀筑谁和①？旗亭沽酒处，看大艑、风樯轲峨②。元龙高卧，便冷眼丹霄，难忘青琐③。真无那，冷灰寒柝，笑谈江左④。

一笴，能下聊城；算不如呵手，试拈梅朵⑤。苕鸠栖未稳，更休说、山居清课⑥。沈吟今我，只拂剑星寒，欹屏花妥⑦。清辉堕，望穷烟浦，数星渔火。

【注释】

①石马：刻石为马。银凫：指海军舰艇。哀筑：筑是乐器。此三句谓滨海有战氛，作者感慨时事，独自悲歌。②旗亭沽酒处：卖酒的市楼。大艑：大舟。樯：即桅杆。轲峨：高耸貌。此两句谓海滨饮宴之地，战船云集。③元龙高卧：元龙，三国时陈登，字元龙。高卧，原指陈登自卧大床，让客人睡下床。这里指有豪气，看不起庸俗的人。丹霄：指天空。青琐：汉宫门名。此三句谓湖海之士，虽欲不关心世事，但对国家朝廷终不能忘情。④无那：那同“奈”。冷灰寒柝：冷灰，谓火灭已冷。寒柝：寒夜中的木柝。江左：谓长江以东之地。此三句作者写自己岁暮江湖的落拓情景。⑤一笴：笴，箭干。下聊城：下，攻克。聊城，县名，在山东。呵手：冬天手冷，呵气使暖。拈梅

朵：以指取梅花。拈，用指取物。此四句谓书生有时能以一笴而下聊城；算来不如把手呵暖，拈梅欣赏为好。⑥苕鸠：苕，草名。苕鸠，即栖宿在苕草中的鸠鸟。清课：释家日行的课程。此二句谓己身像苕鸠那样，栖枝未稳，更谈不上山居清课之事。⑦拂剑星寒：谓拂拭宝剑，剑光如寒星。攲屏花妥：攲，同“倚”。此二句作者叙述自己的落拓生涯，只有与佩剑屏花为伴。

【赏析】

这首词上阕通过对“石马”“银凫”“残筑”等景物的描写指出在国家颓败之时作者感慨时事独自悲歌。下阕描写作者自己岁暮漂流江湖，只与佩剑屏花相伴的落拓情景，却仍时刻不忘朝廷之情。

鹧鸪天　即事

文廷式

劫火何曾燎一尘？侧身人海又翻新[①]。闲拈寸砚磨砻世，醉折繁花点勘春[②]。

闻柝夜，警鸡晨，重重宿雾锁重闉[③]。堆盘买得迎年菜[④]，但喜红椒一味辛。

【注释】

①一尘：一世。侧身人海又翻新：侧身，戒慎恐惧，不能安身之意。人海，人多之处。翻新，此处指春节到来。②磨硥世：磨与硥，皆用具名。此句谓在磨墨写作中消磨时间。点勘春：点勘，校勘。此句谓用繁花来校勘春天。③闻柝夜：柝，夜间警盗之具。警鸡晨：引《晋书·祖逖传》，说东晋时期将领祖逖年轻时就很有抱负，为了报效国家，他在半夜一听到鸡鸣，就披衣起床，拔剑练武，刻苦锻炼。闉(yīn)：城内重门。④迎年菜：即迎新年。

【赏析】

这首词通过描写迎接新春，反映出光绪年间朝堂之上的政治斗争。作者因直言弹劾，几乎险遭不测，故说"侧身人海"。"重重宿雾锁重闉"，隐喻政局混乱。"但喜红椒一味辛"句，不但指食物味道，亦自况其性格刚直。

永遇乐　秋草

文廷式

落日幽州[1]，凭高望处，秋思何限？侯雁哀鸣，惊麇昼窜，一片飞蓬卷[2]。西风万里，踰沙越漠，先到斡难河畔[3]。但苍然、平皋接轸，玉关消息初断[4]。

千秋只有，明妃冢上，长是青青未染[5]。闻道胡儿，祁连每过[6]，泪落笳声怨。风霜未改，关河犹昔，汗马功名今贱[7]。惊心是、南山射虎[8]，岁华易晚。

【注释】

①幽州：古十二州之一。②麇：指獐子。飞蓬：蓬叶散生，被风卷起飞旋。③斡（wō）难河：黑龙江上流。④平皋：水边平展之地。接轸：车后横木叫轸。接轸，车多之貌。玉关：指玉门关。⑤明妃冢：明妃，指西汉元帝时嫁入匈奴和亲的王昭君。冢，墓。现内蒙古呼和浩特市南有昭君墓。青青未染：青青，传说昭君冢附近多白草而此冢独青。此句谓王昭君墓上草色青青，未染枯草的颜色。⑥祁连：即天山。⑦汗马功名今贱：谓如今看轻汗马战功。⑧南山射虎：引《史记·李将军列传》，西汉李广被免官后，“居蓝田南山中射猎。所居郡闻有虎，尝自射之”。

【赏析】

这是一首秋思词。以秋草起兴，抒发吊古伤今之情。上阕在写景中透露出悲凉的气息。“斡难河”“玉关”“明妃冢”和“祁连山”，都在边塞，而边塞多争战。从而引发伤今之意（“汗马功名今贱”）。结束语用李广南山射虎事，委婉地表达出作者对清政府的不满。“岁华易晚”则是对时光流逝、壮志无成的喟叹。

郑文焯

1856 — 1918，字俊臣，号小坡、叔问、大鹤山人。奉天铁岭人，属汉军正白旗。为晚清著名词人，兼善书画金石，通医理。与樊樊山、朱疆邨、况周颐称“四大家”。光绪元年（1875 年）举人，官内阁中书。精通音律，雅慕姜夔之为人。作品以词为长。其辛亥革命后的作品，多写对清王朝覆灭的悲痛叹惋。有《大鹤山房全集》。

玉楼春

郑文焯

梅花过了仍风雨，著意伤春天不许①。西园词酒去年同②，别是一番惆怅处。

一枝照水浑无语，日见花飞随水去。断红还逐晚潮回，相映枝头红更苦。

【注释】

① 伤春：伤，哀伤意。② 西园：此处泛指皇宫花园。

【赏析】

上阕首先写“伤春”，接着由“伤春”而抒发其对往事的回忆（“西园词酒”二句）。下阕写未谢之花（“一枝照水”）和已谢之花（“花飞”二句）。结句写未谢者从已谢者的随水浮沉，见到自己来日的命运，故而深感“红更苦”。

纳兰性德

1654 — 1685，原名成德，字容若，号楞伽山人，满洲正黄旗人。太学士明珠长子。康熙进士，官一等侍卫。他为人淡泊名利，所交游皆一时隽异，与顾贞观、陈维崧等尤契厚。善骑射，好读书，擅长于词。作词主情致，工小令，诗词多哀感顽艳，有南唐后主李煜之遗风。其悼亡词情真意切，痛彻肺腑，令人不忍卒读。他的诗词不但在清代词坛享有很高的声誉，在整个中国文学史上，也以“纳兰词”为词坛一说而占有一席之地。

蝶恋花

纳兰性德

辛苦最怜天上月。一昔如环，昔昔都成玦①。若似月轮终皎洁，不辞冰雪为卿热②。

无那尘缘容易绝。燕子依然，软踏帘钩说。唱罢秋坟愁未歇，春丛认取双栖蝶③。

【注释】

① 一昔如环：谓一夜满月如环。一昔，一夜。环，圆形玉璧。昔昔都成玦（jué）：谓夜夜明月都如玉玦。半环玉佩曰玦。② 冰雪：谓月轮中很冷。③ 秋坟：即指坟地。双栖蝶：东晋会稽梁山伯，以病死。相传山伯曾与上虞祝英台同学，祝适马氏，过山伯墓，大号恸，地忽自裂，遂与山伯同葬，后来化为双飞蝴蝶。

【赏析】

这是一首情词，可能是悼亡词。上阕说，爱情如同月之圆缺，圆满的时间短，缺损的时间长。接着又说，如果爱情能像月亮一般始终皎洁，即使你在冰雪之中，我也要用爱情之火来温暖你。下阕写伤逝者的哀伤：双燕在帘间呢喃，衬托出人的孤单。结语把永恒的爱情寄托在化蝶上。

浣溪沙

纳兰性德

记绾长条欲别难，盈盈自此隔银湾[①]。便无风雪也摧残。

青雀几时裁锦字，玉虫连夜翦春旛[②]。不禁辛苦况相关。

【注释】

①记绾（wǎn）长条欲别难：谓两情相悦，如柳条系住，不易分离。绾，钩系。长条，指柳条。盈盈自此隔银湾：谓情人离别就像隔了一条清浅的银河。盈盈，清浅貌。银湾，银河。②青雀：《洞冥记》："有女人爱悦于帝（汉武帝），名曰巨灵。帝傍有青珉唾壶，巨灵出入其中。东方朔望见，目之，因飞去，化成青雀。帝乃起青雀台，时见青雀来，不见巨灵也。"锦字：指锦字书。玉虫连夜翦春旛：谓连夜在灯花下翦春旗。玉虫，指灯花。春旛，春旗。

【赏析】

这是一首感伤离别的词。极言离别对于人的摧残，有如风雪。下阕“青雀”一联是说春天到了，她的书信写了没有呢？他一连几夜在灯下等待着。赵师秀诗：“有约不来过夜半，闲敲棋子落灯花。”“闲敲棋子”和“翦春播”同一机杼。结语说，思念人是很辛苦的事，何况她是他相关的人呢！

南乡子　为亡妇题照[①]

纳兰性德

泪咽却无声，只向从前悔薄情。凭仗丹青重省识，盈盈，一片伤心画不成[②]。

别语忒分明，午夜鹣鹣梦早醒[③]。卿自早醒侬自梦，更更，泣尽风檐夜雨铃[④]。

【注释】

① 亡妇：性德之妻。② 丹青：指画。盈盈：形容美女之词。一片伤心画不成：谓眼前一片伤心之景作不成画。③ 忒（tuī）：太。鹣鹣：古称比翼鸟。④ 夜雨铃：用“雨淋铃”故事。《碧鸡漫志》记载：唐玄宗幸蜀，于霖雨中闻铃声，帝悼念贵妃，作《雨霖铃》，以寄恨。

【赏析】

陈维崧《词评》评纳兰词："饮水词哀感顽艳，得南唐二主之遗。"顾贞观《通志堂词序》："容若天资超逸，翛然尘外，所为乐府小令，婉丽凄清，使读者哀乐不知所主。"《箧中词》引周之琦评语："容若长调多不协律，小令则格高韵远，极缠绵婉约之致。能使残唐坠绪，绝而复续，第其品格，殆叔原、方回之亚乎？"王国维《人间词话》："纳兰容若以自然之眼观物，以自然之舌言情，此由初入中原，未染汉人风气，故能真切如此，北宋以来，一人而已。"丁药园曰："容若填词，有《饮水》《侧帽》二本，大约于尊前马上得之，读之如名花美锦，郁然而新。又如太液波澄，明星皎洁。"聂晋人曰："容若为相国才子，少工填词，香艳中更觉清新，婉丽处又极逸俊，真所谓笔花四照，一字动移不得者也。"

调笑令

纳兰性德

明月，明月。曾照个人离别。玉壶红泪相偎[①]，还似当年夜来。来夜，来夜，肯把清辉重借[②]？

【注释】

① 玉壶红泪：晋王嘉《拾遗记》卷七："（魏）文帝所爱美人，姓

薛名灵芸，常山人也……时文帝选良家子女以入六宫，(谷)习以千金宝赂聘之，既得，乃以献文帝。灵芸闻别父母，嘘唏累日，泪下沾衣。至升车就路之时，以玉唾壶承泪，壶则红色。既发常山，及至京师，壶中泪凝如血矣。”后因以“玉壶红泪”称美人泪。② 清辉：清澈明亮的光辉，多指日月之光，这里指月光。

【赏析】

其实，这首《调笑令》满含自嘲之意。

调笑令又名转应曲、三台令。关于这词牌名，在胡适《词选》中有一段解释：“【调笑】之名，可见此调原本是一种游戏的歌词；【转应】之名，可见此词的转折，似是起于和答的歌词。”纳兰以调笑之名写彼时的红装相偎，是嘲弄命运无常，也是在自讽西风独自凉。

开篇直呼明月，似谪仙般的邀月？举杯邀明月，对影成三人。不知一向谨慎的他，会不会也拍着玉板月下长歌，对酒当歌，人生几何？明月，明月，纳兰是想劝慰吧？海内存知己，自然天涯共此时，何必以身形羁绊？或者也是在祝福，既不得相守，便不如放开心胸祈祷，但愿人长久，千里共婵娟。

然而那一片月明中，纳兰好似又眼睁睁地看见那个人由远及近渐渐走向了他，咫心之距时，又远远地推开了他，狠狠地退出了他的视野。他们心意相交，却最终天各一方。

永远，相守时难以实现的诺言；遥远，离别时执手相看泪眼，一个转身便耗尽了一生的时间。

“玉壶红泪”一说，来自三国时期魏文帝曹丕宠妃薛灵芸。灵芸本是当时东吴浙西常山赞乡人。怀着对父母兄弟和家乡风物的恋恋之情，怀着对那宫廷生活的陌生和恐慌，灵芸从江南远赴洛阳。这一路灵芸泪如泉涌，随从便用玉唾壶给她承接泪水，只见流进壶中的泪水都带着血红。等到抵达洛阳，玉唾壶中已盛满了血泪，因此后世称女子的眼泪为“红泪”。

“夜来”之意还是取自薛灵芸。为了迎接灵芸，曹丕在洛阳城外筑土台，高三十丈，直入云间；在台下四周布满蜡烛，唤名“烛台”，蜡烛沿灵芸入城的路线从烛台一路绵延至洛阳城郊。魏文帝在烛台静候佳人之时，远远望见车马滚滚，尘埃翻腾，宛如云雾弥漫，不由感叹：“古人云，朝为行云，暮为行雨，今非云非雨，非朝非暮。”因而改薛灵芸的名字为“夜来”。

到这里，词意也豁然开朗，这个被纳兰以自嘲的笔触留在诗行间的女子，多半应是纳兰思之念之而终不得相守的表妹。不似纳兰发妻卢氏离去时的痛彻心扉，直问“天为谁春”；不似沈宛不告而别返回故乡时，他叹息“等闲变却故人心，却最道故人心易变”。他久久珍藏于追忆中的这份情，不似烈火般的热情，却因为凄清更惹人疼惜。不知纳兰回忆起了表妹的哪般，只一句玉壶红泪诉尽相思意。玉壶红泪，盛着互诉衷肠的甜蜜，家族的殷殷期望，对未知前途的恐慌，还有那伴君千日、终须一别的结局。

行至下阕，纳兰低叹，来夜，来夜，以轻不可闻的声音，简单得不能再缩略的呢喃，重温那个已经冷却的旧梦，就像东坡轻言“作个归期天定许”。或许纳兰也是怀着几许期待的吧，虽明知好景已逝，却依旧忍不住希望；虽然到头来只落得往事如风信子的花瓣一般，散落一地，唯余“缥缈孤鸿影”。

纳兰希冀的来夜，更多的怕是在追寻那些终成回忆的昨夜，春风拂面灯火阑珊的昨夜，与表妹相知相伴的昨夜，逝去的情意缱绻的昨夜。这一段往事像是中了岁月的魔咒被封在心底，既没有结果，也难以诉说，唯有叹息悠悠时常回荡于心间。多少年过去后，才终于明白，那时光的封印唤为“此情可待成追忆”。

罢了，借一缕清辉，想佳人旧影，凭栏凝望，还是那一轮明月，却是年年新月照旧人。连月色都已变换，谁又能回到过去？没有过不去的，只有回不去的，纵使相逢应不识吧。

记得席慕蓉曾写过，我们也来相约吧，相约着要把彼此忘记。

还是明月如霜，还是好风如水，纳兰不知能否放下那份执着，与表妹相约着，各自走各自的人生。

虞美人

纳兰性德

曲阑深处重相见，匀泪偎人颤。凄凉别后两应同，最是不胜清怨月明中[①]。

半生已分孤眠过，山枕檀痕涴[②]。忆来何事最销魂，第一折枝花样画罗裙[③]。

【注释】

① 不胜：受不住，承担不了。清怨：凄清幽怨。② 山枕：枕头，古代枕头多用木、瓷等制作，中凹两端突起，其形如山，故名。檀痕：带有香粉的泪痕。涴：浸渍、染上。③ 折枝：中国花卉画的画法之一，不画全株，只画连枝折下的部分。花样：供仿制的式样。罗裙：丝罗织成的裙子，多泛指妇女衣裙。

【赏析】

词本为“艳科”，以婉约为主，多写艳情，这是人们对早期词作品的印象。翻开古代词集，男女情爱、风花雪月乃是其中最重要的主题之一，这其中又不乏着重描写妇女的妖娆容貌、娇羞情态、华美服饰的作品。我国文学史上第一部文人词总集《花间词》中便有很多这样的词，所以后人常将其作为“艳词”的早期标本。

由于作者的气质与秉性使然，所以即使内容同为艳情，词作也往往会呈现出迥异的风格。早期花间词不仅内容空虚、意境贫乏，而且多追求辞藻的雕琢与色彩的艳丽，虽然词人多为男子，但他们写出来的文字却带着极浓重的脂粉气；纳兰的这一首《虞美人》虽然也写男女幽会，却在暧昧、风流之外多了几分清朗与凉薄。

发端二句“曲阑深处重相见，匀泪偎人颤”很明显出自李煜在《菩萨蛮》中的“画堂南畔见，一向偎人颤”一句。小周后背着姐姐与后主在画堂南畔幽会，见面便相依相偎在一起，紧张、激动、兴奋之余难免娇躯微颤；纳兰词中的女子与情郎私会于“曲阑深处”，见面也拭泪啼哭。但是细细品味，后主所用的“颤”字更多展现的是小周后的娇态万种、俏皮可人，而纳兰这一“颤”字，写出的更多是女子的用情之深、悲戚之深，同用一字而欲表之情相异，不可谓不妙。

李煜前期词作多写宫廷享乐生活，其“冶艳”风格在多首词中都可窥见，比如他的《一斛珠》：“晓妆初过，沈檀轻注些儿个。向人微露丁香颗。一曲清歌，暂引樱桃破。罗袖裛残殷色可，杯深旋被香醪涴。绣床斜凭娇无那，烂嚼红茸，笑向檀郎唾。”这首词上阕写女子之美，下阕写女子与“檀郎”的调笑，几乎用一种白描的手法来写男女嬉戏、玩笑，但用词的精准和情状描摹之细腻却令整首词都笼罩着一股美艳之色。

与很多花间词相比，李煜的艳词大多做到了艳而不俗，能将男女偷情幽会之词写得生动而不放荡。纳兰的这一首《虞美人》又在李煜之上。

曲阑深处终于见到恋人，二人相偎而颤，四目相对竟不由得“执手相看泪眼”，但接下来纳兰笔锋一转，这一幕原来只是回忆中的景象，现实中两个人早已“凄凉”作别，只能在月夜中彼此思念，忍受难耐的凄清与幽怨。夜里孤枕难眠，只能暗自垂泪，忆往昔最令人销魂心荡的，莫属相伴之时，以折枝之法，依娇花之姿容，画罗裙之情事。

这首词首尾两句都是追忆，首句写相会之景，尾句借物（罗裙）映人，中间皆作情语，如此有情有景有物，又有尽而不尽之意，于凄凉清怨的氛围中叹流水落花易逝，孤清岁月无情，真是含婉动人，情真意切。

采桑子

纳兰性德

谁翻乐府凄凉曲[①]？风也萧萧，雨也萧萧，瘦尽灯花又一宵。

不知何事萦怀抱[②]，醒也无聊，醉也无聊，梦也何曾到谢桥[③]。

【注释】

① 翻：演唱或演奏之意。乐府：诗体名，初指乐府官署所采制的诗歌，后将魏晋至唐可以入乐的诗歌，以及仿乐府古题的作品统称乐府，宋以后的词、散曲、剧曲，因配乐，有时也称乐府。② 怀抱：心胸。③ 谢桥：谢娘桥，古时称所爱的女子（或妓女）为“谢娘”，称其所居处为“谢桥”。

【赏析】

这是一首爱情词，抒写对情人的深深怀念：是谁在翻唱着那凄凉幽怨的乐曲，伴着这潇潇雨夜，听着这风声、雨声，望着灯花一点一点地烧尽，让人寂寞难耐、彻夜不眠。在这不眠之夜，不知道是什么事情萦绕在心头，让人或睡或醒都如此无聊，梦中追求的欢乐也完全幻灭了。

纳兰的词有个特点，虽然读起来平淡无奇，但回味心头时，却是百味杂陈。正如梁启超所说的那样，纳兰的词是“眼界大而感慨深”。的确如此，纳兰深谙词之大义，他熟练地用一个一个汉字串成最美丽的章篇。

“谁翻乐府凄凉曲？”算是纳兰词中的名句，看似平白易懂，却于深处暗含波涛汹涌的愁绪。谁在唱着那些凄美的歌曲，歌声萧索，居然令“风也萧萧，雨也萧萧”了，而且还凄凉到彻夜无眠，“瘦尽灯花又一宵”了。古人的烛火一般是用羊油做成的，烛芯烧着的时候，有时候会发出小小的爆裂的声音，像烟火一样。

所以，在这里纳兰会用“灯花”来描写，美丽的词汇既能增加词的美感，又能写出意境。这相思也有分类，纳兰的相思就如同燃烧的灯芯，模模糊糊，道不清真切，却是持续不断，烧不尽相思。

上阕写完相思的凄凉，下阕便转而写无聊的现状。“不知何事萦怀抱”，思念到深处，依然觉察不出什么事情才是牵绊自己思绪的“罪魁祸首”。凄凉的心境令自己整夜无眠，而无眠之夜里，无谓的相思，更是令自己“醒也无聊，醉也无聊”。

词写到这里，意境接近尾声，只是令读词的人还是不甚明了，令纳兰凄苦而又无聊的女子究竟为何人？可能是为了解决读者心中的疑惑，也或许是为了回答自己这一整夜无聊的思索，纳兰最后一句便交代为“梦也何曾到谢桥”。

收笔之句似乎在字里行间悄悄透露了这位不知名的女子的倩影。末尾处的“谢桥”是说谢娘桥，古人用“谢娘”来指代心仪的女子，而“谢桥”便是由谢娘衍生出来的美丽词汇，指代佳人所住的地方。

夜阑更深，夜晚的静谧代替了白日的喧嚣，相思便也蠢蠢欲动，从心底涌上脑海，虽然整首词看不出任何山盟海誓、海枯石烂的决绝，反倒是处处透着几分“聚散无妨，由他去吧”的淡然。纳兰的心在词句中若隐若现，似乎在对这份感情喃喃自语：随风去吧，相思本无期，但凡有一日我不再想起你，那么我们就无须再痛苦了。

戛然而止的诗词并没有隔断纳兰多情多思的思恋，曾几何时，晏几道“梦魂惯得无拘检，又踏杨花过谢桥”，道出了相思的轻薄与随意。而相同的词境，在纳兰的词里，却是透着几分清爽的纯情与率真。这是一种无法言说的情愫，思念中带着自嘲，冷淡中带着自责，想说爱一个人真的不容易，但停止思念一个已经远去的爱人更是不容易。

一场古时候的思念，一个谢娘的故事，或许思念真的是从一座谢桥走向另一座谢桥，在不经意间品味思念似醉非醉的感觉。纳兰的词，无人能够真正地诠释，但这也正是纳兰词的魅力所在，因为不懂，所以悲悯。

因为每个人的梦中深处，都有一份得到却又失去的美丽。

诉衷情

纳兰性德

冷落绣衾谁与伴？倚香篝[①]。春睡起，斜日照梳头。欲写两眉愁，休休[②]。远山残翠收[③]，莫登楼。

【注释】

①香篝：古代室内焚香所用的熏笼。②“欲写”二句：意思是本来想要画眉，然而却双眉愁锁，算了还是不画了。休休，不要、不用，表示禁止或劝阻。③“远山”句：意为远处山峦的翠色消散了。收，消失、消散。

【赏析】

世人总说花间词，艳丽奢华，透出一股脂粉气。反观纳兰此作，则比之花间词却有相似之处，更与温庭筠“梳洗罢，独倚望江楼”有几分相似。

《诉衷情》原为唐教坊曲，为温庭筠所创，后用为词牌名。温庭筠创制此调时取《离骚》诗句“众不可说兮，孰云察余之中情”之意。后来，毛文锡词有“桃花流水漾纵横”句，故又名为《桃花水》。纳兰这首词秉承温词一脉，描写思妇春日无聊的情状。着墨不多，因此看似清淡，实则蕴藉有致。

“冷落绣衾谁与伴？”首句发问其实也是设问，自问自答。因无人相伴，看那绣衾衣裳，就算华美艳丽，也只让人觉得了无思绪。因为无人相伴，此情此景自然易解了。后两句：“倚香篝。春睡起，斜日照梳头”。香篝本是古代室内焚香所用的熏笼。一般来说，古代官宦人家，或者大家闺秀闺房中才有能力燃此香笼，因此，倚香篝则再次点到此女子的身份。“春睡起，斜日照梳头”则点到时间，初日迟迟，已经倾斜到满屋子，“睡起晚梳头”，毫无心绪。一副慵懒形象跃然纸上。如果在此处还描写到女子动态特征呈现慵懒姿态的话，“欲写”二句则把这种慵懒之态又向前推进一步，说那女子本想画眉，却看到自己双眉愁锁，算了还是不描了，描来有谁看呢？“休休”则是这种心语的集中体现。

可想此场景：春日迟迟，少妇因幽枝独依，显得百无聊赖，则赖床度日，迟睡起，斜阳已至，更算是薄暮，因此无心打扮，只有深锁愁眉，无奈中更不知怎么排遣寂寞之念。因此想起温词倚楼断肠之句，更不敢登楼了。

自然，此处“远山残翠收”是实景虚写之笔。也由此可以看出，景色已经极熟悉，不必登楼就已知晓，想那断肠处自然是不宜多去的。

这首词纳兰承袭花间词风，因为他温文尔雅，少年风流而又擅长小令，此种词类自是写法娴熟，笔墨点至，形象刻画往往呼之欲出，细腻生动。但比之温飞卿《望江南》则有不足之处。

想来，温飞卿此词中摘取瞬间和纳兰自有时间延续上的联系，但飞卿词则更契合情感最浓郁的部分，那登高望远思人之境，自然是描写此种风情形象的绝时。虽都是斜晖残翠，纳兰自然无所突破，况飞卿断肠句一出，已经极其简洁而深刻地写尽了人物内心，纳兰描写的思妇心理之笔却不如这一个词力量深厚。而花间词集更写尽了思妇孤独伤春念远之情。

总之，纳兰为清词人，写思妇自然与自身身世之境相连。若非如此，则不过是磨炼前人之笔，亦无创新罢了。

浣溪沙

纳兰性德

谁念西风独自凉？萧萧黄叶闭疏窗[①]。沉思往事立残阳[②]。被酒莫惊春睡重[③]，赌书消得泼茶香[④]。当时只道是寻常。

【注释】

① 萧萧：稀疏的样子。疏窗：刻有花纹的窗户。② 残阳：夕阳，西沉的太阳。③ 被酒：醉酒。④ 赌书：比赛读书的记忆力。典出宋李清照、赵明诚翻书赌茶之事。李清照《金石录后序》云："余性偶强记，每饭罢，坐归来堂，烹茶，指堆积书史，言某事在某书某卷第几页第几行，以中否角胜负，为饮茶先后。中即举杯大笑，至茶倾覆怀中，反不得饮而起，甘心老是乡矣！故虽处忧患困穷而志不屈。"

【赏析】

西风吹来，谁会想到有人在这风中独自悲凉？"无边落木萧萧下"，遍地黄叶堆积，万物在沉寂前，似乎都要纷扬一番，如同蝴蝶一样地翻飞。秋也如此壮阔美丽。然而独坐闺中，疏窗紧闭，似乎与世相隔，只因为心中寂寥，独自凄凉。念起往事，独自沉思，在斜风残阳中，无限思量涌来，人何能禁？

醉酒得深沉，便不要在这春日里惊起，再感时伤春。怀想曾经与他赌书的日子，真是快乐至极，以至于茶杯翻覆，倒进怀中。这些在当时看来，自以为是平平常常，而今尽是伤心的回忆罢了！

这首词通过李清照的口吻，李回忆和丈夫曾经的美好高雅的生活，表达天人相隔的无限伤感。

宋代著名词人李清照，十八岁时与右相赵挺之之子赵明诚结婚，夫妻生活甜蜜恩爱。两人志趣相投，一起收集古玩字画，并一起勘校、考订版本，生活十分闲适惬意。他们最常做的游戏就是在晚饭后猜书斗茶。两人先煮上一壶茶，然后轮流由一人说出一句或一段古人的诗文，让对方猜这句话出自哪本书、第几卷、第几页、第几行，以猜中与否分胜负，猜对了就优先喝一杯茶。由于李清照的记忆力特别强，几乎是每猜必中，赵明诚不得不甘拜下风。然而，聪明幽默的赵明诚也每每在李清照端起茶杯时讲笑话，结果常常引得她哈哈大笑，以致茶杯倾覆怀中，浇得一身湿漉漉。李清照将这些生活趣事记录在自己与丈夫合写的《金石录后序》中，成为才子佳人传诵的千古佳话。

事实上，纳兰性德写李清照、赵明诚夫妇相敬如宾，意趣高雅，一方面出于对古人的羡慕和替古人感伤，另一方面则是因回忆起自己与妻子的经历，从而生发一种顾影自怜的情绪。

这首《浣溪沙》中“沉思往事立残阳”与“当时只道是寻常”二句，情感极浓，情感上是递进式的：由不知人生为何如此辛苦而“沉思”，思到头终究也无答案，却转头长叹“当时只道是寻常”，如何的悲观决绝，如何的痛不欲生！所以王国维说：“纳兰容若以自然之眼观物，以自然之舌言情。此初入中原未染汉人风气，故能真切如此。北宋以来，一人而已。”这绝非溢美之词。或许王国维也知道后人也会不能理解他何以盛赞纳兰性德。王国维受德国伦理哲学家叔本华的悲观主义影响，他尤为认同尼采“一切文学，余爱以血书者”以及歌德的“凡人生中足以使人悲者，于美术中则吾人乐而观之”。还自己说：“其使吾人超然乎厉害之外，而忘物我之关系。一旦入乎其中，犹集云弥月，而旭日杲杲也。”而词中这样的人并不是很多的，算来也只有纳兰性德是这种真性情的人了。所以我们完全可以理解他何以会盛赞纳兰性德，而众人又以为“过誉”云云。

好事近

纳兰性德

帘外五更风，消受晓寒时节。刚剩秋衾一半[①]，拥透帘残月。

争教清泪不成冰[②]，好处便轻别。拟把伤离情绪[③]，待晓寒重说。

【注释】

① 剩：与“盛”音意相通。此“盛”犹“剩”字，多频之义。② 争教：怎教。③ 伤离：为离别而感伤。

【赏析】

本篇是纳兰的一首简短小词，上阕写相思，似乎是在回忆中找寻往昔的欢乐，又像是在怀念妻子，在她离去后产生了伤感之情，词意扑朔迷离，耐人寻味，有着重情重义之感，也有迷惘哀伤的纠结。

开头便直言了生命的不可承受之重，“帘外五更风，消受晓寒时节”。竹帘之外传来五更的寒风，在这清秋寒冷的早晨实在让人难以消受。这首词写与妻子乍离之后的伤感，写得如此直白动人，只怕是纳兰的内心真的是无法再忍耐下去了，爱情对于他来说是精神的一种很大寄托，但当他所依赖的爱情一份一份都离他而去的时候，再坚强的人，只怕也会难以承受了。

词一开始便颇有自怨多情之意。不过语言虽然直白粗浅，但是却真挚感人，情感不就是这样才最真实吗？越是直白简洁，便越是入情至深。而后接下去便说道：“刚剩秋衾一半，拥透帘残月。”独自孤眠，秋夜冷冰冰的被子因多出了一半，而晓寒难耐，于是拥被对着帘外的残月。夜半孤枕难眠，只能望着明月去回忆往昔，但可惜，月亮似乎也知道他的心事，窗外所对的只是一轮残月而已。

欢乐和幸福都是短暂的，世上没有什么事情是长长久久、永不变更的。纳兰而今只剩下独自一人，孤独无依，现在对着窗外的残月，更是加重了这种孤独感。纳兰自然是情难以自禁，泪流满面。

故而下阕便写道“争教清泪不成冰”，自然承接了上阕的情绪，没有什么过渡，也没有任何的引申，依然是简单的描述，将心情的糟糕写得入木三分。直白的描述有时起到的作用不可小觑，纳兰将人生苦短、情短苦多的情感纠葛写得让人无法不去动情。

想起往日的种种，而今自己独自一人赏月，怎教清泪不长流，空自凝噎呢？这句中的“成冰”更是写出清冷孤寂的意味了。泪流至结成冰，这该是怎样的一种哀愁，纳兰的孤独和寂寞，在卢氏离去后便更加明显，但凡卢氏之前用过的衣物、住过的楼阁，对纳兰来说，都是一种折磨。

所以，纳兰才会说“好处便轻别。拟把伤离情绪，待晓寒重说”。纳兰自己也知道，面对这样铺天盖地的哀伤，最好的方法就是不把离别之事放在心上。这离愁别绪待到天亮以后再去想吧。

如此哀伤，似真非真，似幻非幻，极富浪漫色彩。在词的最后，纳兰从回忆中抽身，回归现实，他知道现今已经是人去楼空，物是人非了，与其在回忆中痛苦挣扎，不如转身睡去，让梦境和睡眠赶走孤寂和寂寞。

这首悼亡词写痛苦写得淋漓尽致，既然相爱的人总有一天会因为生老病死种种原因而分开，那当初为何还要用情那么深，以至于到如今还难以消解遗忘？这恐怕是所有有情人的困惑和疑问，纳兰在这首词的最后做了解答。既然相爱，就去爱，一旦当爱不起的时候，便是再后悔也无用了。

相爱本身并没有错，错的是上天给相爱的人时间太短。纳兰这首词的最后以无言地睡去结束，一句话，便让一切尽在了不言之中。全词平铺直叙，却是递进层深，读来令人黯然神伤。对于岁月的无情和短暂，纳兰作为一个失去至爱的男人，将自己的感慨抒发得令所有人都为之动容。情爱的神秘之处便在于无法控制，不可预知，你永远都无法知道，会在什么时候，什么地点，爱上一个什么样的人。

同样的，你也无法知道，会在一个什么地方，什么时候，与你相爱的人彻底分离，无法携手，到那个时候，即便你内心柔情万千，却也是无法跨过生死之间那千山万水的距离。

生死难料，唯独爱永恒，纳兰不但留下了他的词，更是将他的爱留在了世间。

江城子

纳兰性德

湿云全压数峰低[①]，影凄迷，望中疑。非雾非烟，神女欲来时[②]。若问生涯原是梦，除梦里，没人知。

【注释】

①湿云：湿度大的云，指云中满含雨水。②神女：谓巫山神女。《文选·宋玉〈高唐赋〉序》："昔者先王尝游高唐，怠而昼寝，梦见一妇人曰：'妾，巫山之女也。'" 李善注引《襄阳耆旧传》："赤帝女曰姚姬，一作'瑶姬'），未行而卒，葬于巫山之阳，故曰巫山之女。楚怀王游于高唐，昼寝梦见与神遇，自称是巫山之女。" 又《神女赋》序："楚襄王与宋玉游于云梦之浦，使玉赋高唐之事，其夜王寝，果梦与神女遇，其状甚丽，王异之，明日以白玉。"

【赏析】

巫山上雨雾缭绕，高高的山峰也似被沉沉的云压低下来，山影凄迷，一眼望去，并不分明。并非雾气，也非野烟，正是巫山神女快要腾云驾雾而来。

若觉得这生涯原是一场梦幻，人生美好只有在梦中，除此便没有人能知晓。正如苏东坡所说，“事如春梦了无痕”。

这词有些版本有词题《咏史》，说纳兰写这首词是发历史的感慨。当然，至于具体是否如此并非最重要的，姑且看看纳兰所要咏的这段历史。纳兰是对楚王“巫山云雨”的事有感慨了。宋玉的《高唐赋》中讲了这个故事：

曾经，楚襄王曾带着我（宋玉）在云梦台一带游玩，遥望三峡高唐上面的楼台，看到高唐上面飘浮着一团非常独特的云气，形状像山一样突起，并一直往上升，突然又改变了形状，转眼之间，形状变化无穷。楚襄王问我：这是什么气啊？我告诉楚王说：这就是人们所说的“朝云”。楚襄又问道：什么是“朝云”呢？我告诉楚襄王说：过去，您的父亲楚怀王曾经游历高唐，因为困倦就在白天小睡了一会，睡着后梦见一个少女，这个少女对楚怀王说：“我是住在巫山的女子，我是从别的地方来到这里的。听说您到这里来游玩，所以我过来向您推荐我自己，愿意陪您同床。”楚怀王于是与之同床。少女离去时向楚怀王告别说：“我在巫山南面，最高最险的地方，早晨我是一团云，傍晚时我又变成飘忽不定的阵雨。每天早晨晚上，我都在巫山南面一个高台靠下一点的地方。”第二天早晨，楚怀王一看，果然看到一团云在那里飘动，于是在那个平台上建了一座庙，取名为“朝云”。楚襄王说：朝云刚升起来的时候是什么样子的呢？我告诉楚襄王说：她刚开始出现的时候，茂茂盛盛像松树一样笔直，一会儿后，她光彩照人又像一位美丽的少女，她举起袖子遮住太阳，像在张望她思念的人；突然她又改变面貌，急驰像四匹马拉的战车，车上还插着战旗；你感到像风吹一样的凉，像冷雨一样的凄清。等到风止雨停，云也突然无影无踪了。

这个故事在中国历史上产生了很大影响，历代的诗词中这一典故可谓俯拾皆是。纳兰写这件事也是有原因的，可以当作咏史，更可以看作是他自己在倾诉着自己对人生的看法，以及对昔日爱情的追忆。词中的巫山神女如何不可以当作纳兰的故妻、知己、恋人等呢？而他自己，好比楚怀王，而他们之间的关系，无论多么值得自己怀念，值得后人追忆，但总是一番云雨罢了，烟消云散以后，一切也就幻为无物。结尾“若问生涯原是梦。除梦里，没人知”是词的结尾，更表露出纳兰对于人生的看法，很有悲观主义的倾向，也应该是对于人生愁苦的总结。

纳兰继承了婉约派的传统，这种风格有一个很重要的情感来源，也就是词人自身的情感要细腻委婉，甚至他们个人的人生情感经历颇为坎坷心酸，如柳永、晏殊、李清照，等等。婉约词在取材方面，多写儿女之情、离别之绪，在表现方法上多用含蓄蕴藉方法将情绪予以表达，其风格是绮丽的。大抵以为“诗言情”，不能把文章的社会责任放到诗词上来。在纳兰身上我们可以看到两方面都有体现，也能看到其中差异，便是婉约情感对他的巨大影响。

长相思

纳兰性德

山一程，水一程，身向榆关那畔行①，夜深千帐灯。

风一更，雪一更，聒碎乡心梦不成②，故园无此声。

【注释】

①榆关：山海关，古称渝关、临榆关、临渝关，明代时改为今名，其地古有渝水，县与关都以水得名。在今河北秦皇岛。那畔：那边。②聒：吵闹之声。乡心：思念家乡的心情。

【赏析】

清康熙二十一年二月十五日，康熙因云南平定，出关东巡，祭告奉天祖陵。纳兰随从康熙帝诣永陵、福陵、昭陵告祭，二十三日出山海关。塞上风雪凄迷，苦寒的天气引发了纳兰对北京什刹海后海家的思念，这首词即在这个背景下写成。

词的开篇即指出到达塞上山水漫长路途遥远，“山一程，水一程”，仿佛是亲人送别了一程又一程，山上水边都有亲人的身影，这漫漫长路终究有亲人一直不舍不弃地萦绕山光水色心间。“身向榆关那畔行”，榆关在这里代指山海关，一行人马由于使命在身皆是行色匆匆，只全身心地奔赴山海关。“夜深千帐灯”则是康熙帝率众人夜晚宿营，众多帐篷的灯光在漆黑夜幕的反衬下独有的壮观场景。

这里借描述周围的情况而写心情，实际是表达纳兰对故乡的深深依恋和怀念。二十几岁的年轻人，风华正茂，出身于书香豪门世家，又有皇帝贴身侍卫的优越地位，本应春风得意，却恰好也是因为这重身份，以及本身心思慎微，导致纳兰并不能够安稳享受那种男儿征战似的生活，他往往思及家人，眷恋故土。严迪昌《清词史》：“‘夜深千帐灯’是壮丽的，但千帐灯下照着无眠的万颗乡心，又是怎样情味？一暖一寒，两相对照，写尽了自己厌于扈从的情怀。”

“夜深千帐灯”既是上阕感情酝酿的高潮，也是上、下阕之间的自然转换。夜深人静的时候，是想家的时候，更何况还是这塞上“风一更，雪一更”的苦寒天气。风雪交加夜，一家人在一起什么都不怕。可远在塞外宿营，夜深人静，风雪弥漫，心情就大不相同。路途遥远，衷肠难诉，辗转反侧，卧不成眠。“聒碎乡心梦不成”的慧心妙语可谓是水到渠成。

纳兰思乡心切，孤单落寞，不由得生出怨恼之意：家乡就没有如此吵闹的声音。此处“故园无此声”看似无理实则有理：故园岂无风雪？但同样的寒宵风雪之声，在家中听与在异乡听，感受自然大不相同，在家中无论寒风如何呼啸，心中也是有所归依的暖着的，而如今身处异地，风声也就聒噪了起来，雪花也就凌乱吵闹了起来。纳兰的乡关之思和怨尤之情在此被表露得尤为明显。

“山一程，水一程”与“风一更，雪一更”的两相映照，又暗示出词人对风雨兼程人生路的深深厌倦的心态。首先山长水阔，路途本就漫长而艰辛，再加上塞上恶劣的天气，就算在阳春三月也是风雪交加，凄寒苦楚，这样的天气，这样的境遇，让纳兰对这表面华丽招摇的生涯生出了悠长的慨叹之意和深沉的倦旅疲惫之心。

从“夜深千帐灯”壮美意境到“故园无此声”的委婉心地，既是词人亲身生活经历的生动再现，也是他善于从生活中发现美，并以景入心，满怀心事悄悄跃然纸上。

天涯羁旅最易引起共鸣的是那“山一程，水一程”的身泊异乡、梦回家园的意境，信手拈来不显雕琢，王国维曾评：“容若词自然真切。”

本词既有韵律优美、民歌风味浓郁的一面，如出水芙蓉纯真清丽；又有含蓄深沉、感情丰富的一面，如夜来风潮回荡激烈，深受后人喜爱。

纳兰将塞上风景、行军神态，以及自身的怨思之情婉转道来，画面壮美中不乏相思柔情，正所谓“刚柔相济”，尤其其中“夜深千帐灯”一句，取景新颖豪壮，深受国学大师王国维赞赏。不得不说这是一首描写边塞军旅途中思乡寄情的佳作。

清平乐

纳兰性德

将愁不去[①]，秋色行难住。六曲屏山深院宇[②]，日日风风雨雨。

雨晴篱菊初香[③]，人言此日重阳。回首凉云暮叶[④]，黄昏无限思量。

【注释】

①将愁：长久之愁。将，长久。②六曲屏山：如山峦般曲折往复的屏风。③篱菊：谓篱下的菊花。语出晋陶潜《饮酒》诗之五："采菊东篱下，悠然见南山。"后用以为典实。④凉云：阴凉的云。南朝齐谢朓《七夕赋》："朱光既夕，凉云始浮。"

【赏析】

找不到烦恼的缘由，却总也挣不脱这种没有缘故的心情，失落是每个人都体会过的。人们在人生中不断追求，前行的过程中，难免会有不如意的时刻，但纳兰却不应该是一个烦恼的人，在旁人眼中，他享尽了荣华富贵，可是在他自己看来，却并不满足。

这首词是重阳节的感怀之作：绵绵清愁挥之不去，无尽的秋色也难以留住。屏风掩映下那深深的庭院，整日愁风冷雨，不曾停歇。好不容易天晴了，菊花吐露出芬芳，听说今天正是重阳节。回望天边那阴云和暮色中的树叶，不由产生无限的思绪。

与纳兰的这首《清平乐》相似的一首，是晏殊所写的一首《清平乐》，晏殊作为有名的词人，可以说是纳兰的前辈，晏殊那首《清平乐》如下：

金风细细，叶叶梧桐坠。绿酒初尝人易醉，一枕小窗浓睡。

紫薇朱槿花残，斜阳却照阑干。双燕欲归时节，银屏昨夜微寒。

晏殊的这首小词抒发初秋时节淡淡的哀愁，语言十分有分寸，意境讲究含蓄，晏殊只是从景物的变更和主人公细微的感觉着笔，一直是旁敲侧击地描写，而从不是从正面来写情绪的波动，这首词读后，令人感到句句寓情、字字含愁。仔细品味之余，语言的清新、风格的婉约也是一大特色。

同样是抒发内心惆怅，纳兰的《清平乐》就显得更为简单直接一些，说愁便直接写愁，简单明了地道出自己的烦恼。“将愁不去，秋色行难住。”愁苦无法挥去，就连美丽的秋色都无法挥去愁闷。此处“将愁”表示长久的愁闷，秋色最是伤人的，因为寂寥，故而最能引起人们的伤感，因为迟暮，因而能让人们无法释怀。

在秋色中想挥手赶走哀愁，这无疑是愁上加愁，而纳兰也丝毫不避讳自己对于忧郁的无能为力，他坦然地告诉人们自己真的是“将愁不去”。比起晏殊的含蓄和隐藏，纳兰就好像一个孩子，毫无忌讳地将自己内心深处的感受讲出来，丝毫不怕被世人耻笑。

或者正是因为这份坦白，纳兰的词更显得有种直白的魅力，无人能够替代。而后接下一句是：“六曲屏山深院宇，日日风风雨雨。”屏风掩映下的庭院，日日风雨，愁云惨淡，人在这里，怎会不被感染！

纳兰居住的庭院，为何会让他感到哀愁？其实境由心生，所谓的庭院深深，还不是自己内心凄苦，所以，才看什么都显出一副悲凉模样吗？是谁让纳兰如此哀伤，是谁家的女子让纳兰神色清冽地立于窗前，眉头紧锁，无限恨，无限伤。

纳兰的这首词是否为一个女子所作，不得而知。或者，这根本就不是纳兰为任何人写的词，而只是他在重阳之时，想起往昔，感怀往事的作品。我们无从知晓。纳兰的许多作品都是这样，看似表达了对某个人深深的思念，但其实这个人却好像虚无缥缈似的，让人摸不到任何踪迹。

“雨晴篱菊初香，人言此日重阳。”下阕的风格稍显婉转，不再如上阕那样晦涩，下阕写到天气放晴，菊花绽放，香气扑鼻。然后词人才恍然大悟，原来是正逢重阳之日。重阳是一个让人伤感的节日。

古人写道“每逢佳节倍思亲”，说的便是重阳，重阳节是个让人思念故人的节日。纳兰身逢重阳，想起往日，必然是感慨万千。今昔往日，多少不同，而今一同从脑海中掠过，那些过往，仿佛还历历在目。

黄昏正在换取这一天里最后的一抹阳光，暮日下的世界，被覆上了迷离的光芒。黑暗即将到来，带走这一天的明亮，重阳节也很快就会过去。第二天依然是崭新的一天，“回首凉云暮叶，黄昏无限思量”。

只是在这即将告别白日的时刻，纳兰回首天边的云朵和落木，心头不禁思绪万千。这首重阳节感伤的词，写出了词人深埋心底的忧伤。

点绛唇

纳兰性德

小院新凉，晚来顿觉罗衫薄[①]。不成孤酌，形影空酬酢[②]。萧寺怜君[③]，别绪应萧索[④]。西风恶，夕阳吹角，一阵槐花落。

【注释】

①罗衫：丝织衣衫。②酬酢：主客之间相互敬酒，主敬客曰酬，客敬主曰酢。③萧寺：佛寺。唐李肇《唐国史补》卷：“梁武帝造寺，令萧子云飞白大书‘萧’字，至今一‘萧’字存焉。”后因称佛寺为萧寺。④萧索：萧条、凄凉。

【赏析】

纳兰性德在给姜西溟赠词《金缕曲·慰西溟》中有“马迹车尘忙未了，任西风、吹冷长安月。又萧寺，花如雪”句，词中即提到萧寺，史料更载：姜西溟到京参加“博学鸿词”考试，在京时曾寓萧寺。而纳兰与其交谊甚厚，姜在京时跟纳兰交游甚密，自然可知这首词多为纳兰怀念姜西溟所作。

提到姜西溟，纳兰与其交游便有一段佳话。

姜西溟是“江南三布衣”中的一位。与纳兰交游时姜西溟是纳兰之父纳兰明珠政敌的门生，常与其父对立，他曾经在纳兰面前摔过杯子，臭骂纳兰家“没有一个好人”。而纳兰却不以为忤，认为姜的牢骚是出于对官场黑暗和龌龊的不满，始终以诚相待。在姜西溟在京考举时毅然不顾父亲反对，将姜接到自己家里居住，以解生活之忧。

另有故事说姜一向狂傲，口无遮拦，甚至几犯欺君犯上的大罪，都被纳兰一一化解。姜也最终发现纳兰性德有一颗金子般的心，并衷心为之感动。在感谢纳兰的信中，他写道：“轸念贫交，施及存殁。使藐然之孤，虽不能尽养于生前，犹得慰所生于地下。”由此可见，他们两人，一个是真诚待朋友，包容朋友，一个是直言不讳，快人快语。这样的友谊，这样的交情在今天读来，亦让人为之动容。

在这首寄词中，纳兰以“小院新凉”起笔，言及天气刚刚转冷，后句有“晚来”自然说到那一天至傍晚时，天气变得凉了，而由“清朝‘博学鸿词’考试一般设于秋季”可知，此处说的应该是秋凉。秋凉便觉有些寒意了。词的上阕从自己的感官出发，写怀友心绪：天色已晚，小院里忽然添了几分寒意，便觉得此时衣裳有些单薄了。念及此处，便想起那友人，为下阕怀人之言埋下伏笔。此时我只能一个人独饮驱寒，“形影空酬酢”一句便把自己的伤怀念远、孤独寂寞的心情刻画得惟妙惟肖。一个人独饮闷酒，自然是对着自己的影子对饮长歌了。可谁又是主谁又是客，来来去去还不是自己一个人罢了。

下阕自然承接到怀念友人处，便提及萧寺。自友人处起笔，想起当初跟友人在萧寺中惺惺相惜之情、对饮长谈之景，对比此刻的自己的形影相吊，忽而不觉黯然。恰巧是在萧寺，虽史说：“梁武帝萧衍笃信佛教，多造立寺院，而冠以己姓，称为萧寺。”其名出自萧姓，但也觉萧索之意，遂有了下句“别绪应萧索”。此处纳兰匠心独运，把自己的情感转而嫁接到随后而至的秋凉之感上，又用萧寺做引子，显得十分巧妙有味。后边几句乃从容道来，一点都不带滞凝之感。

想想此处应是这种风景：西风劲吹夕阳，随着晚风，天气转寒，我怀念友人是否衣缕单薄，不抵风寒呢？想到你处，自是那槐花也承受不起这风寒，萧萧索索，落了一阵，你是否也执酒驱寒，跟我一般寂寞独酌呢？

纳兰此作将自己的思友之情藏起，上阕写己，下阕转至友人，把笔触瞄准了各种秋景，景语之处，句句怀人，显得尤为真挚感人。

鹧鸪天

纳兰性德

独背残阳上小楼，谁家玉笛韵偏幽[①]。一行白雁遥天暮[②]，几点黄花满地秋。

惊节序，叹沉浮，秾华如梦水东流[③]。人间所事堪惆怅，莫向横塘问旧游[④]。

【注释】

①玉笛：玉制的笛子，笛子的美称，指笛声。②白雁：候鸟。体色纯白，似雁而小。③秾华：指女子青春美貌。④横塘：古堤名，一为三国吴大帝时于建业（今南京）南淮水（今秦淮河）南岸修筑，亦为百姓聚居之地；另一处在江苏省吴西南。诗词中常以此堤与情事相连。旧游：从前游玩过的地方。

【赏析】

在中国古代，每到重阳佳节，人们就会登高，为的是避灾求福，而随着时间的推移，登高逐渐演变成古人的一种重要情结，每当他们在郁郁不得志时，通常以登高赋诗吟词，来排解心中的郁闷苦楚。

南唐后主李煜在国破家亡之后，在宋朝过了两年多的囚徒生活，在被囚禁的日子里，为了缓解心中的愁苦，他经常独上西楼远望，想象着昔日南唐的宫阙，而亡国之恨总会在这时一次次冲击他的心灵，因此他悲愤地写下了“无言独上西楼”“小楼昨夜又东风”之类感伤的诗句。

与李煜这个偏安一隅的没落国君相比，纳兰无疑要幸运得多，他出身贵胄，父亲是权倾一朝的宰相，自身又是皇帝的贴身侍卫，深得圣上赏识。然而，他却蔑视一切荣华富贵，想的是要如何遁迹山林，与清风明月为伍。纳兰的出身和性格，也就注定他要终身扮演一个不得志的失意者，而这首《鹧鸪天》，就是他内心中满腔惆怅的真实写照。

“独背残阳上小楼”，词一开篇，纳兰就为我们展现出一幅凄凉的画面，在一个秋日的黄昏，纳兰孤单地登上小楼，夕阳将他的影子一点点地拉长，就像他的心性一样，在时光的磨砺中消磨殆尽。

登上小楼之后，纳兰耳边传来幽咽的笛声，其中似乎还夹杂着些许的感伤。在中国古典诗词中，玉笛也是一个频繁出现的意象。“敦煌女伎持玉笛，凌空驾云飞天去”“谁家玉笛暗飞声，散入春风满洛城”“玉笛凌秋韵远汀，谁家少女倚楼听”“敦煌女伎持玉笛，凌空驾云飞天去”……那为什么很少用“金笛”“铁笛”“铜笛”来入诗词呢?这是因为在古代，人们对玉看得很重，正所谓“黄金有价玉无价”，文人君子必佩玉，于是，玉不仅是一种装饰品，更是一种人格、身份的体现。

登高必感怀，这是中国传统诗词的一个套路，另外还有“一切景语皆情语”的说法，所以纳兰在感怀之前，先看了看眼前的景色。“一行白雁遥天暮，几点黄花满地秋”，远处，一行白雁飞入天际，近处，枯黄的叶子落了一地。一个人孤零零地登楼远眺就已尽显凄凉，如果再看到眼前萧瑟的秋景，自然会触景生情，发出无限的感慨。

词到下阕，纳兰开始慨叹世事无常，人生如梦，“惊节序，叹沉浮，秾华如梦水东流”，四季更替，人生浮沉，美好的时光像梦一样随着流水消失不见了，到这里，词人的惆怅之情已显而易见。

“人间所事堪惆怅，莫向横塘问旧游。”人间有无限的惆怅之事，既已如此惆怅，那就更不要向横塘路上询问旧游在何处了。读到尾句，我们不禁想起纳兰的另一首《浣溪沙》中的“我是人间惆怅客”，不同的季节，相同的意境，虽然时光飞逝，但惆怅的心情却如影相随。

有人说这首词是登高感伤之作，也有人指出横塘在江南，这是一首登高怀人之作，怀念的是沈宛或是江南的友人，哪种说法正确，我们无法做出裁定，但我们能够确定的是，纳兰内心中那无法倾诉的惆怅，将永远陪伴在他的左右，直到他生命的终结……

忆江南

纳兰性德

挑灯坐[1]，坐久忆年时。薄雾笼花娇欲泣，夜深微月下杨枝[2]。催道太眠迟。

憔悴去，此恨有谁知。天上人间俱怅望[3]，经声佛火两凄迷[4]。未梦已先疑。

【注释】

① 挑灯：拨动灯火，点灯。亦指在灯下。② 杨枝：杨柳的枝条。③ 怅望：惆怅地看望或想望。④ 佛火：指供佛的油灯香烛之火。凄迷：景物凄凉迷茫。

【赏析】

这首词有两种说法，一是为伤悼亡妻之作，回忆起去年此时来，耳中所听、眼中所见都是凄迷之情景，更增添了惆怅：坐在灯下，回想陈年旧事。薄雾之下花影朦胧，夜已深沉，月亮也已经落下杨柳枝头，听你催促我不要睡得太晚，那样的情景历历在目。而今你却已经离去，心中无限幽恨又有谁能知道？你我天人永隔，相互怅惘，在这经声佛火中不胜凄迷，如此光景是梦是幻，还没睡去却已经分不清了。

天上人间，永难相聚，这样的痛苦纳兰品尝了无数。他爱的人一个一个都离他而去，而他自己却依然孤单地活在世间。“天上人间俱怅望”，一个在天上，一个在人间，相互凝望，相互惆怅地看望和想念。

有一说这首词是纳兰为沈宛所作，那个江南明眸皓齿的女子，在她离纳兰而去后，纳兰夜夜难眠，为她写下词作，以解心中的思念和牵挂。

自从沈宛离去之后，纳兰便没有了寄托，虽然家中有着妻子，但她不过是明媒正娶来的一位太太，与自己毫无精神交流。纳兰的孤独只有那个江南水乡如水一般的沈宛能懂。正因为懂得，所以沈宛选择了离开。

沈宛的离开令纳兰变得神情木然，对任何事情都漠不关心起来，他虽然每天过着按部就班的生活，却不再有任何活力。有时，他依然会去当日和沈宛共同住过的别院里小坐片刻，小院里的景色依旧，不过失去了女主人，显得有些冷清。

仅仅几个月的时间，爱情和幸福都远离他而去。依然是《忆江南》的词牌，但仅仅时隔数月，之前的愉悦便都消失了，留下的只是沉重和绝望。江南之行的十一首《忆江南》，犹如是纳兰的一场黄粱美梦，短暂过后，便要永久地面对清醒世界里的伤痛。那场明快的梦境虚幻得如同一场假象，消失得彻头彻尾。

梦醒了，梦碎了，纳兰留下的只有愤恨，但是应该恨谁？恨自己的软弱，恨世道的不公，还是恨这无法抗拒的命运？在深沉的夜色中，独坐一旁，头顶月色迷蒙，任夜色笼罩一身，因为实在已是心如死灰，无法再对外界有任何动作了。

“经声佛火两凄迷。未梦已先疑。”怀念着往昔种种，在经声和供佛的油灯香烛之火光下，内心凄迷。

人世本来就有着各种不幸和痛苦，有的人为衣食温饱而苦，有的人为理想未来而苦，还有人为苦而苦。总之人世种种，皆是在苦海中挣扎之人。可是纳兰的不幸，却是他自我选择的结果，他本来可以安享荣华富贵，可以在命运为他铺就的红地毯上越走越远，远离那些尘世中的烦恼。但他偏偏要抗拒命运对他的安排，他要走原本不该他走的路。结果，伤神伤身，他珍视友谊，友人却并未能时刻伴随他左右；他看重爱情，爱人却总是离他而去；他渴望拥有理想，理想却不能被他掌握。

无法掌握自己人生的纳兰，苦闷之下，只得寄情诗词，希望在诗文之中，能够舒缓情绪，找到新的方向。